안나 카레니나 3

Анна Каренина

세계문학전집 221

안나 카레니나 3

Анна Каренина

레프 톨스토이

연진희 옮김

민음사

차례

1권 차례

2권 차례

주요 등장인물

안나 카레니나 스테판 오블론스키의 여동생이자 카레닌의 아내로, 브론스키와 사랑에 빠진다.

알렉세이 알렉산드로비치 카레닌 유능한 고위 관리이며 아내인 안나보다는 20년 연상이다.

알렉세이 키릴로비치 브론스키 부유한 백작으로 안나와 사랑에 빠진다.

스테판(스티바) 오블론스키 유흥을 좋아하는 젊은 공작.

다리야(돌리) 알렉산드로브나 스테판의 아내.

콘스탄친(코스챠) 드미트리치 레빈 시골에서 조용히 농지를 돌보며 사는 귀족으로 키티에게 구혼한다.

카체리나(키티) 알렉산드로브나 다리야의 여동생으로 브론스키와 레빈 사이에서 갈등한다.

세르게이 이바니치 코즈니셰프 레빈의 동복형.

니콜라이 이바니치 레빈 레빈의 친형.

알렉산드르 안드레이치 키티의 아버지인 노공작.

세르게이(세료쟈) 안나의 아들.

일러두기

1. 번역 대본은 프라브다 판 톨스토이 전집(1987. 총 12권) 7, 8권에 수록돼 있는 Анна Каренина이다.
2. 러시아어 고유 명사와 도량법 표기는 국립국어원의 외래어 표기법을 따르는 것을 원칙으로 하였다. 다만 발음상 편의를 위하여 구개음화를 적용하였고(카체리나, 콘스탄친, 미챠 등) Ш(쉬), Щ(슈), С(스), З(즈), Ж(쥬)를 구분하여 표기함으로써 'ㅅ'와 'ㅈ'의 음가를 세분하였다. 다만 영어를 비롯한 외국어에서 차용한 러시아어에는 구개음화를 적용하지 않았다.(키티, 스티바 등)
3. 본서의 고딕체와 ( ) 부분은 원문을 따랐다.
4. 톨스토이가 원문에 쓴 프랑스어, 영어, 독일어 표현은 러시아 사교계의 언어 사용을 생생하게 표현하기 위해 이 책에서도 원어 그대로 실었고 옮긴이 주에 그 뜻을 번역하였다.
5. 작품 속 성경 텍스트는 대한성서공회가 간행한 『성경전서』(표준새번역판, 1993)에서 인용하였다.

6부

1

다리야 알렉산드로브나는 아이들과 함께 포크로프스코예에 있는 여동생 키티 레비나의 집에서 여름을 보냈다. 그녀의 영지에 있는 집은 완전히 허물어져, 레빈 부부가 그들의 집에서 여름을 보내도록 설득한 것이다. 스테판 아르카지치는 이 계획에 적극 찬성했다. 그는 가족과 함께 시골에서 여름을 보내는 것이 자기로서는 더할 나위 없는 행복이지만 공무 때문에 그럴 수 없어 몹시 유감스럽다고 말하며 모스크바에 남았고, 이따금 하루나 이틀씩 시골에 내려와 있곤 했다. 아이들 전부와 가정교사를 데리고 온 오블론스키 일가 외에도, 그해 여름 레빈 부부의 집에는 그런 상황[1]에 놓인 경험이 없는 딸을 돌보는 것이 자신의 의무라고 생각하는 노(老) 공작부인도 손님으로 와 있었다. 게다가 키티가 외국에서 사귄 친구 바렌카

1) '임신 중'이라는 말을 완곡하게 표현한 러시아적 관용어.

도 키티가 결혼을 하면 그녀의 집을 방문하겠다고 한 약속을 지켜 그녀의 손님으로 그 집에 머물고 있었다. 이들은 모두 레빈의 아내의 친척이나 친구였다. 물론 레빈도 그들을 좋아하긴 했지만, 그의 표현을 빌리자면 이러한 '쉐르바츠키 요소'가 쇄도하여 뒤덮어 버린 자신의 레빈 세계와 그 질서를 다소 아쉬워했다. 그의 친척 가운데 올여름을 그 집에서 보내는 사람은 세르게이 이바노비치 한 명뿐이었다. 하지만 그 역시 레빈 기질의 사람이 아니라 코즈니셰프 기질의 사람이었다. 따라서 레빈 정신은 완전히 사라지고 말았다.

오랫동안 황량하던 레빈의 집이 이제는 거의 모든 방이 찰 만큼 많은 사람들로 북적였다. 그래서 노 공작부인은 매일같이 테이블 앞에 앉을 때마다 사람들의 수를 세어 열세 번째 손자나 손녀를 다른 작은 테이블에 따로 앉혀야 했다. 열심히 살림에 전념하고 있는 키티로서도 손님들과 아이들의 여름 식욕을 채우는 데 필요한 그 많은 암탉과 칠면조와 오리를 구하는 것은 몹시 성가신 일이었다.

온 가족이 테이블에 둘러앉아 식사를 하고 있었다. 돌리의 아이들과 가정교사와 바렌카는 버섯을 따러 어디로 갈지 계획을 세우고 있었다. 손님들 사이에서 지성과 박식함으로 숭배에 가까운 존경을 받고 있던 세르게이 이바노비치는 버섯에 대한 대화에 끼어들어 다른 이들을 놀라게 했다.

"나도 데리고 가십시오. 난 버섯 따기를 굉장히 좋아합니다." 그는 바렌카를 쳐다보며 말했다. "난 그것이 무척 즐거운 일이라 생각합니다."

"좋아요. 우리도 무척 기뻐요." 바렌카가 얼굴을 붉히며 대답했다. 키티는 돌리와 의미심장한 눈빛을 주고받았다. 박식하고 지적인 세르게이 이바노비치가 바렌카와 함께 버섯을 따러 가겠다고 넌지시 말하는 것이 요즘 키티의 마음에 가득한 어떤 추측을 확인해 주었다. 그녀는 시선을 들키지 않기 위해 황급히 어머니와 이야기를 나누기 시작했다. 식사 후 세르게이 이바노비치는 자신의 커피 잔을 들고 응접실의 창가에 앉아 동생과 함께 지금 막 시작된 대화를 계속 나누며 이따금 문을 쳐다보았다. 그 문으로 버섯을 따러 갈 아이들이 나오기로 되어 있었다. 레빈은 형 옆의 창가에 앉아 있었다.

키티는 남편에게 뭔가 이야기하기 위해 따분한 이야기가 끝나기를 기다리는 듯 남편 옆에 서 있었다.

"넌 결혼하고 나서 많이 변했어. 좋은 쪽으로 말이야." 세르게이 이바노비치는 키티에게 미소를 지어 보이며 동생에게 말했다. 그는 분명 그들이 시작한 대화에 별로 관심이 없는 것 같았다. "하지만 지극히 역설적인 주제를 고수하는 너의 열정에는 여전히 충실하구나."

"카챠, 서 있는 것은 당신에게 좋지 않아." 남편은 그녀에게 의자를 끌어다 주고 뜻 깊은 눈빛으로 그녀를 바라보며 말했다.

"참, 그렇군. 하지만 이러고 있을 시간이 없어." 세르게이 이바노비치는 아이들이 뛰어나오는 것을 보고 이렇게 덧붙였다.

맨 앞에는 꼭 끼는 긴 양말을 신은 타냐가 바구니와 세르게이 이바노비치의 모자를 흔들며 옆으로 깡충깡충 뛰면서 그를 향해 곧장 달려왔다.

세르게이 이바노비치를 향해 대담하게 뛰어온 그녀는 아버지의 아름다운 눈을 쏙 빼닮은 눈동자를 반짝이며 세르게이 이바노비치에게 모자를 내밀고는 그것을 그의 머리에 씌워 주고 싶다는 표정을 지었다. 그러고는 어색하고 부드러운 미소로 자신의 허물없는 행동을 무마하려고 했다.

"바렌카가 기다려요." 그녀는 세르게이 이바노비치의 미소에서 그렇게 해도 된다는 것을 알아차리고 그에게 조심스럽게 모자를 씌워 주며 말했다.

바렌카는 사라사 천으로 지은 노란색 옷으로 갈아입고 머리에는 하얀 머릿수건을 쓰고서 문가에 서 있었다.

"가요, 갑니다, 바르바라 안드레예브나." 세르게이 이바노비치는 커피 잔을 비우고 호주머니에 손수건과 시가 케이스를 넣으면서 말했다.

"내 친구 바렌카는 정말 매력적이에요! 그렇죠?" 키티는 세르게이 이바노비치가 일어나자마자 남편에게 말했다. 그녀는 세르게이 이바노비치에게 들리도록 말했다. 그녀는 분명 그것을 바라는 듯했다. "참 아름답죠, 얼마나 고상하고 아름다워요! 바렌카!" 키티가 소리쳤다. "물방앗간 숲에 있을 거죠? 우리도 당신이 있는 곳으로 갈게요."

"넌 네 처지를 까맣게 잊고 있구나, 키티." 노 공작부인이 문에서 황급히 나오며 말했다. "넌 그렇게 소리를 지르면 안 돼."

바렌카는 키티의 외침과 그녀의 어머니가 꾸중하는 소리를 듣고 재빨리 키티에게 사뿐사뿐 다가왔다. 동작의 민첩함, 생기 넘친 얼굴에 가득 퍼진 홍조, 그 모든 것은 그녀 안에서 무언가 범상치 않은 일이 일어나고 있다는 것을 보여 주었다. 키티는 그 범상치 않은 일이 무엇인지 알았기에 그녀를 유심히 관찰했다. 키티가 지금 바렌카를 부른 이유는, 다만 그녀가 생각하기에 오늘 숲에서 식사 후에 틀림없이 일어날 어떤 중요한 사건에 대해 바렌카를 마음속으로 축복해 주기 위해서였다.

"바렌카, 난 정말 행복해요. 하지만 한 가지 일이 일어난다면 그보다 더 기쁠 수는 없을 거예요." 그녀는 이렇게 속삭이며 그녀에게 입을 맞추었다.

"당신도 우리와 함께 가시나요?" 당황한 바렌카는 그녀의 말을 못 들은 척하며 레빈에게 말했다.

"네, 갑니다. 하지만 탈곡장까지만 가서 그곳에 계속 있을 겁니다."

"어머, 무슨 일 때문에 가려는 거예요?" 키티가 말했다.

"새 짐마차도 살펴봐야 하고 정산할 것도 있거든." 레빈이 말했다. "당신은 어디 있을 거야?"

"테라스에요."

2

테라스에서 여자들만의 모임이 열렸다. 그녀들은 대체로 식사 후 그곳에 앉아 있는 것을 좋아했다. 하지만 오늘 그녀들은 그곳에서 할 일이 있었다. 배냇저고리를 짓고 기저귀 끈을 뜨는 일에 매달려 있기도 했지만, 오늘 그곳에서는 아가피야 미하일로브나가 처음 보는, 물을 타지 않는 방법으로 잼이 만들어지고 있었다. 키티가 친정에서 사용하던 이 새로운 방법을 도입한 것이다. 전부터 이 일을 맡아 온 아가피야 미하일로브나는 레빈 가에서 해 왔던 방법이 결코 나쁠 리 없다고 생각했기에 다른 방법으로는 잼이 만들어질 수 없다고 고집을 부리며 딸기와 산딸기에 물을 부었다. 그러다 그만 그 장면을 사람들에게 들켜, 지금 사람들이 보는 앞에서 잼을 끓이게 된 것이다. 이제 아가피야 미하일로브나는 물 없이도 잼이 잘 만들어진다는 것을 믿지 않을 수 없게 되었다.

아가피야 미하일로브나는 머리를 산발하고 화가 난 듯한 괴로운 표정을 지은 채 팔꿈치까지 소매를 걷어 올린 앙상한 두 팔로 화로 위의 냄비를 휘휘 젓고 있었다. 그리고 잼이 팔팔 끓기 전에 딱딱하게 굳어 버리기를 간절히 바라면서 침울한 얼굴로 잼을 바라보고 있었다. 공작부인은 아가피야 미하일로브나의 울분이 잼 만들기의 우두머리 조언자인 자신에게 쏟아지리라는 것을 깨닫고, 다른 일로 바빠 잼 따위에는 아무 관심도 없다는 듯한 표정을 지으려 애쓰면서 그것과 상관없는 이야기를 늘어놓고 있었다. 그러면서도 그녀는 곁눈질로 화로를 힐끔거리곤 했다.

"난 언제나 할인 매장에서 하녀들의 옷을 직접 산단다." 공작부인은 방금 꺼낸 화제를 계속 이어 말했다. "할멈, 이제 거품을 걷어 내야 하지 않아요?" 그녀는 아가피야 미하일로브나를 돌아보며 이렇게 덧붙였다. "네가 직접 할 필요는 없어. 뜨거워." 그녀는 키티를 말렸다.

"내가 할게요." 돌리가 말했다. 그녀는 일어나 숟가락으로 조심스럽게 거품을 걷어 내기 시작했다. 그러고는 이따금 숟가락에 달라붙은 것을 떼려고 숟가락을 접시에 탁탁 두들겼다. 접시는 이미 노란색, 분홍색의 다채로운 거품으로 뒤덮였고 그 밑으로는 핏빛 시럽이 고이고 있었다. '우리 아이들이 차를 마시며 이것을 핥겠지!' 그녀는 어린 시절에 어른들이 가장 맛있는 거품을 먹지 않는 것에 놀라던 것을 회상하며 자기 아이들에 대해 생각했다.

"스티바는 돈을 주는 편이 훨씬 낫다고 하던걸요." 거품을 뜨는 동안 돌리는 그들이 막 꺼낸 흥미로운 화제, 즉 어떤 식으로 하인들에게 선물을 주는 것이 가장 좋은가에 대해 계속

해서 이야기했다. "하지만……."

"어떻게 돈으로 줄 수 있어!" 공작부인과 키티가 한목소리로 말했다. "그들은 선물을 더 고마워해."

"예를 들면 말이다, 난 지난해에 우리 집의 마트료나 세묘노브나에게 포플린은 아니지만 그것과 비슷한 것을 사 줬단다." 공작부인이 말했다.

"기억나요. 그녀는 어머니 명명일에 그 옷을 입었죠."

"정말 아름다운 무늬였지. 굉장히 깔끔하고 고상했어. 마트료나가 그것을 갖지 않았다면, 난 그것으로 내 옷을 만들고 싶어 했을 거야. 바렌카의 옷과 비슷한 무늬였지. 얼마나 싸고 예뻤는데."

"이제 다 된 것 같아요." 돌리는 숟가락으로 뜬 시럽을 밑으로 따르면서 말했다.

"크렌젤[2]같이 되면 다 된 거야. 좀 더 끓여요, 아가피야 미하일로브나."

"이놈의 파리들!" 아가피야 미하일로브나는 화를 내며 말했다. "그래도 마찬가지일걸요." 그녀는 이렇게 덧붙였다.

"아, 너무 귀여워요, 그 새를 놀라게 하지 마세요!" 키티는 참새 한 마리가 난간에 내려앉아 산딸기 줄기를 뒤적이며 열매를 쪼아 먹는 것을 쳐다보면서 난데없이 이렇게 말했다.

"알았다. 그런데 넌 화로에서 좀 더 떨어져 있는 게 좋겠구나." 어머니가 말했다.

---

2) 8자 형의 흰 빵이나 둥글게 만 빵. 찰기가 강해져 둥글게 오므라든 채 숟가락에 붙어 있는 모습을 비유적으로 표현한 말이다.

"A propos de Varenka.[3]" 키티는 아가피야 미하일로브나가 그들의 말을 알아듣지 못하게 하려 할 때마다 늘 그랬듯이 프랑스어로 말했다. "Maman은 제가 오늘 어떤 결정을 기대하고 있다는 것을 아시죠? Maman은 무슨 일인지 알고 계세요. 그렇게 되면 얼마나 좋을까!"

"하지만 중매 솜씨가 대단하던데!" 돌리가 말했다. "얘가 얼마나 조심스럽고 교묘하게 그 두 사람을 엮는지……."

"아니에요, 말해 주세요, maman, 어떻게 생각하세요?"

"생각할 게 뭐가 있어? 그는(세르게이 이바노비치를 의미했다.) 언제라도 러시아에서 가장 좋은 짝을 만날 수 있었어. 이젠 그도 그렇게 젊지는 않지만, 내가 알기로는 지금도 많은 여자들이 그 사람에게 시집오려고 할걸……. 그녀는 아주 참한 여자이지. 하지만 그는 좀 더……."

"아니에요, 엄마, 엄마는 왜 그와 그녀를 위해 더 나은 것을 생각할 수 없는지 이해하셔야 해요. 첫 번째, 그녀는 아름다워요!" 키티는 한 손가락을 꼽으며 말했다.

"그는 그녀를 무척 좋아해요. 그건 확실해요." 돌리가 맞장구를 쳤다.

"그다음 두 번째, 그는 사회에서 대단한 지위를 갖추고 있기 때문에 아내의 재산이나 지위를 전혀 필요로 하지 않아요. 그에게 필요한 건 오직 한 가지, 착하고 사랑스럽고 평온한 아내예요."

"그래, 그녀와 함께라면 그도 평온할 수 있을 거야." 돌리가

3) '바렌카에 대한 이야기를 하기에 딱 좋은 때네요.'(프랑스어)

맞장구를 쳤다.

"세 번째 조건은 그녀가 그를 사랑해야 한다는 것이죠. 그리고 그것은……. 그러니까 그 조건은 아주 잘 갖춰져 있을 거예요! 난 그저 두 사람이 숲에서 돌아오기를 기다릴 뿐이에요. 그러면 모든 것이 결정될 거예요. 난 그들의 눈을 보면 금방 알 수 있을 거예요. 그렇게 되면 얼마나 기쁠까! 어떻게 생각해, 언니?"

"흥분하지 마라. 넌 절대 흥분해서는 안 돼." 어머니가 말했다.

"네, 전 흥분하지 않았어요, 엄마. 제 생각에 오늘 그가 청혼을 할 것 같아요."

"아, 언제 어떻게 남자가 청혼을 하는가라는 것은 정말 신기한 일이야……. 어떤 장애물이 있다가 어느 순간 갑자기 그게 무너지지." 돌리는 깊은 생각에 잠긴 듯한 미소를 띤 채 스테판 아르카지치와의 지난 일을 떠올리며 말했다.

"엄마, 아빠는 엄마에게 어떻게 청혼을 하셨어요?" 키티가 불쑥 물었다.

"특별한 것은 전혀 없었어. 아주 단순했지." 공작부인은 이렇게 대답했으나, 그녀의 얼굴은 그 추억으로 환하게 빛났다.

"아니, 어떻게 하셨는데요? 엄마는 청혼을 받기 전부터 아빠를 사랑하셨어요?" 키티는 지금 어머니와 함께 여자의 일생에서 가장 중요한 이 질문에 대해 대등하게 이야기를 나눌 수 있다는 것에서 특별한 매혹을 느꼈다.

"물론 사랑했지. 그이는 시골에 있는 우리 집을 찾아오곤 했어."

"하지만 어떻게 결정된 거예요? 엄마?"
"넌 너희들만이 뭔가 새로운 것을 생각해 낸 것처럼 여기나 보구나. 다 똑같아. 그것을 결정하는 것은 눈빛과 미소와……."
"정말 멋진 말씀을 하시네요, 엄마! 바로 눈빛과 미소예요." 돌리가 맞장구를 쳤다.
"그런데 아빠는 어떤 말을 하셨어요?"
"코스챠는 네게 뭐라고 하든?"
"그이는 백묵으로 썼어요. 그건 놀라웠어요……. 그 일이 아주 오래전 일처럼 느껴져요!" 그녀가 말했다.
그리고 세 여인은 똑같은 생각에 잠겼다. 키티가 가장 먼저 침묵을 깨뜨렸다. 결혼하기 전의 마지막 겨울과 브론스키에게 끌렸던 일이 떠올랐던 것이다.
"다만 한 가지……. 바렌카의 옛 연인 말이에요." 자연스러운 상념의 고리를 따라 그것을 떠올리게 된 그녀는 이렇게 말했다. "전 세르게이 이바노비치가 마음의 준비를 하도록 어떻게든 그에게 이야기하고 싶어요." 그녀는 이렇게 덧붙였다. "남자들이란 우리의 과거에 대해 무서울 정도로 질투가 강하니까요."
"모두가 그렇지는 않아." 돌리가 말했다. "넌 네 남편을 보고 그렇게 판단하는 거야. 그 사람은 지금까지 브론스키에 대한 기억으로 괴로워하는구나. 그러니? 사실이야?"
"그래요." 키티는 깊은 생각에 잠긴 듯 눈웃음을 지으며 대답했다.
"하지만 난 모르겠구나." 공작부인은 어머니로서 딸을 감독한 것에 대해 변호했다. "도대체 너의 어떤 과거가 그를 괴롭힐 수 있을까? 브론스키가 네게 구애한 것 말이니? 그건 어느 아가씨에게나 있는 일이야."

"그래요, 하지만 우리는 그 이야기를 하는 게 아니잖아요." 키티는 얼굴을 붉히며 말했다.

"아니, 잠깐 기다려 봐." 어머니는 계속해서 이야기했다. "그러고 나서 너도 내가 브론스키와 이야기하는 것을 원하지 않았잖아. 기억나니?"

"아, 엄마!" 키티는 고통스러운 표정으로 말했다.

"요즘 같은 때 너 같은 아가씨들을 억지로 붙잡아 둘 수도 없잖니……. 너희들 관계는 필요 이상으로 나가지도 못했어. 그랬다면 내가 직접 그를 불러들였을 거야. 하지만 사랑하는 딸아, 흥분하는 것은 네게 좋지 않아. 제발 그 점을 명심하고 진정해라."

"제 마음은 완벽할 정도로 편안해요, maman."

"키티로서는 그때 안나가 온 것이 얼마나 다행이었는지 몰라요." 돌리가 말했다. "그리고 안나로서는 얼마나 불행한 일인지. 완전히 반대로 됐어요." 돌리는 자신의 생각에 충격을 받으며 말했다. "그때 안나는 너무나 행복했고, 키티는 스스로를 불행하다고 생각했어요. 완전히 반대죠! 전 종종 안나에 대해 생각해요."

"누구를 생각한다고! 심장도 없는 그 추악하고 혐오스러운 여자 말이냐." 어머니는 키티가 브론스키가 아닌 레빈과 결혼한 것에 아직도 마음을 쓰며 이렇게 말했다.

"뭣 때문에 그 일을 입에 담으려 하세요." 키티는 화를 내며 말했다. "난 이제 그 일에 대해 생각하지도 않고, 생각하고 싶지도 않아요……. 이제는 생각하고 싶지 않아요." 그녀는 테라스 계단에서 들리는 남편의 낯익은 발소리에 귀를 기울이며 같은 말을 되풀이했다.

"무슨 이야기야. 생각하고 싶지 않다니?" 레빈은 테라스에 들어서며 물었다.

하지만 아무도 그에게 대답하지 않았다. 그래서 그도 거듭 묻지 않았다.

"제가 여러분의 여인 왕국을 어지럽힌 것 같아 유감스럽군요." 그는 시무룩하게 사람들을 둘러보고는 그들이 그의 앞에서는 이야기하지 않았을 무언가에 대해 말하고 있었다는 것을 알아챘다.

순간 그는 자신이 아가피야 미하일로브나의 감정, 즉 물 없이 잼을 끓이는 방법과 낯선 쉐르바츠키 가의 영향에 대한 전반적인 불만을 공유하고 있음을 깨달았다. 그러나 그는 미소를 지으며 키티에게 다가갔다.

"좀 어때?" 그는 요즘 모두가 그녀에게 보이는 그런 표정으로 그녀를 바라보며 물었다.

"괜찮아요, 아주 좋아요." 키티는 생긋 웃으며 말했다. "당신은 어때요?"

"음, 그게 짐마차보다 세 배 이상 나르는군. 그럼, 아이들을 데리러 가 볼까? 마차에 말을 매라고 일렀어."

"뭐, 자네는 키티를 리네이카[4]에 태워 가려는 건가?" 어머니는 질책하며 말했다.

---

4) 대형 유개 사륜마차.

“네, 정말로 말을 천천히 몰 겁니다, 공작부인.”

레빈은 지금까지 다른 사위들처럼 공작부인에게 maman이라고 부른 적이 한 번도 없었다. 그리고 그것이 공작부인에게는 불쾌했다. 하지만 레빈은 공작부인을 몹시 사랑하고 존경했음에도 자신의 죽은 어머니에 대한 감정을 더럽히지 않고는 그녀를 그렇게 부를 수 없었다.

“우리와 함께 가세요, maman.” 키티가 말했다.

“난 그런 무분별한 짓은 보고 싶지 않다.”

“그럼, 전 걸어서 갈게요. 전 지금 아주 건강하거든요.” 키티는 일어서서 남편에게 다가가 그의 손을 잡았다.

“건강하겠지. 하지만 모든 것에는 정도라는 게 있다.” 공작부인이 말했다.

“그건 그렇고, 아가피야 미하일로브나, 잼은 다 됐어요?” 레빈은 아가피야 미하일로브나에게 빙그레 웃어 보이며 그녀의 기분을 북돋아 주고 싶어 이렇게 말했다. “새로운 방식으로 하니 잘됩니까?”

“틀림없이 잘되겠죠. 우리의 방식으로 보면 너무 끓인 것 같지만.”

“그 방법이 더 좋아요, 아가피야 미하일로브나, 시어지지 않거든요. 우리 집 얼음이 이미 다 녹아 버려 보관할 곳도 없잖아요.” 키티는 남편의 의도를 금방 알아채고 똑같은 감정으로 노파를 대하며 말했다. “그 대신 할멈의 소금 절임은, 엄마도 말씀하셨지만, 어디에서도 먹을 수 없는 것이에요.” 그녀는 생긋 웃는 얼굴로 노파의 머릿수건을 고쳐 주며 이렇게 덧붙였다.

아가피야 미하일로브나는 뾰로통한 얼굴로 키티를 바라보

았다.

"절 위로하지 않아도 돼요, 마님. 전 이 사람과 마님이 나란히 있는 것을 보기만 해도 기쁘답니다." 그녀는 말했다. 그리고 이분이 아니라 이 사람이라는 그 투박한 표현이 키티에게 감동을 주었다.

"우리와 버섯을 따러 가요. 할멈이 우리에게 장소를 가르쳐 줘요." 아가피야 미하일로브나는 빙그레 웃으며 고개를 저었다. 마치 '당신에게 화를 낼 수 있다면 좋을 텐데, 그럴 수가 없네요.'라고 말하는 듯했다.

"제발 내 충고대로 해 줘요." 노 공작부인이 말했다. "위에 종이를 덮고 럼주에 적셔요. 그렇게 하면 얼음이 없어도 절대 곰팡이가 피지 않을 거예요."

3

키티는 남편과 서로 마주보고 단둘이 있을 기회를 얻어 특히 기뻤다. 왜냐하면 그가 테라스로 들어와 무슨 이야기를 했느냐고 물었을 때 아무도 대답하지 않자, 모든 것을 너무나 생생하게 반영하는 그의 얼굴에 비탄의 그림자가 스치는 것을 보았기 때문이다.

다른 사람들보다 앞서 걷던 두 사람은 수레에 다져지고 먼지투성이고 호밀 이삭과 낟알이 흩어진 길로 나와 집이 보이지 않는 곳에 이르렀다. 그러자 그녀는 그의 팔에 더 꼭 기대어 그 팔을 자기 몸에 바짝 붙였다. 그는 이미 잠시 동안의 불쾌한 기억을 잊어버렸다. 그리고 그녀의 임신에 대한 생각이 한시도 머리에서 떠나지 않는 지금, 그는 아내와 단둘이 있으면서 사랑하는 여자와 가까이 있는 즐거움, 그로서는 새롭고도 기쁜, 육욕에 전혀 더럽혀지지 않은 그런 즐거움을 맛보고 있었다. 딱히 할 말은 없었다. 그러나 그는 그녀의 시선처럼 임신과 더불어 변해 버린 그녀의 목소리가 듣고 싶었다. 그녀의 시선과 마찬가지로, 그녀의 목소리에는 자신이 좋아하는 한 가지 일에 계속 몰두해 있는 사람들에게서 흔히 볼 수 있는 그러한 부드러움과 진지함이 깃들어 있었다.

"당신, 피곤하지 않겠어? 더 기대." 그가 말했다.

"아뇨, 당신과 단둘이 있게 돼서 너무 기뻐요. 솔직히 말하면, 난 다른 사람들과 함께 있는 것도 좋지만 당신과 둘이서 보낸 겨울밤이 그리워요."

"그것도 좋고, 이것은 더 좋아. 둘 다 좋지." 그는 그녀의 손을 꼭 잡으며 말했다.

"당신이 들어왔을 때 우리가 무슨 이야기를 하고 있었는지 알아요?"

"잼?"

"네, 잼에 관해서도 이야기했죠. 하지만 그러고 나서 어떻게 청혼을 받았는지에 대해 이야기했어요."

"아!" 레빈은 그녀가 말하는 단어보다 목소리에 귀를 기울이며 말했다. 그는 이제부터 숲으로 이어질 길에 계속 신경을 쓰며 그녀가 잘못 디딜 만한 곳을 피해 걸었다.

"그리고 세르게이 이바노비치와 바렌카에 대해서도 이야기했어요. 당신도 눈치챘죠? 난 정말 그렇게 되기를 바라고 있어요." 그녀는 말을 계속했다. "당신은 이 문제에 대해 어떻게 생각해요?" 그녀는 남편의 얼굴을 흘깃 쳐다보았다.

"어떻게 생각해야 할지 잘 모르겠어." 레빈은 웃으며 대답했다. "세르게이 형은 이 점에서는 정말 기이한 사람이라니까. 당신에게 말하지 않았나……."

"네, 그분이 죽은 그 아가씨를 사랑했다는 이야기 말이죠……."

"내가 어렸을 때의 일이지. 나도 그 이야기를 전해 들었어. 난 그 시절의 형을 기억해. 형은 놀랄 만큼 멋진 사람이었어. 하지만 난 그 후로 형이 여자들과 함께 있을 때를 계속 지켜봤어. 형은 친절하고, 그 여자들 가운데 몇몇을 좋아하기도 했지. 그러나 당신도 느끼겠지만, 형에게는 그들이 여자가 아니라 그저 인간일 뿐이었어."

"그래요, 하지만 지금 바렌카와는……. 뭔가 있는 것 같은데……."

"어쩌면 있을지도……. 하지만 당신은 형이란 사람을 알아야 해. 형은 특별하고 놀라운 사람이지. 형은 정신적인 삶만으로 살고 있어. 형은 너무나 순결하고 고상한 영혼을 지닌 사람이야."

"무슨 뜻이에요? 사랑이 그분을 끌어내리기라도 한다는 건가요?"

"아니, 하지만 형은 혼자만의 정신적인 삶에 너무 익숙해 있어서 실재와 조화를 이룰 수 없어. 그런데 바렌카 역시 실재잖아."

레빈은 이제 자신의 생각을 정확한 말로 표현하는 수고를 들이지 않고 자신의 생각을 과감히 말하는 것에 익숙해져 있었다. 그는 지금처럼 사랑으로 가득한 순간에는 아내가 자신이 하고 싶은 말을 암시만으로도 알아챈다는 것을 알고 있었다. 이번에도 그녀는 그의 말을 이해했다.

"네, 하지만 그녀에게는 나만큼이나 그런 실재감이 없어요.

물론 그분은 절대로 날 사랑할 리 없다는 것을 알아요. 그녀는 전적으로 정신적인……."

"아니, 형은 당신을 몹시 사랑해. 그리고 그 점이 언제나 날 무척 기쁘게 해. 나의 사람들이 당신을 사랑한다는 것……."

"그래요, 그분은 내게 친절히 대해 줘요. 하지만……."

"하지만 죽은 니콜렌카 형 같지는 않다는 거지……. 당신과 형은 정말로 서로를 사랑했으니까." 레빈은 말을 맺었다. "이런 말을 못할 이유도 없잖아?" 그는 덧붙였다. "난 때때로 나 자신을 책망해. 인간은 망각을 통해 죽는구나 하고. 아, 얼마나 무섭고도 매력적인 사람이었는지……. 참, 우리가 무슨 이야기를 하고 있었지?" 레빈은 잠시 침묵하다가 말을 꺼냈다.

"당신은 형이 사랑에 빠질 수 없다고 생각하는군요." 키티는 남편의 말을 자신의 언어로 바꾸어 말했다.

"사랑에 빠질 수 없다는 게 아니야." 레빈은 빙그레 웃으며 말했다. "하지만 형에게는 사랑을 하는 데 필요한 약점이 없어……. 난 늘 형을 질투했지. 그리고 이렇게 행복한 지금도 난 여전히 형을 부러워하고 있어."

"형이 사랑에 빠질 수 없다는 것을 질투한다고요?"

"난 형이 나보다 뛰어나다는 사실을 부러워하는 거야." 레빈은 미소를 지으며 말했다. "형은 자신을 위해서 살지 않아. 형의 전 생애는 의무에 바쳐졌어. 그래서 형은 평온하고 만족스러울 수 있는 거지."

"당신은요?" 키티가 놀리는 듯한 애정 어린 미소를 지으며 말했다.

그녀는 자신을 미소 짓게 한 그 상념의 흐름을 도저히 표현할 수 없을 것 같았다. 하지만 최종적인 결론은 형에게 감탄하며 그 앞에서 자신을 낮추는 자기 남편의 말이 진심이 아니라는 것이었다. 키티는 그의 이런 거짓말이 형에 대한 사랑에서, 그가 지나칠 정도로 행복한 것에 대한 무안한 감정에서, 특히 한시도 그를 떠난 적이 없는 더 우월해지고 싶은 욕망에서 비롯된 것임을 잘 알고 있었다. 그녀는 그의 이런 점을 사랑했기에 미소를 지은 것이다.

"그럼 당신은요? 당신은 도대체 뭐가 불만스러운 거예요?" 그녀는 똑같은 미소를 띠며 말했다.

스스로에 대한 그의 불만을 그녀가 믿지 않는다는 사실이 그를 기쁘게 했다. 그래서 그는 무의식적으로 그녀가 그것을 믿지 않는 이유를 털어놓도록 그녀를 자극했다.

"난 행복해. 하지만 나 스스로에게 불만을 느껴……." 그는 말했다.

"만약 당신이 행복하다면 어떻게 자신에게 만족하지 않을 수 있어요?"

"그러니까, 당신에게 어떻게 말하면 좋을까? 난 솔직히 당신이 넘어지지 않도록 하는 것 외에는 아무것도 바라지 않아. 아, 정말, 그렇게 뛰면 안 되지!" 그는 그녀가 오솔길에 놓인 큰 나뭇가지를 넘기 위해 너무 빨리 움직인 것을 나무라느라 이야기를 중단했다. "하지만 나 자신에 대해 생각하고 나를 다른 사람과, 특히 형과 비교할 때면, 나 자신이 열등하게 느껴져."

"도대체 어떤 점에서요?" 키티는 똑같은 미소를 띠며 말했다. "당신도 다른 사람들을 위해 일하고 있지 않나요? 당신의 농장, 당신의 농경, 당신의 책은요?"

"아니, 난 그렇지 않다는 것을 느끼고 있어. 특히 지금. 그건 당신 탓이야." 그는 그녀의 손을 잡고 말했다. "난 그 일을 아무 생각 없이 가볍게 하고 있어. 내가 당신을 사랑하듯 그 모든 일을 사랑할 수 있다면……. 하지만 난 요즘 그 일을 숙제하듯 하고 있어."

"그럼, 당신은 우리 아빠에 대해선 뭐라고 말할 거예요?" 키티는 물었다. "아빠도 공익을 위해 아무것도 하지 않으니 쓸모없는 사람인 건가요?"

"그분? 아냐. 다들 당신의 아버지 같은 솔직담백함과 명쾌함과 선량함을 지녀야 해. 그런데 나에게는 그런 것이 있을까? 난 일은 하지 않고 괴로워하고 있어. 그 모든 것은 당신 때문이야. 당신도 없고 이것도 없었을 때는……." 그는 그녀의 배를 흘깃 쳐다보며 말했다. 그녀는 그 뜻을 알아차렸다. "난 내 일에 온 힘을 쏟아 왔어. 하지만 지금은 그렇게 못하고 있지. 그래서 부끄러워. 난 숙제 하듯 일을 하고 있어. 일하는 척하는 거지……."

"그럼 당신은 지금도 세르게이 이바니치가 되고 싶어요?" 키티가 말했다. "그분처럼 공공의 대의를 위해 일하고 주어진 과제를 사랑하고 싶어요? 그뿐이에요?"

"물론 아니지." 레빈은 말했다. "하지만 난 아무것도 이해하지 못할 만큼 너무 행복해. 그런데 당신은 형이 오늘 청혼을 할 거라고 생각해?" 그는 잠시 침묵한 후 이렇게 덧붙였다.

"그렇기도 하고 그렇지 않기도 해요. 그저 간절히 바랄 뿐이에요. 저, 잠깐만요." 그녀는 허리를 굽히고 길가에 핀 야생 데이지 꽃을 꺾었다. "자, 세어 봐요. 청혼을 할지, 안 할지." 그녀는 그에게 꽃을 내밀며 말했다.

"한다, 안 한다." 레빈은 홈이 팬 하얗고 가느다란 꽃잎을 뜯으며 말했다.

"아니, 아니에요." 가슴을 졸이며 그의 손가락을 지켜보던 키티는 그의 손을 잡으며 그를 말렸다. "꽃잎을 두 장 뗐잖아요."

"그럼, 그 대신 이 작은 꽃잎은 세지 않을게." 레빈은 덜 자란 작은 꽃잎을 뜯으면서 말했다. "어라, 리네이카가 우리를 따라잡았군."

"피곤하지 않니, 키티?" 공작부인이 소리쳤다.

"전혀요."

"말이 온순하고 천천히 걷기만 한다면, 리네이카를 타도 괜찮아."

하지만 리네이카를 탈 필요가 없었다. 이미 거의 다 왔기 때문에 그들은 모두 걸어서 갔다.

4

검은 머리에 하얀 머릿수건을 쓴 바렌카, 아이들에게 둘러싸인 채 상냥하고 명랑하게 그들을 돌보며 좋아하는 남자에게 고백을 받을지 모른다는 생각으로 들떠 있는 그녀는 무척 매력적으로 보였다. 세르게이 이바노비치는 그녀와 나란히 걸으면서 도취된 눈길로 계속 그녀를 바라보았다. 그녀를 쳐다보는 동안, 그는 그녀에게서 들은 그 모든 사랑스러운 말들과 그녀에 대해 알게 된 모든 장점들을 떠올렸다. 그러는 동안 그는 자기가 그녀에게 느끼는 감정이 먼 옛날 청년 시절에 단 한 번 느낀 특별한 어떤 감정이라는 것을 점점 더 뚜렷이 인식했다. 그녀의 옆에 있다는 기쁨의 감정은 점점 강해졌다. 결국 그는 가느다란 뿌리에 갓의 가장자리가 위로 말린 커다란 자작나무 버섯을 찾아 그녀의 바구니에 넣으며 그녀의 눈을 쳐다보던 중, 기쁨과 놀라움이 뒤섞인 흥분이 그녀의 얼굴을 새빨갛게 물들인 것을 눈치채고는 그만 당황하여 너무나 많은 것을 말하는 미소를 말없이 그녀에게 보이고 말았다.

'만약 그렇다면…….' 그는 혼잣말을 했다. '충분히 생각해서 결정해야 해. 애들처럼 순간의 충동에 빠지지 말고.'

"이제 다른 사람들과 떨어져 혼자 버섯을 따러 가겠습니다. 그렇지 않으면 내가 딴 것은 눈에 띄지도 않을 것 같아서요." 그는 이렇게 말하고, 듬성듬성 자란 자작나무 고목 사이로 키 작은 비단실 같은 풀밭을 바렌카와 거닐던 숲 가장자리를 떠나, 하얀 자작나무 줄기 사이로 회색빛의 사시나무 줄기와 거무스름한 밤나무 덤불이 보이는 숲 한가운데로 혼자 들어갔다. 마흔 발짝 정도 걸어가 빨간 장밋빛 꽃차례를 지닌 꽃들이 만발한 회나무 덤불을 지났을 때, 세르게이 이바노비치는 자신의 모습이 아무에게도 보이지 않는다는 것을 알고 그 자리에 멈췄다. 그 주위는 완벽할 정도로 고요했다. 오직 머리 위의 자작나무 꼭대기에서만 파리들이 벌떼처럼 끊임없이 윙윙거렸고, 이따금 아이들의 목소리가 들려올 뿐이었다. 갑자기 숲 언저리에서 멀지 않은 곳으로부터 그리샤를 부르는 바렌카의 콘트랄토 목소리가 들렸다. 그러자 세르게이 이바노비치의 얼굴에 즐거운 미소가 떠올랐다. 그 미소를 의식한 세르게이 이바노비치는 자신의 상태가 못마땅한 듯 고개를 젓고는 시가를 꺼내어 피우기 시작했다. 그는 자작나무 가지에 성냥을 그었지만 오랫동안 불을 붙일 수 없었다. 하얀 나무껍질의 부드럽고 얇은 막이 인에 자꾸 달라붙어 불이 꺼졌다. 마침내 성냥 한 개비에 불이 붙었고, 향기로운 시가 연기가 이리저리 흔들리는 넓은 테이블보 모양을 이루며 앞으로, 위로, 덤불 위로, 자작나무의 늘어진 가지 아래로 퍼져 나갔다. 연기의 띠를 눈으로 좇으면서, 세르게이 이바노비치는 자신의 상태를 곰곰이 생각하며 조용한 걸음으로 걸어갔다.

'어째서 안 된단 말인가?' 그는 생각했다. '만약 이것이 일시적인 충동이나 정욕이라면, 만약 내가 그저 이런 갈망, 이런 상호적인 갈망(나는 그것을 상호적이라 말할 수 있어.)을 경험한 것에 불과하다면, 하지만 그것이 내 삶의 모든 방식과 역행한다고 느낀다면, 만약 내가 이런 갈망에 몸을 맡긴 채 나 자신의 본분과 의무를 배신하고 있다고 느낀다면……. 하지만 그런 것은 아니야. 내가 그것에 반박하며 말할 수 있는 단 한 가지는, 마리를 잃었을 때 내가 언제까지나 그녀의 추억에 충실하겠다고 스스로에게 다짐했다는 거야. 그것이 내가 내 감정을 거스르며 말할 수 있는 모든 것이지……. 그것은 중요해.' 세르게이 이바노비치는 이러한 생각이 자신에게 개인적으로 그 어떤 중요성도 갖지 못할 뿐 아니라 다른 사람들 앞에서 그의 시적 역할을 망칠 뿐이라는 것을 동시에 느끼면서 속으로 중얼거렸다. '하지만 그 점을 제외하면, 내가 아무리 열심히 찾는다 해도, 내가 나 자신의 감정을 거스르며 말할 만한 것을 전혀 찾지 못할 거야. 만약 내가 이성에만 의지하여 선택한다면, 이보다 더 나은 여자를 결코 찾을 수 없을 거야.'

그는 자신이 아는 여자들과 아가씨들을 아무리 떠올려 보아도, 냉정하게 판단하여 그가 자신의 아내에게서 보기를 갈망하는 모든 미덕, 정확하게 그 모든 미덕을 이 정도로 겸비한 아가씨는 찾을 수 없었다. 그녀는 젊음의 아름다움과 싱싱함을 모두 갖추고 있었다. 그러나 그녀는 어린애가 아니었다. 만약 그녀가 그를 사랑하고 있다면, 여자들이 마땅히 그렇게 사랑해야 하듯 그녀도 의식적으로 그를 사랑하고 있을 것이다. 이것이 한 가지 미덕이었다. 또 다른 미덕, 그녀는 사교성과는 거리가 멀 뿐 아니라 분명 사교계에 대한 혐오감을 품고 있었지만, 그와 동시에 사교계를 잘 알고 상류사회의 여성에게 필요한 몸가짐을 고루 갖추고 있었다. 세르게이 이바노비치로서는 그러한 몸가짐이 없는 생의 반려자를 생각할 수도 없었다. 세 번째, 그녀는 신앙심이 깊었다. 그것도 어린아이, 예를 들면 키티처럼 분별없이 종교적이고 착한 것이 아니었다. 그녀의 삶은 종교적 신념을 토대로 삼고 있었다. 아주 사소한 점에 이르기까지, 세르게이 이바노비치는 그녀에게서 자신이 아내에게 바라는 모든 것을 발견했다. 그녀는 가난하고 외로운 여자였다. 따라서 그녀는, 그가 키티에게서 본 것처럼, 남편의 집에 산더미 같은 친척들과 그들의 영향을 끌어들이지 않을 것이고, 모든 것에서 남편의 고마움을 느낄 것이다. 그것 역시 그가 언제나 미래의 가정생활에 대해 바라던 바였다. 그런데 그 모든 미덕을 겸비한 이 아가씨가 그를 사랑하고 있다. 그는 겸손한 사람이었지만 그 사실을 깨닫지 않을 수 없었다. 그도 그녀를 사랑했다. 한 가지 꺼림칙하게 느껴지는 것은 그의 나이였다. 하지만 그의 가문은 장수하는 가문이었고, 그에게는 흰머리가 한 올도 없었으며, 아무도 그를 마흔 살로 보지 않았다. 게다가 그는 바렌카가 오직 러시아에서만 쉰 살의 사람들이 스스로를 노인으로 여길 뿐, 프랑스에서는 쉰 살의 사람들이 자신을 dans la force de l'âge[5]로 생각하고 마흔 살의 사람

5) '한창때.'(프랑스어)

들은 자신을 un jeune homme[6]로 여긴다고 말한 것을 기억하고 있었다. 하지만 그가 자신을 20년 전과 다름없이 젊다고 느낀다면, 나이에 무슨 의미가 있는가? 그가 반대편에서 다시 숲 가장자리로 나가는 동안 태양의 비스듬한 광선의 눈부신 빛 속에서 노란 옷차림에 바구니를 든 채로 오래 묵은 자작나무의 줄기를 사뿐사뿐 지나치는 바렌카의 우아한 형상을 보고 있는 지금, 바렌카의 모습이 풍기는 그 인상이 비스듬한 빛 속에 잠긴 노란 귀리 밭의 — 아름다움으로 그에게 깊은 인상을 준 — 모습과 귀리 밭 너머 저 멀리 노란색이 점점이 뿌려진 묵은 숲, 푸르스름한 머나먼 곳으로 사라지는 저 묵은 숲의 모습과 하나로 어우러지는 지금, 그가 느끼고 있는 이 감정은 젊음이 아닐까? 그의 심장이 기쁨으로 죄어 왔다. 부드러운 감정이 그를 사로잡았다. 그는 자신의 마음이 정해졌음을 느꼈다. 바렌카는 버섯을 따려고 막 앉았다가 유연한 몸짓으로 일어나 주위를 둘러보았다. 세르게이 이바노비치는 시가를 던지고는 단호한 걸음으로 그녀를 향해 걸어갔다.

---

6) '청년.'(프랑스어)

5

'바르바라 안드레예브나, 난 아주 젊었을 때 내가 사랑하게 될, 내가 아내라고 부르며 행복해할 여인의 이상을 그렸습니다. 난 기나긴 인생을 살았고, 이제야 비로소 내가 찾던 이상을 당신 안에서 만났습니다. 난 당신을 사랑합니다. 그래서 당신에게 청혼하고자 합니다.'

세르게이 이바노비치는 바렌카와 열 걸음 정도 떨어진 곳에 이른 순간, 마음속으로 이렇게 중얼거리고 있었다. 그녀는 무릎을 꿇은 채 버섯을 그리샤에게 뺏기지 않으려고 두 손으로 지키면서 어린 마샤를 부르고 있었다.

"여기야, 여기! 작은 버섯들이 있어! 아주 많아!" 그녀가 특유의 아름답고 부드러운 목소리로 말했다.

그녀는 세르게이 이바노비치가 자기에게 다가오는 것을 보면서도 일어서지 않았고 자세를 바꾸려 하지도 않았다. 하지만 모든 것이 그녀가 그의 접근을 느끼고 있고 그것을 기뻐하고 있다고 말해 주었다.

"어때요? 뭔가 발견하셨나요?" 그녀는 하얀 머릿수건 아래로 조용히 미소 짓는 그 아름다운 얼굴을 그에게 돌리며 물었다.

"전혀요." 세르게이 이바노비치가 말했다. "당신은요?"

그녀는 자신을 에워싼 아이들을 돌보느라 그에게 대답하지 않았다.

"여기 또 있네. 가지 옆에 말이야." 그녀는 마른 풀에 탄력 있는 장밋빛 갓을 가로로 찢긴 채 그 밑에서 빠져나온 작은 버섯을 어린 마샤에게 가리켜 보였다. 그녀는 마샤가 버섯을 반으로 찢어 집어 들었을 때야 비로소 일어났다. "이러고 있으니 어린 시절이 떠올라요." 그녀는 아이들에게서 벗어나 세르게이 이바노비치와 나란히 걸으며 이렇게 덧붙였다.

그들은 말없이 몇 걸음 나아갔다. 바렌카는 그가 뭔가 말하고 싶어 한다는 것을 깨달았다. 그녀는 무슨 이야기일지 추측하면서 기쁨과 두려움으로 가슴이 두근거려 정신을 잃을 것만 같았다. 그들은 아무도 그들의 이야기를 들을 수 없을 만큼 아주 먼 곳으로 걸어갔다. 하지만 그는 아직 아무 말도 꺼내지 않았다. 바렌카로서는 말없이 있는 편이 더 좋았다. 그들이 서로에게 하고 싶은 이야기를 털어놓기에는 버섯에 대한 이야기를 나눈 후보다는 침묵이 흐른 후가 더 편할 것 같았다. 하지만 마치 우연이기라도 한 듯, 바렌카는 자신의 의지에 반하여 이렇게 말하고 말았다.

"그럼 버섯을 하나도 못 찾았단 말이에요? 하긴, 숲 속에는 버섯이 늘 더 적기 마련이죠."

세르게이 이바노비치는 한숨만 쉴 뿐 아무 대답도 하지 않았다. 그는 그녀가 버섯 이야기를 꺼내어 화가 났다. 그는 그녀가 어린 시절에 대해 이야기를 꺼낸 순간으로 그녀를 돌려놓고 싶었다. 하지만 자신의 의지를 거스르기라도 하듯, 그는 몇 분 동안 침묵한 후 그녀의 마지막 말에 대해 소견을 말했다.

"하얀 버섯이 주로 숲 언저리에서 자란다는 말을 듣기만 했을 뿐, 하얀 버섯을 식별하지는 못합니다."

또 몇 분이 흘렀고, 그들은 아이들에게서 더 멀리 떨어져 완전히 단둘만 남게 되었다. 바렌카의 심장이 너무나 세차게 뛰어 그 고동소리가 그녀에게까지 들렸다. 그녀는 자신의 얼굴이 빨개졌다 하얘졌다, 다시 빨개지는 것을 느꼈다.

코즈니셰프 같은 사람의 아내가 된다는 것은 슈탈 부인에게 신세를 지는 처지에 있다가 온 그녀에게는 행복의 절정으로 보였다. 게다가 그녀는 자신이 그를 사랑하고 있다고 거의 확신했다. 그리고 이제 그것이 결정될 것이다. 그녀는 두려웠다. 그가 말을 할까 봐 두렵기도 하고, 말을 하지 않을까 봐 두렵기도 했다.

지금이 아니면 영원히 서로 마음을 털어놓을 수 없을 것이다. 세르게이 이바노비치도 그것을 느꼈다. 바렌카의 시선, 홍조, 내리깐 눈동자 속의 모든 것이 병적인 기대를 드러냈다. 세르게이 이바노비치는 그것을 보자 그녀가 가엽게 느껴졌다. 심지어 그는 이 순간에 아무것도 말하지 않는 것은 곧 그녀를 모욕하는 것이라고까지 느꼈다. 그는 재빨리 머릿속으로 자신의 결심을 도와줄 온갖 이유를 외워 보았다. 그는 청혼의 뜻을 밝히기 위해 하려고 했던 말을 자신에게 되풀이해 보기도 했다. 하지만 그 말 대신, 난데없이 그의 머릿속에 떠오른 어떤 생각에 이끌려, 그는 불쑥 이렇게 물었다.

"하얀 버섯은 자작나무 버섯과 어떻게 다릅니까?"

바렌카가 대답할 때, 그녀의 입술이 흥분으로 바르르 떨렸다.

"갓 모양에는 차이가 없고 뿌리 모양이 다르죠."

그 말을 입 밖으로 내뱉자마자, 그도 그녀도 그 문제가 종결됐다는 것, 입 밖으로 나왔어야 할 그 말이 앞으로도 나오지 못하리라는 것을 깨달았다. 그러자 바로 그 직전까지 절정에 달했던 그들의 흥분도 잠잠해지기 시작했다.

"자작나무 버섯은 그 뿌리가 이틀째 면도를 하지 않은 다갈색 수염을 떠올리게 하는군요." 세르게이 이바노비치는 이미 차분하게 가라앉은 어조로 말했다.

"네, 정말 그래요." 바렌카는 미소를 지으며 대답했다. 그리고 무심결에 두 사람의 산책 방향이 바뀌었다. 그들은 아이들 쪽으로 걷기 시작했다. 바렌카는 마음이 아프고 부끄러웠지만, 동시에 안도감도 느꼈다.

집으로 돌아와 모든 이유들을 하나하나 되새겨 보던 세르게이 이바노비치는 자신이 그릇된 판단을 했다는 것을 깨달았다. 그는 마리에 대한 추억을 배신할 수 없었던 것이다.

"조용, 얘들아, 조용!" 아이들이 떼를 지어 맞은편에서 기쁨으로 꺅꺅 소리를 지르며 날듯이 뛰어오자, 레빈은 아내를 보호하기 위해 그녀 앞에 서서 아이들을 향해 성난 목소리로 외쳤다.

아이들에 뒤이어 세르게이 이바노비치와 바렌카가 숲에서

걸어 나왔다. 키티는 바렌카에게 물어볼 필요도 없었다. 그녀는 두 사람의 차분하고 다소 무안한 표정에서 그녀의 계획이 이루어지지 않았음을 알아차렸다.

"그래, 어떻게 됐어?" 집으로 되돌아오는 길에 남편이 그녀에게 물었다.

"실패했어요." 키티는 그녀의 아버지와 닮은, 레빈이 종종 즐거운 마음으로 그녀에게서 발견하는 그런 미소와 태도를 보이며 말했다.

"실패했다니, 왜?"

"그건 말이에요." 그녀는 남편의 손을 잡고 자기 입으로 가져가 다문 입술을 가볍게 대며 말했다. "주교님 손에 입 맞추는 것과 같아요."

"그런데 누구 때문에 실패한 걸까?" 그는 웃으며 말했다.

"둘 다죠. 이렇게 했어야 하는데……."

"농부들이 와……."

"아니에요, 우리를 못 봤어요."

6

아이들이 차를 마시는 동안, 어른들은 발코니에 모여 앉아 마치 아무 일도 없던 것처럼 이야기를 나누었다. 그러나 모두들, 특히 세르게이 이바노비치와 바렌카는 부정적이긴 하지만 대단히 중요한 상황이 벌어졌다는 것을 아주 잘 알고 있었다. 두 사람은 시험에서 떨어져 유급되었거나 영원히 제적당한 학생이 느꼈음직한 그런 감정을 느꼈다. 그 자리에 있던 사람들도 무언가 일어났다는 것을 느끼면서 그것과 상관없는 화제들에 관하여 활발하게 이야기를 나누었다. 레빈과 키티는 오늘 밤 특별히 행복하고 사랑 가득한 기분을 느꼈다. 그러면서도 사랑으로 행복해하는 자신들의 모습이 그와 똑같은 것을 바랐으나 이룰 수 없었던 이들에게 넌지시 불쾌감을 줄 수도 있다는 사실에 부끄러움을 느끼기도 했다.

"내 말을 기억해 두렴. 알렉산드르는 오지 않을 거야." 노공작부인이 말했다.

오늘 밤 그들은 기차를 타고 오기로 한 스테판 아르카지치를 기다리고 있었다. 노공작은 어쩌면 자기도 갈지 모른다고 편지에 썼다.

"난 그 이유도 알고 있어." 공작부인은 계속해서 말했다. "그이는 결혼 초에는 신혼부부를 둘만 있게 내버려 둬야 한다고 말하지."

"그래서 아빠가 이렇게 우리만 있게 하신 거구나. 우리는 그동안 아빠를 통 뵙지 못했어요." 키티가 말했다. "그리고 우리가 무슨 신혼부부예요? 우리도 벌써 아주 오래 묵은 부부인데."

"그이가 오지 않으면, 나도 너희들과 헤어져야 해, 얘들아." 공작부인은 서글프게 한숨을 쉬며 말했다.

"아니, 무슨 말씀이세요, 엄마!" 두 딸이 어머니에게 덤벼들듯 말했다.

"그이가 어떨지 너도 생각해 보렴. 정말이지 지금은……."

갑자기 전혀 뜻밖에도 노 공작부인의 목소리가 떨리기 시작했다. 딸들은 입을 다물고 서로 눈짓을 주고받았다. 'Maman은 언제나 스스로에 대해 뭔가 슬픈 일을 찾아내.' 그들은 눈짓으로 이렇게 말했다. 그들은 공작부인이 딸의 집에서 아무리 즐겁게 지내도, 자신이 그곳에 아무리 필요하다고 느껴도, 사랑하는 막내딸을 시집보내 자신의 보금자리가 텅 빈 후부터는 그녀가 자신에 대해서나 남편에 대해서나 괴로울 정도로 슬퍼하고 있다는 것을 몰랐다.

"무슨 일이에요, 아가피야 미하일로브나?" 키티가 불쑥 아가피야 미하일로브나에게 물었다. 그녀는 은밀한 표정을 지은 채 의미심장한 얼굴로 그곳에 서 있었다.

"저녁 때문에요."

"그래요, 잘됐네요." 돌리가 말했다. "넌 가서 저녁을 지시하도록 해. 난 가서 그리샤에게 복습을 시킬 테니까. 그렇지 않으면 그 애는 오늘 아무것도 하지 않게 되거든."

"그 공부는 내게 맡겨요! 아뇨, 돌리, 내가 가겠어요." 레빈은 자리에서 벌떡 일어서며 말했다.

벌써 김나지움에 입학한 그리샤는 여름에 학과를 복습해야만 했다. 모스크바에서도 아들과 함께 라틴어를 공부하던 다리야 알렉산드로브나는 레빈의 집에 온 후 적어도 하루에 한 번은 아들과 함께 산수와 라틴어에서 가장 어려운 부분을 복습하는 것을 규칙으로 삼아 왔다. 레빈은 그녀를 대신하겠다고 스스로 발 벗고 나섰다. 그러나 레빈의 수업을 한 번 들어 본 어머니는 그가 모스크바의 교사와 같은 식으로 가르치지 않는다는 것을 깨닫고 당황했다. 그녀는 레빈을 기분 나쁘게 하지 않으려고 애쓰면서, 복습은 교사가 하듯 교과서에 맞추어 지도해야 하니 자기가 다시 그 일을 맡는 것이 좋겠다고 단호히 말했다. 레빈은 무관심 때문에 자기 대신 교수법에 대해 전혀 모르는 어머니가 수업의 감독을 맡도록 한 스테판 아르카지치에게, 그리고 아이들을 너무나 형편없이 가르치고 있는 교사에게 화가 치밀었다. 그러나 그는 처형에게 그녀가 바라는 대로 수업을 하겠다고 약속했다. 그래서 그는 이미 자기의 방식대로가 아니라 교과서대로 계속 그리샤를 가르쳐 왔다. 그 때문에 그는 마지못해 수업을 했고, 종종 수업 시간을 잊어버리기까지 했다. 오늘도 그랬다.

"아닙니다, 내가 가겠어요, 돌리, 당신은 앉아 있어요." 그가 말했다. "순서대로, 교과서대로 하겠습니다. 스티바가 와서 함께 사냥을 하러 가게 될 때만 수업을 쉴게요."

그리고 레빈은 그리샤에게 갔다.

바렌카도 키티에게 똑같은 말을 했다. 바렌카는 행복하고 잘 정돈된 레빈의 집에서조차 유익한 역할을 해냈다.

"내가 저녁 준비를 시킬 테니 당신은 앉아 있어요." 그녀는 이렇게 말하고 자리에서 일어나 아가피야 미하일로브나에게 갔다.

"네, 그래요, 오늘은 틀림없이 병아리를 전혀 구하지 못했을 거예요. 그러면 우리 집 병아리라도……." 키티가 말했다.

"아가피야 미하일로브나와 상의할게요." 그러고 나서 바렌카는 아가피야 미하일로브나와 함께 사라졌다.

"정말 사랑스러운 아가씨야!" 공작부인이 말했다.

"사랑스러운 정도가 아니에요, maman, 좀처럼 찾아볼 수 없을 만큼 아름답다니까요."

"그럼 여러분은 오늘 스테판 아르카지치를 기다리시는 겁니까?" 세르게이 이바노비치는 바렌카에 대한 이야기가 계속되는 것을 바라지 않는 듯 이렇게 말했다. "당신들의 남편들만큼 서로 닮은 구석이 없는 동서를 찾아내기도 어려울 겁니다." 그는 희미한 미소를 지으며 말했다. "한 사람은 물속의 물고기처럼 사회 속에서만 사는 활발한 사람인데, 또 한 사람인 내 동생 코스챠는 활기차고 민첩하고 모든 것에 예민하면서도, 사회에만 나오면 물에 올라온 물고기처럼 그렇게 정신을 잃거나 무턱대고 펄떡거리니 말입니다."

“그래요, 그 사람은 몹시 경솔해요.” 공작부인은 세르게이 이바노비치를 돌아보며 말했다. “내가 당신에게 부탁하고 싶었던 것도 그에게 저 아이가, 키티가 이곳에 머무는 것은 불가능하니 반드시 모스크바로 가야 한다고 말해 달라는 것이었어요. 그가 의사를 불러오겠다고 말하긴 하지만…….”

“Maman, 그이는 뭐든지 할 거예요, 모든 것에 찬성할 거라고요.” 키티는 어머니가 이 문제에 세르게이 이바노비치를 재판관으로 끌어들이는 것에 화를 내며 말했다.

그들이 한창 대화를 나누고 있을 때, 가로수 길에서 말이 콧김을 내뿜는 소리와 자갈 위를 달리는 바퀴 소리가 들려왔다.

돌리가 남편을 맞이하러 미처 일어서기도 전에, 그리샤가 공부하고 있던 아래층의 방 창문으로 레빈이 껑충 뛰어나오더니 그리샤를 안아 내려 주었다.

“스티바예요!” 레빈이 발코니 아래서 소리쳤다. “우리는 공부를 다 끝냈어요, 돌리, 걱정 말아요.” 그는 이렇게 덧붙이고, 마치 소년처럼 마차를 향해 달려갔다.

“Is, ea, id, ejus, ejus, ejus.[7]” 그리샤는 가로수 길을 달리며 이렇게 소리쳤다.

“또 누군가 있어요. 틀림없이 장인어른일 겁니다!” 레빈이 가로수 길 입구에 서서 소리쳤다. “키티, 가파른 층계로 내려오지 말고 돌아서 와.”

하지만 쌍두마차 안에 오블론스키와 앉은 사람을 노공작이라고 생각한 것은 레빈의 착각이었다. 마차에 가까이 다가갔

---

7) ‘그, 그녀, 그것, 그의, 그녀의, 그것의.’(라틴어)

을 때, 그는 오블론스키와 나란히 앉은 사람이 공작이 아니라 뒤에 리본을 길게 늘어뜨린 스코틀랜드풍 모자를 쓴 잘생기고 풍채 좋은 청년이라는 것을 알았다. 그는 쉐르바츠키 가의 육촌 형제인 바센카 베슬로프스키였다. 그는 페테르부르크-모스크바 사교계의 훌륭한 젊은이로, 스테판 아르카지치의 소개에 따르면 '가장 우수한 청년이고 열정적인 사냥꾼'이었다.

베슬로프스키는 자신이 노공작을 대신함으로써 불러일으킨 실망에 전혀 당황하지 않고 예전의 친분을 상기시키며 레빈과 쾌활하게 인사를 나누었다. 그리고 그리샤를 마차 안으로 끌어올려 스테판 아르카지치가 데려온 포인터 사냥개 너머로 들어 옮겼다.

레빈은 마차에 타지 않고 뒤에서 걸어갔다. 그는 알면 알수록 더 깊이 사랑하게 되는 노공작이 오지 않은 것에, 낯설기 짝이 없고 쓸모없는 이 바센카 베슬로프스키가 나타난 것에 화가 났다. 레빈은 어른들과 아이들이 활기차게 떼를 지어 모여 있는 현관 계단에 다가가다가 바센카 베슬로프스키가 유난히 상냥하고 정중한 태도로 키티의 손에 입 맞추는 것을 보자, 그가 더욱더 낯설고 무익하게 여겨졌다.

"당신의 부인과 나는 cousins[8]일 뿐 아니라 오랜 친구입니다." 바센카 베슬로프스키는 다시 한 번 레빈의 손을 꽉 잡으며 말했다.

"어때, 새는 있나?" 스테판 아르카지치는 사람들에게 부랴부랴 인사를 건네자마자 레빈을 향해 물었다. "저 사람과 나는

8) '사촌지간.'(영어)

아주 잔인한 의도를 품고 왔습니다. 물론이죠, maman, 그 사람들은 그 후로 모스크바에 오지 않았습니다. 아, 타냐, 너에게 줄 것이 있다! 마차 뒤에서 꺼내 오렴." 그는 사방을 둘러보며 말했다. "정말 혈색이 좋아졌는걸, 돌렌카!" 그는 아내의 손에 한 번 더 입을 맞춘 후 한 손으로 그 손을 잡고 다른 한 손으로 그 손을 가볍게 토닥이며 말했다.

1분 전만 해도 더할 나위 없이 유쾌한 기분에 젖어 있던 레빈은 이제 사람들을 침울하게 바라보았다. 그는 사람들이 마음에 들지 않았다.

'그는 어제 저 입술로 누구에게 키스했을까?' 그는 아내에 대한 스테판 아르카지치의 다정한 모습을 쳐다보며 생각에 잠겼다. 그는 돌리를 바라보았다. 그러자 그녀도 그의 마음에 들지 않았다.

'사실 그녀는 그의 사랑을 믿지 않아. 그런데 어째서 그녀는 저렇게 기뻐하는 걸까? 역겨워!' 레빈은 생각했다.

그는 공작부인을 바라보았다. 조금 전만 해도 그토록 친근하게 느껴지던 공작부인이었지만, 마치 이곳이 자기 집이라도 되는 양 바센카와 그의 리본을 환영하는 그녀의 태도가 도무지 마음에 들지 않았다.

그에게는 다른 사람들과 함께 현관 계단에 나와 거짓 우정으로 스테판 아르카지치를 맞이하는 세르게이 이바노비치조차 불쾌하게 느껴졌다. 왜냐하면 레빈은 그의 형이 오블론스키를 좋아하지도, 존중하지도 않는다는 것을 알고 있었기 때문이었다.

바렌카, 오로지 어떻게 하면 결혼할 수 있을까 하는 생각만

하는 그녀가 그 특유의 sainte nitouche[9] 같은 모습으로 그 신사와 인사를 나누는 모습도 그에게는 혐오스러웠다.

그 누구보다 역겨웠던 사람은 바로 키티였다. 이 신사가 자신의 시골 방문을 자신과 다른 사람들의 축제라도 되는 양 생각하는 그 명랑한 태도에 키티가 굴복하는 모습이 혐오스러웠다. 특히 불쾌했던 것은 그녀가 그의 미소에 답할 때 보인 특별한 미소였다.

다들 왁자지껄하게 떠들며 집 안으로 들어갔다. 하지만 모두들 자리에 앉자마자, 레빈은 돌아서서 밖으로 나가 버렸다.

키티는 남편에게 무슨 일이 있다는 것을 알아차렸다. 그녀는 남편과 단둘이 이야기할 기회를 포착하려고 했지만, 그는 사무실에서 할 일이 있다고 말하고는 황급히 그녀의 곁을 떠나 버렸다. 오늘만큼 그가 농사일을 중요하게 여긴 것도 오랜만이었다. '저 사람들에게는 매일이 축제 같겠지.' 그는 생각했다. '하지만 이곳의 일은 축제 기분으로 할 일이 아니야. 이 일은 사람을 기다려 주지 않아. 이 일이 없으면 산다는 것도 불가능해.'

---

9) '신앙심이 돈독한 척하는 사람, 위선자.'(프랑스어)

7

레빈은 저녁 식사를 하러 오라고 연락을 받은 후에야 비로소 집으로 돌아왔다. 키티와 아가피야 미하일로브나는 계단에 서서 저녁 식사에 내놓을 포도주에 대해 의논하고 있었다.

"아니, 뭣 때문에 그런 fuss[10]를 떨고 있어? 평소대로 내놓으면 되잖아."

"안 돼요. 스티바는 마시지 않을 거예요……. 코스챠, 기다려요, 당신, 무슨 일 있어요?" 키티는 그의 뒤를 쫓아가며 말을 걸었지만, 그는 무정하게도 그녀를 기다리지 않고 성큼성큼 식당으로 들어가 바센카 베슬로프스키와 스테판 아르카지치가 나누고 있던 활기찬 잡담에 곧장 끼어들었다.

"음, 내일 사냥하러 가는 게 어때?" 스테판 아르카지치가 말했다.

---

10) '야단법석, 호들갑.'(영어)

"네, 부탁입니다. 함께 가 주십시오." 베슬로프스키는 다른 의자로 몸을 옮겨 비스듬히 앉더니 살진 한쪽 다리를 다른 쪽 다리에 얹었다.

"함께 간다면 나도 정말 기쁘겠습니다. 그런데 올해 벌써 사냥을 다녀 오신 겁니까?" 레빈은 베슬로프스키의 다리를 유심히 쳐다보면서, 키티가 익히 알고 있으며 그에게 그다지 어울리지 않는 유쾌한 척하는 태도로 이렇게 말했다. "멧도요를 찾을 수 있을지 잘 모르겠군요. 하지만 도요새는 많습니다. 다만 일찍 출발해야 하죠. 당신은 피곤하지 않겠습니까? 자네는 지치지 않았어, 스티바?"

"지쳤냐고? 난 아직 한 번도 지친 적이 없어. 밤을 새우는 게 어때? 산책이나 하러 가지."

"정말, 밤을 새워 볼까! 좋아!" 베슬로프스키가 맞장구를 쳤다.

"오, 우리는 당신이 밤을 새울 수 있고 다른 사람도 못 자게 할 수 있다고 확신해요." 돌리는 요즘 남편을 대할 때면 거의 늘 그러듯 거의 알아차릴 수 없게 비꼬는 말투로 말했다. "내 생각에는 벌써 시간이 된 것 같군요……. 난 가겠어요. 저녁 식사는 하지 않을래요."

"아니, 잠시 앉아 봐, 돌렌카." 그는 사람들이 저녁 식사를 하고 있는 큰 테이블 앞의 그녀 자리로 가면서 말했다. "당신에게 할 이야기가 아직 많아!"

"별 일 아닌 게 분명해요."

"그게 말이지, 베슬로프스키가 안나를 보고 왔어. 그리고 그는 다시 그들에게 갈 예정이야. 그들은 여기에서 겨우 70베르스타 떨어진 곳에 있어. 나도 꼭 가 볼 생각이야. 베슬로프스키, 이리 와 봐!"

바센카는 부인들 쪽으로 자리를 옮겨서 키티와 나란히 앉았다.

"아, 제발 이야기해 줘요, 당신이 그녀의 집에 갔다고요? 그녀는 어때요?" 다리야 알렉산드로브나가 그를 돌아보며 말했다.

레빈은 테이블 반대편 끝에 남아 공작부인과 바렌카와 끊임없이 이야기를 나누면서, 돌리와 키티와 베슬로프스키 사이에 활기차고 비밀스러운 이야기가 진행되고 있는 것을 보았다. 비밀스러운 이야기만 하는 게 아니었다. 아내가 활기차게 뭔가 이야기하는 바센카의 잘생긴 얼굴을 뚫어지게 바라볼 때, 그는 그녀의 얼굴에서 진지한 감정을 보았다.

"그들의 집에서 아주 즐거운 시간을 보냈습니다." 바센카는 브론스키와 안나에 관해 이야기했다. "난, 물론, 심판자를 떠맡을 생각은 없습니다. 하지만 난 그들의 집에서 마치 가족들 틈에 있는 것 같은 느낌을 받았습니다."

"그 사람들은 도대체 어떻게 할 생각이죠?"

"겨울이 되면 모스크바로 갈 것 같습니다."

"우리 모두 그들의 집에 함께 간다면 얼마나 좋을까! 자네는 언제 갈 건데?" 스테판 아르카지치는 바센카에게 물었다.

"7월 한 달은 그들의 집에서 보낼까 해."

"당신도 가겠어?" 스테판 아르카지치는 아내를 돌아보며 말했다.

"오래전부터 바라던 일이에요. 꼭 가겠어요." 돌리는 말했다.

"그녀가 가여워요. 난 그녀를 잘 알아요. 그녀는 훌륭한 여자예요. 당신이 떠나면 나 혼자 가겠어요. 난 이 일로 아무도 괴롭히고 싶지 않아요. 그리고 당신이 없는 편이 더 나을 수 있어요."

"좋아!" 스테판 아르카지치가 말했다. "키티는?"

"나요? 내가 뭐 하러 가요?" 키티는 얼굴을 새빨갛게 붉히며 말했다. 그러고는 남편을 힐긋 쳐다보았다.

"그럼 당신도 안나 아르카지예브나를 아십니까?" 베슬로프스키가 물었다. "그녀는 매우 매력적인 여자이지요."

"네." 그녀는 더욱더 얼굴을 붉히며 베슬로프스키에게 대답하고는 자리에서 일어나 남편에게 다가갔다.

"내일 사냥하러 갈 거예요?" 그녀가 말했다.

그의 질투는 그 몇 분 동안, 특히 그녀가 베슬로프스키와 이야기를 나누는 동안 그녀의 뺨을 물들인 그 홍조를 본 후 이미 멀리까지 치달았다. 지금 그는 그녀의 말을 들으면서 이미 그 말을 자기 식으로 해석하고 있었다. 나중에 이 일을 생각했을 때 정말로 이상하긴 했지만, 지금 그에게는 그녀가 사냥을 하러 가냐고 묻는 것이 자기가 이미 반해 버린 — 그가 생각하기에 — 바센카 베슬로프스키에게 남편이 그런 기쁨을 줄 것인지를 확인하는 것에만 관심 있는 것처럼 보였다.

"그래, 갈 거야." 그는 부자연스러운, 자신이 듣기에도 혐오스러운 목소리로 그녀에게 말했다.

"안 돼요, 내일 하루는 집에서 보내는 편이 좋아요. 그렇지 않으면 돌리가 남편을 전혀 못 보게 되잖아요. 그러니 모레 가요." 키티가 말했다.

키티의 말뜻은 이미 레빈에 의해 이렇게 번역되었다. '날 저 사람과 떼어 놓지 말아요. 당신이 가는 건 상관없지만, 내가 이 매력적인 젊은 남자와 교제를 즐길 수 있게 해 줘요.'

"아, 당신이 원하면 내일은 다같이 집에 있을게." 레빈은 유난히 유쾌한 목소리로 대답했다.

한편 자기가 와서 생긴 그 고통을 상상도 못한 바센카는 키티를 뒤따라 테이블에서 일어나 미소를 머금은 부드러운 눈길로 그녀를 좇으며 그녀를 따라갔다.

레빈은 그 시선을 보았다. 그는 새하얗게 질려 한동안 숨도 쉬지 못했다. '어떻게 내 아내를 저렇게 바라볼 수 있지!' 그는 속이 부글부글 끓었다.

"그럼 내일은? 제발 갑시다." 바센카는 의자에 앉아 습관적으로 다시 다리를 꼬면서 말했다.

레빈의 질투는 더욱 심해졌다. 이미 그는 자신을 아내와 정부가 단지 생활의 편의와 만족을 얻기 위해 필요로 하는 배신당한 남편으로 생각했다. 하지만 레빈은 정중하고 친절하게 그의 사냥과 권총과 부츠 등에 대해 이것저것 묻고 내일 사냥을 가는 데 동의했다.

다행스럽게도 노 공작부인이 자리에서 일어나 키티에게 잠자리에 들라고 권함으로써 레빈의 고통을 멎게 해 주었다. 하지만 그 순간도 레빈에게 새로운 고통을 일으키지 않고는 그냥 지나치지 않았다. 바센카는 안주인과 작별 인사를 하면서 다시 그녀의 손에 입을 맞추려 했다. 하지만 키티는 얼굴을 붉히며 손을 뒤로 빼고 순박하고도 거친 태도로 — 나중에 어머니는 그녀에게 그런 태도를 나무랐다 — 이렇게 말했다.

"우리 집에서는 이런 것을 용납하지 않아요."

레빈의 눈에는 그러한 태도를 허용한 그녀에게 잘못이 있는 것 같았다. 그리고 그런 태도를 좋아하지 않는다는 것을 그토록 서투르게 표현한 것이 더 큰 잘못인 것 같았다.

"어떻게 잠을 자고 싶어 할 수 있지!" 스테판 아르카지치는 저녁 식사 후 포도주 몇 잔을 마시고 더할 나위 없이 좋은 시적인 기분에 잠겨 이렇게 말했다. "저것 봐, 키티, 저것 보라고." 그는 보리수 위로 떠오르는 달을 가리키며 말했다. "참 아름답군! 베슬로프스키, 세레나데를 위한 시간이 됐네. 이 사람은 멋진 목소리를 가졌어. 우리는 이곳으로 오는 동안 함께 노래를 불렀지. 이 사람은 아름다운 새 로망스를 두 곡 가져 왔어. 바르바라 안드레예브나와 함께 노래를 불러야겠군."

사람들이 뿔뿔이 흩어진 뒤에도 스테판 아르카지치는 베슬로프스키와 좀 더 오래 가로수 길을 거닐었다. 그리고 새 로망스를 부르는 그들의 목소리가 들려왔다.

레빈은 그 목소리를 들으면서 얼굴을 찌푸린 채 아내의 침실에 놓인 안락의자에 앉아 무슨 일이 있느냐는 그녀의 물음에 고집스럽게 침묵을 지키고 있었다. 하지만 마침내 그녀가 겸연쩍게 웃으며 "베슬로프스키에게 뭔가 마음에 들지 않는 점이 있었던 것 아니에요?"라고 묻자, 그는 울화통을 터뜨리며 모든 것을 말해 버렸다. 그가 말한 내용은 그 자신에게 모욕감을 안겨 줌으로써 그의 화를 더욱 부채질했다.

그는 찌푸린 눈썹 밑으로 눈을 무섭게 빛내며 그녀 앞에 서서, 자신을 억누르기 위해 마치 온 힘을 끌어 모으기라도 하는 듯 억센 두 팔로 가슴을 누르고 있었다. 그의 표정 속에 그녀를 감동시킨 그 고통의 표정이 함께 드러나지 않았다면, 그의 표정은 준엄하고 잔혹하게까지 보였을 것이다. 그의 턱뼈는 덜덜 떨렸고, 목소리는 중간중간 끊어졌다.

"내가 질투하는 게 아니라는 것을 이해해 줘. 그것은 불쾌한 말이야. 난 질투 같은 건 하지도 못하고 그것을 믿고 싶지도 않아……. 난 지금 내가 느끼는 것을 말할 수 없어. 하지만 그것은 끔찍해……. 난 질투하지 않아. 하지만 누군가 당신을 감히 그런 눈길로 보려 하거나 보는 것은 내게 모욕적이고 굴욕적인 일이야……."

"어머, 어떤 눈길이요?" 키티는 오늘 밤의 모든 말과 몸짓, 그 모든 뉘앙스를 가능한 한 양심적으로 떠올리려고 애쓰며 말했다.

그녀는 마음속 깊은 곳에서 그가 그녀를 뒤따라 테이블의 반대편 끝으로 간 바로 그 순간에 무언가 있었다는 것을 알고 있었다. 그러나 감히 스스로 그것을 인정할 용기가 나지 않았고, 더욱이 그에게 그것을 말하여 그의 고통을 심하게 만들고 싶지도 않았다.

"그리고 도대체 내게 무슨 매력이 있을 수 있겠어요? 내가 어떤지 봐요……."

"아!" 그는 머리를 움켜쥐고 외쳤다. "그런 말은 하지 말았어야지! 그러니까, 만약 당신에게 매력이 있다면……."

"아니에요, 코스챠, 잠깐만요, 좀 들어 봐요!" 그녀는 동정어린 괴로운 표정으로 그를 바라보며 말했다. "도대체 당신은 어떻게 그런 생각을 할 수 있어요? 만약 나에게 아무도 없다면, 없다면, 없다면……. 그럼, 당신은 내가 아무도 만나지 않기를 바라는 거예요?"

처음에는 그의 질투가 그녀에게 모욕감을 안겼다. 그녀는 지극히 순수한 최소한의 기분 전환마저 자신에게 금지되었다는 것에 화가 났다. 하지만 지금 그녀는 그의 평온을 위해서라면, 그가 겪고 있는 고통에서 그를 구하기 위해서라면, 그런 사소한 것이 아니라 모든 것이라도 기꺼이 희생하고 싶은 심정이었다.

"내 입장이 끔찍하고 우스꽝스럽다는 것을 이해해 줘." 그는 계속 비탄에 잠긴 목소리로 속삭이듯 말했다. "그는 내 집에 와서 허물없이 굴고 다리를 꼬고 앉은 것 외에는 특별히 무례한 행동을 하지 않았어. 그는 그런 것을 가장 멋진 태도라고 생각하지. 그러니 난 그를 정중하게 대해야 하고."

"하지만 코스챠, 당신은 과장하고 있어요." 키티는 마음속으로 이 순간 그의 질투 속에 드러난, 그녀를 향한 그 사랑의 힘에 기뻐하며 이렇게 말했다.

"무엇보다 끔찍한 것은 당신은 늘 그대로의 모습이라는 거야. 그런데 지금, 당신이 내게 이토록 성스럽고 우리가 이토록 행복한, 이처럼 특별히 행복한 지금, 갑자기 그런 쓰레기 같은 놈이……. 쓰레기 같은 놈이 아니지. 왜 난 그에게 욕설을 퍼붓는 걸까? 난 그와 아무 상관없어. 하지만 어째서 나의 행복이, 당신의 행복이……?"

"있잖아요, 난 왜 이런 일이 생겼는지 알아요." 키티가 말을 꺼냈다.

"왜? 왜?"

"난 저녁 식사 때 당신이 우리가 이야기하는 모습을 어떻게 바라보는지 봤어요."

"음, 그래, 맞아!" 레빈은 깜짝 놀라며 말했다.

그녀는 그에게 그들이 나눈 이야기를 들려주었다. 그런데 이야기를 하는 동안, 그녀가 흥분으로 숨을 가쁘게 몰아쉬었다. 레빈은 잠시 침묵했다. 그리고 그녀의 창백하고 겁에 질린 얼굴을 가만히 응시하다가 갑자기 머리를 움켜쥐었다.

"카챠, 내가 당신을 괴롭혔어! 내 사랑, 날 용서해 줘! 그건 미친 짓이었어! 카챠, 전부 내 잘못이야. 어떻게 내가 그런 어리석은 일로 그렇게 괴로워할 수 있었을까?"

"아니에요, 난 당신이 가여워요."

"내가? 나 말이야? 내가 뭔데? 미친놈인걸! 하지만 뭣 때문에 당신을? 낯선 사람들이 우리의 행복을 파괴할 수 있다고 생각하는 건 끔찍해."

"물론 그런 것은 견딜 수 없이 괴로운 생각이죠……."

"아니, 이제 난 일부러라도 그 사람을 우리 집에 여름 내내 있도록 하고 넘치는 친절로 대해 주겠어." 레빈은 그녀의 손에 입을 맞추며 말했다. "두고 봐. 내일……. 그래, 정말로 내일은 모두 같이 가."

8

이튿날, 부인들이 미처 일어나기도 전에 사냥용 사륜마차 두 대, 이륜마차, 소형 짐마차가 현관 입구에 대기했다. 아침부터 사람들이 사냥하러 가는 것을 눈치챈 라스카는 시끄럽게 짖어 대고 마구 뛰어다니더니, 이륜마차의 마부 옆자리에 앉아 흥분해서는, 출발이 늦어지는 것에 불만을 품은 채 여전히 사냥꾼들이 나오지 않는 문을 바라보았다. 맨 처음 나온 사람은 바센카 베슬로프스키였다. 그는 살진 허벅지의 중간까지 올라오는 커다란 새 부츠를 신고, 초록색 상의에 가죽 냄새가 풍기는 새 탄약통을 두르고, 리본 달린 모자를 쓰고, 멜빵 없는 영국식 새 소총을 들었다. 라스카는 그에게로 뛰어가 껑충껑충 뛰면서 그를 반기고 자기 방식대로 그에게 다른 사람들도 곧 나오는지 어떤지 물었다. 그러나 그에게서 대답을 듣지 못한 라스카는 자신의 대기석으로 돌아가 고개를 옆으로 돌리고 한쪽 귀를 쫑긋 세운 채 다시 얼음처럼 굳어 버렸다. 마침내 굉음과 함께 문이 열리고 스테판 아르카지치의 점박이 포인터 클라크가 빙글빙글 돌고 공중에서 회전하기도 하며 날듯이 뛰어나왔다. 그리고 스테판 아르카지치가 손에 소총을 들고 입에 시가를 문 채 나왔다. "가만, 가만 있어, 클라크!" 그는 사냥감 주머니를 앞발로 움켜잡으며 그의 배와 가슴에 앞발을 찍어 대는 개에게 다정하게 소리쳤다. 스테판 아르카지치는 가죽신과 각반을 착용하고 찢어진 바지와 짧은 외투를 입었다. 머리에는 모자처럼 생긴 넝마를 뒤집어썼지만, 신식 소총은 자그마한 장난감 같고, 탄약통과 탄띠는 비록 낡기는 해도 최고급품이었다.

바센카 베슬로프스키는 예전에는 사냥꾼의 이런 진정한 멋, 즉 몸에는 누더기를 걸치면서 최고급 사냥 도구를 지니고 다니는 것을 이해하지 못했다. 그런데 지금 이런 넝마 속에서 우아하고 뚱뚱하고 쾌활한 귀족적인 풍모를 빛내고 있는 스테판 아르카지치를 보며 그것을 이해했고, 자기도 다음 사냥에는 꼭 그런 차림을 하리라 결심했다.

"그런데, 이 집 주인은 어떻게 된 거야?" 그가 물었다.

"젊은 아내." 스테판 아르카지치는 빙긋 웃으며 말했다.

"그렇군, 대단한 미인이야."

"그 사람은 벌써 옷을 다 차려 입었어. 분명 또 아내에게 달려갔을 거야."

스테판 아르카지치의 짐작이 옳았다. 레빈은 다시 아내에게 달려가 어제 자신이 저지른 어리석은 행동을 용서해 줄 수 있는지 한 번 더 묻고는 그녀에게 제발 몸조심하라는 부탁을 하고 있었다. 무엇보다 아이들 곁에서 떨어져 있어야 한다. 아이들은 언제라도 그녀와 부딪칠 수 있다. 그리고 나서 그는 한 번 더 그녀에게서 자신이 이틀 동안 집을 비우는 것에 화를 내지 않겠다는 다짐을 받고, 그녀가 무사한지 알 수 있도록 단 두 마디라도 좋으니 쪽지를 써서 내일 말 탄 심부름꾼 편에 꼭 그 쪽지를 보내 달라고 부탁해야 했다.

언제나처럼 키티는 이틀 동안 남편과 헤어지게 되어 괴로웠다. 그러나 사냥용 부츠를 신고 흰 상의를 걸친, 유난히 훤칠하고 늠름하게 보이는 그의 활기찬 모습과 자신은 이해할 수 없는, 사냥의 흥분이 뿜어 내는 묘한 광채를 보고는, 그의 기쁨 속에서 자신의 슬픔을 잊고 즐겁게 그와 작별 인사를 나누었다.

"미안합니다, 여러분!" 그는 현관 계단으로 달려가며 말했다. "도시락은 넣었나? 왜 밤색 말을 오른쪽에 맸지? 됐어, 아무래도 상관없지. 라스카, 그만, 가서 앉아!"

"그것들은 어린 암소들과 함께 두도록 해." 그는 거세한 수소들에 대한 질문을 가지고 현관 입구에서 그를 기다리던 가축지기를 향해 말했다. "미안합니다, 저기 또 악당이 오는군요."

이미 이륜마차에 앉아 있던 레빈은 마차에서 뛰어내리더니, 자를 들고 현관 입구 쪽으로 걸어오는 고용 목수에게 갔다.

"아니, 어제는 사무실에 오지 않더니 이제는 내 발목을 잡는군. 그래, 뭔가?"

"계단의 굽이를 하나 더 만들게 해 주십시오. 층계를 세 단만 더 올리면 되거든요. 딱 맞게 만들어 드리겠습니다. 그러면 훨씬 더 편해질 겁니다."

"그러게 내 말을 들었어야지." 레빈은 화를 내며 대답했다.

"내가 계단 옆판을 설치한 다음에 디딤판을 끼우라고 했잖아. 이제는 고칠 수 없어. 내 말대로 해. 새로 잘라."

문제는 목수가 건축 공사 중인 별채의 계단을 못쓰게 만들었다는 점이었다. 그가 계단의 높이를 재지도 않고 디딤판 목재를 따로따로 자르는 바람에, 막상 그것을 제자리에 설치하자 계단 전체가 비뚤어지고 만 것이다. 그런데 이제 와서 목수는 그 계단을 그대로 두고 층계만 세 단 추가하려 하는 것이다.

"훨씬 좋아진다니까요."

"층계를 세 개 늘리면 계단이 도대체 어떻게 되겠나?"

"죄송합니다." 목수는 경멸하는 듯한 미소를 띠며 말했다. "이번에는 제대로 될 겁니다. 제 말은요, 아래부터 시작해서……." 그는 자신에 찬 몸짓을 보이며 말했다. "계속 올라가면 딱 맞게 된다는 거죠."

"하지만 층계 세 단만큼 길이를 늘이면……. 도대체 계단 꼴이 어떻게 되겠어?"

"그러니까 계단을 밑에서부터 올리면 딱 맞게 떨어진다니까요." 목수는 고집스럽게 확신에 찬 목소리로 말했다.

"천장 밑의 벽 쪽에 닿을걸."

"당치도 않습니다. 정말로 밑에서부터 올리면 된다니까요. 올리고 올리다 보면 제대로 됩니다."

레빈은 탄약 꽂을대를 꺼내 흙먼지 위에 계단을 그려 보였다.

"어때, 알겠지?"

"마음대로 하십시오." 목수는 갑자기 눈을 반짝이며 말했다. 마침내 문제를 파악한 것 같았다. "목재를 새로 잘라야겠군요."

"그럼, 그렇게 내가 시킨 대로 해!" 레빈은 이륜마차에 올라타며 소리쳤다. "가세! 개를 꼭 붙들어, 필리프!"

레빈은 지금 가정과 농장의 일을 모두 뒤에 남겨 둔 채 말조차 하고 싶지 않을 만큼 생의 기쁨과 기대에 어린 강렬한 감정을 맛보고 있었다. 게다가 그는 사냥꾼들이 사냥터에 가까워질 때 느끼는 그런 집중된 흥분을 느끼고 있었다. 만약 이 순간 뭔가 그의 마음을 사로잡는 게 있다면, 그것은 다만 콜페노 늪지에서 그들이 무언가를 찾게 될까, 라스카가 클라크에 비해 어떤 활약을 보일까, 오늘 자신의 사냥 성적이 어떻게 될까 하는 정도였다. 새 손님 앞에서 망신을 당하면 어쩌지? 오블론스키가 나보다 더 많이 잡으면 어쩌지? 이런 생각도 그의 머릿속에 떠올랐다.

오블론스키도 그와 비슷한 감정을 느꼈기에 그 역시 말수가 적었다. 바센카 베슬로프스키만 계속 쾌활하게 지껄였다. 레빈은 지금 그의 말을 들으면서 자신이 어제 그에게 얼마나 그릇된 생각을 품었는지 떠올리고는 부끄러워했다. 바센카는 정말이지 소탈하고 선량하고 대단히 쾌활한 훌륭한 젊은이였다. 만약 독신 시절에 만났더라면 레빈도 그와 친해졌을 것이다. 레빈에게 다소 불쾌했던 점은 삶에 대해 축제 기분에 들뜬 듯한 그의 태도와 우아함에 대한 어떤 거리낌 없는 모습이었다. 그는 긴 손톱과 작은 모자를 비롯하여 그에 어울리는 것들을 지니는 것에 고상하고 의심할 여지 없는 의미를 부여하는 것 같았다. 하지만 그의 선량함과 공손함을 생각하면 그 정도는 용서할 수 있었다. 레빈은 그가 훌륭한 교양을 지니고 있고 프랑스어와 영어를 뛰어난 발음으로 구사하고 그가 레빈 자신의 세계에 속한 사람이라는 점을 마음에 들어 했다.

바센카는 돈 강 유역의 초원에서 자란 왼쪽의 여벌 말을 몹시 마음에 들어 했다. 그는 계속 그 말을 황홀한 눈으로 바라보았다.

"초원의 말을 타고 초원을 달리면 얼마나 멋질까! 어때요? 그렇지 않습니까?" 그가 말했다.

그는 초원의 말을 타는 것에서 뭔가 야성적이고 시적인 것을 상상하고 있었다. 물론 그것에서 얻을 수 있는 것은 아무것도 없지만. 하지만 그의 순진함은 특히 그의 잘생긴 외모, 사랑스러운 미소, 우아한 몸짓과 어우러져 매우 매력적이었다. 베슬로프스키의 천성이 레빈에게 공감을 불러일으켰는지, 레빈이 어제의 잘못을 속죄하기 위해 그에게서 온갖 장점을 찾아내려고 애써서인지, 레빈은 그와 함께 있는 것이 즐거웠다.

3베르스타쯤 갔을 때, 베슬로프스키는 문득 시가와 지갑이 없는 것을 깨달았다. 하지만 그것들을 잃어버린 것인지 테이블 위에 두고 온 것인지 헛갈렸다. 지갑에는 370루블이나 들어 있었기 때문에 그냥 내버려 둘 수 없었다.

"그게 말이죠, 레빈, 이 돈 산의 여벌 말을 타고 집에 가 봐야겠습니다. 그렇게 하는 것이 좋겠습니다. 네?" 그는 이미 말에 올라탈 채비를 하면서 이렇게 말했다.

"아닙니다, 뭣 때문에요?" 레빈은 바센카의 몸무게가 적어도 6푸드는 나갈 거라고 생각하며 이렇게 대답했다. "마부를 보내겠습니다."

마부가 여벌 말을 타고 떠나자, 레빈은 손수 쌍두마차를 몰기 시작했다.

9

"그런데, 우리의 여정은 어떻게 되는 거지? 자세히 좀 말해봐." 스테판 아르카지치가 말했다.

"계획은 이래. 이제 우리는 그보즈데보로 갈 거야. 그보즈데보에 가면 바로 그 근처에 멧도요들이 사는 늪이 있어. 그리고 그보즈데보 너머로 멋진 도요새 늪이 펼쳐져 있지. 멧도요도 이따금 보여. 지금은 더워. 그래서 우리는 저녁 무렵에 도착해(20베르스타쯤 되지.) 밤 사냥을 할 거야. 그곳에서 하룻밤 묵고, 내일 큰 늪지로 가는 거지."

"도중에는 정말 아무것도 없어?"

"있긴 해. 하지만 일정이 지체돼. 날씨도 덥고. 좋은 곳이 두어 군데 있긴 한데, 뭔가 있을 것 같진 않아."

레빈도 그곳에 들르고 싶었지만, 그곳은 집에서 가까워 언제라도 들를 수 있었다. 게다가 세 명이 사냥을 하기에는 장소가 좁았다. 그래서 사냥감이 있을 것 같지 않다고 둘러댄 것이다. 작은 늪지에 이르렀을 때, 레빈은 그냥 지나치려 했다. 그러나 노련한 사냥꾼인 스테판 아르카지치의 눈은 즉각 길에서 보이는 골풀밭을 향했다.

"들렀다 가지 않겠어?" 그는 작은 늪을 가리키며 말했다.

"레빈, 부탁입니다! 정말 멋지군요!" 바센카 베슬로프스키까지 졸라 대기 시작하자, 레빈도 찬성하지 않을 수 없었다.

마차가 채 멈춰 서기도 전에, 개들은 이미 서로 경쟁하며 늪지를 향해 날듯이 달려갔다.

"클라크! 라스카!"

개들이 되돌아왔다.

"셋이서 사냥하기엔 너무 좁을 거야. 난 여기 있겠어." 레빈은 그 두 사람이 개들 위로 날아올라 비틀거리듯 날며 늪 위에서 구슬프게 울어 대는 댕기물떼새 외에 아무것도 발견하지 못하기를 바라며 이렇게 말했다.

"아뇨! 가시죠, 레빈, 함께 갑시다!" 베슬로프스키가 불렀다.

"정말 좁다니까요. 라스카, 이리 와! 라스카! 개가 두 마리나 필요하진 않겠죠?"

레빈은 사륜마차 옆에 서서 질투의 눈길로 사냥꾼들을 바라보았다. 사냥꾼들은 작은 늪을 구석구석 돌아다녔다. 쇠물닭과 댕기물떼새 외에 늪지에는 아무것도 없었고, 바센카는 그 가운데 한 마리를 겨우 잡았을 뿐이었다.

"어때요, 이제 내가 그 늪을 아까워한 게 아니라는 것을 아셨겠지요?" 레빈은 말했다. "시간 낭비일 뿐입니다."

"아뇨, 그래도 즐거웠습니다. 당신도 보셨죠?" 바센카 베슬로프스키는 양손에 총과 댕기물떼새 한 마리를 들고 이륜마차에 서툴게 뛰어오르며 말했다. "내가 얼마나 멋지게 이 녀석을 쏘아 맞혔는지 말입니다. 그렇지 않습니까? 그건 그렇고, 이제 곧 진짜 목적지에 도착하는 겁니까?"

갑자기 말들이 질주하기 시작했다. 레빈은 누군가의 총신에 머리를 부딪쳤고, 뒤이어 총소리가 울려 퍼졌다. 총소리는 사실 그 전에 울렸지만, 레빈에게는 그렇게 느껴졌다. 바센카 베슬로프스키가 공이치기를 푼다고 하면서 공이치기를 그대로 둔 채 방아쇠를 당긴 것이다. 탄환이 땅에 부딪쳤지만, 해를 입은 사람은 없었다. 스테판 아르카지치는 고개를 내젓고 베슬로프스키를 향해 나무라듯 웃어 보였다. 하지만 레빈은 그를 질책하고 싶은 마음이 없었다. 첫 번째, 어떻게 질책하든, 이미 다 지나가 버린 위험과 레빈의 이마에 생긴 혹 때문에 그러는 걸로 보일 것 같았다. 두 번째, 베슬로프스키가 처음에는 너무나 순진할 정도로 괴로워하다가 자신들이 벌인 온갖 소동을 보고 너무나 선량하고 즐겁게 웃어 대는 바람에 레빈 자신도 웃지 않을 수 없었다.

상당히 크고 사냥에 오랜 시간이 걸릴 것 같은 두 번째 늪이 가까워지자, 레빈은 마차에서 내리지 말라고 설득했다. 그러나 베슬로프스키는 다시 그에게 간청했다. 이번에도 늪이 좁았기 때문에, 레빈은 손님에 대한 예의로 마차 안에 남았다.

목적지에 도착하자, 클라크는 늪지의 둔덕으로 곧장 향했다. 바센카 베슬로프스키가 가장 먼저 개를 뒤따라 달렸다. 그리고 스테판 아르카지치가 미처 다가가기 전에 멧도요는 푸드득 날아가 버리고 말았다. 베슬로프스키가 잘못 쏘는 바람에, 멧도요는 풀베기를 하지 않은 풀밭으로 날아가 버렸다. 이 멧도요는 베슬로프스키가 맡기로 했다. 클라크가 다시 그 새를 찾아내어 사냥감의 위치를 알리자, 베슬로프스키가 그것을 총으로 쏘아 맞히고 사륜마차로 돌아왔다.

"이제 당신이 가세요. 내가 마차를 지키겠습니다." 그가 말했다.

사냥꾼의 질투가 레빈을 사로잡기 시작했다. 그는 베슬로프스키에게 말고삐를 건네고 늪으로 갔다.

오래전부터 애처롭게 짖어 대며 불공평을 호소하던 라스카는 레빈이 잘 아는, 기대할 만한 흙더미를 향해 곧장 앞서서 달리기 시작했다. 그곳은 클라크가 아직 밟지 않은 곳이었다.

"왜 저 녀석을 말리지 않아?" 스테판 아르카지치가 소리쳤다.

"라스카는 새들을 놀라게 하지 않아." 레빈은 개의 모습에 즐거워하며 그 뒤를 서둘러 쫓았다.

사냥감을 찾는 동안, 라스카는 낯익은 흙무더기에 가까이 다가갈수록 더욱더 신중해졌다. 라스카가 늪의 작은 새에게 마음을 빼앗긴 건 아주 잠시뿐이었다. 라스카는 작은 흙무더기 앞에서 한 바퀴 돈 다음 다시 또 한 바퀴 돌다가 갑자기 몸을 부르르 떨더니 꼼짝도 하지 않았다.

"여기야, 여기, 스티바!" 레빈은 심장이 더욱 세차게 뛰는 것을 느끼며 이렇게 소리쳤다. 갑자기 그의 긴장된 청각에 빗장이 열리기라도 한 듯 모든 소리가 거리감을 상실한 채 어지럽게, 그러나 또렷하게 그의 귀를 때리기 시작했다. 그는 스테판 아르카지치의 발소리를 멀리서 나는 말발굽 소리로 생각하며 들었고, 자신이 풀뿌리와 흙무더기 구석을 밟을 때 나는 소리를 멧도요의 나는 소리로 생각하며 들었다. 멀지 않은 뒤쪽에서 물을 철썩 때리는 듯한 어떤 이상한 소리도 들렸다. 그것이 무슨 소리인지는 도무지 헤아릴 수 없었다.

그는 발 디딜 곳을 골라 개가 있는 쪽으로 천천히 움직였다.

"잡아!"

개의 아래쪽에서 멧도요가 아닌 도요새가 날아올랐다. 레빈은 총을 들고 따랐다. 그러나 그가 겨냥을 한 바로 그 순간, 물을 철썩 때리는 그 소리가 점점 크게, 더욱더 가까이에서 들렸고, 뒤이어 이상할 만큼 큰 소리로 외치는 베슬로프스키의 목소리가 섞였다. 레빈은 그가 뒤에서 도요새를 겨누고 있는 것을 보았으나 그냥 총을 쏘았다.

레빈은 총알이 빗맞았다고 확신한 후 주위를 둘러보다, 말과 이륜마차가 길이 아닌 늪 속에 있는 것을 보았다.

베슬로프스키는 사격을 구경하려고 늪지에 깊숙이 들어왔다가 말을 늪 속에 처박고 만 것이다.

"에잇, 악마에게 끌려가 버려라!" 레빈은 늪에 빠진 마차 쪽으로 발길을 돌리며 혼잣말을 했다. "뭐 하러 온 겁니까?" 그는 무뚝뚝하게 말하고 마부를 소리쳐 불러 말을 끌어 올리기 시작했다.

레빈은 사격을 방해받은 것에, 그의 말이 늪에 빠진 것에 화가 났다. 무엇보다 레빈을 화나게 한 것은, 스테판 아르카지치도 베슬로프스키도 마구를 채우는 일에 대해 전혀 아는 바가 없었기 때문에 그와 마부가 말을 끌어내고 마구를 푸는 동안 전혀 거들지 못했다는 점이다. 레빈은 그곳이 완전히 마른 땅이었다는 바센카의 확언에 대꾸 한마디 않고 마부와 함께 묵묵히 말을 끌어내는 일에 매달렸다. 하지만 그 후 그 작업 때문에 몸에서 열도 나고, 베슬로프스키가 있는 힘을 다해 너무 열심히 이륜마차의 흙받기를 잡아당기다 아예 부러뜨리는 것을 보고, 레빈은 어제의 감정의 영향으로 베슬로프스키를 너무 차갑게 대한 것을 자책하면서 각별한 정중함으로 자신의 무뚝뚝함을 애써 지우려 했다. 모든 것이 정돈되고 마차가 길 위에 끌어올려지자, 레빈은 도시락을 꺼내라고 지시했다.

"Bon appétit bonne conscience! Ce poulet va tomber jusqu'au fond de mes bottes.[11]" 다시 쾌활함을 되찾은 바센카는 두 마리째의 병아리 요리를 먹어 치우면서 프랑스어로 익살을 떨었다. "자, 이제 우리의 재앙은 끝났습니다. 이제는 모든 일이 순조롭게 진행될 겁니다. 다만 나는 내 잘못에 대한 대가로 마부석에 앉아야겠지요. 그렇지 않습니까? 네? 아닙니다, 아니에요, 난 아우토메돈[12]입니다. 내가 당신들을 어떻게 목적지까지 데리고 가나 잘 지켜보세요!" 레빈이 그에게 마부가 마차를 몰게 하라고 부탁해도, 그는 말고삐를 손에서 놓지 않고 이렇게 말했다. "아닙니다, 내 죄를 속죄해야 합니다. 난 마부석에 앉는 것이 정말 좋습니다." 그리고 마차를 몰기 시작했다.

레빈은 그가 말들을, 특히 그가 다루지 못하는 왼쪽의 여벌 말을 지치게 하지 않을까 다소 걱정스러웠다. 하지만 레빈은 자기도 모르게 그의 쾌활함에 굴복하여 그가 마부석에 앉아 목적지까지 가는 내내 불러 대는 로망스와 이야기와 four

11) '왕성한 식욕은 선한 양심을 뜻합니다. 이 병아리 요리는 내 부츠 밑바닥까지 곧장 내려가는군요.'(프랑스어) 음식이 목구멍으로 잘 넘어간다는 뜻.
12) 『일리아드』에서 아킬레우스의 전차를 몰던 병사.

in hand[13]를 영국식으로 모는 흉내에 귀를 기울였다. 그리하여 그들은 식사 후 지극히 즐거운 기분에 잠긴 상태로 그보즈데보 늪에 도착했다.

---

13) '사두마차.'(영어)

10

바센카가 말을 너무 빨리 모는 바람에 그들은 지나치게 이른 시간에 늪지에 도착했고 날은 여전히 무더웠다.

사냥 여행의 주 목적지인 큰 늪지에 가까워짐에 따라, 레빈은 무심결에 어떻게 하면 바센카에게서 벗어나 방해받지 않고 돌아다닐 수 있을까 궁리하기 시작했다. 스테판 아르카지치도 분명 똑같은 것을 바라는 것 같았고, 레빈은 그의 얼굴에서 사냥을 앞둔 진짜 사냥꾼들에게 늘 나타나는 걱정스러운 표정과 특유의 어떤 선량한 교활함을 보았다.

"어떻게 시작하면 될까? 보아하니, 멋진 늪인걸. 매도 있군." 스테판 아르카지치는 사초(莎草) 위를 맴도는 큰 새 두 마리를 가리키며 말했다. "매가 있는 곳에는 사냥감도 있기 마련이지."

"그런데 저기 보입니까, 신사 여러분." 레빈은 다소 침울한 표정으로 부츠를 졸라매고 총의 뇌관을 검사하며 말했다. "저 사초가 보입니까?" 그는 강 오른편의 반쯤 베인 넓고 축축한 풀밭 속에서 흐릿하게 보이는 암녹색 언덕을 가리켰다. "늪은 우리 앞에 있는 바로 저곳에서 시작됩니다. 저기 더 짙푸른 곳을 보세요. 늪은 그곳에서부터 오른쪽으로, 저기 말들이 걸어 다니는 곳까지 이어져 있습니다. 그곳에 작은 언덕이 있고 멧도요가 살지요. 그리고 저 사초 주위에서 저 오리나무 숲까지, 그리고 저 제분소까지 이어집니다. 바로 저깁니다. 저기 후미진 곳을 보세요. 저곳이 가장 좋은 곳입니다. 저곳에서 난 언젠가 도요새를 열일곱 마리나 잡은 적이 있습니다. 그럼 두 팀으로 갈라져 각각 개 한 마리씩 데리고 흩어졌다 저기 제분소에서 만나기로 합시다."

"그럼, 누가 오른쪽으로 가고, 누가 왼쪽으로 가나?" 스테판 아르카지치가 말했다. "오른쪽이 더 넓으니까, 자네 둘이 그곳으로 가고, 난 왼쪽으로 가지." 그는 별로 신경 쓰지 않는 것처럼 말했다.

"좋아! 우리가 저 사람보다 많이 잡읍시다. 자, 갑시다, 가요!" 바센카가 그의 말에 맞장구를 쳤다.

레빈은 그 말에 찬성하지 않을 수 없었다. 그리하여 그들은 다른 방향으로 흩어졌다.

그들이 늪지에 들어서자마자, 개 두 마리도 함께 사냥감을 찾아 흙탕물로 향했다. 레빈은 조심스럽고도 모호한 이런 라스카의 탐색을 잘 알고 있었다. 그 역시 그 장소를 잘 알았기 때문에 도요새 떼를 기다렸다.

"베슬로프스키, 내 옆에 와요. 나란히 갑시다." 그는 뒤에서 철벅철벅 물을 튀기며 걸어오는 동료를 향해 소리 죽여 말했다. 콜페노 늪에서 있었던 불의의 발사 후, 레빈은 자기도 모르게 그의 총구 방향에 신경이 쓰였다.

"아뇨, 당신을 방해하고 싶지 않습니다. 나에게 신경 쓰지 말아요."

하지만 레빈은 자기도 모르게 키티가 그를 보내면서 한 말을 떠올렸다. "서로에게 총을 쏘지 않도록 조심해요." 두 마리의 개는 앞서거니 뒤서거니 하면서 각자 자신의 방향을 따라 점점 더 가까이 다가갔다. 도요새에 대한 기대가 너무 강한 나머지, 레빈에게는 자신이 진창에서 뒤축을 뺄 때 나는 소리가 도요새의 울음소리처럼 들렸고 그때마다 총의 개머리판을 꽉 움켜쥐었다.

탕! 탕! 그의 귓가에 총소리가 울렸다. 그것은 늪지 위를 맴돌다 바로 그 순간 사정거리를 벗어난 먼 곳으로부터 사냥꾼들을 향해 날아오던 야생오리 떼에게 바센카가 쏜 것이었다. 레빈이 미처 돌아볼 새도 없이 도요새 한 마리가 쑥쑥 소리를 냈고, 뒤이어 또 한 마리, 또 한 마리, 그리고 여덟 마리 남짓의 도요새가 차례차례 날아올랐다.

스테판 아르카지치는 도요새 한 마리가 지그재그를 그리며 날려고 하는 바로 그 순간 그 새를 쏘아 맞혔다. 그러자 도요새는 마치 작은 덩어리처럼 소택지로 뚝 떨어졌다. 오블론스키는 서두르지 않고 사초를 향해 낮게 날아오던 다른 도요새를 겨냥했다. 이윽고 총 소리와 함께 그 도요새가 떨어졌다. 그러자 그 도요새가 베어 놓은 사초 더미에서 마치 펄쩍 뛰어오르기라도 하듯 아래쪽이 하얀, 상처입지 않은 날개 하나를 파닥이는 게 보였다.

레빈은 그다지 운이 좋지 않았다. 그는 첫 번째 도요새를 너무 가까이에서 쏘는 바람에 그만 놓치고 말았다. 그는 새가 날아오를 때 다시 겨냥을 했으나, 바로 그 순간 다른 한 마리가 그의 발밑에서 날아올라 그의 주의를 흐트러뜨리는 바람에 또 한 번 허탕을 치고 말았다.

그들이 총알을 장전하는 동안 도요새 한 마리가 또 날아올랐고, 이미 총알을 재장전한 베슬로프스키는 작은 산탄을 두 발이나 더 물에 쏘았다. 스테판 아르카지치는 자기가 잡은 도요새들을 주워 모으고 반짝이는 눈으로 레빈을 힐긋 쳐다보았다.

"그럼, 여기에서 갈라지도록 하지." 스테판 아르카지치는 이렇게 말했다. 그러고는 왼쪽 다리를 가볍게 절며 언제라도 쏠 수 있게 총을 잡더니, 이따금 휘파람으로 개를 부르기도 하며 한쪽 방향으로 걸어갔다. 레빈은 베슬로프스키와 함께 다른 방향으로 향했다.

레빈은 첫 사격을 실패하면 흥분하여 화를 내다가 하루 종일 허탕을 치기 일쑤였다. 오늘도 그랬다. 도요새들은 굉장히 많아 보였다. 개 밑에서, 사냥꾼들의 발밑에서 도요새가 끊임없이 날아올랐기 때문에, 레빈도 얼마든지 실수를 만회할 수 있었다. 하지만 총을 쏘면 쏠수록, 레빈은 베슬로프스키 앞에서 더욱더 수치심을 느낄 뿐이었다. 베슬로프스키는 새들이 사정거리에 들든 말든 유쾌하게 마구 쏘아 대기만 할 뿐, 한 마리도 잡지 못하고 그것에 대해서도 전혀 당황해하지 않았다. 레빈은 급하게 서둘렀고 자제력을 잃은 채 점점 더 흥분했다. 급기야 그는 사냥감을 맞추리라는 기대도 거의 없이 총만 쏘아 대는 상태에 이르렀다. 라스카도 그것을 알아차린 것 같았다. 라스카는 점점 굼뜨게 탐색하기 시작했고, 망설이는 듯한 눈길로, 혹은 비난하는 듯한 눈길로 사냥꾼들을 둘러보았다. 총알이 연이어 계속 발사되었다. 사냥꾼들 주위에는 화약 연기가 자욱이 피었지만, 사냥감을 담는 크고 널찍한 그물 주머니에는 깃털처럼 가벼운 자그마한 도요새가 겨우 세 마리 있을 뿐이었다. 게다가 그 가운데 한 마리는 베슬로프스키가 잡은 것이고 한 마리는 둘이 함께 잡은 것이었다. 한편 늪의 반대편에서는 빈번하지는 않지만 스테판 아르카지치의 의미심장한 — 레빈에게는 그렇게 들렸다 — 총소리가 들려왔고, 게다가 총소리 뒤에는 거의 늘 다음과 같은 말이 따랐다. "클라크, 클라크, 가져와!"

이것은 레빈을 더욱더 흥분시켰다. 도요새들은 사초 위의 허공에서 끊임없이 맴돌고 있었다. 지상에는 진흙탕에서 부츠를 빼는 소리가, 공중에는 까악까악 우는 소리가 사방에서 쉴새없이 들렸다. 조금 전에 날아올라 빠른 속도로 공중을 날던 도요새들이 사냥꾼들 앞에 내려앉았다. 이제는 두 마리가 아닌 십여 마리의 매가 가느다란 소리를 내며 늪지 위를 맴돌았다.

늪지의 널따란 부분을 통과한 레빈과 베슬로프스키는 농부들의 목초지가 어떤 곳은 발에 밟힌 줄로, 어떤 곳은 풀베기가 끝난 줄로 나뉜 채 긴 줄무늬를 이루며 사초와 맞닿은 지점에 도달했다. 그 줄들 가운데 절반은 이미 풀베기가 끝난 상태였다.

풀베기가 아직 끝나지 않은 구역에서 풀베기가 끝난 곳만큼 많은 사냥감을 발견하리라는 희망은 거의 없었지만, 레빈은 스테판 아르카지치에게 한곳에서 만나자고 약속을 했기 때문에 풀을 벤 곳이든 베지 않은 곳이든 가리지 않고 동료와 함께 앞으로 계속 나아갔다.

"어이, 사냥꾼들!" 말을 푼 짐마차 옆에 앉은 농부들 가운데 한 명이 소리쳤다. "이리 와서 우리와 함께 참이나 들고 가시오! 술도 한잔하고 말이오!"

레빈은 주위를 둘러보았다.

"어서 와요, 괜찮아요." 수염이 덥수룩한 쾌활한 농부가 벌건 얼굴로 하얀 이를 드러낸 채 햇살에 반짝이는 녹색 병을 번쩍 들며 외쳤다.

"Qu'est ce qu'ils disent?[14]" 베슬로프스키가 물었다.

"보드카를 마시러 오라고 부르는군요. 저 사람들은 목초지를 나눴나 봅니다. 나 같으면 술을 마시러 가겠습니다." 이렇게 말하는 레빈에게 교활한 마음이 전혀 없지는 않았다. 그는 베슬로프스키가 보드카의 유혹에 빠져 그들에게 가기를 바랐다.

"저 사람들이 왜 우리에게 대접하려는 겁니까?"

"그냥 즐기는 거죠. 정말 저 사람들에게 가 보십시오. 재미있을 겁니다."

"Allons, c'est curieux.[15]"

"가요, 어서 가 봐요. 제분소로 가는 길을 찾을 수 있을 겁니다!" 레빈은 이렇게 소리치고 뒤를 돌아보았다. 그러고는 베슬로프스키가 허리를 굽힌 채 지친 다리를 비틀거리며 축 늘어진 한 손에 총을 쥐고서 늪을 빠져 나가 농부들에게로 가는

---

14) '저 사람들이 뭐라고 하는 겁니까?'(프랑스어)

15) '함께 갑시다. 호기심을 끄는군요.'(프랑스어)

것을 흡족하게 바라보았다.

"당신도 와요!" 농부가 레빈에게 소리쳤다. "뭐, 어때요! 피로그 좀 드시구려! 어이!"

레빈은 보드카를 마시고 빵 한 조각을 먹고 싶은 마음이 간절했다. 녹초가 된 그는 자신이 휘청거리는 다리를 소택지에서 간신히 빼고 있다는 것을 느끼고 잠시 망설였다. 그러나 개가 걸음을 멈추었다. 그러자 곧 피로가 말끔히 가셨고, 그는 개를 향하여 가볍게 소택지를 걸어갔다. 개의 발밑에서 도요새 한 마리가 날아올랐다. 그는 총을 쏘아 명중시켰다. 개는 계속 서 있었다. "잡아 와!" 개의 발밑에서 또 한 마리가 날아올랐다. 레빈은 총을 쏘았다. 그러나 그날은 운이 좋지 않았다. 그는 사냥감을 놓쳤고, 조금 전에 명중시킨 새를 찾으러 갔을 때는 그나마도 찾을 수 없었다. 그는 사초를 구석구석 뒤졌다. 그러나 라스카는 그가 새를 명중시켰다는 사실을 믿지 않았고, 그가 새를 찾아오라고 보내도 찾는 척 시늉만 할 뿐이었다.

레빈은 자신의 실패를 바센카의 탓으로 돌렸지만, 그가 없어도 상황은 나아지지 않았다. 도요새는 그곳에도 많았지만, 레빈은 계속 허탕만 쳤다.

비스듬히 비치는 햇살은 아직도 뜨거웠다. 땀에 흠뻑 젖은 옷은 몸에 착 달라붙었다. 왼쪽 부츠는 물이 가득 차 묵직했고 걸음을 뗄 때마다 쑥쑥 소리를 냈다. 화약 검댕으로 온통 더러워진 얼굴을 따라 땀이 방울져 떨어졌다. 입 안은 쓰고, 콧속에서는 화약과 녹의 냄새가 나고, 귓속에서는 도요새들의 쑥쑥거리는 소리가 끊임없이 맴돌았다. 총신은 손을 댈 수 없을 만큼 뜨겁게 달아 있었다. 심장은 빠르고 단속적으로 뛰었다. 손은 흥분으로 떨렸고, 지친 다리는 작은 언덕과 소택지를 누비는 동안 비틀거리며 서로 뒤엉켰다. 하지만 그는 계속 돌아다니며 총을 쏘아 댔다. 마침내 수치스러울 정도로 허탕을 친 후 그는 총과 모자를 내동댕이치고 말았다.

'아냐, 정신을 차려야 해.' 그는 속으로 중얼거렸다. 그는 총과 모자를 집어 들고 라스카를 부른 후 늪에서 나갔다. 마른 땅으로 나오자, 그는 작은 언덕에 앉아 부츠를 벗고 그 속에 든 물을 쏟아 냈다. 그러고 나서 늪으로 다가가 녹 맛이 나는 물로 갈증을 풀고는 뜨거워진 총신을 물에 담그고 얼굴과 손을 씻었다. 기분이 상쾌해진 그는 흥분하지 않겠다는 굳은 다짐과 함께 도요새들이 옮겨간 장소로 다시 출발했다.

그는 냉정을 유지하고 싶었지만 그렇게 되지 않았다. 새를 겨냥하기도 전에 손가락이 먼저 방아쇠를 당겼다. 상황은 점점 더 나빠졌다.

그가 스테판 아르카지치와 만나기로 한 오리나무 숲으로 갔을 때, 그의 사냥 주머니에는 새가 다섯 마리밖에 없었다.

그는 스테판 아르카지치보다 그의 개를 먼저 보았다. 악취가 풍기는 늪의 진흙으로 온통 새까매진 클라크가 파헤쳐진 오리나무 뿌리에서 튀어나와 승자의 표정으로 라스카와 서로의 냄새를 맡으며 킁킁거렸다. 클라크를 뒤따라 오리나무 그늘에서 스테판 아르카지치의 균형 잡힌 몸이 나타났다. 그는 붉게 달아오르고 땀에 젖은 모습으로 옷깃을 열어젖힌 채 여전히 다리를 절며 맞은편에서 걸어왔다.

"그래, 어때? 총소리는 많이 들리던데." 그는 쾌활하게 미소를 지으며 말했다.

“자네는?” 레빈이 물었다. 하지만 물어볼 필요도 없었다. 이미 불룩한 사냥 주머니를 보았기 때문이다.

“그럭저럭.”

그는 열네 마리를 잡았다.

“굉장한 늪지야! 베슬로프스키가 자네를 방해했나 보군. 두 사람이 개 한 마리로 사냥하자니 불편했겠지.” 스테판 아르카지치는 승리감을 억누르며 말했다.

11

레빈과 스테판 아르카지치가 레빈이 늘 머물곤 하는 농가에 도착했을 때, 베슬로프스키도 이미 그곳에 와 있었다. 그는 오두막 한가운데에서 두 손으로 긴 의자를 붙잡고 앉아, 안주인의 남동생인 군인에게 진흙으로 뒤덮인 그의 부츠를 벗기게 하며 전염성 강한 그 특유의 유쾌한 웃음을 터뜨리고 있었다.

"나도 지금 막 왔습니다. Ils ontété charmants.[16] 상상해 보십시오. 그 사람들은 내게 마실 것과 먹을 것을 넘치게 주었답니다. 빵은 또 어떻고요, 정말 환상적이었습니다. Délicieux![17] 그리고 보드카는요, 난 평생 그렇게 맛 좋은 보드카를 마셔 본 적이 없습니다. 그런데 그 사람들은 한사코 돈을 받으려 하지 않았습니다. 그저 계속 이런 말만 하더군요. '성질 돋우지

---

16) '그들은 매력적인 사람들이었습니다.'(프랑스어)

17) '맛있었어요!'(프랑스어)

마쇼!'라던가 뭐라던가."

"그 사람들이 뭣 때문에 돈을 받겠습니까? 그 사람들은, 말하자면, 나리를 대접한 겁니다. 그 사람들에게 팔 보드카가 있겠습니까?" 마침내 군인은 새까매진 양말과 함께 물에 젖은 부츠를 벗기고 이렇게 말했다.

오두막은 사냥꾼들의 부츠와 제 몸을 핥는 진흙투성이의 개들 때문에 더러워지고 온통 늪과 화약의 냄새로 가득 찬 데다 나이프와 포크도 없었지만, 사냥꾼들은 차를 마시고 사냥에서만 누릴 수 있는 그런 맛을 느끼며 식사를 했다. 깨끗이 씻은 그들은 깔끔하게 쓸어 놓은 건초 헛간으로 향했다. 마부가 신사들을 위하여 그곳에 잠자리를 마련해 두었던 것이다.

날은 이미 어둑해졌지만, 사냥꾼들 가운데 그 누구도 잠을 자고 싶어 하지 않았다.

사격, 개, 예전의 사냥에 대한 이야기와 추억을 넘나들다 대화는 어느새 그들 모두가 흥미를 느끼는 주제로 모아졌다. 바센카가 이런 숙박과 건초 향기의 매력에 대해, 부서진 짐마차(그는 짐마차의 앞부분을 떼어 놓은 것을 보고 짐마차가 부서졌다고 생각했다.)의 매력에 대해, 자기에게 보드카를 대접한 농부들의 선량함에 대해, 각자 자기 주인의 발치에 누운 개들에 대해 몇 번이고 감탄 어린 표현을 되풀이하자, 오블론스키는 지난해 여름 말투스의 영지에서 맛본 사냥의 매력에 대해 들려주었다. 말투스는 철도 사업으로 돈을 번 유명한 부자였다. 스테판 아르카지치는 이 말투스가 트베르 현에서 어떤 늪지를 사들였는지, 그 늪지를 어떻게 보존하고 있는지, 어떤 사륜마차와 개 수레가 사냥꾼들을 태우고 갔는지, 식사를 위하여 늪 옆에 어떤 천막을 쳤는지에 대해 이야기했다.

"자네를 이해할 수 없군." 레빈은 건초에서 몸을 일으키고 앉아 말했다. "자네는 어떻게 그런 인간들을 싫어하지 않지? 라피트주를 곁들인 식사가 무척 마음에 들 거라는 건 이해해. 하지만 자네는 정말 그런 사치에 거부감을 느끼지 않는단 말이야? 그런 인간들은 우리 나라의 세금 징수인[18]들처럼 사람들의 경멸을 받으며 돈을 벌어들여. 그들은 이런 경멸을 무시하면서 나중에는 정직하지 못하게 벌어들인 돈으로 예전에 받은 경멸을 무마하려 하지."

"정말 맞는 말입니다!" 바센카 베슬로프스키가 맞장구를 쳤다. "그렇고말고요! 물론, 오블론스키는 bonhomie[19]에서 그렇게 하겠지만, 다른 사람들은 '오블론스키가 그 집에 드나든다.' 하고 쑥덕거린다니까요."

"전혀 그렇지 않아." 레빈은 오블론스키가 이렇게 말하며 씩 웃는 것을 느꼈다. "난 솔직히 그 사람이 다른 부유한 상인이나 귀족보다 더 정직하지 못한 인간이라고는 생각하지 않아. 그 사람들도 똑같이 노동과 지혜로 돈을 벌었어."

"그래, 하지만 무슨 노동? 과연 이권을 손에 넣어 전매(專賣)하는 것이 노동일까?"

"물론 노동이지. 그 사람이나 그와 같은 부류의 사람들이

---

18) 일정한 보수를 대가로 세금을 징수하도록 국가의 위임을 받은 일반 시민. 이들은 권력을 남용하여 엄청난 부를 쌓을 수 있었으나 결코 사람들의 존경을 받지는 못했다. 이 제도는 알렉산드르 2세의 개혁에 의해 1860년대에 폐지되었다.

19) '선의.'(프랑스어)

없다면 철도도 없을 거라는 의미에서 노동이라 할 수 있어."
"하지만 그것은 농부나 학자의 노동과 달라."
"그렇다고 하지. 하지만 그의 활동이 결과, 즉 철도를 제공한다는 의미에서 그것은 노동이야. 하지만 자네는 철도가 무익하다고 생각하지."
"아니, 그건 다른 문제야. 난 철도가 유익하다는 것을 기꺼이 인정해. 하지만 투입된 노동에 상응하지 않는 획득물은 모두 부정한 거야."
"그럼 도대체 누가 그 상응이라는 것을 정하지?"
"부정한 방법과 간교한 술책으로 얻은 획득물은……." 레빈은 자신이 정직과 부정의 경계를 뚜렷하게 긋지 못함을 느끼며 이렇게 말했다. "은행의 획득물과도 같은 거야." 그는 계속했다. "그건 악이야. 세금 징수가 그랬던 것처럼, 노동하지 않고 막대한 재산을 획득하는 것이 형태만 바뀐 것뿐이라고. Le roi est mort, vive le roi![20] 세금 징수 제도를 폐지하자마자 철도, 은행이 등장했어. 그것 역시 노동 없는 돈벌이지."
"그래, 어쩌면 그 모든 것이 핵심을 찌르는 날카로운 말인지도 모르지……. 누워 있어, 클라크!" 스테판 아르카지치는 몸을 벅벅 긁으며 건초를 모조리 헤집고 있는 개에게 소리쳤다. 그는 분명 자신의 논지의 정당성을 확신하는 것 같았고, 그래서인지 침착하고 느긋해 보였다. "하지만 자네는 정직한 노동과 부정한 노동의 경계를 긋지 않았어. 내 서기장이 나보다 업

20) '왕이 죽었다. 왕이여 장수하소서!'(프랑스어) 유럽의 여러 국가에서 선왕의 죽음과 새 왕의 등극을 알릴 때 사용하는 선언문이다.

무에 대해 더 잘 알고 있는데도 내가 그 사람보다 더 많은 봉급을 받고 있다는 것, 그것이 부정하다는 건가?"

"모르겠어."

"그럼, 내가 자네에게 이렇게 말해 볼까. 자네는 자신의 노동에 대한 대가로 농사에서 5000루블 남짓을 얻는데 이 집의 주인인 농부는 아무리 열심히 일해도 50루블 이상 얻지 못하는 것은, 내가 서기장보다 봉급을 더 많이 받는 것이나 말투스가 철도 기술자보다 돈을 더 많이 버는 것과 마찬가지야. 오히려 나는 이 사람들에 대한 사회의 태도에서 아무런 근거도 없는 어떤 적의를 본다네. 내가 생각하기에는 거기에는 질투가……."

"아니, 그 말은 부당해." 베슬로프스키가 말했다. "질투가 있을 리 없잖아. 이 문제에는 무언가 수상한 점이 있어."

"아니, 잠깐만요." 레빈이 계속해서 말했다. "자네는 내가 5000루블을 얻고 농부가 50루블을 얻는 것이 부당하다고 말했어. 그 말이 옳아. 그건 부당해. 나도 그 점을 느끼고는 있지만……."

"정말 그렇습니다. 우리는 먹고 마시고 사냥이나 다니고 아무것도 하지 않는데 농부는 끝도 없이, 끝도 없이 일을 하니 어찌된 일입니까?" 바센카는 분명 난생처음으로 이 문제를 분명하게 생각해 본 것 같았고, 그래서인지 매우 진지해 보였다.

"그래, 자네는 그것을 느끼면서도 자네의 영지를 농부에게 주지 않는군." 스테판 아르카지치는 일부러 레빈에게 싸움을 걸듯이 말했다.

최근 두 동서 사이에는 어떤 은밀한 적대감이 형성되었다.

마치 그 두 사람이 자매들과 결혼한 이후 그들 사이에 누가 더 생활을 잘 꾸려 가는가를 두고 경쟁이 붙은 것 같았다. 그리고 지금 그 적대감이 개인적인 뉘앙스를 띠기 시작한 대화에서 드러나고 있었다.

"내가 땅을 주지 않는 것은 아무도 내게 그것을 요구하지 않기 때문이야. 그리고 설사 내가 그렇게 하길 원한다 해도, 난 줄 수 없어." 레빈이 대답했다. "줄 만한 사람이 없거든."

"이 집 농부에게 주지그래. 그는 사양하지 않을 텐데."

"그래. 하지만 도대체 어떻게 주지? 그와 함께 가서 부동산 등기라도 해 줄까?"

"난 모르지. 하지만 자네가 자네에게 땅에 대한 권리가 없다고 확신한다면……."

"난 전혀 그렇게 확신하지 않아. 난 오히려 내게 땅을 줄 권리가 없다고, 나에게는 토지와 가족에 대한 의무가 있다고 느껴."

"아니, 잠깐. 만약 자네가 그 불평등이 부당하다고 생각한다면 도대체 왜 그렇게 행동하지 않는 거지?"

"나도 행동하고 있어. 다만 내가 나와 농부 사이에 존재하는 처지의 차이를 더 벌리려 애쓰지 않을 거라는 의미에서 소극적이라 할 수 있지."

"아니, 미안하지만, 그건 궤변이야."

"그래요, 그건 어쩐지 소피스트적인 변명 같군요." 베슬로프스키가 그의 말에 동의했다. "아! 주인장." 그는 문을 삐걱거리며 헛간으로 들어오는 농부에게 말했다. "왜 아직 안 자고 있나?"

"아니, 잠이라니요! 전 우리 나리들이 주무실 거라고 생각했는데 두런두런 이야기를 나누는 소리가 들리더군요. 전 갈고리를 가지러 왔습니다. 그 개는 물지 않습니까?" 그는 맨발로 조심스럽게 걸으며 이렇게 덧붙였다.

"그럼 자네는 어디서 자나?"

"저희는 불침번을 서러 갑니다."

"아, 얼마나 멋진 밤인가!" 베슬로프스키는 방금 열린 문의 커다란 틀을 통해 들어오는 희미한 빛 속에서 농가와 말을 푼 이륜마차의 귀퉁이를 바라보며 말했다. "들어 봐요, 이건 여자들이 노래를 부르는 소리잖아요. 그렇게 나쁘지 않은데. 누가 노래를 부르는 건가, 주인장?"

"하녀로 일하는 아가씨들이 이 근처에서 부르고 있습니다."

"같이 나가서 산책이라도 합시다! 아무래도 다들 잠을 이룰 것 같지 않군요. 오블론스키, 같이 가지!"

"이렇게 누운 채로 돌아다닐 수 있다면!" 오블론스키는 기지개를 켜며 대꾸했다. "누워 있는 게 너무 좋아."

"그럼, 나 혼자라도 가겠어." 베슬로프스키는 활기차게 일어나 신을 신으며 말했다. "다음에 봅시다, 신사 여러분. 만약 재미있으면 여러분을 부르지요. 여러분은 내게 새들을 대접해 주었으니, 내 여러분을 잊지 않으리다."

"멋진 청년이지? 그렇지 않아?" 베슬로프스키가 나가고 농부가 그를 뒤따라 나가며 문을 닫자 오블론스키가 말했다.

"그래, 멋진 청년이야." 레빈은 조금 전의 대화 주제를 계속 생각하며 이렇게 대꾸했다. 그는 자신이 자신의 생각과 감정을 가능한 한 분명하게 표현한 것 같았다. 그런데 어리석지 않고 솔직한 부류인 그 두 사람이 그가 궤변을 즐기고 있다고 입을 모아 말한 것이다. 그것이 그를 당혹스럽게 했다.

"그런 거야, 친구. 둘 가운데 하나를 택할 수밖에 없는 거지. 현재의 사회구조가 정당하다고 인정하고 자신의 권리를 지키기 위해 애쓰든가, 나처럼 자신이 부당한 우위를 누리고 있음을 인정하고 그것을 기꺼이 누리든가 말이야."

"아니, 만일 그것이 정당하지 않다면, 자네는 그 혜택을 기꺼이 누릴 수 없을걸. 적어도 난 그렇게 못할 거야. 나에게 무엇보다 중요한 것은 나에게 잘못이 없다고 느끼는 것이니까."

"그런데, 정말 안 가 볼 거야?" 스테판 아르카지치는 분명 사고(思考)의 긴장으로 지친 듯 보였다. "어차피 못 잘 것 같은데. 정말 같이 가 보는 게 어때?"

레빈은 대답하지 않았다. 대화 도중 소극적인 의미에서만 올바르게 행동하고 있다고 한 자신의 말이 마음을 온통 차지해 버렸다. '과연 소극적으로만 정당할 수밖에 없는 걸까?' 그는 스스로에게 물었다.

"그런데 갓 만든 건초의 향이 정말 진하군!" 스테판 아르카지치가 몸을 일으키며 말했다. "도저히 못 자겠어. 바센카가 저기서 뭔가 시작한 모양인데. 왁자지껄한 웃음소리와 그의 목소리가 들리지? 같이 안 갈래? 가자!"

"아니, 안 가." 레빈이 대답했다.

"자네, 혹시 그것도 원칙 때문인가?" 스테판 아르카지치는 웃음 띤 얼굴로 어둠 속에서 자신의 테 없는 모자를 더듬더듬 찾으며 말했다.

"원칙 때문이 아니야. 내가 뭣 때문에 가겠나?"

"하지만 알아 둬, 자네는 불행을 자초할 거야." 그는 모자를 찾아 일어서며 말했다.

"어째서?"

"자네가 자신과 아내를 어떤 상황에 몰아넣었는지 내가 모를 것 같아? 난 자네 부부에게 가장 중요한 문제가 어떤 건지 들었지. 자네가 이틀 동안 사냥을 떠나느냐 마느냐 하는 것이더군. 그 모든 게 전원시만큼이나 멋져. 하지만 일생 동안 그것으로는 부족하지. 남자는 자유로워야 하고, 남자에게는 남자들만의 관심거리가 있어. 남자는 남자다워야 해." 오블론스키가 문을 열며 말했다.

"그러니까 무슨 말이야? 농장 하녀들을 꾀러 나가자는 거야?" 레빈이 물었다.

"재미만 있다면야 못할 것도 없지. Ça ne tire pas àcensàquence.[21] 내 아내가 이 일 때문에 더 기분 나빠하지도 않을 테고, 나는 재미를 보니 말이야. 중요한 것은 '가정의 신성함을 지켜라.'라는 거지. 가정에는 아무 일도 없게 하면 돼. 하지만 자신의 손을 묶어 두지는 마."

"그럴지도." 레빈은 무뚝뚝하게 말하고 옆으로 돌아누웠다. "내일은 일찍 나가야 해. 그러니 아무도 깨우지 않고 새벽에 나 혼자 나갈게."

"Messieurs, venez vite![22]" 헛간으로 돌아온 베슬로프스키의 목소리가 들렸다. "Charmante![23] 내가 발견했어요. Charmante,

21) '문제가 생기는 일은 절대 없을 거야.'(프랑스어)
22) '신사 여러분, 어서 나와 보십시오!'(프랑스어)
23) '매혹적이에요!'(프랑스어)

완전히 그레트헨[24]입니다. 나와 그녀는 벌써 가까운 사이가 됐어요. 정말 너무 예쁜 아가씨입니다!" 그는 마치 그녀가 다름 아닌 그 자신을 위하여 아름답게 만들어졌다는 듯한, 그리고 그를 위해 이런 것을 마련한 사람에게 만족한다는 듯한 흡족한 모습으로 떠들어 댔다.

레빈은 자는 척했고, 오블론스키는 슬리퍼를 신고 시가에 불을 붙인 후 헛간을 나섰다. 곧 그들의 목소리가 잠잠해졌다.

레빈은 오랫동안 잠을 이룰 수 없었다. 그는 그의 말이 건초를 씹는 소리를 들었고, 그다음에는 집주인이 큰아들과 채비를 갖추고 불침번을 서러 떠나는 소리를 들었다. 그리고 그다음에는 군인이 집주인의 작은아들인 조카와 함께 헛간의 맞은편에 잠을 자러 드러눕는 소리를 들었다. 그리고 소년이 무시무시하고 커다랗게 보이는 개들에 대한 인상을 가냘프고 조그마한 목소리로 숙부에게 소곤대는 소리를 들었다. 그다음에는 소년이 저 개는 무엇을 잡느냐고 묻고 군인이 졸음에 겨운 목쉰 소리로 내일 사냥꾼들이 늪에 나가 사격을 할 거라고 말하는 소리를 들었다. 그리고 그가 소년의 질문에서 벗어나려고 "자라, 바시카, 어서 자. 안 잘 거면 망이라도 보든가."라고 말한 뒤 이내 코를 고는 소리를 들었다. 그러자 모든 것이 침묵에 잠겼다. 들리는 소리라고는 말이 힝힝거리는 소리와 도요새가 깍깍거리는 소리뿐이었다. '과연 소극적으로밖에 할 수 없는 걸까?' 그는 스스로에게 거듭 물었다. '그게 뭐 어때서? 그건

24) 괴테의 『파우스트』에 등장하는 농가의 처녀. 파우스트 박사는 그녀를 유혹한 뒤 저버린다.

내 잘못이 아냐.' 그리고 그는 내일에 대해 생각하기 시작했다.

'내일은 아침 일찍 나가고 절대로 흥분하지 말아야지. 도요새는 엄청나게 많아. 멧도요도 있고. 그러고 나서 숙소로 돌아오면 키티의 쪽지가 와 있겠지. 그래, 어쩌면 스티바가 옳을지도 몰라. 난 그녀와 있을 때 그다지 남자답지 못해. 의지가 약해지고 말았어……. 하지만 어쩌겠어! 또 소극적이 되어 버렸군!'

그는 잠결에 베슬로프스키와 스테판 아르카지치의 웃음소리와 유쾌한 말소리를 들었다. 그는 순간 눈을 떴다. 달이 떠올랐고, 그들은 환하게 빛나는 달빛을 받으며 열린 문가에 서서 이야기를 나누고 있었다. 스테판 아르카지치는 한 아가씨를 갓 깐 호두에 비교하며 그녀의 싱싱함에 대해 뭔가 이야기했고, 베슬로프스키는 무슨 일인지 그 특유의 전염성 강한 웃음을 터뜨리며 아마도 농부에게서 들은 듯한 말을 되풀이하고 있었다. "마음에 드는 아가씨가 있으면 잘 구슬려 보게!" 레빈은 잠결에 중얼거렸다.

"신사 여러분, 내일 새벽에 봅시다!" 그러고는 잠이 들었다.

12

레빈은 이른 새벽에 잠에서 깨어 친구들을 깨우려 해 보았다. 바센카는 엎드린 자세로 양말을 신은 한 발을 쭉 뻗은 채 너무 깊이 잠들어 있어 그의 대답을 얻어 내기란 불가능했다. 오블론스키는 잠결에 이렇게 일찍 나가고 싶지 않다며 거절했다. 건초 언저리에서 몸을 동그랗게 말고 잠들어 있던 라스카마저 마지못해 일어나 느릿느릿 뒷다리를 번갈아 뻗으며 쭉 폈다. 신발을 신고 총을 든 후, 레빈은 삐걱거리는 헛간 문을 조심스럽게 열고 길로 나왔다. 마부는 사륜마차 옆에서 자고 있었고, 말들도 꾸벅꾸벅 졸고 있었다. 겨우 한 마리만 콧등으로 여물통 주위에 귀리를 흩으며 느릿느릿 귀리를 먹고 있었다. 밖은 아직 희끄무레했다.

"왜 이렇게 일찍 일어나셨어요?" 오두막에서 나오던 안주인 노파가 오랫동안 알아 온 선한 이웃을 대하듯 다정스레 그에게 말을 걸었다.

"네, 사냥하러 가는 길입니다, 아주머니. 이 길로 가면 늪이 나오지요?"

"뒷마당을 통과해 쭉 가서 우리 집 탈곡장을 지난 다음, 다시 삼밭을 지나면 샛길이 나와요."

노파는 햇볕에 탄 맨발로 조심스럽게 걸으며 레빈을 안내하고 탈곡장 옆의 울타리 문을 열어 주었다.

"그 길로 곧장 가면 늪지가 나타날 거예요. 우리 아이들도 어제 저녁 그곳으로 말을 몰고 갔답니다."

라스카는 오솔길을 따라 즐겁게 앞장서서 달려갔다. 레빈은 빠르고 가벼운 걸음으로 뒤따라 걸으며 계속 하늘을 흘깃거렸다. 그는 자신이 늪에 도착하기까지 태양이 떠오르지 않기를 바랐다. 하지만 태양은 꾸물거리지 않았다. 그가 길을 나설 때만 해도 환하게 빛나던 달은 이제 그저 수은 조각처럼 반짝일 뿐이었다. 아까는 금방 눈에 띄던 아침노을도 이제는 애써 찾아야 했다. 조금 전에는 먼 들판에서 흐릿하게 보이던 점들이 이제는 또렷이 보였다. 그것은 호밀 단이었다. 수 그루를 이미 추려 낸 향기롭고 높다란 삼에 맺힌 이슬, 햇빛이 없어 아직 눈에 띄지 않는 그 이슬은 레빈의 다리뿐 아니라 허리 위의 웃옷까지 축축하게 적셨다. 아침의 투명한 고요 속에서는 아주 작은 소리까지 들렸다. 작은 꿀벌 한 마리가 총알 소리를 내며 레빈의 귓가를 스치고 날아갔다. 눈여겨보니 또 한 마리, 그리고 또 한 마리가 보였다. 벌들은 모두 양봉장의 바자울과 삼밭 위에서 날아와 늪 방향으로 자취를 감추었다. 오솔길은 늪으로 곧장 나 있었다. 늪은 그곳에서 피어오르는 물안개 때문에 알아보기 쉬웠다. 그런데 물안개가 어떤 곳은 더 짙게, 어떤 곳은 더 옅게 끼어, 사초들과 버드나무 덤불이 그 물안개 속에서 섬 모양으로 이리저리 흔들렸다. 늪과 길의 가장자리에는 불침번을 서던 사내아이들과 농부들이 바닥에 드러누워 동이 트기까지 카프탄을 뒤집어쓴 채 잠을 자고 있었다. 그들과 멀리 떨어지지 않은 곳에는 다리를 묶어 놓은 말 세 마리가 어슬렁거리고 있었다. 그 가운데 한 마리는 철컥철컥 족쇄 소리를 울리며 다녔다. 라스카는 앞으로 달리게 해 달라며 애원하기도 하고 주위를 두리번거리기도 하면서 주인과 나란히 걷고 있었다. 레빈은 잠든 농부들 옆을 지나 첫 번째 늪에 도착하자 뇌관을 점검하고 개를 자유롭게 놔주었다. 세 마리 말들 가운데 두 살배기인 살진 갈색 말이 개를 보고 뒷걸음치더니 꼬리를 치켜올리고 푸르르 콧김을 뿜어 댔다. 다른 말들도 깜짝 놀라 묶인 두 다리로 물을 첨벙거리고 질척한 진흙 속에서 철썩철썩 발굽 빼는 소리를 내며 늪 밖으로 뛰어나오기 시작했다. 라스카는 멈춰 서서 그런 말들을 조롱하듯 바라보더니 뭔가 묻는 듯한 눈길로 레빈을 쳐다보았다. 레빈은 라스카를 쓰다듬어 주고 이제 시작해도 좋다는 신호로 휘파람을 불었다.

라스카는 명랑하고도 조심스러운 태도로 발아래에서 흔들리는 소택지를 내달리기 시작했다.

늪으로 달려간 라스카는 풀뿌리와 물풀과 흙탕물 같은 친숙한 냄새와 이질적인 말똥 냄새 가운데에서 그곳 전체에 떠도는 새들의 냄새, 강렬한 체취를 풍기며 다른 어떤 새들보다도 자신을 흥분시키는 바로 그 새들의 냄새를 금방 감지해 냈다. 특히 이끼와 늪 우엉의 여기저기에서 이 냄새가 강하게 풍겼다. 하지만 그 냄새가 어느 쪽에서 강해지고 약해지는지 판단을 내릴 수 없었다. 방향을 찾기 위해서는 바람이 부는 곳으로 더 멀리 가야 했다. 라스카는 자기 발의 움직임조차 느끼지 못한 채 필요하면 언제라도 멈출 수 있도록 긴장하며 질주하다가, 동쪽에서 불어오는 동트기 전의 산들바람을 피해 오른쪽으로 달리더니 바람을 향해 홱 돌아섰다. 라스카는 콧구멍을 벌름거리며 공기를 들이마시고는 그곳에, 그것도 자기 바로 앞에 그들의 흔적뿐 아니라 그들 자체가 한 마리도 아니고 무수하게 있다는 것을 눈치챘다. 라스카는 속도를 늦췄다. 그들은 그곳에 있었다. 그러나 정확히 어디쯤인지는 라스카도 아직 판단할 수 없었다. 라스카는 정확한 장소를 찾기 위해 원을 그리며 돌기 시작했다. 바로 그 순간 갑자기 주인의 목소리가 라스카의 주의를 딴 곳으로 돌렸다. "라스카! 저기다!" 그는 라스카에게 반대편을 가리키며 말했다. 라스카는 자기가 지금 막 시작한 일을 계속하는 편이 좋을지 어떨지 물어보려고 잠시 멈춰 섰다. 그러나 주인은 아무것도 있을 리 없는 물에 잠긴 작은 언덕들을 가리키며 성난 목소리로 계속 같은 명령을 되풀이했다. 라스카는 주인의 말에 순종하며 주인에게 기쁨을 주고자 탐색을 하는 척 작은 언덕들을 휘젓고 돌아다니다 처음의 자리로 돌아왔다. 그러자 곧 다시 그들의 존재가 느껴졌다. 주인이 방해하지 않는 이 순간, 라스카는 무엇을 해야 할지 알아차렸다. 그래서 라스카는 높직한 둔덕에 걸려 넘어지고 물에 빠지면서 분통을 터뜨리기도 했지만, 발밑을 쳐다보지도 않은 채 유연하고 강인한 두 다리로 버티며 자신에게 모든 것을 해명해 줄 원을 그리기 시작했다. 점점 더 강해지고 분명해진 그들의 냄새가 라스카를 깜짝 놀라게 했다. 그런데 갑자기 그 새들 가운데 한 마리가 그곳에, 정면으로 다섯 발짝 정도 떨어진 바로 저 둔덕 뒤에 있다는 것이 매우 뚜렷이 느껴지기 시작했다. 그래서 라스카는 그 자리에 멈춰 서서 마치 얼어붙은 듯 꼼짝하지 않았다. 다리가 짧아 눈으로는 아무것도 볼 수 없었지만 냄새로 그 새가 다섯 발짝도 안 되는 곳에 앉아 있다는 것을 알 수 있었다. 라스카는 점점 더 강하게 그 새를 느끼며 기대에 부풀어 서 있었다. 라스카의 긴장된 꼬리는 팽팽하게 뻗은 채 끝만 바르르 떨리고 있었다. 입은 가볍게 벌어졌고 두 귀는 살짝 섰다. 달릴 때 접힌 한쪽 귀는 아직도 그대로 있었다. 라스카는 깊게, 그러면서도 조심스럽게 숨을 쉬며 고개를 돌리기보다는 눈알을 이리저리 굴리면서 더욱더 조심스럽게 주인을 돌아보았다. 그는 라스카에게 익숙한 얼굴로, 그러나 줄곧 무서운 눈초리로 둔덕에 걸려 휘청거리면서 걸어왔다. 라스카가 보기에는 유난히 느긋해 보였다. 라스카에게는 주인이 천천히 걸어오는 것처럼 보였지만, 사실 그는 달려오고 있었다.

라스카가 마치 뒷다리를 큰 보폭으로 움직여 땅을 파헤치려는 듯 땅바닥에 착 달라붙어 살짝 입을 벌리고 있자, 레빈은 라스카 특유의 탐색을 보고 라스카가 도요새를 노리고 있다는 것을 알아채고는 마음속으로 하느님께 제발 잘되게 해 달라고, 특히 첫 번째 새를 꼭 잡게 해 달라고 기도하며 라스카에게로 달려갔다. 라스카에게 바짝 다가간 그는 자신의 키 높이에서 눈앞을 바라보다 라스카가 코로 본 것을 눈으로 보게 되었다. 둔덕들 사이의 오솔길에 멧도요 한 마리가 보였다. 멧도요는 고개를 돌린 채 귀를 기울이고 있었다. 그리고 날개를 약간 펴다 다시 접고 궁둥이를 꼴사납게 뒤뚱뒤뚱 흔들며 모퉁이 너머로 사라졌다.

"잡아, 잡아." 레빈은 라스카를 뒤에서 쿡 찌르며 소리쳤다.

'하지만 난 갈 수 없어.' 라스카는 생각했다. '어디로 간단 말이야? 이곳에서는 새들을 느낄 수 있지만, 앞으로 나가면 어디에 무슨 새가 있는지 전혀 알아차릴 수 없을걸.' 하지만 레빈은 무릎으로 라스카를 쿡쿡 찌르며 흥분한 목소리로 속삭였다. "잡아, 라소치카, 잡아!"

'뭐, 주인이 그것을 바란다면 그렇게 하지. 하지만 나도 이제는 더 이상 책임 못 져.' 라스카는 이렇게 생각하며 둔덕들 사이로 전속력을 다해 내달리기 시작했다. 이제 라스카는 더 이상 아무 냄새도 맡지 못했고, 아무것도 모른 채 그저 보고 듣기만 할 뿐이었다.

처음 장소에서 열 발짝 정도 떨어진 곳에서 탁한 울음소리와 멧도요 특유의 선명한 날갯짓 소리와 함께 멧도요 한 마리가 날아올랐다. 그리고 한 발의 총성에 이어 그 멧도요는 묵직한 소리를 내며 하얀 가슴을 축축한 진창에 부딪쳤다. 또 한 마리는 미처 기다리지 않고 개도 오기 전에 레빈의 뒤에서 날아올랐다.

레빈이 그 새를 돌아보았을 때, 그 새는 이미 멀리 날아간 후였다. 하지만 총알은 그 새를 따라잡았다. 스무 발짝 정도 날아간 두 번째 새는 말뚝처럼 위로 치솟았다가 마치 내던져진 공처럼 급격한 속도로 추락하며 마른 땅에 철퍼덕 떨어졌다.

'이렇게만 가면 잘될 것 같은데!' 레빈은 온기가 남아 있는 살진 멧도요 두 마리를 자루에 넣으며 생각했다. “어때, 라소치카, 잘될 것 같지?”

레빈이 총을 장전하고 다시 움직이기 시작했을 때, 비록 구름에 가려 보이지는 않았지만 해가 벌써 떠 있었다. 달은 완전히 빛을 잃고 한 조각 구름처럼 하늘에 하얗게 떠 있었다. 별은 이미 하나도 보이지 않았다. 조금 전만 해도 이슬에 젖어 은빛으로 빛나던 늪지가 이제는 금빛으로 반짝였다. 진흙탕은 온통 호박색을 띠었다. 풀의 파르스름한 색이 노란빛을 띤 초록색으로 변했다. 늪의 작은 새들은 이슬에 반짝이며 길게 그림자를 드리운 시냇가의 덤불에 바글바글 모여 있었다. 매 한 마리가 잠에서 깨어 건초 더미에 앉아 고개를 양옆으로 돌리며 못마땅한 듯 늪을 바라보고 있었다. 갈가마귀들은 들판으로 날아가고, 맨발의 사내아이는 카프탄 아래에서 나와 몸을 긁어 대고 있는 노인 쪽으로 말들을 몰고 있었다. 사격으로 피어 나온 연기가 초록색 풀밭 위로 우유처럼 하얗게 퍼져 나갔다.

사내아이들 가운데 한 명이 레빈에게로 달려왔다.

“아저씨, 어제 이곳에 야생오리들이 있었어요.” 사내아이는 그에게 큰 소리로 외치고 멀찍이 떨어져서 그를 따라왔다.

레빈은 그의 솜씨에 탄복하는 이 사내아이 앞에서 도요새 세 마리를 연달아 쏘아 맞혀 갑절로 기뻤다.

13

처음 겨냥한 맹수나 새를 놓치지만 않으면 그날 사냥은 성공한다는 사냥꾼들의 미신이 옳은 것으로 밝혀졌다.

30베르스타 정도 돌아다닌 레빈은 10시가 다 되어 갈 무렵 지치고 허기지고 행복한 기분에 젖어 튼실한 들새 열아홉 마리와 그가 사냥 자루에 더 이상 쑤셔 넣을 수 없어 허리춤에 매단 야생오리 한 마리와 함께 숙소로 돌아왔다. 벌써 한참 전에 일어난 그의 동료들은 배가 고파 이미 아침 식사를 끝낸 상태였다.

"잠깐, 기다려 봐. 내가 알기로는 열아홉 마리인데." 레빈은 하늘을 날 때의 인상적인 모습을 잃은 채 갈고리 모양으로 구부러지고 말라 굳어 버린, 피가 엉기고 모가지가 옆으로 비틀어진 멧도요와 도요새를 한 번 더 세면서 말했다.

셈은 정확했고, 스테판 아르카지치의 질투는 레빈을 뿌듯하게 했다. 그는 숙소로 돌아왔을 때 키티의 쪽지를 가지고 온 심부름꾼을 보게 되어 더욱 기뻤다.

"난 아주 건강하고 즐겁게 지내고 있어요. 혹시 나에 대해 걱정하고 있다면 이제는 좀 더 편안한 마음을 가져도 돼요. 나에게는 새 수행원, 마리야 블라시예브나가 있거든요.(그녀는 산파로서 레빈의 가정생활에 중요한 새로운 인물이었다.) 그녀는 내가 어떤지 보러 왔어요. 그녀는 내가 아주 건강한 것을 확인했어요. 우리는 그녀에게 당신이 돌아올 때까지 우리 집에 있어 달라고 붙잡았어요. 다들 명랑하고 건강해요. 그러니 당신도 사냥이 즐거우면 서두르지 말고 하루 더 있다 와요."

운이 좋았던 사냥과 아내의 쪽지, 이 두 가지 기쁨이 너무나 커서 레빈은 그 후에 일어난 두 가지 사소한 불쾌한 일도 가볍게 넘길 수 있었다. 한 가지는 밤색 여벌 말이 어제 너무 과로한 탓인지 꼴도 먹지 않고 축 늘어져 보인다는 것이었다. 마부는 과로로 말의 몸에 무리가 온 것이라고 말했다.

"어제 말을 너무 심하게 몰았습니다, 콘스탄친 드미트리치." 그가 말했다. "암, 그렇고말고요. 10베르스타를 무리하게 몰아 댔으니까요!"

또 한 가지 불쾌한 일, 처음엔 그의 즐거운 기분을 망쳐 놓았으나 나중에는 그도 그것에 대해 한껏 웃을 수 있었던 그 일은, 키티가 일주일 안에 도저히 다 먹을 수 없을 만큼 잔뜩 챙겨 준 식료품이 완전히 바닥난 것이었다. 사냥터에서 지치고 허기진 몸을 이끌고 돌아오는 동안, 레빈은 너무나 생생하게 피로그를 상상한 나머지, 라스카가 사냥감을 감지하듯 벌써부터 피로그의 냄새와 맛을 입 안에서 느끼고 있었다. 그는 즉시 필리프에게 피로그를 내오라고 일렀다. 그러나 그는 피로그는 커녕 병아리조차 남아 있지 않다는 것을 알게 되었다.

"와, 대단한 식욕이야!" 스테판 아르카지치는 껄껄 웃으며 바센카 베슬로프스키를 가리켰다. "난 입맛이 없어서 별로 괴롭지도 않지만, 저 녀석의 식욕은 정말 굉장해……."

"Mais c'était délicieux.[25]" 베슬로프스키가 자신이 방금 먹어치운 쇠고기에 찬사를 보냈다.

"그럼, 하는 수 없지!" 레빈은 베슬로프스키를 우울하게 쳐다보며 말했다. "필리프, 그럼 쇠고기를 가져와."

"쇠고기는 저 신사 분께서 다 드셨고, 뼈는 제가 개에게 줬습니다." 필리프가 대답했다.

레빈은 너무 기분이 상해 화를 내며 말했다.

"날 위해 뭐라도 남겨 뒀어야지요!" 그는 울고 싶은 심정이었다.

"그럼, 새의 내장을 긁어내." 그는 바센카를 쳐다보지 않으려 애쓰면서 떨리는 목소리로 필리프에게 말했다. "그런 다음 쐐기풀을 채워 넣고. 그리고 내게 우유라도 얻어다 줘."

그는 우유를 배불리 마시고 나자 남에게 화를 낸 것이 부끄러워졌다. 그래서 자신이 허기 때문에 울컥 화를 낸 것에 웃음을 터뜨리기 시작했다.

그날 저녁 그들은 또 사냥을 나갔고, 그 자리에서는 베슬로프스키도 몇 마리 잡았다. 그들은 밤에 집으로 돌아왔다.

돌아오는 길은 갈 때만큼이나 즐거웠다. 베슬로프스키는 노래를 부르기도 하고, 그에게 보드카를 대접하며 "성질 돋우지

---

25) '하지만 그것은 맛있었어요.'(프랑스어)

마쇼."라고 말하던 농부들과의 일들을 즐겁게 떠올리기도 하고, 호두알 같은 농가의 하녀와 농부와 밤에 놀았던 일을 떠올리기도 했다. 농부는 그에게 결혼했는지 묻고 그가 결혼하지 않은 것을 알고는 "남의 아내를 탐하지 말게. 자네는 아내를 얻으려면 아주 많이 노력해야겠어."라고 말했다. 특히 그 말이 베슬로프스키를 웃게 만들었다.

"난 대체로 이번 여행이 아주 마음에 들었습니다. 당신은요, 레빈?"

"나도 정말 만족스러웠습니다." 레빈은 진심으로 그렇게 대답했다. 무엇보다 그는 자기 집에 있을 때 바센카 베슬로프스키에게 품었던 적의를 느끼지 않게 되어, 오히려 그에게 깊은 우정을 느끼게 되어 기뻤다.

14

이튿날 아침 10시, 레빈은 일찌감치 농장을 둘러보고 바센카가 머무는 방의 문을 두들겼다.

"Entrez.[26]" 베슬로프스키가 그에게 소리쳤다. "용서하십시오, 이제 막 ablutions[27]을 끝낸 참이라." 그는 속옷만 걸친 채 레빈 앞에 서서 씩 웃으며 말했다.

"쑥스러워할 것 없어요." 레빈은 창가에 앉았다. "잘 잤습니까?"

"죽은 듯이 푹 잤습니다. 사냥하기에 정말 좋은 날이군요!"

"네. 차나 커피를 드시겠습니까?"

"아뇨, 괜찮습니다. 이제 아침 식사를 해야죠. 정말 부끄럽군요. 부인들은 벌써 일어나셨겠죠? 지금 산책을 하면 정말 멋질

---

26) '들어오세요.'(프랑스어)

27) '목욕.'(프랑스어)

텐데요. 제게 말들을 구경시켜 주시겠습니까?"

레빈은 손님과 정원을 거닐다 마구간에 잠시 들러 함께 평행봉에 매달려 체조까지 하고 집으로 돌아와 응접실로 들어갔다.

"멋진 사냥이었습니다. 얼마나 인상적인지!" 베슬로프스키는 사모바르 옆에 앉은 키티에게 다가가며 말했다. "부인들이 이런 즐거움을 누리지 못한다는 건 정말 애석한 일입니다."

'뭐, 어때, 저 사람으로서는 안주인에게 무슨 말이든 해야 하니까.' 레빈은 속으로 중얼거렸다. 또다시 그에게는 키티를 돌아보는 손님의 미소와 그 의기양양한 표정에 뭔가 있는 것처럼 느껴졌다.

마리야 블라시예브나와 스테판 아르카지치와 함께 테이블의 맞은편에 앉아 있던 공작부인은 레빈을 자기 옆으로 불러 키티의 분만을 위해 모스크바에 거처를 마련하는 문제에 대하여 이야기하기 시작했다. 레빈은 결혼 때도 그 순간의 위대함을 그 특유의 초라함으로 모욕하는 온갖 준비 과정에 대해 불쾌해하더니, 다들 날짜를 손꼽아 기다리는 장래의 출산을 위한 준비 과정에 대해서는 더욱더 모욕을 느끼는 듯했다. 그는 미래의 아기에게 기저귀를 채우는 방법에 대한 그 대화들을 듣지 않으려고 계속 노력했다. 그는 뜨개질하여 만든 어딘지 모르게 신비롭고 끝이 없는 천 조각과 돌리가 특별한 의미를 부여한 세모꼴 모양의 아마포 천 등등을 외면한 채 보지 않으려 애썼다. 그가 약속받은, 그러나 아직도 믿어지지 않는 아들의 탄생(그는 아들이라고 확신했다.)이라는 사건은 그에게 대단히 특별한 것으로 여겨졌다. 그 사건은 한편으로는 너무나 중대해서

도저히 있을 수 없는 행복으로 여겨지기도 했고, 다른 한편으로는 너무나 신비로워서 앞으로 일어날 일에 대한 가상의 지식과 그에 따라 어떤 평범한 일을 대비하듯 하는 준비가 몹시 불쾌하고 모욕적으로 느껴지기도 했다.

그러나 공작부인은 그의 감정을 이해하지 못했고 그가 이 일을 생각하거나 말하고 싶어 하지 않는 것을 경솔함과 무관심 때문이라고 해석하여 그를 가만히 두지 않았다. 그녀는 스테판 아르카지치에게 거처를 알아보라고 부탁한 후, 지금 이렇게 레빈을 자기 옆으로 부른 것이었다.

"전 아무것도 모릅니다, 공작부인. 바라는 대로 하십시오." 그가 말했다.

"자네 부부가 언제 거처를 옮길지 결정해야 해."

"전 정말 모릅니다. 제가 아는 것이라고는 모스크바와 의사들 없이도 수백만 명의 아이들이 태어나고 있다는 겁니다……. 무엇 때문에……."

"그래, 만일 그렇게……."

"아니, 아닙니다. 키티가 바라는 대로 해 주십시오."

"키티와는 이 문제를 의논할 수 없다니까! 자네는 내가 그 애를 소스라치게 만들기를 바라나? 올봄만 해도 나탈리 골리치나가 돌팔이 산부인과 의사 때문에 죽었단 말일세."

"전 공작부인이 말씀하시는 대로 하겠습니다." 그는 침울한 표정으로 말했다.

공작부인은 그에게 이런저런 이야기들을 늘어놓기 시작했지만 그는 그녀의 말을 듣고 있지 않았다. 공작부인과의 대화도 그의 기분을 상하게 했지만, 그가 우울해진 것은 그 대화 때문이 아니라 그가 사모바르 옆에서 본 광경 때문이었다.

'아냐, 그럴 리 없어.' 그는 키티 쪽으로 몸을 숙인 채 특유의 멋진 미소로 그녀에게 뭔가 이야기하고 있는 바센카와 얼굴을 붉히고 흥분해 있는 키티를 이따금 흘깃거리며 이렇게 생각했다.

그의 자세, 그의 시선, 그의 미소에는 뭔가 불순한 것이 있었다. 레빈은 심지어 키티의 자세와 시선에서도 불순한 무언가를 보았다. 그러자 레빈은 다시 눈앞이 캄캄해졌다. 또 한 번 그는 어제처럼 최소한의 중간 단계도 없이 갑자기 행복과 평온과 품위의 정상에서 절망과 악의와 모욕의 밑바닥으로 내동댕이쳐진 기분을 느꼈다. 또다시 모든 사람들과 모든 것들이 혐오스러워지기 시작했다.

"그럼, 뜻대로 하십시오, 공작부인." 그는 다시 주위를 둘러보며 이렇게 말했다.

"모노마흐 관[28]이 무겁도다!" 스테판 아르카지치는 분명 공작부인과의 대화뿐 아니라 레빈이 흥분한 원인을 암시하며 그에게 농담을 했다. 그는 레빈의 흥분을 눈치챈 것이다. "오늘은 많이 늦었네, 돌리!"

다들 돌리를 맞이하러 일어섰다. 바센카는 그저 잠깐 일어나더니, 부인들을 공손히 대하지 않는 신세대 젊은이들 특유의 태도로 고개를 까딱하고는 무언가에 대해 웃음을 터뜨리며 다시 이야기를 계속했다.

---

28) 푸슈킨의 희곡 『보리스 고두노프』의 한 구절에 약간 변화를 준 문장이다. 블라지미르 모노마흐 공의 이름을 딴 모노마흐 관은 러시아의 차르에게 세습되던 왕관을 가리킨다.

"마샤가 진을 빼네요. 어제는 잠을 설치더니 오늘은 변덕이 너무 심해요." 돌리가 말했다.

바센카와 키티가 시작한 대화는 다시 어제의 주제로, 즉 안나에 관한 이야기와 사랑은 사회적 조건을 초월할 수 있는가라는 화제로 다시 돌아왔다. 키티는 그 화제가 불쾌했다. 키티는 그 화제의 내용에, 바센카의 말투에 불안함을 느꼈다. 그녀는 특히 그 화제가 남편에게 어떤 영향을 미칠지 잘 알았기에 더욱 불안했다. 하지만 그녀는 지나치게 단순하고 순진해서 그 화제를 중단시키지도 못했고, 심지어 이 젊은 사내의 노골적인 관심이 그녀에게 준 외적인 만족을 숨기지도 못했다. 그녀는 이 대화를 끝내고 싶었다. 그러나 그녀는 어떻게 해야 할지 몰랐다. 그녀는 알았다. 자기가 무엇을 하든 남편이 다 알아채리라는 것을, 그리고 모든 것이 나쁜 의미로 왜곡되리라는 것을. 그리고 실제로 그녀가 마샤는 어떠냐고 돌리에게 묻고 바센카도 이 지루한 대화가 언제 끝나나 기다리며 무심하게 돌리를 쳐다보았을 때, 레빈에게는 이 질문이 부자연스럽고 혐오스러운 간계로 들렸다.

"어때, 오늘 버섯 따러 갈까?" 돌리가 물었다.

"같이 가, 나도 갈래." 키티는 이렇게 말하며 얼굴을 붉혔다. 그녀는 예의에 어긋나지 않게 바센카에게 같이 갈 건지 물어보고 싶었으나 차마 물을 수 없었다. "어디 가요, 코스챠?" 레빈이 단호한 걸음으로 그녀 옆을 지나치자, 그녀는 미안한 듯한 표정으로 이렇게 말했다. 그 미안한 듯한 표정은 그가 자신의 의심을 더욱 굳히게 만들었다.

"내가 없는 동안 정비 기사가 왔다는데, 난 아직 그를 만나

보지 못했어." 그는 그녀에게 눈길도 주지 않고 말했다.

그는 아래층으로 내려갔다. 그러나 미처 서재를 나서기도 전에 그를 향해 조심성 없이 빠르게 걸어오는 귀에 익은 아내의 발소리가 들렸다.

"무슨 일이야?" 그는 그녀에게 무뚝뚝하게 물었다. "우리는 바빠."

"실례합니다." 그녀는 정비 기사를 돌아보았다. "남편과 할 이야기가 좀 있어서요."

독일인은 나가려 했으나 레빈이 그에게 이렇게 말했다.

"신경 쓸 것 없습니다."

"기차가 3시에 있습니까?" 독일인이 물었다. "늦으면 안 되거든요."

레빈은 그에게 아무 대답도 하지 않고 아내와 함께 서재를 나왔다.

"그런데, 내게 할 말이라는 게 뭐요?" 그는 프랑스어로 말했다.

그는 그녀의 얼굴을 바라보지 않았고 임신한 아내가 얼굴 전체를 바르르 떨면서 가련하고 일그러진 표정을 짓는 것도 보려 하지 않았다.

"난…… 난 이렇게 살 수 없다는 걸 말하고 싶어요. 이건 고문이에요……." 그녀는 말했다.

"여기 식료품 저장실에 하인들이 있소." 그는 성난 목소리로 말했다. "소란을 일으키지 않았으면 좋겠소."

"그럼, 이리로 와요!"

그들은 통로 방에 서 있었다. 그녀는 옆방으로 가고 싶었다. 그러나 그곳에서는 영국인 가정교사가 타냐를 가르치고 있었다.

"그럼, 정원으로 가요!"

정원에서 그들은 샛길을 치우던 농부와 부딪쳤다. 그들은 이미 농부가 눈물에 젖은 그녀의 얼굴과 흥분한 그의 얼굴을 보고 있다는 것은 생각도 않은 채, 또한 자기들이 어떤 불행으로부터 달아나려는 사람의 표정을 짓고 있다는 것은 생각도 않은 채, 두 사람이 함께 살기 위해서는, 그리고 그들이 겪고 있는 고통으로부터 벗어나기 위해서는 모든 것을 털어놓고 서로의 생각을 바꿔 놓지 않으면 안 된다고 느끼며 빠른 걸음으로 앞을 향해 걸어갔다.

"이렇게 살 순 없어요, 이건 고문이에요! 나도 괴롭고 당신도 괴로워요. 왜죠?" 마침내 보리수 가로수 길의 한구석에 있는 외딴 벤치에 이르자, 그녀는 이렇게 말했다.

"하지만 한 가지만 말해 주시오. 그 사람의 말투에 불손하고 수상하고 모욕적일 만큼 끔찍한 점은 없었소?" 그는 또 한 번 그날 밤 그녀 앞에 섰을 때와 똑같이 가슴에 두 주먹을 올려놓은 자세로 아내 앞에 서서 말했다.

"있었어요." 그녀는 떨리는 목소리로 말했다. "하지만, 코스챠, 당신은 내게 잘못이 없다는 걸 믿나요? 난 아침부터 이렇게 품위를 유지하려 했어요. 하지만 그 사람들이……. 그 사람은 여기 왜 온 거죠? 우리가 얼마나 행복했는데!" 그녀는 만삭의 몸을 들썩이게 하는 흐느낌으로 숨을 헐떡이며 말했다.

정원사는 놀란 눈으로 바라보았다. 그들을 뒤쫓는 것이 아무것도 없었고 그들이 벗어나야 할 것이 전혀 없었는데도, 더욱이 그들이 벤치에서 특별한 즐거움을 발견했을 리 없는데도, 그들이 평온하고 환하게 빛나는 얼굴로 그의 옆을 지나 집으로 돌아가는 모습을, 정원사는 본 것이다.

15

레빈은 아내를 2층으로 데려다 준 후 돌리가 거처하는 곳으로 갔다. 다리야 알렉산드로브나로서도 이날은 몹시 괴로운 날이었다. 그녀는 방 안을 이리저리 돌아다니며 한쪽 구석에 서서 소리 높여 울고 있는 딸에게 화난 목소리로 이런 말을 하고 있었다.

"그러니 하루 종일 구석에 서 있어. 밥도 혼자 먹고. 인형은 아예 못 볼 줄 알아. 너에게는 새 옷도 지어 주지 않을 거야." 그녀는 딸에게 더 이상 어떤 벌을 줘야 할지 몰랐다.

"아뇨, 얘는 추잡한 계집애예요!" 그녀는 레빈을 돌아보았다. "이 아이의 추악한 성질은 어디에서 생긴 걸까요?"

"도대체 이 애가 무슨 짓을 했는데요?" 레빈은 몹시 무심하게 말했다. 그는 그녀에게 자신의 문제를 의논하고 싶었는데 하필 이런 때에 오게 되어 화가 났다.

"얘는 그리샤와 나무딸기 덤불에 가서, 그곳에서……. 이

애가 한 짓은 입에 담을 수도 없어요. 정말 얼마나 추잡한지. 미스 엘리어트가 없는 것을 천 번은 아쉬워하게 될 거예요. 이 여자는 아이들을 전혀 감독하지 않아요. 기계예요……. Fugurez vous, qu'elle…….[29)]"

그리고 다리야 알렉산드로브나는 마샤의 죄악을 이야기했다.

"그런 것은 아무것도 아닙니다. 그건 결코 추잡한 성향이 아니에요. 그저 장난일 뿐이죠." 레빈은 그녀를 진정시켰다.

"그런데 당신은 웬일인지 기분이 안 좋은가 보군요? 무슨 일로 온 거예요?" 돌리가 물었다. "저기에서 무슨 일이 있나요?"

그 질문의 음조에서 레빈은 자신이 하려던 이야기를 쉽게 털어놓을 수 있을 것 같은 느낌을 받았다.

"난 저곳에 있지 않았어요. 키티와 단둘이 정원에 있었죠. 그러니까…… 스티바가 이곳에 온 뒤로 우리는 오늘 두 번째로 싸웠어요."

돌리는 현명하고 이해심 깊은 눈으로 그를 바라보았다.

"저, 가슴에 손을 얹고 말해 주십시오. 키티가 아니라 그 신사에게 뭔가 불쾌한, 아니 불쾌하다기보다 소름 끼치는, 남편으로서 모욕을 느낄 만한 것이 있지 않던가요……?"

"그러니까, 뭐라고 할까요……. 서 있어, 구석에 서 있으라니까!" 그녀는 어머니의 얼굴에 어린 희미한 미소를 보고 꼼지락대기 시작한 마샤를 돌아보았다. "사교계 사람들은 그 사람이 여느 젊은이들과 똑같이 행동한다고 말할 거예요. Il fait la

---

29) '상상해 보세요, 이 조그만 계집애가…….'(프랑스어)

cour à une jeune et jolie femme.[30] 상류사회의 남편이라면 그저 이것을 기뻐해야겠죠."

"네, 그렇군요." 레빈은 우울하게 말했다. "그런데 당신도 눈치챘습니까?"

"나뿐만이 아니라 스티바도 눈치챘어요. 그이는 차 모임이 끝나고 내게 솔직히 말하더군요. Je crois que Veslovsky fait un petit brin de cour à Kitty.[31]"

"거참, 잘됐군요. 이제 마음이 놓입니다. 그 사람을 쫓아 버리겠습니다." 레빈이 말했다.

"아니, 제정신이에요?" 돌리가 소스라치게 놀라 소리쳤다. "무슨 소리예요, 코스차, 정신 차려요!" 그녀가 웃으며 말했다. "자, 이제 파니에게 가도 좋아." 그녀는 마샤에게 말했다. "안 돼요, 당신이 정 그러고 싶다면, 내가 스티바에게 말할게요. 그이가 그 사람을 데리고 떠날 거예요. 다른 손님들이 올 거라고 말하면 돼요. 그 사람은 이 집에 전혀 어울리지 않는 사람이에요."

"아뇨, 아닙니다, 내가 직접 말하겠습니다."

"싸우려고요?"

"절대 아닙니다. 그렇게 하면 아주 재미있을 것 같아서요." 정말로 레빈은 두 눈을 명랑하게 반짝이며 말했다. "자, 마샤를 용서해 주시죠, 돌리! 앞으로는 안 그럴 겁니다." 그는 어린 범죄자를 위해 이렇게 말했다. 아이는 파니에게 가지 않고 어

---

30) '그는 젊고 아름다운 여자의 사랑을 얻으려 애쓰고 있어요.'(프랑스어)

31) '내 생각에는 베슬로프스키가 키티의 꽁무니를 쫓아다니는 것 같아.'(프랑스어)

머니 앞에 머뭇머뭇 서서 기대에 찬 눈을 치뜬 채 어머니의 시선을 붙잡으려고 했다.

어머니가 그녀를 쳐다보았다. 아이는 울음을 터뜨리며 어머니의 무릎에 얼굴을 묻었다. 그러자 돌리는 자신의 야윈 손을 아이의 머리에 다정하게 얹었다.

'우리와 그 남자 사이에 무슨 공통점이 있겠어?' 레빈은 이렇게 생각하며 베슬로프스키를 찾으러 나섰다.

대기실을 지나치던 그는 기차역에 갈 수 있도록 마차에 말을 매라고 일렀다.

"어제 용수철이 부서졌습니다." 하인이 말했다.

"그럼 타란타스라도 준비해. 하지만 서둘러. 손님은 어디 계시지?"

"방에 계십니다."

레빈이 바센카의 방에 들렀을 때, 마침 그는 트렁크에서 물건들을 꺼내고 새 로망스 악보들을 늘어놓고는 말을 타기 위해 가죽 각반을 다리에 차고 있었다.

레빈의 얼굴에 뭔가 특별한 점이 있었는지, 아니면 바센카 스스로 자신이 시도한 ce petit brin de cour[32]가 이 가정에 어울리지 않는다고 느꼈는지, 어쨌든 그는 레빈의 등장에 약간 (사교계 사람이 드러낼 수 있는 만큼) 당황했다.

"가죽 각반을 차고 말을 탈 겁니까?"

"네, 이게 훨씬 깔끔하죠." 바센카는 굵은 다리를 의자 위에 올리고 아래쪽 고리를 조이면서 쾌활하고 선한 미소를 지었다.

32) '연애 놀음.'(프랑스어)

그는 분명 좋은 청년이었다. 그래서 레빈은 바센카의 시선에서 소심한 빛을 알아차렸을 때 그가 불쌍해졌고 집주인인 자신에 대해 부끄러운 마음마저 들었다.

테이블 위에는 오늘 아침 그들이 체조할 때 습기를 먹은 평행봉을 들어 올리다 부러뜨린 막대 조각이 놓여 있었다. 레빈은 어떻게 말을 꺼내야 할지 몰라 그 조각을 손에 쥐고 갈라진 끝부분을 부러뜨리기 시작했다.

"당신에게 하고 싶은 말이……." 그는 침묵했다. 그러나 갑자기 키티와 그동안 있었던 일들이 떠올라 결연히 그를 쳐다보며 이렇게 말했다. "난 당신을 위해 마차에 말을 매라고 일러두었습니다."

"무슨 말입니까?" 바센카가 깜짝 놀라며 입을 열었다. "어디 가는 겁니까?"

"당신이 가는 겁니다, 기차역으로요." 레빈은 막대 끝을 쥐어뜯으며 우울하게 말했다.

"당신이 어디로 떠나는 겁니까, 아니면 무슨 일이 있습니까?"

"손님들이 오기로 했습니다." 레빈은 손가락에 힘을 주어 막대의 갈라진 끝을 더욱더 빠르게 부러뜨리면서 말했다. "아니, 손님들이 오는 것도 아니고 아무 일도 없지만, 당신에게 이 집을 떠나 달라고 부탁 드리는 바입니다. 나의 무례함에 대해서는 당신 좋을 대로 해석하십시오."

바센카는 몸을 똑바로 폈다.

"당신이 내게 설명을 해 주시지요……." 그는 마침내 상황을 이해하고 위엄 있게 말했다.

"설명할 수 없습니다." 레빈은 턱뼈의 흔들림을 감추려 애쓰면서 조용히, 그리고 천천히 말했다.

"그리고 이유를 묻지 않는 편이 당신에게 더 좋을 겁니다."

마침 막대의 갈라진 끝을 다 부러뜨렸기 때문에, 레빈은 손가락으로 막대의 굵은 양끝을 잡고 막대를 부러뜨린 후 떨어지는 한쪽 끝을 애써 잡았다.

신경질적으로 긴장된 그 두 팔, 그가 오늘 아침 체조할 때 만져 본 근육, 빛나는 눈, 조용한 목소리, 턱뼈의 실룩거림, 아마도 이런 것들이 바센카를 말보다 더 잘 납득시킨 것 같았다. 그는 어깨를 으쓱하고는 경멸하듯 미소를 지으며 고개를 끄덕였다.

"오블론스키를 볼 수 없을까요?"

어깨를 으쓱하는 것도, 그 미소도 레빈을 자극하지는 않았다. '그가 뭘 더 할 수 있겠어?' 그는 생각했다.

"지금 곧 그를 당신에게 보내겠습니다."

"이 무슨 황당한 짓이야!" 친구를 통해 그가 이 집에서 쫓겨나게 됐다는 사실을 안 스테판 아르카지치는 정원에서 손님의 출발을 기다리며 이리저리 거니는 레빈을 발견하자 이렇게 말했다. "Mais c'est ridicule![33] 파리에게 물린 것 아냐? Mais c'est du dernier ridicule![34] 자네는 도대체 무슨 생각을 한 거야, 만일 젊은 남자가……"

하지만 레빈은 파리가 문 곳이 아직 아픈 것 같았다. 스테판 아르카지치가 원인을 설명하려 하자, 레빈은 다시 창백한

---

33) '이것 정말 우습군!'(프랑스어)

34) '정말이지 더할 나위 없이 우습군!'(프랑스어)

빛을 띠며 황급히 그의 말을 가로막았다.

"제발, 원인을 해명하려 하지 마! 나도 달리 어쩔 수 없었어! 난 자네 앞에서, 그리고 그 사람 앞에서 부끄러워 견딜 수 없어. 하지만 내 생각에 그는 떠나는 것을 그다지 유감스러워할 것 같진 않지만, 나와 내 아내는 그가 여기 있는 것이 불쾌해."

"하지만 그에게는 모욕적인 일이야! Et puis c'est rudicule.[35]"

"그건 내게도 모욕이고 고통이야! 나도 아무 잘못 없어. 나도 고통 받을 이유가 없다니까!"

"참, 자네에게 이런 대접을 받으리라고는 생각도 못했어. On peut être jaloux, mais à ce point, c'est du dernier ridicule![36]"

레빈은 홱 돌아서서 그를 떠나 가로수 길의 으슥한 곳으로 가서 혼자 이리저리 계속 거닐었다. 이윽고 타란타스의 바퀴 소리가 들렸고, 나무 사이로 바센카가 스코틀랜드 모자를 쓰고 건초 위에 앉아(불행하게도 타란타스에는 좌석이 없었다.) 타란타스가 덜컹거릴 때마다 아래위로 몸을 흔들며 가로수 길을 지나는 모습이 보였다.

'저건 또 뭐야?' 집에서 한 하인이 뛰어나와 타란타스를 멈춰 세우자, 레빈은 생각에 잠겼다. 그 사람은 다름 아닌 레빈이 까맣게 잊고 있던 정비 기사였다. 정비 기사는 베슬로프스키와 인사를 나누고 그에게 뭐라고 말했다. 그리고 그는 타란타스에 올라탔고 그들은 함께 길을 떠났다.

스테판 아르카지치와 공작부인은 레빈의 행동에 격분했다.

---

35) '그리고 이것도 우습지.'(프랑스어)

36) '사람이 질투를 할 수는 있어. 하지만 그 정도면 우스꽝스러움의 극치라 할 수 있지!'(프랑스어)

레빈 스스로도 자신이 ridicule하기 짝이 없을 뿐 아니라 자신에게 전적인 책임이 있으며 망신스럽다고 느끼고 있었다. 하지만 자신과 아내가 겪은 고통이 떠오르자, 그는 또 한 번 이런 일이 생기면 어떻게 처신할 것인가 스스로에게 묻고는 그때도 지금과 조금도 다르지 않을 거라며 스스로에게 대답했다.

그 모든 일에도 불구하고, 그날이 끝나 갈 무렵에는 레빈의 행동을 용서하지 않는 공작부인을 제외한 모든 사람들이 벌 받고 난 뒤의 어린아이처럼, 혹은 괴로운 공적인 접대를 끝낸 어른들처럼 대단히 생기발랄하고 명랑해졌다. 그래서 저녁에는 공작부인이 없는 동안 바센카가 쫓겨난 일이 마치 오래전에 일어난 사건인 양 이야기를 나누기까지 했다. 그리고 아버지에게서 우스꽝스럽게 이야기하는 재능을 물려받은 돌리는 그 사건에 유머러스한 새로운 이야기들을 덧붙여 가며 서너 번씩 이야기를 하여 바렌카를 웃다 쓰러지게 만들었다. 돌리는 손님을 위해 새 리본을 달려고 응접실로 나오다 갑자기 커다란 마차가 덜거덕거리는 소리를 들었다는 것이다. 그리고 도대체 누가 저런 커다란 마차를 탄 걸까 했더니, 바센카가 스코틀랜드 모자를 쓰고 로망스 악보를 끼고 가죽 각반을 차고서 건초 위에 앉아 있더라는 것이다.

"당신은 사륜마차를 준비하라는 지시라도 했어야 해요! 아니, 그런데 '잠깐 기다려 주시오!'라는 소리가 들리더군요. 난 생각했어요, 그래, 저 사람이 불쌍했던 거야. 보고 있자니, 마부가 뚱뚱한 독일인을 그의 옆에 태우고 가 버리는 거예요……. 내 리본도 쓸모없이 되고 말았죠!"

16

다리야 알렉산드로브나는 자신의 계획을 행동으로 옮겨 안나를 찾아갔다. 그녀는 동생의 마음을 괴롭히고 동생의 남편에게 불쾌함을 주게 되어 무척 미안했다. 그녀는 레빈 부부가 브론스키와 어떤 관계도 가지려 하지 않는 것이 당연하다고 생각했다. 하지만 그녀는 안나를 방문하여 안나의 처지가 바뀌었다 해도 자신의 마음은 결코 변하지 않는다는 것을 안나에게 보여 주는 것이 자신의 의무라고 생각했다.

다리야 알렉산드로브나는 이 여행에 대해 레빈 부부의 신세를 지지 않으려고 마을에 사람을 보내어 말을 임대하게 했다. 하지만 이 사실을 안 레빈은 그녀를 질책하러 찾아왔다.

"당신은 왜 내가 당신의 여행을 불쾌해할 거라고 생각하십니까? 설사 그것이 내게 불쾌하다 해도, 당신이 내 말을 타지 않는 게 내게는 훨씬 더 불쾌합니다. 당신은 내게 그곳에 가기로 했다는 말을 한 번도 하지 않았습니다. 우선 마을에서 말을 세낸다는 것은 나로서는 불쾌한 일입니다. 무엇보다 그 사람들은 당신을 그곳에 데려다 주겠다고 해 놓고 목적지까지 태워 주지 않을 거예요. 내게 말이 있습니다. 만일 당신에게 날 괴롭힐 마음이 없다면, 내 말을 타고 가요." 그는 말했다.

다리야 알렉산드로브나는 그의 말에 동의하지 않을 수 없었다. 그리고 레빈은 정해진 날에 맞춰 처형을 위해 사두마차를 준비하고 짐말과 승마용 말 가운데 그다지 잘생기지는 않았지만 다리야 알렉산드로브나를 하루 만에 목적지까지 데려다 줄 수 있는 말을 골라 여벌 말로 준비했다. 이 집을 떠날 공작부인을 위해서나 산파를 위해서나 말이 꼭 필요한 지금 같은 때 이렇게 하는 것은 레빈으로서도 곤란한 일이었다. 그러나 레빈은 손님을 잘 대접해야 할 주인으로서 다리야 알렉산드로브나가 그의 집 밖에서 말을 빌리게 할 수는 없었다. 게다가 그는 다리야 알렉산드로브나가 이 여행을 위해 지불해야 할 20루블이 그녀에게 매우 큰돈이라는 것을 알고 있었다. 그리고 그에게는 매우 심각한 상황에 놓인 다리야 알렉산드로브나의 돈 문제가 자신의 일처럼 느껴졌다.

다리야 알렉산드로브나는 레빈의 충고대로 먼동이 트기 전에 출발했다. 길은 좋고 포장마차는 편안하고 말은 잘 달렸다. 마부석에는 마부 외에도 레빈이 안전을 위하여 하인 대신 딸려 보낸 사무원이 앉아 있었다. 다리야 알렉산드로브나가 잠시 꾸벅꾸벅 졸다 눈을 뜨자, 마차는 어느새 여인숙 쪽으로 다가가고 있었다. 그들은 그곳에서 말을 교체해야 했다.

다리야 알렉산드로브나는 레빈이 스비야슈스키의 집에 가는 길에 머문 그 부유한 농부의 집에서 차를 마음껏 마시고 아낙들과는 아이들에 관해, 노인과는 그가 입이 마르도록 칭찬하는 브론스키 백작에 관해 이야기를 나눈 후, 10시에 다시 길을 떠났다. 그녀는 집에 있는 동안 아이들에 대한 걱정으로 생각에 잠길 겨를이 없었다. 그런데 지금 이 네 시간가량의 여정에서, 이전에 억눌려 있던 생각들이 갑자기 그녀의 머릿속에 몰려들기 시작했다. 그래서 그녀는 자신의 온 생애를 전에 없이 아주 다양한 측면에서 곰곰이 생각하게 되었다. 그 생각들은 그녀 자신에게도 낯설었다. 처음에 그녀는 아이들을 생각했다. 비록 공작부인이, 특히 키티가(그녀는 키티가 더 믿음직스러웠다.) 아이들을 잘 돌봐 주겠다고 약속했지만, 그래도 그녀는 마음이 쓰였다. '마샤가 다시는 그런 장난을 치지 말아야 할 텐데, 그리샤가 말에 채이지 말아야 할 텐데, 릴리의 위가 더 이상 나빠지지 말아야 할 텐데.' 하지만 그다음에는 현재의 문제들이 가까운 장래의 문제들로 바뀌기 시작했다. 그녀는 어떻게 모스크바에서 올겨울에 새로 셋집을 구할지, 어떻게 응접실의 가구를 바꿀지, 어떻게 큰딸의 외투를 마련할지에 대해 생각하기 시작했다. 그다음에는 좀 더 먼 장래의 문제들이 그녀 앞에 나타나기 시작했다. 어떻게 아이들을 세상에 내보내나? '딸들은 아직 괜찮아.' 그녀는 생각했다. '하지만 아들들은?'

'지금은 내가 그리샤를 가르치니 괜찮아. 하지만 그것도 단지 내가 지금 임신을 하지 않은 자유로운 몸이기 때문이잖아. 물론 스티바에게는 아무것도 기대할 수 없어. 그러니 난 친절한 사람들의 도움으로 아이들을 세상에 내보내겠지. 하지만 만약 또 아이를 낳게 되면…….' 그러자 문득 그녀의 머릿속에 여자들이 고통 속에서 아이들을 낳도록 저주받았다는 말이 얼마나 불공평한가 하는 생각이 떠올랐다. '낳는 건 아무것도 아냐. 하지만 임신하는 것, 그거야말로 괴로운 일이지.' 그녀는 자신의 마지막 임신과 그 마지막 아기의 죽음을 마음에 그리며 생각했다. 그러자 여인숙에서 농가의 젊은 아낙과 나눈 대화가 떠올랐다. 아이가 있느냐는 질문에, 아름답고 젊은 아낙은 명랑한 말투로 이렇게 대답했다.

"딸아이가 하나 있었어요. 네, 하느님이 무사히 해산하게 해주셨죠. 하지만 사순절에 그 아이를 묻었답니다."

"저런, 그 아이가 무척 가여웠겠네?" 다리야 알렉산드로브나가 물었다.

"뭐가 가여워요? 저 노인네에게는 손자가 아주 많은걸요. 걱정거리일 뿐이죠. 애가 있으면 아무것도 못해요. 그저 짐이 될 뿐이지요."

젊은 아낙의 얼굴은 착하고 예쁘장하게 보였지만, 그 대답은 다리야 알렉산드로브나에게 혐오감을 불러일으켰다. 하지만 지금 그녀는 자기도 모르게 그 말을 떠올렸다. 그 파렴치한 말에도 일말의 진리가 있었던 것이다.

'대체로 그렇지…….' 다리야 알렉산드로브나는 15년 동안의 결혼 생활을 돌아보며 생각에 잠겼다. '임신, 입덧, 사고력의 둔화, 모든 것에 대한 무관심, 무엇보다 추한 외모. 키티도, 풋풋하고 예쁘던 그 키티도 얼마나 망가졌어. 나도 임신하면 흉해지겠지. 나도 알아. 분만, 고통, 얼굴을 일그러뜨리는 그 고통, 그 마지막 순간……. 그다음에는 수유, 그 불면의 밤들, 그 무시무시한 아픔…….'

다리야 알렉산드로브나는 아이들이 태어날 때마다 거의 늘 경험한, 젖꼭지가 갈라지는 그 아픔을 떠올리는 것만으로도 흠칫 떨었다. '그다음에는 아이들의 병, 그 끝없는 두려움, 그 다음에는 교육, 추악한 기질(그녀는 어린 마샤가 딸기나무 틈에서 저지른 죄악을 떠올렸다.), 공부, 라틴어, 그 모든 것들이 정말 이해하기 힘들고 어려워. 그리고 그 모든 것 위에는, 그 아이들의 죽음이.' 그러자 또다시 그녀의 마음속에 어머니로서의 마음을 끊임없이 괴롭히는 쓰라린 기억들이 떠올랐다. 크루프[37]로 죽은 마지막 젖먹이 아들의 죽음, 아들의 장례식, 그 자그마한 장밋빛 관 앞에 선 이들의 무심함, 귀밑머리가 곱슬거리는 그 창백한 작은 이마 앞에서, 레이스 십자가가 달린 작은 장밋빛 관 뚜껑을 닫으려는 순간 놀란 듯 벌어져 있던 그 조그만 입 앞에서 그녀가 느낀 가슴을 찢는 듯한 고독한 아픔.

'그럼 그 모든 것은 과연 무엇을 위한 걸까? 그 모든 것으로부터 얻는 게 도대체 뭘까? 난 단 한순간의 평온도 누리지 못한 채 어떨 때는 임신 때문에, 어떨 때는 수유 때문에 끊임없이 화를 내고 불평을 늘어놓고 스스로도 기진맥진해할 뿐 아니라 남까지 괴롭히고 남편에게 혐오감을 불러일으키면서 이렇게 평생을 살게 될까, 내 아이들은 제대로 교육받지 못한 불행하고 가난한 아이들로 자라고 말 것인가. 지금만 해도 그래. 만약 레빈 부부의 집에서 여름을 보내지 않았다면, 아, 모르겠

37) 후두의 가장자리에 섬유소성의 가막(假膜)이 생기는 급성 염증. 목소리가 쉬고 호흡 곤란이 생긴다.

다, 우리는 도대체 어떻게 살고 있었을까? 물론 코스챠와 키티는 거의 눈에 띄지 않을 만큼 아주 세심하지. 하지만 그것도 계속될 수는 없어. 그 두 사람도 아이를 갖게 되면 우리를 도울 수 없을 거야. 그들은 지금도 갑갑해하잖아. 그럼, 자신을 위해 거의 아무것도 남겨 두지 않은 아빠가 우리를 도와줄 수 있을까? 그러니 다른 사람의 도움을 받지 않는 한, 굴욕을 견디지 않는 한, 난 혼자 힘으로 내 아이들을 키울 수 없어. 글쎄, 가장 다행한 경우라고 해 봤자, 아이들이 더 이상 죽지 않는 것, 내가 그럭저럭 아이들을 양육해 나가는 것일까. 기껏해야 그 애들은 겨우 건달이 되지 않는 정도겠지. 그게 내가 바랄 수 있는 전부야. 고작 그것을 위해 얼마나 많은 고통과 고생이……. 인생 전체가 엉망이 되고 말았어!' 또다시 그녀의 머릿속에 젊은 아낙의 말의 떠올랐고, 그 기억은 또다시 그녀에게 혐오감을 불러일으켰다. 하지만 그녀는 그 말에 일말의 잔혹한 진실이 있다는 것을 받아들이지 않을 수 없었다.

"아직 멀었어요, 미하일라?" 다리야 알렉산드로브나는 자신을 소스라치게 한 생각을 떨쳐 버리기 위해 사무원에게 물었다.

"이 마을에서 7베르스타 정도 떨어져 있다고 합니다."

포장마차는 마을길을 지나 작은 다리로 나아갔다. 다리 위에는 어깨에 새끼줄을 짊어진 명랑한 아낙들이 낭랑하고 유쾌한 목소리로 이야기를 나누며 무리 지어 지나가고 있었다. 아낙들은 걸음을 멈추고 호기심에 찬 눈빛으로 포장마차를 돌아보았다. 다리야 알렉산드로브나에게는 자신을 향한 얼굴들이 모두 건강하고 즐거워 보였고 생의 기쁨으로 자신을 조롱하는 것 같았다. '모두가 생을 살고, 모두가 생을 즐기는구나.' 마차가 아낙들을 지나치고 언덕으로 접어들었다 다시 빠르게 달리는 동안, 그녀는 낡은 포장마차의 유연한 용수철에 기분 좋게 흔들리며 계속 생각에 잠겼다. '그리고 나는 마치 감옥에서 풀려난 것처럼 온갖 걱정거리로 날 죽이는 세계에서 해방되어 잠시나마 정신을 차리게 됐어. 이제야 겨우 잠시나마 제정신으로 돌아온 거야. 모두들 생을 살아가고 있어. 그 아낙들도, 동생 나탈리도, 바렌카도, 지금 내가 찾아가고 있는 안나도. 나만 그렇지 않아.'

'그런데 사람들은 안나를 공격하고 있어. 무엇 때문에? 과연 내가 더 낫다고 할 수 있을까? 나에게는 적어도 날 사랑하는 남편이 있긴 해. 내가 바라는 방식의 사랑은 아니지만, 난 그를 사랑하고 있어. 하지만 안나는 자신의 남편을 사랑하지 않았잖아? 도대체 그녀에게 무슨 잘못이 있다는 걸까? 그녀는 살고 싶은 거야. 하느님이 우리의 영혼에 그것을 불어넣었잖아. 어쩌면 나도 그녀와 똑같이 행동했을지도 몰라. 그녀가 모스크바로 날 찾아온 그 끔찍한 시절에 내가 그녀의 말을 들은 것이 과연 잘한 것인지는, 지금까지도 잘 모르겠어. 난 그때 남편을 버리고 새롭게 인생을 시작했어야 했어. 어쩌면 난 정말로 다른 사람을 사랑하고 사랑받을 수 있었을지도 몰라. 그런데도 과연 지금이 더 낫다고 할 수 있을까? 난 그를 존경하지 않아. 그가 필요할 뿐이야.' 그녀는 남편에 대해 생각했다. '그리고 난 그를 견디고 있지. 과연 이것이 더 나은 걸까? 그때 난 아직 사랑을 받을 수 있었어. 내게도 아직은 아름다움이 남아 있었으니까.' 다리야 알렉산드로브나는 계속 생각에 잠겨 있다가 문득 거울을 들여다보고 싶다는 생각을 했다. 그녀의 손가방에는 작은 손거울이 있었고, 그녀는 그것을 꺼내 보고 싶었다. 하지만 마부와 덜컹덜컹 흔들리는 사무원의 등을 보면서, 그녀는 만약 그들 가운데 누군가가 뒤를 돌아보면 자신이 부끄러울 것 같다고 느껴 거울을 꺼내지 않았다.

비록 거울을 보진 않았지만, 그녀는 지금도 늦지 않았다고 생각했다. 그리고 그녀는 자신에게 유독 친절했던 세르게이 이바노비치와 스티바의 친구인 착한 투로프친을 떠올렸다. 투로프친은 아이들이 성홍열에 걸렸을 때 그녀와 함께 아이들을 보살펴 주었고 더욱이 그녀에게 사랑을 느끼고 있었다. 그리고 또 새파랗게 젊은 청년이 한 명 있었다. 남편이 그녀에게 농담 삼아 들려준 말에 따르면, 그는 그녀가 세 자매 가운데 가장 아름답다고 생각했다는 것이다. 그러자 이루 말할 수 없이 열정적이고 실현 불가능한 연애가 다리야 알렉산드로브나의 눈앞에 펼쳐졌다. '안나는 아주 잘한 거야. 그러니 난 결코 그녀를 비난할 수 없어. 그녀는 지금 행복하고 다른 사람을 행복하게 해 주고 있어. 그리고 나처럼 짓눌려 있지도 않아. 분명 그녀는 늘 그랬듯이 생기 있고 똑똑하고 모든 것에 솔직하겠지.' 다리야 알렉산드로브나는 생각했다. 그러자 교활하고 만족스러운 미소가 그녀의 입술을 주름지게 했다. 거기에는 특별한 이유가 있었다. 다리야 알렉산드로브나는 안나의 연애를 생각하면서 그와 동시에 자신이 자기를 사랑해 주는 가상의 불특정 남성과 함께 안나의 경우와 거의 똑같은 연애에 빠지는 상상을 했다. 그녀도 안나처럼 남편에게 모든 것을 고백했다. 그리고 그 소식에 놀라고 당혹스러워하는 스테판 아르카지치의 모습이 그녀를 미소 짓게 했다.

그런 공상 속에서 그녀는 큰길에서 보즈드비젠스코예로 갈라지는 분기점에 이르렀다.

17

마부는 포장마차를 세우고 오른쪽의 호밀밭을 둘러보았다. 그곳에는 농부들이 짐마차 옆에 앉아 있었다. 사무원은 마차에서 뛰어내리려 하다가 마음을 바꾸고 한 농부에게 명령조로 외치며 자기에게 와 보라고 손짓했다. 마차가 달리는 동안에 불던 산들바람도 마차가 멈추자 멎어 버렸다. 등에들은 맹렬히 자기들을 쫓는 땀투성이의 말들에게 착 달라붙어 있었다. 짐마차 옆에서 낫을 두들기는 금속성의 소리도 잠잠해졌다. 한 농부가 일어나 마차 쪽으로 걸어왔다.

"이봐, 게을러터진 것하고는!" 사무원은 맨발로 고르지 않은 메마른 길의 울퉁불퉁한 곳을 밟으며 느릿느릿 걸어오는 농부에게 화난 목소리로 외쳤다. "와 보라니까!"

보리수 껍질을 머리에 동여맨 곱슬머리의 노인이 굽은 등을 땀으로 거뭇하게 적신 채 걸음을 재촉하며 마차로 다가와 햇볕에 그을린 한 손으로 포장마차의 흙받기를 잡았다.

"보즈드비젠스코예라, 주인님 댁 말입니까? 백작님 댁이요?" 그가 말을 되풀이했다. "저기 저 언덕만 넘어가면 됩니다. 그럼 왼쪽으로 빠지는 길이 나오죠. 그 길을 따라 죽 가면 됩니다. 그런데 누구를 찾으십니까? 백작님이요?"

"그런데 노인장, 다들 집에 있나요?" 다리야 알렉산드로브나는 그 농부에게 안나에 관해서 어떻게 물어야 할지 몰라 애매하게 말했다.

"댁에 계실 겁니다." 농부는 맨발로 걸으며 흙먼지 위에 다섯 발가락이 선명한 발자국을 남겼다. "틀림없이 댁에 계실 겁니다." 그는 대화를 나누고 싶은 기색을 보이며 똑같은 말을 되풀이했다. "어제도 손님이 오셨거든요. 손님들이 아주 많이 오시지요……. 누구를 찾으시는지……." 그는 짐마차에서 그에게 뭐라고 소리치는 청년을 돌아보았다. "아, 참! 아까 다들 말을 타고 탈곡기를 구경하며 이곳을 지나가셨지. 지금쯤 댁에 계실 겁니다. 그런데 당신들은 뉘신지요?"

"우리는 멀리서 온 사람들입니다." 마부가 마부석에 오르며 말했다. "그럼 조금만 더 가면 되겠군요?"

"바로 저기라고 했잖소. 저 너머에……." 그는 포장마차의 흙받기를 한 손으로 만지작거리며 말했다.

젊고 건강하고 다부지게 생긴 청년도 그들 쪽으로 다가왔다.

"뭐, 추수할 건 없으신지?" 그가 물었다.

"모르겠어요, 노인장."

"그러니까 왼쪽으로 돌면 저택이 나올 겁니다." 농부는 말했다. 그러나 여행객들을 마지 못해 놓아주면서도 그들과 이야기를 나누고 싶어 하는 기색이 역력했다.

마부는 마차를 출발시켰다. 그러나 모퉁이를 돌자마자 농부가 큰 소리로 외치기 시작했다.

"잠깐! 어이, 이보쇼! 기다려요!" 두 목소리가 외쳤다.

마부가 마차를 세웠다.

"그분들이 오시네요! 저기 그분들이 보이시죠!" 농부는 계속 외쳤다. "보세요, 저기 오시잖아요!" 그는 큰길을 달리는 샤라반[38] 속의 두 사람과 말을 탄 네 사람을 가리키며 말했다.

말을 탄 사람은 말 시중꾼을 거느린 브론스키와 베슬로프스키와 안나였고, 샤라반 속의 사람은 바르바라 공작 영애와 스비야슈스키였다. 그들은 승마도 할 겸 새로 들여온 탈곡기의 작동을 지켜보려고 나온 것이었다.

마차가 멈춰 서자, 말을 탄 사람들이 천천히 말을 몰며 다가왔다. 맨 앞에는 안나와 베슬로프스키가 나란히 말을 몰고 있었다. 안나는 갈기를 짧게 깎고 꼬리가 짧은 영국산 코브[39]를 침착하게 몰고 있었다. 실크햇 밑으로 검은 곱슬머리를 늘어뜨린 그녀의 아름다운 머리, 통통한 어깨, 검은 승마복에 싸인 날씬한 허리, 침착하고 우아한 승마 자세는 돌리에게 깊은 인상을 주었다.

처음 그녀에게는 안나가 말을 탄 것이 무례하게 느껴졌다. 다리야 알렉산드로브나의 관념 속에서는 부인이 말을 타고 다니는 이미지가 경박한 젊은 여자들의 교태와 결합되어 있었다. 그런데 그녀가 생각하기에 그러한 교태는 안나의 경우와 맞지

38) 보통 말 한 마리가 끄는 무개(無蓋) 이륜마차.

39) 다리가 짧고 튼튼한 말의 종류.

않는 것 같았다. 하지만 안나를 가까이에서 보자마자, 돌리는 그녀가 말을 타고 돌아다니는 것을 묵인하게 되었다. 물론 우아해 보이기도 했지만, 안나의 몸맵시, 옷, 행동거지 하나하나가 너무나도 단순하고 차분하고 훌륭해서 그보다 더 자연스러워 보일 수 없었던 것이다.

안나의 옆에는 리본이 나풀나풀 날리는 스코틀랜드 모자를 쓴 바센카 베슬로프스키가 살진 다리를 앞으로 쭉 뻗은 채 스스로에게 도취된 듯한 모습으로 회색의 사나운 기병대 말을 몰고 있었다. 그를 알아본 다리야 알렉산드로브나는 유쾌한 미소를 억누를 수 없었다. 그들 뒤에서는 브론스키가 말을 몰고 있었다. 그가 탄 말은 짙은 밤색의 순종 말로 질주해 오느라 흥분한 듯 보였다.

그의 뒤에는 기수복을 입은 자그마한 남자가 말을 몰고 있었다. 스비야슈스키와 공작 영애는 덩치 큰 검은 경주마가 끄는 새 샤라반을 타고 말 탄 사람들을 따라오고 있었다.

낡은 포장마차의 한구석에 기대앉은 자그마한 사람이 돌리라는 것을 알아본 순간, 안나의 얼굴이 갑자기 기쁨의 미소로 환하게 빛났다. 그녀는 소리를 지르며 안장 위에서 살짝 움직이더니 말을 전속력으로 몰기 시작했다. 포장마차 옆에 이른 그녀는 다른 사람의 도움 없이 말에서 뛰어내린 후 승마복의 옷자락을 잡은 채 돌리를 향해 달려왔다.

"그럴 거라고 짐작은 했지만 정말 그러리라고는 감히 생각하지 못했어요. 이렇게 기쁠 수가! 당신은 내가 얼마나 기쁜지 상상도 못할 거예요!" 그녀는 돌리의 얼굴에 자기의 얼굴을 대며 입을 맞추기도 하고 뒤로 물러나 미소 띤 얼굴로 그녀를 쳐다보기도 하면서 이렇게 말했다.

"얼마나 기쁜지 모르겠어요, 알렉세이!" 그녀는 말에서 내려 그들에게로 다가오는 브론스키를 돌아보며 말했다.

브론스키는 회색 실크햇을 벗고 돌리에게 다가왔다.

"당신은 우리가 당신의 방문을 얼마나 기뻐하는지 믿지 못할 겁니다." 그는 자신이 한 말에 특별한 의미를 부여하면서 가지런하고 하얀 이를 드러내며 미소를 지었다.

바센카 베슬로프스키는 말에서 내리지 않고 모자를 벗었다. 그러고는 손님을 환영하며 기쁜 얼굴로 머리 위의 리본을 펄럭였다.

"이분은 바르바라 공작 영애예요." 샤라반이 그들 쪽으로 다가오자, 안나는 뭔가 묻는 듯한 돌리의 시선에 이렇게 답했다.

"아!" 다리야 알렉산드로브나가 말했다. 그녀의 얼굴은 무의식중에 불만의 빛을 드러냈다.

바르바라 공작 영애는 남편의 친척 아주머니였다. 그래서 돌리도 오래전부터 그녀를 알고는 있었지만 존경하지는 않았다. 돌리는 바르바라 공작 영애가 평생 부유한 친척들의 집을 떠돌며 식객으로 지내 온 것을 알고 있었다. 그러나 지금 바르바라 공작 영애가 아무 연고도 없는 브론스키의 집에서 지내는 것을 보게 되자, 그녀가 남편의 가족이라는 사실이 모욕스럽게 느껴졌다. 안나는 돌리의 표정을 눈치채고는 당황한 나머지 얼굴을 붉히며 승마복 옷자락을 놓치고 말았다. 그러는 바람에 옷자락에 걸려 넘어질 뻔했다.

다리야 알렉산드로브나는 정지한 샤라반 쪽으로 다가가 바르바라 공작 영애에게 차갑게 인사했다. 스비야슈스키도 그녀가 아는 사람이었다. 그는 자신의 괴짜 친구가 젊은 아내와 어떻게 지내는지 물었다. 그리고 마차에 어울리지 않는 말들과 흙받기를 더덕더덕 붙인 포장마차를 흘깃 쳐다보고는 부인들에게 샤라반을 타고 가라고 권했다.

"그럼 제가 이 베기쿨[40]을 타고 가겠습니다." 그가 말했다. "말이 온순한 데다 공작 영애가 마차를 잘 몰거든요."

"아니에요, 두 분은 그대로 계세요." 안나가 다가오며 말했다. "우리가 포장마차를 타고 갈게요." 그리고 그녀는 돌리의 팔을 잡아끌었다.

다리야 알렉산드로브나는 지금까지 한 번도 본 적 없는 우아한 마차와 아름다운 말과 그녀를 에워싼 우아하게 빛나는 얼굴들을 보자 눈이 부셨다. 하지만 무엇보다 그녀를 놀라게 한 것은 자신이 잘 아는 사랑하는 안나에게 일어난 변화였다. 덜 세심하거나 예전에 안나를 모르던 여자라면, 특히 다리야 알렉산드로브나가 그곳에 오면서 생각한 것들을 전혀 생각해 본 적이 없는 여자라면, 안나에게서 특별한 점을 조금도 발견하지 못했을 것이다. 하지만 지금 돌리는 이 순간 안나의 얼굴에서 발견한 아름다움에, 오직 사랑의 순간에만 여자들에게 일시적으로 나타나는 그 아름다움에 깊은 인상을 받았다. 그녀의 얼굴에 어린 모든 것들, 보조개와 턱과 입술 주름의 또렷함, 얼굴 주위에 떠도는 듯한 미소, 눈동자의 반짝임, 몸짓의 우아함과 민첩함, 목소리의 풍부함, 심지어 말이 오른발부터 질주하도록 가르칠 테니 그녀의 코브를 타게 해 달라고 부탁

40) '탈 것'이라는 'vehicle'(영어)을 러시아 음가로 표기한 것.

하는 베슬로프스키에게 화가 난 듯, 그러면서도 부드럽게 대답하는 태도까지, 그 모든 것이 특별히 매력적이었다. 그리고 그녀 자신도 그것을 알고 기뻐하는 것 같았다.

두 여자가 포장마차에 올라탔을 때, 갑자기 그 두 사람에게 당혹스러움이 밀려들었다. 안나는 돌리가 그녀를 바라볼 때의 뭔가 캐묻는 듯한 그 주의 깊은 눈길에 당황했다. 돌리가 당황한 것은, 스비야슈스키가 베기쿨이라는 말을 내뱉고 나자 자기도 모르게 자신과 안나가 탄 진흙투성이의 낡은 마차가 부끄러워졌기 때문이다. 마부 필리프와 사무원도 똑같은 감정을 느꼈다. 사무원은 당혹감을 감추기 위해 부인들이 마차에 앉는 것을 도우며 분주하게 움직였다. 그러나 마부 필리프는 마음이 우울해져서 그 외적인 우월함에 굴복하지 않도록 미리 마음의 준비를 했다. 그는 검은 경주마를 흘깃 쳐다보고는, 이륜마차에 매인 그 검은 말이 산책에나 좋지 40베르스타를 무더위 속에서 쉬지 않고 달리는 것은 못할 거라고 판단한 후 비꼬듯 웃었다.

농부들이 모두 짐마차에서 일어나 호기심에 가득 찬 눈빛으로 손님들의 만남을 즐겁게 지켜보며 저마다 한마디씩 했다.

"역시 기뻐하는군, 오랜만에 만났나 봐." 보리수 껍질을 동여맨 곱슬머리 노인이 말했다.

"저것 보세요, 게라심 아저씨, 검은 종마로 곡식 다발을 나르면 일 속도가 무척 빨라지겠죠."

"저기 봐. 저기 반바지를 입은 사람이 여자야?" 농부들 가운데 한 명이 부인용 안장에 앉은 바센카 베슬로프스키를 가리키며 말했다.

"아니, 남자야. 어쩌면 저렇게 못 타냐?"
"어이, 여보게들, 우리 낮잠을 자야 될 것 같지 않은가?"
"이제 무슨 잠을 잔다고 그러나!" 노인은 곁눈질로 해를 쳐다보고는 이렇게 말했다. "저것 봐, 벌써 한낮이 지났네, 낫을 들어. 자, 어서 시작해!"

18

안나는 돌리의 야위고 지친, 먼지가 잔주름을 뒤덮은 얼굴을 바라보며 자신의 생각, 즉 돌리가 야위었다는 것을 말하려 했다. 그러나 그녀 자신이 더 예뻐졌다는 사실과 돌리의 시선이 그렇게 말했다는 것을 기억해 내고는, 한숨을 쉬며 자기 이야기를 늘어놓기 시작했다.

"당신은 날 보면서 내가 이런 처지에서도 행복할 수 있을까 생각하겠죠. 뭐, 괜찮아요! 인정하기 부끄럽지만, 난…… 난 용서받을 수 없을 만큼 행복해요. 내게 마법 같은 무언가가 일어났어요. 꿈처럼 말이에요. 꿈에서 무섭고 오싹한 기분을 느끼다 문득 잠에서 깨면 그 두려움이 한꺼번에 사라지는 것 같잖아요. 난 괴롭고 고통스럽게 지냈어요. 그런데 지금은, 아니, 이미 오래전부터, 특히 이곳에 온 후부터 너무 행복해요!" 그녀는 돌리를 쳐다보며 뭔가 묻는 듯한 어색한 미소를 지었다.

"정말 기뻐요!" 돌리는 미소를 지었으나 무의식중에 자기가 의도한 것보다 더 차가운 말투로 말했다. "당신을 보니 너무 기뻐요. 왜 내게 편지하지 않았어요?"

"왜냐고요? 감히 쓸 용기가 나지 않아서……. 당신은 내 처지를 잊었군요……."

"나한테 말이에요? 감히 쓸 용기가 없었다고요? 당신이 날 안다면, 내가 얼마나……. 난 당신을……."

다리야 알렉산드로브나는 오늘 아침에 자기가 한 생각을 안나에게 말하고 싶었다. 그러나 어쩐지 지금은 그렇게 하는 것이 적절해 보이지 않았다.

"어쨌든 그 이야기는 나중에 해요. 그런데 이 건물들은 다 뭐죠?" 그녀는 화제를 바꾸려고 아카시아와 라일락의 초록색 산울타리 너머로 보이는 빨강색, 초록색 지붕을 가리키며 물었다. "작은 마을 같네요."

그러나 안나는 그녀의 말에 대답하지 않았다.

"아니, 아니에요! 당신은 내 처지를 어떻게 생각하죠? 어떻게 생각해요? 네?" 그녀가 물었다.

"난……." 다리야 알렉산드로브나가 입을 열었다. 그러나 바로 그때 코브를 오른발부터 달리게 하는 데 성공한 짧은 자켓 차림의 바센카 베슬로프스키가 여성용 안장의 가죽에 철썩하고 떨어지며 그들 옆을 전속력으로 지나쳤다.

"말이 터득했어요, 안나 아르카지예브나!" 그가 소리쳤다.

안나는 그를 쳐다보지도 않았다. 그러나 다리야 알렉산드로브나에게는 마차에서 그 긴 이야기를 시작한다는 것이 거북하게 느껴졌다. 그래서 그녀는 자신의 생각을 짧게 요약했다.

"난 아무런 생각도 하지 않아요." 그녀는 말했다. "난 언제나 당신을 사랑했어요. 당신은 누군가를 사랑할 때, 당신이 그에게 바라는 모습이 아니라 그의 모습 그대로 그를 온전히 사랑하죠."

안나는 친구의 얼굴에서 시선을 돌렸다. 그러고는 눈을 가늘게 뜬 채(이것은 돌리가 그녀에게서 본 적 없는 새로운 버릇이었다.) 그 말의 의미를 분명히 이해하고자 곰곰이 생각에 잠겼다. 그러더니 그녀는 분명 그 말을 자신이 바라는 대로 이해하고서 돌리를 쳐다보았다.

"만약 당신에게 조금이라도 죄가 있다면, 그 죄는 당신이 와 준 것과 이 말 때문에 모두 용서받을 거예요."

그리고 돌리는 그녀의 눈에 눈물이 차오르는 것을 보았다. 그녀는 말없이 안나의 손을 잡았다.

"그런데 이 건물들은 도대체 뭐예요? 건물이 정말 많네요!" 침묵의 순간이 지나자 그녀는 또다시 물었다.

"하인들의 숙소, 종마 사육장, 마구간, 그런 것들이에요." 안나가 대답했다. "그리고 여기서부터 공원이 시작돼요. 전에는 완전히 황폐한 곳이었지만 알렉세이가 모든 것을 되살려 놓았죠. 그는 이 영지를 무척 사랑해요. 그는 내가 전혀 예상하지 못할 만큼 열정적으로 영지 관리에 몰두하고 있어요. 하지만 그의 소질이 워낙 풍부해서 말이에요. 무슨 일에 손을 대든 훌륭하게 해내죠. 그는 지루해하지 않을 뿐 아니라 열정적으로 매달려요. 그는, 내가 보기에 빈틈없고 훌륭한 영주가 되었어요. 심지어 영지 관리에는 인색할 만큼 돈을 아껴요. 하지만 영지 관리에만 그래요. 수만 루블에 관한 문제에서는 계산도 하지 않거든요." 그녀는 여자들이 자기들만 아는 사랑하는 사람의 비밀스러운 특징에 대해 이야기할 때 흔히 짓는 그 즐거운 듯하면서도 교활한 미소를 보이며 말했다. "저 큰 건물 보이죠? 그건 새 병원이에요. 난 그 건물에 10만 루블 이상이 들 거라고 생각해요. 지금은 그것이 그의 dada[41]죠. 게다가 저 건물을 어쩌다 짓게 된 줄 알아요? 농부들이 그에게 목초지의 임대료를 낮춰 달라고 부탁했나 봐요. 하지만 그는 거절했죠. 그래서 난 그를 인색하다고 비난했어요. 물론 그것 때문만이 아니라 모든 상황이 함께 작용했겠지만, 그는 자기가 인색하지 않다는 것을 보여 주기 위해 저 병원을 짓기 시작했어요. 물론 c'est une petitesse[42]죠. 하지만 난 그 일 때문에 그를 더욱더 사랑하게 되었어요. 이제 곧 집이 보일 거예요. 그 집은 선조 때부터 내려오는 집인데 외관을 그대로 간직하고 있죠."

"정말 멋져요!" 돌리는 정원에 있는 고목들의 다채로운 녹색 사이로 보이는, 기둥이 있는 아름다운 집을 보고 자기도 모르게 깜짝 놀랐다.

"정말 그렇죠? 게다가 집 2층에서 바라보는 경치도 감탄할 만해요."

그들은 자갈을 깔고 꽃으로 장식한 안마당으로 들어가 차양을 친 현관 입구에 마차를 댔다. 안마당에서는 일꾼 두 명이 흙을 부드럽게 부순 꽃밭에 구멍이 많은 자연산 돌을 두르고 있었다.

---

41) '망아지.'(프랑스어)

42) '그건 사소한 일.'(프랑스어)

"아, 다들 벌써 와 있네요!" 안나는 하인들이 현관 계단에서 마구를 벗기고 있는 말들을 보며 말했다. "저 말 훌륭하지 않아요? 저게 바로 코브라는 말이에요. 내가 가장 좋아하는 종이죠. 그 말을 이리로 끌고 와 설탕을 좀 주세요. 백작님은 어디 있죠?" 그녀는 밖으로 뛰어나온 제복 차림의 두 하인에게 물었다. "아, 저기 있네!" 그녀는 맞은편에서 걸어오는 브론스키와 베슬로프스키를 보며 말했다.

"공작부인을 어디에 모실 거요?" 브론스키는 안나를 돌아보며 프랑스어로 말했다. 그러나 그는 그녀의 대답을 채 기다리지 않고 이번에는 다리야 알렉산드로브나의 손에 입을 맞추며 그녀와 또 한 번 인사를 나누었다. "발코니가 딸린 큰 방이 좋을 것 같은데."

"오, 아니에요, 그 방은 너무 멀어요! 우리가 더 많이 만나려면 모퉁이에 있는 방이 좋아요." 안나는 하인이 가져온 설탕을 사랑하는 말에게 내밀며 말했다.

"Et vous oubliez votre devoir.[43]" 그녀는 현관 입구로 나온 베슬로프스키에게 말했다.

"Pardon, j'en ai tout plein les poches.[44] 그는 웃음 띤 얼굴로 손가락을 조끼 주머니에 넣으며 말했다.

"Mais vous venez trop tard.[45]" 그녀는 말이 설탕을 받아먹느라 적신 손을 손수건으로 닦으며 말했다. 안나는 돌리를 돌아보았다. "오래 묵을 수 있어요? 하루? 안 돼요!"

---

43) '당신은 자신의 의무를 잊었군요.'(프랑스어)
44) '용서하십시오, 호주머니에 가득 들어 있습니다.'(프랑스어)
45) '하지만 너무 늦게 왔어요.'(프랑스어)

"난 그렇게 약속했어요. 그리고 아이들이……." 돌리는 당혹감을 느끼며 말했다. 그것은 그녀가 마차에서 손가방을 꺼내 와야 했던 데다 자신의 얼굴이 먼지로 뒤덮여 있으리라는 것을 알았기 때문이었다.

"안 돼요, 돌리, 제발……. 음, 그럼 이따 봐요. 우선 들어가요, 들어가!" 그리고 안나는 돌리를 그녀의 방으로 이끌었다.

그 방은 브론스키가 권한 호화로운 방이 아니라 안나가 돌리에게 용서를 구하며 권한 방이었다. 그런데 용서를 구해야만 한다던 그 방은 돌리가 지금까지 누려 본 적도 없는 외국의 일류 호텔을 연상시키는 그런 호화로운 물건들로 가득 차 있었다. "아, 너무 행복해요!" 안나는 승마복 차림으로 돌리 옆에 잠시 앉으며 말했다. "가족들에 대해 이야기해 줘요. 전에 스티바를 잠깐 봤어요. 하지만 오빠는 아이들에 대해 이야기를 못하더군요. 내가 가장 좋아하는 타냐는 어떤가요? 많이 컸을 것 같은데."

"네, 많이 컸죠." 다리야 알렉산드로브나는 자신이 아이들에 대해 그처럼 냉정하게 말할 수 있다는 것에 스스로도 놀라며 짧게 대답했다. "우리는 레빈 부부의 집에서 잘 지내고 있어요." 그녀는 이렇게 덧붙였다.

"당신이 날 경멸하지 않는다는 것을 미리 알았다면……." 안나는 말했다. "다들 우리 집에 올 수도 있었을 텐데. 스티바는 알렉세이의 오랜 절친한 친구니까요." 그녀는 이렇게 덧붙이고는 갑자기 얼굴을 붉혔다.

"그럼요, 하지만 우린 아주 잘……." 돌리는 당황해하며 대답했다.

"네, 그런데 내가 너무 기쁜 나머지 바보 같은 소리를 하고 있네요. 하나만 말할게요, 당신이 와 줘서 너무 기뻐요!" 안나는 다시 그녀에게 입을 맞추며 말했다. "당신은 아직 말하지 않았어요. 날 어떻게 생각하는지, 나에 대해 무슨 생각을 하는지. 난 다 알고 싶어요. 하지만 난 당신이 날 있는 그대로 보게 될 거라고 생각하니 기뻐요. 무엇보다 난 사람들이 내가 무언가를 입증하고 싶어 한다고 생각하지 않았으면 좋겠어요. 난 아무것도 입증하고 싶지 않아요. 난 그저 살고 싶을 뿐이에요. 나 자신 외에는 그 누구에게도 불행을 끼치고 싶지 않아요. 나에게는 그럴 권리가 있어요, 그렇지 않아요? 하지만 긴 이야기가 될 것 같으니, 나중에 이 모든 것에 대해 더 충분히 이야기를 나누기로 해요. 이제 옷을 갈아입으러 가야겠어요. 당신에게 하녀를 보내 드릴게요."

19

홀로 남겨진 다리야 알렉산드로브나는 주부의 눈으로 방을 둘러보았다. 이 집을 향해 오면서, 이 집을 통과하면서, 그리고 지금 자신의 방에서 보게 된 모든 것들, 그 모든 것들은 그녀에게 풍요와 세련의 인상을, 그녀가 영국 소설에서만 읽었을 뿐 시골은 말할 것도 없고 러시아 전체에서 아직 한 번도 본 적 없는 새로운 유럽식 호화로움의 인상을 불러일으켰다. 프랑스제의 새 벽지부터 방마다 깔린 양탄자에 이르기까지, 무엇이나 새것이었다. 용수철 장치가 된 침대에는 매트리스, 독특한 모양의 침대 헤드, 까끌까끌한 실크 커버를 씌운 자그마한 베개가 딸려 있었다. 대리석 세면대, 화장대, 소파, 테이블, 벽난로 선반 위의 청동 시계, 얇은 커튼과 두꺼운 커튼, 모든 것이 값비싼 새것이었다.

시중을 들러 온 멋쟁이 하녀의 머리 모양과 옷은 돌리보다 더 신식이었고, 하녀는 그 방 전체만큼이나 참신하고 비싸 보였다. 다리야 알렉산드로브나는 그녀의 정중함과 말쑥함과 친절함이 마음에 들었으나, 그녀와 함께 있는 것이 불편했다. 다리야 알렉산드로브나는 공교롭게도 실수로 넣어 온 기운 블라우스 때문에 하녀 앞에서 부끄러움을 느꼈다. 집에서는 그토록 자랑스러워하던 그 헝겊 조각과 덧댄 자리 때문에 수치스러움을 느꼈다. 집에서는 블라우스 여섯 벌을 만드는 데 1아르신당 65코페이카인 얇은 무명이 24아르신 필요하므로 수공과 장식을 제외하더라도 15루블 이상이 든다는 것, 따라서 그 15루블을 절약한 셈이라는 것이 분명해 보였다. 그러나 하녀 앞에서는 수치스럽다기보다 불편한 마음이 들었다. 다리야 알렉산드로브나는 오래전부터 알던 안누슈카가 방에 들어왔을 때 큰 위안을 느꼈다. 멋쟁이 하녀가 마님의 부름을 받자, 다리야 알렉산드로브나는 안누슈카와 단둘이 남게 되었다.

안누슈카는 부인이 온 것이 무척이나 기쁜 듯 쉬지 않고 지껄여 댔다. 돌리는 그녀가 마님의 처지에 대해, 특히 안나 아르카지예브나를 향한 백작의 사랑과 성실에 대해 자신의 의견을 말하고 싶어 한다는 것을 눈치챘다. 그러나 돌리는 그녀가 그것에 대해 이야기를 꺼내려 하자마자 그녀의 입을 막으려고 했다.

"안나 아르카지예브나와 전 함께 자랐어요. 그분은 제게 누구보다 소중한 분이에요. 뭐, 판단하는 것은 우리의 몫이 아니겠지요. 하지만, 어쩌면 말이에요, 그토록 사랑한다면……."

"그런데, 괜찮으면 이걸 세탁실에 보내 줄래?" 다리야 알렉산드로브나는 그녀의 말을 가로막았다.

"네. 저희 집에는 세탁실을 전담하는 여자가 두 명 있어요. 하지만 속옷이나 시트 같은 린넨 제품은 모두 기계로 빨지요. 백작님이 직접 모든 일을 감독하세요. 정말 얼마나 좋은 남편인지……."

안나가 방에 들어와 자신의 등장으로 안누슈카의 수다를 막았을 때, 돌리는 기뻤다.

안나는 매우 단순한 아마포 옷으로 갈아입었다. 돌리는 그 단순한 옷을 유심히 바라보았다. 그녀는 그러한 단순함이 무엇을 의미하는지, 그것에 얼마나 많은 돈을 들여야 하는지 잘 알고 있었다.

"오랜 친구죠." 안나는 안누슈카에 대해 말했다.

안나는 이제 더 이상 당황해하지 않았다. 그녀는 완전히 편안하고 침착해 보였다. 돌리는 안나가 이제 자신의 방문이 불러일으킨 인상에서 완전히 깨어나 마치 그녀의 감정과 진실한 생각이 간직된 구획의 문을 잠그기라도 한 듯 피상적이고 무심한 태도를 취하는 것을 보았다.

"참, 당신의 어린 딸은 어때요, 안나?" 돌리가 물었다.

"아니 말이에요?(그녀는 자기 딸 안나를 그렇게 불렀다.) 건강해요. 살이 포동포동 쪘어요. 그 애를 보고 싶어요? 가요, 그 애를 보여 줄게요. 보모들 때문에 골치 아픈 일이 아주 많았어요." 그녀가 이야기를 시작했다. "우리는 이탈리아 여자를 유모로 고용했어요. 착하기는 한데 너무 멍청하죠! 우리는 그녀를 내보내고 싶은데, 딸아이가 그녀에게 너무 익숙해져 있어서 그냥 계속 두고 있어요."

"그런데 어떻게 해결했나요……?" 돌리는 아기에게 누구의 성을 붙일 것인지에 대한 질문을 꺼내려 했다. 그러나 그녀는 안나가 갑자기 얼굴을 찌푸린 것을 눈치채고 질문의 의미를 바꾸었다. "어떻게 해결했어요? 아기는 벌써 젖을 뗐나요?"

하지만 안나는 알아차렸다.

"당신이 묻고 싶었던 건 그게 아니잖아요? 아기의 성에 대해 묻고 싶었죠? 그렇죠? 알렉세이도 그것 때문에 괴로워하고 있어요. 아기에게는 성이 없어요. 즉 카레니나라는 거죠." 안나는 속눈썹만 보일 만큼 눈을 가늘게 뜨고 말했다. "하지만……." 그녀가 갑자기 얼굴을 환하게 빛냈다. "그 문제에 대해선 나중에 계속 이야기하기로 해요. 가요, 그 애를 보여 줄게요. Elle est très gentille.[46] 벌써 기어 다녀요."

집 안 구석구석에서 다리야 알렉산드로브나를 깜짝 놀라게 한 호화스러움은 어린이 방에서 그녀를 더욱더 놀라게 했다. 거기에는 영국에서 주문한 장난감 짐마차, 걷기를 가르치기 위한 기구, 아기가 기어 다닐 수 있게 일부러 당구대처럼 만든 소파, 요람, 독특한 새 목욕통이 있었다. 모두 영국제의 견고하고 튼튼한 것으로 분명 매우 비쌀 것 같았다. 그 방은 천장이 높고 넓고 환했다.

그들이 안으로 들어가자, 루바슈카만 입은 아기가 테이블 옆의 작은 팔걸이의자에 앉아 작은 가슴을 온통 적시며 부용을 먹고 있었다. 어린이 방에서 시중을 드는 러시아 하녀는 아기에게 부용을 먹이면서 자기도 함께 먹고 있었던 것 같았다.

46) '그 애는 정말 사랑스러워요.'(프랑스어)

유모도, 보모도 없었다. 그들은 옆방에 있었다. 그리고 그곳에서 괴상한 프랑스어로 이야기하는 그들의 말소리가 들렸다. 그들은 그런 언어로만 서로를 이해할 수 있었던 것이다.

안나의 목소리를 듣자, 불쾌한 얼굴에 수상쩍은 표정을 지은 화려하고 키 큰 영국인 여자가 틀어 올린 금발 머리를 흔들며 부랴부랴 안으로 들어와, 안나가 아무런 비난을 하지 않았는데도 즉시 변명을 늘어놓기 시작했다. 영국인 여자는 안나의 말 한마디 한마디에 황급히 몇 번이나 같은 말을 했다. "Yes, my lady.[47]"

검은 눈썹, 검은 머리칼, 발그레한 뺨, 닭고기 살같이 탄탄하고 팽팽한 살갗, 발그스레한 작은 몸. 비록 아기가 낯을 가리느라 무서운 표정을 짓기는 했어도, 다리야 알렉산드로브나는 그 아기가 무척 마음에 들었다. 그녀는 아기의 건강한 모습을 질투하기까지 했다. 그 아기가 기는 모습도 무척 마음에 들었다. 그녀의 아이들 가운데 이렇게 기는 아이는 한 명도 없었다. 아기를 양탄자에 앉히고 옷자락을 뒤로 넘기자, 아기는 놀랄 만큼 사랑스러웠다. 아기는 작은 동물처럼 반짝반짝 빛나는 크고 까만 눈동자로 어른들을 둘러보며, 사람들이 자기를 감탄의 눈길로 바라보는 것에 기뻐하는 듯했다. 아기는 방긋 웃으며 다리를 옆으로 돌리더니 두 손으로 다부지게 몸을 지탱하며 재빨리 엉덩이를 들어 올리고 다시 자그마한 손으로 앞쪽을 붙잡았다.

그러나 다리야 알렉산드로브나는 어린이 방의 전반적인 분

47) '네, 마님.'(영어)

위기, 특히 영국인 여자가 마음에 안 들었다. 사람에 대해 나름의 안목을 가진 안나가 그런 무정하고 남부끄러운 영국인 여자를 자기 딸에게 붙인 것에 대해, 다리야 알렉산드로브나는 안나의 가정 같은 그런 비정상적인 가정에는 반듯한 여자가 오지 않기 때문일 거라고만 이해했다. 게다가 그들이 주고받는 몇 마디 말을 통해, 다리야 알렉산드로브나는 안나가 유모, 보모, 아기와 가까이 지내지 않는다는 것, 어머니의 방문이 이례적인 일이라는 것을 금방 알아차렸다. 안나는 아기에게 장난감을 꺼내 주고 싶어 했으나 그것을 찾지 못했다.

무엇보다 놀라운 것은 안나가 아기의 이가 몇 개냐는 질문에 틀린 대답을 한 데다 최근에 난 두 개에 대해서는 아예 모르고 있다는 점이었다.

"가끔 괴로워요. 내가 이곳에 너무 쓸모없는 것 같아서요." 안나는 어린이 방에서 나오며 문가에 있는 장난감을 피하기 위해 치맛자락을 들었다. "첫아이 때는 이렇지 않았는데."

"그 반대인 것 같은데요." 다리야 알렉산드로브나는 머뭇거리며 말했다.

"오, 아니에요! 당신도 알고 있죠, 내가 세료자를 만났다는 것 말이에요." 안나는 마치 저 멀리 무언가를 응시하는 것처럼 눈을 가늘게 뜨며 말했다. "하지만 그 이야기는 나중에 하기로 해요. 당신은 믿지 못하겠지만, 난 갑자기 눈앞에 펼쳐진 진수성찬을 보고 무엇부터 손을 대야 할지 모르는 굶주린 사람 같아요. 진수성찬이란 바로 당신, 그리고 내 앞에 놓인 당신과의 대화죠. 내가 그 누구와도 할 수 없었던 이야기 말이에요. 난 무슨 이야기부터 시작해야 할지 모르겠어요. Mais je ne vous ferai grâce de rien.[48] 난 모든 걸 털어놓아야 해요. 그래요, 당신이 우리 집에서 본 일행들에 대한 간단한 설명부터 해야겠군요." 그녀는 이야기를 시작했다. "부인들에 대해 먼저 이야기할게요. 바르바라 공작 영애. 당신도 그녀를 알죠? 난 그녀에 대한 당신과 스티바의 생각을 잘 알고 있어요. 스티바는 그녀의 생의 목표가 오직 자신이 그 언니인 카체리나 파블로브나보다 더 뛰어나다는 것을 입증하는 거라고 말하죠. 그 말은 다 사실이에요. 하지만 그녀는 착해요. 그리고 난 그녀에게 무척 고마워하고 있어요. 페테르부르크에 있을 때 un chaperon[49]이 필요한 순간이 있었어요. 그때 우연히 그녀를 만났죠. 하지만, 정말, 그녀는 착한 여자예요. 그녀는 나의 처지를 아주 편하게 해 주었어요. 당신은 내 처지의 온갖 어려움을 이해하지 못할 거예요……. 그곳에서, 페테르부르크에서……." 그녀는 덧붙였다. "이곳에서 난 더할 나위 없이 평온하고 행복해요. 음, 그 이야기도 나중에 해요. 다른 사람들에 대해서도 계속 설명해야 하니까요. 다음은 스비야슈스키, 그는 귀족 회장이고 매우 점잖은 사람이에요. 하지만 그는 알렉세이에게 무언가를 바라고 있죠. 당신도 이해하겠지만, 우리가 시골에 정착한 후 알렉세이는 그의 재산 때문에 상당한 영향력을 갖게 되었거든요. 그 다음은 투슈케비치, 당신도 그 사람을 본 적 있죠? 전에 벳시를 따라다녔잖아요. 이제 버림을 받아서 우리 집에 와 있어요. 알렉세이의 말에 따르면, 그는 남들이 자신을 자기가

48) '하지만 난 당신을 가만히 내버려 두지 않을 거예요.'(프랑스어)
49) '샤프롱, 즉 사교계에 나가는 젊은 여성의 보호자 노릇을 하는 여자.'(프랑스어)

보여 주고 싶은 모습 그대로 받아들여 주기만 하면 매우 상냥해지는 그런 부류의 사람이래요. Et puis, comme il faut.[50] 바르바라 공작 영애는 그렇게 말하고 있어요. 그다음은 베슬로프스키……, 당신도 그 사람 알죠? 아주 귀여운 소년이죠." 그녀는 말했다. 그러자 교활한 미소가 그녀의 입술을 주름지게 했다. "그 사람과 레빈 사이에 있었던 그 난폭한 사건은 도대체 어떻게 된 건가요? 베슬로프스키가 알렉세이에게 말해 주긴 했지만, 우리는 못 믿겠어요. Il est très gentil et naïf.[51]" 그녀는 이렇게 말하며 또다시 아까와 같은 미소를 지었다. "남자들에게는 기분 전환이 필요한 법이죠. 알렉세이에게도 청중이 필요해요. 그래서 난 그 일행들을 모두 소중히 여기고 있어요. 집 안을 생기 있고 유쾌한 곳으로 만들어야 해요. 그래야 알렉세이가 새로운 것을 찾지 않을 테니까요. 그다음은 독일인 집사, 아주 좋은 사람이고 자신의 업무에 대해 잘 알고 있어요. 알렉세이는 그를 아주 높이 평가해요. 그다음에는 의사, 이 젊은이는 완전히 니힐리스트는 아니지만, 있잖아요, 자기의 작은 칼로 음식을 먹곤 해요. 하지만 아주 훌륭한 의사예요. 그다음은 건축가……. Une petite cour.[52]"

50) '그리고, 그는 매우 점잖은 사람이에요.'(프랑스어)
51) '그는 정말 착하고 소탈한 사람이잖아요.'(프랑스어)
52) '작은 궁전 같네.'(프랑스어)

20

"자, 공작 영애님, 돌리를 데려왔어요. 돌리를 몹시 만나고 싶어 했잖아요." 안나는 다리야 알렉산드로브나와 함께 넓은 석조 테라스로 나오며 이렇게 말했다. 테라스 그늘 아래에는 바르바라 공작 영애가 자수틀 너머에 앉아 알렉세이 키릴로비치 백작을 위해서 안락의자의 시트에 수를 놓고 있었다. "이분은 저녁 전까지 아무것도 먹고 싶지 않대요. 그래도 공작 영애님이 가벼운 식사거리라도 내오라고 일러 주세요. 난 나가서 알렉세이를 찾아 일행들을 모두 데리고 올게요."

바르바라 공작 영애는 친절하게, 그리고 다소 보호자 같은 태도로 돌리를 맞이했다. 그리고 곧 자신이 안나의 집에 머물고 있는 이유를 돌리에게 설명하기 시작했다. 그녀는 언제나 안나를 양육한 자기의 언니 카체리나 파블로브나보다 자기가 안나를 더 사랑했고, 모두가 안나를 저버린 지금도 지극히 고통스러운 이 과도기에 안나를 돕는 것을 자신의 의무로 여긴다는 것이었다.

"안나의 남편은 안나와 이혼해 줄 거다. 그때가 되면 나도 다시 나의 은둔지로 돌아갈 거야. 하지만 지금은 내가 그 애에게 도움이 될 수 있으니 다른 사람들과 다르게 내 의무를 다할 생각이다. 그 일이 내게 아무리 힘들더라도 말이다. 그런데 넌 정말 착하구나. 여기 온 건 정말 잘한 행동이야. 두 사람은 완전히 천생배필처럼 지내고 있어. 저들을 심판하는 건 하느님이지, 우리가 아니야. 과연 비류조프스키와 아베니예바가……. 그리고 니칸드로프는, 바실리예프와 마모노브나는, 리자 네프투노바는……. 과연 사람들이 아무 말도 하지 않았을까? 그래도 다들 그들을 받아들이는 것으로 일이 마무리됐어. 그건 그렇고, c'est un intérieur si joli, si comme il faut. Tout-à-fait á l'anglaise. On se réunit le matin au breakfast et puis on se sépare.[53] 다들 만찬 때까지는 자기가 하고 싶은 것을 하지. 만찬은 7시야. 스티바가 널 이곳으로 보낸 건 아주 잘한 거다. 스티바도 저들 편에 서야지. 너도 알겠지만, 알렉세이는 자기 어머니와 형을 통해 무엇이든 할 수 있어. 그리고 저들은 좋은 일을 많이 하고 있지. 그가 너에게 자신의 병원에 대해 말하지 않았니? Ce sera admirable.[54] 모든 자재를 파리에서 들여오거든."

그들의 대화는 당구장에서 남자들 일행을 찾아내어 그들과 함께 테라스로 돌아온 안나 때문에 중단됐다. 만찬 때까지는 아직 시간이 많이 남았고, 날씨도 무척 좋았다. 그래서 남은

---

53) '정말 예쁜 인테리어지, 안목도 뛰어나고. 영국풍이 강해. 우리는 아침에 모여 식사를 하고 제각기 흩어진단다.'(프랑스어)

54) '그것은 아주 멋질 거야.'(프랑스어)

두 시간을 보낼 다양한 몇 가지 방법이 제시되었다. 보즈드비젠스코예에는 시간을 보낼 방법이 아주 많았다. 그리고 그것들은 모두 포크로프스코예에서 하던 것과 달랐다.

"Une partie de lawn tennis.[55]" 베슬로프스키가 특유의 아름다운 미소를 지으며 제안을 했다. "안나 아르카지예브나, 우리, 이번에도 한 조가 됩시다."

"아니, 더워. 정원을 산책하거나 보트를 타면서 다리야 알렉산드로브나에게 강가를 보여 드리는 편이 더 나을 거야." 브론스키가 제안했다.

"난 뭐든 찬성이야." 스비야슈스키가 말했다.

"돌리는 산책을 가장 좋아할 것 같아요. 그렇지 않아요? 그런 다음 보트를 타러 가요." 안나가 말했다.

그렇게 하기로 결정됐다. 베슬로프스키와 투슈케비치는 강가의 욕장으로 가서 보트를 준비하고 기다리기로 약속했다.

안나와 스비야슈스키, 돌리와 브론스키, 이렇게 두 쌍이 오솔길을 따라 걸었다. 돌리에게는 자기가 처한 아주 새로운 환경이 당황스럽기도 했고 걱정스럽기도 했다. 추상적으로, 이론적으로, 돌리는 안나의 행동을 정당화했을 뿐 아니라 그것을 찬성하기까지 했다. 일반적으로 나무랄 데 없이 도덕적인 여자들이 종종 그러듯, 도덕적인 생활의 단조로움에 싫증 난 그녀는 멀리서 불륜의 사랑을 용서했을 뿐 아니라 안나를 질투하기까지 했다. 게다가 그녀는 안나를 진심으로 사랑했다. 하지만 사실 다리야 알렉산드로브나는 자신이 모르는 그런 사람

---

55) '편을 나누어 론 테니스(잔디 구장에서 하는 테니스)를 하지요.'(프랑스어)

들 틈에서, 자신에게는 너무나 새로운 고상한 품격을 갖춘 사람들 틈에서 안나를 본 후 불편한 마음이 들었다. 특히 그녀는 바르바라 공작 영애를 보는 것이 불쾌했다. 바르바라 공작 영애가 자신이 누리는 안락함 때문에 그들의 모든 것을 용서했기 때문이었다.

대체로, 추상적으로, 돌리는 안나의 행동을 지지했다. 그러나 그런 행동을 하게 만든 사람을 보는 것은 그녀에게 불쾌한 일이었다. 게다가 그녀는 한 번도 브론스키를 좋아한 적이 없었다. 그녀는 그를 매우 오만한 사람이라 생각했고, 그에게서 재산 외에는 오만해할 만한 이유를 보지 못했다. 그러나 그는 자신의 의지와는 달리 이곳, 바로 그 자신의 집에서 그녀에게 예전보다 더욱더 위압감을 주었다. 그래서 그녀는 그와 마음 편히 있을 수 없었다. 그녀는 그에게서 블라우스 때문에 하녀 앞에서 겪은 것과 비슷한 감정을 느꼈다. 블라우스 때문에 하녀 앞에서 수치스럽다기보다 거북한 감정을 느낀 것처럼, 그녀는 그와 있는 동안 바로 자기 자신 때문에 수치스럽다기보다 불편한 감정을 계속 느끼고 있었다.

돌리는 자신이 당황하고 있음을 느끼고 화제를 찾았다. 그녀는 그가 오만함 때문에 그의 집과 정원에 대한 칭찬을 불쾌하게 여길 거라고 생각하긴 했으나, 딱히 다른 화제를 찾을 수가 없어서 그에게 그의 집이 정말 마음에 든다고 말했다.

"네, 매우 아름다운 건축물입니다. 게다가 멋지고 고풍스러운 양식을 띠고 있지요." 그가 말했다.

"현관 계단 앞의 안뜰이 정말 마음에 들어요. 예전에도 저 모습이었나요?"

"오, 아닙니다!" 그는 말했다. 그리고 그의 얼굴이 기쁨으로 환하게 빛났다. "당신이 올봄에 저 안뜰을 보셨어야 하는데!"

그러더니 그는 처음에는 조심스럽게, 그다음에는 점점 더 열광적으로 집과 정원의 다양한 세부적인 장식에 그녀의 주의를 돌리기 시작했다. 자신의 영지를 개선하고 꾸미는 데 많은 노력을 쏟은 브론스키는 새로운 사람 앞에서 그것을 자랑할 필요를 느끼고 있었으므로 다리야 알렉산드로브나의 칭찬에 진심으로 기뻐했다.

"만약 병원을 둘러보고 싶으시다면, 그리고 피곤하지 않으시다면, 병원이 이곳에서 그다지 멀지 않으니 같이 가 보시겠습니까?" 그는 그녀가 정말 지루해하지 않는지 확인하기 위해 그녀의 얼굴을 흘깃 쳐다보며 말했다.

"당신도 갈 거지, 안나?" 그는 그녀를 돌아보았다.

"같이 가요. 어때요?" 그녀는 스비야슈스키를 돌아보았다. "Mais il ne faut pas laisser le pauvre Veslovsky et Tushkevich se morfondre là dans le bateau.[56] 그들에게 사람을 보내서 알려요. 네, 그것은 알렉세이가 이곳에 남긴 기념비예요." 안나는 아까 병원에 대해 말할 때와 똑같이 모든 것을 훤히 알고 있다는 듯한 교활한 미소를 지으며 돌리를 돌아보았다.

"오, 자본이 많이 들어가는 일이지!" 스비야슈스키가 말했다. 하지만 그는 브론스키에게 맞장구를 치는 것처럼 보이지 않기 위해 즉시 다소 비난조의 언급을 덧붙였다. "하지만 백작,

56) '하지만 가엾은 베슬로프스키와 투슈케비치를 보트에서 지치게 내버려 두면 안 되죠.'(프랑스어)

난 깜짝 놀랐네……." 그는 말했다. "자네처럼 보건 방면에서 많은 일을 하는 사람이 학교에는 그토록 무심하니 말이야."

"C'est devenu tellement commun, les écoles.[57]" 브론스키는 말했다. "당신은 이해해 주시겠지요. 실은 그것 때문이 아니라, 내가 이 일에 너무 몰두해 있기 때문입니다. 자, 병원은 이쪽입니다." 그는 다리야 알렉산드로브나를 돌아보며 가로수 길에서 벗어나는 샛길을 가리켰다.

부인들은 양산을 펼치고 작은 샛길로 들어섰다. 굽이 몇 개를 지나고 쪽문 한 개를 통과한 후, 다리야 알렉산드로브나는 눈앞의 높은 곳에서 정교한 형태를 띤, 거의 완공되어 가는 크고 붉은 건축물을 보았다. 아직 칠을 하지 않은 철제 지붕이 강렬한 햇살을 받아 눈부시게 빛났다. 완공된 건물 옆에는 목재로 에워싸인 다른 건물이 건축 중이었고, 건축 현장의 판자 위에서는 앞치마를 걸친 일꾼들이 벽돌을 쌓고 통 속의 회반죽을 바르고 흙손으로 매끄럽게 다듬는 작업을 하고 있었다.

"작업이 정말 빠르게 진행되고 있군요!" 스비야슈스키가 말했다. "내가 지난번에 왔을 때는 아직 지붕을 올리지 않은 상태였는데."

"가을까지는 모두 끝이 날 거예요. 내부 공사는 벌써 거의 마무리됐어요." 안나가 말했다.

"그런데 이 새 건물은 도대체 뭡니까?"

"그곳은 의사와 조제실을 위한 공간입니다." 브론스키가 대답했다. 그는 자기를 향해 걸어오는 짧은 외투 차림의 건축가

57) '학교는 너무 진부한 사업이 되었잖아.'(프랑스어)

를 보더니 부인들에게 용서를 구하고는 그에게로 갔다.

그는 일꾼들이 석회를 떠내는 통을 에둘러 지나가 건축가와 제자리에 서서 열띤 어조로 무언가 이야기하기 시작했다.

"박공이 아직도 너무 낮아." 그는 무슨 일이냐고 묻는 안나에게 이렇게 대답했다.

"내가 기초를 올려야 한다고 계속 말했잖아요." 안나가 말했다.

"네, 물론입니다. 그렇게 하는 편이 훨씬 좋았을 겁니다, 안나 아르카지예브나." 건축가가 말했다. "하지만 이제 너무 늦었습니다."

"네, 난 이런 일에 관심이 아주 많아요." 안나는 건축에 대한 그녀의 지식에 놀라움을 표현하는 스비야슈스키에게 이렇게 답했다. "새 건축물이 병원과 조화를 이루게 해야 했어요. 하지만 나중에 그 건물을 생각해 내는 바람에, 설계도도 없이 공사에 착수했지요."

브론스키는 건축가와 이야기를 마친 후 부인들 곁으로 돌아와 그들을 병원 안으로 안내했다.

건물 외부의 코니스는 아직 마무리 작업 중이었고 아래층은 칠을 하는 중이었지만, 위층은 이미 거의 끝난 상태였다. 그들은 층계참의 널찍한 철제 계단으로 올라가 첫 번째 큰 방으로 들어갔다. 벽에는 대리석처럼 보이도록 회반죽을 칠했고 커다란 통유리도 이미 설치했으며, 나무 마루만 아직 끝내지 않은 상태였다. 2층으로 운반해 온 각목에 대패질을 하던 목수들은 신사들과 인사를 나누기 위해 작업을 멈추고 머리에 묶은 끈을 풀었다.

"이곳이 환자 대기실입니다." 브론스키가 말했다. "여기에 책상과 테이블과 장식장을 놓고 그 외에는 아무것도 들이지 않을 생각입니다."

"이쪽이에요, 이쪽으로 오세요. 창가 쪽으로는 가지 말아요." 안나는 페인트가 말랐는지 시험해 보며 말했다. "알렉세이, 페인트가 벌써 다 말랐어요." 그녀는 이렇게 덧붙였다.

그들은 환자 대기실에서 나와 복도를 지나갔다. 이곳에서 브론스키는 사람들에게 그가 설치한 새로운 환기 장치를 보여 주었다. 그다음엔 대리석 욕조와 특수 용수철이 달린 침대를 보여 주었다. 그러고는 큰 병실, 창고, 환자복과 침대 시트 보관실을 보여 주었고, 그다음에는 새 건물의 페치카, 그다음에는 복도를 통해 필요한 물건을 실어 나를, 소음 없는 외바퀴 손수레 등 많은 것들을 보여 주었다. 스비야슈스키는 새로운 개량품에 통달한 사람처럼 그 모든 것을 높이 평가했다. 돌리는 지금까지 본 적 없는 것들에 꾸밈없는 놀라움을 드러내며 그것들을 이해하고 싶어 하나하나 세세하게 물어보았다. 그리고 그런 그녀의 태도는 분명 브론스키에게 기쁨을 안겨 주었다.

"네, 난 이 건물이 러시아에서 제대로 지은 유일한 병원이라고 생각합니다." 스비야슈스키가 말했다.

"그런데 이 병원에 산부인과는 없나요?" 돌리가 물었다. "시골에는 산부인과가 대단히 필요할 텐데요. 난 종종……."

브론스키는 본래 정중한 사람이었지만 그녀의 말을 가로막았다.

"이곳은 조산원이 아니라 병원입니다. 그래서 전염병을 제외한 모든 병을 다룰 것입니다." 그는 말했다. "자, 이곳을 한번 보십시오." 그는 새로 주문한 회복기 환자용 의자를 다리야 알렉산드로브나 쪽으로 밀었다. "자, 보세요." 그는 의자에 앉아 그것을 작동하기 시작했다. "환자는 걷지 못합니다. 아직 쇠약하거나 다리에 결함을 갖고 있습니다. 하지만 그에게는 공기가 필요합니다. 그래서 그는 의자를 타고 다닙니다……."

다리야 알렉산드로브나는 그 모든 것에 흥미를 느꼈다. 모든 것이 그녀의 마음에 들었다. 그러나 무엇보다 그녀의 마음에 든 것은 이런 자연스럽고 순박한 열정을 지닌 브론스키 자신이었다. '그래, 이 사람은 아주 착하고 좋은 사람이야.' 그녀는 이따금 그의 말을 듣지 않고 생각에 잠겼다. 그녀는 그를 바라보고 그의 표정을 뚫어지게 쳐다보며 마음속으로 스스로를 안나의 내부에 들어앉혔다. 그녀는 지금 생기에 넘친 그가 너무 마음에 들었기에 안나가 어떻게 그에게 사랑을 느낄 수 있었는지 이해하게 되었다.

21

“아니, 내 생각에는 공작부인이 피곤해서 말에 흥미를 느끼지 못할 것 같아.” 브론스키는 종마장까지 산책하자고 제안하는 안나에게 이렇게 말했다. 스비야슈스키는 그곳에서 새 종마를 보고 싶어 했다. “두 분은 다녀오시죠. 난 공작부인을 집으로 모시고 가서 이야기를 나누겠습니다.” 그는 말했다. “만일 두 분이 괜찮다면 말입니다.” 그는 그녀를 돌아보았다.

“난 말에 대해 아무것도 몰라요. 그러니 그렇게 해 주시면 무척 기쁘겠어요.” 다리야 알렉산드로브나는 약간 놀라며 이렇게 말했다.

그녀는 브론스키의 얼굴에서 그가 그녀에게 뭔가 원한다는 것을 알아차렸다. 그녀의 생각은 틀리지 않았다. 그들이 쪽문을 통해 다시 정원에 들어서자마자, 그는 안나가 떠난 방향을 바라보며 그녀가 그들의 말을 들을 수도, 그들을 볼 수도 없다는 것을 확인한 후 입을 열었다.

"내가 당신과 이야기를 나누고 싶어 한다는 것을 짐작하고 계셨죠?" 그는 웃음 어린 눈으로 그녀를 쳐다보며 말했다. "난 당신이 안나의 친구라고 생각하는데, 내 생각이 틀리지 않았겠지요." 그는 모자를 벗고 손수건을 꺼내어 머리칼이 성글어지기 시작한 머리를 닦았다.

다리야 알렉산드로브나는 아무 대답도 하지 않고 그저 놀란 눈으로 그를 쳐다보았다. 그녀는 그와 단둘이 남게 되자 불현듯 두려움을 느꼈다. 그의 웃는 눈과 엄한 표정이 그녀를 놀라게 했다.

그가 자기에게 무슨 이야기를 하려는 걸까에 대한 온갖 다양한 추측들이 그녀의 머릿속을 스치고 지나갔다. '그는 내게 아이들과 함께 그의 집에서 머물러 달라고 부탁할 거야. 그럼 난 그의 부탁을 거절해야 해. 아니면 모스크바에서 안나의 모임에 참여해 달라고 부탁하려는 걸까……, 아니면 바센카 베슬로프스키나 그와 안나의 관계에 대한 것일까? 혹시 키티에 대해? 그가 죄책감을 느끼고 있다는 말을 하려고?' 그녀는 온갖 불쾌한 경우를 지레짐작했을 뿐 그가 자기와 무슨 이야기를 나누고 싶어 하는지 전혀 알 수 없었다.

"당신은 안나에게 대단한 영향력을 지니고 있고, 안나는 당신을 무척 사랑합니다." 그는 말했다. "날 도와주십시오."

다리야 알렉산드로브나는 미심쩍은, 그리고 주저하는 눈길로 보리수 그늘의 약한 햇살에 때로는 전부, 때로는 부분적으로 드러났다가 다시 그늘에 가려 어두워지는 그의 활기찬 얼굴을 바라보며 다음 말을 기다렸다. 그러나 그는 지팡이로 자갈을 툭툭 건드리며 그녀 옆에서 말없이 걸었다.

"당신이, 안나의 예전 친구들 가운데 유일한 여성인 당신이, 우리에게 온 것은, 난 바르바라 공작 영애를 안나의 친구라고 생각지 않습니다, 아무튼 당신이 그렇게 한 것은 당신이 우리의 처지를 정상적이라고 생각해서가 아니라 이런 처지의 모든 어려움을 잘 알면서도 여전히 그녀를 사랑하고 그녀를 돕고 싶어 하기 때문이라는 것을 난 알고 있습니다. 내가 당신을 그렇게 이해해도 되겠습니까?" 그는 그녀를 돌아보며 물었다.

"오, 그럼요." 다리야 알렉산드로브나는 양산을 접으며 대답했다. "하지만……."

"아닙니다." 그는 그녀의 말을 가로막고는 그런 자신의 행동이 상대방을 거북한 입장에 빠뜨릴 수 있다는 것도 잊은 채 무의식적으로 그 자리에 멈췄다. 그래서 그녀도 어쩔 수 없이 멈춰 서야 했다. "안나가 처한 상황의 온갖 어려움을 나만큼 절실하고 강하게 느끼는 사람은 아무도 없습니다. 그리고 그것이 당연하지요. 만약 당신이 나에게 나 역시 심장을 가진 사람이라고 생각할 영광을 주신다면 말입니다. 난 이런 처지를 초래한 장본인입니다. 그래서 그것을 느끼는 겁니다."

"이해해요." 다리야 알렉산드로브나는 진실하고 확고하게 그 말을 하는 그의 모습에 무의식적으로 빠져들며 이렇게 말했다. "하지만 당신은 스스로를 원인이라고 느끼기 때문에 과민 반응을 하는 것 같은데요. 그녀의 처지는 사교계에서 참 난감하죠. 이해해요." 그녀가 말했다.

"사교계에서 그녀의 처지는 지옥이나 마찬가지였습니다!" 그는 음울하게 얼굴을 찌푸리며 빠르게 말했다. "그녀가 2주 동안 페테르부르크에서 겪은 것보다 더 심한 도덕적 고통은 상상도 할 수 없습니다……. 그것을 믿어 주셨으면 합니다."

"그래요, 하지만 이곳에서는, 안나가……. 당신들이 사교계에 대한 필요를 느끼지 않는 한……."

"사교계요!" 그는 경멸을 드러내며 말했다. "내가 사교계에 무슨 필요를 느낄 수 있겠습니까?"

"그때까지는, 영원히 그럴 수도 있겠죠, 당신들은 행복하고 평온할 거예요. 난 안나에게서 그녀가 행복하다는 사실, 완벽할 정도로 행복하다는 사실을 보았어요. 그녀는 이미 내게 그 점을 충분히 전했어요." 다리야 알렉산드로브나는 미소를 지으며 말했다. 그리고 그렇게 말하면서 지금 그녀는 자기도 모르게 안나가 정말로 행복한지 의심이 들었다.

하지만 브론스키는 그 점을 의심하지 않는 것 같았다.

"네, 그렇습니다." 그는 말했다. "난 그녀가 그 모든 고통 이후에 다시 기운을 차린 것을 압니다. 그녀는 행복해요. 그녀는 현재에 행복해합니다. 하지만 나는요……? 난 무엇이 우리를 기다릴지 두렵습니다……. 죄송합니다, 당신은 계속 걷고 싶으시겠죠?"

"아니에요, 아무래도 좋아요."

"그럼, 여기 좀 앉으시죠."

다리야 알렉산드로브나는 가로수 길의 한구석에 있는 정원의 벤치에 앉았다. 그는 그녀 앞에 섰다.

"난 그녀가 행복하다는 것을 압니다." 그는 거듭 말했다. 그러자 안나가 정말 행복한지에 대한 의혹이 다리야 알렉산드로브나의 마음속에 더욱 강하게 일었다. "하지만 그것이 이렇게 계속될 수 있을까요? 우리의 행동이 옳은가 그른가는 별개의 문제입니다. 하지만 주사위는 던져졌습니다." 그는 러시아어에서 프랑스어로 바꾸며 말했다. "그리고 우리는 평생 엮이게 되었습니다. 우리는 우리에게 가장 성스러운 사랑의 매듭으로 결합되었습니다. 우리에게는 아이도 하나 있고, 앞으로 더 생길지도 모릅니다. 하지만 우리의 처지에 따르는 온갖 조건들과 법이 그렇잖습니까, 숱한 복잡한 일들이 생길 텐데 말이죠, 그녀는 모든 고통과 시련을 겪은 후 이제 겨우 숨을 돌리게 되었는데 상황을 보지도, 보려 하지도 않습니다. 그것도 이해가 됩니다. 하지만 나는 보지 않을 수 없단 말입니다. 내 딸이 법적으로 내 딸이 아니라 카레닌의 딸이니까요. 난 이런 거짓을 원하지 않습니다!" 그는 열정적인 부정의 몸짓과 함께 말하면서 우울하고도 의문에 찬 눈빛으로 다리야 알렉산드로브나를 바라보았다.

그녀는 아무런 대답 없이 그저 그를 바라볼 뿐이었다. 그는 계속했다.

"내일이라도 아들이, 나의 아들이 태어날 수 있습니다. 그런데 그 아이는 법적으로 카레닌의 아이란 말입니다. 그 애는 내 이름도, 내 재산도 물려받을 수 없습니다. 우리가 우리의 가정 안에서 아무리 행복하다 해도, 우리에게 아무리 많은 아이들이 생긴다 해도, 나와 그 아이들은 아무 관계도 아닙니다. 그 아이들은 카레닌이 되는 겁니다. 당신은 이런 처지의 고통과 공포를 이해하시겠죠! 난 안나에게 그 문제를 이야기하려 했습니다. 그 이야기는 그녀를 화나게 만들었죠. 그녀는 이해를 못합니다. 그래서 난 그녀에게 모든 것을 털어놓을 수가 없습니다. 이제 다른 측면에서 봐 주십시오. 난 그녀의 사랑에 행복해하고 있습니다. 하지만 난 일을 가져야 합니다. 난 그 일을 찾았고 그 일을 자랑스러워하고 있습니다. 그리고 궁정과 부대에 있는 나의 옛 동료들의 일보다 그것을 훨씬 더 고귀한 것으로 여기고 있습니다. 그리고 난 분명 이 일을 그들의 일과 바꾸지 않을 것입니다. 난 이곳에 그대로 남아 일을 하고 있습니다. 난 행복하고 만족스럽습니다. 그리고 우리는 행복을 위해 더 이상 어떤 것도 필요치 않습니다. 난 이 일을 사랑합니다. Cela n'est pas un pis-aller.[58] 오히려……."

다리야 알렉산드로브나는 그가 이 부분의 설명에서 갈피를 못 잡는 것을 눈치챘고 그렇게 옆길로 샌 이야기를 잘 이해할 수 없었다. 그러나 그가 안나에게 털어놓을 수 없었던 자신의 내밀한 속마음에 대해 이야기를 꺼낸 이상 이제 모든 것을 털어놓으리라는 것, 시골에서의 그의 활동에 대한 문제가 그와 안나의 관계에 대한 문제만큼이나 내밀한 생각의 영역에 속한다는 것을 깨달았다.

"그래서 말입니다, 계속 이야기하자면……." 그가 정신을 차리고 말했다. "중요한 것은, 내가 일을 하면서 나의 일이 나와 함께 죽지 않으리라는 확신, 나에게 후계자들이 생길 거라는 확신을 가져야 한다는 것입니다. 그런데 내게는 그것이 없습니다. 상상해 보십시오, 사랑하는 아내를 통해 낳은 자식들이 자기가 아닌 다른 사람의, 그들을 미워하며 그들을 알고 싶어 하지 않는 누군가의 자식들이 되리라는 것을 미리 아는 사람의 처지를 말입니다. 정말이지 끔찍합니다!"

---

58) '더 나은 것이 없어서 그런 것이 아닙니다.'(프랑스어)

그는 강렬한 흥분에 휩싸인 듯 잠시 침묵했다.

"네, 물론 나도 이해해요. 하지만 안나가 도대체 무엇을 할 수 있죠?" 다리야 알렉산드로브나가 말했다.

"네, 그 말이 날 이 이야기의 목적으로 이끄는군요." 그는 애써 마음을 가라앉히며 말했다. "안나는 할 수 있습니다. 이 문제는 그녀에게 달려 있어요……. 차르에게 입양을 청원하기 위해서라도 이혼은 불가피합니다. 그런데 그것은 안나에게 달려 있단 말입니다. 그녀의 남편은 이혼에 동의했습니다. 그때 당신 남편이 그 문제를 완전히 매듭지어 줬지요. 난 알아요. 지금이라도 그는 거절하지 않을 겁니다. 안나가 그에게 편지를 쓰기만 하면 됩니다. 그때 그는 솔직히 대답했습니다. 만일 그녀가 희망을 표현하면 자신은 거절하지 않겠다고 말입니다. 물론……." 그는 침울하게 말했다. "그것은 심장이 없는 그런 사람들만이 할 수 있는 바리새인 같은 잔인함 가운데 하나겠지요. 그는 그에 대한 모든 기억이 그녀에게 어떤 고통을 주는지 알고, 그녀를 알기에 그녀에게서 편지를 요구하는 겁니다. 그녀가 괴로워하는 것도 이해가 됩니다. 하지만 사안이 워낙 중요한 만큼 그녀는 passer par dessus toutes ces finesses de sentiment. Il y va du bonheur et de l'existence d'Anne et de ses enfants.[59] 난 힘들어도, 아무리 힘들어도, 나에 대한 이야기를 하지 않습니다." 그는 자신의 괴로움에 대하여 누군가를 위협하는 듯한 표정으로 말했다. "그래서요, 공작부인, 이렇게

---

59) '이 모든 미묘한 감정들을 뛰어넘어야만 합니다. 안나와 그녀의 아이들의 행복과 운명이 달린 문제입니다.'(프랑스어)

염치없이 구원의 닻을 붙잡듯 당신에게 매달리는 겁니다. 내가 그녀를 설득할 수 있게 도와주십시오. 그녀가 남편에게 편지를 써서 이혼을 요구하도록 말입니다!"

"네, 물론이죠." 다리야 알렉산드로브나는 알렉세이 알렉산드로비치와의 마지막 만남을 생생하게 떠올리며 생각에 잠겼다. "네, 물론이에요." 그녀는 안나를 떠올리며 단호하게 말했다.

"그녀에게 당신의 영향력을 행사하십시오. 그녀가 편지를 쓰게 만들어 주십시오. 난 이 문제에 대해 그녀와 이야기하고 싶지 않고, 그렇게 하는 것도 거의 불가능합니다."

"좋아요, 내가 말해 볼게요. 하지만 안나 자신은 어떻게 생각하고 있나요?" 그 순간 문득 다리야 알렉산드로브나에게 어쩐 일인지 눈을 가늘게 뜨는 안나의 이상한 새로운 버릇이 떠올랐다. 그리고 그녀는 안나가 눈을 가늘게 뜬 것이 생활의 가장 내밀한 부분을 건드렸을 때라는 것을 기억해 냈다. '마치 그녀는 그 모든 것을 보지 않으려고 자신의 삶에 대해 실눈을 뜨는 것 같았어.' 돌리는 생각했다. "나 자신을 위해, 그리고 그녀를 위해 꼭 그녀와 이야기를 해 볼게요." 다리야 알렉산드로브나는 그의 고마워하는 표정에 이렇게 답했다.

그들은 일어나 집으로 향했다.

22

벌써 집에 돌아온 돌리를 보자, 안나는 마치 돌리와 브론스키가 무슨 이야기를 나누었는지 묻기라도 하듯 그녀의 눈을 유심히 바라보았으나 말로는 묻지 않았다.

"저녁 식사 시간이 됐나 봐요." 그녀가 말했다. "우린 아직 서로 얼굴도 제대로 못 봤네요. 저녁에는 괜찮을 것 같아요. 이제 옷을 갈아입으러 가야겠어요. 당신도 그래야 할 것 같은데요. 우리 모두 건축 현장에서 먼지투성이가 됐으니 말이에요."

돌리는 자기 방으로 돌아갔으나 우스운 생각이 들었다. 그녀에게는 갈아입을 옷이 하나도 없었다. 이미 가장 좋은 옷을 입어 버렸기 때문이었다. 하지만 무엇으로든 만찬에 대한 자신의 준비를 나타내기 위해, 그녀는 하녀에게 그녀의 옷을 솔질해 달라고 부탁하고 커프스와 나비 리본을 바꾸고는 머리에 레이스를 썼다.

"이게 내가 할 수 있는 전부예요." 그녀는 미소를 지으며 안나에게 말했다. 안나는 또다시 세 번째의 아주 단순한 옷으로 갈아입고 돌리에게 왔다.

"네, 우리가 지나치게 격식을 따지는 거죠." 안나는 아름답게 차려입은 것에 대해 변명이라도 하듯 이렇게 말했다. "알렉세이는 당신의 방문을 기뻐하고 있어요. 그가 뭔가에 기뻐한다는 건 좀처럼 보기 드문 일이죠. 그는 분명 당신을 좋아하고 있어요." 그리고 그녀는 이렇게 덧붙였다. "그런데 피곤하지 않아요?"

저녁 식사 전까지는 무언가에 대해 이야기를 나눌 시간이 없었다. 응접실에 들어선 그들은 바르바라 공작 영애와 검은 프록코트를 입은 남자들이 벌써 그곳에 와 있는 것을 발견했다. 건축가는 연미복을 입고 있었다. 브론스키는 손님에게 의사와 집사를 소개했다. 그는 병원에서 돌리에게 건축가를 이미 소개했었다.

뚱뚱한 수석 하인이 깨끗이 면도한 둥그스름한 얼굴과 하얀 넥타이의 풀 먹인 나비 매듭을 빛내며 식사가 준비되었다고 알리자, 부인들이 일어섰다. 브론스키는 스비야슈스키에게 안나 아르카지예브나의 팔을 잡아 달라고 부탁하고, 자신은 돌리에게 다가갔다. 베슬로프스키가 투슈케비치보다 먼저 바르바라 공작 영애에게 손을 건넸기 때문에, 투슈케비치는 집사와 의사와 마찬가지로 혼자 걸어갔다.

식사, 식당, 식기, 하인, 술, 음식은 새롭고 호화로운 전반적인 품격과 잘 어울렸을 뿐 아니라 다른 것들보다 훨씬 더 화려하고 더 새것처럼 보였다. 다리야 알렉산드로브나는 새로운 호화로움을 관찰하다가, 한 집안을 관리하는 안주인으로서 — 비록 자신이 본 어느 것도 자신의 집에 적용하기를 바랄 수는 없었지만, 그리고 그렇게 그것들은 화려한 면에서 그녀의 생활 양식을 훨씬 능가했지만 — 자기도 모르게 모든 세세한 것들을 주목하며, 스스로에게 그런 것들을 누가, 어떻게 만들었는가 질문을 던졌다. 바센카 베슬로프스키, 그녀의 남편, 심지어 스비야슈스키를 비롯해 그녀가 아는 많은 사람들은 결코 그것에 대해 생각하지 않았다. 그들은 점잖은 집주인이 손님에게 느끼게끔 하려는 것, 즉 그의 집에 아주 잘 정돈되어 있는 것은 집주인에게 아무런 수고도 요구하지 않고 저절로 만들어졌다는 말을 곧이곧대로 믿었다. 그러나 다리야 알렉산드로브나는 아이들의 아침 식사로 먹일 죽조차 저절로 생기지 않는다는 것, 따라서 그 복잡하고 훌륭한 배치에는 반드시 누군가의 집요한 관심이 깃들어 있다는 것을 잘 알고 있었다. 그래서 알렉세이 키릴로비치가 테이블을 유심히 바라볼 때, 그가 수석 하인에게 고갯짓으로 신호를 보낼 때, 그가 그녀에게 냉 수프와 수프 중 무엇을 택할지 물을 때, 다리야 알렉산드로브나는 그의 눈빛을 보면서 이 모든 것이 집주인 자신의 배려로 이루어지고 유지되고 있다는 것을 깨달았다. 분명 안나는 이런 것들에 베슬로프스키보다 더 많이 기여하는 것 같지 않았다. 그녀나, 스비야슈스키나, 공작 영애나, 베슬로프스키나 다들 똑같이 그들을 위해 마련된 것을 유쾌하게 향유하는 손님일 뿐이었다.

안나는 대화를 이끌어 간다는 면에서만 안주인이었다. 그리고 안주인으로서는 정말로 쉽지 않은 그 대화, 그다지 크지 않은 테이블에서 집사나 건축가 같은 사람들, 즉 익숙하지 않은 화려함에 기죽지 않으려 애쓰고 공통의 대화에 오래 참여할 수 없는 완전히 다른 세계의 사람들이 참석한 가운데 이루어지는 그 대화, 그 어려운 대화를 안나는 평소의 재치와 자연스러움으로, 다리야 알렉산드로브나가 눈치챈 대로 즐거움마저 느끼며 해 나가고 있었다.

화제는 어떻게 투슈케비치와 베슬로프스키만 보트를 타게 되었는가에 이르렀다. 그러자 투슈케비치가 페테르부르크 요트 클럽에서 연 최근의 경주에 대해 이야기하기 시작했다. 하지만 안나는 이야기가 잠시 멈출 때를 기다리다 건축가를 침묵에서 끌어내기 위해 곧바로 그에게 말을 걸었다.

"니콜라이 이바니치가 깜짝 놀랐어요." 그녀는 스비야슈스키에 대해 이야기했다. "그가 지난번에 이곳에 다녀간 뒤로 어떻게 새 건물이 들어설 수 있냐고요. 하지만 나 역시 매일 그곳을 드나들면서도 공사가 어찌나 빨리 진척되는지 날마다 놀랐다니까요."

"백작님과 함께 일하니 좋습니다." 건축가가 미소를 지으며 말했다.(그는 자신의 지위에 대한 자각을 지닌 정중하고 조용한 사람이었다.) "현청의 일을 할 때와는 전혀 다르죠. 그 사람들과 일할 때는 서류를 산더미같이 작성해야 할 부분에서, 백작님에게는 그저 보고만 하면 함께 상의를 하고 단 세 마디로 일이 끝나니까요."

"미국식 방법이죠." 스비야슈스키는 씩 웃으며 말했다.

"네, 그곳에서는 건물을 합리적으로 짓지요……."

화제는 미합중국의 권력 남용 문제로 옮겨 갔다. 그러나 안나는 곧 집사를 침묵에서 깨우기 위해 그 화제를 다른 주제로 이끌었다.

"당신은 탈곡기를 본 적이 있나요?" 그녀는 다리야 알렉산드로브나에게 말을 걸었다. "우리가 당신을 만났을 때, 우리는 탈곡기를 구경하고 오는 길이었어요. 나도 그것을 본 건 처음이에요."

"그 기계는 도대체 어떻게 작동하는 건가요?" 돌리가 물었다.

"가위와 똑같아요. 한 장의 판자와 많은 작은 가위로 만들어졌죠. 이렇게요."

안나는 반지로 덮인 아름답고 하얀 손으로 가위와 포크를 쥐고서 설명을 시작했다. 그녀는 분명 자기 설명으로는 아무것도 이해할 수 없다는 것을 알았을 것이다. 그러나 자신의 이야기가 유쾌하다는 것과 자신의 손이 아름답다는 것을 알았기에 설명을 계속했다.

"오히려 펜나이프에 가깝죠." 베슬로프스키는 그녀에게서 눈을 떼지 않고 장난스럽게 말했다.

안나는 보일 듯 말 듯한 미소를 지었으나 그에게 대답하지는 않았다.

"가위 같지 않나요, 카를 페도리치?" 그녀는 집사에게 말을 걸었다.

"O, ja.[60)]" 독일인이 말했다. "Es ist ein ganz einfaches Ding.[61)]" 그리고 그는 기계의 구조를 설명하기 시작했다.

"그 기계가 다발로 묶지 않는 것이 유감스럽군요. 난 빈 박

---

60) '오, 그렇습니다.'(독일어)

61) '그것은 아주 단순한 것입니다.'(독일어)

람회에서 그런 기계를 보았습니다. 철사로 묶더군요." 스비야슈스키가 말했다. "그런 것이 더 쓸모 있을 텐데요."

"Es kommt drauf an…… Der Preis vom Draht muss ausgerechnet werden.[62)]" 침묵에서 깨어난 집사는 브론스키를 돌아보았다. "Das lässet sich ausrechnen, Erlaucht.[63)]" 독일인의 손은 이미 호주머니에 가 있었다. 거기에는 그가 모든 것을 계산하여 기록해 둔, 연필을 끼워 놓은 작은 공책이 들어 있었다. 하지만 식사 중이라는 것을 기억하고 브론스키의 차가운 시선을 눈치챈 그는 자신을 억제했다. "Zu complicirt, macht zu viel Klopot.[64)]" 그렇게 그는 말을 맺었다.

"Wünscht man Dochots, so hat man auch Klopots.[65)]" 바센카 베슬로프스키는 독일인을 놀리며 말했다. "J'adore I'allemand.[66)]" 그는 다시 똑같은 미소를 띠며 안나를 돌아보았다.

"Cessez.[67)]" 그녀는 그에게 농담조로 엄하게 말했다.

"우리는 당신을 들판에서 만나게 되리라 생각했어요, 바실리 세묘니치." 그녀는 병약한 사내인 의사에게 말을 걸었다. "당신도 그곳에 있었나요?"

"저도 그곳에 있었지만 증발해 버렸죠." 의사는 우울한 익

---

62) '모든 것은 결국…… 철사의 비용을 고려해야만 합니다.'(독일어)
63) '그것을 계산해 볼 수 있습니다, 백작님.'(독일어)
64) '너무 복잡해서 몹시 번거로울 겁니다.'(독일어)
65) '수입을 얻고자 하는 자는 성가신 일도 감수해야 하지요.'(독일어)
66) '난 독일어를 열렬히 사랑합니다.'(프랑스어)
67) '그만하세요.'(프랑스어)

살과 함께 대답했다.

"그럼, 충분히 산책을 했겠네요."

"굉장히요!"

"그런데 그 할머니는 건강이 어떠신가요? 티푸스가 아니었으면 좋겠는데."

"티푸스일 수도 있고 아닐 수도 있겠지요. 하지만 상태가 아주 좋지는 않습니다."

"정말 안됐어요!" 안나가 말했다. 그러고는 그런 식으로 집안의 식솔들에게 적당한 인사치레를 하고 자신의 친구들에게 고개를 돌렸다.

"하지만 당신의 이야기를 들으면 기계를 만들기가 어려울 것 같습니다, 안나 아르카지예브나." 스비야슈스키가 농담조로 말했다.

"아니, 왜요?" 안나는 미소를 지으며 말했다. 그 미소는 그녀 자신도 기계의 구조에 대한 자신의 설명에 스비야슈스키도 알아차린, 매력적인 무언가가 있다는 것을 알고 있다고 말했다. 젊은 여자의 교태라는 이 새로운 특징은 돌리에게 불쾌한 느낌을 주었다.

"하지만 그 대신 건축에 대한 안나 아르카지예브나의 지식은 놀라울 정도군요." 투슈케비치가 말했다.

"물론이죠! 난 어제 안나 아르카지예브나가 '기둥과 주춧돌'이라고 말하는 것을 들었습니다." 베슬로프스키가 말했다. "내가 맞게 말하고 있습니까?"

"그처럼 숱하게 보고 듣는다면, 전혀 놀라울 것도 없죠." 안나가 말했다. "그런데 당신은요, 혹시 집을 무엇으로 만드는지도 모르는 게 아닌가요?"

다리야 알렉산드로브나는 안나가 자신과 베슬로프스키 사이에 오가는 경박한 말투에 불쾌해하면서도 자기도 모르게 그것에 빠져드는 모습을 보았다.

브론스키는 이런 경우에 레빈과는 전혀 다른 식으로 행동했다. 그는 분명 베슬로프스키의 잡담을 전혀 대수롭지 않게 생각하는 듯했고, 오히려 그러한 농담을 부추기기까지 했다.

"자, 그럼 말해 봐요, 베슬로프스키, 무엇으로 돌을 붙입니까?"

"물론, 시멘트지요."

"브라보! 그럼 시멘트가 뭐지요?"

"그러니까, 풀과 비슷한 건데……. 아니, 접착제." 베슬로프스키의 말에 다들 일제히 웃음을 터뜨렸다.

울적한 침묵에 빠진 의사와 건축가와 집사를 제외하고, 식사를 하는 사람들 사이의 대화는 때로는 미끄러지듯 흘러가다가, 때로는 누군가를 건드리고 아픈 곳을 찌르기도 하면서 끊임없이 이어졌다. 한번은 다리야 알렉산드로브나가 아픈 곳을 찔려 얼굴이 빨개지도록 흥분했다가, 나중에 자신이 쓸데없는 말이나 불쾌한 말을 하지는 않았는지 떠올리기도 했다. 스비야슈스키는 레빈에 대한 이야기를 꺼내며, 기계는 러시아의 농업에서 해악이 될 뿐이라는 레빈의 기이한 견해를 들려주었다.

"난 유감스럽게도 레빈이라는 그 신사를 알지는 못하지만……." 브론스키는 빙긋 웃으며 말했다. "그는 아마도 자신이 비난하는 기계를 한 번도 본 적이 없는 것 같군요. 설사 그가 눈으로 보고 시험해 보았다 해도, 그것은 고작해야 외국 제품이 아니라 무슨 러시아 제품이었을 겁니다. 거기에서 도대체 무슨 시각이 생길 수 있겠습니까?"

"대체로 투르크식 시각이군요." 베슬로프스키는 안나를 돌아보며 미소 띤 얼굴로 말했다.

"내가 그의 견해를 방어해 줄 수는 없지만 말이에요." 다리야 알렉산드로브나는 얼굴을 확 붉히며 말했다. "난 그가 상당한 교양을 갖춘 사람이라는 점은 말할 수 있어요. 만일 그가 이 자리에 있었다면, 그는 여러분에게 어떤 대답을 해야 할지 알았을 거예요. 하지만 난 그렇게 할 수가 없네요."

"난 그를 매우 좋아합니다. 그와 나는 절친한 친구 사이입니다." 스비야슈스키는 선량한 미소를 지으며 말했다. "Mais pardon, il est un petit peu toque.[68] 예를 들어, 그는 젬스트보도 지방법원도 모두 불필요하다고 주장하며 그 어느 곳에도 참여하려 하지 않습니다."

"그것이 우리 러시아인들의 무관심이라는 거죠." 브론스키는 얼음같이 찬 유리병의 물을 다리 달린 가느다란 컵에 따르며 말했다. "우리의 권리가 우리에게 부여한 의무를 깨닫지 못하는 겁니다. 그래서 그런 의무를 부정하는 것이구요."

"난 그 사람보다 더 엄격하게 자신의 의무를 수행하는 사람을 본 적이 없어요." 다리야 알렉산드로브나는 브론스키의 우월감에 젖은 태도에 화가 나서 이렇게 말했다.

"난 반대로……." 브론스키는 계속 말을 했다. 그는 어쩐 일인지 이 화제로 아픈 곳을 찔린 게 분명했다. "난, 반대로, 여

68) '하지만 용서하십시오, 그는 다소 별난 사람입니다.'(프랑스어)

러분이 보다시피 이런 사람이지만, 저기 니콜라이 이바니치(그는 스비야슈스키를 가리켰다.) 덕분에 내게 주어진 명예에 대해서 매우 감사하고 있습니다. 그는 나를 명예로운 치안판사로 선출해 주었지요. 나는 법정에 나가 농부와 말에 대한 사건을 재판하는 것이 내가 할 수 있는 모든 일과 마찬가지로 중요하다고 생각합니다. 그리고 만약 내가 의원으로 뽑힌다면, 난 그것을 영예로 생각할 것입니다. 그것만이 내가 지주로서 누려온 이익에 보답할 수 있는 유일한 길이지요. 불행하게도 사람들은 대지주들이 국가에서 짊어져야 할 의미를 이해하지 못합니다."

다리야 알렉산드로브나는 그의 말을 듣고 있자니 이상한 생각이 들었다. 어떻게 그는 저리도 태연하게 자기 집의 테이블에서 자신의 정당성을 확신할 수 있을까. 그녀는 반대 의견을 지닌 레빈도 자기 집 테이블에서는 자신의 판단에 대해 그와 똑같이 단호하다는 것을 기억해 냈다. 하지만 그녀는 레빈을 좋아했기에 그의 편이었다.

"그럼, 우리가 다음 회합에서 당신을, 백작을 만나게 되리라 기대해도 되겠습니까?" 스비야슈스키가 말했다. "하지만 8일까지 그곳에 도착하려면 일찍 나서야 합니다. 영광스럽게도 우리 집을 먼저 방문해 주실 거라면 말입니다."

"하지만 난 당신의 beau-frère의 생각에 어느 정도 찬성하는 편이에요." 안나가 말했다. "단 그 사람과 같은 방식은 아니지만요." 그녀는 미소를 지으며 이렇게 덧붙였다. "난 최근 들어 우리에게 이런 사회적 의무가 지나치게 많은 것이 아닐까 걱정하고 있어요. 예전에는 각 사안마다 관료가 있어야 할 만큼 관료들이 지나치게 많았는데, 이제는 온통 사회 활동가예요. 알렉세이는 이곳에 온 지 이제 여섯 달밖에 안 됐는데, 벌써 대여섯 개의 다양한 사회 기관에서 위원을 맡고 있는 것 같아요. 감독관에, 판사에, 시위원에, 배심원에, 말과 관련된 무슨 모임까지. Du train que cela va[69], 그 일에 온통 시간을 뺏기고 말겠어요. 그래서 난 그런 직무가 그토록 많은 경우에는 모든 것이 그저 형식에 불과한 것으로 끝나지 않을까 염려스러워요. 니콜라이 이바니치, 당신은 몇 군데의 임원을 맡고 있나요?" 그녀는 스비야슈스키를 돌아보았다. "스무 곳이 넘겠죠?"

안나는 장난스럽게 말했지만 그녀의 말투에서 짜증이 느껴졌다. 안나와 브론스키를 유심히 관찰하던 다리야 알렉산드로브나는 즉각 그것을 알아차렸다. 또한 그녀는 그 대화가 진행되는 동안 브론스키의 얼굴이 금방 심각하고 완고한 표정으로 변하는 것을 눈치챘다. 돌리는 이것뿐만 아니라 바르바라 공작 영애가 화제를 바꾸기 위해 부랴부랴 페테르부르크의 지인들에 대해 이야기하는 것을 알아채고, 브론스키가 정원에서 뜬금없이 자신의 활동에 대해 한 말을 떠올리고는, 사회적 활동에 대한 그 문제가 안나와 브론스키의 어떤 은밀한 다툼과 연관되어 있다는 것을 깨달았다.

식사, 술, 테이블, 모든 것이 아주 훌륭했다. 그러나 그것들은 다리야 알렉산드로브나가 도무지 익숙해질 수 없었던 공식 만찬과 무도회에서 본 것들이었고, 그와 똑같이 비개성적이고 부자연스러운 성격을 띠고 있었다. 그 때문에 평범한 날의 작

---

69) '이런 식으로 하다가는.'(프랑스어)

은 모임 속에서 그런 것들은 그녀에게 불쾌한 인상을 불러일으켰다.

식사 후, 사람들은 잠시 테라스에 앉아 있었다. 그러고 나서 그들은 론 테니스를 하기 시작했다. 두 편으로 나뉜 경기자들은 공들여 고르고 다진 크로케 그라운드에서 두 개의 황금빛 기둥에 팽팽하게 친 네트 양쪽에 각각 자리를 잡았다. 다리야 알렉산드로브나도 테니스를 쳐 보려고 했다. 그러나 그녀는 오랫동안 경기를 이해하지 못했고, 막상 이해했을 때는 너무나 지친 나머지 바르바라 공작 영애와 나란히 앉아 경기하는 사람들을 구경할 수밖에 없었다. 그녀의 파트너인 투슈케비치도 그만두었다. 그러나 나머지 사람들은 오래도록 경기를 계속했다. 스비야슈스키와 브론스키는 둘 다 실력이 아주 좋았고 태도도 진지했다. 그들은 자기에게 넘어오는 공을 날카롭게 지켜보다가, 서두르지도 꾸물거리지도 않으면서 민첩하게 공 쪽으로 달려가 공이 튀어 오르기를 기다린 후 라켓으로 정확하고 확실하게 쳐 올려 네트 너머로 넘겼다. 베슬로프스키의 솜씨는 다른 사람들보다 못했다. 그는 지나치게 흥분했지만, 그 대신 특유의 쾌활함으로 경기자들의 기운을 북돋았다. 그의 웃음과 비명 소리가 끊이지 않았다. 그는 부인들의 양해를 구하고 다른 남자들처럼 프록코트를 벗었다. 그리하여 하얀 루바슈카를 걸친 채 땀에 젖은 붉은 얼굴을 한 그의 우람하고 멋진 모습과 기운 찬 동작이 기억 속에 깊이 새겨지게 되었다.

다리야 알렉산드로브나는 그날 밤 잠자리에 들었을 때 눈을 감자마자 크로케 그라운드를 뛰어다니는 바센카 베슬로프스키를 보았다.

그러나 다리야 알렉산드로브나는 경기 중에도 즐겁지 않았다. 그녀는 여전히 계속된 바센카 베슬로프스키와 안나의 장난스러운 관계가 마음에 들지 않았다. 그리고 어른들이 아이들도 없이 자기들끼리 어린애들의 놀이를 할 때 풍기는 그 전반적인 부자연스러움도 싫었다. 그러나 다른 사람들의 기분을 상하게 하지 않고 어떻게든 시간을 보내기 위해, 그녀는 휴식을 취한 후 다시 경기에 참가하여 즐거운 척했다. 그날 내내, 그녀는 자기보다 뛰어난 배우들과 극장에서 연극을 하는 듯한, 그리고 자신의 서툰 연기가 모든 것을 망치고 있는 듯한 느낌을 받았다.

그녀는 즐겁게 지낼 수만 있다면 이곳에서 이틀 동안 머무를 계획으로 왔다. 그러나 바로 그날 저녁 경기를 하는 동안에 이튿날 떠나기로 결심했다. 이곳에 오는 동안 그토록 증오했던 어머니로서의 괴로운 걱정들이, 그런 것들 없이 하루를 보낸 지금에 와서는, 다른 빛으로 나타나 그녀를 끌어당기기 시작했다.

저녁의 차 모임과 밤의 뱃놀이 후, 혼자 자기 방으로 가서 옷을 벗고 잠잘 준비를 위해 성긴 머리칼을 빗으려고 앉았을 때, 다리야 알렉산드로브나는 커다란 안도감을 느꼈다.

이제 곧 안나가 올 거라고 생각하니 불쾌한 기분마저 들었다. 그녀는 혼자 자신의 상념에 잠기고 싶었다.

23

돌리가 막 침대에 누우려는 순간, 안나가 잠옷 차림으로 그녀의 방에 들어왔다.

그날 내내 안나는 몇 번이고 속마음을 털어놓으려 했지만, 매번 몇 마디 말을 꺼냈다가 이야기를 중단해 버렸다. "나중에 단둘이 있을 때 모든 걸 이야기하기로 해요. 당신에게 이야기할 것이 참 많아요." 그녀는 그렇게 말했다.

이제 그들은 단둘이 있게 되었다. 그러나 안나는 무슨 이야기를 해야 할지 몰랐다. 그녀는 창가에 앉아 돌리를 바라보며 마음속에 간직해 둔, 끝이 없는 것처럼 보이는 그 이야기들을 기억 속에서 하나하나 뒤적여 보았다. 그러나 아무것도 찾을 수 없었다. 그 순간, 그녀에게는 이미 전부 말해 버린 것처럼 느껴졌다.

"그런데 키티는 어때요?" 그녀는 무겁게 탄식을 하며 죄를 진 듯한 표정으로 돌리를 쳐다보았다. "솔직히 말해 줘요, 돌리, 키티가 나에게 화내고 있죠?"

"화를 내다니요? 아니에요." 다리야 알렉산드로브나는 미소를 지으며 말했다.

"하지만 그녀는 날 증오하죠? 경멸하죠?"

"오, 아니에요! 하지만 당신도 알다시피 그런 일은 용서받지 못해요."

"네, 그렇죠." 안나는 고개를 돌려 열린 창문을 바라보며 말했다. "하지만 난 잘못이 없어요. 그럼 누구의 잘못일까요? 도대체 잘못이라는 게 뭐죠? 과연 다른 길이 있었을까요? 당신은 어떻게 생각해요? 당신이 스티바의 아내가 되지 않을 수도 있었을까요?"

"정말 모르겠어요. 그런데 실은 당신이 내게 말할 것이……."

"네, 그래요. 하지만 아직 키티에 대한 이야기를 끝내지 않았잖아요. 그녀는 행복한가요? 사람들 말로는, 그가 훌륭한 사람이라더군요."

"훌륭하다는 말로는 부족해요. 난 그보다 더 좋은 사람을 몰라요."

"아, 얼마나 기쁜지 모르겠어요! 정말 기뻐요! 훌륭하다는 말로는 부족한 사람이라……." 그녀는 말을 되풀이했다.

돌리는 미소를 지었다.

"하지만 당신에 대한 이야기를 해 봐요. 난 당신과 기나긴 이야기를 해야 해요. 난 이야기를 나누었어요, 그……." 돌리는 그를 어떻게 불러야 할지 몰랐다. 그를 백작이나 알렉세이 키릴리치라고 부르는 것이 그녀에게는 어색하게 느껴졌다.

"알렉세이와 이야기했죠?" 안나가 말했다. "나도 당신이 그랬다는 것 알아요. 하지만 당신에게 솔직히 물어보고 싶어요. 당신은 나에 대해, 나의 생활에 대해 어떻게 생각하나요?"

"그렇게 갑자기 물으면 무슨 말을 할 수 있겠어요. 난 정말 모르겠어요."

"안 돼요, 그래도 말해 줘요……. 당신은 내 생활을 보고 있잖아요. 하지만 잊어서는 안 돼요. 당신은 당신이 이곳을 방문한 여름에 우리를 보고 있다는 걸 말이에요. 그리고 우리만 있는 게 아니라는 것도요……. 우리는 초봄에 이곳으로 와서 완전히 우리끼리만 지냈어요. 앞으로도 우리끼리만 살겠죠. 난 그보다 더 나은 어떤 것도 바라지 않아요. 하지만 내가 그 사람 없이 혼자 지내는 걸 상상해 봐요. 혼자……. 앞으로 그런 일이 생길 거예요……. 모든 상황을 보면, 그 일이 빈번하게 반복되리라는 것을, 그가 시간의 절반을 집 밖에서 보내리라는 것을 알 수 있어요." 그녀는 자리에서 일어나 돌리 옆에 다가앉으며 말했다.

"물론……." 그녀는 반박하려고 하는 돌리를 가로막았다. "물론 나는 억지로 그를 붙잡아 둘 수 없어요. 나는 지금도 그렇게 하지 않아요. 오늘 경마가 있어요. 그의 말이 출전하기 때문에 그도 갈 거예요. 난 무척 기뻐요. 하지만 날 생각해 봐요. 내 처지를 상상해 보라고요……. 아, 뭣 하러 이런 이야기를 한담!" 그녀는 미소를 지었다. "그런데 그가 당신에게 무슨 이야기를 하던가요?"

"그는 내가 말하고 싶어 하던 것을 말했어요. 그래서 나로서는 그의 대변인이 된 것이 마음 편해요. 그의 이야기는 가능성이 있을지 없을지, 당신이 할 수 있을지 없을지에 대한……."

다리야 알렉산드로브나는 말을 더듬었다. "당신의 처지를 바로잡고 개선하기 위해……. 당신도 알잖아요, 내가 어떻게 생각하는지……. 그래도 가능하다면 결혼을 해야 하지 않을까요……."

"즉, 이혼하라는 건가요?" 안나가 말했다. "당신도 알죠, 페테르부르크에서 날 만나러 와 준 유일한 여자가 벳시 트베르스카야라는 것 말이에요. 당신도 그녀를 알죠? Au fond c'est la femme la plus dépravée qui existe.[70] 그녀는 너무나 추잡한 방법으로 남편을 속이며 투슈케비치와 관계를 맺고 있었어요. 그런데 그녀가 내게 말하길, 내 처지가 합법적이지 못한 동안에는 날 아는 척하고 싶지 않다는 거예요. 내가 비교하고 있다고는 생각지 말아요……. 난 당신을 알아요, 나의 소중한 사람. 하지만 난 나도 모르게 떠올리고 말았어요……. 자, 그래서 그가 당신에게 무슨 말을 했나요?" 그녀가 말을 되풀이했다.

"그는 당신 때문에, 그리고 자신 때문에 괴로워하고 있다고 말했어요. 어쩌면 당신은 그것을 이기주의라고 말할지 몰라요. 하지만 그것은 너무나 당연하고 고결한 이기주의예요! 그는 우선 자신의 딸을 합법적인 자식으로 만들고 당신의 남편이 되어 당신에 대한 권리를 갖고 싶어 해요."

"도대체 어떤 아내가, 어떤 노예가, 이런 처지에 있는 나만큼이나 노예살이를 하며 산단 말이에요?" 그녀가 침울한 모습으로 말을 가로막았다.

"무엇보다 그가 바라는 것은……. 그는 당신이 괴로워하지

70) '사실 그녀는 세상에서 가장 방탕한 여자예요.'(프랑스어)

않기를 원해요."

"그건 불가능해요! 그리고요?"

"그리고 지극히 합법적인 것을 원해요. 그는 당신네 아이들이 성을 갖게 되기를 원해요."

"어떤 아이들이요?" 안나는 돌리를 쳐다보지 않고 눈을 가늘게 뜨며 말했다.

"아니와 앞으로 태어날……."

"그 문제라면 그도 안심할 수 있을 거예요. 난 더 이상 아이를 갖지 않을 테니까요."

"더 이상 아이를 갖지 않겠다니, 어떻게 그런 말을 할 수 있어요?"

"갖지 않아요. 내가 원하지 않으니까요."

안나는 몹시 흥분해 있었지만 돌리의 얼굴에 떠오른 호기심과 놀라움과 두려움의 순박한 표정을 알아채고는 빙긋 웃었다.

"내가 병을 앓은 후, 의사가 말하길……."

"그럴 수가!" 돌리는 눈을 휘둥그레 뜨며 말했다. 그녀에게 그것은 그 결과와 결론이 너무나 엄청나서 처음에는 모든 것을 판단할 수 없을 것 같아도 그것에 대해 아주 많이 숙고해야 하는 그런 발견들 가운데 하나였다.

그녀가 예전에 도저히 납득할 수 없었던 가정들, 즉 아이를 하나나 둘만 둔 가정에 대해 느닷없이 모든 것을 설명해 준 그 발견은 그녀의 마음속에 너무나 많은 생각과 의견과 모순된 감정을 불러일으켜, 그녀는 아무 말도 못하고 그저 눈이 휘둥그레지도록 놀란 채 안나를 바라볼 뿐이었다. 그것은 그녀가 오늘 이곳에 오는 도중에 공상했던 바로 그것이었다. 그러나 이제 그것이 가능하다는 것을 알게 되자, 그녀는 몸서리가 쳐졌다. 그녀는 이것이 지나치게 복잡한 문제에 대한 지나치게 간단한 해결이라고 느꼈다.

"N'est ce pas immoral?[71]" 그녀는 잠시 침묵하다가 가까스로 이렇게 말했다.

"왜요? 생각해 봐요. 나는 둘 중에 하나를 선택해야 해요. 즉 임신한 몸이 되든가, 즉 병을 앓든가, 아니면 다른 것, 내 남편의 동료가 되든가 해야 해요. 남편이라 해도 괜찮겠죠." 안나는 일부러 천박하고 경박한 말투로 말했다.

"아, 네, 그렇죠." 다리야 알렉산드로브나는 그녀 자신도 전개한 적 있는 바로 그 주장에 귀를 기울였으나, 더 이상 그 속에서 예전의 확신을 찾을 수 없었다.

"당신에게나, 다른 사람들에게는……." 안나는 마치 돌리의 생각을 짐작이라도 한 듯 이렇게 말했다. "아직 의심의 여지가 있을지도 몰라요. 하지만 내게는……. 이해해 줘요. 난 아내가 아니잖아요. 그가 내게 사랑을 느끼는 한, 그는 날 사랑하겠죠. 그런데 무슨 수로, 도대체 어떻게 하면 내가 그의 사랑을 붙잡아 둘 수 있을까요? 이런 모습으로요?"

그녀는 하얀 두 팔을 배 앞으로 뻗었다.

흥분의 순간에 흔히 그렇듯, 다리야 알렉산드로브나의 머릿속에서 생각과 기억이 대단히 빠른 속도로 맴돌았다. '나는…….' 그녀는 생각했다. '스티바를 매혹시키지 못했어. 그는

71) '그것은 비도덕적인 게 아닐까요?'(프랑스어)

다른 여자들을 찾아 나를 떠났지. 그가 나를 배신하고 얻은 첫 번째 여자는 늘 아름답고 명랑했지만 그것으로는 그를 잡아 두지 못했어. 그는 그녀를 버리고 다른 여자를 취했지. 그런데 과연 안나가 이런 것으로 브론스키 백작의 마음을 사로잡고 그를 붙잡아 둘 수 있을까? 만약 그가 그런 것을 찾으려 한다면, 그는 훨씬 더 매혹적이고 화사한 몸치장과 몸가짐을 발견할 수 있을 거야. 안나의 손이 아무리 희고 아무리 아름다워도, 그녀의 풍만한 몸매와 검은 머리칼에 싸인 그녀의 발그레한 얼굴이 아무리 매력적이어도, 그는 훨씬 더 멋진 여자를 찾아낼 거야. 나의 혐오스럽고 애처롭고 사랑스러운 남편이 그런 여자들을 추구하고 찾아낸 것처럼.'

돌리는 아무 대답도 하지 않고 한숨만 쉬었다. 안나는 의견의 차이를 드러내는 그 한숨을 눈치챘으나 계속 말을 했다. 그녀는 더 많은 논쟁거리를 갖고 있었고, 그것들은 그에 대해 아무런 대답도 할 수 없을 만큼 매우 설득력 있는 것들이었다.

"당신은 그게 나쁘다고 말하는 건가요? 하지만 신중하게 생각해야 해요." 그녀는 계속해서 말했다. "당신은 내 처지를 잊고 있어요. 내가 어떻게 자식을 바랄 수 있겠어요? 난 고통에 대해 말하고 있는 게 아니에요. 그런 건 두렵지 않아요. 내 아이들이 어떻게 될지 생각해 봐요. 남의 성을 갖게 될 불행한 아이들. 자신의 출생 그 자체 때문에, 그 아이들은 어머니와 아버지와 자신의 출생을 수치스러워할 수밖에 없는 처지에 내몰려요."

"그래요, 바로 그런 것 때문에 이혼이 필요한 거예요."

하지만 안나는 그녀의 말을 듣지 않았다. 그녀는 몇 번이고 스스로를 설득할 때 사용했던 논거들을 끝까지 말하고 싶어 했다.

"만약 내가 불행한 아이들을 낳지 않는 데 이성을 사용하지 않는다면, 도대체 뭣 하러 나에게 이성이 주어졌겠어요?"

그녀는 돌리를 바라보았다. 그러나 대답을 채 기다리지 않고 계속 말을 이었다.

"그 불행한 아이들 앞에서 난 늘 죄책감을 느낄 거예요." 그녀는 말했다. "그 아이들이 애초에 존재하지 않는다면, 적어도 그 애들은 불행해지지 않아요. 그리고 만약 그 애들이 불행해진다면, 그것은 나만의 책임이 될 거예요."

그것은 바로 다리야 알렉산드로브나 자신이 끌어낸 논거이기도 했다. 그러나 지금 그 논거들을 듣고 있자니, 그녀는 그것을 이해할 수 없었다. '어떻게 그녀는 존재하지 않는 존재 앞에서 죄책감을 느낄 수 있을까?' 그녀는 생각했다. 그러자 문득 그녀에게 이러한 생각이 떠올랐다. 어떤 경우든, 그녀의 사랑하는 그리샤가 애초에 존재하지 않는 것이 그 아이를 위해 더 좋을 수도 있었을까? 그러자 그녀는 그 생각이 너무도 야만스럽고 기이하게 느껴져, 머릿속에서 혼란스럽게 맴도는 그 미치광이 같은 생각을 떨쳐 버리기 위해 고개를 흔들었다.

"아뇨, 난 잘 모르지만, 그건 좋지 않아요." 그녀는 얼굴에 불쾌한 표정을 떠올리며 그저 이렇게 말할 뿐이었다.

"그래요, 하지만 잊지 말아요, 당신은 무엇이고 나는 무엇인지……. 게다가……." 안나는 자신의 풍부한 논거와 돌리의 빈약한 논거에도 불구하고, 마치 그것이 좋지 않다는 것을 인정한다는 듯 이렇게 덧붙였다. "무엇보다, 내가 지금 당신 같은 처지에 있지 않다는 것을 잊지 말아요. 당신에게 문제가 되는 것은 당신이 더 이상 아이를 갖지 않기를 바라는가 아닌가이지만, 나에게는 내가 아이를 갖기를 바라는가 아닌가가 문제예요. 그리고 그것은 큰 차이예요. 당신은 이해하죠, 내가 이런 처지에서 그런 것을 바랄 수 없다는 것 말이에요."

다리야 알렉산드로브나는 반박하지 않았다. 문득 그녀는 그들 사이에 서로 의견을 일치시킬 수 없고 아예 말하지 않는 편이 더 나은 문제들이 존재할 만큼 두 사람의 사이가 멀어진 것을 깨달았다.

24

“그렇다면 당신은 가능한 한 더욱더 자신의 처지를 안정시켜야 해요.” 돌리가 말했다.

“그렇죠, 그럴 수 있다면요.” 안나는 갑자기 전혀 다른, 나지막한 슬픈 목소리로 말했다.

“정말 이혼이 불가능한가요? 사람들 말로는 당신 남편이 동의했다고 하던데.”

“돌리! 그 문제에 대해선 말하고 싶지 않아요.”

“그래요, 그만해요.” 다리야 알렉산드로브나는 안나의 얼굴에서 고통을 눈치채고 황급히 이렇게 말했다. “난 그저 당신이 너무 어둡게 생각하는 것 같아서…….”

“내가요? 전혀 그렇지 않아요. 난 정말 즐겁고 만족스러워요. 당신도 봤잖아요, je fais des passions.[72] 베슬로프스키

72) ‘내가 남자들의 열정을 자극하는걸요.’(프랑스어)

가……."

"그래요, 솔직히 말하면 난 베슬로프스키의 태도가 마음에 들지 않아요." 다리야 알렉산드로브나는 화제를 바꾸려고 이렇게 말했다.

"아, 그렇지 않아요! 그건 알렉세이를 유쾌하게 자극할 뿐 그 이상은 아니에요. 하지만 그는 어린애 같아서 완전히 내 손바닥 위에 있는걸요. 당신도 알아차렸겠지만, 난 그 사람을 내 마음대로 다루고 있죠. 그는 당신 아들 그리샤와 똑같아요. 돌리!" 그녀는 갑자기 말투를 바꿨다. "당신은 내가 어둡게 생각한다고 했죠. 당신은 이해할 수 없을 거예요. 그건 너무 끔찍해요. 나는 아예 생각하지 않으려 애쓰고 있어요."

"아뇨, 생각해야 할 것 같아요. 가능한 한 뭐든지 해야 해요."

"하지만 뭘 할 수 있겠어요? 아무것도 없어요. 당신은 나에게 알렉세이와 결혼하라고 하지만, 난 그것에 대해 생각하지 않고 있어요. 그 문제에 대해서는 생각하지 않는다고요!!" 그녀는 같은 말을 되풀이하며 갑자기 얼굴을 붉혔다. 그녀는 일어나 가슴을 똑바로 펴고 무겁게 탄식하더니 특유의 가벼운 걸음걸이로 방 안을 이리저리 걸으며 이따금 멈춰 서곤 했다. "내가 생각하지 않을 것 같아요? 단 하루도, 단 한시도, 그것을 생각하지 않을 때가 없고 그런 것을 생각한다는 사실에 스스로를 질책하지 않을 때가 없어요……. 그 문제를 생각하면 미칠 것 같거든요. 미칠 것 같아서……." 그녀는 같은 말을 되풀이했다. "그 문제를 생각할 때면, 난 이미 모르핀 없이는 잠을 이루지도 못해요. 하지만 괜찮아요. 우리, 이제 차분하게 얘기해 봐요. 사람들은 내게 이혼하라고 말하죠. 첫째, 그는 나와 이혼해 주지 않을 거예요. 그는 지금 리디야 이바노브나 백작 부인의 영향을 받고 있거든요."

다리야 알렉산드로브나는 의자 위에서 몸을 곧게 편 채 괴로우면서도 공감한다는 듯한 표정으로 고개를 계속 돌리며 이리저리 걸어 다니는 안나를 눈으로 좇았다. "시도는 해 봐야죠." 그녀가 나직히 말했다.

"시도한다고 해요. 그게 무엇을 의미할까요?" 그녀는 분명 수천 번 거듭 생각하며 거의 외우다시피 한 생각을 말하고 있는 듯했다. "그것은 내가, 그를 증오하면서도 그의 앞에서 나 자신의 죄를 여전히 인정하는 내가, 물론 난 그를 관대하다고 생각해요, 굴욕을 감수하면서 그에게 편지를 써야 하는 것을 의미해요……. 음, 내가 노력해서 그렇게 한다고 해요. 난 모욕적인 답장을 받든가 동의를 얻겠죠. 좋아요, 그의 동의를 얻었다고 해요……." 안나는 그때 방의 저 끝에서 걸음을 멈추고 창의 커튼으로 무언가를 하고 있었다. "내가 동의를 얻고 나면 내, 내 아들은요? 그들은 내게 아이를 내주지 않을 거예요. 그 애는 내가 버린 아버지의 집에서 어머니를 멸시하며 자라겠죠. 이해해 줘요, 난 그 두 존재를, 세료자와 알렉세이를 똑같이, 하지만 나 자신보다 훨씬 더 사랑하는 것 같아요."

그녀는 방 한가운데로 나와 두 손으로 가슴을 누른 채 돌리 앞에 섰다. 하얀 실내복을 입은 그녀의 모습이 유난히 크고 평퍼짐해 보였다. 그녀는 고개를 숙인 채 촉촉하게 빛나는 두 눈을 치뜨고서 작고 마른, 기운 잠옷과 나이트캡 속에서 가련하게 보이는, 흥분으로 바들바들 떨고 있는 돌리를 바라보았다.

"난 오직 이 두 존재만을 사랑하지만, 하나가 다른 하나를 몰아내요. 난 그들을 결합시킬 수 없어요. 하지만 내게 필요한 건 오직 그것뿐이에요. 만약 그것을 얻을 수 없다면, 난 아무래도 상관없어요. 뭐가 어떻게 되든지 상관없다고요. 어떤 식으로든 결말이 나겠죠. 그래서 난 그 문제에 대해 이야기할 수도 없고, 하고 싶지도 않아요. 그러니 날 비난하지 말고 무엇에 대해서도 판단하지 말아 줘요. 당신의 순수한 마음으로는 내가 고통스러워하는 이유를 다 이해할 수 없을 거예요."

그녀는 돌리 옆에 다가가 앉았다. 그러고는 죄를 지은 듯한 표정으로 그녀의 얼굴을 응시하며 그녀의 손을 잡았다.

"무슨 생각을 하고 있어요? 나에 대해 어떻게 생각하죠? 날 경멸하지 말아요. 난 경멸받을 가치도 없어요. 난 그야말로 불행해요. 만약 누군가 불행한 사람이 있다면, 그건 바로 나예요." 그녀는 이렇게 말하고는 얼굴을 돌리고 울기 시작했다.

홀로 남겨진 돌리는 기도를 드리고 침대에 누웠다. 그녀는 안나와 이야기하는 동안 진심으로 안나를 불쌍하게 여겼다. 하지만 지금 그녀는 안나에 대한 생각에 몰입할 수 없었다. 그녀의 집과 아이들에 대한 기억이 그녀가 전에는 몰랐던 어떤 새롭고 특별한 매력과 함께, 어떤 새로운 광채와 함께 그녀의 마음속에 떠올랐다. 그녀의 이 세계가 이제 너무나 소중하고 사랑스럽게 느껴져 그녀는 그 무엇을 준다 해도 그 세계를 벗어난 곳에서는 하루도 더 머물고 싶지 않았다. 그래서 그녀는 내일 꼭 떠나야겠다고 결심했다.

한편 자신의 방으로 돌아온 안나는 유리잔을 꺼내어 그 속에 약 몇 방울을 떨어뜨렸다. 그 약의 주성분은 모르핀이었다.

그녀는 그것을 마신 후 진정을 되찾은 모습으로 잠시 꼼짝 않고 앉아 있다가 편안하고 즐거운 기분으로 침실에 들어갔다.

그녀가 침실로 들어갈 때, 브론스키는 그녀를 주의 깊게 바라보았다. 그는 안나가 돌리의 방에 그토록 오래 머물면서 그녀와 틀림없이 나누었을 대화의 흔적을 찾았다. 하지만 흥분과 억제가 뒤섞인, 무언가를 감추는 듯한 그녀의 표정에서 그는 그에게 익숙한, 그렇지만 여전히 그를 매혹하는 아름다움과 자신의 아름다움에 대한 그녀의 자각과 그에게 영향을 미치고 싶어 하는 그녀의 욕망 외에 아무것도 발견할 수 없었다. 그는 그녀에게 그들이 무슨 이야기를 나누었는지 물으려 하지 않았지만 그녀가 직접 뭔가 말해 주길 바랐다. 하지만 그녀는 이렇게 말할 뿐이었다.

"당신이 돌리를 좋아해 줘서 기뻐요. 돌리를 좋아하는 것 맞죠?"

"그럼, 난 그녀를 오래전부터 알았어. 그녀는 정말 착한 여자야. Mais excessivement terre-à-terre[73]인 것 같아. 그래도 그녀가 온 것이 무척 기뻐."

그는 안나의 손을 잡고 그녀의 눈을 유심히 바라보았다.

그녀는 그 시선을 다르게 이해하고 그를 향해 생긋 웃었다.

이튿날 아침, 다리야 알렉산드로브나는 주인 부부의 간청에도 불구하고 떠날 채비를 했다. 낡은 카프탄을 입고 어딘지 모르게 우편배달부의 것 같은 모자를 쓴 레빈의 마부는 우울하

---

73) '하지만 지나치게 산문적.'(프랑스어)

면서도 단호한 모습으로 색깔이 제각각인 말들과 판자를 덧댄 흙받기 달린 포장마차를 몰면서 모래를 깐 현관 입구로 들어섰다.

바르바라 공작 영애와 남자들과의 작별 인사는 다리야 알렉산드로브나로서는 불쾌한 일이었다. 하루를 보내고 난 후, 그녀도 주인들도 그들이 서로 어울리지 않는다는 것, 함께 있지 않는 편이 더 낫다는 것을 분명히 느끼고 있었다. 오직 안나만이 슬퍼했다. 그녀는 돌리가 떠나면 이 만남에서 그녀의 마음속에 일어난 그런 감정을 이제는 그 누구도 그녀의 마음속에 불러일으키지 않으리라는 것을 알고 있었다. 그런 감정을 자극하는 것은 그녀에게 고통스러운 일이었다. 그러나 그녀는 그것이 자신의 영혼에서 가장 훌륭한 부분이라는 것, 지금 영위하는 생활 속에서는 그 부분이 빠른 속도로 잡초에 뒤덮이리라는 것을 알고 있었다.

들판으로 나온 다리야 알렉산드로브나는 마음이 편안해지는 즐거운 기분을 맛보았다. 그녀는 하인들에게 브론스키의 집이 마음에 들었는지 물어보고 싶었다. 바로 그때 마부 필리프가 먼저 입을 열었다.

“부자인 것 같긴 한데, 말들에게 귀리를 겨우 3푸드만 주더군요. 말들은 닭이 울기도 전에 바닥이 보이도록 깨끗이 먹어 치웠습죠. 3푸드가 뭡니까? 그건 입가심밖에 안 돼요. 요즘 여인숙에서는 귀리를 45코페이카에 팔아요. 우리 집은 손님들의 말에게 먹을 수 있는 만큼 양껏 주죠.”

“인색한 주인이야.” 사무원이 맞장구를 쳤다.

“그럼, 그 집의 말들은 마음에 들던가?” 돌리가 물었다.

"말은 뭐……. 먹이가 좋던데요. 그런데 전 어쩐 일인지 몹시 지루했습니다, 다리야 알렉산드로브나. 마님은 어떠셨는지 모르겠습니다만." 그는 잘생기고 선량한 얼굴을 그녀 쪽으로 돌리며 말했다.

"나도 마찬가지야. 그런데 저녁까지는 도착하겠나?"

"도착하도록 해야죠."

집에 도착한 다리야 알렉산드로브나는 모두 아주 건강하고 유난히 사랑스러워 보인다고 생각하며 생기 넘친 모습으로 자신의 여행에 대해, 얼마나 훌륭한 대접을 받았는지에 대해, 브론스키 가의 생활에 깃든 화려함과 멋진 취향에 대해, 그들의 놀이에 대해 이야기했다. 그리고 그 누구도 그들에 대한 험담을 하지 못하게 했다.

"안나와 브론스키가 얼마나 친절하고 감동적인 사람들인지 이해하려면, 그들을 알아야 해요. 난 이제야 그를 더 잘 알게 됐어요." 지금 그녀는 그곳에서 겪은 막연한 불만과 거북함을 잊은 채 진심을 다하여 말하고 있었다.

25

브론스키와 안나는 여전히 이혼을 위한 어떠한 조치도 취하지 않은 채 똑같은 조건 속에서 여름 한철과 가을의 일부를 시골에서 보내고 있었다. 그들 사이에는 아무 데도 가지 않는다는 결정이 이미 서 있었다. 하지만 두 사람은 자기들만의 생활이 길어질수록, 특히 가을이라 손님도 없는 상태에서는 그런 생활을 견디지 못하리라는 것, 생활에 변화를 주어야 하리라는 것을 느끼고 있었다.

생활은 더 이상 바랄 게 없는 것처럼 보였다. 풍족하고 건강하고 아이도 있고, 더욱이 두 사람에게는 일이 있었다. 안나는 손님이 없어도 여전히 자신에게 관심을 쏟았고, 소설이든 진지한 책이든 유행하는 책들을 아주 많이 읽었다. 그녀는 자신이 구독하는 외국 신문과 잡지에서 찬사와 함께 언급된 책들을 모두 주문했고, 고독 속에서만 찾아오는 집중력으로 그것들을 읽었다. 게다가 그녀는 책과 특별한 잡지를 통해 브론스키가 관심을 느끼는 모든 분야를 공부했다. 그래서 그는 종종 농업, 건축학, 심지어 가끔은 종마와 스포츠에 관련된 질문을 갖고 그녀를 직접 찾곤 했다. 그는 그녀의 지식과 기억에 깜짝 놀라 처음에는 의심을 품고 확인해 보려 했다. 그러면 그녀는 책에서 그가 물은 것을 찾아 그에게 보여 주는 것이었다.

병원을 설립하는 일도 그녀의 관심을 사로잡았다. 그녀는 그저 돕기만 하는 게 아니라 많은 것들을 직접 만들고 고안했다. 하지만 그녀의 주된 걱정거리는 여전히 자기 자신, 즉 자신이 브론스키에게 어느 정도 소중한지, 자신이 그가 포기한 것들을 어느 정도 대신할 수 있을지였다. 브론스키는 그녀의 삶의 유일한 목적이 되어 버린 그 갈망, 즉 그에게 사랑받고자 할 뿐 아니라 그에게 도움이 되고자 하는 갈망을 존중했다. 그러나 그와 동시에 그녀가 그를 사랑의 올가미로 얽매려 애쓰는 것을 부담스러워하기도 했다. 시간이 흐를수록, 그가 올가미에 얽매인 자신을 발견하는 일이 잦아질수록, 그는 그 올가미에서 벗어나고 싶다기보다 그것이 자신의 자유를 방해하는지 아닌지 더욱더 시험해 보고 싶어졌다. 만약 점점 더 강해져 가는 이런 자유롭고자 하는 욕망이 없었더라면, 모임이나 경주를 위해 도시로 가야 할 때마다 법석이 일어나지 않기를 바라는 욕망이 없었더라면, 브론스키는 자신의 생활에 충분한 만족을 느꼈을 것이다. 그가 택한 역할, 러시아 귀족의 핵을 이루는 부유한 지주의 역할은 그의 취향에 아주 잘 맞았을 뿐 아니라, 그렇게 반년을 보낸 지금은 그에게 점점 더 커져 가는 만족을 주었다. 게다가 점점 더 그를 사로잡으며 끌어들인 그 일은 훌륭하게 진행되었다. 병원과 기계들과 스위스에서 들여

온 암소들과 그 밖의 많은 것들에 들인 어마어마한 비용에도 불구하고, 그는 자신의 재산을 낭비하는 게 아니라 늘리고 있다고 확신했다. 수입, 목재와 곡물과 양털의 판매, 토지의 임대 같은 문제를 다루는 자리에서, 브론스키는 부싯돌같이 완고했으며 자신이 정한 가격을 고수할 줄 알았다. 대규모 농업의 문제에 관한 한, 이 영지에서든 다른 영지에서든, 브론스키는 가장 단순하고 위험이 적은 방법을 고수했다. 그리고 집안의 사소한 문제에서는 지극히 검소하고 신중했다. 약삭빠르고 교활한 독일인은 그에게 구매를 부추기면서 처음에는 훨씬 더 많은 돈이 들긴 하지만 똑같은 것을 더 싸게 구입할 수 있으니 그 즉시 이득을 얻을 수 있다는 식으로 매번 견적을 제시했다. 그러나 브론스키는 그에게 굴복하지 않았다. 그는 집사의 말을 끝까지 듣고 이것저것 자세히 물으면서 그가 주문하거나 만들려고 하는 것이 아직 러시아에 알려지지 않은, 사람들을 깜짝 놀라게 할 수 있는 최신식일 때만 그의 의견에 동의했다. 그 밖에도 그는 여분의 돈이 있을 때만 큰 지출을 결심했고, 그 지출을 할 때에도 세세한 것까지 참견하며 자신의 돈에 대한 대가로 최고의 것을 고집했다. 따라서 그가 일을 처리하는 방식을 보면 그는 재산을 낭비한 게 아니라 늘린 것이 분명했다.

10월에 카쉰 현에서는 귀족 선거가 있었다. 카쉰 현에는 브론스키와 스비야슈스키와 코즈니셰프와 오블론스키의 영지가 있었고, 레빈의 영지도 약간 있었다.

이번 선거는 참가자들을 비롯한 여러 상황 때문에 세간의 관심을 끌었다. 사람들은 선거에 대해 온갖 이야기들을 쑥덕거리며 준비를 해 나갔다. 모스크바 사람들, 페테르부르크 사람들, 외국 거주자들 등 한 번도 선거에 참석한 적 없는 사람들까지 그 선거에 모여들었다.

브론스키는 이미 오래전부터 스비야슈스키에게 자신도 선거에 참석하겠노라고 약속해 두었다.

선거를 앞둔 어느 날, 보즈드비젠스코예를 종종 방문하던 스비야슈스키가 브론스키를 찾아왔다.

그 전날, 브론스키와 안나는 이 예정된 여행 때문에 거의 싸우다시피 했다. 마침 시골에서 가장 힘겹고 지루한 가을이었기 때문에, 브론스키는 싸울 태세를 하고 지금껏 안나와 이야기하면서 한 번도 보인 적 없는 딱딱하고 차가운 표정으로 그녀에게 자신의 여행을 알렸다. 그러나 놀랍게도 안나는 그 소식을 매우 침착하게 받아들이며 언제 돌아오느냐고 물을 뿐이었다. 그는 그 침착함을 이해할 수 없어 그녀를 유심히 바라보았다. 그녀는 그의 시선에 생긋 웃어 보였다. 그는 자신의 안으로 침잠하는 그녀의 이러한 능력을 잘 알고 있었다. 그리고 그것은 그녀가 자신의 계획을 그에게 알리지 않고 스스로에 대해 무언가를 결정했을 때만 나타난다는 것도 잘 알고 있었다. 그는 그것이 두려웠다. 그러나 그는 소란을 피하고 싶은 간절한 마음에 자신이 믿고 싶어 하는 것, 즉 그녀의 분별력을 믿는 척했고 어느 정도는 그것을 진심으로 믿었다.

"당신이 지루해하지 않았으면 좋겠군."

"그러게요." 안나는 말했다. "어제 고티에[74]에서 책 상자를

---

74) 쿠즈네츠키 다리 부근에 있던 실제 서점으로, 서점의 주인은 V. I. 고티에였다.

받았어요. 아뇨, 지루하지 않을 거예요."

'안나가 그 말투를 취하려 하는군. 그 편이 낫겠지.' 그는 생각했다. '그렇지 않으면 또 똑같은 일이 벌어질 테니까.'

그리하여 그녀에게 솔직한 해명을 요구하지 못한 채, 그는 선거에 참석하러 떠났다. 그들이 관계를 맺은 이래로 그와 그녀가 서로의 의사를 완전히 밝히지 않은 채 헤어진 것은 이번이 처음이었다. 그는 한편으로는 그것에 불안해했고, 또 한편으로는 차라리 그편이 낫다고 생각했다. '처음에는 지금처럼 뭔가 모호하고 비밀스러운 것이 있겠지. 하지만 그녀도 익숙해질 거야. 어쨌든 그녀에게 뭐든지 내어 줄 수 있지만 나의 남자로서의 독립만은 줄 수 없어.' 그는 생각했다.

26

9월에 레빈은 키티의 분만을 위해 모스크바로 거처를 옮겼다. 그는 이미 모스크바에서 꼬박 한 달 동안 일 없이 지내고 있었다. 마침 그때 카쉰 현에 영지를 소유하고 있고 다가올 선거에 적극적인 관심을 갖고 있던 세르게이 이바노비치는 선거에 갈 준비를 하고 있었다. 그는 셀레즈네프 현의 투표권을 가진 동생에게 함께 떠나자고 말했다. 그것 말고도 레빈은 외국에 사는 누이에게 대단히 중요한 후견과 보상 문제로 카쉰 현에 볼 일이 있었다.

레빈은 계속 마음을 정하지 못하고 있었다. 그러나 남편이 모스크바에서 지루해하는 것을 보고 선거에 가 보라고 권하던 키티는 그가 모르는 사이에 그를 위하여 80루블이나 하는 귀족 제복을 주문했다. 그리하여 제복 값으로 지불한 그 80루블이 레빈을 선거에 참석하도록 부추긴 주요한 원인이 되었다. 그는 카쉰으로 떠났다.

레빈이 카쉰에 온 지 벌써 엿새째가 되었다. 그는 매일 회의에 참석했고 누이의 일로 분주했다. 그러나 누이의 일은 여전히 잘 풀리지 않았다. 귀족 회장들이 다들 선거에 매달려 있었기 때문에 후견에 관한 지극히 간단한 용무조차 해결할 수 없었다. 또 다른 일, 즉 돈을 받는 일도 똑같이 난관에 부딪쳤다. 금지령 해제를 위한 오랜 수고 끝에 돈을 지급받을 수 있게 되었지만, 그 사람 좋은 공증인도 수표를 발행해 줄 수 없었다. 왜냐하면 의장의 서명이 필요한데, 의장이 업무 인계도 하지 않고 회의에 참석해 버렸기 때문이었다. 이 모든 부산스러움, 이곳저곳 돌아다니는 것, 청원자의 불쾌한 처지를 충분히 이해하면서도 그 사람을 돕지 못하는 너무나 착하고 좋은 사람들과의 대화. 어떠한 결과도 이루어 내지 못하는 그 모든 긴장이 레빈의 마음속에 고통을, 꿈에서 육체적 힘을 행사하고 싶을 때 맛보는 그 원통한 무력감과 비슷한 느낌을 불러일으켰다. 그는 자신의 순해 터진 대리인과 이야기를 나누면서 종종 그런 느낌을 맛보았다. 그 대리인은 레빈을 곤경에서 끌어내기 위해 자신이 할 수 있는 모든 것을 하고 자신의 모든 지력(智力)을 팽팽히 긴장시키는 것 같았다. "이렇게 해 보세요." "이곳과 이곳에 가 보세요." 그는 수차례 이렇게 말하곤 했다. 그리고 대리인은 일을 방해하는 치명적인 원칙을 피해 가기 위해 완벽한 계획을 세우기도 했다. 하지만 곧 그는 이런 말을 덧붙이곤 했다. "그래도 여전히 지연될 겁니다. 하지만 한번 해 보세요." 그래서 레빈은 걷기도 하고 마차를 타고 다니기도 하면서 이것저것 시도했다. 사람들은 친절하고 정중했다. 그러나 그가 피해 간 것들이 결국 다시 나타나 또 한 번 길을 가로막곤 했다. 특히 레빈에게 불쾌했던 점은 자신이 누구와 싸우고 있는지, 그의 용무가 끝나지 않는 덕으로 누가 이익을 보는지 전혀 이해할 수 없다는 점이었다. 그 점에 대해서는 아무도 모르는 것 같았다. 심지어 대리인도 몰랐다. 만약 레빈이 왜 줄을 서지 않으면 기차역의 매표구에 이를 수 없는지 이해한 것처럼 그것을 이해할 수 있었다면, 그는 불쾌감이나 분노를 느끼지 않았을 것이다. 하지만 그가 그 일 때문에 부딪치는 장애물이 어째서 존재하는 것인지, 아무도 그에게 설명해 주지 못했다.

하지만 레빈은 결혼 이후 많이 변했다. 그는 참을성이 강해져서, 그런 것들이 왜 그런 식으로 됐는지 이해할 수 없을 때에는 자신이 모든 것을 아는 건 아니니 함부로 판단을 내릴 수 없다고, 아마 그렇게 될 수밖에 없었을 거라고 중얼거리며 화를 내지 않으려고 노력했다.

지금도 그는 선거에 참석하고 그것에 관여하면서 비난이나 논쟁을 하지 않으려 애썼고, 가능한 한 자기가 존경하는 정직하고 훌륭한 사람들이 그토록 진지하고 열심히 몰두하는 일에 대해 이해하고자 노력했다. 결혼 이후 예전에는 그의 경솔한 태도로 인해 하찮게 보이던 것들에서 너무나 새롭고 진지한 측면들이 드러나곤 했기 때문에, 레빈은 선거라는 문제에 진지한 의미가 있을 거라 생각하고 그것을 찾으려 했다.

세르게이 이바노비치는 그에게 선거에서 예상되는 대변혁의 의미와 중요성을 설명해 주었다. 법에 의거하여 너무나 중요한 사회 문제들을 장악하고 있는 현의 귀족 회장, 즉 후견이라든지(레빈이 지금 골머리를 앓고 있는 바로 그 문제) 귀족들의 막대한 자금이라든지, 여자 김나지움과 남자 김나지움과 군사학교

라든지, 새 조례에 따른 민중 교육이라든지, 젬스트보라든지 이런 문제들을 장악한 현 귀족 회장 스네트코프는 막대한 재산을 탕진한 구(舊) 귀족의 기질을 가진 사람으로 선량하고 나름대로 정직하긴 하지만 새로운 시대의 요구를 전혀 이해하지 못하는 사람이었다. 그는 모든 문제에서 늘 귀족들을 편들었고 민중 교육의 확산을 노골적으로 반대했다. 그리고 대단히 중요한 의미를 지녀야 할 젬스트보에 계급적 성격을 부여했다. 참신하고 현대적이고 유능한 사람, 즉 완전히 새로운 사람을 그 자리에 앉힐 필요가 있었다. 또한 귀족, 그것도 단순한 귀족이 아닌 젬스트보의 구성원인 귀족에게 주어진 권리로부터 자치의 이익을 최대한 얻어 내는 방식으로 업무를 이끌어 갈 필요가 있었다. 언제나 모든 면에서 다른 현들을 앞서 가는 부유한 카쉰 현에는 이제 그런 힘이 결집되어 있어, 사안들을 제대로 잘 이끌어 가기만 하면 다른 현들과 전 러시아에 모범이 될 것도 같았다. 따라서 모든 사안이 대단한 중요성을 띠고 있었다. 스네트코프 대신 의장으로 추대될 거라고 예상되는 사람은 스비야슈스키나 그보다 더 뛰어난 네베도프스키였다. 네베도프스키는 전직 교수로서 매우 지적인 사람이며 세르게이 이바노비치의 절친한 친구이기도 했다.

현지사가 의회의 개회를 선언했다. 그는 귀족들에게 편파적으로가 아니라 공로에 따라, 조국의 이익을 위해 임원을 뽑아야 한다고, 자신은 카쉰 현의 고결한 귀족들이 이전의 선거에서처럼 자신의 의무를 성스럽게 이행하고 군주의 굳은 신임을 저버리지 않기를 바란다고 연설했다.

연설을 끝낸 후, 현지사는 회의장에서 나갔다. 귀족들은 떠들썩하고 활기차게, 심지어 다소 열광적으로 그의 뒤를 따랐고, 그가 외투를 입으며 현 귀족 회장과 다정하게 이야기를 나누는 동안 그를 빙 둘러쌌다. 모든 것을 자세히 규명하고 아무것도 놓치고 싶지 않았던 레빈은 그곳의 군중들 틈에 서서 현 지사가 "마리야 이바노브나에게 내 아내가 유감스럽지만 고아원에 가야 한다 하더라고 전해 주십시오."라고 말하는 소리를 들었다. 뒤이어 귀족들은 쾌활하게 각자의 외투를 입고 다 함께 큰 교회당으로 향했다.

레빈은 큰 교회당에서 다른 사람들과 함께 한 손을 들고 사제장의 말을 따라하며, 현지사가 바라는 모든 것을 수행하겠다는 무시무시한 서약을 맹세했다. 교회의 예배는 언제나 레빈에게 영향을 미쳤다. 그래서 그는 "십자가에 입 맞춥니다.[75]"라는 말을 읊조리고 똑같은 말을 따라하는 젊은이와 노인 무리를 둘러보고는 감동을 느꼈다.

둘째 날과 셋째 날의 의제는 귀족들의 자금과 여자 김나지움에 관한 것으로, 세르게이 이바노비치의 설명에 따르면 조금도 중요하지 않은 것이었다. 자신의 용무로 돌아다니기에 바빴던 레빈은 그것을 지켜볼 수 없었다. 넷째 날에는 현 위원회가 현의 자금을 감사했다. 그리고 그때 처음으로 신구(新舊)의 충돌이 일어났다. 회계 감사를 위임받은 위원회는 의회에 자금이 그대로 보존되어 있다고 보고했다. 현 귀족 회장은 자리에서 일어나 귀족들의 신임에 감사하며 눈물을 흘렸다. 귀족들은 큰 소리로 그를 환호하고 그의 손을 잡았다. 그러나 바로

---

75) 맹세를 증명할 때는 십자가에 입을 맞추는 것이 관례였다.

그때, 세르게이 이바노비치의 당에서 한 귀족이 자신은 위원회가 감사를 현 귀족 회장에 대한 모욕으로 간주하여 자금을 감사하지 않았다는 말을 들었노라고 말했다. 위원회의 한 위원이 경솔하게도 그 말에 수긍했다. 그때 매우 젊은 인상을 풍기면서도 악의에 가득 차 있는 어느 왜소한 신사가 회계 보고를 하는 것이 아마 현 귀족 회장으로서도 기쁠 것이고 위원회 위원들의 지나친 정중함은 현 귀족 회장에게서 도덕적 만족을 앗아갈 거라고 말하기 시작했다. 그러자 위원회 위원들은 성명을 거부했다. 그리고 세르게이 이바노비치는 그들이 자금을 감사했는지 안 했는지 확인할 필요성을 논리적으로 입증하고 그 딜레마를 자세히 전개했다. 반대당의 어느 요설가가 세르게이 이바노비치의 말을 반박했다. 그다음에는 스비야슈스키, 그리고 다시 악의에 찬 신사가 말했다. 논쟁은 오랫동안 진행되었지만 아무 결론 없이 끝나고 말았다. 레빈은 사람들이 그 문제에 대해 그토록 오랫동안 논쟁하는 것을 보고 놀랐다. 특히 그는 세르게이 이바노비치에게 정말로 현 귀족 의장이 자금을 횡령했다고 생각하는지 물었을 때 세르게이가 이런 대답을 하여 더욱 놀랐다.

"아니! 그는 정직한 사람이야. 하지만 귀족 관련 업무를 가부장적이고 가족적으로 운영하는 그 낡은 방법을 흔들어 놓을 필요가 있어."

다섯째 날에는 군 귀족 회장 선거가 있었다. 몇몇 군에서 그날은 몹시 파란만장한 날이었다. 셀레즈네프 현에서는 스비야슈스키가 투표 없이 만장일치로 선출되었고, 그날 그의 집에서는 만찬이 벌어졌다.

27

여섯째 날에는 현 귀족 회장 선거가 있었다. 크고 작은 홀들은 온갖 제복을 입은 귀족들로 꽉 찼다. 오직 그날을 위해 온 사람들도 많았다. 크림에서 온 사람, 페테르부르크에서 온 사람, 외국에서 온 사람 등 오랫동안 서로 만나지 못한 지인들이 홀에서 만났다. 군주의 초상화 아래에 있는 현지사의 테이블에서는 논쟁이 벌어지고 있었다.

귀족들은 크고 작은 홀에서 진영별로 무리를 이루고 있었다. 눈빛에 서린 적대감과 불신으로 보아, 타 진영 사람들이 지나갈 때마다 말을 중단하는 것으로 보아, 몇몇 사람들이 수군거리며 멀리 복도로까지 나가는 것으로 보아, 양쪽 진영 모두 서로에게 숨기는 비밀이 있는 것 같았다. 외양으로 볼 때 귀족들은 두 종류로, 즉 나이 든 부류와 젊은 부류로 확연히 구분되었다. 나이 든 부류는 대부분 단추를 잠그는 구식 귀족 제복에 장검과 모자를 갖추고 있거나 해군, 기병대, 보병대의 특수

한 군복을 입고 있었다. 나이 든 귀족의 제복은 어깨를 불룩하게 부풀리는 구식으로 지어졌다. 그들의 제복은 허릿단이 짧은 데다 너무 작고 꽉 조여 그것을 입은 사람들의 몸에 맞지 않는 것 같았다. 그에 비해 젊은 부류는 허릿단이 길고 어깨 부분이 넓으며 단추를 끄른 귀족 제복에 하얀 조끼를 받쳐 입거나 검은 컬러를 달고 사법부의 상징인 월계수를 수놓은 제복을 입고 있었다. 여기저기서 군중들을 장식하고 있는 궁정 제복들도 젊은 부류에 속했다.

하지만 젊은 사람들과 나이 든 사람들의 구분이 당의 구분과 일치하지는 않았다. 레빈이 관찰한 바로는, 젊은 사람들 가운데 몇몇은 구당(舊黨)에 속해 있었고, 반대로 나이가 가장 지긋한 몇몇 귀족들은 스비야슈스키와 수군거리고 있는 것으로 보아 신당(新黨)의 열렬한 지지자임이 분명했다.

사람들이 각자의 진영 근처에서 담배를 피우거나 간단한 식사를 하고 있는 작은 홀에서, 레빈은 그들이 하는 말에 귀를 기울이고 그 말을 이해하느라 헛되이 정신력을 긴장시키며 서 있었다. 세르게이 이바노비치는 또 다른 무리의 중심이었다. 지금 그는 스비야슈스키와 흘류스토프의 이야기를 듣고 있었다. 흘류스토프는 다른 군의 귀족 회장으로 그들과 같은 당에 속해 있었다. 흘류스토프는 스네트코프를 후보로 세우려는 자기 군의 노선에 동의하지 않았고, 스비야슈스키는 그에게 그렇게 하도록 설득하고 있었다. 그리고 세르게이 이바노비치는 그 계획에 찬성하고 있었다. 레빈은 반대당이 무엇 때문에 자기들이 낙선시키고 싶어 하는 그 현 귀족 회장을 후보로 추천하려는지 이해할 수 없었다.

시종 제복을 입은 스테판 아르카지치는 이제 막 술을 곁들인 가벼운 식사를 마치고서 가장자리를 장식한 향기로운 삼베 손수건으로 입을 닦으며 그들에게 다가왔다.

"태세를 갖추고 있군요, 세르게이 이바니치!" 그는 양쪽의 볼수염을 가지런히 다듬으며 말했다.

그리고 그는 대화에 귀를 기울이다 스비야슈스키의 의견에 맞장구를 쳤다.

"한 군만으로 충분합니다. 스비야슈스키는 이미 반대파인 게 분명하군요." 그는 레빈을 제외한 모든 사람들이 이해하는 말을 했다.

"그래, 코스챠, 자네도 그 맛을 알게 된 것 같군 그래?" 그는 레빈을 돌아보며 이렇게 덧붙이고는 그의 팔을 잡았다. 레빈도 그 맛을 알았더라면 기뻤겠지만 도대체 무슨 일인지 이해할 수 없었다. 그래서 그는 이야기를 나누는 사람들에게서 몇 발짝 떨어져, 스테판 아르카지치에게 도대체 무엇 때문에 현 귀족 회장을 후보로 추천하려는지 모르겠다며 자신의 당혹감을 토로했다.

"O sancta simplicitas![76]" 스테판 아르카지치는 이렇게 말하고 어떻게 된 일인지 간단하고 알기 쉽게 설명해 주었다.

작년처럼 모든 군이 그 현 귀족 회장을 추천하면 그는 만장일치로 선출될 것이다. 그런 일이 있어서는 안 되었다. 지금 여덟 군이 그를 추천하는 데 동의했다. 만약 두 군이 추천을 거

---

76) '오, 거룩한 단순함이여!'(라틴어) 이 말은 체코의 종교개혁가 얀 후스가 말뚝에 매여 화형을 당할 때 불 속에 장작개비를 던지러 다가오는 나이 든 여자에게 한 말로 전해져 온다.

절하면, 그는 출마를 포기할 수도 있다. 그러면 구당은 자기들 가운데 다른 사람을 선출할지도 모르고, 따라서 모든 계획이 허사로 돌아갈 것이다. 그러나 만약 스비야슈스키의 군만 추천하지 않을 경우, 스네트코프는 출마할 것이다. 우리 당은 반대파를 교란하기 위해 그를 추천하여 일부러 그에게 좀 더 많은 표를 준다. 그러면 우리 당에서 후보를 냈을 때 그들이 그에게 좀 더 많은 표를 줄 것이다.

레빈은 그 말을 이해하기는 했지만 완전히는 아니었으므로 몇 가지 질문을 더 하려고 했다. 바로 그때 갑자기 다들 웅성웅성 떠들면서 큰 홀로 움직였다.

"무슨 일이야? 뭐야? 누구를?" "위임이라니? 누구에게? 뭘?" "반박하고 있다고?" "위임이 아냐." "플레로프를 인정하지 않아. 그가 재판을 받고 있는 게 뭐가 어떻다는 거야?" "이런 식으로 하면 아무도 인정받을 수 없지. 그건 비열한 짓이야." "법이 그런걸!" 레빈의 귀에 사방에서 이런 말이 들려왔다. 그는 어디론가 서둘러 가면서 무언가를 놓칠까 봐 두려워하는 사람들과 함께 큰 홀로 향했다. 그리고는 귀족들에게 떠밀리며 현지사의 테이블로 다가갔다. 그곳에서는 현 귀족 회장과 스비야슈스키와 다른 지도자들의 열띤 논쟁이 벌어지고 있었다.

28

레빈은 꽤 멀찍이 떨어져 서 있었다. 그의 옆에서 씩씩거리며 힘겹게 숨을 쉬고 있는 한 귀족과 두꺼운 구두창을 삐걱대는 또 한 명의 귀족 때문에, 레빈은 사람들의 말을 똑똑히 알아들을 수 없었다. 그는 멀리서 현 귀족 회장의 부드러운 목소리만 겨우 알아들을 수 있었다. 그다음에는 악의에 찬 귀족의 날카로운 목소리가, 그다음에는 스비야슈스키의 목소리가 들렸다. 그가 이해할 수 있었던 것은 그들이 법 조항의 의미와 '심리를 받고 있는 자'라는 단어들의 의미에 관하여 논쟁하고 있다는 것이었다.

군중들은 테이블로 다가가려는 세르게이 이바노비치에게 길을 내주기 위해 양쪽으로 갈라졌다. 세르게이 이바노비치는 악의에 찬 귀족의 말이 끝나기를 기다린 후 자기가 보기에는 무엇보다 법 조항과 대조해 보는 것이 옳은 일인 것 같다고 말하고는 비서에게 그 조항을 찾아 달라고 부탁했다. 그 조항에는 의견이 일치하지 않을 경우 투표를 해야 한다고 적혀 있었다.

세르게이 이바노비치는 조항을 읽고 그것의 의미를 설명하기 시작했다. 그러나 그때 키가 크고 뚱뚱하고 등이 구부러지고 콧수염을 물들이고 옷깃이 목 뒤를 떠받친 꽉 끼는 제복을 입은 어느 지주가 그의 말을 가로막았다. 그는 테이블로 다가가 자신의 보석 반지로 테이블을 두들기고는 큰 소리로 외쳤다.

"투표합시다! 투표함에 표를 던집시다! 이러쿵저러쿵 할 것 없소! 투표함으로!"

그때 갑자기 몇몇 목소리가 웅성거리기 시작했다. 그러자 보석 반지를 낀 키 큰 귀족은 더욱더 격노하여 점점 더 큰 목소리로 외쳐 댔다. 하지만 그가 무슨 말을 하는지 알아들을 수 없었다.

그는 세르게이 이바노비치의 제안과 똑같은 것을 말하고 있었다. 하지만 분명 그는 세르게이 이바노비치와 그의 당 전체를 증오했고, 그 증오의 감정은 당 전체에 전달되었으며, 상대편으로부터 비록 더 점잖기는 했지만 그와 똑같은 분노의 반격을 불러일으켰다. 고함 소리가 나기 시작했고, 잠시 동안 모든 것이 엉망진창이 되어 현 귀족 회장이 질서를 요청해야 할 정도였다.

"투표! 투표를! 귀족이라면 누구나 이해할 겁니다. 우리는 피를 흘리고 있소……. 군주의 신임을……. 현 귀족 회장을 그렇게 생각지 마시오, 그는 집사가 아니란 말이오……. 참, 문제는 그게 아니라……. 자, 투표함으로 갑시다! 아, 추악해!" 사방에서 분노에 찬 성난 외침이 들렸다. 사람들의 눈빛과 얼굴은 말보다 더 사납고 광포했다. 그것들은 뼈에 사무치는 증오를 드러냈다. 레빈은 무슨 일인지 전혀 이해할 수 없었다. 그는 사람들이 플레로프에 대한 의견을 표결에 부칠지 말지에 대한 문제를 논하며 뿜어 대는 열정에 놀랄 뿐이었다. 나중에 세르게이 이바노비치가 그에게 설명해 주었듯이, 그는 다음과 같은 연역법을 잊고 있었다. 즉 공공의 복지를 위해서는 현 귀족 회장을 지위에서 끌어내려야 하고, 현 귀족 회장을 끌어내리기 위해서는 다수의 표가 필요하고, 다수의 표를 위해서는 플레로프에게 투표권을 주어야 하고, 플레로프의 자격을 인정받기 위해서는 법 조항을 어떻게 해석할지 해명해야 한다는 것 말이다.

"한 표가 모든 문제를 결정할 수도 있어. 그래서 만일 네가 사회적 대의를 위해 일하고 싶다면 진지하고 일관된 자세를 취해야 해." 세르게이 이바노비치는 이렇게 결론을 맺었다.

하지만 레빈은 그것을 잊고 있었기에 자기가 존경하는 그 훌륭한 사람들이 그런 불쾌하고 맹렬한 흥분에 휩싸여 있는 것을 보기가 괴로웠다. 그 괴로운 감정에서 벗어나기 위해, 그는 논쟁이 끝나기를 기다리지 않고 홀로 나와 버렸다. 홀에는 테이블 주위의 하인들 외에 아무도 없었다. 식기를 닦고 접시와 술잔을 배치하느라 바쁘게 움직이는 하인들을 보자, 그리고 그들의 평화롭고 활기찬 얼굴을 보자, 레빈은 악취가 풍기는 방에서 깨끗한 대기 속으로 나온 것처럼 마음이 편안해지는 예기치 못한 느낌을 맛보았다. 그는 하인들을 즐겁게 쳐다보며 이리저리 거닐기 시작했다. 그는 볼수염이 희끗희끗한 어느 하인이 자기를 놀려 대는 젊은이들을 멸시하며 냅킨 접는 법을 가르치는 장면이 몹시 좋았다. 레빈이 그 늙은 하인과 막

대화를 나누려 하는 순간, 귀족 신탁(信託)의 서기인 한 노인이 그의 주의를 다른 곳으로 돌렸다. 그 노인의 특기는 현 내의 귀족들의 이름과 부칭을 외우는 것이었다.

"콘스탄친 드미트리치." 그가 레빈에게 말했다. "형님께서 찾으십니다. 그 문제를 투표에 부친답니다."

레빈은 홀로 들어가 작은 하얀색 공을 받은 뒤, 형 세르게이 이바노비치를 뒤따라 테이블로 다가갔다. 테이블 옆에는 스비야슈스키가 의미심장하고 빈정대는 듯한 표정으로 턱수염을 한 손에 모아 쥔 채 냄새를 맡으며 서 있었다. 세르게이 이바노비치는 투표함 속에 한 손을 집어넣고 자신의 공을 어딘가에 놓더니, 레빈에게 자리를 비켜 주고 그 옆에 섰다. 레빈은 막상 다가서긴 했지만 뭐가 뭔지 깡그리 잊어버려 당황하고 말았다. 그는 세르게이 이바노비치를 돌아보며 "어디에 넣지?"라고 물었다. 그는 자신의 질문이 남들에게 들리지 않기를 바라며 주위의 사람들이 이야기를 하는 동안 나직하게 물었다. 그러나 이야기를 하던 사람들이 갑자기 입을 다무는 바람에, 그는 자신의 부적절한 질문을 사람들에게 들키고 말았다. 세르게이 이바노비치는 얼굴을 찌푸렸다.

"그건 각자의 신념에 달린 문제이지." 그는 엄한 어조로 말했다.

몇몇 사람들이 빙그레 웃었다. 레빈은 얼굴을 붉히며 황급히 천 밑으로 손을 넣어 오른쪽에 공을 놓았다. 공이 오른손에 있었기 때문이었다. 공을 내려놓은 후, 그는 왼손도 넣어야 한다는 사실을 기억해 내고 그렇게 했지만 이미 늦고 말았다. 그러자 그는 더욱 당황하며 맨 뒷줄로 부랴부랴 가 버렸다.

"찬성 126표! 반대 98표!" 에르(r)자를 발음하지 않고 삼키는 서기의 목소리가 울려 퍼졌다. 뒤이어 웃음소리가 들렸다. 투표함에서 단추 한 개와 호두 두 알이 발견됐기 때문이다. 그 귀족의 표는 유효한 것으로 인정받았고, 신당은 승리를 거두었다.

하지만 구당은 자신들이 패배했다고 생각하지 않았다. 레빈은 귀족들이 스네트코프에게 출마를 요청하는 소리를 들었고, 그들의 무리가 현 귀족 회장을 에워싸는 모습도 보았다. 현 귀족 회장은 그들에게 무언가 말하고 있었다. 레빈은 가까이 다가가 보았다. 귀족들에 대한 답변으로, 스네트코프는 공적이라고는 12년간 몸 바쳐 근무하며 귀족들에게 충성한 것밖에 없는 자기 같은 변변치 못한 사람에게 귀족들이 보여 준 신임과 사랑에 관하여 이야기하고 있었다. 그는 몇 번이고 같은 말을 되풀이했다. "난 진실하고 충성스럽게 온 힘을 다하여 근무했습니다. 여러분, 고맙고 감사합니다." 그리고 갑자기 그는 눈물에 북받쳐 말을 못 잇더니 홀에서 나가 버렸다. 이 눈물이 자신에게 가해진 부당함에 대한 자각 때문이든, 귀족들에 대한 사랑 때문이든, 그것도 아니면 자신이 적에게 둘러싸여 있다고 느끼며 처해 있는 그 긴장된 상황 때문이든, 그의 흥분은 귀족들에게 전해졌고 대다수의 귀족들은 그것에 감동을 받았다. 레빈도 스네트코프에게 부드러운 감정을 느꼈다.

출입구에서 현 귀족 회장은 레빈과 부딪쳤다.

"미안합니다, 실례를 용서하십시오." 그는 모르는 사람을 대하듯 말했다. 그러나 레빈을 알아보자, 그는 겸연쩍은 미소를 지었다. 레빈이 보기에 그는 뭔가 말하고 싶은데 흥분으로 말을 못하는 것 같았다. 그의 얼굴 표정, 제복과 십자가와 줄 달린 흰 바지에 싸인 그의 전체 모습, 그가 바삐 걸어가는 모습, 레빈은 이 광경을 보면서, 사냥꾼에게 쫓기며 상황이 불리하다는 것을 깨닫는 짐승을 떠올렸다. 현 귀족 회장의 얼굴에 떠오른 그 표정이 특히 레빈의 마음을 움직였다. 왜냐하면 바로 어제 레빈은 후견의 문제로 그의 집에 갔다가 그에게서 선량하고 가족적인 인간의 위풍당당함을 보았기 때문이었다. 조상 대대로 사용해 온 고풍스러운 가구가 딸린 큰 저택, 세련되지 못하고 남루하긴 하지만 정중한 늙은 하인들, 예전엔 틀림없이 농노였고 지금까지 한 번도 주인을 바꾸지 않았을 그 나이 든 하인들, 레이스 모자를 쓰고 투르크풍의 숄을 두른 채 예쁜 손녀딸, 즉 딸의 딸을 안고 있던 통통하고 착한 아내, 김나지움에서 돌아와 아버지에게 인사를 하며 그의 커다란 손에 입을 맞추고 있던 김나지움 6학년의 어린 아들, 가장의 감동적이고 다정한 말과 몸짓, 이 모든 것들이 어제 레빈의 마음속에서 무의식적인 존경과 공감을 불러일으켰던 것이다. 레빈은 지금 이 노인이 애처롭고 불쌍하게 느껴졌다. 그래서 그에게 뭔가 기분 좋은 말을 해 주고 싶었다.

"그럼 당신이 다시 우리의 귀족 회장이 되시겠군요." 그가 말했다.

"아마 아닐 거요." 귀족 회장은 깜짝 놀라 주위를 둘러보며 이렇게 말했다. "난 지친 데다 이미 늙었다오. 나보다 더 젊고 훌륭한 사람들이 있는데, 그 사람들이 일하게 해야지."

이렇게 말하고 현 귀족 회장은 옆문으로 사라져 버렸다.

가장 엄숙한 순간이 찾아왔다. 즉시 선거를 시작해야 했다.

양 당의 지도자들은 손가락으로 하얀 공과 검은 공을 세고 있었다. 플레로프에 대한 논쟁은 신당에게 플레로프의 표 하나뿐 아니라 시간을 벌게 해 주었기 때문에, 그들은 구당의 간계로 선거에 참여할 기회를 잃은 귀족 세 명을 끌고 올 수 있었다. 술이라면 사족을 못 쓰는 두 귀족은 스네트코프 일당들 때문에 취하도록 진탕 술을 마셨고, 또 한 사람은 귀족 제복을 도둑맞고 말았던 것이다.

이 사실을 안 신당은 플레로프에 관한 논쟁이 벌어지는 동안 사람들을 삯마차에 태워 보내 옷을 도둑맞은 귀족에게 제복을 갖다 주도록 했고 술에 취한 두 사람 가운데 한 명을 회의에 데려오도록 했다.

"한 명을 데려왔습니다. 그 사람에게 냅다 물을 퍼부었죠." 술 취한 귀족을 끌고 온 지주가 스비야슈스키에게 다가와 말했다. "괜찮아요, 쓸모가 있을 겁니다."

"아주 많이 취하진 않았겠죠?" 스비야슈스키가 고개를 저으며 말했다.

"아뇨, 멀쩡합니다. 다만 이곳에서 술을 먹이지만 않는다면……. 바텐더에게 무슨 일이 있어도 그에게 술을 주지 말라고 말해 두었습니다."

29

흡연과 가벼운 식사를 위한 좁은 홀은 귀족들로 가득 차 있었다. 흥분은 점점 더 고조되었고, 모든 사람들의 얼굴에서 불안이 느껴졌다. 특히 상세한 정황과 공의 수를 전부 알고 있던 지도자들이 몹시 흥분했다. 그들은 임박한 전투의 지휘관이었다. 나머지 사람들은 전투를 앞둔 병졸들로서 전투를 준비하면서도 잠깐의 오락거리를 찾고 있었다. 어떤 이들은 테이블에 앉거나 선 채로 무언가를 먹고 있었고, 어떤 이들은 담배를 피우며 긴 홀을 따라 이리저리 거닐면서 오랫동안 만나지 못한 친구들과 이야기를 나누고 있었다.

레빈은 뭔가 먹고 싶은 생각도 없었고 담배도 피우지 않았다. 그는 자기 패거리들, 즉 세르게이 이바노비치, 스테판 아르카지치, 스비야슈스키 등과 어울리고 싶지도 않았다. 왜냐하면 시종무관 제복을 입은 브론스키가 그들 옆에 나란히 서서 활기찬 대화를 나누고 있기 때문이었다. 어제도 레빈은 선거하는 자리에서 그를 보고 그와 마주치지 않으려고 열심히 그를 피해 다녔다. 그는 창가에 앉아 무리들을 둘러보며 주위에서 들리는 이야기에 귀를 기울이고 있었다. 그가 특히나 우울했던 이유는, 자기 눈에 보이는 사람들은 모두 활기차고 근심에 찬 얼굴로 분주하게 돌아다니는데, 자기 혼자만 해군 제복을 입은 늙어 빠진 노인네와 함께, 그것도 이도 없이 입술로 뭐라 웅얼거리는 상늙은이와 함께 아무 관심도 없이, 하는 일도 없이 있었기 때문이다.

"그놈은 엄청난 사기꾼입니다! 난 그 사람에게 말했어요. 하지만 정말 아닙니다. 정말이에요! 그놈은 3년 만에 그것을 모을 수 없는 놈이라니까요." 포마드를 바른 머리칼을 자수가 놓인 제복 옷깃까지 늘어뜨린 새우등의 왜소한 지주가 선거를 위해 새로 신은 듯한 부츠의 뒤축을 세차게 구르며 열띤 어조로 말했다. 그러고는 레빈에게 불만 어린 눈길을 던지더니 고개를 홱 돌렸다.

"네, 말하기에도 추잡한 일이죠." 왜소한 지주는 새된 소리로 말했다.

그 뒤를 이어 지주들이 뚱뚱한 장군을 에워싼 채 무리를 지어 레빈 쪽으로 황급히 다가왔다. 지주들은 그들의 이야기가 들리지 않을 만한 곳을 찾고 있는 게 분명했다.

"그놈이 어떻게 감히 그런 말을 할 수 있단 말입니까! 내가 그놈의 바지를 훔치라 지시했다니요! 내 생각에는 그놈이 바지를 잡히고 술을 마셔 버린 것 같습니다. 그 녀석과 그 녀석의 공작 작위에 침이나 뱉으라지요. 그 녀석, 어디서 그 따위 말을 해. 정말 비열하군!"

"잠깐만요! 그들은 법 조항에 의거하고 있단 말입니다!" 다른 무리에서 이런 말이 들렸다. "아내가 귀족으로 등록되어 있어야 해요."

"빌어먹을, 법 조항 따위에는 관심 없소이다! 난 솔직히 말하는 거요. 그래서 우리가 귀족이 아니겠소. 믿음을 가지시오."

"각하, 같이 가시지요, fine champagne[77]가 있습니다."

또 한 무리가 뭐라고 큰 소리로 외치는 귀족을 따라가고 있었다. 그는 바로 술 취한 세 명 가운데 한 사람이었다.

"난 마리야 세묘노브나에게 늘 세를 주라고 권합니다. 왜냐하면 그녀에게는 돈 버는 재주가 없거든요." 콧수염이 희끗희끗하고 옛 참모 본부의 대령 제복을 입은 지주가 쾌활한 목소리로 말했다. 그 사람은 바로 레빈이 스비야슈스키의 집에서 만난 그 지주였다. 레빈은 금방 그를 알아보았다. 지주도 레빈을 눈여겨보았다. 그리고 그들은 인사를 나누었다.

"이렇게 반가울 수가! 정말이에요! 아주 잘 기억하고 있습니다. 작년에 니콜라이 이바노비치 귀족 회장 집에서 만났지요."

"그런데 당신의 농장은 어떻습니까?" 레빈이 물었다.

"똑같습니다. 여전히 손해를 보고 있지요." 지주는 옆에 서서 체념 어린 미소를 지으며, 그러나 그렇게 되는 게 당연하다는 침착하고 확신에 찬 표정으로 대답했다. "그런데 당신은 어쩌다 우리 현까지 오게 된 겁니까?" 그가 물었다. "우리의 coup d'état[78]에 가담하러 온 겁니까?" 그는 프랑스어를 단호하

---

77) '코냑.'(프랑스어)

78) '국가 전복.'(프랑스어)

면서도 서툴게 발음하며 말했다. "전(全) 러시아가 모였군요. 시종에 장관급 인사들까지." 그는 흰 바지와 시종 제복을 입은 채 어느 장관과 거닐고 있는 스테판 아르카지치를 가리켰다.

"당신에게 고백하지 않을 수 없군요. 난 귀족 선거의 의미를 잘 모르겠습니다." 레빈이 말했다.

지주가 그를 바라보았다.

"이곳에서 도대체 뭘 이해한단 말입니까? 아무 의미도 없어요. 타성에 의해서만 운동을 지속할 수 있는 퇴락한 제도예요. 제복들을 보십시오. 저것들조차 당신에게 말을 하지 않습니까. 이곳은 치안판사, 상임위원 등의 회의이지, 귀족들의 회의가 아닙니다."

"그럼 당신은 여기에 왜 온 겁니까?" 레빈이 물었다.

"습관 때문이죠. 그게 전부예요. 그리고 인간관계를 유지해야 하니까요. 일종의 도덕적 의무죠. 그리고, 솔직히 말하면, 나 자신의 이해관계 때문이기도 합니다. 사위가 상임위원에 출마하고 싶어 해요. 그 집안은 부유층이 아니지요. 그래서 내가 그 사람을 끌고 다녀야 합니다. 그런데 저 신사들은 무엇 때문에 왔을까요?" 그는 현지사의 테이블에서 이야기를 하고 있는 악의에 찬 신사를 가리키며 말했다.

"저 사람은 새로운 세대의 귀족입니다."

"새롭기는 하죠. 하지만 귀족은 아닙니다. 저들은 그저 토지 소유자고 우리는 지주입니다. 저들도 귀족들처럼 자신을 죽이고 있지요."

"하지만 당신은 그것이 시대에 뒤떨어진 제도라고 말하지 않았습니까!"

"시대에 뒤떨어졌죠. 하지만 아직은 그것을 좀 더 공손히 대해야 합니다. 스네트코프만 하더라도……. 좋든 싫든, 우리는 1000년 동안 성장해 왔습니다. 아시겠습니까, 집 앞에 작은 정원을 만들려면 측량부터 해야 하는데, 그 자리에 100년 묵은 나무가 있다고 합시다……. 비록 그것이 옹이가 잔뜩 박힌 고목이라 해도, 당신은 꽃밭을 위해 고목을 베지는 않을 겁니다. 당신은 그 나무를 남겨 둘 수 있게 꽃밭을 배치하겠죠. 그런 나무는 1년 만에 자라는 것이 아니잖습니까." 그는 조심스럽게 말하고 곧 화제를 바꾸었다. "그런데, 당신의 농장은 어떻습니까?"

"좋지 않습니다. 5퍼센트 정도지요."

"그래요, 하지만 당신은 자신을 셈에 넣지 않는군요. 당신도 나름의 가치를 지니고 있습니다. 내 얘기를 해 볼까요. 난 농사를 짓기 전에는 공직을 통해 3000루블의 연봉을 받았습니다. 지금 나는 공직에 있을 때보다 더 많은 일을 하는데, 당신과 똑같이 5퍼센트의 소득을 올렸습니다. 그것만으로도 다행이죠. 하지만 나의 노동은 대가를 받지 못하는 겁니다."

"그럼 당신은 왜 이 일을 합니까? 손해가 명백하다면 말입니다."

"그냥 하는 거지요. 무슨 말을 하겠습니까? 그저 습관이에요. 그냥 그렇게 해야 한다고 생각하는 거죠. 좀 더 말할까요." 지주는 창가에 팔꿈치를 괴고 이야기에 열중하며 계속 말을 이었다. "내 아들은 농사에 흥미가 없습니다. 그 녀석은 학자가 될 것 같아요. 그러니 이 일을 계속 해 나갈 사람이 없는 거죠. 그래도 난 그 일을 계속 해 나가고 있습니다. 올해에는 정원도 만들었지요."

"네, 그렇군요." 레빈이 말했다. "아주 지당한 말씀입니다. 나도 내 농사에 실질적인 전망이 없다고 늘 느끼면서도 계속 해 나가고 있지요……. 대지에 대한 어떤 의무감 같은 걸 느낀다고 할까요."

"내가 말하려는 것도 바로 그겁니다." 지주가 계속해서 말했다. "언젠가 이웃 상인이 우리 집을 찾아왔습니다. 우리는 함께 농장과 정원을 거닐었지요. '아니, 스테판 바실리치, 당신 댁은 모든 것이 질서정연한데, 정원만은 황폐하게 버려져 있군요.' 하지만 우리 집 정원은 아주 잘 정돈되어 있었답니다. '만약 나라면, 이 보리수들을 다 베어 버리겠습니다. 양분만 빨아들일 테니까요. 보리수 1000그루를 베면, 보리수 한 그루당 양질의 수피(樹皮)[79]가 두 장씩 나올 겁니다. 요즘 수피 값이 많이 올랐어요. 그리고 보리수에서 꽤 많은 목재를 얻을 수 있을 겁니다.' 그가 그러더군요."

"그 사람은 그 돈으로 가축이나 땅을 헐값에 사들여 농부들에게 임대하겠죠." 레빈은 빙긋 웃으며 말을 맺었다. 그도 이미 여러 차례 그런 식의 이해타산과 부딪쳐 본 듯했다. "그렇게 그는 재산을 불려 갑니다. 하지만 당신이나 나 같은 사람들은 가진 것이라도 잘 지켜 자식들에게 물려주면 그나마 다행이죠."

"당신이 결혼했다는 소식을 들었는데요." 지주가 말했다.

79) 보리수의 보드라운 속껍질은 러시아의 농촌에서 지붕, 새끼줄, 신발 등의 소재로 다양하게 사용되었다.

"네." 레빈은 자랑스럽고 기쁜 빛으로 대답했다. "그래요. 그런데 뭔가 이상하군요." 그는 계속해서 말했다. "그럼 우리는 아무런 이득도 없이, 마치 고대의 베스타 신녀[80]처럼 어떤 불을 지키도록 임명받기라도 한 듯 살아가고 있군요."

지주는 하얗게 센 콧수염 아래서 씩 웃었다.

"우리 가운데도 그런 사람이 또 있답니다. 예를 들어, 우리의 친구 니콜라이 이바니치나 얼마 전 이곳에 정착한 브론스키 백작을 보세요. 그들은 농학(農學)에 산업을 도입하고 싶어 합니다. 그런데 지금까지 자본만 날렸을 뿐 아무것도 얻지 못했어요."

"그런데 무엇 때문에 우리는 상인들처럼 하지 않는 걸까요? 우리는 왜 수피를 얻기 위해 정원의 나무를 베지 않는 거죠?" 레빈은 자신에게 충격을 준 상념으로 되돌아가며 말했다.

"그건 말입니다, 당신이 말했다시피, 불을 지키기 위해서입니다. 그건 귀족들의 일이 아니에요. 우리 귀족들의 일이 이루어지는 곳은 이곳 선거장이 아니라 저기 각자의 사는 곳입니다. 또한 사람들에겐 저마다 무엇을 해야 할지, 무엇을 하지 말아야 할지에 대한 계급적 본능이 있습니다. 난 때때로 농부들을 관찰하는데, 그들도 똑같습니다. 건실한 농부들은 할 수 있는 한 많은 땅을 빌립니다. 땅이 아무리 척박해도, 그들은 계속 쟁기질을 합니다. 그들도 이득 없이 그렇게 합니다. 손해라는 것을 뻔히 알면서 말이죠."

---

80) 로마 신화에서 불씨와 부뚜막의 여신 베스타의 신전에서 성스러운 불을 수호하는 신녀들을 가리킨다.

"우리와 똑같군요." 레빈은 말했다. "뵙게 돼서 너무 너무 즐거웠습니다." 그는 자기에게 다가오는 스비야슈스키를 보고는 이렇게 덧붙였다.

"당신 집에서 이분을 본 후로, 이분과 나는 이곳에서 처음 만났습니다." 지주가 말했다. "그래서 이야기에 정신없이 빠져 있었답니다."

"뭔데요? 새로운 제도에 욕이라도 퍼붓고 있었던 겁니까?" 스비야슈스키는 빙그레 웃으며 말했다.

"그 얘기도 했지요."

"속이 후련해졌겠군요."

30

스비야슈스키는 레빈의 팔을 잡고 자기 편 사람들에게로 갔다.

이제 더 이상 브론스키를 피할 수 없게 되었다. 그는 스테판 아르카지치와 세르게이 이바노비치와 나란히 서서 그들 쪽으로 다가오는 레빈을 똑바로 바라보았다.

“정말 반갑습니다. 당신을 만나는 기쁨을 전에 누린 것 같은데……. 쉐르바츠키 공작 댁이었지요.” 그는 레빈에게 손을 내밀며 말했다.

“네, 당신과의 만남을 아주 잘 기억하고 있습니다.” 레빈은 이렇게 말하고는 얼굴을 새빨갛게 붉히며 곧 고개를 돌린 채 형과 이야기를 나누기 시작했다.

브론스키는 살짝 미소를 지으며 스비야슈스키와 계속 이야기를 나누었다. 그는 레빈과 더 이상 대화를 나누고 싶지 않은 게 분명했다. 하지만 레빈은 형과 이야기를 나누면서 끊임없이 브론스키를 돌아보며 자신의 무례함을 씻기 위해 그에게 무슨 말을 꺼내야 할지 고심했다.

"지금은 뭐가 문제입니까?" 레빈은 스비야슈스키와 브론스키를 돌아보며 물었다.

"스네트코프가 문제입니다. 그가 거절하든가 승낙하든가 어떻게든 해야 하는데 말이죠." 스비야슈스키가 대답했다.

"그는 어떤가요? 승낙했습니까, 안 했습니까?"

"이도 저도 아니니 문제지요." 브론스키가 말했다.

"만약 그가 거절하면, 누가 출마하게 됩니까?" 레빈은 브론스키를 쳐다보며 물었다.

"출마하고 싶은 사람이죠." 스비야슈스키가 말했다.

"당신이 출마합니까?" 레빈이 물었다.

"물론 난 아닙니다." 스비야슈스키는 당황하며 세르게이 이바노비치와 함께 옆에 서 있던 악의에 찬 신사에게 두려움 섞인 시선을 던졌다.

"그럼 누가 나갑니까? 네베도프스키요?" 레빈은 자신이 당황하고 있음을 느끼며 말했다.

하지만 사태가 더욱 악화되었다. 네베도프스키와 스비야슈스키 둘 다 입후보자였던 것이다.

"무슨 일이 있어도 난 나가지 않습니다." 악의에 찬 신사가 말했다.

그가 바로 네베도프스키였던 것이다. 스비야슈스키는 레빈을 그에게 소개했다.

"뭐야, 자네의 아픈 곳을 찔렀나 보군?" 스테판 아르카지치는 브론스키에게 눈짓을 하며 말했다. "이건 마치 경마 같군.

내기를 해도 되겠어."

"자네 말이 아픈 곳을 후벼 파는군그래." 브론스키가 말했다. "그리고 일단 일에 손을 대면 끝까지 해 보고 싶은 법이지. 완전히 전쟁이야!" 그는 인상을 찌푸린 채 강인한 턱뼈를 꽉 움켜쥐고 말했다.

"스비야슈스키는 대단한 수완가야! 그에게는 모든 것이 너무나 분명하다니까."

"아, 그래." 브론스키는 무심하게 말했다.

침묵이 흘렀다. 그동안 브론스키는 뭐라도 봐야 했기 때문에 레빈을, 그의 발을, 그의 제복을 바라보았다. 그리고 그의 얼굴을 보았을 때, 브론스키는 자신을 향한 우울한 눈빛을 알아채고 무슨 말이라도 하기 위해 입을 열었다.

"당신같이 오랫동안 시골에서 산 사람이 치안판사가 아니라니, 어떻게 된 일입니까? 당신이 치안판사의 제복을 입고 있지 않으니 말입니다."

"내가 지방법원을 어리석은 제도라고 생각하기 때문이지요." 레빈은 우울하게 대답했다. 그는 자신이 처음에 범한 무례를 씻기 위해 줄곧 브론스키와 이야기할 기회를 엿보고 있었다.

"난 그렇게 생각하지 않습니다. 오히려 그 반대예요." 브론스키는 침착하고도 놀란 듯한 어조로 말했다.

"그런 건 장난감에 불과합니다." 레빈이 그의 말을 가로막았다. "우리에게는 치안판사가 필요 없습니다. 난 8년 동안 단 한 번의 소송도 제기하지 않았습니다. 한 건 있긴 했는데, 정반대의 판결을 받았죠. 치안판사는 우리 집에서 40베르스타 떨어진 곳에 삽니다. 난 고작 2루블의 문제를 위해 15루블이나 들여 대리인을 보내야 한단 말입니다."

그리고 그는 어느 농부가 제분소에서 밀가루를 훔친 일을 들려주었다. 그런데 제분소 주인이 그에게 그 사실을 말하자 그 농부는 명예훼손으로 치안판사에게 민사소송을 제기했다는 것이다. 그 이야기는 상황에 어울리지 않는 어리석은 이야기였다. 레빈 자신도 이야기를 하는 동안 그것을 느꼈다.

"오, 정말 독창적인 이야기군!" 스테판 아르카지치는 특유의 달콤하기 이를 데 없는 미소를 흘리며 말했다. "이제 가 볼까. 투표를 하고 있는 것 같은데……."

그리하여 그들은 뿔뿔이 흩어졌다.

"이해할 수 없군." 세르게이 이바노비치는 동생의 서툰 언동을 눈치채고 이렇게 말했다. "이해가 안 돼. 어쩌면 그렇게도 정치적 감각이 없니. 하긴, 그건 우리 러시아인들에게 결여된 것이기도 하지. 현 귀족 회장은 우리의 정적이야. 그런데 너는 그와 ami cochon[81] 지내질 않나, 그에게 출마하라고 권하질 않나……. 그리고 브론스키 백작 말이야……. 난 그의 친구가 될 생각은 없어. 그가 만찬에 초대했지만, 난 그의 집에 가지 않을 거다. 하지만 그는 우리 편이야. 뭣 때문에 그를 적으로 삼니? 그리고 말이야, 넌 네베도프스키에게 출마할 거냐고 물었지. 그렇게 하면 안 돼."

"아, 난 하나도 모르겠어! 그리고 다 하찮은 일이잖아." 레빈이 침울하게 대답했다.

81) '사이좋게.'(프랑스어)

"너는 다 하찮다고 말하면서 모든 것을 뒤죽박죽으로 만드는구나."

레빈은 입을 다물었다. 그리고 그들은 큰 홀로 함께 들어갔다.

현 귀족 회장은 회의장의 분위기에서 자신을 노린 계략을 감지했는데도, 또한 모든 사람이 그에게 출마를 권한 것은 아닌데도, 출마를 결심했다. 홀 안의 모든 사람이 침묵했다. 서기는 큰 소리로 근위대장 미하일 스테파노비치 스네트코프가 현 귀족 회장 직에 출마한다고 선언했다.

군 귀족 회장들은 공이 담긴 작은 접시를 들고 각자 자신의 테이블에서 현지사의 테이블로 걸어가기 시작했다. 그리하여 마침내 선거가 시작되었다.

"오른쪽에 넣어." 레빈이 형과 함께 귀족 회장을 뒤따라 테이블로 가고 있을 때, 스테판 아르카지치가 이렇게 말했다. 하지만 레빈은 사람들이 그에게 설명해 준 그 계획을 금방 잊고, 스테판 아르카지치가 실수로 '오른쪽'이라고 말한 게 아닌지 걱정스러웠다. 스네트코프는 적이 아닌가. 그는 오른손에 공을 쥐고서 투표함으로 갔다. 그러나 문득 자신이 실수하고 있다는 생각이 들어 투표함 바로 앞에서 공을 왼손에 바꿔 쥐었다. 그런 다음 그는 분명 왼쪽에 공을 넣은 듯했다. 투표함 옆에서 있어서 팔꿈치의 움직임만 보아도 누가 어디에 공을 넣는지 훤히 아는 어느 전문가는 자기도 모르게 얼굴을 찌푸렸다. 그는 자신의 통찰력을 도무지 발휘할 수 없었던 것이다.

주위는 침묵에 잠겼고 공을 세는 소리가 들렸다. 뒤이어 한 사람의 목소리가 찬성과 반대의 수를 발표했다.

귀족 회장은 상당히 많은 표를 얻었다. 다들 웅성거리며 문을 향해 서둘러 달려갔다. 스네트코프가 안으로 들어왔고, 귀족들은 그를 에워싸며 축하의 말을 건넸다.

"음, 이제 다 끝난 거야?" 레빈은 세르게이 이바노비치에게 물었다.

"이제 시작일 뿐입니다." 스비야슈스키가 세르게이 이바노비치 대신 미소를 지으며 말했다.

"새 후보가 더 많은 표를 얻을 수도 있습니다."

레빈은 또 그것에 대해 깡그리 잊고 있었다. 그제야 그는 여기에 어떤 미묘한 점이 있다는 것을 기억해 냈다. 그러나 그게 무엇이었는지 떠올리는 것은 그에게 따분한 일이었다. 우울함이 그를 덮쳤다. 그래서 그는 그 무리에서 벗어나고 싶었다.

아무도 그에게 관심을 기울이지 않았고 아무도 그를 필요로 하지 않는 것 같았다. 그래서 그는 사람들이 가벼운 식사를 하고 있는 작은 홀로 살그머니 나갔다. 그리고 다시 하인들을 보자, 그는 마음이 아주 편해지는 것을 느꼈다. 몸집이 작은 늙은 하인이 그에게 뭘 좀 들도록 권했고, 그는 그 권유를 받아들였다. 강낭콩을 곁들인 커틀릿을 먹고 하인들과 그들의 예전 주인들에 대해 이야기를 나누고 나니, 레빈은 불쾌하기 짝이 없는 그 홀로 들어가고 싶은 마음이 들지 않아 청중석으로 어슬렁어슬렁 갔다.

청중석은 멋지게 차려 입은 부인들로 가득 차 있었다. 그들은 난간 너머로 몸을 구부리고 아래쪽에서 사람들이 하는 말을 한마디도 놓치지 않으려 애쓰고 있었다. 부인들 주위에는 우아한 변호사들과 안경을 쓴 김나지움 교사들과 장교들이 앉거나 서 있었다. 어디를 가든 사람들의 화제는 선거를 비롯해 귀족 회장이 얼마나 괴로워하는가, 논쟁이 얼마나 훌륭한가 하는 것들이었다. 레빈은 한 무리에서 형에 대한 칭찬을 들었다. 어느 부인이 변호사에게 이렇게 말했다.

"코즈니셰프의 연설을 듣게 되어 얼마나 기쁜지 몰라요! 그의 연설은 배를 곯으며 들을 가치가 있어요. 아주 훌륭해요! 얼마나 분명한가요! 게다가 그의 연설은 전부 똑똑히 들렸어요! 당신의 법정에서 저렇게 말할 수 있는 사람은 아무도 없어요. 굳이 찾자면 마이델 정도일까, 하지만 그의 연설도 저런 달변과는 거리가 멀죠."

난간 옆의 빈자리를 발견한 레빈은 난간 너머로 몸을 구부린 채 보고 듣기 시작했다.

귀족들은 칸막이 너머 군별로 앉아 있었다. 홀 한가운데에 제복을 입은 한 남자가 서서 높고 큰 목소리로 다음과 같이 선언했다.

"기병 이등대위 예브게니 이바노비치 오푸흐친이 현 귀족 회장 후보로 출마합니다!"

죽음 같은 침묵이 덮쳤다. 뒤이어 쇠잔한 노인의 목소리가 들렸다.

"기권합니다!"

"칠등 문관 표트르 페트로비치 볼이 출마합니다." 목소리가 다시 선언했다.

"기권합니다!" 젊은이의 높고 날카로운 목소리가 울렸다. 다시 같은 절차가 시작되었고, 다시 '기권합니다!'라는 소리가 들렸다. 그렇게 약 한 시간이 흘렀다. 레빈은 난간에 팔꿈치를 괸 채 보고 들었다. 처음에 그는 깜짝 놀라 그것이 무엇을 의미하는지 이해하고자 했다. 그러나 자기로서는 그것을 이해할 수 없다는 것을 깨닫고 따분해하기 시작했다. 그다음 그는 사람들의 얼굴에서 본 흥분과 분노를 떠올리며 슬픔에 잠기기 시작했다. 그는 떠나야겠다고 결심하고 아래층으로 내려갔다. 그는 청중석 입구를 나서다 부은 눈을 한 채 우왕좌왕하고 있는 우울한 김나지움 학생을 보았다. 그리고 계단에서 한 쌍의 남녀와 부딪쳤다. 그들은 하이힐을 신고 빠르게 달려가는 부인과 발걸음이 경쾌한 검사보였다.

"늦지 않을 거라고 했잖아요." 레빈이 부인에게 길을 내주느라 옆으로 비켜서는 순간, 검사가 이렇게 말했다.

레빈이 출구 층계로 나와 조끼 호주머니에서 외투 번호표를 꺼내려는 순간, 서기가 그를 잡았다. "콘스탄친 드미트리치, 투표가 진행 중입니다."

그토록 단호하게 거절하던 네베도프스키가 후보로 출마했다.

레빈은 홀의 입구로 다가갔다. 문은 잠겨 있었다. 서기가 문을 두들기자 문이 열렸다. 그러자 얼굴이 벌겋게 달아오른 두 지주가 레빈 옆을 휙 지나갔다.

"더 이상 못 참겠군." 얼굴이 벌건 한 지주가 말했다.

그 지주 뒤로 현 귀족 회장의 얼굴이 쑥 나왔다. 그 얼굴은 극도의 피로와 두려움으로 무시무시한 표정을 띠고 있었다.

"사람들을 내보내지 말라고 말하지 않았나!" 그는 수위에게 호통을 쳤다.

"들여보낸 겁니다, 각하!"

"오, 하느님!" 현 귀족 회장은 무겁게 탄식했다. 그는 고개를 폭 숙인 채 흰 바지 자락을 힘없이 질질 끌며 홀 한가운데 자리 잡은 커다란 테이블로 갔다.

예상대로 네베도프스키가 다수의 표를 얻어 새로운 현 귀족 회장이 되었다. 많은 이들이 즐거워했고, 많은 이들이 만족해하고 행복해했으며, 많은 이들이 열광했고, 많은 이들이 불만스러워하고 불행해했다. 현 귀족 회장은 감출 수 없는 절망에 빠져 있었다. 네베도프스키가 홀에서 나가자, 군중들은 그를 에워싸고 환희에 찬 모습으로 그를 따랐다. 첫날에 선거의 시작을 알린 현지사를 뒤따라가던 때와 똑같이, 그리고 다수의 표를 얻은 스네트코프를 뒤따라가던 때와 똑같이…….

31

그날 밤, 새롭게 선출된 현 귀족 회장과 승리를 거둔 신당의 많은 인사들이 브론스키의 집에서 만찬을 즐겼다.

브론스키가 선거에 온 것은, 시골 생활도 따분하고 안나 앞에서 자신의 자유에 대한 권리를 선언할 필요가 있어서이기도 했지만, 그 선거에서 스비야슈스키를 도움으로써 젬스트보 선거 때 그가 브론스키를 위하여 온갖 성가신 일들을 도맡아 준 것에 대한 신세를 갚기 위해서이기도 했다. 그러나 무엇보다 그 자신이 선택한 지주 귀족이라는 지위의 모든 의무를 엄격히 수행하기 위해서였다. 그러나 그는 선거라는 그 일이 그토록 자신의 마음을 사로잡으리라고는, 그토록 자신을 흥분시키리라고는, 그리고 자신이 그 일을 그토록 잘 해내리라고는 생각도 못했다. 그는 귀족 사회에서 완전히 새로운 인물이었다. 그러나 그는 분명 성공을 거두었고, 귀족들 사이에서 이미 영향력을 확보했다고 생각해도 착각이 아닐 듯했다. 그의 영향력에 도움을 준 것은 그의 재산, 그의 가문, 시내에 있는 그의 화려한 저택이었다. 그 저택은 카쉰에 나날이 번창하는 은행을 설립한 금융가이자 오랜 지인인 쉬르코프가 브론스키에게 양도한 것이었다. 또한 시골에서 데려온 브론스키의 뛰어난 요리사도, 현지사와의 우정도 도움을 주었다. 현지사는 브론스키의 동료였고, 그것도 그의 은혜를 받은 바 있는 동료였다. 무엇보다 도움이 된 것은 사람들에 대한 그의 소탈하고 한결같은 태도였다. 이것은 대부분의 귀족들로 하여금 소문으로 떠돌던 그의 오만함에 대한 생각을 즉시 바꾸게 만들었다. 그는 키티 쉐르바츠카야와 결혼한 그 미친 신사, à propos de bottes[82] 자기에게 우스꽝스러운 적의를 드러내며 상황에 전혀 어울리지 않는 어리석은 소리만 퍼부어 대는 그 신사를 제외하면, 자신과 알게 된 모든 귀족들이 자기편이 된 것을 느꼈다. 그가 네베도프스키의 성공에 아주 많은 도움을 주었다는 것은, 그 자신도 분명히 알고 다른 사람들도 인정하는 바였다. 지금도 그는 자기 집의 테이블 앞에서 네베도프스키의 당선을 축하하며 자기가 선택한 사람에 대해 기분 좋은 승리감을 맛보고 있었다. 선거 자체가 그의 마음을 몹시도 사로잡아서, 그는 만일 앞으로 3년 안에 결혼을 하게 된다면 자기도 직접 선거에 출마해 봐야겠다고 생각했다. 그것은 마치 기수를 통해 상금을 탄 후에는 언제나 자신이 직접 말을 몰고 싶어 하던 것과 비슷했다.

하지만 지금은 기수의 승리를 축하하는 중이었다. 브론스키

82) '이렇다 할 이유도 없이.'(프랑스어)

는 테이블의 상석에 앉았고, 그의 오른편에는 시종 장관인 젊은 현지사가 앉았다. 모든 이들에게 현지사는 엄숙하게 선거의 개회를 선언하고 연설을 하고 몇몇 이들에게 존경과 맹종을 불러일으키는 현의 주인이었다. 브론스키가 본 바로는 그랬다. 그러나 브론스키에게 그는 브론스키 앞에서 당황하던, 브론스키가 mettre à son aise[83) 애쓰던 마슬로프 카치카 — 그것은 육군사관학교 시절의 그의 별명이었다 — 일 뿐이었다. 브론스키의 왼편에는 젊고 단호하고 악의에 찬 네베도프스키가 앉았다. 브론스키는 그에 대해 소탈하면서도 정중한 태도를 취했다.

스비야슈스키는 자신의 실패를 쾌활하게 견뎌 냈다. 그 자신이 잔을 들고 네베도프스키에게 말했듯이, 그런 것은 그에게 실패라 할 것도 없었다. 귀족이 따라야 할 새로운 노선의 대표자로 이보다 더 나은 사람을 찾을 수는 없었다. 그래서 그가 말한 것처럼 정직한 이들은 모두 오늘의 성공을 지지하며 그것을 축하하는 것이었다.

스테판 아르카지치도 유쾌한 시간을 갖게 된 것에 대해, 그리고 모두가 만족스러워하는 것에 대해 기뻐했다. 멋진 만찬을 즐기는 동안, 선거에 대한 에피소드들이 하나하나 튀어나왔다. 스비야슈스키는 귀족 회장의 눈물 어린 연설을 우스꽝스럽게 흉내 내더니, 네베도프스키를 돌아보며 각하는 회계를 감사할 때 눈물보다 복잡한 다른 방법을 택해야 할 거라고 말했다. 다른 익살스러운 귀족은 현 귀족 회장의 무도회를 위해 긴 양말

83) '용기를 북돋아 주려고.'(프랑스어)

을 신은 하인들이 불려 왔다고, 만약 신임 현 귀족 회장이 긴 양말을 신은 하인들과 무도회를 열지 않을 거라면 이제 그 하인들을 되돌려 보내야 한다고 말했다.

만찬이 벌어지는 동안, 사람들은 쉴 새 없이 네베도프스키를 향해 '우리의 현 귀족 회장'이라느니, '각하'라느니 하는 말들을 늘어놓았다.

이 말은 젊은 여성에게 'madame'이라는 호칭과 남편의 성을 붙여 부를 때와 똑같은 만족을 풍기며 언급되었다. 네베도프스키는 무심한 척, 이러한 호칭을 경멸하는 척했다. 그러나 그는 행복을 느끼면서도 모두가 속한 그 새로운 자유주의적 환경에 어울리지 않는 희열을 감추고자 자신을 억누르고 있는 게 분명했다.

만찬이 벌어지는 동안, 몇몇 사람들은 선거의 진행에 관심 있는 사람들에게 전보를 띄웠다. 매우 유쾌한 기분에 젖어 있던 스테판 아르카지치도 다리야 알렉산드로브나에게 다음과 같은 내용의 전보를 보냈다. '네베도프스키가 스무 표로 당선됨. 축하 중. 소식을 전해 주길.' 그는 "그들도 기쁘게 해 줘야 해."라고 말하며 전보 문구를 받아 적게 했다. 그러나 전보를 받은 다리야 알렉산드로브나는 그저 전보 값으로 나간 1루블에 탄식했고 그 전보를 보낸 때가 만찬이 끝날 무렵이라는 것을 눈치챘다. 그녀는 스티바에게 훌륭한 만찬이 끝날 무렵이면 'faire jouer le télégraphe'[84]를 하는 약점이 있다는 것을 알고 있었다.

훌륭한 만찬, 그리고 러시아 주류 상인들을 통해서가 아니

84) '전보 남발.'(프랑스어)

라 해외에서 병으로 밀봉된 채 직수입된 술을 비롯한 모든 것들이 매우 고상하고 담백하고 즐거웠다. 그 모임을 구성한 스무 명은 스비야슈스키가 뜻을 같이하는 자유주의적 성향의 새로운 활동가들 중에서도 재치 있고 점잖은 사람들로 특별히 선별한 이들이었다. 그들은 반농담조로 신임 현 귀족 회장을 위해, 현지사를 위해, 은행장을 위해, 그리고 '우리의 친절한 집주인을 위해' 건배를 들었다.

브론스키는 뿌듯했다. 그는 시골에서 그런 친근한 분위기를 맛보리라고는 짐작도 못했다.

만찬이 끝날 무렵, 분위기는 더욱 흥겨워졌다. 현지사는 브론스키에게 자기 아내가 주최한 형제들[85]을 위한 음악회에 가자고 청했다. 그의 아내 역시 브론스키와 가까이 지내고 싶어 했다.

"그곳에서 무도회가 열릴 예정이야. 우리 미인도 볼 수 있어. 사실 그녀는 아주 멋지지!"

"Not in my line." 브론스키가 대답했다. 그는 이 표현을 좋아했다. 그러나 그는 미소를 지으며 가겠다고 약속했다.

다들 테이블을 떠나기에 앞서 담배를 피우고 있는데, 브론스키의 시종이 쟁반에 담긴 편지를 가지고 그에게 다가왔다.

"보즈드비젠스코예에서 심부름꾼이 가져온 편지입니다." 그는 의미심장한 표정으로 말했다.

"스베치츠키 검사보와 이렇게 비슷할 수가, 놀랍군그래." 손

---

85) 세르비아인, 불가리아인, 몬테네그로인 등을 포함한 '슬라브 형제들'을 가리킨다. 이들의 독립 투쟁은 러시아 사회에서 공감과 지지를 얻었다.

님들 가운데 한 명이 시종에 대해 프랑스어로 이렇게 말하는 동안, 브론스키는 얼굴을 찌푸리며 편지를 읽었다.

편지는 안나가 보낸 것이었다. 그는 편지를 읽기 전부터 이미 그 내용을 알고 있었다. 그는 선거가 닷새 안에 끝나리라 생각하여 금요일에 돌아가겠노라고 약속했다. 오늘은 토요일이었다. 그러므로 그는 편지의 내용이 그가 제때에 돌아오지 않은 것에 대한 질책이라는 것을 알고 있었다. 그가 어제 저녁에 보낸 편지는 아마도 아직 도착하지 않았을 것이다.

내용은 그가 예상한 그대로였다. 그러나 그 형식은 전혀 예기치 못한 것이었고 대단히 불쾌했다. "아니가 몹시 아파요. 의사는 염증이 생겼을지도 모른다고 하는군요. 나 혼자서 어찌할 바를 모르겠어요. 바르바라 공작 영애는 도움은커녕 방해만 되고 있어요. 난 그저께도, 어제도 당신을 기다렸어요. 그리고 지금, 당신이 어디에 있는지, 무엇을 하고 있는지 알아보기 위해 이렇게 사람을 보냅니다. 내가 직접 가고 싶었지만, 당신이 불쾌해하리라는 것을 알기에 생각을 바꾸었어요. 내가 무엇을 해야 할지 알 수 있도록 어떤 식으로든 답장을 줘요."

아이가 아프다. 그런데 그녀는 이곳에 직접 오려고 했다. 딸이 아프다. 그런데 이 적의 어린 말투라니.

선거의 그 순수한 즐거움과 그가 돌아가야만 하는 그 음울하고 무거운 사랑이 대조를 이루며 브론스키에게 충격을 주었다. 하지만 떠나야 했다. 그래서 그는 그날 밤 가장 먼저 출발하는 기차를 타고 집으로 떠났다.

32

브론스키가 선거하러 가기 전, 그가 떠날 때마다 그들 사이에 되풀이되는 소동이 그의 마음을 냉담하게 할 뿐 그의 마음을 묶어 놓을 수 없다고 생각한 안나는 그와 떨어져 있는 것을 침착하게 견디기 위해 할 수 있는 한 꾹 참기로 결심했다. 그러나 그가 자신의 출발을 알리러 왔을 때 그녀에게 던진 그 차갑고 가혹한 눈빛은 모욕감을 주었다. 그래서 그가 떠나기도 전에 이미 그녀의 평온은 깨지고 말았다.

나중에 혼자 있는 동안, 그녀는 그가 자유에 대한 권리를 표현할 때의 시선을 곰곰이 생각해 보고는 언제나처럼 한 가지 결론, 즉 자신이 모욕을 받았다는 인식에 이르렀다. '그에게는 자신이 원하면 언제, 어디든 떠날 권리가 있어. 떠날 뿐 아니라 나를 버리고 갈 권리지. 그는 모든 권리를 갖고 있지만, 나에겐 아무 권리도 없어. 그런데 그가 그걸 안다면 그렇게 하지 말았어야 해. 하지만 그는 어떻게 했지……? 그는 차갑고 냉혹한 표정으로 날 바라보았어. 물론 그건 막연하고 감지하기 힘든 것이었지만, 전에는 그런 게 전혀 없었잖아. 그러니 그 시선은 많은 걸 의미해.' 그녀는 생각했다. '그 시선은 마음이 식기 시작했다는 것을 보여 줘.'

그렇게 안나는 사랑이 식기 시작했다고 확신하면서도 여전히 아무것도 할 수 없었고, 그에 대한 자신의 태도를 조금도 바꿀 수 없었다. 예전과 똑같이, 그녀는 오직 사랑과 매력만으로 그를 붙들 수밖에 없었다. 그리고 예전과 똑같이, 그녀는 그의 사랑이 식으면 어떻게 될까 하는 무시무시한 생각을 낮에는 일로, 밤에는 모르핀으로 잠재울 수밖에 없었다. 사실 한 가지 방법이 더 있기는 했다. 그를 붙잡는 것 — 그럴 수만 있다면 그녀는 그의 사랑 외에 다른 아무것도 바라지 않았다 — 이 아니라 그와 가까이 지내며 그가 그녀를 버릴 수 없는 상황을 만드는 것이다. 그 방법이란 바로 이혼과 결혼이었다. 그래서 그녀도 그것을 원하게 되었고 그나 스티바가 그 문제에 대해 말을 꺼내면 곧바로 동의하리라 결심했다.

그런 생각 속에서 그녀는 그가 집을 비워야 했던 그 닷새를 그 없이 홀로 보냈던 것이다.

산책, 바르바라 공작 영애와의 대화, 병원 방문, 무엇보다 독서, 즉 쉼 없이 매달린 독서가 그녀의 시간을 차지했다. 그러나 엿새째 되는 날, 마부가 그를 태우지 않고 혼자 돌아왔을 때, 그녀는 자신에게 이미 그 무엇으로도 그에 대한 생각, 그가 그곳에서 무엇을 하고 있을까 하는 생각을 억누를 힘이 남아 있지 않다고 느꼈다. 바로 그때 그녀의 딸이 아프기 시작했다. 안나는 딸을 돌보기 시작했지만 그것으로는 자신의 시름을 달랠 수 없었다. 더구나 중한 병이 아니었기 때문에 더욱 그랬다. 그녀는 아무리 노력해도 그 딸을 사랑할 수 없었고 사랑하는 척할 수도 없었다. 그날 저녁, 혼자 남게 된 안나는 그에 대해 너무나 불안한 마음이 들어 시내로 나가려 결심했다가 곰곰이 생각해 본 후, 브론스키가 받은 그 모순으로 가득한 편지를 쓰고 그것을 다시 읽어 보지도 않은 채 심부름꾼의 손에 들려 보낸 것이다. 이튿날 아침 그녀는 그의 편지를 받고 자신의 행동을 뉘우쳤다. 그녀는 그가 집을 떠나면서 그녀에게 던진 그 냉혹한 시선이 다시 되풀이되리라는 것을, 특히 그가 딸이 위태로울 정도로 아프지 않다는 것을 알게 됐을 때 더욱 그러하리라는 것을 예감하고 공포에 질렸다. 하지만 그래도 그녀는 그에게 편지를 쓴 것을 기쁘게 생각했다. 지금 안나는 그가 그녀를 부담스러워하리라는 것, 그가 그녀에게 돌아오고자 자신의 자유를 버린 것에 대해 후회하리라는 것을 스스로도 인정했지만, 그럼에도 그가 돌아온다는 사실에 기뻐했다. 비록 그가 중압감을 느낄지라도, 그는 그녀가 그를 볼 수 있고 그의 모든 움직임을 알 수 있는 이곳에 그녀와 함께 있게 될 것이다.

그녀는 응접실의 램프 아래 앉아 텐느[86]의 신간을 읽으면서 바깥의 바람 소리에 귀를 기울이고 매 순간마다 마차의 도착을 기다렸다. 그녀는 자신이 여러 번 바퀴 소리를 들었다고 느꼈지만, 그것은 그녀의 착각이었다. 마침내 바퀴 소리뿐 아니라 마부의 외침과 주랑 현관을 울리는 공허한 소리가 들렸

86) 프랑스의 역사가, 철학가, 비평가. 1870년에 그의 저서 『지성』이 출간되었다. 톨스토이는 『예술이란 무엇인가』에서 그를 미에 대한 하찮은 사상가들 가운데 한 명으로 언급하였다.

다. 카드 점을 보고 있던 바르바라 공작 영애까지 그것을 확인해 주자, 안나는 얼굴을 확 붉히며 자리에서 일어났다. 그러나 그녀는 아래층에 이미 두 번이나 다녀왔으면서도, 이번에는 아래층으로 내려가는 대신 그 자리에 멈춰 섰다. 그녀는 불현듯 자신의 거짓말이 수치스럽게 느껴졌다. 하지만 무엇보다 두려웠던 것은 그가 그녀를 어떻게 대할까 하는 것이었다. 모욕감은 이미 사라졌다. 그녀는 그저 그가 불만을 드러내지나 않을까 두려울 뿐이었다. 그녀는 딸이 이미 이틀째 아주 건강하다는 것을 기억해 냈다. 그녀는 자기가 편지를 보내자마자 딸이 회복된 것에 대해 화마저 치밀었다. 그때 그녀는 그를 기억해 냈다. 그가 이곳에 있다는 것, 그의 눈동자, 그의 손, 그의 모든 것이 이곳에 있다는 것을. 그녀는 그의 목소리를 들었다. 그러자 그녀는 모든 것을 잊고 그를 맞이하러 기쁘게 달려갔다.

"아니는 어때?" 그는 그를 향해 뛰어 내려오는 안나를 쳐다보며 아래쪽에서 겸연쩍게 말했다.

그는 의자에 앉아 있었고, 하인이 그의 방한용 부츠 한 짝을 벗기고 있었다.

"괜찮아요. 좋아졌어요."

"당신은?" 그는 몸을 흔들며 말했다.

그녀는 두 손으로 그의 손을 잡고는 그에게서 눈을 떼지 않으며 그 손을 자기의 허리 쪽으로 끌어당겼다.

"정말 다행이군." 그는 그녀를, 그녀의 머리를, 그녀의 옷을 차가운 시선으로 쳐다보며 말했다. 그는 그 옷이 그녀가 그를 위해 입은 것임을 알았다.

그 모든 것이 그의 마음에 들었다. 그러나 그가 그녀의 옷차

럼을 마음에 들어 한 적은 이미 얼마나 많았던가! 그러자 그녀가 그토록 두려워한 돌 같은 딱딱한 표정이 그의 얼굴에 어렸다.

"정말 다행이야. 그런데 당신은 건강해?" 그는 손수건으로 젖은 수염을 닦고 그녀의 손에 입을 맞추며 말했다.

'아무래도 좋아.' 그녀는 생각했다. '그가 여기에 있기만 하다면……. 그가 여기 있는 한, 그는 날 사랑하지 않을 수 없어. 날 사랑하지 않고는 못 배길걸.' 저녁나절은 바르바라 공작 영애도 함께한 가운데 행복하고 유쾌하게 흘렀다. 그런데 바르바라 공작 영애가 그에게 그가 없는 동안 안나가 모르핀을 복용했다고 푸념을 늘어놓았다.

"그럼 어떻게 해요? 잠을 이룰 수 없었단 말이에요……. 상념들 때문에 괴로웠어요. 하지만 알렉세이가 여기 있는 한, 난 결코 모르핀을 먹지 않아요. 거의 먹지 않아요."

그는 선거에 대해 이야기했다. 그리고 안나는 질문을 통해 그를 기쁘게 한 바로 그 일, 즉 그의 성공으로 이야기를 이끌 수 있었다. 그녀는 그에게 그의 흥미를 끌 만한 집안의 일들을 들려주었다. 그리고 그녀가 전해 준 모든 소식은 즐겁기 그지없는 것들이었다.

하지만 밤이 이슥하여 둘만 남았을 때, 안나는 자신이 다시 그를 완전히 지배하게 된 것을 깨닫고는, 편지 때문에 생긴 듯한 무거운 인상을 씻어 내려고 했다. 그녀는 말했다.

"솔직히 말해 봐요. 편지를 받고 화가 났죠? 내 말을 믿지 않았죠?"

이 말을 내뱉자마자, 그녀는 그가 이 순간 그녀에게 아무리 사랑을 느끼고 있다 해도, 이 문제에 대해서만큼은 그녀를 용서하지 않았다는 것을 깨달았다.

"응." 그는 말했다. "그 편지는 정말 이상했어. 처음에는 아니가 아프다고 하더니, 나중에는 당신이 직접 오려 했다 하고."

"모두 사실인걸요."

"그래, 나도 그걸 의심하지는 않아."

"아니, 당신은 의심하고 있어요. 당신은 불만스럽게 생각하고 있어요, 난 알아요."

"한순간도 의심한 적 없어. 내가 불만스러운 건 오직 하나, 이건 사실인데 말이야, 당신은 마치 의무가 존재한다는 걸 인정하려 들지 않는 것 같다는 거야."

"음악회에 갈 의무 말인가요……."

"아니, 그 문제에 대해서는 더 얘기하지 않기로 하지." 그가 말했다.

"왜 더 얘기하지 않겠다는 거예요?" 그녀가 말했다.

"난 다만 문제가 생길 수도 있다는 말을 하고 싶을 뿐이야. 피치 못할 일이라는 게 있잖아. 이제 난 모스크바에 다녀와야 해. 집안일 때문에……. 아, 안나, 당신은 왜 그렇게 초조해하지? 당신은 정말 내가 당신 없이 살 수 없다는 걸 몰라?"

"만약 그렇다면……." 안나는 갑자기 목소리를 바꾸며 말했다. "당신은 이런 생활을 부담스러워하겠네요……. 그래요, 당신은 하루 와 있다 또 떠나는군요. 여느 남자들처럼……."

"안나, 그건 너무 심하잖아. 난 나의 평생을 바칠 각오가 되어 있는데……."

그러나 안나는 그의 말을 듣고 있지 않았다.

"당신이 모스크바로 간다면, 나도 가겠어요. 난 이곳에 혼자 남지 않겠어요. 헤어지든지, 함께 살든지, 둘 중 하나예요."

"당신은 그 중 하나가 나의 소원이라는 걸 알잖아. 하지만 그러기 위해서는……."

"이혼해야 한다고요? 그에게 편지를 쓰겠어요. 난 내가 이렇게 살 수 없다는 것을 알았어요……. 어쨌든 난 당신과 모스크바에 갈 거예요."

"당신은 날 위협하는 것 같군. 좋아, 나도 당신과 떨어지지 않는 것 외에는 아무것도 바라지 않으니까." 브론스키는 미소를 지으며 말했다.

하지만 그가 이 부드러운 말을 하는 동안, 그의 눈에는 차가운 눈빛뿐 아니라 쫓기느라 잔혹해져 버린 인간의 사악한 눈빛이 번득였다.

그녀는 그 눈빛을 보았고, 그 의미를 올바로 짐작했다.

'그렇게 된다면, 그건 재앙이야!' 그의 눈빛은 그렇게 말하고 있었다. 그것은 순간적인 인상이었지만, 그녀는 결코 그것을 잊지 않았다.

안나는 남편에게 이혼을 요청하는 편지를 썼다. 그리고 11월 말, 그녀는 페테르부르크로 떠나야 했던 바르바라 공작 영애와 작별하고 브론스키와 함께 모스크바로 떠났다. 날마다 알렉세이 알렉산드로비치의 답장과 그 후의 이혼을 기다리며, 이제 그들은 결혼한 부부처럼 함께 지냈다.

7부

1

레빈 부부는 모스크바에서 벌써 석 달을 지냈다. 이 분야에 통달한 사람들의 가장 확실한 계산에 따르면, 키티가 출산을 해야 할 시기는 이미 오래전에 지났다. 그녀는 여전히 임신 중이었고, 지금이 두 달 전보다 해산의 때에 더 가깝다는 것을 보여 주는 것은 아무것도 없었다. 의사도, 산파도, 돌리도, 어머니도, 특히 다가올 일을 생각할 때마다 두려움에 휩싸이는 레빈도 초조와 불안을 느끼기 시작했다. 오직 키티만이 완벽하리만큼 침착하고 행복했다.

지금 그녀는 미래의 아기, 아니 그녀에게는 이미 어느 정도 현존한다고 할 수 있는 아기에 대한 사랑이, 그 새로운 감정이 자기 안에서 움트고 있음을 분명히 인식하고 있었고, 즐거이 그 감정에 귀를 기울이고 있었다. 아기는 이제 더 이상 그녀의 일부가 아니었고, 때때로 그녀의 삶으로부터 독립된 자기만의 삶을 살곤 했다. 그녀는 종종 그것 때문에 고통을 느끼기도 했지만, 그와 동시에 묘한 새로운 기쁨으로 소리 내어 웃고 싶어지기도 했다.

그녀가 사랑하는 모든 것이 그녀와 함께 있었다. 또한 모든 사람들이 그녀에게 너무나 호의적이었고, 다들 그녀를 잘 보살펴 주었으며, 그녀 자신도 자기에게 주어진 모든 것 속에서 즐거운 면만을 보았다. 그래서 만약 이것이 곧 끝날 수밖에 없다는 것을 모르고 또 느끼지도 않았다면, 그녀는 이보다 더 좋거나 행복한 삶은 바라지 않았을 것이다. 그녀가 느끼기에 이런 생활의 매력을 망치고 있는 유일한 한 가지는, 그녀의 남편이, 그녀가 사랑한 그 사람이, 시골에서 보던 그 남자가 아니라는 점이었다.

그녀는 시골에서 보던 그의 침착하고 다정하고 손님 대접에 극진한 태도를 좋아했다. 그러나 도시에서 그는 끊임없이 불안해하고 조심스러워했으며, 마치 누군가 자신을, 무엇보다 그녀를 모욕하지나 않을까 두려워하는 것 같았다. 그곳 시골에서 그는 자신의 자리를 잘 아는 듯 어디에 가든 결코 서두르지 않았고 하릴없이 빈둥거리는 일도 전혀 없었다. 그런데 이곳 도시에서 그는 마치 뭔가 빠뜨린 듯 늘 허둥댔고, 그러면서도 막상 하는 일은 전혀 없었다. 그래서 그녀는 그를 불쌍하게 생각했다. 다른 사람들에게는 그가 불쌍하게 보이지 않는다는 것을 그녀도 알았다. 키티는 사랑하는 사람을 바라보는 이들이 간혹 그러듯, 그가 다른 사람들에게 어떤 인상을 불러일으키는지 알기 위해 모임에서 그를 낯선 사람 보듯 바라보기도 했다. 그럴 때 그녀는 그가 불쌍해 보이기는커녕 단정한 몸가짐과 여성을 대할 때의 약간 고지식하고 수줍은 태도와 강인한 체격과 독특하고 풍부한 표정 — 그녀에게는 그렇게 보였다 — 으로 인해 매우 매력적으로 보인다는 것을 알고 자신의 질투에 두려움마저 느꼈다. 하지만 그녀는 그의 외부가 아니라 내부를 보았다. 그녀는 이곳의 레빈이 참된 그가 아니라는 것을 알았다. 그녀는 그의 상태를 달리 정의할 수 없었다. 이따금 그녀는 마음속으로 도시에서 살 수 없는 그를 비난하기도 했다. 그러나 때로 그녀는 이곳에서 삶을 만족스럽게 살아간다는 것이 그에게 정말로 힘든 일이라는 것을 인정하곤 했다.

사실 그가 이곳에서 무엇을 할 수 있겠는가? 그는 카드놀이를 좋아하지 않았다. 그는 클럽에도 다니지 않았다. 오블론스키 같은 쾌활한 남자들과 교제한다는 것, 이제는 그녀도 그것이 무엇을 의미하는지 알았다. 그것은 술을 마시고 어디론가 가는 것을 의미했다. 그녀는 그런 경우에 남자들이 가는 곳을 생각할 때마다 공포에 질리곤 했다. 사교계에 드나든다면? 하지만 그녀는 그럴 경우 젊은 여자들에게 접근하는 데서 즐거움을 발견할 수밖에 없다는 것을 알고 있었다. 그래서 그녀는 그것도 바랄 수 없었다. 자기와 어머니와 언니들과 함께 집에 머문다면? 하지만 그녀는 늘 똑같은 대화, 즉 노공작이 자매들 간의 대화를 지칭하는 그 '알리나-나지나'가 자기에게 아무리 즐겁고 재미있다 해도, 그에게는 틀림없이 따분하리라는 것을 잘 알고 있었다. 도대체 그가 할 수 있는 게 뭐가 있을까? 책을 쓰는 작업에 계속 매달린다면? 그도 그것을 해 보려고 처음에는 발췌와 조사를 위해 도서관에 다니곤 했다. 그러나 그가 그녀에게 말한 바에 따르면, 그가 아무것도 하지 않고 지내는 때가 많아질수록 그의 시간이 점점 더 줄어든다는 것이었다. 게다가 그는 그녀에게 이곳에서 자신의 책에 관해 너무 많이 주절거린 바람에 그 책에 관한 생각들이 모두 뒤엉켜 버렸고 자신도 흥미를 잃고 말았다고 불평을 늘어놓았다.

이 도시 생활의 유일한 이점은 이곳 도시에서는 그들 사이에 단 한 번도 다툼이 없었다는 점이다. 도시의 조건이 달라서인지, 아니면 그들 둘 다 이 점에 대해 더 조심스러워지고 분별력이 생겨서인지, 모스크바에서는 그들이 도시로 오면서 그토록 두려워했던 질투로 인한 다툼이 단 한 번도 없었다.

이와 관련하여 그들 두 사람에게 매우 중요한 사건이 한 가지 일어나기도 했다. 그것은 바로 키티와 브론스키의 만남이었다.

키티의 대모이자 언제나 그녀를 몹시 사랑했던 마리야 보리소브나 노 공작부인이 그녀를 꼭 만나고 싶어 했다. 임신한 몸이라 아무 데도 다니지 않던 키티는 아버지와 함께 존경하는 노부인 댁을 방문했다가 그 집에서 브론스키를 만났다.

키티가 그 만남에서 자신을 비난할 점이 있었다면, 그것은 자신이 한때 너무나 친근하게 느끼던 평복 차림의 한 인물을 알아본 순간 숨이 막히고 피가 심장으로 솟구쳐 그녀 스스로도 느낄 만큼 얼굴을 확 붉혔다는 것뿐이다. 하지만 그것이 지속된 시간은 그저 몇 초에 불과했다. 일부러 큰 소리로 브론스키에게 말을 건넨 그녀의 아버지가 자신의 이야기를 채 끝내기도 전에, 이미 그녀는 필요하다면 마리야 보리소브나 공작부인과 이야기할 때와 똑같이 브론스키를 바라보고 그와 이야기할 만반의 준비를 갖추고 있었다. 무엇보다 마지막 어조와 미소에 이르기까지 남편에게, 그녀가 그 순간 자기 위에 있는 것처럼 느낀 그 보이지 않는 존재에게 완전히 인정받을 수 있는 그런 태도로 말이다.

그녀는 그와 몇 마디를 나누었고, 심지어 그가 '우리 의회'라고 칭한 선거에 대해 농담을 할 때는 침착하게 미소를 짓기까지 했다.(그녀는 그 농담을 이해했다는 것을 보여 주기 위해 생긋 웃을 수밖에 없었다.) 하지만 곧 그녀는 마리야 보리소브나 공작 부인에게 고개를 돌리고 그가 일어나 작별 인사를 할 때까지 한 번도 그를 쳐다보지 않았다. 그녀는 작별할 때 그를 바라보긴 했지만, 그것은 단지 인사하는 사람에게 눈길을 주지 않는 것은 예의에 어긋나는 행동이었기 때문이다.

그녀는 브론스키와의 만남에 대하여 그녀에게 아무 말도 하지 않는 아버지에게 고마워했다. 그러나 방문 후 여느 때처럼 산책을 하는 동안, 그녀는 특별히 다정한 아버지의 태도에서 그가 딸에게 만족스러워하고 있다는 것을 깨달았다. 그녀 스스로도 자신이 만족스러웠다. 그녀는 자신의 마음 깊숙한 곳 어딘가에 브론스키에 대한 옛 감정의 기억들을 억누를 힘이 있으리라고는, 그리고 그에 대해 완전히 무심하고 침착한 척하고 실제로도 그럴 수 있는 힘이 있으리라고는 전혀 예상치 못했다.

그녀가 레빈에게 마리야 보리소브나의 집에서 브론스키를 만났다고 말했을 때, 레빈은 그녀보다 더 심하게 얼굴을 붉혔다. 그녀는 그에게 그 일을 이야기하기가 무척 힘들었다. 그러나 그가 그녀에게 아무것도 묻지 않고 그저 얼굴을 찌푸린 채 그녀를 바라보기만 해서, 그녀로서는 그 만남을 자세히 설명하기가 더욱 힘들었다.

"당신이 그곳에 없었던 게 너무 유감이에요." 그녀는 말했다. "당신이 그 방에 있지 않아서 그렇다는 게 아니라……. 당신이 그곳에 있었다면 난 그처럼 자연스럽게 대할 수 없었겠죠……. 난 지금 훨씬 더, 훨씬, 훨씬 더 얼굴을 붉히고 있으니까요." 그녀는 눈물이 그렁그렁하도록 얼굴을 붉히며 말했다. "당신이 문틈으로 볼 수 없었던 게 유감이라는 거예요."

진실한 눈동자는 그녀가 스스로에게 만족하고 있다는 것을 레빈에게 말해 주었다. 비록 그녀가 얼굴을 붉히고 있긴 했지만, 그는 곧 마음을 가라앉히고 그녀에게 이것저것 묻기 시작했다. 그것이야말로 그녀가 원한 유일한 것이었다. 레빈이 모든 것을 알게 되었을 때, 즉 그녀가 처음엔 그저 얼굴을 붉히지 않을 수 없었지만 그다음에는 처음 본 사람을 대하듯 소탈하고 담백한 태도를 보였다는 세세한 부분까지 다 알게 되었을 때, 그는 기분이 너무 좋아져서 자기는 그것을 무척 기쁘게 생각한다는 둥, 이제는 더 이상 선거에서처럼 어리석게 굴지 않겠다는 둥, 다음에 브론스키를 만나면 가능한 한 더 친절하게 대하도록 애쓰겠다는 둥 지껄여 댔다.

"만나는 것조차 괴로운, 적이나 다름없는 사람이 있다고 생각하는 건 정말 고통스러운 일이야." 레빈은 말했다. "난 정말, 정말 기뻐."

하지 말아요. 난 아빠와 가로수 길로 산책하러 가겠어요. 우리는 돌리의 집에 들를 거예요. 그럼 식사 전까지 당신을 기다릴게요. 아, 참! 돌리의 형편이 견딜 수 없을 만큼 어려워진 걸 알아요? 돌리는 여기저기에 빚을 지고 있는데 돈이 없어요. 어제 엄마와 아르세니(그녀는 형부인 리보프를 그렇게 불렀다.)와 이야기를 했어요. 우리는 당신과 아르세니를 스티바에게 보내기로 결정했어요. 그 집 처지가 아주 어려워요. 아빠에게 그 문제를 얘기할 수도 없고……. 하지만 만일 당신과 아르세니가……."

"하지만 우리가 뭘 할 수 있겠어?" 레빈이 말했다.

"그래도 당신이 아르세니를 찾아가서 같이 이야기해 봐요. 우리가 무슨 결정을 내렸는지 그가 말해 줄 거예요."

"음, 아르세니의 말이라면 듣지 않아도 뭐든 찬성이야. 그럼 그의 집에 들를게. 만약 음악회에 가게 되면 나탈리와 가겠어. 그럼, 갈게."

독신 시절부터 그를 섬겼고 지금은 그의 도시 살림을 관리하고 있는 늙은 하인 쿠지마가 현관 계단에서 레빈을 불러 세웠다.

"크라사프치크(그것은 시골에서 끌고 온, 왼쪽 채에 매는 말이었다.)에게 편자를 새로 붙였는데, 계속 다리를 접니다." 그가 말했다. "어떻게 할까요?"

레빈은 모스크바에서 처음 얼마 동안 시골에서 끌고 온 말들을 이용했다. 그는 그 부분을 할 수 있는 한 값싸게 잘 해결하고 싶었다. 하지만 자기 말이 삯말보다 비용이 더 많이 든다는 것을 알고, 그 역시 삯말을 이용했다.

"수의사를 불러 와. 어쩌면 발굽에 염증이 난 건지도 모르니까."

"그럼, 카체리나 알렉산드로브나의 말은요?" 쿠지마가 물었다.

보즈드비젠카에서 시프체프 브라제크까지 가려면 육중한 마차에 튼튼한 말 두 필을 매고 눈이 질척대는 진창길을 따라 4베르스타 정도 달리다 그곳에서 네 시간 동안 꼼짝 없이 서 있어야 하고 그것에 5루블을 지불해야 한다는 사실에 대하여, 레빈은 이제 모스크바에서 처음 지낼 때만큼은 놀라지 않았다. 이제는 그것이 자연스럽게 느껴졌다.

"삯마차 마부에게 말 두 필을 끌고 와서 우리 마차에 매라고 해." 그가 말했다.

"알겠습니다."

시골에서라면 자신의 수고와 주의를 많이 기울였어야 할 곤경을 도시의 환경 덕분에 너무나 간단하고 쉽게 해결한 후, 레빈은 현관 입구로 나가 삯마차 마부를 큰 소리로 불러 마차에 올라탄 다음 니키츠카야 거리로 향했다. 도중에 그는 이미 돈에 대해선 생각하지 않았고, 사회학을 연구하는 페테르부르크의 학자와 어떻게 아는 사이가 돼서 그와 자신의 책에 대해 이야기를 나눌지 궁리했다.

모스크바에 온 처음 얼마 동안, 레빈은 시골 사람에게는 너무나 이상하게 느껴지는, 사방에서 그에게 요구하는 비생산적이지만 불가피한 지출에 깜짝 놀랐다. 하지만 지금 그는 이미 그런 것들에 익숙해져 있었다. 이 점에서 그에게 일어난 현상은 흔히 술 취한 사람들에게 일어난다고들 하는 현상이었다.

첫 잔은 막대기처럼 목에 걸리고, 두 번째 잔은 매처럼 날아가고, 세 번째 잔부터는 작은 새들처럼 마구 넘어가는 것이다. 하인과 수위의 제복을 구입하기 위해 처음으로 100루블짜리 지폐를 헐었을 때, 그는 자기도 모르게 이 제복이, 아무에게도 필요 없지만 자기가 제복이 없어도 괜찮을 거라는 말을 넌지시 했을 때 공작부인과 키티가 깜짝 놀란 것으로 보아 절대 없어서는 안 되는 이 제복이, 여름철의 일꾼 두 명의 품삯과, 즉 부활절부터 강림절까지 약 300일 동안 매일 이른 아침부터 늦은 밤까지 중노동을 한 품삯과 맞먹을 거라는 생각을 했다. 그래서 그 100루블짜리 지폐는 그때만 해도 막대기처럼 목구멍을 넘어갔다. 하지만 그 후 친척들에게 만찬을 베풀려고 28루블어치의 식료품을 구입하느라 헌 100루블짜리 지폐는, 비록 레빈에게 28루블이면 9체트베르치[88]의 귀리 값이고 그 귀리를 얻기 위해서는 땀을 뻘뻘 흘리고 신음하면서 베고 묶고 운반하고 탈곡하고 까부르고 체로 쳐서 부대에 담아야 한다는 것을 기억나게 했지만, 어쨌든 쉽게 넘어갔다. 그리고 요즘 허는 지폐들은 이미 오래전부터 그런 생각들을 불러일으키지 않고 작은 새들처럼 날아갔다. 돈을 얻기 위해서 들인 노동이 그 돈으로 구입한 것이 주는 만족과 상응하는가 하는 생각은 이미 오래전에 사라졌다. 일정한 곡물에는 일정한 가격이 있어서 그 밑으로는 팔 수 없다는 경제적 고려도 잊혀 갔다. 그가 아주 오랫동안 유지해 온 호밀 가격에도 불구하고, 호밀은 한 달 전 시세보다 1체트베르치당 50코페이카나 더 싸게 팔렸다. 그

88) 체트베르치는 곡물량을 재는 단위로 1체트베르치는 약 209.21리터이다.

런 식으로 지출을 하다가는 빚을 지지 않고는 일 년도 살 수 없을 거라는 예상, 그 예상조차 이미 아무런 의미도 갖지 못했다. 오직 한 가지만 요구되었다. 내일 소고기를 무슨 돈으로 구입할지 늘 알고 있기 위해서는 어디서 들어오는 돈이든 상관없이 은행에 돈을 갖고 있어야 한다는 것이었다. 그리고 지금까지 그러한 계산은 계속 지켜져 왔다. 그는 언제나 은행에 돈을 갖고 있었다. 하지만 이제 그는 은행 예금을 다 써 버렸고 어디서 돈을 끌어 와야 할지 몰랐다. 키티가 돈에 대해 언급했을 때 잠시 그의 기분을 상하게 한 것은 바로 이러한 사실이었다. 하지만 그에게는 그것에 대해 생각할 겨를이 없었다. 그는 마차를 타고 가며 카타바소프와 눈앞에 닥친 메트로프와의 만남을 생각했다.

3

모스크바에 머무는 동안, 레빈은 결혼 후 만나지 못했던 그의 대학 동창 카타바소프 교수와 다시 친해졌다. 레빈은 카타바소프의 선명하고 단순한 세계관 때문에 그를 좋아했다. 레빈은 카타바소프의 선명한 세계관이 천성의 빈약함에서 비롯되었다고 생각했으며, 카타바소프는 레빈의 일관성 없는 사상이 지성의 훈련이 부족한 데서 비롯되었다고 생각했다. 하지만 레빈은 카타바소프의 선명함을 좋아했고, 카타바소프는 레빈의 훈련되지 않은 사유의 풍부함을 좋아했다. 그래서 그들은 함께 만나 논쟁하기를 즐겼다.

레빈은 카타바소프에게 자신의 저술 가운데서 몇몇 부분을 읽어 주었다. 카타바소프는 그것을 마음에 들어 했다. 어제 대중 강연에서 레빈을 만난 카타바소프는 레빈이 대단히 좋아하는 논문의 저자인 그 유명한 메트로프가 모스크바에 있다는 것, 카타바소프가 그에게 레빈의 저서에 관하여 말했더니 그가 무척 흥미를 보였다는 것, 메트로프가 내일 11시에 그의 집에 오는데 레빈을 소개받으면 무척 기뻐하리라는 것을 말했다.

"어이, 친구, 대단히 향상되었군그래. 그를 보면 자네도 좋아할 거야." 카타바소프는 작은 응접실에서 레빈을 맞이하며 말했다. "난 벨 소리를 듣고 생각했지. 제시간에 올 리가 없는데……. 그건 그렇고, 몬테니그로인들은 어떤가? 타고난 전사들이지."

"무슨 소리야?" 레빈이 물었다.

카타바소프는 그에게 최근 소식을 간략하게 전하고, 서재로 들어가 그다지 크지 않고 건장하고 인상이 매우 좋은 남자에게 레빈을 소개했다. 그 사람이 바로 메트로프였다. 대화는 잠시 정치와 페테르부르크의 상류사회에서 최근의 사건을 어떻게 보고 있는지에 머물렀다. 메트로프는 믿을 만한 소식통에게서 알아낸 이야기를 전해 주었다. 추측컨대 그 이야기는 군주와 장관 가운데 한 명이 말한 것 같았다. 하지만 카타바소프도 믿을 만한 소식통을 통해 군주가 전혀 다른 말을 했다고 들었다. 레빈은 두 가지 말이 한꺼번에 나올 수 있는 상황을 생각해 내려고 고심했다. 그러나 그 주제에 관한 대화는 중단되고 말았다.

"여기 이 사람이 토지에 대한 노동자들의 자연적 조건에 관하여 거의 책 한 권을 썼습니다." 카타바소프가 말했다. "난 전문가는 아닙니다. 하지만 내가 자연과학자로서 그 책을 마음에 들어 한 것은, 이 사람이 인간을 동물학적 법칙의 외부에 존재하는 무언가로 간주하지 않고, 오히려 인간을 환경에 종속한다고 생각하여 그러한 종속성 속에서 발전의 법칙을 탐구한 점입니다."

"매우 흥미롭군요." 메트로프가 말했다.

"난 사실 농업에 대한 책을 쓰기 시작했습니다. 하지만 나도 모르게 농업의 주요 도구인 노동자에게 관심이 생겨……." 레빈은 얼굴을 붉히며 말했다. "전혀 생각지 못한 결론에 이르게 되었습니다."

그러더니 레빈은 마치 지반을 조사하기라도 하듯 조심스럽게 자신의 견해를 말하기 시작했다. 그는 메트로프가 일반적인 정치경제적 학설에 반박하는 논문을 썼다는 사실을 알고 있었다. 그러나 자신의 새로운 견해에 대한 공감을 메트로프에게서 어느 정도까지 기대할 수 있을지 몰랐으며, 학자의 지적이고 침착한 얼굴을 통해서는 짐작도 할 수 없었다.

"하지만 당신은 러시아 노동자의 고유한 특징이 어디에 있다고 봅니까?" 메트로프가 물었다. "말하자면 그들의 동물학적 특징에 있습니까, 아니면 그들이 처한 조건에 있습니까?"

레빈은 이미 그 질문에 그가 동의하지 않는 사상이 함축되어 있다는 것을 알았다. 하지만 그는 러시아 노동자가 토지에 대해 다른 민족들과 완전히 다른 고유한 시각을 갖고 있다는 자신의 생각을 계속 말했다. 그리고 그 명제를 입증하기 위해, 그는 자신이 생각하기에 러시아 민중의 이러한 시각은 사람이 살지 않는 동방의 광활한 공간을 사람이 거주하는 땅으로 삼아야 한다는 자신의 소명을 자각한 데서 비롯된 것이라고 서둘러 덧붙였다.

"민중의 일반적인 소명에 관해 결론을 내려고 하면 오류에 빠지기 쉽죠." 메트로프는 레빈의 말을 막으며 말했다. "노동자의 지위는 언제나 그들이 토지와 자본에 대해 맺고 있는 관계에 종속될 것입니다."

그리고 메트로프는 레빈이 자신의 생각을 끝까지 말하도록 내버려두지 않고 자기 학설의 특징을 말하기 시작했다.

그의 학설의 특징이 무엇인지, 레빈은 이해할 수 없었다. 왜냐하면 이해하려고 노력하지 않았기 때문이었다. 그는 메트로프가 경제학자들의 이론을 반박한 논문을 썼음에도, 다른 경제학자들과 마찬가지로 여전히 러시아 노동자의 지위를 자본과 임금과 지대의 관점에서만 바라보고 있다는 것을 알았다. 메트로프는 러시아의 가장 큰 지역인 동쪽 지방의 지대가 여전히 제로라는 것, 8000만 러시아 인구의 10분의 9가 받는 임금이 고작 생계를 유지하는 수준이라는 것, 자본 또한 가장 원시적인 도구의 형태 외에 달리 존재하지 않는다는 것을 인정해야만 했지만, 모든 노동자를 그러한 시각에서만 고찰했다. 물론 그도 많은 점에서 경제학자들의 견해와 일치하지 않았고 레빈에게 말한 임금에 대해 자신만의 새로운 이론을 갖고 있었지만 말이다.

레빈은 마지못해 들으며 처음에는 반박을 하기도 했다. 그는 메트로프의 말을 가로막고 자신의 생각을 말하고 싶었다. 그가 생각하기에, 그렇게만 하면 더 이상의 설명이 필요할 것 같지 않았다. 하지만 그들이 결코 서로를 이해할 수 없을 정도로 사안을 다르게 보고 있다는 것을 확인하자, 그는 더 이상 반박하지 않고 듣기만 했다. 지금 레빈은 이미 메트로프가 말하는 내용에 전혀 흥미를 못 느끼면서도 그의 말을 들으며 약간의 만족을 느끼고 있었다. 그토록 학식 있는 사람이 그 주제에 대한 레빈의 지식에 굉장한 관심과 신뢰를 보내면서, 때로는 한 가지 암시만으로 문제의 전체적인 측면을 가리키기도 하면서 레빈에게 기꺼이 자신의 생각을 이야기하고 있다는 사실이 레빈의 자존심을 충족시켜 준 것이다. 레빈은 그것이 자신의 장점 때문이라고 생각했다. 그는 메트로프가 그와 친한 모든 사람들에게 그 주제를 이야기했기 때문에 새로운 사람을 만날 때마다 그 주제에 대해 몹시 이야기하고 싶어 한다는 것, 그리고 자신을 사로잡고 있는, 그러나 그 자신에게조차 명확하지 않은 그 주제에 대해 대체로 모든 사람들에게 이야기하고 싶어 한다는 것을 몰랐다.

"그런데 이러다 늦겠습니다." 카타바소프는 메트로프가 설명을 끝내자마자 시계를 흘깃 쳐다보며 말했다.

"오늘 애호가 협회에서 시빈티치의 50주년을 기념하는 모임이 있어." 카타바소프가 레빈의 질문에 이렇게 말했다. "나는 표트르 이바니치와 함께 가기로 했지. 동물학에 대한 그의 업적에 대해 강연을 하기로 약속했거든. 같이 가지. 무척 흥미로울 거야."

"네, 정말 갈 시간이 됐군요." 메트로프가 말했다. "우리와 함께 갑시다. 괜찮으시다면, 그곳에 있다가 우리 집으로 가시죠. 당신의 저작에 대해 무척 듣고 싶습니다."

"아뇨, 별 말씀을. 책이 아직 끝나지 않아서요. 하지만 모임에 갈 수 있다면 무척 기쁘겠습니다."

"친구, 들었습니까? 그들이 별도의 의견을 냈다더군요." 카타바소프는 다른 방에서 연미복을 입으며 말했다.

그리하여 대학 문제[89]에 대한 대화가 시작되었다.

대학 문제는 올겨울 모스크바에서 매우 중요한 사건이었다. 노교수 세 명이 위원회에서 젊은 교수들의 의견을 받아들이지 않았다. 그러자 젊은 교수들은 별도의 의견을 제출했다. 그 의견은 어떤 이들의 견해에 따르면 아주 끔찍했고, 어떤 이들의 견해에 따르면 지극히 솔직하고 정당했다. 그리하여 교수들은 두 진영으로 나뉘게 되었다.

카타바소프가 속한 진영은 상대편에서 사기와 밀고와 기만을 보았고, 다른 진영은 젊은이들의 치기(稚氣)와 권위에 대한 불손을 보았다. 레빈은 비록 대학에 속해 있지는 않았지만 모스크바에 체류하는 동안 이미 여러 번 그 사건에 대해 많은 이야기를 듣고 말해 온 터라 그것에 대해 나름의 의견을 갖고 있었다. 그래서 그도 대화에 참여했는데, 거리에서도 계속된 대화는 그 세 사람이 오래된 대학 건물에 도착할 때까지 그치지 않았다.

모임은 이미 시작되었다……. 카타바소프와 메트로프가 자리 잡은, 나사 천을 깐 테이블에는 여섯 명의 사람들이 있었고, 그들 가운데 한 명은 원고 위로 몸을 구부린 채 무언가를 읽고 있었다. 레빈은 테이블 주위에 놓인 빈 의자에 앉아 그곳에 앉아 있는 한 학생에게 사람들이 읽고 있는 게 뭐냐고 소곤소곤 물었다. 학생은 못마땅한 눈빛으로 레빈을 돌아보며 말

89) 『안나 카레니나』의 1부가 게재된 《루스키 베스니크》의 1875년 1월호에는 N. 류비모프 교수가 쓴 「대학 문제」라는 기사도 실렸다. 류비모프는 대학의 자율성에 반대한 사람으로 젊은 교수들로부터 그들을 당국에 넘기려고 한다는 비난을 받았다.

했다.

"전기(傳記)입니다."

레빈은 학자의 전기에 관심이 없었지만, 무심코 귀를 기울이고 있다가 그 저명한 학자의 생애에 대하여 몇 가지 흥미롭고 새로운 점들을 알게 되었다.

낭독자가 낭독을 끝내자, 의장은 그에게 감사를 표한 후 그 기념제를 위해 시인 멘트[90]가 보내 준 시를 읽고는 시인에게 몇 마디 감사의 말을 했다. 그다음에는 카타바소프가 우렁차고 날카로운 목소리로 기념제의 주인공이 쌓은 학문적 업적에 대한 자신의 글을 읽었다.

카타바소프가 원고를 다 읽었을 때, 레빈은 시계를 보고 벌써 1시가 지난 것을 알고는 음악회 전까지 메트로프에게 자신의 저서를 다 읽어 줄 수 없겠다고 생각했다. 게다가 지금은 그렇게 하고 싶은 생각도 없었다. 그는 강연 중에도 메트로프와의 대화에 대해 생각했다. 이제 그에게는 어쩌면 메트로프의 생각도 가치를 지니고 있겠지만 자신의 생각도 가치를 지니고 있다는 점이 분명해졌다. 이러한 생각들은 각자 선택한 방식으로 따로 연구할 때만 명확하게 되고 어떤 결과에 도달할 수 있지, 그 생각들을 주고받는 것에서는 아무것도 얻을 수 없을 것이다. 그래서 레빈은 메트로프의 초대를 거절하기로 결정하고 모임이 끝날 무렵에 그에게로 다가갔다. 메트로프는 정치 소식에 대해 함께 이야기를 나누고 있던 의장에게 레빈을 소개했

90) '(그가) 거짓말하다.'(프랑스어) 멘트라는 이름은 톨스토이가 지어낸 것이다.

다. 그때 메트로프는 레빈에게 이야기한 그 내용을 의장에게 들려주고 있었다. 레빈도 오늘 아침에 한 언급을 똑같이 말하긴 했지만 변화를 주기 위해 그 자리에서 그의 머릿속에 떠오른 새로운 견해를 함께 덧붙였다. 그러고 나서 다시 대학 문제에 대한 대화가 시작되었다. 레빈은 이미 그 이야기를 모두 들었으므로, 메트로프에게 그의 초대에 응할 수 없어 유감스럽다고 얼른 말하고는 작별 인사를 하고 리보프의 집으로 향했다.

4

키티의 언니 나탈리와 결혼한 리보프는 외국의 수도에서 평생을 보냈다. 그는 그곳에서 교육도 받았고 외교관으로도 근무해 왔다.

지난해 그는 외교관 직을 그만두었다. 그것은 불미스러운 일이 있어서가 아니라(그는 지금껏 그 누구와도 불미스러운 일을 일으킨 적이 없었다.) 두 아들에게 최상의 교육을 시키고자 모스크바의 궁내부로 근무지를 옮겼기 때문이었다.

두 사람이 습관과 사고방식 면에서 지극히 대조적인데다 리보프가 레빈보다 나이가 많긴 했지만 그들은 올겨울에 무척 친해져서 서로를 좋아하게 되었다.

리보프는 집에 있었다. 그래서 레빈은 방문을 알리지 않고 그에게로 갔다.

긴 프록코트에 허리띠를 매고 스웨이드 구두를 신은 리보프는 안락의자에 앉아 아름다운 손으로 반쯤 재가 된 시가를 조심스럽게 멀찍이 쥐고서 푸른 렌즈가 달린 코안경으로 독서대에 놓인 책을 읽고 있었다.

아름답고 섬세하고 아직 젊어 보이는, 그리고 빛나는 은빛 고수머리가 기품 있는 표정을 더하는 그의 얼굴은 레빈을 보자 미소로 환하게 빛났다.

"정말 잘됐군요. 그렇지 않아도 당신에게 사람을 보내려고 했습니다. 그런데 키티는 어떤가요? 여기 앉으시죠. 더 편할 겁니다……." 그는 자리에서 일어나 흔들의자를 끌어 왔다. "*Journal de St.-Pétersbourg*[91]에 실린 최근의 회람문을 읽었습니까? 난 그것이 훌륭하다고 생각하는데요." 그는 다소 프랑스 억양이 묻어나는 말투로 말했다.

레빈은 페테르부르크에서 회자되는 것들에 대해 카타바소프로부터 들은 이야기들을 들려주었다. 또 정치에 대해 잠시 이야기하고는 메트로프와 친분을 맺게 된 일과 모임에 갔던 일을 들려주었다. 리보프는 그 이야기에 무척 흥미를 보였다.

"그런 흥미로운 학문의 세계에 드나들 수 있는 당신이 부럽습니다." 그가 말했다. 그는 대화에 열중하다가 여느 때처럼 곧 자신에게 더 편한 프랑스어로 말을 바꾸었다. "사실 내게는 짬이 없어요. 근무와 아이들을 교육하는 일이 내게서 시간을 앗아 갑니다. 게다가 난 나의 교양이 너무나 부족하다고 말하는 것을 부끄러워하지도 않지요."

"난 그렇게 생각하지 않습니다." 레빈은 미소를 지으며 말했

---

91) 1842년에 프랑스에서 발간된 관보적(官報的) 성격을 띤 잡지로 고위층 귀족들의 정치적 견해를 반영하였다.

다. 레빈은 언제나처럼 스스로에 대한 그의 겸손한 평가에, 겸손하게 보이려 하거나 겸손해지고 싶은 욕망에서 그런 척하는 것이 아니라 정말로 진심에서 우러나온 그의 그런 평가에 감동했다.

"아, 정말입니다! 난 지금 나의 교양이 얼마나 부족한지 절감하고 있어요. 난 아이들의 교육을 위해 열심히 기억을 되살리고 무작정 공부에 매달려야 할 정도입니다. 왜냐하면 당신의 농장에 노동자와 감독이 모두 필요하듯, 교사가 있는 것만으로는 부족해서 감독하는 사람이 있어야 하기 때문이죠. 내가 뭘 읽고 있는지 보세요." 그는 독서대에 놓인 부슬라예프[92] 문법책을 가리켰다. "미샤에게 필요해서요. 그런데 무척 어렵군요……. 참, 이것 좀 설명해 줘요. 여기서 그가 말하길……."

레빈은 그에게 그것을 이해하는 것은 불가능하며 그저 외우는 수밖에 없다고 설명하려 했다. 그러나 리보프는 그의 말에 찬성하지 않았다.

"그것 보십시오, 당신은 이런 것을 얕보고 있다니까요!"

"오히려 반대입니다. 당신은 상상도 못할 겁니다. 나는 당신을 보면서 늘 내가 앞으로 해야 할 일, 말하자면 아이들의 교육에 대해 배우고 있습니다."

"뭐, 배울 것도 없는데요." 리보프가 말했다.

"내가 아는 건 그저……." 레빈이 말했다. "지금까지 당신의 아이들만큼 훌륭하게 양육된 아이들을 본 적이 없고, 당신의

---

92) F. I. 부슬라예프. 러시아의 인문학자이자 언어학자로서 역사 문법에 대한 기초적인 책 두 권을 저술했다.

아이들보다 더 훌륭한 아이들을 바랄 수 없을 거라는 겁니다."

리보프는 기쁨을 드러내지 않기 위해 자신을 억누르는 것처럼 보였으나 미소로 환하게 빛을 발하고 있었다.

"나보다 낫기만 바랄 뿐입니다. 그게 내가 바라는 전부죠. 당신은 아직 그 모든 고생을 모릅니다." 그는 말문을 열었다. "우리 애들처럼 외국에서 줄곧 방치되다시피 자란 사내아이들을 가르친다는 게……."

"당신은 그 모든 걸 따라잡을 수 있을 겁니다. 워낙 재능 있는 아이들이니까요. 무엇보다 중요한 것은 도덕 교육이지요. 내가 당신의 아이들을 보면서 배우는 것도 바로 그것입니다."

"도덕 교육이라고 하셨죠. 당신은 그것이 얼마나 어려운지 상상도 못할 겁니다! 간신히 한쪽을 때려눕혔다 싶으면 다른 한쪽이 불쑥 올라와 있죠. 그리고 또다시 싸움이 시작됩니다. 종교가 받쳐 주지 않으면……. 기억나시죠? 전에 우리 둘이 그 문제에 대해 이야기한 적 있지요. 종교의 도움이 없다면, 어떤 아버지도 자신의 힘만으로는 아이들을 양육할 수 없을 겁니다."

언제나 레빈의 흥미를 자극하던 그 화제는 외출을 위해 옷을 갈아입고 들어온 아름다운 나탈리야 알렉산드로브나 때문에 중단되었다.

"와 계신 줄 몰랐어요." 그녀가 말했다. 그녀는 미안해하기는커녕 오히려 오래전부터 들어 익히 알고 있는 그 화제를 중단시킨 걸 기뻐하는 것 같았다. "저, 키티는 어때요? 난 오늘 당신 집에서 저녁 식사를 하기로 했는데요. 그럼, 아르세니……." 그녀는 남편을 돌아보았다. "당신은 마차를 타고 올 거죠……."

그렇게 해서 남편과 아내 사이에 오늘 하루를 어떻게 보낼 것인지에 대한 의논이 시작되었다. 남편은 공무로 누군가를 만나러 가야 했고 아내는 음악회와 남동(南東) 위원회의 대중 집회에 참석해야 했기 때문에, 그들에게는 결정을 내리고 생각해 두어야 할 것들이 많았다. 레빈은 가족의 한 사람으로서 그들의 계획에 동참해야 했다. 레빈과 나탈리는 음악회와 대중 집회에 가고, 그들이 그곳에서 아르세니를 위해 마차를 사무실로 돌려보내면, 다시 그가 와서 그녀를 마차에 태워 키티에게 데려다 주거나, 그가 볼일을 끝내지 못할 경우 사람 편에 마차를 보내어 레빈이 그녀와 함께 가기로 결정했다.

"레빈이 나를 망치려 하는데." 리보프가 아내에게 말했다. "우리 아이들이 훌륭하다고 우기지 뭐요. 그 아이들에게 나쁜 점이 얼마나 많은지는 내가 잘 아는데 말이야."

"내가 늘 말하지만 아르세니는 극단으로 치달아요." 아내가 말했다. "완벽을 추구하면 결코 만족을 얻을 수 없어요. 아빠의 말씀이 옳아요. 아빠는 우리를 키울 때 오직 하나의 극단만 존재했다고 하셨죠. 아이들은 다락방에 두고 부모는 가장 좋은 층에서 지내는 것 말이에요. 그런데 요즘은 오히려 부모들이 창고 같은 곳에서 지내고 아이들이 가장 좋은 층을 차지한다니까요. 부모들은 이제 자신의 삶을 가져서도 안 돼요. 모든 것을 아이들에게 내 줘야 하죠."

"뭐, 아이들이 좋아한다면, 그것도 괜찮지 않아?" 리보프는 특유의 아름다운 미소를 지으며 그녀의 손을 가볍게 어루만졌다. "당신을 모르는 사람은 당신이 친엄마가 아니라 계모인 줄 알겠어."

“아니에요, 어느 쪽이든 극단은 좋지 않아요.” 나탈리는 그의 페이퍼 나이프를 책상 위의 적당한 자리에 놓으며 차분하게 말했다.

“자, 이리 오렴, 완벽한 아이들아.” 그는 방으로 들어오는 잘생긴 소년들에게 말했다. 아이들은 레빈에게 고개 숙여 인사하고 아버지에게 뭔가 묻고 싶은 듯 그에게 다가갔다.

레빈은 아이들과 이야기도 나누고 그들이 아버지에게 무슨 말을 하는지 듣고도 싶었지만, 나탈리가 그에게 말을 걸어온 데다 리보프의 직장 동료 마호친이 그와 함께 누군가를 만나러 가려고 궁정 제복 차림으로 방에 들어왔다. 그래서 게르체고비나와 코르진스카야 공작 영애, 두마, 아프락시나야의 돌연사 등에 관한 오랜 이야기가 시작되었다.

레빈은 아내가 한 부탁마저 잊었다. 그는 현관을 나설 때에야 그 부탁을 떠올렸다.

“아, 키티가 오블론스키의 문제에 대해서 당신과 의논해 보라고 부탁했는데요.” 그는 그와 아내를 전송하기 위해 계단에 서 있던 리보프에게 말했다.

“네, 그렇군요, maman은 우리 les beaux-frères가 그를 덮쳤으면 하시죠.” 그는 얼굴을 붉히며 빙그레 웃었다. “그런데 왜 나입니까?”

“그럼 내가 그를 덮칠게요.” 소매 없는 하얀 개가죽 외투를 입은 리보바는 대화가 끝나기를 기다리다 생긋 웃으며 이렇게 말했다. “자, 가요.”

5

낮 음악회에서는 매우 흥미로운 작품 두 곡이 연주되었다.

하나는 「광야의 리어왕」[93]이라는 환상곡이었고, 또 하나는 바흐에게 헌정하는 사중주곡이었다. 두 작품 모두 신작이었고 새로운 정신으로 충만했다. 그래서 레빈은 그 작품들에 대해 나름의 의견을 정립해 보고 싶었다. 그는 처형을 1층의 정면에 자리 잡은 일등석으로 안내한 후, 기둥 옆에 서서 할 수 있는 한 집중해서 진지하게 들어 보기로 마음먹었다. 그는 언제나 몹시도 불쾌하게 음악에 대한 주의력을 흐트러뜨리는 하얀 넥타이 차림의 지휘자의 손동작, 음악회를 위해 특별히 귓가에 리본을 정성스럽게 묶은 부인들, 그 무엇에도 관심이 없거나 음악보다 다른 여러 가지 관심사에 마음을 빼앗긴 얼굴

93) 이 환상곡은 톨스토이가 19세기의 음악계에 유행하던 표제음악을 조롱하기 위해 만들어 낸 가공의 환상곡이다. 톨스토이는 표제음악을 좋아하지 않았다.

들을 쳐다보며 산만해지지 않도록, 자신에게 떠오른 인상을 망치지 않도록 애썼다. 그는 음악 전문가들과 말 많은 사람들과의 만남을 피하려 애쓰며, 정면 아래쪽을 응시한 채 귀를 기울였다.

하지만 리어왕 환상곡을 들으면 들을수록, 그는 어떤 명확한 의견을 정립하는 것이 불가능하다고 느꼈다. 감정에 대한 음악적 표현이 마치 한군데 모이기라도 하듯 끊임없이 시작되었다가 이내 음악적 표현을 위한 새로운 시작의 파편들로, 때로는 그저 작곡가의 변덕에 지나지 않는 아무 연관 없이 복잡하기만 한 소리들로 흩어져 버렸다. 그 음악적 표현의 파편 자체는 때로 아름답기도 했지만 불쾌하게 느껴졌다. 왜냐하면 전혀 예상할 수 없을 뿐 아니라 그 무엇으로도 마음의 준비를 할 수 없는 것들이었기 때문이다. 즐거움도, 슬픔도, 비탄도, 부드러움도, 의기양양함도 미치광이의 감정처럼 아무런 명분 없이 나타났기 때문이다. 미치광이의 경우와 똑같이, 이러한 감정은 예기치 않게 스쳐 지나갔다.

연주 내내 레빈은 춤추는 사람들을 바라보는 귀머거리의 감정을 맛보았다. 곡이 끝났을 때, 그는 완전히 당황하고 말았다. 그리고 팽팽하게 긴장된, 그러나 그 무엇으로도 보상받지 못한 집중으로 지독한 피로를 느꼈다. 사방에서 우레와 같은 박수소리가 들렸다. 다들 자리에서 일어나 걸음을 떼며 이야기를 나누기 시작했다. 레빈은 다른 사람들의 인상을 통해 자신의 당혹스러움을 해명해 보고자 전문가들을 찾아 돌아다니기 시작했다. 그러다 그는 자신의 지인인 페스초프와 대화를 나누고 있는 유명한 전문가를 보고 기뻐했다.

"놀랍군요!" 페스초프의 굵은 베이스 목소리가 말했다. "안녕하십니까, 콘스탄친 드미트리치. 굉장히 생생하지요. 조형적이랄까요, 색채감도 풍부하더군요. 코델리아가 다가오는 것이 느껴지는 부분 있잖습니까, 여성이, das ewig Weibliche[94]가 운명과 싸우는 부분 말입니다. 그렇지 않습니까?"

"그런데 코델리아가 그것과 무슨 관련이 있습니까?" 레빈은 그 환상곡이 광야의 리어왕을 묘사한 것이라는 점을 까맣게 잊고 머뭇머뭇 물었다.

"코델리아가 나오잖습니까……. 여기 보십시오!" 페스초프는 손에 들고 있던, 새틴처럼 매끄러운 프로그램을 손가락으로 툭툭 두들기고 그것을 레빈에게 건넸다.

그제야 레빈은 환상곡의 제목을 기억해 내고 프로그램의 뒤쪽에 실린, 러시아어로 번역된 셰익스피어의 시를 서둘러 읽었다.

"이것이 없으면 좇아갈 수가 없습니다." 페스초프는 레빈을 돌아보며 말했다. 그의 말상대가 자리를 뜨는 바람에 더 이상 이야기를 나눌 상대가 없었기 때문이다.

인터미션 시간에 레빈과 페스초프 사이에서 바그너파[95]의

---

94) '영원한 여성, 혹은 영원한 여성성.'(독일어) 괴테의 『파우스트』의 마지막 연에서 성모 마리아에 대한 비유로 언급된다. 한편 괴테와 동시대인인 베토벤이 죽고 난 뒤, 그가 das ewig Weibliche에게 쓴 부치지 못한 편지 세 통이 발견되었다. 베토벤의 편지 대상이 된 이 'das ewig Weibliche'은 우리나라에서 '불멸의 연인'이라는 호칭으로 번역되었다.

95) 톨스토이는 리하르트 바그너의 오페라와 그것에 뒤이어 나온 음악적 경향을 또다른 형태의 표제음악으로 간주했다. 『예술이란 무엇인가?』에는 바그너와 그의 '종합예술(Gesamtkunstwerk)' 이론에 대한 톨스토이의 강한 비판이 실려 있다.

음악이 지닌 장점과 단점에 대한 논쟁이 벌어졌다. 레빈은 음악이 다른 예술의 영역을 넘나들기를 바라는 것이 바그너와 그의 추종자들의 오류라고 주장했다. 그러한 오류는 회화가 맡아야 할 무언가를, 가령 얼굴 윤곽을 시가 그리려 할 때 저지르는 오류와 마찬가지라는 것이었다. 그리고 그는 그러한 오류의 예로서 받침대 위의 시인의 상(像) 주위에서 일어나는 시적 이미지들의 환영을 대리석에 새기려고 생각한 어느 조각가[96]를 언급했다. "그 조각가는 그 환영들에 환영을 거의 부여하지 못해, 그것들은 계단에 매달려 있다시피 하고 있습니다." 레빈은 말했다. 그는 이 표현이 마음에 들었다. 그러나 전에도 이와 똑같은 표현을 페스초프에게 한 적이 있는지 없는지 기억나지 않았다. 그래서 이 말을 해 놓고 나서 당황하고 말았다.

그러나 페스초프는 예술은 하나라고, 예술은 그 모든 형식의 결합 속에서만 최고의 발현을 얻을 수 있다고 주장했다.

레빈은 공연의 후반부를 전혀 들을 수 없었다. 페스초프가 그의 옆에 서서 그 곡의 지나칠 정도로 과장되고 들척지근한 단순성을 비난하고 회화에서 라파엘 전파가 보여 준 단순성에 그것을 비교하며 거의 내내 말을 걸었다. 밖으로 나오는 길에 레빈은 또 많은 지인들을 만나 정치며, 음악이며, 공통으로 아

96) 톨스토이는 푸슈킨의 기념비를 만든 조각가 M. M. 안토콜스키를 염두에 두고 있다. 안토콜스키는 1875년 미술 아카데미에 이 작품을 전시했다. 작품 속 형상은 푸슈킨이 바위 위에 앉아 있고 그의 작품 속 등장인물들이 그를 향해 나 있는 계단을 걸어 올라가는 모습이었다. 이 작품의 의도는 푸슈킨의 시행("지금 눈에 보이지 않는 한 무리의 손님들이 날 향해 오고 있다. 옛날부터 알던, 내 꿈의 열매들.")을 시각적으로 형상화하는 것이었다.

는 지인들에 관해 잠시 이야기를 나누었다. 그러다 그는 볼 백작을 만났다. 레빈은 그를 방문하기로 한 것을 까맣게 잊고 있었다.

"그럼, 지금 가 보세요." 레빈이 리보바에게 그 이야기를 하자, 그녀는 이렇게 말했다. "어쩌면 방문을 받지 않을지도 몰라요. 그렇게 되면 집회장에 들러 날 데리고 가요. 나중에 들러요."

6

“혹시 방문객을 접견하지 않으시나?” 레빈은 볼 백작의 집 현관에 들어서며 말했다.

“접견하십니다. 어서 오십시오.” 수위는 단호한 태도로 그의 외투를 벗기며 말했다.

‘아, 정말 귀찮게 됐군.’ 레빈은 한숨과 함께 장갑을 벗고 모자를 바로잡으며 생각했다. ‘그런데 내가 여기 왜 온 거지? 이 집 사람들과 무슨 이야기를 한담?’

레빈은 첫 번째 응접실을 지나치다 문가에서 뭔가에 여념이 없는 엄격한 표정으로 하인에게 뭐라고 지시하고 있는 볼 백작 부인을 만났다. 레빈을 알아본 그녀는 미소를 지으며 사람들의 목소리가 들려오는 작은 응접실로 그를 안내했다. 응접실에는 백작부인의 두 딸과, 레빈도 아는 모스크바의 대령이 안락의자에 앉아 있었다. 레빈은 그들에게 다가가 인사를 하고 소파 옆에 앉아 모자를 무릎 위에 올려놓았다.

"부인의 건강은 어떤가요? 당신은 음악회에 가셨죠? 우리는 못 갔어요. 엄마가 추도회에 가셔야 했거든요."

"네, 저도 그 소식을 들었습니다……. 너무 갑작스러운 죽음이라……." 레빈이 말했다.

백작부인이 응접실에 들어와 소파에 앉더니 아내와 음악회에 대해 물었다.

레빈은 그녀의 질문에 답하고, 아프락시나야의 돌연사에 대한 질문을 거듭했다.

"하지만 그녀는 늘 쇠약했어요."

"당신은 어제 오페라를 보러 가셨나요?"

"네, 갔습니다."

"루카[97]가 정말 대단했죠."

"네, 정말 대단했습니다." 그는 이렇게 말했다. 그리고 사람들이 자신에 대해 무슨 생각을 하든 전혀 개의치 않았기 때문에, 그는 그 여가수의 특별한 재능에 대해 수백 번이나 들은 이야기들을 되풀이하기 시작했다. 볼 백작부인은 그의 말에 귀를 기울이는 척했다. 레빈이 어지간히 떠들고 나서 입을 다물자, 그때까지 침묵하고 있던 대령이 말문을 열었다. 대령도 오페라와 조명에 대해 이야기를 늘어놓기 시작했다. 마침내 대령은 츄린 가에서 열릴 folle journée[98]에 대해 이야기하고는 웃

97) 오스트리아에서 음악 경력을 쌓은 이탈리아 태생의 오페라 가수. 1870년대 초반에 러시아에서 공연을 가졌다.

98) 보마르셰가 쓴 희곡 「피가로의 결혼 : 바보 같은 하루(Ou le Mariage de Figaro: la Folle journée)」에서 딴 프랑스어 문구. 이 문구는 모든 종류의 카니발과 축제를 일컫는 말이 되었다.

음을 터뜨리며 부산스럽게 굴더니 자리에서 일어나 가 버렸다. 레빈도 일어섰으나, 백작부인의 표정에서 아직은 떠날 때가 아니라는 것을 눈치챘다. 2분 정도 더 있어야 했다. 그는 자리에 앉았다.

하지만 그는 그런 짓이 얼마나 어리석은지를 계속 생각하느라 대화의 주제를 찾지 못해 입을 다물고 있었다.

"당신은 대중 집회에 가지 않나요? 매우 흥미롭다고 하던데요." 백작부인이 말을 꺼냈다.

"안 갑니다. 다만 저의 belle-soeur에게 데리러 가겠다고 약속했습니다." 레빈이 말했다.

침묵이 덮쳤다. 어머니와 딸은 또다시 눈짓을 주고받았다.

'음, 이제 가도 되나 보군.' 레빈은 이렇게 생각하고 자리에서 일어났다. 부인들은 그의 손을 잡고 부인에게 mille choses[99]를 전해 달라고 부탁했다.

수위는 그에게 외투를 건네며 물었다.

"어디에 묵고 계십니까?" 그러더니 그는 곧 장정이 잘된 커다란 책자에 기입을 했다.

'물론 나야 아무래도 상관없지만, 그래도 민망하고 끔찍할 정도로 멍청하게 느껴지는군.' 이렇게 생각한 레빈은 누구나 이런 일을 한다는 생각으로 스스로를 위로하며 위원회의 대중 집회로 마차를 몰았다. 그는 그곳에서 처형을 찾아 함께 집으로 가야 했다.

위원회의 대중 집회에는 사교계의 거의 모든 인사들을 비롯

99) '천 번의 인사.'(프랑스어) '안부'를 뜻하는 관용어이다.

해 많은 사람들이 와 있었다. 레빈은 전반적인 보고가 끝나기 전에 도착했다. 사람들의 말대로 그 보고는 매우 흥미로웠다. 보고문의 낭독이 끝나자, 협회의 사람들이 모여들었다. 레빈은 그곳에서 스비야슈스키도 만났다. 그는 레빈에게 오늘 밤 열릴 농업 협회에서 유명한 강연이 있을 예정이니 꼭 오라고 초대했다. 레빈은 경마에서 이제 막 도착한 스테판 아르카지치와 다른 많은 지인들을 만나 집회, 새로운 곡, 재판 등에 대해 다양한 의견을 말하기도 하고 듣기도 했다. 그러나 그도 느끼기 시작한 집중력 저하 때문인지, 그는 재판에 대해 말하면서 실수를 범하고 말았다. 그리고 나중에 그 실수가 뇌리에 몇 번이고 떠올랐고, 그때마다 그는 화가 치밀었다. 러시아에서 재판을 받고 있는 어느 외국인에게 언도될 판결과 그에게 국외 추방을 언도하는 것이 얼마나 잘못된 것인지에 대해 말하면서, 레빈은 전날 어느 지인에게서 들은 이야기를 그대로 되풀이했다.

"난 그를 국외 추방하는 것이 꼬치고기에게 벌을 내린답시고 꼬치고기를 물에 놓아주는 것과 다를 바 없다고 생각합니다." 레빈은 말했다. 나중에야 그는 자신의 것인 양 행세했던, 하지만 실은 지인에게서 들은 그 생각이 크릴로프[100] 우화의 한 대목으로 지인도 신문 칼럼에서 보고 옮긴 말이라는 것을 기억해 냈다.

레빈은 처형과 함께 집에 들러 키티가 명랑하고 건강한 것을 확인한 후 클럽으로 향했다.

---

100) 시인 이반 크릴로프는 러시아 우화의 아버지로 알려져 있다. 레빈이 말하는 꼬치고기 이야기는 부패한 궁정이 죄를 지은 창꼬치에게 벌을 내린답시고 물에 던진다는 내용을 담고 있다.

7

레빈은 때에 딱 맞춰 클럽에 도착했다. 그의 도착과 함께 다른 손님들과 회원들을 태운 마차들도 속속 도착했다. 레빈은 대학을 졸업하고 나서 계속 모스크바에 머물며 사교계에 드나들던 시절 이후로 아주 오랫동안 클럽에 간 적이 없었다. 그는 클럽과 그 건물의 외부를 기억하고는 있었지만 자신이 예전에 클럽에서 느낀 인상은 완전히 잊고 있었다. 하지만 그의 삯마차가 넓은 반원형의 안뜰에 들어서고 그가 마차에서 내려 현관 계단에 들어섰을 때, 장식 띠를 두른 수위가 그를 맞으러 나와 소리 없이 문을 열며 인사를 했을 때, 그가 수위실에서 위층으로 덧신을 신고 가는 것보다 아래층에 벗어 두고 가는 게 덜 힘들다고 생각한 회원들의 덧신과 외투를 보았을 때, 그가 그의 방문을 알리는 비밀스러운 벨소리를 듣고 양탄자가 깔린 완만한 계단을 올라가다 층계참에 놓인 조각상을 보았을 때, 비록 늙긴 했지만 전부터 알던 클럽 제복 차림의 세 번째 수위가 2층 입구에서 서두르지 않으면서도 지체 없이 문을 열며 손님들을 흘깃거리는 것을 보았을 때, 레빈은 곧 오래전에 느낀 클럽의 인상에, 휴식과 만족과 예의바름의 인상에 사로잡히고 말았다.

"모자를 주시지요." 수위가 레빈에게 말했다. 레빈은 수위실에 모자를 두고 가야 하는 클럽의 규칙을 잊고 있었다. "오랜만에 오셨군요. 공작님께서 어제 자리를 예약해 두셨습니다. 스테판 아르카지치 공작님은 아직 오시지 않았습니다."

수위는 레빈뿐만 아니라 레빈의 인간관계와 친인척들까지 알고 있었기에 즉시 그와 가까운 사람들에 대해 언급했다.

레빈은 칸막이가 딸린 첫 번째 큰 홀을 통과해 과일 뷔페가 차려진 오른쪽 방을 지나 앞에서 느릿느릿 걷고 있는 노인을 지나쳐 사람들로 웅성대는 식당으로 들어갔다.

그는 이미 거의 다 찬 테이블을 따라 손님들을 흘깃거리며 지나갔다. 여기저기서 그는 너무나도 다양한 사람들, 노인들, 젊은이들, 그가 거의 모르는 사람, 그와 친한 사람 등과 부딪쳤다. 화가 나 있거나 걱정스러워 보이는 얼굴은 단 한 명도 없었다. 모두들 수위실에 모자와 더불어 자신의 불안과 근심을 내려놓고 인생의 물질적 행복을 천천히 음미하러 모인 것 같았다. 그곳에는 스비야슈스키도, 쉐르바츠키도, 네베도프스키도, 노공작도, 브론스키도, 세르게이 이바노비치도 있었다.

"아! 왜 이렇게 늦었나?" 공작이 미소를 지으며 자신의 어깨 너머로 레빈에게 손을 내밀었다. "키티는 어떤가?" 그는 조끼의 단춧구멍에 끼운 냅킨을 바로잡으며 이렇게 덧붙였다.

"괜찮습니다. 건강합니다. 아내와 처형들은 집에서 식사를 하고 있습니다."

"아, 알리나-나지나 말이지. 그런데 우리 테이블에는 빈자리가 없군. 저 테이블에라도 가서 얼른 자리를 잡게." 공작은 이렇게 말하고는 등을 돌리고 조심스럽게 모캐 생선 수프가 든 접시를 받아 들었다.

"레빈, 이리 오십시오!" 조금 떨어진 곳에서 선량한 목소리가 외쳤다. 그는 투로프친이었다. 그는 젊은 군인과 앉아 있었고, 그들 옆에는 의자 두 개가 뒤집힌 채 놓여 있었다. 레빈은 기꺼이 그들에게로 갔다. 그는 언제나 선량한 방탕아 투로프친을 좋아했다. 그는 레빈이 키티에게 청혼하던 기억과 얽혀 있었다. 하지만 신경을 온통 긴장시켜 온갖 지적인 대화를 나누고 온 지금은 투로프친의 선량한 얼굴이 특히나 반가웠다.

"여기가 당신과 오블론스키의 자리입니다. 그도 이제 곧 올 겁니다."

등을 꼿꼿이 세우고 언제나 웃는 듯한 유쾌한 눈을 지닌 군인은 페테르부르크의 가긴이었다. 투로프친이 서로를 소개시켜 주었다.

"오블론스키는 언제나 늦는군요."

"아, 저기 그가 오네요."

"자네도 지금 막 왔지?" 오블론스키가 부랴부랴 그에게 다가오며 말했다. "안녕하신가! 보드카는 마셨나? 그럼, 가 볼까."

레빈은 자리에서 일어나 그와 함께 보드카와 온갖 다양한 자쿠스카가 차려진 큰 테이블로 갔다. 스무여 가지의 자쿠스카 중에서 입맛에 따라 고르면 될 것 같았으나, 스테판 아르카지치는 뭔가 특별한 것을 주문했다. 그러자 제복 차림으로 서 있던 하인들 가운데 한 명이 즉시 주문한 것을 가져왔다. 그들은 각자 유리잔에 따라 마시고는 테이블로 돌아왔다.

바로 그때 하인이 아직 생선 수프를 먹고 있는 가긴에게 샴페인을 가져왔다. 그러자 그는 잔 네 개에 샴페인을 따르라고 시켰다. 레빈은 그가 권하는 술을 거절하지 않았으며 한 병 더 주문하기까지 했다. 그는 배가 고팠기 때문에 아주 기쁜 마음으로 먹고 마셨고, 동석자들의 유쾌하고 소탈한 이야기에도 기꺼이 끼어들었다. 가긴은 목소리를 낮추어 페테르부르크의 새 일화를 들려주었다. 그 일화는 비록 외설스럽고 우둔했으나 너무나 우스꽝스러워서, 레빈은 주위에서 쳐다볼 정도로 크게 웃어 댔다.

"그 이야기는 말이지, '난 이제 그따위 것은 참을 수 없어!'라는 유(類)의 이야기야. 자네, 그 이야기 아나?" 스테판 아르카지치가 물었다. "아, 정말 멋진 얘기지! 한 병 더 가져와." 그는 하인에게 이렇게 말하고 이야기를 시작했다.

"표트르 일리치 비노프스키가 드리는 겁니다." 늙은 하인이 아직도 거품이 이는 가느다란 샴페인 잔 두 개를 들고 와서 스테판 아르카지치와 레빈을 돌아보며 스테판 아르카지치의 말을 가로막았다. 스테판 아르카지치는 잔을 쥐고서 테이블의 반대편 끝에 앉은 붉은 콧수염의 대머리 남자와 눈짓을 주고받고는 그에게 미소를 지으며 고개를 끄덕여 보였다.

"누구야?" 레빈이 물었다.

"자네도 우리 집에서 한 번 본 적 있는데, 기억 안 나? 좋은 청년이지."

레빈은 스테판 아르카지치와 똑같은 동작을 하며 잔을 들었다.

스테판 아르카지치의 일화도 매우 재미있었다. 레빈은 자신의 일화를 들려주었는데, 그것 역시 재미있었다. 그러고 나서 이야기는 말로, 오늘 낮에 있었던 경마로, 브론스키의 말 아틀라스가 얼마나 멋지게 일등상을 탔는지로 옮겨 갔다. 레빈은 식사 시간이 어떻게 흘러갔는지도 몰랐다.

"아! 저기 오는군!" 식사가 끝날 무렵, 스테판 아르카지치는 의자의 등에 몸을 기댄 채 그에게로 걸어오는 브론스키와 훤칠한 근위 대령에게 손을 뻗으며 말했다. 브론스키의 얼굴에도 클럽 전체에 흐르는 유쾌한 선량함이 빛났다. 그는 스테판 아르카지치의 어깨에 쾌활하게 기대어 그에게 뭐라고 속삭이고는 여전히 쾌활한 미소를 지으며 레빈에게 손을 내밀었다.

"이렇게 만나게 되어 무척 반갑습니다." 그는 말했다. "그때 선거장에서 당신을 계속 찾았습니다. 그런데 당신이 이미 떠났다고 하더군요." 그가 레빈에게 말했다.

"네, 그날 바로 떠났습니다. 우리는 지금 막 당신의 말에 대해 이야기를 하고 있었습니다. 축하합니다." 레빈이 말했다. "굉장히 빠르게 달렸다지요."

"당신에게도 말이 있지 않습니까?"

"아뇨, 나의 아버지가 갖고 계셨지요. 하지만 난 지금도 그 말들을 기억하고 있고 또 알고 있습니다."

"자네는 어디에서 식사를 했나?" 스테판 아르카지치가 물었다.

"우리는 기둥 뒤의 두 번째 테이블에 있었어."

"이 사람을 축하하는 자리였습니다." 훤칠한 대령이 말했다. "그가 두 번째로 받는 황제 상이죠. 이 사람이 말에서 얻은 그런 행운이 나의 카드에 따라와 주기만 한다면!"

"이봐, 왜 황금 같은 시간을 낭비하고 있나! 난 지옥으로 가겠네." 대령은 이렇게 말하고 테이블을 떠났다.

"저 사람이 야쉬빈이야." 브론스키는 투로프친에게 이렇게 대답하고 그들 옆의 빈자리에 앉았다. 브론스키는 앞에 놓인 잔을 비우고 한 병을 더 주문했다. 클럽의 인상에 영향을 받은 탓인지, 술을 마신 탓인지, 레빈은 브론스키와 가축의 우량종에 대해 이야기를 나누면서 그에게 아무런 적의가 느껴지지 않는 것에 무척 기뻐했다. 그는 심지어 아내가 마리야 보리소브나 공작부인 집에서 그를 만났다고 하더라는 말까지 했다.

"아, 마리야 보리소브나 공작부인, 아주 매력적인 분이지!" 스테판 아르카지치는 이렇게 말하며 그녀에 관한 일화를 들려주었고, 그 일화는 모든 사람을 웃게 만들었다. 특히 브론스키가 너무도 선량하게 웃어 대서, 레빈에게는 자신과 그가 완전히 화해한 것처럼 느껴졌다.

"어때, 다 끝났나?" 스테판 아르카지치는 자리에서 일어나며 미소를 지었다. "가지!"

8

레빈은 테이블을 떠나 걸음을 옮기는 동안 자기의 팔이 유난히 규칙적이고 경쾌하게 흔들리는 것을 느끼면서 가긴과 함께 천장이 높은 방을 지나 당구장으로 갔다. 그는 큰 홀을 지나치다 장인과 마주쳤다.

"그래, 어떤가? 우리의 무위(無爲)의 신전이 자네의 마음에 드는가?" 공작은 그의 팔을 잡으며 말했다. "가세, 함께 산책이나 하지."

"저도 잠시 거닐며 이곳을 둘러보고 싶었습니다. 재미있는 곳입니다."

"그래, 자네에게는 재미있겠지. 하지만 나에게는 자네와는 또 다른 재미가 있다네. 저 늙은이들이 보이나?" 그는 등이 굽고 입술이 축 늘어진 어느 회원을 가리키며 말했다. 그는 부드러운 부츠를 신은 두 다리를 가까스로 끌며 그들의 맞은편에서 걸어오고 있었다. "자네는 저 사람이 날 때부터 슐류피크였다고 생각하겠지."

"슐류피크라니요?"

"자네는 그 말을 모르는군. 그건 우리 클럽의 은어일세. 자네도 알다시피, 삶은 달걀을 굴릴 때, 많이 굴린 달걀은 온통 금이 가서 슐류피크가 되지. 우리들도 마찬가지라네. 클럽에 뻔질나게 드나들다 보면 슐류피크가 돼. 그래, 자네는 웃는군. 하지만 우리의 형제는 자신이 슐류피크로 추락하는 것을 목격하게 되지. 자네, 체첸스키 공작을 아나?" 공작이 물었다. 레빈은 그의 표정에서 그가 뭔가 우스운 이야기를 하려 한다는 것을 알아차렸다.

"아니요, 모릅니다."

"아니, 정말인가! 음, 그 유명한 체첸스키 공작을……. 뭐, 아무래도 상관없네. 그는 늘상 당구를 치지. 3년 전에는 그도 아직 슐류피크가 아니어서 으스대고 다녔다네. 그는 다른 사람들을 슐류피크라고 불러 댔어. 그런데 한번은 그가 왔을 때, 우리 수위가……. 자네, 바실리를 아나? 그래, 그 뚱보 말이야. 굉장한 익살꾼이지. 그래서 말이야, 체첸스키 공작이 그에게 물었다네. '이봐, 바실리, 누구누구 와 있나? 슐류피크들도 있나?' 그러자 수위가 그에게 이렇게 말했지. '공작님이 세 번째 분입니다.' 그랬다네, 그 친구도 정말 그렇게 되고 만 거지!"

그렇게 이야기를 나누기도 하고 마주치는 사람들과 인사를 하기도 하면서, 레빈은 공작과 함께 모든 방을 돌아다녔다. 이미 테이블이 놓이고 늘 모이는 패거리들이 조그맣게 내기를 벌이고 있는 큰 방, 세르게이 이바노비치가 누군가와 이야기를 나누며 체스를 두고 있는 소파 방, 방의 굴곡에 놓인 소파 주위에 가긴을 포함한 유쾌한 무리가 샴페인을 들고 모여 있는 당구장……. 그들은 많은 도박꾼들이 한 테이블에서 북적대고 있는 지옥에도 잠깐 들렀다. 그곳에는 야쉬빈이 벌써부터 자리를 잡고 있었다. 그들은 소리를 내지 않으려 애쓰며 어둑한 독서실에도 들어가 보았다. 그곳에는 성난 표정을 지은 한 젊은이가 갓이 달린 램프 아래서 잡지들을 계속 뒤적이고 있었고 대머리 장군이 독서에 몰두하고 있었다. 그들은 공작이 '지혜의 방'이라 부르는 방에도 들어갔다. 그 방에는 세 신사가 최근의 정치 소식에 대해 열띤 대화를 벌이고 있었다.

"공작, 들어오십시오, 준비됐습니다." 공작의 카드 파트너 가운데 한 명이 그곳에 있는 그를 발견하고 이렇게 말하자, 공작은 그 방을 떠났다. 레빈은 잠시 앉아 사람들의 이야기를 들었다. 그러나 오늘 아침의 대화를 전부 떠올리자, 불현듯 그는 끔찍할 정도로 지겨워지기 시작했다. 그는 황급히 일어나 오블론스키와 투로프친을 찾으러 나섰다. 그는 그들과 있는 것이 유쾌했다.

투로프친은 손잡이 달린 커다란 술잔을 든 채 당구장의 높다란 소파에 앉아 있었고, 스테판 아르카지치는 브론스키와 함께 멀찍이 떨어진 구석의 문가에서 뭔가에 대해 이야기를 나누고 있었다.

"그 애는 따분해서 그러는 게 아니야. 상황이 불명확하고 어떻게 될지 몰라서 그러는 거지." 레빈은 그 말을 듣고 황급히 자리를 피하려 했다. 하지만 스테판 아르카지치가 그를 불렀다.

"레빈!" 스테판 아르카지치가 말했다. 그 순간 레빈은 그의 눈에 눈물이 아닌 촉촉한 물기가 어린 것을 눈치챘다. 그것은 그가 술을 마시거나 깊이 감동할 때면 늘 있는 일이었다. 이번에는 그 두 가지 모두 때문이었다. "레빈, 가지 마!" 그는 이렇게 말하며, 무슨 일이 있어도 레빈을 놓아주지 않으려는 듯 그의 팔꿈치를 꽉 잡았다.

"이 사람은 나의 진실한, 거의 최고의 친구라 할 수 있지." 그는 브론스키에게 말했다. "자네도 내게는 그 누구보다 더 가깝고 소중한 친구야. 그래서 난 자네들이 절친하고 가까운 사이가 됐으면 좋겠고, 또 그렇게 되리라는 것을 알고 있어. 자네들 둘 다 좋은 사람들이니까 말이야."

"그럼, 우리에게는 서로 입을 맞추는 일만 남았군요." 브론스키는 선의에서 우러나온 농담을 던지며 손을 내밀었다.

레빈은 얼른 브론스키가 내민 손을 잡고 꽉 쥐었다.

"정말, 정말 기쁩니다." 레빈은 그의 손을 잡은 채 이렇게 말했다.

"어이, 샴페인 한 병 더 가져와." 스테판 아르카지치가 말했다.

"나도 기쁩니다." 브론스키가 말했다.

하지만 스테판 아르카지치의 희망과 그들 두 사람의 바람에도 불구하고, 그들에게는 할 이야기가 없었고, 둘 다 그것을 느끼고 있었다.

"자네는 레빈과 안나가 서로 모르는 사이라는 것을 알아?" 스테판 아르카지치가 브론스키에게 말했다. "난 이 사람을 안나에게 꼭 데려가고 싶어. 같이 가지, 레빈!"

"정말?" 브론스키가 말했다. "그녀가 정말 기뻐할 거야. 나도 지금 집으로 가면 좋을 텐데." 그는 이렇게 덧붙였다. "하지만 야쉬빈이 걱정 돼. 난 그가 카드를 끝낼 때까지 이곳에 있고 싶어."

"왜, 상황이 안 좋은가?"

"계속 돈을 잃고 있어. 게다가 저 녀석을 제지할 사람은 나밖에 없어."

"그럼 피라미드라도 하는 게 어때? 레빈, 자네도 할 줄 알겠지? 좋았어." 스테판 아르카지치가 말했다. "피라미드를 준비해 주게." 그는 점수 기록원을 돌아보았다.

"오래전에 준비해 두었습니다." 점수 기록원이 대답했다. 그는 벌써부터 공을 삼각형으로 배치해 두고 재미 삼아 빨간 공을 이리저리 치고 있었다.

"자, 시작해 볼까."

게임을 끝낸 후, 브론스키와 레빈은 가긴의 테이블에 나란히 앉았다. 레빈은 스테판 아르카지치의 제안으로 에이스에 돈을 걸기 시작했다. 브론스키는 끊임없이 그를 찾아오는 지인들에게 둘러싸여 테이블 앞에 앉아 있기도 하고, 지옥으로 야쉬빈을 보러 갔다 오기도 했다. 레빈은 오전의 정신적 피로에서 벗어나 즐거운 휴식을 누리고 있었다. 브론스키에 대한 적대감을 해소한 것이 그를 기쁘게 했고, 평온과 예의바름과 만족 어린 느낌이 그를 떠나지 않았다.

게임이 끝나자, 스테판 아르카지치가 레빈의 손을 잡았다.

"자, 그럼 안나에게 가 볼까. 지금 어때? 응? 그 애는 집에 있어. 난 오래전부터 그 애에게 자네를 데려가겠노라고 약속했단 말이야. 자네, 저녁 때 어디 갈 생각이었나?"

"뭐, 특별히 갈 곳은 없어. 스비야슈스키에게 농업 협회에 가겠노라고 약속하긴 했지만. 자, 가지." 레빈이 말했다.

"좋아, 어서 가자고! 내 마차가 와 있는지 확인해 주게." 스테판 아르카지치는 하인에게 말했다.

레빈은 테이블로 가서 에이스에 걸었다 잃은 40루블을 내고 문 옆에 서 있던 늙은 하인에게 모종의 은밀한 방식으로 클럽의 비용을 지불하고는 팔을 유난히 힘차게 흔들며 여러 홀을 지나 출구로 향했다.

9

“오블론스키 공작님의 마차!” 수위는 거친 베이스 음으로 소리쳤다. 마차가 다가오자, 두 사람은 안에 올라탔다. 레빈은 마차가 클럽의 정문을 빠져 나가는 불과 얼마 동안에만 클럽의 인상을, 즉 평온과 즐거움과 주변의 나무랄 데 없는 품격을 느낄 수 있었다. 하지만 마차가 거리로 나오자마자, 그리고 그가 울퉁불퉁한 길을 따라 마차의 흔들림을 느끼고 맞은편에서 삯마차를 몰고 오는 마부의 퉁명스러운 외침을 듣고 흐릿한 조명 아래에서 술집과 상점의 붉은 간판을 보자마자, 그 인상은 무너지고 말았다. 그는 자신의 행동을 곰곰이 생각하며 과연 안나에게 가는 것이 잘하는 짓인지 스스로에게 묻기 시작했다. 키티가 뭐라고 말할 것인가? 하지만 스테판 아르카지치는 그에게 생각할 틈을 주지 않고, 마치 그의 의혹들을 짐작하고 있는 듯 그것들을 흐트러뜨렸다.

“얼마나 기쁜지 모르겠어.” 그가 말했다. “자네가 그 애를 알게 되다니. 자네도 알겠지만, 돌리는 오래전부터 이렇게 되길 바랐어. 리보프도 그 애를 방문한 적이 있고 지금도 계속 만나고 있지. 비록 그 애가 내 동생이긴 하지만……." 스테판 아르카지치가 말했다. "난 그 애가 훌륭한 여자라고 자신 있게 말할 수 있어. 자네도 알게 될 거야. 그 애는 무척 괴로운 처지에 놓여 있어. 특히 지금은 더 그렇지."

"왜 지금 특히 그렇다는 건데?"

"우리는 그 애의 남편과 이혼을 협의하고 있어. 그도 동의했지. 하지만 여기에는 아들에 관한 곤란한 문제가 있어. 이미 오래전에 해결했어야 하는데, 벌써 석 달 동안 그 문제를 질질 끌고 있지. 이혼이 이루어지면, 안나는 즉시 브론스키와 결혼할 거야. 참 어리석지, '이사야여, 기뻐하라!'라고 노래하며 원으로 도는 그 옛 풍습 말이야. 아무도 믿지 않잖아. 그저 사람들의 행복이나 방해할 뿐이지!" 스테판 아르카지치가 일어났다. "그럼, 그때는 그들의 처지도 분명해질 거야. 나나 자네처럼."

"곤란한 문제가 뭔데?" 레빈이 물었다.

"아, 그건 길고 지루한 이야기이지! 우리 나라에서는 모든 게 너무 불분명해. 하지만 문제는 바로 안나가 그 두 사람을 모르는 사람이 없는 이곳 모스크바에서 이혼을 기다리며 석 달 동안 지내고 있다는 거야. 아무 데도 가지 않고 돌리 외에는 여자들을 일절 만나지 않으면서 말이지. 자네도 이해하겠지만 그 애는 사람들이 동정심에서 자기를 찾아오는 걸 바라지 않거든. 그 바보 같은 바르바라 공작 영애도, 그런 여자까지도 그것을 부적절하다고 생각하고 떠나 버렸지. 그러니 다른 여자가 이런 상황에 있었다면 자기 안에서 어떤 방책도 찾아낼 수 없었을 거야. 하지만 그 애는 말이지, 자네도 보겠지만, 자신의 생활을 얼마나 잘 꾸려 가고 있는지 몰라. 얼마나 침착하고 기품 있는지! 왼쪽으로, 골목으로, 교회의 맞은편일세!" 스테판 아르카지치는 마차의 창문 밖으로 몸을 쑥 내밀고 소리쳤다. "푸하, 정말 덥군!" 그는 영하 12도인데도 활짝 젖힌 외투를 더욱더 젖히며 말했다.

"그녀에겐 딸이 있잖아. 딸을 돌보느라 바쁠 것 같은데." 레빈이 말했다.

"자네는 여자들을 그저 암컷으로만, une couveuse[101])로만 상상하는 것 같군." 스테판 아르카지치가 말했다. "만일 여자가 바쁘다면, 그것은 반드시 아이들 때문이어야 한다는 거지. 아니, 그 애는 딸을 훌륭히 양육하고 있어. 그런 것 같아. 하지만 딸에 대해선 들은 바가 없군. 그 애는 무엇보다 글을 쓰는 데 전념하고 있어. 난 이미 자네가 비꼬듯이 웃으리라는 것을 알아. 하지만 그러면 안 돼. 그 애는 어린이 책을 쓰고 있어. 그 애는 그 사실을 아무에게도 말하지 않았지만 내게는 읽어 주었지. 난 그 원고를 보르쿠예프에게 줘 봤어. 자네도 알지, 그 출판사 사장 말이야……. 그 자신도 작가일걸. 그는 그런 쪽을 잘 알지. 그런데 그가 말하길, 그게 훌륭한 작품이라는 거야. 하지만 자네는 그 애를 여성 작가라고 생각하겠지? 전혀 그렇지 않아. 그 애는 무엇보다 심장을 가진 여자라고. 자네도 곧 보겠지만 말이야. 지금 그 집에는 영국인 소녀와 그 가족이 있

---

101) '알을 품은 암탉.'(프랑스어)

어. 그 애는 그들을 돌보는 데 정신이 팔려 있지."

"무슨 소리야, 무슨 자선 같은 건가?"

"이것 봐, 자네는 계속 나쁜 것만 보려 하잖아. 그건 자선이 아니라 진심에서 우러나온 행동이야. 그들의 집에는, 그러니까 브론스키의 집에는 영국인 종마사가 있어. 그는 자신의 일에는 대가인데 술주정뱅이거든. 그는 delirium tremens[102]가 되도록 완전히 술에 절어 지냈지. 가족들도 내팽개치고 말이야. 그 애는 그들을 보고 도와주다 그 일에 푹 빠져서, 지금은 그 가족들이 다 그녀의 보호 아래 있지. 그것도 돈으로 오만하게 하는 게 아니라, 그 애가 직접 사내아이들의 김나지움 진학 준비를 위해 러시아어 공부를 돕고 여자아이를 자기 옆에 붙여 두고 있다니까. 뭐, 자네도 보게 될 거야."

마차가 안뜰에 들어섰다. 스테판 아르카지치는 썰매가 놓인 현관 입구에서 요란하게 벨을 울려 댔다. 그러고는 문을 열어 준 하인에게 집에 누가 있는지 묻지도 않고 현관 안으로 들어갔다. 레빈은 자신의 행동이 옳은지 그른지 더욱더 의심스러워하며 그의 뒤를 따랐다.

거울을 들여다본 레빈은 자신의 얼굴이 붉어진 것을 알아차렸다. 하지만 그는 자신이 술에 취하지 않았음을 확신하고 스테판 아르카지치의 뒤에서 양탄자 깔린 계단을 따라 올라갔다. 2층에서 스테판 아르카지치는 가까운 사람을 대하듯 인사하는 하인에게 안나 아르카지예브나를 찾아온 사람이 있는

102) 의식이 흐려지고 착각과 망상에 사로잡혀 헛소리를 일삼는 일종의 의식 마비 상태를 가리키는 라틴어.

지 물어보았고, 그에게서 보르쿠예프가 와 있다는 대답을 받았다.

"그들은 어디 있나?"

"서재에 계십니다."

스테판 아르카지치와 레빈은 어두운 색 판자를 벽에 댄 작은 식당을 지나친 후, 부드러운 양탄자를 따라 크고 검은 갓이 달린 램프 하나만 빛을 던지고 있는 어슴푸레한 서재로 들어갔다. 벽에는 또 다른 조명인 반사경이 빛을 내며 한 여성의 전신 초상화를 비추고 있었다. 레빈은 자기도 모르게 그 초상화에 주의를 기울였다. 그것은 이탈리아에서 미하일로프가 그린 안나의 초상화였다. 스테판 아르카지치가 격자 세공 가리개 뒤로 사라지고 이야기를 하던 남자의 목소리가 뚝 그치기까지, 레빈은 빛나는 조명 아래 액자틀에서 두드러져 보이는 그 초상화를 바라보며 그것에서 눈을 떼지 못했다. 그는 심지어 자신이 어디에 있는지도 잊은 채, 주위의 말소리에 귀를 기울이지도 않고 그 놀라운 초상화만 뚫어지게 바라보았다. 그것은 그림이 아니라 살아있는 아름다운 여인이었다. 검은 고수머리, 드러낸 어깨와 팔, 보드라운 솜털로 덮인 입술에 반쯤 웃는 듯한 슬픈 미소를 띤 그 여인이 그를 당혹스럽게 하는 눈길로 승리감에 도취된 채, 그러면서도 다정하게 그를 바라보고 있었다. 그녀는 단지 살아 있지 않다는 이유만으로도 살아 있는 여자보다 더 아름다웠다.

"너무 반가워요." 문득 그는 바로 옆에서 자기를 향한 것임에 틀림없는 목소리를, 그가 넋을 잃고 바라보던 초상화 속 바로 그 여자의 목소리를 들었다. 안나는 격자 세공 가리개 뒤에서 그를 맞으러 나왔다. 레빈은 어슴푸레한 서재에서 검고 다채로운 색조가 감도는 푸른 옷을 입은, 초상화 속의 바로 그 여자를 보았다. 그녀는 초상화와 똑같은 자세를 취하지도, 똑같은 표정을 짓지도 않았지만, 화가가 초상화에 포착한 그 더할 나위 없는 아름다움을 그대로 간직하고 있었다. 현실 속의 그녀는 그림보다는 덜 눈부셨다. 그 대신 살아 있는 그녀에게는 초상화에서 볼 수 없는 뭔가 새로운 매력이 있었다.

10

그녀는 그를 만난 기쁨을 숨기지 않고 그를 맞으러 일어섰다. 그녀가 그에게 작고도 힘찬 손을 내밀며 그를 보르쿠예프에게 인사시키고 자신이 돌보고 있는 아이라며 그곳에 앉아 일을 하고 있는 발그레하고 예쁘장한 소녀를 가리킬 때의 차분함 속에는, 레빈에게 친숙하고 기분 좋게 느껴지는, 언제나 차분하고 자연스러운 상류사회 부인의 태도가 깃들어 있었다.

"너무, 너무 기뻐요." 그녀는 같은 말을 되풀이했다. 레빈이 생각하기에 이런 단순한 말도 그녀의 입술에 머물면 왠지 특별한 의미를 띠는 것 같았다. "오래전부터 당신을 알고 좋아했어요. 당신과 스티바의 우정도 그렇고 당신의 부인도 그렇고……. 내가 그녀를 알고 지낸 것은 아주 잠깐이지만, 그녀는 내게 아름다운 꽃 같은, 그래요, 꽃이요, 그런 꽃 같은 인상을 남겼죠. 이제 그녀도 곧 어머니가 되겠군요!"

그녀는 이따금 레빈에게서 오빠에게로 시선을 옮기면서 서두르지 않고 허물없이 말했다. 레빈은 그가 그녀에게 좋은 인상을 주었다는 것을 깨달았다. 곧 그는 마치 어릴 때부터 그녀를 알아 온 것처럼 그녀와의 만남에서 편하고 허물없고 즐거운 기분을 느끼기 시작했다.

"나와 이반 페트로비치가 알렉세이의 서재에 있었던 건……." 그녀는 담배를 피워도 되냐는 스테판 아르카지치의 질문에 이렇게 대답했다. "바로 담배를 피우기 위해서예요." 그러고는 레빈을 흘깃 쳐다보더니 '담배를 피우시겠어요?'라고 묻는 대신 거북이 등껍질로 만든 담뱃갑을 자기 쪽으로 끌어당겨 궐련 한 개비를 꺼냈다.

"요즘 건강은 어떠니?" 오빠가 그녀에게 물었다.

"괜찮아요. 신경과민이야 늘 그런 거고요."

"대단히 훌륭하지, 그렇지 않아?" 스테판 아르카지치는 레빈이 초상화를 흘깃거리는 것을 눈치채고 이렇게 말했다.

"이보다 훌륭한 초상화는 본 적이 없어."

"그리고 굉장히 닮았습니다. 그렇지 않습니까?" 보르쿠예프가 말했다.

레빈은 초상화에서 실제 모델로 눈길을 옮겼다. 안나가 자신을 향한 그의 시선을 느낀 순간, 그녀의 얼굴은 독특한 광채를 빛냈다. 레빈은 얼굴을 붉혔다. 그는 자신의 당혹감을 감추고자 안나에게 다리야 알렉산드로브나를 본 지 오래되었느냐고 물으려 했다. 하지만 바로 그때 안나가 입을 열었다.

"지금 이반 페트로비치와 바쉔코프의 최근 그림에 대해 이야기를 나누고 있었어요. 당신도 그 그림들을 보았나요?"

"네, 봤습니다." 레빈이 대답했다.

"그런데 죄송해요. 내가 당신의 말을 막았죠. 당신이 하려던 말은……."

레빈은 그녀에게 돌리를 본 지 오래됐냐고 물었다.

"어제 돌리가 우리 집에 왔어요. 그녀는 그리샤의 일로 김나지움에 대해 무척 화가 나 있었어요. 라틴어 선생님이 그리샤를 부당하게 대했나 봐요."

"네, 나도 그 그림들을 보았습니다. 난 그 그림들이 마음에 들지 않았어요." 레빈은 그녀가 꺼낸 화제로 돌아갔다.

지금 레빈은 오늘 아침 이야기할 때 보여 준 그 진부한 태도와는 전혀 다른 말투로 말하고 있었다. 그녀와의 대화에서는 모든 말이 특별한 의미를 띠었다. 그래서 그는 그녀와 이야기하는 것이 즐거웠고, 그녀의 말을 듣는 것은 더욱더 즐거웠다.

안나는 자연스럽고도 지적인, 지적이면서도 무심한 태도로 말했다. 그녀는 자신의 생각에 조금도 가치를 부여하지 않고 상대방의 생각에 큰 가치를 부여했다.

대화는 예술의 새로운 경향으로, 프랑스의 어느 화가가 그린 새로운 성경 삽화[103)]로 이어졌다. 보르쿠예프는 조악한 수준으로까지 나아간 그 화가의 리얼리즘을 비난했다. 레빈은 프랑스인들은 그 누구도 하지 않은 방식으로 예술에 약속성(約束性)을 도입해 왔으며 그 때문에 그들은 리얼리즘의 복귀에서 특별한 공적을 보고 있다고 말했다. 그들은 자기들이 더 이상

---

103) 프랑스의 삽화가 구스타프 도레는 『신곡』, 『돈키호테』, 『가르강티아와 팡타그리엘』과 같은 작품의 삽화로 매우 잘 알려져 있다. 1875년 러시아에서는 도레의 삽화가 실린 성경이 판매되었다. 톨스토이는 도레의 삽화를 '단순한 유미주의'라는 말로 비난했다.

거짓말을 하지 않는다는 사실에서 시(詩)를 보고 있는 것이다.

레빈이 지금까지 말해 온 그 어떤 지적인 말도 이것만큼 그에게 만족을 주지는 않았다. 안나가 불현듯 그 의견의 가치를 깨달은 순간, 그녀의 얼굴이 갑자기 환하게 빛났다. 그녀는 웃기 시작했다.

"내가 웃는 건……." 그녀가 말했다. "너무 비슷한 초상화를 볼 때 웃음이 나는 것과 같은 경우예요. 당신의 말은 오늘날의 프랑스 예술의 특징을 정확히 잡아냈어요. 회화뿐 아니라 졸라, 도데[104] 등 문학에 대해서까지 말이에요. 하지만 어쩌면 그런 일은 언제나 일어나고 있는지도 몰라요. 처음에 사람들은 꾸며 낸, 양식화된 인물들로부터 자신의 conceptions[105]을 구축하지만 나중에는, 그러니까 모든 combinaisons[106]이 다 나오면 말이에요, 꾸며 낸 인물을 지루하게 여기고 보다 자연스럽고 정확한 인물을 생각해 내기 시작하죠."

"정말 옳은 말입니다!" 보르쿠예프가 말했다.

"그런데 클럽에 다녀온 거예요?" 그녀는 오빠를 돌아보았다.

'그래, 그래, 어쩌면 이렇게 여성스러울까!' 레빈은 자신을 잊은 채 표정이 풍부한 그녀의 아름다운 얼굴을, 지금 갑자기 전혀 다른 표정으로 변해 버린 그 얼굴을 뚫어지게 바라보

---

104) 톨스토이는 19세기 후반에 프랑스 문학에서 일어난 자연주의 운동을 염두에 두고 있다. 에밀 졸라가 이끈 이 운동은 삶의 정확한 재현과 소설적 허구의 완전한 부재에 토대를 둔다. 알퐁스 도데도 한동안 자연주의의 계승자였다. 톨스토이는 그 운동에는 개념을 영화(靈化)하는 것이 결핍되어 있다며 비판했다.

105) '개념들.'(프랑스어)

106) '조합.'(프랑스어)

며 생각했다. 레빈은 그녀가 오빠에게 몸을 구부리고 하는 이야기를 들을 수 없었다. 하지만 그는 그녀의 표정 변화에 깊은 인상을 받았다. 조금 전만 해도 차분함 속에서 너무나 아름답던 그녀의 얼굴이 갑자기 야릇한 호기심과 분노와 오만을 드러냈다. 하지만 그것은 한순간에 불과했다. 그녀는 마치 무언가를 떠올리려는 듯 눈을 가늘게 떴다.

"그건 그래요. 하지만 그런 것을 재미있어하는 사람은 아무도 없어요." 그녀는 이렇게 말하고는 영국인 소녀를 돌아보았다.

"Please, order the tea in the drawing-room.[107]"

소녀는 일어나 서재에서 나갔다.

"그런데, 저 애는 시험에 합격했니?" 스테판 아르카지치가 말했다.

"훌륭하게 합격했죠. 아주 재능 있는 아이예요. 게다가 천성이 고와요."

"결국 넌 저 애를 네 딸보다 더 사랑하게 되겠구나."

"남자들은 그런 식으로 말하죠. 사랑에 크고 작고가 어디 있어요. 이런 사랑으로는 내 딸을 사랑하고 저런 사랑으로는 저 애를 사랑하는 거죠."

"나도 안나 아르카지예브나에게 말했지만……." 보르쿠예프가 말했다. "만약 저 영국인 소녀에게 쏟는 에너지의 100분의 1만이라도 러시아 아이들의 교육이라는 공공의 대의에 기울인다면, 안나 아르카지예브나는 중요하고 유익한 일을 하게 될 겁니다."

"당신이 뭐라고 하든, 난 할 수 없어요. 알렉세이 키릴리치

---

107) '거실에 차를 준비하라고 전해 줘.'(영어)

백작이 나에게 적극적으로 권했어요.(알렉세이 키릴리치 백작이라는 단어를 발음할 때, 그녀는 애원하는 듯하고 머뭇거리는 듯한 시선으로 레빈을 쳐다보았고, 레빈은 자기도 모르게 공손하고 긍정적인 시선으로 그녀에게 답했다.) 시골 학교에서 아이들을 가르쳐 보라고 권했죠. 아이들은 무척 사랑스러웠어요. 하지만 난 그 일에 애착을 느낄 수 없었어요. 에너지라고 하셨나요. 에너지는 사랑을 토대로 해요. 그런데 사랑은 어디에서 얻거나 명령으로 가질 수 있는 게 아니에요. 난 저 영국인 소녀를 좋아하지만, 나도 왜 그런지는 모르겠어요."

그러더니 그녀는 다시 레빈을 쳐다보았다. 그녀의 미소, 그녀의 시선, 그 모든 것들이 그에게 말하고 있었다. 그녀의 이야기는 오직 그를 향한 것이라고, 그녀는 그의 견해를 소중히 여기고 있다고, 그와 동시에 그녀는 그들이 서로 이해한다는 것을 이미 알고 있었다고…….

"난 그 심정을 완전히 이해할 수 있습니다." 레빈이 대답했다. "학교나, 대체로 그런 유의 제도에는 마음을 쏟을 수가 없죠. 내 생각에는 그런 자선사업이 늘 그처럼 미미한 결과를 낳는 것도 바로 그 때문인 것 같습니다."

그녀는 잠시 침묵하더니 빙그레 미소를 지었다.

"네, 그래요." 그녀는 수긍했다. "난 도저히 할 수 없었어요. Je n'ai pas le coeur assez large.[108] 더러운 여자애들이 우글대는 고아원 전체를 사랑할 정도는 아니라는 거죠. Cela ne m'a

108) '내 마음은 그렇게 넓지 않아요.'(프랑스어)

jamais réussi.[109] 그런 식으로 position sociale[110]를 쌓는 여자들이 꽤 있긴 하지만 말이에요. 하물며 지금 같은 때도……." 그녀는 서글프면서도 신뢰 어린 표정으로 말했다. 겉으로 보기에 그녀는 오빠를 향해 말하는 것 같았으나 오직 레빈을 향해 말하고 있는 것이 분명했다. "나에게 무슨 일이든 절실히 필요한 지금 같은 때도, 난 그렇게 못하겠어요." 그러고는 갑자기 얼굴을 찌푸리더니(레빈은 그녀가 자신에 관한 이야기를 한 것 때문에 스스로에 대하여 얼굴을 찌푸렸다는 것을 알아차렸다.) 화제를 바꾸었다. "난 당신을 알아요……" 그녀가 레빈에게 말했다. "당신은 훌륭한 시민이 아니죠. 그런데도 난 할 수 있는 한 당신을 옹호했어요."

"어떻게 날 옹호했습니까?"

"공격에 따라 다르죠. 그건 그렇고, 차를 드시겠어요?" 그녀는 일어나 모로코산 가죽으로 장정한 책을 집어 들었다.

"내게 주십시오, 안나 아르카지예브나." 보르쿠예프가 책을 가리키며 말했다. "그것은 그럴 만한 가치가 충분히 있습니다."

"오, 아니에요. 이건 아직 너무 미흡한걸요."

"이 사람에게도 이야기했단다." 스테판 아르카지치는 레빈을 가리키며 누이에게 말했다.

"쓸데없는 말을 했군요. 내가 쓴 것은, 이것은 리자 메르칼로바가 이따금 감옥에서 가져와 내게 팔곤 하는 작은 세공 바구니들과 비슷해요. 그녀는 그 협회에서 감옥을 담당했죠." 그

109) '난 그것을 도저히 잘 해낼 수 없었어요.'(프랑스어)
110) '사회적 지위.'(프랑스어)

녀는 레빈을 돌아보았다. “그 불행한 사람들은 인내의 기적을 만들어 내요.”

그때 레빈은 자신이 그토록 마음에 들어 한 그 여인에게서 새로운 특징을 한 가지 더 발견했다. 지성과 우아함과 아름다움 외에도 그녀에게는 진실함이 있었다. 그녀는 자신의 처지가 안고 있는 온갖 어려움을 그에게 숨기려 하지 않았다. 그녀는 그 말을 내뱉고 탄식을 했다. 그리고 그녀의 얼굴은 마치 돌이 되기라도 한 듯 갑자기 딱딱한 표정을 띠었다. 그런 표정을 띤 그녀는 전보다 훨씬 더 아름다웠다. 하지만 그 표정은 생소한 것이었다. 그것은 행복으로 빛나고 행복을 주는 표정들, 화가가 초상화에 포착한 표정들의 영역 밖에 있었다. 그녀가 오빠의 손을 잡고 높다란 문을 지나가는 동안, 레빈은 한 번 더 초상화를 보고 또다시 그녀의 자태를 바라보았다. 그러면서 그는 그녀에게 부드러움과 연민을 느꼈고, 스스로도 그런 자신에게 놀라워했다.

그녀는 레빈과 보르쿠예프에게 응접실로 가 달라는 부탁을 하고 자신은 오빠와 뭔가 이야기하기 위해 남았다. ‘이혼에 관한 이야기일까? 아니면 브론스키에 대해? 그가 클럽에서 뭘 하고 있는지에 대해? 아니면 나에 관한 이야기일까?’ 레빈은 생각했다. 그녀가 스테판 아르카지치와 무슨 이야기를 하고 있을까 하는 물음이 그를 너무나 흥분시키는 바람에, 그는 안나가 쓴 어린이 소설의 가치에 대해 보르쿠예프가 하는 말을 거의 듣지 않았다.

차를 마시는 동안에도 즐겁고 의미 있는 대화는 여전히 계속되었다. 화젯거리를 찾아야 했던 순간은 단 한순간도 없었다. 오히려 하고 싶은 말을 할 틈조차 없는 데다 다른 사람의 말을 듣기 위해 기꺼이 자신을 억누르는 것 같았다. 그녀의 배려와 말 덕분에, 그녀 자신뿐 아니라 보르쿠예프와 스테판 아르카지치가 한 모든 말들이 특별한 의미를 띠는 것 같았다.

흥미로운 대화를 따라가는 동안, 레빈은 계속 그녀에게 매혹을 느꼈다. 그녀의 아름다움에, 그녀의 지성과 교양에, 나아가 그녀의 소박함과 진실함에도……. 그는 말하고 듣는 동안 그녀의 감정을 헤아리려고 애쓰며 줄곧 그녀에 대해, 그녀의 내면 생활에 대해 생각했다. 전에는 그녀를 그토록 가혹하게 비난했던 그가 이제는 어떤 기묘한 상념의 흐름 속에서 그녀를 옹호하는 동시에 그녀에게 연민을 느끼고, 브론스키가 그녀를 충분히 이해하지 못할까 봐 걱정하고 있었다. 10시가 지나 스테판 아르카지치가 그곳을 떠나려고 일어섰을 때(보르쿠예프는 훨씬 전에 떠났다.) 레빈은 방금 전에 온 것 같다는 생각을 했다. 레빈은 서운한 마음으로 일어섰다.

"안녕히 가세요." 그녀는 그의 손을 꼭 잡고 호소하는 듯한 눈빛으로 그의 눈을 바라보며 말했다. "정말 기뻐요. Que la glace est rompue.[111)]"

그녀는 그의 손을 놓아주고 눈을 가늘게 떴다.

"부인에게 전해 주세요. 내가 예전처럼 그녀를 사랑하고 있다고요. 만약 그녀가 내 처지를 용서할 수 없다면 앞으로도 영원히 날 용서하지 말라고 전해 주세요. 날 용서하려면 내가 겪은 것을 직접 겪어 봐야 하거든요. 하느님이 그녀를 그런 것으

---

111) '얼음이 깨져서요.'(프랑스어)

로부터 벗어나게 해 주시길!"

"네, 꼭 그렇게 전하겠습니다……." 레빈은 얼굴을 붉히며 말했다.

11

'정말 놀랍고 사랑스럽고 가엾은 여자구나!' 그는 스테판 아르카지치와 함께 얼어붙을 듯한 대기로 나오며 생각했다.

"자, 어때? 내가 말한 그대로지." 스테판 아르카지치는 레빈이 완전히 압도된 것을 보고 이렇게 말했다.

"그래." 레빈은 생각에 잠긴 채 대답했다. "대단한 여자야! 지적일 뿐 아니라 놀랍도록 진실한 여자군. 그녀가 너무 가엾어!"

"하느님이 이제 곧 모든 문제를 해결해 주시겠지. 그러니 미리 판단하지 말란 말이야." 스테판 아르카지치는 마차 문을 열어 주며 말했다. "잘 가, 우린 갈 길이 다르군."

안나에 대해, 그녀와 나눈 소탈하기 이를 데 없는 대화들에 대해 끊임없이 생각하면서, 그때 그녀의 얼굴에 떠오른 세세한 표정들을 떠올리면서, 그녀의 상황에 점점 더 공감하고 그녀에게 연민을 느끼면서, 레빈은 집으로 돌아왔다.

집에 도착하자 쿠지마가 레빈에게 카체리나 알렉산드로브나는 건강하며 그녀의 자매들이 방금 전에 돌아갔다고 전하고는 편지 두 통을 건네주었다. 레빈은 나중에 정신이 산만해지지 않도록 대기실에서 바로 그 편지들을 읽었다. 한 통은 집사인 소콜로프에게서 온 것이었다. 소콜로프는 밀을 팔 수 없다고, 밀의 가격이 고작 5루블 50코페이카밖에 안 된다고, 이제 더 이상 돈을 구할 데가 없다고 썼다. 다른 편지는 누이의 편지였다. 그녀는 자기의 문제가 아직도 마무리되지 않은 것에 대해 그를 나무랐다.

'음, 그 이상의 값을 받을 수 없다면 5루블 50코페이카에 팔아야지.' 예전에는 그에게 그토록 어렵게 여겨지던 첫 번째 문제가 그 자리에서 굉장히 쉽게 결정되어 버렸다. '이곳에서는 늘 정신이 없으니, 참 기이한 일이야.' 그는 두 번째 편지에 대해 이렇게 생각했다. 그는 누이가 그에게 부탁한 일을 지금까지 해결하지 못한 것에 대해 누이에게 죄책감을 느꼈다. '오늘 또 재판소에 못 갔군. 하지만 오늘은 정말로 짬이 없었어.' 그는 내일 꼭 그 문제를 해결하겠다고 결심한 후 아내에게 갔다. 그녀에게 가는 동안, 레빈은 재빨리 그날 하루를 기억 속에 떠올려 보았다. 그날의 사건이라고는 온통 대화뿐이었다. 그가 들은 대화, 그가 참여한 대화……. 모든 대화는 그가 시골에 혼자 있었다면 결코 관심을 갖지 않았을 주제에 관한 것이었지만, 이곳에서는 그런 주제들이 매우 흥미롭게 느껴졌다. 게다가 모든 대화가 훌륭했다. 단, 두 가지만은 결코 좋지 않았다. 하나는 그가 창꼬치에 대해 말한 것이고, 또 하나는 그가 안나에게 느낀 부드러운 연민 속에 뭔가 부적절한 것이 있었다는 점이다.

레빈은 아내가 우울하고 쓸쓸한 기분에 잠겨 있다는 것을 알았다. 세 자매의 식사는 매우 즐겁게 끝났다. 그러나 그 후에는 그를 기다리고 기다리며 따분해하다 언니들은 각자 자기 집으로 돌아갔고 그녀만 혼자 남았다.

"그런데 당신은 뭘 했나요?" 그녀는 왠지 유난히 수상쩍게 빛나는 그의 눈을 쳐다보며 물었다. 하지만 그가 모든 걸 이야기하도록 내버려 두기 위해, 그녀는 그가 저녁을 어떻게 보냈는지 이야기하는 동안 자신의 관심을 숨기고 격려하는 듯한 미소를 지었다.

"브론스키를 만나게 돼서 너무 기뻐. 그와 있는 동안 무척 편하고 허물없는 기분을 느꼈지. 당신도 알다시피, 이제 다시는 그를 만나지 않도록 노력하겠지만, 이런 어색함은 끝내야……." 그는 다시는 그를 만나지 않도록 노력하기로 해 놓고 곧장 안나에게 간 사실을 떠올리고는 얼굴을 붉혔다. "우리는 농민들이 술을 마신다고 말하지. 하지만 농민과 우리 계급 중 어느 쪽이 술을 더 많이 마시는지 모르겠어. 농민들은 축일에나 마시지만……."

하지만 키티는 농민들이 술을 얼마나 마시는가에 대해서는 관심이 없었다. 그녀는 그가 얼굴을 붉히는 것을 보고 그 이유를 알고 싶었다.

"그럼, 그다음에는 어디에 갔나요?"

"스티바가 안나 아르카지예브나에게 가자고 간곡하게 부탁했어."

레빈은 그렇게 말하고는 더욱 얼굴을 붉혔다. 그가 안나의 집으로 향하면서 자신의 행동이 옳은지 그른지에 대해 품은 의혹이 완전히 풀렸다. 그는 그렇게 하지 말았어야 했다는 것을 이제야 깨달았다.

안나의 이름을 들은 순간, 키티의 눈동자가 휘둥그레 커지면서 반짝하고 빛났다. 하지만 그녀는 애써 흥분을 감추고 그를 속였다.

"아!" 그녀는 그렇게만 말할 뿐이었다.

"당신, 혹시 내가 그곳에 갔다고 화를 내지는 않겠지. 스티바가 부탁했어. 돌리도 그렇게 해 주길 바랐고." 레빈은 말을 계속했다.

"오, 아니에요." 그녀는 말했다. 그러나 그는 그녀의 눈에서 그녀가 자신을 억누르려고 애쓰는 모습을 보았다. 그것은 그에게 전혀 호의적이지 않은 징조였다.

"그녀는 무척 아름다운 여자더군. 무척이나 가엽고 착한 여자였어." 그는 안나와 그녀의 일에 대해, 그녀가 그에게 말해 달라고 부탁한 것에 대해 들려주었다.

"그래요, 물론 그녀는 무척 가엾은 여자예요." 키티는 레빈이 말을 끝내자 이렇게 말했다. "그 편지는 누구에게서 온 건가요?"

그는 그녀에게 대답하고 그녀의 침착한 말투에 안도하며 옷을 갈아입으러 갔다.

방으로 돌아온 그는 키티가 여전히 똑같은 안락의자에 앉아 있는 것을 발견했다. 그가 그녀에게 다가가자, 그녀는 그를 흘깃 쳐다보고는 흐느껴 울기 시작했다.

"왜, 왜 그래?" 그는 이미 왜 그러는지 알면서 이렇게 물었다.

"당신은 그 추악한 여자를 사랑하게 됐군요. 그녀가 당신을 홀렸어요. 당신의 눈을 보면 알아요. 네, 그래요! 그 일이 어떤 결과를 가져오게 될까요? 당신은 클럽에서 술을 마시고, 또 마시고, 카드를 하고, 그러고는 찾아간 거죠……. 누구라고요? 아니에요, 우리 떠나요……. 난 내일 떠나겠어요."

레빈은 오래도록 아내를 진정시킬 수 없었다. 결국 그는 자신이 술과 결합된 연민의 감정 때문에 실족하여 안나의 교활한 영향력에 굴복한 것이며 앞으로는 그녀를 피하겠다고 고백하고 나서야 겨우 그녀를 진정시킬 수 있었다. 그가 무엇보다 진심으로 고백한 한 가지는, 모스크바에서 그렇게 오랫동안 떠들고 먹고 마시기만 하며 지내는 동안 자신이 멍청해졌다는 것이었다. 그들은 새벽 3시까지 이야기를 나누었다. 3시가 되어서야 겨우 그들은 잠자리에 들어도 좋을 만큼의 화해에 이르렀다.

12

손님들을 배웅한 후, 안나는 자리에 앉지 않고 방 안을 이리저리 서성이기 시작했다. 저녁 내내 무의식적으로(최근 그녀가 모든 젊은 남자들에 대해 행동해 왔던 것처럼) 레빈의 마음속에 자신에 대한 사랑의 감정을 불러일으키고자 할 수 있는 모든 것을 하긴 했지만, 자신이 성실한 유부남에 대하여 저녁나절에 할 수 있는 만큼은 그것을 성취했다는 것을 알긴 했지만, 그를 몹시 마음에 들어 하긴 했지만(남자들의 시각에서 보면 브론스키와 레빈 사이에 큰 차이가 있을지 몰라도, 그녀는 여자의 눈으로 그들에게서 공통점을 발견했다. 키티가 브론스키도 사랑하고 레빈도 사랑했던 것은 바로 그 때문이었다.) 그가 방에서 나가자마자 그녀는 그에 대해 더 이상 생각하지 않았다.

한 가지, 오직 한 가지 생각만이 다양한 형태로 끈질기게 그녀를 따라다녔다. '만약 내가 다른 사람들에게, 그 가족적이고 다정한 사람에게 그토록 영향력을 미칠 수 있다면, 도대체 그이는 어째서 내게 그토록 냉담한 걸까……? 냉담한 건 아냐, 그는 날 사랑해, 나도 그걸 알아. 하지만 뭔가 새로운 것이 지금 우리를 갈라놓고 있어. 어째서 그는 저녁 내내 집에 오지 않는 걸까? 그는 스티바를 통해 자신은 야쉬빈을 떠날 수 없고 그의 도박을 지켜봐야 한다는 전갈을 보냈지. 야쉬빈이 어린애야? 하지만 그 말이 사실이라고 하자. 그는 절대 거짓을 말하지 않아. 하지만 그 진실에는 다른 것이 있어. 그는 자기에게 다른 의무가 있다는 것을 내게 보여 줄 기회를 얻어 기쁜 거야. 난 그것을 알아. 나도 그것에 동의한단 말이야. 하지만 왜 내게 그것을 증명해야 하지? 그는 나에 대한 그의 사랑이 그의 자유를 방해해서는 안 된다는 점을 내게 증명하고 싶어 해. 하지만 내게 증명 따윈 필요 없어. 내게 필요한 건 사랑이야. 그는 이곳 모스크바에서의 나의 생활이 얼마나 힘겨운 것인지 이해했어야 해. 과연 내가 살아 있기나 한 걸까? 이건 사는 게 아냐. 그저 결말을 기다리고 있을 뿐이지. 계속 지연되고 또 지연되는 결말을……. 또 답장이 없어! 스티바마저 자기는 알렉세이 알렉산드로비치에게 갈 수 없다고 하잖아. 난 더 이상 편지를 쓸 수 없어. 난 아무것도 못하고, 아무것도 시작할 수 없고, 아무것도 바꿀 수 없어. 난 나 자신을 억누르고, 나 자신을 위해 영국인 가족, 집필, 독서 같은 소일거리를 만들며 기다릴 뿐이지. 하지만 그 모든 건 속임수일 뿐. 모든 게 모르핀과 다를 바 없어. 그는 나를 가엾게 여겨야만 해.' 그녀는 자신에 대한 연민의 눈물이 차오르는 것을 느끼며 중얼거렸다.

그녀는 브론스키가 울리는 갑작스러운 벨소리를 듣고 황급히 눈물을 닦았다. 그녀는 눈물을 닦았을 뿐 아니라 램프 옆에 앉아 책을 펼치고는 차분한 척하고 있었다. 그가 약속대로 돌아오지 않은 것에 대해 그녀가 불만스러워하고 있다는 것을, 아니 불만스러워하고 있다는 것만을 보여 주어야 했다. 자신의 슬픔을, 무엇보다 자기 연민을 그에게 보여 주어서는 결코 안 된다. 그녀가 자신을 가엾게 여기는 것은 괜찮지만, 그가 그녀를 그렇게 여기게 해서는 안 된다. 그녀는 싸움을 원하지 않았고, 오히려 그가 싸우려 드는 것에 대해 힐난했다. 하지만 그녀 스스로도 무의식중에 싸울 태세를 갖추고 있었다.

"그래, 지루하진 않았어?" 그는 활기차고 쾌활한 모습으로 그녀에게 다가오며 말했다. "정말 무시무시한 열정이더군. 도박 말이야!"

"아뇨, 지루하지 않았어요. 이미 오래전에 지루해하지 않는 법을 터득했거든요. 스티바가 다녀갔어요. 레빈도요."

"그래, 그들이 당신에게 가고 싶어 하더군. 음, 어때, 레빈이 마음에 들었어?" 그는 그녀 옆에 앉으며 말했다.

"무척 마음에 들어요. 그들은 조금 전에 갔어요. 야쉬빈은 어떻게 됐나요?"

"땄어. 만 7000루블. 내가 그를 불러냈지. 그는 막 떠나려 했어. 하지만 다시 돌아가더군. 그러더니 지금은 잃고 있어."

"그럼 당신은 뭣 때문에 계속 남아 있었어요?" 그녀는 갑자기 그의 눈을 올려다보며 물었다. 그녀의 표정은 차갑고 적의에 차 있었다. "당신은 스티바에게 야쉬빈을 데리고 나오기 위해 남겠다고 말했잖아요. 그런데 당신은 그를 버려두고 왔어요."

싸움을 준비하는 차가운 표정이 그의 얼굴에도 똑같이 떠올랐다.

"첫째, 난 그에게 무슨 말을 전해 달라고 부탁한 적 없어. 둘째, 난 결코 거짓말을 하지 않아. 무엇보다 난 남고 싶었어. 그래서 남았고." 그는 눈썹을 찌푸리며 말했다. "안나, 왜, 왜 그래?" 그는 잠시 침묵하다 그녀에게 몸을 구부리고 한 손을 펼쳤다. 그녀가 자신의 손을 올려놓길 바라며.

그녀는 부드러운 애정으로 이끄는 그 초대에 기뻐했다. 하지만 어떤 기이한 악의 힘이 그녀가 자신의 욕망에 몸을 맡기는 것을 허락하지 않았다. 마치 투쟁의 상황이 그녀에게 굴복을 허락하지 않기라도 하는 듯…….

"물론, 당신은 남고 싶었고 그래서 남았을 테죠. 당신은 뭐든 당신 원하는 대로 하잖아요. 하지만 왜 내게 그런 말을 하죠? 무엇 때문에요?" 그녀는 점점 더 흥분하며 말했다. "누가 당신의 권리에 이의를 제기하기라도 하나요? 하지만 당신은 자신이 옳기를 바라죠. 그러니 그렇게 정당하게 있어요."

그의 손이 오므라들었다. 그는 주춤하고 물러났다. 그의 얼굴은 전보다 더 완고한 표정을 띠었다.

"당신에게는 그것이 고집의 문제겠죠." 그녀는 그를 뚫어지게 바라보다 문득 자신을 자극하는 그 표정의 명칭을 찾아내고는 이렇게 말했다. "그래요, 고집이에요. 당신에게는 당신이 나를 누르고 승리자로 남느냐 마느냐가 문제겠지만, 나에게는……." 또다시 그녀는 자신이 가엾게 느껴져 울음을 터뜨릴 뻔했다. "만약 당신이 내 문제가 뭔지 안다면! 지금처럼 당신이 적대적으로 느껴질 때, 그러니까 당신이 날 적대적으로 대한다는 느낌이 들 때, 그것이 내게 무엇을 의미하는지 당신이 안다면! 내가 그 순간 얼마나 절실하게 불행을 느끼는지, 내가 얼마나 무서워하는지, 내가 나 자신을 얼마나 무서워하는지, 당신이 그걸 안다면!" 그리고 그녀는 고개를 돌리며 흐느낌을 감췄다.

"그래, 우리가 무엇 때문에 이러는 거지?" 그는 그녀의 절망적인 표정 앞에서 몸서리를 치며 말했다. 그는 다시 그녀에게 몸을 기울이고는 그녀의 손을 잡고 입을 맞추었다. "무엇 때문에? 내가 집 밖에서 향락을 추구하기라도 해? 내가 여자들과의 교제를 피하지 않았단 말이야?"

"당연히 그래야죠." 그녀가 말했다.

"자, 말해 봐. 당신의 마음을 편안하게 해 주려면, 도대체 내가 어떻게 해야 하지? 당신을 행복하게 할 수만 있다면, 난 뭐든지 할 준비가 되어 있어." 그는 그녀의 절망에 마음이 움직여 이렇게 말했다. "당신을 지금과 같은 그런 슬픔에서 구할 수만 있다면, 내가 뭔들 못하겠어, 안나!" 그가 말했다.

"괜찮아요, 괜찮아." 그녀가 말했다. "나도 몰라요. 고독한 생활 때문인지, 신경과민 때문인지……. 음, 우리, 이런 얘기 하지 말아요. 경마는 어떻게 됐어요? 내게 말해 주지 않았잖아요." 그녀는 결국 자기 쪽으로 기울어진 승리에 대한 성취감을 숨기려 애쓰며 이렇게 물었다.

그는 저녁 식사를 차려 달라고 부탁하고 그녀에게 경마에 대하여 상세히 들려주었다. 그러나 점점 더 싸늘하게 변해 가는 그의 말투와 그의 시선에서, 그녀는 그가 그녀의 승리를 용서하지 않고 있다는 것, 그녀가 싸운 그 고집의 감정이 그의 마음속에 다시 자리 잡고 있다는 것을 깨달았다. 그는 그녀에게 전보다 더 싸늘했다. 마치 그녀에게 굴복한 것을 후회하기라도 하는 듯. 그래서 그녀는 자기에게 승리를 안겨 준 그 말, 바로 '내가 얼마나 절실하게 끔찍한 불행을 느끼는지, 내가 나 자신을 얼마나 무서워하는지'라는 그 말을 떠올리며, 그것이 위험한 무기라는 것, 그리고 앞으로 두 번 다시 그것을 사용해서는 안 된다는 것을 깨달았다. 그녀는 그들 사이에 그들을 묶은 사랑과 더불어 모종의 투쟁을 일으키는 사악한 영이 자리 잡고 있다고 느꼈다. 그녀가 그의 마음에서 몰아낼 수 없는, 그리고 자신의 마음에서는 더더욱 몰아낼 수 없는 사악한 영이…….

13

사람이 익숙해질 수 없는 환경은 없다. 특히 주위 사람들이 모두 똑같이 살아가는 것을 볼 때는 더욱 그렇다. 석 달 전만 해도 레빈은 지금 같은 상황에서 편안히 잠을 잘 수 있다고 믿지 않았을 것이다. 목적도 없고 의미도 없는 생활, 그것도 자신의 수입을 넘어선 생활을 하면서, 술에 취해(그로서는 클럽에서 있었던 일을 달리 표현할 말이 없었다.) 한때 아내가 사랑한 남자와 꼴사나운 우정을 나누고, 더욱더 꼴사납게도 타락한 여자라는 말 외에 달리 표현할 길 없는 여자의 집을 찾아가고, 그 여자에게 마음을 빼앗겨 아내를 슬프게 한 이런 상황에서 자신이 편안하게 잠들 수 있다고는 믿지 않았을 것이다. 그러나 그는 지친 데다 밤에 잠도 못 자고 술까지 마신 탓으로 깊고 편안하게 잤다.

5시 무렵, 열린 문이 삐걱거리는 소리가 그를 깨웠다. 그는 벌떡 일어나 주위를 둘러보았다. 키티가 그의 옆에 없었다. 그런데 칸막이 너머로 가물거리는 불빛이 보이고 그녀의 발소리가 들렸다.

"뭐야? 왜 그래?" 그는 잠에 취해 중얼거렸다. "키티! 왜 그래?"

"아무것도 아니에요." 그녀는 손에 촛불을 든 채 칸막이 뒤에서 나오며 말했다. "아무것도 아니에요. 몸이 좀 안 좋아서요." 그녀는 유난히 사랑스럽고 의미심장한 미소를 지으며 말했다.

"뭐? 시작된 거야? 시작됐어?" 그가 깜짝 놀라 말했다. "사람을 보내야겠군." 그는 부랴부랴 옷을 갈아입기 시작했다.

"아뇨, 아니에요." 그녀는 생긋 웃으며 그의 팔을 잡았다. "아마 아무 일도 아닐 거예요. 그저 몸이 좀 안 좋았을 뿐이에요. 하지만 이제 괜찮아졌어요."

그리고 그녀는 침대로 다가와 촛불을 끄고는 자리에 누워 조용히 있었다. 숨을 참고 있는 듯한 그녀의 고요함이 의심스럽긴 했지만, 무엇보다 그녀가 칸막이 뒤에서 나올 때 "아무것도 아니에요."라고 말하며 보여 준 유난히 부드럽고 흥분한 듯한 표정이 의심스럽긴 했지만, 그는 너무 졸려 그만 깜빡 잠들고 말았다. 나중에야 비로소 그는 그녀의 숨소리가 들리지 않았던 것을 기억했다. 그리고 그녀가 여자의 일생에서 가장 위대한 사건을 기다리며 그의 옆에 꼼짝 않고 누워 있는 동안 그 고귀하고 사랑스러운 영혼에서 일어난 모든 것을 이해하게 되었다. 7시 무렵, 그의 어깨를 어루만지는 아내의 손과 나직한 속삭임이 그를 깨웠다. 그녀는 마치 그를 깨우는 것을 안쓰러워하는 마음과 그와 이야기하고 싶다는 욕구 사이에서 싸우고 있는 것 같았다.

"코스챠, 놀라지 말아요. 괜찮아요. 하지만 아무래도……. 리자베타 페트로브나를 부르러 사람을 보내야겠어요."

촛불이 다시 켜져 있었다. 그녀는 요즘에 하던 뜨개질감을 한 손에 쥔 채 침대에 앉아 있었다.

"제발 놀라지 말아요, 아무것도 아니에요. 난 전혀 무섭지 않아요." 그녀는 그의 놀란 얼굴을 보고는 이렇게 말했다. 그러고는 그의 손을 잡고 그녀의 가슴에, 그리고 그녀의 입술에 댔다.

그는 황급히 일어나 자신을 의식하지도, 아내에게서 눈을 떼지도 못한 채 할라트를 걸치고서 계속 그녀를 쳐다보며 그 자리에 서 있었다. 그는 나가 봐야 했지만 그녀의 시선에서 눈을 뗄 수가 없었다. 그가 그녀의 얼굴을 좋아하지 않는다거나 그녀의 표정과 시선을 몰라서가 아니라, 그녀의 그런 모습을 한 번도 본 적이 없었기 때문이다. 지금의 모습을 한 그녀 앞에서 어제 그녀를 슬프게 한 것을 떠올리자, 그 자신이 얼마나 추악하고 끔찍하게 느껴지는지! 발그레한 그녀의 얼굴, 나이트캡 밖으로 흘러내린 부드러운 머리카락에 감싸인 그녀의 얼굴이 기쁨과 결의로 빛나고 있었다.

대체로 키티의 성격에는 부자연스럽거나 인습적인 면이 거의 없었다. 그러나 갑자기 모든 덮개가 벗겨지고 그녀의 영혼의 핵 자체가 그녀의 눈동자에서 빛나는 순간, 레빈은 그의 앞에 드러난 것에 깊은 인상을 받았다. 그리고 그 단순성과 무방비 속에서 그녀가, 그가 사랑한 바로 그 여자가 훨씬 더 두드러져 보였다. 그녀는 미소를 지으며 그를 바라보았다. 그러나 문득 그녀의 눈썹이 꿈틀거리더니, 그녀가 고개를 쳐들고 재빨리 그의 곁으로 다가와 그의 팔을 붙잡고는 그에게 착 달라붙어 뜨거운 숨결을 내뿜었다. 그녀는 고통스러워했고, 마치 그에게 자신의 고통을 호소하는 듯했다. 처음에 그는 습관대로 자신에게 잘못이 있다고 생각했다. 하지만 그녀의 시선에는 부드러움이 깃들어 있었다. 그 부드러움은 그녀가 그를 비난하지 않을 뿐 아니라 이러한 고통 때문에 그를 사랑한다고 말해 주었다. '만약 내가 아니라면 도대체 누구의 잘못이지?' 그는 자기도 모르게 이런 생각을 하며 그 고통을 일으킨 사람을 찾아 벌을 주려고 했다. 그러나 잘못한 사람은 없었다. 비록 잘못한 사람이 없다 해도, 그녀를 도와 고통에서 벗어나게 할 수는 없는 걸까? 하지만 그것조차 불가능했고, 또한 필요하지도 않았다. 그녀는 고통을 호소하면서도 그 고통 속에서 승리를 쟁취하고 그 속에서 기뻐하며 그것을 사랑했다. 그는 그녀의 영혼 속에서 아름다운 무언가가 완성되고 있음을 보았다. 하지만 그게 뭘까? 그는 도무지 알 수 없었다. 그것은 그의 이해를 넘어선 것이었다.

"엄마에게 사람을 보냈어요. 그러니 당신은 어서 리자베타 페트로브나를 데리러 가요……. 코스챠……, 괜찮아요, 통증이 멈췄어요."

그녀는 그의 곁에서 물러나 벨을 울렸다.

"자, 이제 가요. 파샤[112]가 올 거예요. 난 괜찮아요."

레빈은 그녀가 밤에 들고 다니던 그 뜨개질감을 집어 다시 뜨기 시작하는 것을 놀란 눈으로 지켜보았다.

112) 파라스케바의 애칭.

레빈은 한쪽 문으로 나가면서 다른 문으로 하녀가 들어오는 소리를 들었다. 그는 문가에 서서 키티가 하녀에게 이것저것 세세하게 지시를 내리고 하녀와 함께 침대를 옮기는 소리를 들었다.

그는 옷을 갈아입었다. 그리고 아직 삯마차가 다니지 않았으므로 말에 마구를 채우게 하고는 다시 침실로 달려갔다. 발끝으로 조심조심 걷는 것이 아니라 날듯이……. 그에게는 그렇게 느껴졌다. 침실에서는 두 하녀가 걱정스러운 표정으로 무언가를 옮기고 있었다. 키티는 방 안을 돌아다니며 빠른 손놀림으로 뜨개질을 하면서 지시를 내렸다.

"난 지금 의사에게 가겠어. 누가 벌써 리자베타 페트로브나를 데리러 떠났더군. 하지만 나도 들러 볼게. 뭐 필요한 것 없어? 그래, 돌리를 불러올까?"

그녀는 그를 바라보았으나 그의 말을 듣고 있지 않는 것이 분명했다.

"네, 알았어요. 다녀와요, 다녀와." 그녀는 얼굴을 찡그린 채 그를 향해 손을 내저으며 빠르게 중얼거렸다.

그가 응접실에 들어선 순간, 갑자기 침실에서 애처로운 신음 소리가 들리더니 뚝 그쳤다. 그는 그 자리에 우뚝 섰다. 그는 오랫동안 상황을 파악할 수 없었다.

'그래, 저건 키티의 소리야.' 그는 혼잣말을 하고는 머리를 움켜쥔 채 아래층으로 뛰어갔다.

"주여, 은혜를 베푸소서, 우리를 용서하시고 우리를 도와주소서!" 그는 갑자기 생각지도 않게 입술에 닿은 말을 계속 되풀이했다. 그렇다고 해서 신을 믿지 않는 그가 입술로만 그 말을 되풀이한 것은 아니었다. 지금 이 순간 그는 알았다. 자신의 모든 의심뿐 아니라 자신이 내면에서 인식하고 있던 불가능성, 즉 이성을 통해서는 믿는다는 것이 불가능하다는 생각까지도 자신이 신에게 호소하는 것을 결코 방해하지 않는다는 사실을……. 그 모든 것들은 이제 그의 영혼 속에서 먼지처럼 날아가 버리고 말았다. 그 자신을, 자신의 영혼을, 자신의 사랑을 손아귀에 움켜쥐고 있는 듯한 그 존재에 호소하지 않는다면, 과연 누구에게 호소해야 한단 말인가?

말은 아직 준비되지 않았다. 그러나 그는 자신의 안에서 육신의 힘과 앞으로 할 일에 대한 주의력이 팽팽하게 긴장되는 것을 느끼며, 1분도 헛되이 버리지 않기 위해 말을 기다리지 않고 걸어가면서 쿠지마에게 자신을 뒤따라오라고 일렀다.

모퉁이에서 그는 빠르게 질주하는 야간 삯마차와 마주쳤다. 작은 썰매에는 벨벳 망토를 걸친 리자베타 페트로브나가 앉아 있었다. "감사합니다, 하느님. 감사합니다!" 그는 진지하다 못해 엄격한 표정을 짓고 있는 그녀의 자그마한 금발 머리와 얼굴을 알아보고 기쁨에 넘쳐 중얼거렸다. 그는 마부에게 멈추라는 지시도 내리지 않은 채 되돌아서서 그녀와 나란히 달렸다.

"그럼 두 시간 정도 됐군요. 그 이상은 아니란 말이죠?" 그녀가 말했다. "당신은 표트르 드미트리치를 찾아가세요. 단, 그를 재촉하지는 말고요. 참, 약국에서 아편도 구해 오세요."

"그럼, 당신은 무사할 거라고 생각하는 거죠? 하느님, 용서하소서, 도우소서!" 레빈은 현관을 빠져나오는 자기 말을 알아보며 이렇게 말했다. 그는 쿠지마와 나란히 썰매에 뛰어오른 후, 그에게 의사의 집으로 가라고 지시했다.

14

의사는 아직 일어나지 않았다. 하인은 '늦게 잠자리에 들면서 깨우지 말라고 지시하셨습니다. 이제 곧 일어나실 겁니다.'라고 말했다. 하인은 램프의 유리를 닦느라 매우 분주해 보였다. 하인이 유리에 대해 보여 준 신중함과 레빈의 집에서 일어나고 있는 일에 대해 보여 준 무관심이 처음에는 그를 몹시 놀라게 했다. 하지만 다시 생각한 끝에 곧 그는 아무도 그의 감정을 모르며 알아야 할 의무도 없다는 것, 저 무관심의 벽을 뚫고 자신의 목적을 달성하기 위해서는 더욱더 침착하고 사려 깊고 단호하게 행동해야만 한다는 것을 깨달았다. '서두르면 안 돼. 그리고 아무것도 놓쳐서는 안 돼.' 레빈은 육신의 힘과 앞으로 해야 할 모든 일에 대한 주의력이 점점 더 고조되는 것을 느끼며 혼잣말을 했다.

의사가 아직 일어나지 않았다는 것을 알게 된 레빈은 그에게 떠오른 온갖 계획들 가운데 다음의 계획을 택했다. 쿠지마는 쪽지를 들고 다른 의사에게 가고, 자신은 아편을 구하러 약국으로 간다. 만약 그가 돌아왔을 때도 의사가 자고 있으면 하인을 매수한다. 만약 그자가 그것을 거절하면 무슨 수를 써서라도 의사를 강제로 깨운다.

약국에서는 야윈 약사가 의사네 하인이 유리를 닦을 때와 똑같이 심드렁한 태도로 약을 기다리는 마부를 위해 가루약이 든 오블라토[113]를 압착하면서 아편을 줄 수 없다고 말했다. 레빈은 서두르지도 화를 내지도 않으려 애쓰며 의사와 산파의 이름을 들먹이고 왜 아편이 필요한지 설명한 후 그를 설득하기 시작했다. 약사는 독일어로 아편을 팔아도 될지 묻고 칸막이 너머로부터 승낙을 받은 후, 동그란 작은 병과 깔때기를 꺼내어 큰 병에 든 것을 작은 병에 천천히 따르고 레테르를 붙인 다음, 레빈이 그렇게 하지 말라고 부탁하는데도 병을 봉인하고 심지어 포장까지 하려고 했다. 레빈은 더 이상 참을 수 없었다. 그는 단호하게 그의 손에서 유리병을 빼앗고는 커다란 유리문으로 내달렸다. 의사는 아직 일어나지 않았고, 이제 양탄자를 까는 일에 여념이 없는 하인은 의사를 깨워 달라는 청을 거절했다. 레빈은 서두르지 않고 10루블짜리 지폐를 꺼내어, 말을 천천히 또박또박 내뱉으면서도 시간을 낭비하는 일 없이 당장 그에게 지폐를 건넸다. 그리고 하인에게 표트르 드미트리치(전에는 너무나 시답잖게 보이던 표트르 드미트리치가 지금의 레빈에게는 얼마나 위대하고 중요한 인물로 보이던지!)는 언제라도 와 주겠다고 약속했기 때문에 분명 화를 내지 않을 것이다, 그러니 지

113) 전분을 종이처럼 만들어 가루약 등을 싸 먹는 데 사용하는 포장지.

금 당장 그를 깨워야 한다고 설명했다.

하인은 그 말에 동의하고는 2층으로 올라가면서 레빈에게 대기실에 들어와 있으라고 말했다.

레빈의 귀에 문 너머로 의사가 기침하고 걸어 다니고 씻고 뭔가 말하는 소리가 들렸다. 3분 정도 흘렀다. 레빈에게는 한 시간 이상 지난 것 같았다. 그는 더 이상 기다릴 수 없었다.

"표트르 드미트리치, 표트르 드미트리치!" 그는 문틈으로 애원하는 목소리로 말했다. "부디 용서하십시오. 지금 그대로도 좋으니 만나 주십시오. 벌써 두 시간이 지났습니다."

"지금 나갑니다. 나가요!" 목소리가 대답했다. 레빈은 의사가 웃으면서 말하는 것을 듣고 경악했다.

"잠깐만이라도……."

"지금 나갑니다."

의사가 부츠를 신는 동안 2분이 더 흘렀다. 그리고 의사가 옷을 입고 머리를 빗는 동안 다시 2분이 흘렀다.

"표트르 드미트리치!" 레빈이 애처로운 목소리로 말을 꺼내려는 순간, 옷을 차려입고 머리를 가지런히 빗은 의사가 밖으로 나왔다. '양심도 없는 인간들. 사람이 죽어 가는 마당에 빗질이라니!' 레빈은 생각했다.

"좋은 아침입니다!" 의사는 레빈에게 손을 내밀며 특유의 침착한 태도로 마치 놀리듯 말했다. "서두르지 마십시오. 그런데……?"

레빈은 최대한 신중하려고 애쓰면서 아내의 상태에 대해 온갖 불필요한 말들을 세세하게 늘어놓기 시작했다. 그러면서 그는 걸핏하면 말을 멈추며 의사에게 지금 당장 함께 가자고 부탁했다.

"자, 서두르지 마세요. 당신도 잘 알겠지만, 아마 나는 필요도 없을 겁니다. 하지만 당신에게 약속했으니 가기로 하죠. 하지만 서둘 것 없습니다. 제발 앉으세요. 커피라도 드릴까요?"

레빈은 자기를 비웃느냐고 묻는 듯한 눈으로 그를 바라보았다. 하지만 의사에게는 그를 비웃을 생각이 없었다.

"알았어요, 알았어." 의사는 빙그레 웃으며 말했다. "저 역시 가정을 가진 사람입니다. 하지만 우리 남편들은 이럴 때 가장 불쌍한 사람들이죠. 제가 진료하는 한 여자 환자가 있는데요, 그 여자의 남편은 이런 경우에 늘 마구간으로 달아난답니다."

"하지만 당신은 어떻게 생각하십니까, 표트르 드미트리치. 당신이 생각하기에 순산할 것 같습니까?"

"모든 정황으로 보아 순산할 것 같은데요."

"그럼, 지금 갈 건가요?" 레빈은 커피를 들고 오는 하인을 날카롭게 노려보며 말했다.

"한 시간 후에……."

"안 됩니다, 제발!"

"저, 커피 좀 마십시다."

의사는 커피를 마시기 시작했다. 두 사람은 잠시 침묵했다.

"그런데 투르크인들이 과감하게 쳐부수고 있더군요. 어제 급보를 읽으셨습니까?" 의사가 흰 빵을 씹으며 말했다.

"아뇨, 더 이상 못 참겠습니다!" 레빈은 벌떡 일어나며 말했다. "그럼 15분 뒤에는 갈 겁니까?"

"30분 후에요."

"정말이죠?"

레빈이 집으로 돌아왔을 때, 마침 공작부인을 태운 마차도 도착했다. 그들은 함께 침실 문으로 다가갔다. 공작부인의 눈에는 눈물이 그렁그렁했고 그녀의 손은 바들바들 떨렸다. 그녀는 레빈을 보더니 그를 와락 끌어안고 울음을 터뜨렸다.

"좀 어떤가, 리자베타 페트로브나." 그녀는 다른 데 여념이 없는 환한 표정으로 그들을 맞으러 나온 리자베타 페트로브나의 손을 잡으며 말했다.

"순조롭게 진행되고 있어요." 그녀가 말했다. "마님에게 누워 계시라고 설득해 주세요. 그러는 편이 더 편할 테니까요."

레빈은 잠에서 깨어 무슨 일이 일어나고 있는지 깨달은 순간부터, 생각에 깊이 빠지는 일 없이 자신의 모든 생각과 감정을 단단히 가둬 둔 채 아무것도 지레짐작하지 않으면서, 아내의 마음을 어지럽히기보다는 오히려 그녀를 진정시키고 그녀의 용기를 지지하면서 눈앞에 닥칠 일들을 꿋꿋하게 견디어 내리라 마음의 준비를 했다. 무슨 일이 생길지, 그 일이 어떻게 끝날지 생각도 않고서, 그 일이 대개 얼마 동안 지속되는지 사람들에게 물어보고 다니면서, 레빈은 그 일을 견디어 내리라, 다섯 시간 정도 마음을 다잡아 보리라 하고 상상 속에서 마음의 준비를 했던 것이다. 그리고 그에게는 그것이 가능해 보였다. 하지만 의사를 만나고 돌아와 다시 그녀의 고통을 본 후, 그는 '주여, 용서하소서, 그리고 도와주소서.'라는 말을 더 자주 되풀이했고, 자꾸만 탄식하며 고개를 들곤 했다. 그리고 그는 자신이 더 이상 참지 못하고 눈물을 보이거나 달아날까 봐 두려움을 느꼈다. 그는 그만큼 괴로웠다. 그런데 이제 겨우 한 시간이 지났을 뿐이었다.

그러나 그 한 시간이 지난 후, 또 한 시간, 두 시간, 세 시간, 그리고 자신이 참을 수 있는 최대한의 시간으로 정한 다섯 시간이 모두 지나갔다. 그런데도 상황은 여전히 똑같았다. 그는 계속 참았다. 참는 것 외엔 달리 아무것도 할 수 없었기 때문이다. 매 순간 자신이 인내의 극한까지 왔다고 생각하면서, 자신의 심장이 지금 당장이라도 고통으로 터질 것 같다고 생각하면서.

하지만 또 몇 분이 지나고, 몇 시간이 지나고, 또다시 몇 시간이 지났다. 그리고 그의 고통과 공포의 감정은 더욱 커지고 더욱 팽팽해졌다.

삶의 일상적 조건들은 더 이상 레빈에게 존재하지 않았다. 그것들 없이는 아무것도 상상조차 할 수 없는데 말이다. 그는 시간에 대한 인식을 잃었다. 몇 분이 — 그녀가 그를 자기 옆으로 불렀을 때 땀에 젖은 그녀의 손을, 엄청난 힘으로 그의 손을 잡았다 밀쳤다 하는 그녀의 손을 꼭 잡아 준 그 몇 분 — 몇 시간처럼 느껴지기도 했고, 몇 시간이 몇 분처럼 느껴지기도 했다. 리자베타 페트로브나가 가리개 뒤에서 그에게 촛불을 켜 달라고 부탁했을 때, 그는 벌써 저녁 5시가 되었다는 것을 알고 깜짝 놀랐다. 만약 이제 겨우 오전 10시라는 말을 들었다면, 그도 그렇게 놀라지 않았을 것이다. 그는 언제 무슨 일이 일어났는지 뿐만 아니라, 이 순간 자신이 어디에 있는지도 몰랐다. 그는 키티의 타는 듯한 얼굴을, 때로는 영문을 모른 채 고통스러워하고 때로는 생긋 웃으며 그를 안심시키는 얼굴을 보았다. 그는 희끗희끗한 머리카락을 풀어헤친 채 붉은 얼굴로 긴장하고 있는 공작부인을, 그리고 그녀가 입술을 깨물며 애써 삼키고 있는 눈물을 보았다. 그는 돌리를, 굵은 궐련을 피우고 있는 의사를, 사람의 마음을 진정시키는 의연하고 단호한 표정의 리자베타 페트로브나를, 찌푸린 얼굴로 홀을 서성이는 노공작을 보았다. 하지만 그는 그들이 어떻게 들어왔다 어떻게 나가는지, 그들이 어디에 있는지 몰랐다. 공작부인은 의사와 함께 침실에 있기도 하고 테이블이 차려진 서재에 있기도 했다. 그러나 나중에 보면 그녀는 공작부인이 아니라 돌리였다. 후에 레빈은 사람들이 그를 어딘가로 보내고 하던 것을 기억해 냈다. 한번은 사람들이 그에게 테이블과 소파를 옮겨 달라며 어딘가로 보냈다. 그는 그 일이 아내에게 필요한 일이라고 생각하여 열심히 했는데, 나중에 알고 보니 그것은 그 자신의 잠자리를 마련하는 일이었다. 그다음 그는 서재에 가서 의사에게 뭔가 물어보라는 부탁을 받았다. 의사는 대답을 하고 나서 두마에서 있었던 소요에 대해 이야기하기 시작했다. 그러고 나서 그는 침실에 있는 공작부인에게 가서 금은 장식이 달린 이콘을 받아 오라는 부탁을 받고, 공작부인의 늙은 하녀와 함께 찬장을 기어 올라가 이콘을 꺼내려 하다가 이콘의 작은 등을 깨뜨리고 말았다. 그러자 공작부인의 하녀는 부인에 대해서도, 등에 대해서도 걱정하지 말라며 그를 안심시켰다. 그래서 그는 이콘을 들고 가서 키티의 머리맡에 놓고 그것을 베개 뒤에 애써 쑤셔 넣었다. 하지만 언제, 어디서, 무엇 때문에 그 일들이 벌어졌는지, 그는 몰랐다. 또한 그는 어째서 공작부인이 그의 손을 잡고 그를 애처롭게 쳐다보며 진정하라고 부탁하는지, 무엇 때문에 돌리가 그에게 뭘 좀 먹으라고 설득하며 방에서 끌고 나가는지, 심지어 무엇 때문에 의사가 동정 어린 눈으로 진지하게 그를 바라보며 물약을 주는지 이해할 수 없었다.

그는 그저 지금 일어나고 있는 일이 1년 전 현청 소재지의 어느 호텔에서 니콜라이 형의 임종 때 일어난 일과 비슷하다는 것을 깨닫고 느낄 뿐이었다. 그러나 그것은 슬픔이었고, 이것은 기쁨이었다. 하지만 그 슬픔이든, 이 기쁨이든 다 똑같이 삶의 일상적인 조건을 벗어나 있었고, 그것들은 마치 숭고한 무언가가 엿보이는, 일상 속의 틈새와도 같았다. 그리고 지금 일어나고 있는 일도 똑같이 괴롭고 고통스럽게 시작되었으며, 영혼은 그 숭고한 것을 직관할 때와 똑같이 불가해한 방식으로 예전에는 결코 파악할 수 없었던 경지까지, 이미 이성이 쫓아갈 수 없는 곳까지 솟아올랐다.

'하느님, 용서하소서, 그리고 도와주소서.' 그토록 오래 지속된, 완벽하게 보일 정도의 단절에도 불구하고, 그는 자신이 어린 시절과 청년 시절에 그랬던 것과 똑같이 순수하고 단순한 마음으로 하느님을 향하고 있다고 느끼며 속으로 그 말을 끊임없이 되풀이했다.

그동안 그는 계속 서로 다른 두 가지 기분을 느꼈다. 하나는 키티와 떨어져, 줄곧 굵은 궐련을 피워 대며 꽁초로 가득한 재떨이의 가장자리에 담배를 비벼 끄는 의사나 돌리나 공작과 있을 때의 기분이었다. 그럴 때면 그들은 식사와 정치와 마리야 페트로브나의 병에 대해 이야기를 나누었으며, 레빈은 문득 순간적으로 무슨 일이 일어나고 있는지를 완전히 잊기도 하고 마치 잠에서 깬 듯한 느낌을 받기도 했다. 그리고 또 하나는 그녀가 있는 곳에서, 그녀의 머리맡에서 느끼는 기분이었다. 그럴 때면 그는 연민으로 찢어질 것 같으면서도 여전히 찢어지지 않는 가슴을 안고 끊임없이 하느님께 기도를 드렸다. 그리고 침실에서 터져 나오는 비명 소리가 그를 망각의 순간에서 끌어낼 때마다, 그는 처음에 그를 덮친 것과 똑같은 기이한 망상에 빠지곤 했다. 매번 비명을 들을 때마다, 그는 벌떡 일어나 자신의 무죄를 증명하러 달려갔다가 자기에게 잘못이 없다는 것을 도중에 기억해 내고는 그녀를 보호하고 도와주고 싶다는 생각을 했다. 하지만 그는 그녀를 보면서 도움이 불가능하다는 것을 다시 한 번 깨닫고는 두려움에 떨면서 이렇게 중얼거렸다. '주여, 용서하소서, 도우소서.' 그리고 시간이 흐를수록, 두 기분은 점점 더 강해졌다. 그녀가 없는 곳에서 그는 그녀를 까맣게 잊은 채 더욱더 침착해졌지만, 그녀의 고통 자체와 그 앞에서 느끼는 그의 무력감은 더욱더 고통스러운 것이 되어 갔다. 그는 벌떡 일어나 어디론가 달아나고 싶어 하다가 그녀에게로 달려가곤 했다.

이따금 그녀가 그를 자꾸만 불러 댈 때면 그는 그녀를 비난하곤 했다. 그러나 빙그레 웃는 그녀의 순종적인 얼굴을 보고 "내가 당신을 괴롭히고 있군요."라는 그녀의 말을 듣고 나면 하느님을 비난했다. 그러다가도 막상 하느님을 떠올리면, 그는 금방 그에게 용서와 자비를 구하는 것이었다.

15

그는 때가 이른지 늦은지 알 수 없었다. 양초들은 이미 거의 다 타들었다. 방금 전 돌리가 서재에 들어와 의사에게 잠시 누우라고 권했다. 레빈은 앉아서 사기꾼 최면술사에 대한 의사의 이야기를 들으며 그가 피우는 궐련의 재를 바라보고 있었다. 휴식의 시간이 찾아왔고 그는 망각에 빠졌다. 그는 지금 무슨 일이 일어나고 있는지 까맣게 잊고 있었다. 그는 의사의 이야기를 들으며 그것을 제대로 이해하고 있었다. 갑자기 비명 소리가 들렸다. 그 어떤 소리와도 비슷하지 않은……. 비명 소리가 너무 끔찍해서 레빈은 벌떡 일어나지도 못하고 숨을 죽인 채 두렵고 미심쩍은 눈으로 의사를 바라보았다. 의사는 고개를 한쪽으로 기울이고 가만히 귀를 기울이더니 만족스러운 미소를 지었다. 모든 것이 너무나 이상했기에 레빈은 더 이상 그 무엇에도 놀라지 않았다. '아마도 이렇게 되어야 하나 보다.' 그는 이런 생각을 하며 계속 앉아 있었다. 그건 누구의 비명이었을까? 그는 벌떡 일어나 침실을 향해 발끝으로 달려가서 리자베타 페트로브나와 공작부인을 돌아 머리맡 옆의 자기 자리에 섰다. 비명 소리는 그쳤으나 지금은 뭔가 달라져 있었다. 그게 무엇인지, 그는 보지도 못했고 이해하지도 못했다. 아니 보고 싶지도, 이해하고 싶지도 않았다. 하지만 그는 리자베타 페트로브나의 얼굴에서 그것을 보았다. 리자베타 페트로브나의 얼굴은 엄하고 창백하고 여전히 단호했다. 그러나 그녀의 턱은 다소 떨렸고 그녀의 눈은 키티를 뚫어지게 응시하고 있었다. 땀에 젖은 이마에 머리채가 끈적끈적 달라붙은, 타는 듯이 붉고 고통으로 일그러진 키티의 얼굴이 그를 향한 채 그의 시선을 찾고 있었다. 허공에 들린 두 손이 그의 손을 찾았다. 그녀는 땀에 젖은 두 손으로 그의 차가운 손을 붙잡고서 자기의 얼굴에 갖다 댔다.

"가지 말아요, 가지 말아요! 난 두렵지 않아요, 난 두렵지 않아요!" 그녀가 빠르게 말했다. "엄마, 귀걸이를 떼어 주세요. 거추장스러워요. 당신도 두렵지 않죠? 이제 금방이에요. 다 됐어요. 리자베타 페트로브나……."

그녀는 말을 빠르게 하며 미소를 지으려 했다. 그러나 갑자기 그녀의 얼굴이 일그러지더니, 그녀가 그를 밀쳐 냈다.

"아냐, 너무 끔찍해! 난 죽어요, 죽게 될 거예요! 저리 가요, 가!" 그녀가 소리치기 시작했고, 또다시 그 무엇과도 비슷하지 않은 비명 소리가 들렸다.

레빈은 머리를 움켜쥐고 방에서 뛰쳐나갔다.

"괜찮아요, 괜찮아, 다 잘될 거예요!" 돌리가 그의 뒤에서 말했다.

하지만 그들이 무슨 말을 하든, 그는 이제 모든 게 끝이라고 생각했다. 그는 옆방에서 문설주에 머리를 기대고 서서 지금까지 한 번도 들어 본 적 없는 어떤 소리를 듣고 있었다. 찢어지는 듯한 소리와 울부짖는 소리……. 그는 그 비명 소리가 예전에 키티였던 것이 외치는 소리라는 것을 알고 있었다. 그는 이미 오래전부터 아이 따위는 바라지도 않았다. 그는 지금 그 아이를 증오하고 있었다. 지금 그는 심지어 그녀의 생명도 바라지 않았고, 오직 그 끔찍한 고통이 멈추기만을 바랐다.

"선생님! 이게 어떻게 된 일입니까? 이게 뭐냐고요? 아, 하느님!" 그는 방으로 들어오는 의사의 손을 움켜잡고 말했다.

"끝나 갑니다." 의사가 말했다. 그런데 의사의 얼굴이 너무 진지해서 레빈은 '끝나 갑니다.'라는 의사의 말을 죽어 간다는 의미로 이해했다.

그는 정신없이 침실로 뛰어 들어갔다. 그가 가장 먼저 본 것은 리자베타 페트로브나의 얼굴이었다. 그 얼굴은 한층 더 찌푸려져 있었고 더 엄했다. 키티의 얼굴은 없었다. 전에 키티의 얼굴이 있던 그 자리에는 긴장된 표정과 그것에서 나오는 소리와 뭔가 무시무시한 것이 있었다. 그는 나무로 된 침대의 틀에 고개를 숙인 채 심장이 찢어지는 듯한 기분을 느꼈다. 끔찍한 비명이 멈추지 않았고 그 소리는 더욱더 끔찍해졌다. 그러더니 마치 공포의 극한에 이른 듯 갑자기 그 소리가 잠잠해졌다. 레빈은 자신의 귀를 의심했으나 그것을 의심할 수는 없었다. 비명 소리가 멎고 조용한 웅성거림과 옷자락 스치는 소리와 빠른 숨소리가 들려왔다. 그리고 끊어질 듯 끊어질 듯하며 이어지는, 생기 넘치고 부드럽고 행복한 목소리가 나직하게 말했다.

"끝났어요."

그는 고개를 들었다. 놀랍도록 아름답고 조용한 그녀가 이불 위에 힘없이 두 팔을 늘어뜨린 채 말없이 그를 바라보고 있었다. 그녀는 미소를 짓고 싶어 했으나 그러지 못했다.

그때 문득 그는 지난 스물두 시간 동안 살았던 그 비밀스럽고 무시무시한 저편의 세상에서 이제는 그 스스로 감당할 수 없을 만큼 새로운 행복의 빛으로 빛나는 예전의 평범한 세계로 자신이 순식간에 옮겨진 듯한 느낌을 받았다. 팽팽하게 당겨진 활이 뚝 끊어졌다. 전혀 예상치 못한 기쁨의 흐느낌과 눈물이 그의 몸 전체를 흔들며 너무나 세차게 솟구치는 바람에, 그는 오랫동안 아무 말도 할 수 없었다.

그는 침대 앞에 털썩 무릎을 꿇고는 아내의 손을 자기 입술에 대고 입을 맞추었다. 그러자 그 손이 손가락의 희미한 움직임으로 그의 입맞춤에 답했다. 그러는 동안 침대의 발치에서는 리자베타 페트로브나의 민첩한 두 손에서 램프의 작은 불꽃처럼 한 인간의 생명이 떨리고 있었다. 지금까지 존재한 적 없는, 스스로에 대한 동등한 권리와 동등한 중요성을 간직한 채 살아가며 자기와 비슷한 인간들을 번식시킬 한 인간의 생명이…….

"활기찬데요, 아주 씩씩해요! 게다가 아들이네요! 이제 걱정 마세요!" 레빈은 리자베타 페트로브나의 목소리를 들었다. 그녀는 떨리는 손으로 아이의 등을 찰싹찰싹 때리고 있었다.

"엄마, 정말이에요?" 키티의 목소리가 말했다.

공작부인의 흐느낌만이 그녀에게 답했다.

그리고 침묵의 한가운데에서, 어머니의 물음에 대한 명백한 응답으로 하나의 목소리가 들렸다. 방 안에서 조용조용 이야기하는 다른 모든 목소리들과 전혀 다른……. 그것은 어디에서 나타났는지 알 수 없는 새로운 인간의, 아무것도 이해하려 들지 않는 대담하고 뻔뻔스러운 외침이었다.

만약 조금 전에 사람들에게서 키티는 죽었고 그도 그녀와 함께 죽었고 그들의 아이는 천사이고 그들 앞에 하느님이 있다는 말을 들었다 해도, 그는 전혀 놀라지 않았을 것이다. 하지만 현실의 세계로 돌아온 지금, 그는 그녀가 건강하게 살아 있고, 날카로운 목소리로 그토록 절망적으로 울어 대는 존재가 그의 아들이라는 것을 이해하기 위해 많은 사고력을 발휘하고 있었다. 키티는 살아 있고 고통은 끝났다. 그리고 그는 말로 표현할 수 없을 만큼 행복했다. 그는 그것을 이해했고 그것으로 인해 더할 나위 없이 행복했다. 하지만 아기는? 어디에서 무엇 때문에 왔으며, 도대체 누구란 말인가? 그는 도저히 이해할 수 없었고 그런 생각에 익숙해질 수 없었다. 아기는 그에게 불필요한 무언가로, 지나친 과잉으로 여겨졌다. 그래서 그는 오랫동안 아기에게 익숙해질 수 없었다.

16

10시가 되어 갈 무렵, 노공작과 세르게이 이바노비치와 스테판 아르카지치는 레빈의 집에 둘러앉아 산모에 대해 잠시 이야기하고 다른 주제들에 대해서도 이야기를 나누었다. 레빈은 그들의 이야기를 들었다. 그러는 동안 그는 자기도 모르게 지난 일을, 즉 오늘 아침까지 일어난 일을 떠올리면서, 그 일이 있기 전인 어제 자신의 모습이 어떠했는지에 대해서도 떠올리게 되었다. 마치 그 후로 100년이 지난 것 같았다. 그에게는 자신이 어떤 도달하기 어려운 경지에 오른 것처럼 느껴졌다. 그래서 그는 함께 이야기를 나누고 있는 사람들을 모욕하지 않기 위해 그 경지에서 내려오고자 노력했다. 그는 말을 하는 동안에도 끊임없이 아내에 대해, 그녀의 소소한 현재 상태에 대해, 아들에 대해 생각했고, 아들의 존재에 대한 생각에 익숙해지려고 애썼다. 결혼 이후 그가 예전에 알지 못한 새로운 의미를 띠게 된 여성의 전 세계는 이제 그의 인식 속에서 너무나 드높아져 그로서는 그것을 상상할 수도 없게 되었다. 그는 어제 클럽에서 있었던 만찬에 대한 이야기를 들으며 생각에 잠겼다. '지금 그녀는 무엇을 하고 있을까? 자고 있나? 그녀의 상태는 어떨까? 그녀는 무슨 생각을 하고 있을까? 우리 아들 드미트리가 울고 있지는 않을까?' 그래서 대화 중간에, 말 중간에 그는 벌떡 일어나 방에서 나가곤 했다.

"딸애를 보러 가도 되는지 사람을 보내 알려 주게." 공작이 말했다.

"알겠습니다. 지금 당장 그렇게 하겠습니다." 레빈은 이렇게 대답하고는 잠시도 지체하지 않고 그녀에게 갔다.

키티는 아직 자지 않고 앞으로 있을 세례식에 대해 이런저런 계획을 세우며 어머니와 조용히 이야기를 나누고 있었다.

단정한 차림을 하고 곱게 빗은 머리에 하늘색 장식이 달린 아름다운 모자를 쓴 그녀는 이불 위에 두 손을 내놓고 반듯하게 누워 있었다. 그녀는 그의 눈길과 마주치자 눈빛으로 그를 자기 곁에 끌어당겼다. 그녀의 시선, 그토록 빛나는 그 시선은 그가 그녀에게 다가오는 동안 더욱 환하게 빛났다. 그녀의 얼굴에는 죽은 사람의 얼굴에서 볼 수 있는 지상에서 천상으로의 변화가 떠올라 있었다. 그러나 거기에는 이별이 있었고, 여기에는 만남이 있다. 출산의 순간에 그가 경험한 그런 흥분이 또다시 그의 가슴에 북받쳐 올랐다. 그녀는 그의 손을 잡고 그에게 잠을 잤는지 물었다. 그는 아무런 대답도 못하고 새삼 자신의 연약함을 확인하며 계속 고개를 옆으로 돌리고 있었다.

"난 잠시 잤어요, 코스챠!" 그녀가 그에게 말했다. "그래서 지금 기분이 너무 좋아요."

그녀는 그를 바라보았다. 그런데 갑자기 그녀의 표정이 변했다.

"아기를 이리 주세요." 그녀는 아기의 울음소리를 듣고 이렇게 말했다. "리자베타 페트로브나, 아기를 주세요. 아빠도 아기를 봐야죠."

"자, 아빠도 보게 해 드려야죠." 리자베타 페트로브나는 꿈틀거리는 발갛고 이상한 무언가를 들어 올려 그에게 가져오며 말했다. "잠깐만요, 우리, 먼저 몸단장부터 할까요?" 그러더니 리자베타 페트로브나는 그 꿈틀거리는 붉은 것을 침대에 내려놓은 후 손가락 하나로 아이를 들었다 뒤집었다 하고 뭔가를 깔기도 하면서 아기의 몸에 싼 것을 풀었다 쌌다 하기 시작했다.

레빈은 아주 작고 애처로운 그 존재를 쳐다보면서 마음속에서 그것에 대한 부성(父性)의 흔적을 찾아내기 위해 부질없는 노력을 했다. 그는 아기에게서 혐오감만 느꼈을 뿐이다. 그러나 아기의 벌거벗은 몸을 본 순간, 손가락 발가락이 달린, 심지어 다른 것들과 구별되는 엄지손가락과 엄지발가락까지 달린 그 샤프란 색의 작디작은 손발을 흘끔 본 순간, 그리고 리자베타 페트로브나가 그 쫙 펼친 작은 손을 마치 부드러운 스프링인 양 꽉 잡고 아마포 이불에 집어넣는 것을 본 순간, 그는 그 존재에 대한 강한 연민과 그녀가 그 존재를 다치게 하지나 않을까 하는 커다란 두려움에 휩싸여 그녀의 손을 막았다.

리자베타 페트로브나가 웃음을 터뜨렸다.

"염려하지 마세요, 염려할 것 없어요!"

아기를 몸단장시키고 뻣뻣한 인형처럼 만들고 난 후, 리자베타 페트로브나는 마치 자신의 솜씨를 자랑이라도 하듯 아기를 한 번 어르고 나서, 레빈이 아들의 아름다움을 속속들이 볼 수 있도록 옆으로 물러났다.

키티는 눈을 떼지 않은 채 곁눈질로 같은 곳을 바라보았다.

"이리 줘요, 이리 줘요!" 그녀는 이렇게 말하며 심지어 몸을 일으키려고 했다.

"뭐 하는 거예요, 카체리나 알렉산드로브나. 그렇게 움직이면 안 돼요! 기다려요, 제가 안겨 드릴게요. 자, 아빠에게 아기가 얼마나 잘생겼는지 보여 드립시다."

그리고 리자베타 페트로브나는 포대기의 가장자리 뒤에 머리를 감춘 채 꿈틀거리는 그 기이한 붉은 존재를 한 손으로(다른 한 손은 이리저리 휘청대는 뒤통수를 손가락만으로 받치고 있었다.) 들어 올려 레빈에게 보였다. 그런데 그 존재에게는 코도, 곁눈질하는 눈동자도, 쪽쪽 소리를 내는 입술도 있었다.

"예쁜 아기죠!" 리자베타 페트로브나가 말했다.

레빈은 슬프게 탄식했다. 그 아름다운 아기는 그에게 혐오와 연민의 감정을 불어넣을 뿐이었다.

그것은 그가 기대하던 감정이 전혀 아니었다.

리자베타 페트로브나가 아기를 낯선 가슴에 안기는 동안, 레빈은 고개를 돌리고 있었다.

그는 문득 웃음소리에 고개를 들었다. 그것은 키티가 터뜨린 웃음소리였다. 아기가 젖을 물었다.

"자, 충분해요, 됐어요!" 리자베타 페트로브나가 말했다. 그러나 키티는 아기를 놓아주지 않았다. 아기는 그녀의 팔 안에서 잠이 들었다.

"자, 봐요." 키티는 그가 아기를 볼 수 있도록 아기를 그의 쪽으로 돌리며 말했다. 늙은이 같은 그 작은 얼굴이 더욱 찌푸려지더니, 아기가 재채기를 했다.

레빈은 감동의 눈물을 가까스로 감춘 채 미소를 지으며 아내에게 입 맞추고 어두운 방에서 나왔다.

그가 이 자그마한 존재에게서 느낀 감정은 그가 기대한 것과 전혀 달랐다. 그 감정 속에는 즐거움도 기쁨도 전혀 없었다. 오히려 그것은 새롭고도 고통스러운 두려움이었다. 그것은 나약함이라는 새로운 영역에 대한 인식이었다. 그리고 처음에는 그러한 인식이 너무나 고통스러웠다. 이 무기력한 존재가 고통을 받지나 않을까 하는 두려움이 너무 커서, 그는 아기가 재채기를 할 때 느낀 뜻모를 기쁨과 자부심이라는 기이한 감정들마저 거의 알아차리지 못했다.

17

스테판 아르카지치의 사정은 좋지 않았다.

산림의 3분의 2에 대한 대금은 이미 다 써 버렸으며, 나머지 3분의 1에 대한 대금은 10퍼센트를 공제해 주고 상인에게서 미리 거의 다 받은 상태였다. 상인은 더 이상 돈을 주지 않을 테고, 더욱이 올겨울에는 다리야 알렉산드로브나가 처음으로 자신의 재산에 대한 권리를 강하게 주장하며 산림의 나머지 3분의 1에 대한 대금의 영수증에 서명하기를 거부했다. 봉급은 집안 살림의 비용과 자질구레한 빚을 청산하는 데 다 나갔다. 이젠 돈이 한 푼도 없었다.

스테판 아르카지치가 생각하기에 그것은 불쾌하고 곤란한 상황이라 이대로 지속되어서는 안 되었다. 그는 지나치게 적은 봉급을 받는 것이 그 원인이라고 생각했다. 그가 차지한 직위는 5년 전만 해도 분명 아주 좋은 자리였으나 이제는 더 이상 그렇지 않았다. 은행장인 페트로프는 1만 2000루블을 받았고,

스벤치츠키는 회사의 임원으로 1만 7000루블을 받았다. 한편 은행 설립자인 미친은 5만 루블을 받았다. '분명 난 잠에 들었다가 사람들에게 잊히고 만 거야.' 스테판 아르카지치는 자신에 대해 그렇게 생각했다. 그래서 그는 여기저기 귀를 기울이고 눈여겨보기 시작했으며, 겨울이 끝날 무렵에는 아주 좋은 자리를 찾아냈다. 처음에 그는 모스크바에서 친척 아주머니와 친척 아저씨와 친구들을 통해 그것을 공략했고, 그 후 상황이 무르익자 봄에 직접 페테르부르크로 갔다. 그것은 연봉이 1000루블에서 5만 루블까지 다양하며 일도 수월하고 뇌물도 쏠쏠히 들어오는 자리로 예전보다 요즘에 와서 더 많아지기 시작한 그런 자리들 가운데 하나였다. 그것은 남부 철도와 은행 기관의 상호신용금고를 위한 연합 기관의 위원회 위원직이었다. 그 자리는 그런 종류의 모든 자리와 마찬가지로 한 사람이 다 갖추기 힘든 너무나 엄청난 지식과 활동을 요구했다. 그런 자질을 모두 갖춘 사람은 없기 마련이지만, 그래도 정직하지 못한 사람보다는 정직한 사람이 그 자리에 앉는 편이 더 나았다. 그런데 스테판 아르카지치는 정직한 사람(우다레니에[114] 없이)일 뿐 아니라 모스크바에서 정직한 활동가, 정직한 작가, 정직한 잡지, 정직한 기관, 정직한 유파라고 말할 때와 같은 특별한 의미에서 정직한 사람(우다레니에를 덧붙인)이기도 했다. 또한 개인이나 기관이 부정직하지 않다는 의미에서의, 그리고 경우에 따라서는 정부를 풍자할 능력이 있다는 특별한 의미에

114) 러시아어에서 모음을 길고 강하게 읽으라고 지시하는 기호. '강조'라는 의미도 있다.

서의 정직한 사람이기도 했다. 스테판 아르카지치는 모스크바에서 그 말을 사용하는 사회에 드나들었으므로 그곳에서는 정직한 사람으로 여겨졌고, 따라서 그 자리에 대해 다른 사람들보다 더 충분한 자격을 갖추고 있는 셈이었다.

그 자리는 1년에 7000루블에서 1만 루블의 봉급을 받는 자리였고, 더욱이 오블론스키는 자신의 관직을 그만두지 않고도 그 자리에 오를 수 있었다. 그 자리에 대한 결정권은 두 명의 장관과 한 명의 귀부인과 두 명의 히브리인에게 있었다. 비록 그 사람들에게 미리 손을 써 두긴 했지만, 스테판 아르카지치로서는 페테르부르크에서 그들을 직접 만나 볼 필요가 있었다. 게다가 스테판 아르카지치는 누이인 안나에게 카레닌으로부터 이혼에 대한 확답을 받아 주겠다고 약속한 터였다.

그래서 그는 돌리를 졸라 50루블을 받아 들고 페테르부르크로 떠났다.

스테판 아르카지치는 카레닌의 서재에 앉아 러시아의 재정 악화의 원인에 관한 그의 의안을 들으면서, 자신의 용무와 안나에 대한 이야기를 꺼내기 위해 그의 낭독이 끝날 때만 기다렸다.

"그래, 매우 옳은 말이야." 알렉세이 알렉산드로비치가 코안경을 벗고 미심쩍은 눈으로 옛 처남을 바라보자, 스테판 아르카지치는 이렇게 말했다. 이제 알렉세이 알렉산드로비치는 코안경 없이 글을 읽을 수 없었다. "세부적인 부분에서는 아주 옳아. 하지만 우리 시대의 원칙은 자유지."

"그래요. 하지만 내가 제시하는 것은 자유의 원칙을 포함하는 다른 원칙입니다." 알렉세이 알렉산드로비치는 '포함하는'이라는 말에 힘을 주며 이렇게 말하고는 그것이 적힌 부분을 재차 읽어 주기 위해 다시 코안경을 썼다.

알렉세이 알렉산드로비치는 여백을 넉넉히 두고 아름답게 쓴 원고를 뒤적인 후 설득력 있는 부분을 다시 읽었다.

"내가 보호관세 체제를 바라지 않는 것은 개인의 이익을 위해서가 아니라 공공의 복지를 위해서지요. 하층계급과 상층계급 모두를 위해서요." 그는 코안경 너머로 오블론스키를 바라보며 말했다. "하지만 그들은 그것을 이해하지 못합니다. 그들은 개인의 이해관계에만 관심을 쏟고 문구에만 정신이 팔려 있거든요."

스테판 아르카지치는 카레닌이 그들, 즉 그의 계획안을 받아들이려 하지 않고 러시아의 모든 악의 원인이 되는 그 사람들이 무엇을 하고 무엇을 생각하는지에 대해 말을 꺼낼 때는 그의 이야기가 거의 끝날 무렵이라는 것을 알고 있었다. 그래서 이제 그는 자유의 원칙을 기꺼이 포기하고 카레닌의 견해에 전적으로 동의했다. 알렉세이 알렉산드로비치는 깊은 생각에 잠긴 채 자신의 원고를 뒤적이며 침묵했다.

"아, 그런데 말이야." 스테판 아르카지치가 말했다. "자네에게 부탁하고 싶은 게 있어. 포모르스키를 만나게 되거든, 내가 공석으로 남아 있는 남부 철도 상호신용금고 연합 기관 위원회의 위원직을 몹시 얻고 싶어 하더라고 말 좀 해 줘."

스테판 아르카지치는 그의 마음에 그토록 가까이 있는 그 직위의 명칭에 이미 익숙해져 그 명칭을 실수도 않고 빠르게 발음했다.

알렉세이 알렉산드로비치는 그 새 위원회가 무슨 일을 하는지 이것저것 캐묻고는 생각에 잠겼다. 그는 그 위원회의 활동에 자신의 계획안과 대립하는 점이 있는 것은 아닌지 생각하고 있었다. 하지만 그 새로운 위원회의 업무가 무척 복잡한 데다 그의 계획안이 매우 광범한 영역을 포괄했기 때문에, 그는 그 자리에서 즉시 그것을 판단할 수 없었다. 그래서 그는 코안경을 벗으며 이렇게 말했다.

"물론 말해 줄 수는 있어요. 하지만 솔직히 무엇 때문에 그 자리를 얻으려 하는 겁니까?"

"봉급이 좋거든. 9000루블까지 받을 수 있어. 그런데 내 수입은……."

"9000루블이라……." 알렉세이 알렉산드로비치는 말을 되풀이하며 인상을 찌푸렸다. 그 봉급의 높은 숫자는 그 방면에서 예상되는 스테판 아르카지치의 활동이 늘 긴축으로 기울어지는 그의 계획안의 주요 취지와 대립한다는 것을 그에게 상기시켰다.

"난 전에 그것에 대한 보고서를 쓰기도 했는데, 우리 시대에 그런 높은 봉급은 우리 행정의 그릇된 경제 assiette[115]를 보여 주는 징후라고 생각합니다."

"그럼 자네는 어떤 걸 바라는데?" 스테판 아르카지치가 말했다. "음, 은행장이 1만 루블을 받는다고 하자고. 그건 그 사람이 그렇게 받을 만해서야. 또 기사는 2만 루블을 받아. 좋든 싫든, 그것은 현실적인 문제라고!"

"난 봉급이 상품에 대한 대가이기 때문에 수요와 공급의 법

115) '정책.'(프랑스어)

칙을 따라야 한다고 생각합니다. 만약 봉급의 지정이 이 법칙을 벗어날 경우, 가령, 똑같이 박식하고 유능한 기사가 대학을 졸업해서 한 명은 4만 루블을 받고 다른 한 명은 2000루블에 만족해하는 걸 본다든지, 아니면 특별한 전문 지식이 전혀 없는 법률가나 경기병을 고액 연봉을 받는 은행장에 임명하는 걸 보게 되면, 난 봉급이 수요와 공급의 법칙에 따라서가 아니라 바로 편파적인 방법에 의해 결정된 것이라고 결론을 내리지요. 그리고 여기에는 그 자체로도 중요하고 정부의 활동에 해로운 영향을 끼치는 권력 남용이 있어요. 내 생각에는……."

스테판 아르카지치는 황급히 매제의 말을 가로막았다.

"그래, 하지만 자네도 의심할 여지없이 유익한 새로운 기관이 생기는 것에는 동의하겠지. 좋든 싫든 이건 현실적인 문제니까! 특히 사람들은 업무가 정직하게 처리되는 것을 중요하게 생각하거든." 스테판 아르카지치는 힘을 주어 말했다.

하지만 알렉세이 알렉산드로비치는 정직하다라는 말의 모스크바적 의미를 알지 못했다.

"정직함이란 소극적 자질에 불과하지요." 그가 말했다.

"하지만 어쨌든 자네는 내게 큰 호의를 베푸는 거야." 스테판 아르카지치가 말했다. "포모르스키에게 말이라도 해 준다면 말이지. 그저 둘이 이야기할 때……."

"하지만 그 일은 볼가리노프에 의해 더 많이 좌우될 것 같은데……." 알렉세이 알렉산드로비치가 말했다.

"볼가리노프도 전적으로 동의하고 있어." 스테판 아르카지치는 얼굴을 붉히며 말했다.

스테판 아르카지치가 볼가리노프에 대한 언급에 얼굴을 붉힌 것은, 그가 그날 아침 히브리인인 볼가리노프의 집에 들렀다가 그 방문에서 불쾌한 기억을 얻었기 때문이었다. 스테판 아르카지치는 그가 종사하고자 하는 그 일이 새롭고 현실적이고 정직한 일이라고 굳게 확신했다. 그러나 오늘 아침, 볼가리노프가 분명 일부러 그를 두 시간 동안 대기실에서 다른 청원자들과 함께 기다리게 했을 때, 그는 문득 거북해지기 시작했다.

그가 거북함을 느낀 것이 류릭의 후예 오블론스키 공작인 자기가 두 시간 동안 유대인의 대기실에서 기다렸다는 사실 때문이든, 아니면 자신이 난생처음으로 나라를 섬기는 조상의 선례를 따르지 않고 새로운 분야에 발을 내딛었다는 사실 때문이든, 그는 몹시 거북했다. 볼가리노프의 집에서 두 시간을 기다리는 동안, 스테판 아르카지치는 활기차게 응접실을 돌아다니며 구레나룻을 매만지기도 하고 다른 청원자들과 이야기를 나누기도 하고 자신이 유대인의 집에서 어떻게 기다렸는지에 대해 다른 사람들에게 들려줄 익살을 궁리하기도 하면서 자신의 감정을 다른 사람들뿐만 아니라 자신에게조차 애써 감추었다.

그러나 그는 줄곧 거북하고 분했다. '유대인에게 볼일이 있어 기다렸다.'[116]라는 익살에서 아무것도 얻지 못해서인지, 아니면 다른 무엇 때문인지, 그 자신도 그 이유를 알 수 없었다. 마침내 자신이 준 모욕에 쾌재를 부르고 있을 볼가리노프가 그를 대단히 정중하게 맞이하고는 그에게 거의 거절에 가까운 대답

116) 이 문구에 해당하는 러시아어 표현을 로마자로 표기하면 'bylo d'elo do zida i ja dozidolsja.'이다. 스테판 아르카지치는 지금 소리가 비슷한 말을 결합함으로써 말장난을 하고 있다.

을 했을 때, 스테판 아르카지치는 가능한 한 빨리 서둘러 그것을 잊으려 했다. 그래서 지금 그는 그것을 떠올린 것만으로도 얼굴을 붉힌 것이다.

18

"아직 용건이 하나 더 있는데 말이야, 자네도 뭔지 알 거야. 안나에 관한 건데." 스테판 아르카지치는 잠시 침묵하면서 그 불쾌한 인상을 떨쳐 버리고는 이렇게 말했다.

오블론스키가 안나의 이름을 입에 올리자마자, 알렉세이 알렉산드로비치의 표정이 확 바뀌었다. 그의 얼굴에는 조금 전의 활기찬 표정 대신 지치고 시체 같은 창백한 표정이 떠올랐다.

"대체 내게 바라는 게 뭡니까?" 그는 안락의자에서 몸을 돌리며 코안경을 홱 벗었다.

"결정이지, 어떤 결정 말이야, 알렉세이 알렉산드로비치. 난 지금 자네에게 호소하고 있어.('모욕받은 남편이 아닌.' 스테판 아르카지치는 그렇게 말하려 했으나 일을 망칠까 두려워 다음과 같은 말들로 바꿨다.) 정치가가 아닌(그 말은 상황에 어울리지 않았다.) 그저 한 인간에게, 선한 인간에게, 그리스도교 신자에게 말이야. 자네는 그 애를 가엾게 여겨야 해." 그가 말했다.

“도대체 무엇 때문에 말입니까?” 카레닌이 조용히 말했다.

“그래, 그 애를 가엾게 여겨야 해. 만약 자네가 그 애를 보았다면, 나처럼 말이야, 난 겨울 내내 그 애와 함께 있었지, 그랬다면 자네도 그 애를 가엾게 여겼을 거야. 그 애의 처지는 끔찍해, 그야말로 끔찍하다니까.”

“내가 보기에는…….” 알렉세이 알렉산드로비치는 더욱 날카로운 목소리로, 거의 금속성이 느껴지는 새된 목소리로 대답했다. “안나 아르카지예브나는 자신이 원한 것을 모두 갖고 있는 것 같은데요.”

“아, 알렉세이 알렉산드로비치, 제발 비난하지 마! 지나간 건 지나간 거고, 자네는 그 애가 뭘 바라고 기다리는지 알잖아. 이혼 말이야.”

“하지만 난 아들을 내게 두고 가는 조건을 요구할 경우 안나 아르카지예브나가 이혼을 거절할 거라고 생각했습니다. 난 그렇게 답변했고 그 문제는 끝난 것으로 생각했습니다. 지금도 그 문제를 끝난 것으로 생각하고 있고요.” 알렉세이 알렉산드로비치가 날카로운 소리로 말했다.

“제발 화내지 마.” 스테판 아르카지치는 매제의 무릎을 가볍게 건드리며 말했다. “그 문제는 끝나지 않았어. 만약 내가 상황을 요약해도 괜찮다면 말이야, 문제는 이런 상태에 있다네. 두 사람이 헤어졌을 때 자네는 훌륭했어. 그보다 더 관대할 수 없을 만큼 말이야. 자네는 그녀에게 모든 것을 내줬지. 자유, 심지어 이혼까지. 그 애는 그것을 고맙게 생각했어. 아니, 그렇게 생각하지 마. 그 애는 정말로 고마워했다니까. 너무 고마운 나머지, 처음에는 자네 앞에서 자기의 죄를 절감하며 아무 생각도 하지 않았고 또 할 수도 없었어. 그 애는 모든 것을 단념했지. 하지만 현실이, 시간이 가르쳐 준 거야. 그 애의 처지가 고통스럽고 참을 수 없는 것이라는 걸……."

"안나 아르카지예브나의 생활에는 관심 없습니다." 알렉세이 알렉산드로비치는 눈썹을 치켜올리며 말을 가로막았다.

"그렇게 믿고 싶지 않군." 스테판 아르카지치는 부드럽게 반박했다. "그 애의 처지는 그 애에게도 고통스러운 것이지만 그 누구에게도 이로울 게 없어. 자네는 그 애가 자초한 것이라고 말하겠지. 그 애도 그것을 알기에 자네에게 아무것도 구하지 않는 거야. 그 애는 솔직히 자기는 감히 아무것도 바랄 수 없다고 말하지. 하지만 나와 우리 집안의 사람들과 그 애를 사랑하는 이들이 모두 자네에게 이렇게 부탁하고 애원하네. 그 애가 무엇 때문에 고통을 받아야 하나? 그렇게 해서 누구에게 더 이롭단 말이야?"

"잠깐만요, 당신은 나를 피고석에 세워 놓고 있는 것 같군요." 알렉세이 알렉산드로비치가 중얼거렸다.

"아니, 아냐, 전혀 그렇지 않아. 자네가 날 이해해 줘." 스테판 아르카지치는 다시 그의 팔을 어루만지며 말했다. 마치 그는 그러한 접촉이 매제의 마음을 누그러뜨릴 거라고 믿는 듯했다. "한 가지만 말하지. 그 애의 처지는 고통스럽고 자네는 그 고통을 덜어 줄 수 있어. 물론 자네가 잃을 것은 하나도 없어. 내가 자네를 위해 모든 걸 처리하지. 자네가 알아챌 수 없을 정도로 말이야. 자네도 그렇게 약속하지 않았나?"

"약속을 한 건 예전 일이지요. 그리고 난 아들에 대한 문제가 이 일을 해결했다고 생각했습니다. 게다가 난 안나 아르카지예브나가 관대해지길 바랐습니다만……" 창백해진 알렉세이 알렉산드로비치는 떨리는 입술로 힘겹게 말을 내뱉었다.

"그 애는 모든 걸 자네의 관대함에 전적으로 맡기고 있어. 그 애가 자네에게 구하고 간청하는 것은 오직 한 가지, 그 애가 처한 그 참기 힘든 처지에서 그 애를 끌어내 달라는 거야. 그 애는 이미 아들도 바라지 않아. 알렉세이 알렉산드로비치, 자네는 좋은 사람이야. 잠시만이라도 그 애의 입장이 되어 봐. 그런 처지에 있는 그 애에게 이혼의 문제는 삶과 죽음이 달린 문제야. 만약 자네가 예전에 약속하지 않았더라면, 그 애도 자신의 처지와 타협하고 시골에서 살았을 거야. 하지만 자네는 이미 약속을 했고, 그래서 그 애도 자네에게 편지를 쓰고 모스크바로 거처를 옮긴 거야. 그리고 벌써 여섯 달 동안 그 애는 매일같이 자네의 결정을 기다리며 모스크바에서 살고 있어. 사람을 만날 때마다 자기의 심장에 칼이 꽂히는 것처럼 느껴지는 그곳에서 말이야. 그건 사형선고를 받은 사람에게 죽음을, 혹은 자비를 약속하면서 그 목에 몇 달 동안 계속 올가미를 씌워 두는 것과 다를 게 없어. 그 애를 불쌍히 여겨 줘. 그럼 내가 나서서 모든 문제를 해결하지……. Vos scruplues…….[117]"

"난 그것에 대해 말하는 게 아닙니다. 그것에 대해서가 아니라……." 알렉세이 알렉산드로비치가 신경질적으로 말을 가로막았다. "아뇨, 어쩌면, 난 나 자신에게 약속할 권리가 없는 것을 약속한 것인지도 모릅니다."

117) '자네의 미묘한 입장은…….'(프랑스어)

"그럼 자네는 자네가 약속한 것을 거절하는 건가?"

"난 한 번도 실행할 수 있는 일의 이행을 거부한 적 없습니다. 하지만 난 내가 한 약속이 어느 정도 실행 가능한지 생각할 시간을 갖고 싶습니다."

"안 돼, 알렉세이 알렉산드로비치!" 오블론스키는 벌떡 일어서며 말했다. "그런 말은 믿고 싶지 않아. 그 애는 너무나 불행해. 어느 여자도 그보다 더 불행할 수 없을 만큼 말이야. 자네도 그런 것까지 거부할 수는 없어……."

"내가 한 약속이 어느 정도로 실행 가능한지……. Vous professez d'être un libre penseur.[118] 하지만 난 하느님을 믿는 사람으로서 그런 중요한 문제에서 그리스도교의 율법에 어긋나는 행동을 할 수는 없습니다."

"하지만 그리스도교 사회는 이혼을 허용해. 내가 알기로는 우리 나라도 그렇고." 스테판 아르카지치가 말했다. "우리 나라의 교회도 이혼을 허용하고 있지. 그리고 우리는……."

"허용하고 있죠. 하지만 그런 의미에서는 아닙니다."

"알렉세이 알렉산드로비치, 난 자네를 모르겠군." 오블론스키는 잠시 침묵하더니 이렇게 말했다. "모든 것을 용서하고 다름 아닌 그 그리스도교의 사랑에 감동하여 모든 것을 희생할 각오까지 했던 사람은 바로 자네가 아닌가? 자네가 말했잖아, 루바슈카를 빼앗으려 하면 카프탄까지 내어 주라고 말이야. 그런데 이제 와서……."

"부탁입니다." 알렉세이 알렉산드로비치는 갑자기 벌떡 일어

118) '당신은 자신을 자유사상가라고 단언하지요.'(프랑스어)

나서 창백한 얼굴로 턱을 덜덜 떨며 귀에 거슬리는 목소리로 말하기 시작했다. "그만하십시오. 이런 대화는 이제 그만……."

"아, 아냐! 미안해. 내가 자네를 화나게 했다면 용서하게." 스테판 아르카지치는 난처한 듯 미소를 지으며 손을 내밀었다. "하지만 어쨌든 난 대사로서 부탁받은 말을 전했을 뿐이야."

알렉세이 알렉산드로비치는 손을 내밀고 잠시 생각에 잠기더니 이렇게 말했다.

"충분히 생각해 보고 지침을 찾아야겠습니다. 모레 확답을 드리죠." 그는 뭔가 생각하더니 이렇게 말했다.

19

스테판 아르카지치가 막 떠나려 할 때 코르네이가 보고를 하러 들어왔다.

"세르게이 알렉세이치가 오셨습니다."

"세르게이 알렉세이치가 누구지?" 그렇게 물으려는 순간, 스테판 아르카지치는 곧 누구인지 기억해 냈다.

"아, 세료자!" 그가 말했다. '세르게이 알렉세이치라니, 난 어느 부서의 국장인 줄 알았네. 안나가 내게 그 아이를 만나 달라고 부탁했지.' 그는 기억해 냈다.

그리고 그는 안나가 그를 보내면서 "어쨌든 그 애를 만나요. 그 애가 어디에 있는지, 누가 그 애와 함께 있는지도 상세히 알아봐요. 그리고 스티바, 할 수 있다면 말이에요! 가능하겠죠?"라고 말할 때의 그 두려워하는 듯한 애처로운 표정을 떠올렸다. 스테판 아르카지치는 '할 수 있다면 말이에요.'라는 그 말이 무엇을 의미하는지 잘 알고 있었다. 그것은 '그녀가 아들을 맡는 방향으로 이혼을 해결할 수 있다면.'이라는 뜻이었던 것이다. 지금 스테판 아르카지치는 그것은 아예 생각도 할 수 없다는 것을 깨달았지만, 어쨌든 조카를 보게 되어 기뻤다.

알렉세이 알렉산드로비치는 처남에게 그의 아들은 한 번도 어머니에 대하여 들은 적이 없으니 그녀에 관해서는 한마디도 언급하지 말아 달라고 부탁했다.

"그 아이는 예, 기, 치 못한 어머니와의 만남 후 몹시 아팠습니다." 알렉세이 알렉산드로비치가 말했다. "우리는 그 아이의 생명까지 걱정했습니다. 하지만 합리적인 치료와 여름철의 해수욕 덕분에 그 아이는 건강을 회복했습니다. 그리고 의사의 조언대로 그 아이를 학교에 보냈지요. 사실 친구들의 영향이 그 아이에게 좋은 작용을 했습니다. 덕분에 아이는 완전히 건강해져서 공부도 열심히 하고 있어요."

"멋진 청년이 되었구나! 이젠 정말 세료자가 아니라 어엿한 세르게이 알렉세이치인걸!" 스테판 아르카지치는 거리낌 없이 활기차게 서재로 들어오는 푸른 재킷과 긴 바지 차림의 아름답고 활달한 소년을 보고 싱긋 웃으며 말했다. 소년은 건강하고 쾌활해 보였다. 소년은 낯선 사람인 줄 알고 외삼촌에게 고개를 숙이며 인사했다. 그러나 그를 알아보고는 얼굴을 붉히더니, 마치 모욕을 받았거나 뭔가에 화난 사람처럼 황급히 고개를 돌렸다. 소년은 아버지에게 다가가 그에게 학교에서 받은 성적표를 내밀었다.

"음, 꽤 잘했구나." 아버지는 말했다. "나가도 좋다."

"살이 빠지고 키가 자라니 더 이상 어린애처럼 보이지 않는군. 정말 소년이 다 됐어. 난 이런 소년들을 좋아하지." 스테판 아르카지치가 말했다. “나를 기억하겠니?”

소년은 재빨리 아버지를 쳐다보았다.

“기억해요, mon oncle.[119]” 그는 외삼촌을 흘깃 쳐다보며 이렇게 대답하고는 다시 고개를 숙였다.

외삼촌은 소년을 가까이 불러 손을 잡았다.

“그래, 어떻게 지냈니?” 그는 이야기를 나누고 싶었으나 무슨 말을 해야 할지 몰라 이렇게 말했다.

소년은 얼굴을 붉힌 채 대답도 하지 않고 외삼촌의 손에서 자기의 손을 조심스레 빼려고 했다. 스테판 아르카지치가 손을 놓아주자마자, 소년은 뭔가 묻고 싶은 눈으로 아버지를 흘깃 쳐다본 후 마치 자유롭게 풀려난 새처럼 재빠른 걸음으로 서재에서 나갔다.

세료자가 어머니를 마지막으로 본 뒤로 1년이 지났다. 그 후 그는 더 이상 그녀에 대해 아무런 말도 들을 수 없었다. 그리고 바로 그해, 그는 학교에 입학하여 친구들을 알게 되고 그들을 사랑하게 되었다. 어머니를 만난 후 그를 앓게 했던 어머니에 대한 몽상과 기억은 이제 더 이상 그의 마음을 끌지 않았다. 그런 것들이 머리에 떠오를 때면, 그는 그것들을 사내아이나 학우(學友)가 아닌 계집아이에게나 어울리는 수치스러운 것으로 생각하며 마음속에서 몰아내려고 애썼다. 그는 아버지와 어머니 사이에 그들을 갈라놓은 불화가 있었다는 것을 알았고, 자기는 아버지와 남도록 정해졌다는 것도 알았다. 그래서 그는 그 생각에 익숙해지려고 노력했다.

---

119) ‘친척 아저씨.’(프랑스어)

어머니와 비슷하게 생긴 외삼촌을 보는 것은 그에게 불쾌한 일이었다. 왜냐하면 그것은 자신이 수치스럽게 여기는 그 기억들을 불러일으켰기 때문이었다. 그것이 그에게 더욱 불쾌했던 것은, 서재의 문가에서 기다리며 엿들은 몇 마디 말에서, 특히 아버지와 외삼촌의 표정에서, 그들 사이에 어머니에 대한 이야기가 오간 것을 눈치챘기 때문이었다. 그래서 자신과 함께 살고 자신이 의지하는 아버지를 판단하지 않기 위해, 무엇보다 자신이 그토록 모욕적으로 생각하는 감상적인 기분에 빠지지 않기 위해, 세료자는 자신의 평온을 깨뜨리러 온 외삼촌을 보지 않으려 애쓰고 외삼촌이 불러일으킨 것에 대해 생각하지 않으려 애썼다.

하지만 뒤따라 나온 스테판 아르카지치가 계단에서 그를 보고 가까이 불러 학교에서 쉬는 시간에 뭘 하느냐고 묻자, 세료자는 아버지가 없는 자리에서 그와 이야기를 나누기 시작했다.

"우리 반에서는 요즘 기차 놀이를 해요." 그가 외삼촌의 질문에 답하며 말했다. "보셨는지 모르겠지만, 그 놀이는 이렇게 해요. 두 사람이 긴 의자에 앉아요. 그 애들은 승객이에요. 그리고 한 명이 그 의자에 올라서요. 그러면 나머지 사람들은 긴 의자를 잡아요. 손으로 해도 되고, 허리띠로 해도 되죠. 그리고는 강당을 누비는 거예요. 앞쪽의 문은 미리 열어 두죠. 그런데 차장이 되면 무척 힘들어요!"

"서 있는 사람 말이지?" 스테판 아르카지치가 빙긋 웃으며 물었다.

"네, 용감하고 민첩해야 하거든요. 특히 갑자기 기차가 멈추거나 누군가가 떨어질 때 말이에요."

"그래, 그건 장난이 아니지." 스테판 아르카지치는 어머니를 쏙 빼닮은 그 생기발랄한 눈을, 이제 더 이상 어린아이 같지도, 티 없이 천진난만하지도 않은 그 눈을 슬프게 들여다보며 말했다. 그러자 그는 세료자에게 안나에 대해 말하지 않기로 알렉산드르 알렉산드로비치와 약속했음에도 불구하고 더 이상 참을 수 없었다.

"너, 엄마 기억하니?" 갑자기 그가 말했다.

"아뇨, 기억 안 나요." 세료자는 재빨리 말하고는 얼굴을 새빨갛게 붉히며 고개를 숙였다. 그래서 외삼촌은 그에게서 더 이상 아무것도 얻을 수 없었다.

슬라브인 가정교사는 30분 후 계단에서 자기의 학생을 발견했다. 그는 그 아이가 화를 내는 것인지 우는 것인지 오랫동안 분간할 수 없었다.

"왜 그래요, 넘어지면서 다쳤나 보군요. 그런 놀이는 위험하다고 늘 말했잖아요. 교장 선생님께 말씀드려야겠어요." 가정교사가 말했다.

"내가 다친다 해도 아무도 알아차리지 못할걸요. 정말이에요."

"그럼 도대체 왜 그래요?"

"날 좀 내버려 두세요! 기억하든 말든……. 그게 그 사람과 무슨 상관이야? 왜 내가 기억해야 해? 날 좀 가만히 내버려 두세요!" 세료자는 이미 가정교사가 아닌 온 세상에 호소하고 있었다.

20

스테판 아르카지치는 언제나처럼 페테르부르크에서의 시간을 헛되이 보내지 않았다. 페테르부르크에서 그는 누이의 이혼과 직위 같은 용무 외에도, 언제나처럼 그가 말한 대로 모스크바의 곰팡내를 씻고 자신을 재충전해야 했다.

모스크바는 cafés chantants[120]와 합승마차가 있는 곳이라 해도 역시 고인 늪에 불과했다. 스테판 아르카지치는 늘 그것을 느꼈다. 모스크바에서, 특히 가족들 곁에서 지내는 동안, 그는 자신의 기가 쇠하는 것을 느꼈다. 오랫동안 모스크바에 처박혀 지내는 동안, 그는 아내의 불쾌한 기분과 잔소리, 아이들의 건강과 교육, 업무상의 자질구레한 이해관계를 걱정할 정도에 이르렀다. 심지어 그에게 빚이 있다는 사실마저 그를 괴롭혔다. 하지만 페테르부르크에 와서 지내는 것, 특히 그가 드

120) '음악 카페.'(프랑스어)

나들던 사회에서 지내는 것은 그것만으로도 그에게 가치가 있었다. 그곳의 사람들은 살아 있었다. 그들은 모스크바 사람들처럼 단조롭게 지내지 않고 말 그대로 살아 있었다. 그래서 그 생각들은 곧 사라져 버렸고 불 앞에 놓인 밀랍[121]처럼 녹아 버렸다.

아내……? 오늘에야 겨우 그는 체첸스키 공작과 함께 이야기를 나누었다. 체첸스키 공작에게는 아내와 가정이, 사관학교에 다니는 다 큰 아들들이 있었다. 그리고 그에게는 또 다른 비합법적인 가정이 있었는데 거기에도 자식들이 있었다. 첫 번째 가정도 좋긴 하지만, 체첸스키 공작은 두 번째 가정에서 더 행복을 느꼈다. 그리고 그는 맏아들을 두 번째 가정에 데려가기도 했는데, 그는 그것이 아들의 발전에 유익하다고 생각한다며 스테판 아르카지치에게 종종 말하곤 했다. 모스크바 사람들은 이런 일에 대해 뭐라고 말할까?

아이들? 페테르부르크에서는 아이들이 아버지의 삶을 방해하지 않았다. 아이들은 제도권 속에서 교육받았다. 이곳에는 모스크바에 유포된 — 예를 들어 리보프처럼 — 그런 야만적인 개념, 즉 아이들에게는 온갖 화려한 생활을 시키고 부모들은 그저 고생과 걱정만 해야 한다는 그런 개념이 존재하지 않았다. 이곳 사람들은 교양 있는 사람이라면 으레 그래야 하듯 인간은 자신을 위해 살아야 한다는 것을 이해하고 있었다.

근무는? 이곳의 근무는 모스크바에서처럼 끝도 없고 보상

121) 시편 68 : 2에 나오는 이 문구는 러시아 정교의 예배 때 찬송으로도 불렸기에 잠언처럼 잘 알려진 문구였다.

도 없는 그런 고역이 아니었다. 이곳의 근무에는 재미가 있었다. 만남, 호의, 적절한 말, 다양한 농담을 연출하는 솜씨, 이런 것만 있으면 어느 날 갑자기 브랸체프처럼 출세할 수 있는 것이다. 브랸체프는 스테판 아르카지치가 어제 만난 사람으로 지금은 최고위층 고관이 되어 있었다. 그런 근무는 재미있었다.

특히 돈 문제에 대한 페테르부르크 사람들의 견해가 스테판 아르카지치의 마음을 진정시켰다. Train[122]으로 보아 적어도 50만 루블을 써 대고 있는 바르트냔스키는 어제 그에게 그 문제에 대해 놀랄 만한 말을 해 주었다.

만찬 전에 대화를 나누는 동안, 스테판 아르카지치는 바르트냔스키에게 말했다.

"자네, 모르드빈스키와 가까워 보이던데 말이야. 자네가 날 도와줄 수 있을지도 몰라. 날 위해 그에게 말 좀 해 줘. 내가 바라는 자리가 하나 있어. 남부 철도……."

"음, 어쨌든 난 기억을 못할 것 같은데……. 하지만 왜 자네는 유대인들과 그런 철도 사업을 하고 싶어 하지? 뭐라 해도 역시 그것은 추악한 짓이야!"

스테판 아르카지치는 그에게 그것이 현실적인 문제라고 말하지 않았다. 바르트냔스키는 그 말을 이해하지 못할 것 같았다.

"돈이 필요해. 먹고 살아야 하는데 아무것도 없어."

"그래도 살아가고 있잖아."

"살기는 하지. 하지만 빚이 있어."

"정말? 빚이 많은가?" 바르트냔스키는 동정을 보이며 말했다.

122) '생활 방식.'(프랑스어)

"아주 많아, 2만 루블이나 돼."

바르트냔스키는 유쾌하게 웃어 댔다.

"아, 자네는 행복한 사람이군!" 그는 말했다. "내가 진 빚은 50만 루블이야. 게다가 가진 것도 하나 없고. 하지만 자네도 보다시피 난 아직도 그럭저럭 살고 있어."

스테판 아르카지치는 그것이 말로만 그런 것이 아니라 실제로도 그렇다는 것을 알 수 있었다. 쥐바호프는 30만 루블의 빚을 진 채 자기 돈이라고는 1코페이카도 없이 살아가고 있다. 그것도 아주 멋지게! 크리프초프 백작에 대해서는 다들 이미 오래전부터 레퀴엠을 불러 왔다. 그런데도 그는 여자를 둘이나 거느리고 있다. 페트로프스키는 500만 루블을 날렸으면서도 여전히 똑같은 생활을 하고 있었고, 심지어 재무부의 책임자로서 2만 루블의 연봉을 받고 있었다. 하지만 그 밖에도 페테르부르크는 스테판 아르카지치에게 육체적으로도 기분 좋은 영향을 끼쳤다. 페테르부르크는 그를 젊어지게 했다. 모스크바에서 그는 이따금 흰머리를 들여다보고, 식사 후에 꾸벅꾸벅 졸다 기지개를 켜고, 무겁게 한숨을 쉬며 계단을 올라가고, 무도회에서도 젊은 여자들과 있는 것을 따분해하며 춤도 추지 않곤 했다. 그런데 페테르부르크에 오면 늘 뼛속부터 10년은 더 젊어진 듯 느껴지는 것이었다.

그는 외국에서 막 돌아온 예순 살의 표트르 오블론스키 공작이 어제 그에게 말해 준 것과 똑같은 기분을 페테르부르크에서 경험했다.

"우리는 이곳에서 살 수 없을 거야." 표트르 오블론스키가 말했다. "믿을지 모르겠지만, 난 바덴에서 여름을 보냈네. 그런데 정말이지 난 완전히 젊은이가 된 듯한 기분을 느꼈어. 젊은 여자를 보면 생각이……. 식사를 하고 술을 가볍게 한잔하고 나면 힘과 활력이 솟구치더군. 그러고는 러시아로 돌아왔지. 시골에 있는 아내에게도 가 봐야 했어. 음, 믿어지지 않겠지만, 2주가 지나니 내가 할라트만 입고서 만찬 때까지 옷도 갈아입지 않는 거야. 젊은 여자들에 대해선 더 이상 아무 생각도 들지 않았어! 완전히 노인네가 되고 만 거지. 오직 영혼을 구원하는 일만 남은 거야. 그래서 난 파리로 갔어. 그리고 다시 회복했지."

스테판 아르카지치도 표트르 오블론스키가 말한 것과 똑같은 차이를 느꼈다. 모스크바에서 그는 너무나 초라하게 쇠락한 나머지, 사실 그곳에서 더 오래 지냈다면 그도 아마 영혼을 구원해야 할 지경에 이르렀을지 모른다. 그런데 페테르부르크에서 그는 다시 자신을 고상한 인간으로 느끼게 된 것이다.

벳시 트베르스카야 공작부인과 스테판 아르카지치 사이에는 오래전부터 아주 묘한 관계가 존재했다. 스테판 아르카지치는 늘 농담조로 그녀에게 아첨을 해 댔고, 역시 농담조로 그녀에게 추잡하기 짝이 없는 이야기들을 늘어놓곤 했다. 그는 그녀가 무엇보다 그런 것들을 좋아한다는 것을 알고 있었다. 카레닌과 이야기를 나눈 그 이튿날, 스테판 아르카지치는 그녀의 집에 들렀다가 자신이 너무나 젊게 느껴진 나머지, 그 농담조의 구애와 거짓말 속에서 뜻하지 않게 너무 멀리 나가 버리고 말았다. 불행히도 그는 그녀를 좋아하지 않았을 뿐 아니라 그녀에게 혐오감마저 느꼈으므로, 이제 더 이상 어떻게 빠져나가야 할지 알 수 없었다. 이런 분위기가 형성된 것은 그녀가 그를 몹시 좋아했기 때문이었다. 그래서 그는 때마침 둘만의 시간을 중단시켜 준 먀흐카야 공작부인의 방문에 몹시 기뻐했다.

"어머, 당신도 있었군요." 그녀는 그를 보고 말했다. "저, 당신의 가엾은 누이동생은 어떻게 지내고 있나요? 날 그렇게 보지 말아요." 그녀는 이렇게 덧붙였다. "모든 사람이, 그것도 그녀보다 천 배나 못한 사람들이 그녀에게 욕을 퍼부었지만, 난 그녀가 잘했다고 생각해요. 그리고 난 브론스키를 용서할 수 없어요. 그는 그녀가 페테르부르크에 왔을 때 내게 알려 주지도 않았거든요. 만약 알았더라면, 난 그녀를 찾아가고 어디든 그녀와 함께 다녔을 거예요. 그녀에게 내 사랑을 전해 주세요. 저, 그녀에 대해 이야기해 줘요."

"네, 그 애의 처지는 괴롭습니다. 그 애는……." 스테판 아르카지치는 친절하고 순진한 마음에 '당신의 누이에 대해 이야기해 보라.'라는 먀흐카야 공작부인의 말을 액면 그대로 받아들여 막 이야기를 하려고 했다. 바로 그때 먀흐카야 공작부인은 평소 습관대로 그의 말을 가로막고 자기가 먼저 이야기를 하기 시작했다.

"그녀는 날 제외한 모든 사람이 쉬쉬 숨기면서 하는 것을 했을 뿐이에요. 그녀는 속이고 싶지 않았기 때문에 당당하게 한 거죠. 당신의 그 미치광이 매제를 버린 건 더 잘한 일이고요. 날 용서하세요. 모두들 그 사람은 똑똑하다, 그 사람은 똑똑하다 말하지만, 나만은 그를 어리석다고 말했죠. 그가 리리야와 랑도와 얽힌 지금, 이제는 모든 사람이 그를 미치광이라고 말하고 있어요. 나도 그 사람들에게 동의하지 않을 수 있다면 기쁠 텐데, 이번에는 그럴 수가 없군요."

"나에게 설명을 좀 해 주십시오." 스테판 아르카지치가 말했다. "그게 무슨 뜻입니까? 어제 난 누이의 일로 그의 집에 찾아가 확답을 요구했습니다. 그는 내게 대답을 주지 않고 좀 더 생각해 보겠다고 말했지요. 그런데 오늘 아침 난 답변 대신 오늘 저녁에 리디야 이바노브나 백작부인의 집으로 와 달라는 초대를 받았습니다."

"그렇죠, 그렇다니까요!" 먀흐카야 공작부인은 기뻐하며 말을 꺼냈다. "그 사람들이 랑도에게 그가 뭐라고 말해야 할지 물은 거예요."

"랑도요? 왜요? 도대체 랑도가 누굽니까?"

"당신은 어떻게 쥘 랑도도 모르세요? Le fameux Jules Landau, le clair-voyant?[123] 그 사람도 미치광이죠. 하지만 당신의 누이동생의 운명이 그 사람에게 달려 있어요. 당신이 지방에 있는 동안 그 일이 일어나서, 당신은 아무것도 모를 거예요. 아시는지 모르겠지만, 랑도는 파리의 어느 상점에서 일하는 commis[124]였는데, 어느 날 의사를 찾아갔죠. 의사의 대기실에서 그는 깜빡 잠이 들었고 잠든 채로 병자들에게 조언을 하기 시작했어요. 그런데 그것이 놀랄 만한 조언이었던 거죠. 나중에 유리 멜레진스키의, 참 그가 아프다는 것을 아시나요, 아무튼 그의 부인이 랑도에 대해 알게 되어 그를 남편에게 데리고 왔어요. 그는 그녀의 남편을 치료하고 있어요. 하지만 내 생

123) '천리안을 가졌다는 그 유명한 쥘 랑도를?'(프랑스어)

124) '점원.'(프랑스어)

각에는 그것이 그에게 전혀 효험이 없는 것 같아요. 그는 여전히 몹시 쇠약하니까요. 하지만 그들은 그를 믿고 어디든 그를 데리고 다녔죠. 그러다 러시아까지 데려온 거예요. 이곳 사람들은 다들 그에게 달려들었고, 그는 모든 사람을 치료하기 시작했죠. 그가 베즈주보바 백작부인을 치료하자, 그녀는 그를 너무나 좋아한 나머지 아들로 삼았어요."

"아들로 삼았다구요?"

"네, 아들로 삼았어요. 그는 이제 더 이상 랑도가 아니라 베즈주보프 백작[125]이에요. 하지만 문제는 그게 아니에요. 리디야는, 난 그녀를 무척 좋아하지만, 그녀는 제정신이 아니에요. 물론 그녀는 이제 그 랑도라는 인간에게 착 달라붙어 있어요. 그녀도, 알렉세이 알렉산드로비치도 그 사람 없이는 아무것도 결정하지 못해요. 따라서 당신의 누이동생의 운명은 이제 그 랑도라는 사람의, 일명 베즈주보프 백작의 손에 달려 있는 거죠."

---

125) 권세를 지닌 강신술사라는 존재는 그 당시 사교계의 특징적 현상이었다. 랑도는 실제 인물인 강신술사 더글라스 흄과 비슷하다. 흄은 미국과 유럽을 여행하며 예언을 하던 인물로 나폴레옹 3세의 호감을 얻었고 후에 알렉산드르 2세의 궁정으로 초대된다. 흄은 러시아에서 놀라운 성공을 거두었다. 그는 베즈보로드코(러시아어로 '수염이 없는'이란 뜻) 백작의 딸과 결혼하였고 후에 그 자신도 백작이 되었다. 톨스토이는 베즈주보프(러시아어로 '이가 없는'이란 뜻) 백작부인이 랑도를 입양하는 설정을 통해 흄의 성공을 패러디하였다.

21

바르트냔스키의 집에서 멋진 만찬을 들고 많은 양의 코냑을 마신 스테판 아르카지치는 약속한 시간보다 조금 늦게 리디야 이바노브나의 집에 도착했다.

"백작부인 댁에 누가 또 와 있나? 프랑스인?" 스테판 아르카지치는 알렉세이 알렉산드로비치의 낯익은 외투와 호크가 달린 이상야릇하고 소박한 외투를 쳐다보며 수위에게 물었다.

"알렉세이 알렉산드로비치 카레닌과 베즈주보프 백작님이 와 계십니다." 수위가 딱딱한 표정으로 대답했다.

'먀흐카야 공작부인이 짐작한 대로군.' 스테판 아르카지치는 계단을 오르며 생각했다. '이상해! 하지만 그녀와 친해 두는 것도 좋겠지. 그녀는 엄청난 영향력을 갖고 있으니까. 그녀가 포모르스키에게 날 위해서 한마디 해 주면 그야말로 확실할 텐데.'

바깥은 아직 환하기만 한데, 커튼을 내린 리디야 이바노브나 백작부인의 작은 응접실에는 램프가 타오르고 있었다.

백작부인과 알렉세이 알렉산드로비치는 램프 아래의 둥근 테이블 앞에 앉아 나직한 목소리로 뭔가 이야기하고 있었다. 반대편 끝에는 여자 같은 골반에 안짱다리를 한 작고 야윈 사내가, 빛나는 아름다운 눈과 프록코트의 깃까지 내려오는 긴 머리를 지닌 몹시도 창백하고 아름다운 사내가 벽에 걸린 초상화를 쳐다보며 서 있었다. 안주인과 알렉세이 알렉산드로비치와 인사를 나눈 후, 스테판 아르카지치는 자기도 모르게 그 낯선 사내를 한 번 더 쳐다보았다.

"Monsieur Landau![126]" 백작부인은 오블론스키도 깜짝 놀랄 만큼 부드럽고 조심스럽게 그를 불렀다. 그리고 그녀는 그들을 인사시켰다.

랑도는 얼른 돌아서서 다가오더니 싱긋 웃으며 땀에 젖은 힘없는 손으로 스테판 아르카지치가 내민 손을 잡았다. 그리고는 곧 다시 그 자리에서 물러나 초상화를 보기 시작했다. 백작부인과 알렉세이 알렉산드로비치는 의미심장하게 눈짓을 주고받았다.

"당신을 만나 무척 기뻐요. 특히 오늘요." 리디야 이바노브나 백작부인은 스테판 아르카지치에게 카레닌의 옆자리를 가리키며 말했다.

"당신에게는 저분을 랑도라고 소개했지만……." 그녀는 그 프랑스인을, 그리고 곧 알렉세이 알렉산드로비치를 흘깃 쳐다본 후 나직한 목소리로 이렇게 말했다. "사실 저분은 베즈주보

126) '랑도 씨!'(프랑스어)

프 백작이에요. 당신도 분명 아시겠지만 말이에요. 다만 저분이 그 호칭을 좋아하지 않아서요."

"네, 들었습니다." 스테판 아르카지치가 대답했다. "저 사람이 베즈주보바 백작부인을 완전히 고쳤다고 하더군요."

"그녀도 오늘 우리 집에 왔었어요. 그녀가 얼마나 불쌍하던지!" 백작부인은 알렉세이 알렉산드로비치를 돌아보았다. "그녀로서는 이 작별이 끔찍한 거죠. 그건 그녀에게 굉장한 타격이에요!"

"그럼 저 사람은 정말 떠나는 겁니까?" 알렉세이 알렉산드로비치가 물었다.

"네, 파리로 가요. 저분은 어제 음성을 들었어요." 리디야 이바노브나 백작부인이 스테판 아르카지치를 보며 말했다.

"아, 음성이요!" 오블론스키는 뭔가 특별한 일이 일어나고 있거나 일어나려 하는 이 모임에서 가능한 한 조심스럽게 처신해야겠다고 느꼈다. 그에게는 아직 그 일을 풀기 위한 열쇠가 없었다.

순간적으로 침묵이 찾아들었다. 잠시 후 리디야 이바노브나 백작부인은 중요한 화제에 접근하기라도 하듯 교활한 미소를 지으며 오블론스키에게 말했다.

"오래전부터 당신을 알고 있었어요. 그런데 이렇게 당신을 더 가까이에서 보게 되니 무척 기쁘군요. Les amis de nos amis sont nos amis.[127] 하지만 친구가 되기 위해서는 친구의 마음 상태를 잘 살피지 않으면 안 돼요. 그런데 난 당신이 알

127) '내 친구의 친구는 곧 나의 친구죠.'(프랑스어)

렉세이 알렉산드로비치를 대할 때 그렇게 하지 않는 것 같아 걱정스러워요. 당신도 이해하시겠죠, 내가 무슨 말을 하는지……." 그녀는 우수에 젖은 듯한 아름다운 눈을 치뜨며 이렇게 말했다.

"어느 정도는 나도 이해합니다, 백작부인. 알렉세이 알렉산드로비치의 처지가……." 오블론스키는 문제가 무엇인지 잘 이해할 수 없었기 때문에 두루뭉술하게 대답하고자 이렇게 말했다.

"외적인 상황의 변화를 말하는 게 아니에요." 리디야 이바노브나 백작부인은 엄한 어조로 말하는 동시에, 자리에서 일어나 랑도에게 다가가는 알렉세이 알렉산드로비치를 애정 어린 눈길로 좇았다. "그의 마음이 변했어요. 새로운 마음이 그에게 주어진 거예요. 난 당신이 그의 마음속에 일어난 변화를 충분히 살피지 않는 것 같아 걱정이에요."

"말하자면, 간단히 말하자면 말입니다, 난 그 변화를 상상할 수 있습니다. 우리는 늘 절친했고 지금도……." 스테판 아르카지치는 백작부인의 시선에 부드러운 시선으로 응답하며, 그녀가 두 장관들 가운데 누구와 더 친한지 생각하고 있었다. 그녀에게 그 두 사람 중 어느 쪽에 청탁을 해 달라고 부탁해야 할지 알아내기 위해서였다.

"그의 마음속에 일어난 변화는 이웃에 대한 그의 사랑을 약화시킬 수 없어요. 그의 안에서 일어난 변화는 오히려 사랑을 강하게 했음에 틀림없어요. 하지만 당신이 내 말을 이해하지 못할까 봐 두렵군요. 차를 드시겠어요?" 그녀는 차 쟁반을 들고 온 하인을 눈짓으로 가리키며 말했다.

"완전히는 아닙니다, 백작부인. 물론 그의 불행은……."

"네, 불행이죠. 하지만 그 불행은 그의 마음이 새롭게 되고 그분으로 충만해졌을 때 지고한 행복으로 변했어요." 그녀는 사랑에 빠진 눈빛으로 스테판 아르카지치를 흘깃 쳐다보며 말했다.

'두 사람 모두에게 청탁을 해 달라고 부탁해도 되겠어.' 스테판 아르카지치는 생각했다.

"오, 물론입니다, 백작부인." 그가 말했다. "하지만 내가 생각하기에 그런 변화는 너무나 내밀한 것이어서 아무도 말하고 싶어 하지 않을 것 같군요. 심지어 가장 친한 사람에게도 말입니다."

"오히려 반대예요! 우리는 함께 이야기하며 서로를 도와야 해요."

"네, 당연합니다. 하지만 신념의 차이도 있고, 게다가……." 오블론스키는 부드러운 미소를 지으며 말했다.

"거룩한 진리의 문제에 차이란 있을 수 없어요."

"아, 네, 물론입니다, 하지만……." 스테판 아르카지치는 당황하여 입을 다물었다. 그는 그들의 이야기가 종교에 관한 것임을 깨달았다.

"저 사람이 곧 잠들 것 같군요." 알렉세이 알렉산드로비치는 리디야 이바노브나에게 다가와 의미심장하게 귓속말을 했다.

스테판 아르카지치는 뒤를 돌아보았다. 랑도는 창가의 안락의자에 앉아 팔걸이와 등받이에 몸을 기댄 채 고개를 숙이고 있었다. 그는 자신에게 향한 시선들을 눈치채고 고개를 들어 어린아이 같은 천진난만한 미소를 지었다.

"주의를 돌리지 마세요." 리디야 이바노브나는 이렇게 말하고는 재빨리 알렉세이 알렉산드로비치에게 의자를 내밀었다. "내가 생각하기에……." 그녀가 뭔가 말하려는 순간, 하인이 편지를 들고 방으로 들어왔다. 리디야 이바노브나는 편지를 재빨리 훑어보더니 손님들에게 양해를 구하고는 놀라운 속도로 답장을 쓴 후 그것을 하인에게 건네고 테이블로 되돌아왔다. "내가 생각하기에……." 그녀는 자신이 꺼낸 화제를 계속해서 이야기했다. "모스크바 사람들은, 특히 남자들은 종교에 몹시 무심한 사람들인 것 같아요."

"오, 아닙니다, 백작부인, 모스크바 사람들은 대단히 신실한 사람들이라는 평판을 듣고 있는 것 같은데요." 스테판 아르카지치가 말했다.

"하지만 내가 아는 한, 유감스럽게도 당신은 무심한 사람의 부류에 속합니다." 알렉세이 알렉산드로비치는 그를 돌아보며 지친 듯한 미소를 지었다.

"어떻게 종교에 무심할 수 있죠!" 리디야 이바노브나가 말했다.

"그 점에 있어서, 난 무심한 게 아니라 기다리는 것뿐입니다." 스테판 아르카지치는 자신이 지을 수 있는 가장 부드러운 미소를 띠며 말했다. "난 그런 질문들을 위한 시기가 나에게 아직 오지 않았다고 생각합니다."

알렉세이 알렉산드로비치와 리디야 이바노브나는 서로 눈짓을 주고받았다.

"우리는 우리를 위한 때가 왔는지 안 왔는지 결코 알 수 없습니다." 알렉세이 알렉산드로비치가 엄하게 말했다. "우리는 우리가 준비됐는지 안 됐는지에 대해 생각해서는 안 됩니다. 은총은 인간의 판단에 따라 오는 것이 아닙니다. 때때로 은총은 열심히 노력하는 자에게 내리지 않고 사울[128]처럼 준비되지 않은 사람에게 내리곤 합니다."

"아뇨, 지금은 아직 때가 아닌 것 같아요." 리디야 이바노브나는 프랑스인의 움직임을 지켜보며 말했다.

랑도는 자리에서 일어나 그들에게로 다가왔다.

"여러분의 이야기를 들어도 되겠습니까?" 그가 물었다.

"오, 그럼요. 난 당신을 방해하고 싶지 않았어요." 리디야 이바노브나는 그를 다정하게 쳐다보며 말했다. "우리 옆에 앉으세요."

"빛을 잃지 않기 위해서는 그저 눈을 감지 않기만 하면 됩니다." 알렉세이 알렉산드로비치는 말을 계속했다.

"아, 당신이 우리가 경험한 행복을 안다면, 우리의 영혼에 늘 임재하시는 그분의 존재를 느낀다면!" 리디야 이바노브나 백작부인은 기쁨에 넘친 미소를 지으며 말했다.

"하지만 때로 인간은 자신이 그런 경지에 오를 수 없다고 느낄지 모릅니다." 스테판 아르카지치가 말했다. 그는 종교의 숭고함을 인정하면서 자신이 양심을 속이고 있다고 느꼈다. 하지만 동시에 그는 포모르스키에게 한마디 하는 것으로 그가 원하는 자리를 줄 수 있는 그 특별한 여자 앞에서 자신의 자유사상을 고백하는 것을 망설이고 있었다.

---

128) 사도행전 9 : 3-9. 사도 바울로 알려진 사울은 예수의 도를 좇는 자들을 잡아 예루살렘으로 끌고 가기 위해 다마스쿠스로 가던 도중 예수의 목소리를 듣는다.

"그러니까 당신은 죄가 인간을 가로막는다고 말하려는 거죠?" 리디야 이바노브나가 말했다. "하지만 그건 잘못된 생각이에요. 믿는 자에게는 죄가 없어요. 이미 죄를 속죄받았으니까요. Pardon." 그녀는 또다시 쪽지를 들고 들어오는 하인을 쳐다보며 이렇게 덧붙였다. 그녀는 편지를 읽고 나서 "내일 대공비 댁에서 말해 주세요."라며 말로 대답을 전했다. "믿는 자에게는 죄가 없어요." 그녀는 대화를 계속했다.

"그렇죠, 하지만 행함이 없는 믿음은 죽은 믿음입니다." 스테판 아르카지치는 교리문답에서 본 문구를 떠올리고는 이렇게 말했다. 그는 고작 미소만으로 자신의 독립성을 고수하고 있었다.

"야고보서에 나오는 구절이군요." 알렉세이 알렉산드로비치는 리디야 이바노브나를 돌아보며 다소 비난조로 말했다. 그것은 분명 그들이 이미 수차례 이야기한 문제인 듯했다. "그 구절에 대한 그릇된 해석이 얼마나 해악을 끼쳤는지 모릅니다! 그 해석만큼 사람을 믿음에서 멀어지게 하는 것도 없지요. '나에겐 행함이 없으니 믿음을 가질 수 없다.'라는 식입니다. 그런 말은 그 어디에도 없는데 말입니다. 오히려 그 반대의 말이 언급되어 있죠."

"하느님을 위해 노동하고 행위나 금식으로 자신의 영혼을 구원하려고 하는 것은……." 리디야 이바노브나 백작부인은 혐오와 경멸을 드러내며 말했다. "그것은 우리 나라 수도사들의 야만적 해석이에요……. 그런 말은 어디에도 없거든요. 그것은 훨씬 단순하고 쉬운 방법이죠." 그녀는 오블론스키를 쳐다보며 이렇게 덧붙였다. 그녀는 궁정에서 새로운 정세에 당황하는 젊은 궁녀들을 격려할 때와 똑같은 미소를 지었다.

"우리는 우리를 위해 고난 받으신 그리스도에 의해 구원받습니다. 우리는 믿음으로 구원받지요." 알렉세이 알렉산드로비치는 눈짓으로 그녀의 말에 찬성의 뜻을 보이며 맞장구를 쳤다.

"Vos comprenez I'anglais?[129)]" 리디야 이바노브나는 이렇게 물어보고는 긍정의 대답을 듣자 자리에서 일어나 책장에 꽂힌 책들을 뒤적이기 시작했다.

"*Safe and Happy*[130)]나 *Under the Wing*[131)]을 읽고 싶군요." 그녀는 뭔가 묻고 싶은 듯한 눈길로 카레닌을 쳐다보며 말했다. 그리고 책을 찾아 다시 제자리에 앉고는 책을 펼쳤다. "아주 짧아요. 이 책은 믿음을 얻는 방법과 그 후에 영혼을 채우는, 지상의 모든 것을 초월한 행복에 대해 서술하고 있죠. 믿음을 가진 사람은 불행해질 수 없어요. 왜냐하면 그 사람은 혼자가 아니니까요. 당신도 이제 알게 될 거예요." 그녀가 책을 막 읽으려는 순간, 하인이 다시 들어왔다. "보로즈지나? 내일 2시에 오라고 전해요." "네." 그녀는 책갈피에 손가락을 끼운 채 한

129) '영어를 할 줄 아세요?'(프랑스어)

130) '안전하고 행복한'(영어)

131) '날개 아래에서.'(영어) 톨스토이가 두 종교 서적에 붙인 영어 제목은 개신교 선교사 로드 라드스톡의 설교와 연관된 '신(新) 신비주의적 성향'의 정신을 담고 있다. 로드 라드스톡은 1874년과 1878년에 러시아를 방문하였고, 모스크바와 페테르부르크의 상류사회 살롱에서 유명 인사로 대접받았다. 그는 블라지미르 체르트코프의 어머니인 체르트코바 공작부인의 초청을 받아 러시아로 왔다. 블라지미르 체르트코프는 후에 톨스토이의 제자들 가운데 가장 중요한 인물이 되었다.

숨을 쉬며 우수에 찬 아름다운 눈으로 정면을 응시했다. "참다운 믿음이란 바로 이런 영향을 미치는 것이에요. 마리 사니나를 아세요? 그녀의 불행을 아시나요? 그녀는 하나밖에 없는 아이를 잃었어요. 그녀는 비탄에 잠겼죠. 그런데 어떻게 됐냐고요? 그녀는 친구[132]를 찾았어요. 그녀는 이제 아이의 죽음에 대해 하느님께 감사하고 있어요. 그것이 바로 믿음이 주는 행복이죠!"

"오, 네, 그건 매우……." 스테판 아르카지치는 그녀가 곧 책을 읽을 거라는 사실에, 그에게 다소나마 냉정을 되찾을 여유가 주어진다는 사실에 기뻐하며 말했다. '아냐, 오늘은 이 여자에게 아무것도 부탁하지 않는 편이 낫겠어.' 그는 생각했다. '문제를 복잡하게 만들지 않고 이곳에서 벗어날 수만 있다면 말이지.'

"당신은 지루하겠군요." 리디야 이바노브나 백작부인은 랑도를 돌아보며 말했다. "당신은 영어를 모르니 말이에요. 하지만 이건 짧아요."

"오, 나도 이해할 수 있을 겁니다." 랑도는 여전히 똑같은 미소를 지으며 이렇게 말하고는 눈을 감았다.

알렉세이 알렉산드로비치와 리디야 이바노브나는 의미심장한 눈짓을 주고받더니 낭독을 시작했다.

132) 그리스도를 뜻한다.

22

스테판 아르카지치는 그가 들은 생소하고 이상한 화제에 완전히 어리둥절해지고 말았다. 페테르부르크 생활의 복잡성은 그를 모스크바의 침체에서 끌어내며 대체로 그에게 자극적인 영향을 미쳤다. 그러나 그에게 친숙하고 익숙한 환경에서는 이런 복잡성을 이해하고 사랑했지만, 이런 낯선 환경에서는 그도 어리둥절하고 말문이 막혔으며 모든 것을 이해하기가 힘들었다. 리디야 이바노브나 백작부인의 이야기를 들으며, 그리고 자신을 향한 아름답고 순박한, 혹은 교활한, 아니, 그 스스로도 뭐가 뭔지 알 수 없는 랑도의 눈동자를 느끼며, 스테판 아르카지치는 머릿속이 묘하게 묵직해지는 것을 느꼈다.

그의 머릿속에는 온갖 다양한 생각들이 뒤엉켜 있었다. '마리 사니나는 자기 아이가 죽은 것을 기뻐하고 있다……, 이럴 때 담배를 피우면 딱 좋을 텐데……, 구원을 받으려면 믿기만 하면 된다니, 수도사들은 그것을 어떻게 해야 할지 모르는

데 리디야 이바노브나 백작부인은 알고 있다……. 그런데 머리가 왜 이렇게 무거운 거지? 코냑 때문인가, 아니면 이 모든 것이 너무도 이상해서인가? 어쨌든 난 지금까지 예의에 어긋나는 짓은 전혀 하지 않은 것 같은데. 하지만 그래도 지금은 그녀에게 부탁할 수 없어. 이 사람들은 다른 사람에게 기도를 시킨다고 하던데……. 설마 나에게 시키지는 않겠지. 그건 너무 멍청한 짓이 될 거야. 그런데 저 여자는 도대체 무슨 허튼소리를 읽고 있는 거야? 그래도 발음은 좋군. 랑도가 베즈주보프라고 했지. 그런데 그가 왜 베즈주보프지?' 스테판 아르카지치는 문득 자신의 아래턱이 하품 때문에 참을 수 없이 벌어지는 것을 느꼈다. 그는 하품을 숨기느라 구레나룻을 쓰다듬으며 몸을 흔들었다. 그러나 뒤이어 그는 자신이 졸고 있고 곧 코를 골려고 한다는 것을 깨달았다. 그는 "그가 자고 있어요."라고 말하는 리디야 이바노브나 백작부인의 목소리에 흠칫 정신을 차렸다.

스테판 아르카지치는 잘못을 들킨 듯한 기분을 느끼며 화들짝 눈을 떴다. 하지만 곧 '그가 자고 있어요.'라는 말이 자신이 아닌 랑도를 두고 한 말임을 깨닫고 안심했다. 프랑스인도 스테판 아르카지치처럼 졸고 있었다. 어쩌면 스테판 아르카지치의 잠은 그의 생각처럼 두 사람에게 모욕감을 주었을지도 모른다.(그렇지만 그는 그것에 대해 생각조차 하지 않았다. 모든 것이 이상하게 보였기 때문이다.) 그러나 랑도의 잠은 그들을, 특히 리디야 이바노브나 백작부인을 몹시 기쁘게 했다.

"Mon ami.[133]" 리디야 이바노브나는 옷자락 스치는 소리

133) '나의 친구여.'(프랑스어)

를 내지 않으려고 실크 드레스의 주름을 조심스럽게 모아 쥐더니, 너무도 흥분하여 카레닌을 '알렉세이 알렉산드로비치'라 부르지 않고 'mon ami'라 불렀다. "Donnez lui la main. Vous voyez?[134] 쉿!" 그녀는 다시 들어온 하인에게 '쉿!' 하고 주의를 주었다. "아무도 만나지 않겠어요."

프랑스인은 안락의자의 등받이에 머리를 기댄 채 자고 있었다. 아니, 자는 척한 것인지도 모른다. 그는 땀에 젖은 한 손을 무릎에 얹은 채 마치 무언가를 잡으려는 듯 희미하게 움직였다. 알렉세이 알렉산드로비치는 자리에서 일어났다. 그는 조심하려고 했으나 테이블에 쿵 부딪치면서 프랑스인 쪽으로 다가가 그의 손 안에 자신의 손을 들이밀었다. 스테판 아르카지치도 자리에서 일어났다. 그는 만약 자신이 아직 졸고 있는 것이라면 잠에서 깨야겠다고 생각하며, 눈을 크게 뜨고서 이 사람을 보았다 저 사람을 보았다 했다. 그 모든 것은 현실에서 벌어지고 있었다. 스테판 아르카지치는 머리가 점점 더 묵직해지는 것 같다고 느꼈다.

"Que la personne qui est arrivée la dernière celle qui demande, qu'elle sorte! Qu'elle sorte![135]" 프랑스인은 눈을 뜨지 않은 채 중얼거렸다.

"Vous m'excuserez, mais vous voyez……. Revenez vers dix heures, encore mieux demain.[136]"

---

134) '그를 부축해 주세요. 아시겠죠?' (프랑스어)

135) '맨 나중에 온 사람, 뭔가 청하려고 하는 사람, 그 사람을 내보내요! 내보내요!'(프랑스어)

136) '죄송합니다. 하지만 당신도 보시다시피……. 10시에 와 주세요. 내일 오시면 더 좋고요.'(프랑스어)

"Qu'elle sorte![137]" 프랑스인은 초조하게 말을 되풀이했다.

"C'est moi, n'est ce pas?[138]"

스테판 아르카지치는 그렇다는 대답을 듣고는 리디야 이바노브나에게 무엇을 부탁하려 했는지도 잊고서, 누이에 대한 일도 잊고서, 그곳에서 빨리 벗어나고 싶다는 생각만으로 뒤꿈치를 든 채 걸어 나온 후, 마치 전염병이 덮친 집에서 빠져나오듯 거리로 내달렸다. 그러고는 가능한 한 빨리 정신을 차리고 싶어서 마부와 오랫동안 이야기를 나누고 농담을 주고받았다.

스테판 아르카지치는 마지막 막에 맞춰 들른 프랑스 극장에서, 그리고 그 후에 샴페인을 마시러 들른 타타르인의 식당에서 자신에게 더 잘 맞는 분위기를 느끼며 다소나마 한숨을 돌릴 수 있었다. 하지만 그래도 여전히 그날 밤에는 매우 기분이 언짢았다.

표트르 오블론스키의 집에 돌아온 스테판 아르카지치는 벳시의 쪽지를 발견했다. 그는 페테르부르크에 있는 동안 표트르 오블론스키의 집에서 묵고 있었다. 그녀는 하다 만 이야기를 마저 끝내고 싶다며 내일 와 달라고 썼다. 그가 쪽지를 읽고 얼굴을 찌푸린 순간, 아래층에서 뭔가 무거운 것을 운반하는 듯한 하인들의 육중한 발소리가 들려왔다.

스테판 아르카지치는 아래층을 살펴보러 나갔다. 그것은 다시 젊어진 표트르 오블론스키였다. 그는 계단을 오를 수 없을 만큼 잔뜩 취해 있었다. 하지만 그는 스테판 아르카지치를 보

137) '내보내요!'(프랑스어)

138) '그 사람이 나군요, 그렇지 않습니까?'(프랑스어)

더니 하인들에게 자기를 일으켜 달라고 지시하고는 스테판 아르카지치에게 매달려 그의 방으로 함께 들어갔다. 그는 스테판 아르카지치에게 오늘 밤을 어떻게 보냈는지에 대해 이야기를 늘어놓더니 그곳에서 잠이 들어 버렸다.

스테판 아르카지치는 맥이 쫙 빠졌다. 그것은 그에게 좀처럼 없는 일이었다. 그는 오래도록 잠을 이룰 수 없었다. 그가 떠올린 모든 것들, 그 모든 것들이 혐오스러웠다. 하지만 무엇보다 혐오스러웠던 것은, 아니 정확히 말해 왠지 수치스럽게 느껴진 것은 리디야 이바노브나 백작부인의 집에서 보낸 밤이었다.

이튿날 그는 알렉세이 알렉산드로비치에게서 안나와의 이혼을 거절하는 확답을 받았다. 그는 그 결정이 어제 프랑스인이 진짜로 잠든 것인지 잠든 척한 것인지 알 수 없는 상태에서 한 말에 따라 이루어졌다는 것을 알아차렸다.

23

가정생활에서 무언가를 실행하기 위해서는 부부간의 완벽한 불화나 애정 어린 화합이 필요하다. 그러나 부부 관계가 불명확하거나 이것도 저것도 아닐 경우에는, 아무것도 실행할 수 없게 된다.

많은 가정이 단지 완전한 불화도 화합도 없다는 이유로 부부 모두에게 지긋지긋한 그 묵은 자리에 수년 동안 머무르곤 한다.

태양은 이미 봄이 아닌 여름의 빛을 띠고 가로수 길의 나무들은 이미 오래전에 잎사귀에 파묻혔으며 그 잎사귀들은 벌써 먼지로 온통 뒤덮여 버린 이때에, 무더위와 먼지 속에서 보내는 모스크바 생활은 브론스키에게도 안나에게도 견디기 힘든 것이었다. 그러나 그들은 오래전에 내린 결정에 따라 보즈드비젠스코예로 거처를 옮기지 않고 두 사람 모두가 싫어하는 모스크바에서 계속 지내고 있었다. 왜냐하면 최근 두 사람 사이에 화합이 전혀 없었기 때문이었다.

그들을 갈라놓은 분노에는 외적인 원인이 전혀 없었다. 그리고 그것에 대해 의논하려 할 때마다 분노가 사라지기는커녕 더 깊어지기만 했다. 그것은 내적인 분노였다. 그녀로서는 그의 사랑이 식은 것에서 비롯된, 그로서는 그녀를 위해 자신을 괴로운 처지에 몰아넣은 것에 대한 후회에서 비롯된 분노였다. 그녀는 그러한 처지를 완화하려 하기보다 더욱 고통스러운 것으로 만들고 있었다. 두 사람 중 어느 누구도 자신이 화난 이유를 말하지 않았다. 하지만 그들은 상대방이 잘못한 것이라 생각하여 구실이 생길 때마다 상대방에게 그것을 입증해 보이려 애썼다.

그녀에게 있어 그의 모든 것, 즉 그의 습관과 생각과 욕구, 그의 정신적 기질과 육체적 기질은 결국 한 가지, 곧 여성에 대한 사랑을 뜻했다. 그런데 그 사랑이, 그녀가 생각하기에 오직 그녀에게만 완전히 쏠려 있어야 할 그 사랑이 식어 버린 것이다. 따라서 그녀의 판단으로는 그가 사랑의 일부를 다른 여자들에게, 혹은 다른 한 여성에게 옮긴 것이 틀림없었다. 그래서 그녀는 질투했다. 그녀는 어떤 한 여성 때문이 아니라 그의 사랑이 식은 것 때문에 질투했다. 아직 질투의 대상을 갖지 못한 그녀는 그 대상을 찾고 있었다. 그녀는 아주 작은 암시에도 자신의 질투를 한 대상에서 다른 대상으로 옮겼다. 그녀는 그가 독신 친구들 덕분에 너무나 손쉽게 관계를 가질 수 있는 천한 여자들을 질투하기도 했고, 그와 마주칠 수 있는 사교계 여자들을 질투하기도 했고, 그가 그녀와의 관계를 끊은 후 결혼하고 싶어 하는 가상의 여자를 질투하기도 했다. 그리고 그 가운데 마지막 질투가 무엇보다 그녀를 괴롭혔다. 특히 그가 속내를 털어놓으면서 경솔하게도 어머니가 자기에게 소로키나 공작 영애와 결혼하라고 설득하려 들 만큼 자기를 이해해 주지 않는다고 말해 버렸기 때문에 더욱 그랬다.

그래서 안나는 질투하면서 그에게 분개했고 모든 것 속에서 분개의 원인을 찾으려 했다. 그녀는 자신의 처지에 놓인 모든 괴로움에 대해 그를 비난했다. 그녀가 모스크바의 하늘과 땅 사이에서 기다림으로 보낸 그 고통스러운 처지, 알렉세이 알렉산드로비치가 꾸물거리고 주저하는 것, 자신의 고독, 그녀는 그 모든 것을 그의 탓으로 돌렸다. 그가 나를 사랑한다면 나의 처지에 놓인 모든 괴로움을 이해하고 나를 그 속에서 구해 줄 텐데……. 그녀가 시골이 아닌 모스크바에서 살고 있는 것도 그의 잘못이었다. 그는 그녀가 바라는 대로 시골에 파묻혀 살 수 있는 사람이 아니었다. 그에게는 사교계가 필요했다. 그래서 그는 그녀를 그런 끔찍한 상황에 몰아넣고도 그 고통을 이해하려 하지 않는 것이다. 그리고 그녀가 아들과 영원히 이별하게 된 것도 그의 잘못이었다.

그들 사이에 드물게 찾아오는 다정한 순간조차 그녀를 안심시키지 못했다. 이제 그녀는 그의 다정함 속에서 이전에 없던, 그리고 그녀를 격분시키는 침착하고 자신만만한 색조를 보았다.

이미 땅거미가 내렸다. 안나는 그가 독신자 만찬에서 돌아오기를 홀로 기다리며 그의 서재(그 방은 거리의 소음이 가장 적게 들리는 곳이었다.)를 이리저리 서성이고 있었다. 그녀는 어제의 싸움에서 나온 표현들을 세세하게 곱씹고 있었다. 그녀는 싸움에서 기억나는 모욕적인 말들에서 그 말들의 원인이 된 것으로 하나하나 되짚어 가다 마침내 대화의 발단에까지 이르렀다. 그녀는 그 누구의 마음과도 가깝지 않은 그런 악의 없는 대화에서 다툼이 일어났다는 것을 오래도록 믿을 수 없었다. 하지만 그것은 사실이었다. 모든 것은 그가 여자 김나지움을 불필요한 것으로 간주하며 그것을 비웃었을 때 그녀가 그것을 옹호한 데서 시작되었다. 그는 여성의 교육 전반을 하찮게 대하며, 안나의 후원을 받고 있는 영국인 소녀 한나에게 물리학 지식 같은 것은 전혀 필요 없다고 말했다.

그것이 안나를 화나게 만들었다. 그녀는 그 속에서 자신의 일에 대한 경멸을 엿보았다. 그래서 그녀는 그가 자기에게 준 고통을 그에게 돌려줄 만한 말을 궁리하여 그것을 입 밖에 냈다.

"난 사랑하는 사람들이 하는 것처럼 당신이 나를, 내 감정을 기억해 주기를 기대하지는 않아요. 하지만 정중함 정도는 기대했어요." 그녀가 말했다.

그러자 그는 정말로 화가 나서 얼굴을 시뻘겋게 붉히며 뭐라고 불쾌한 말을 내뱉었다. 그녀는 자신이 그에게 뭐라고 대답했는지는 기억하지 못했지만, 그때 그가 그녀에게 상처를 주려는 생각으로 뭔가에 대해 이렇게 말한 것만은 기억했다.

"난 그 여자아이에 대한 당신의 애착에는 정말이지 관심 없소. 왜냐하면 난 그것이 부자연스럽다고 생각하니까."

그녀가 자신의 괴로운 생활을 견디기 위해 그처럼 힘겹게 구축한 세계를 파괴해 버리는 그의 잔인함, 그녀에게 위선적이고 부자연스럽다고 비난하는 그의 부당함이 그녀를 폭발하게 만들었다.

"당신이 조야하고 물질적인 것만을 이해하고 자연스럽게 느끼는 것 같아 몹시 유감스럽군요." 그녀는 이렇게 말하고 방에서 나와 버렸다.

어제 저녁 그가 그녀에게 왔을 때, 그들은 전날의 싸움에 대해 언급하지 않았다. 하지만 두 사람 모두 싸움은 가라앉은 것일 뿐 아직 끝나지 않았다는 것을 느끼고 있었다.

오늘 그는 온종일 집에 없었다. 그러자 그녀는 그와의 다툼이 너무나 쓸쓸하고 고통스럽게 느껴져 모든 것을 잊고서 그를 용서하고 그와 화해하고 싶었다. 그녀는 자신을 탓하고 그를 정당화하고 싶었다.

'내가 잘못한 거야. 난 쉽게 화를 내. 분별없이 질투나 하고. 그와 화해하고 시골로 가야겠어. 그곳에 가면 좀 더 평온해질 거야.' 그녀는 속으로 중얼거렸다.

'부자연스럽다고.' 그녀는 문득 가장 모욕적으로 느껴진 것, 즉 말 자체라기보다 그녀에게 상처를 입히려고 했던 그의 의도를 기억해 냈다.

'난 그가 무슨 말을 하려 했는지 알아. 그는 이렇게 말하고 싶었던 거야. 자기 딸도 사랑하지 않으면서 남의 아이를 사랑하는 것은 부자연스럽다고 말이야. 그가 자식에 대한 사랑을 어떻게 알겠어? 내가 그를 얻기 위해 희생한 세료자, 그 아이에 대한 나의 사랑을 그가 어떻게 알겠어? 그건 나를 아프게 하려고 한 말이야! 아니, 그는 다른 여자를 사랑하는 거야. 그렇지 않고서야 이럴 수 없어.'

그녀는 자신의 마음을 진정시키기 위해 이미 다 지나온 곳을 몇 번이고 다시 돈 끝에 처음의 분노로 되돌아온 것을 깨닫고는 스스로에 대해 몸서리를 쳤다. '정말로 불가능한 걸까? 정말로 나 자신이 떠맡을 수는 없는 걸까?' 그녀는 이렇게 중얼거리며 다시 처음부터 시작했다. '그는 진실해. 그는 정직해. 그는 날 사랑하고 있어. 난 그를 사랑하고, 시간이 지나면 이혼 문제도 해결될 거야. 뭐가 더 필요해? 우리에겐 평온과 신뢰가 필요해. 내가 모든 걸 떠안는 거야. 그래, 이제 그가 오면 내가 잘못했다고 말해야겠어. 물론 내가 잘못한 것은 아니지만. 그리고 그 사람과 함께 떠나는 거야.'

그러고는 더 이상 생각하지 않기 위해, 분노에 굴복하지 않기 위해, 그녀는 벨을 울려 시골에 가져갈 짐을 꾸릴 테니 트렁크를 가져오라고 지시했다.

10시에 브론스키가 도착했다.

24

"어땠어요? 재미있었어요?" 안나는 미안해하는 듯한 온순한 표정을 얼굴에 띄우고 그를 맞으러 나오며 물었다.

"늘 그렇지, 뭐." 그는 그녀의 기분이 아주 좋다는 것을 한눈에 금방 알아채고 이렇게 대답했다. 그는 이미 그런 변화에 익숙했다. 게다가 오늘은 그도 기분이 최고였기 때문에 이러한 변화를 특히 기뻐했다.

"아니, 이게 뭐야! 잘했어!" 그는 현관의 대기실에 놓인 트렁크를 가리키며 말했다.

"네, 가야겠어요. 마차를 타고 돌아다녔더니 기분이 너무 좋아서 시골로 돌아가고 싶어졌어요. 당신을 붙잡을 만한 일은 아무것도 없죠?"

"내가 바라는 건 오직 한 가지뿐이야. 금방 올 테니 같이 이야기해 보자고. 옷만 갈아입고 올게. 차를 내오라고 해 줘."

그리고 그는 서재로 들어갔다.

'잘했어!'라는 그의 말에는 뭔가 모욕적인 것이 있었다. 마치 떼를 쓰다 멈춘 아이에게 하는 말 같았다. 더욱더 모욕적인 것은 죄를 지은 듯한 그녀의 태도와 자신에 찬 그의 태도 사이의 대조였다. 그래서 그녀는 순간적으로 자기 안에서 투쟁의 욕구가 꿈틀거리는 것을 느꼈다. 하지만 그녀는 안간힘을 다해 그것을 억누르고 똑같이 밝은 태도로 브론스키를 맞이했다.

그가 그녀에게 오자, 그녀는 그에게 미리 준비해 둔 말을 어느 정도 되풀이하면서 자신이 보낸 하루와 그들의 출발 계획을 이야기했다.

"있잖아요, 마치 영감 같은 것이 내게 떠올랐어요." 그녀가 말했다. "무엇 때문에 이곳에서 이혼을 기다려야 하죠? 사실 시골에 있어도 마찬가지 아닐까요? 난 더 이상 기다릴 수 없어요. 난 이혼 같은 건 바라지도 않고 그것에 대해 아무 말도 듣고 싶지 않아요. 난 이혼이 더 이상 내 인생에 영향을 미치지 않을 거라고 판단했어요. 당신도 동의하죠?"

"아, 그럼!" 그는 그녀의 흥분한 얼굴을 불안하게 쳐다보며 말했다.

"그런데 당신은 그곳에서 뭘 했나요? 누가 왔죠?" 그녀는 잠시 침묵하더니 이렇게 말했다.

브론스키는 손님들의 이름을 말해 주었다.

"만찬이 훌륭했어. 보트 경주도 그렇고. 모든 것이 꽤 재미있었지. 하지만 모스크바 사람들은 ridicule이 없으면 못 배기나 봐. 스웨덴 왕비의 수영 교사라는 어떤 부인이 와서 자기의 기술을 보여 주더군."

"어떻게요? 그 여자가 수영을 했어요?" 안나는 얼굴을 찡그리며 물었다.

"빨간색 비슷한 costume de natation[139]을 입었는데, 늙고 추한 여자였어. 그런데 언제 출발하지?"

"정말 멍청하고 괴상망측한 짓을 했군요! 그래, 그 여자가 특별한 수영을 보여 주던가요?" 안나는 그의 물음에 대꾸도 않고 이렇게 말했다.

"정말이지 특별한 구석이라고는 전혀 없었어. 내가 말했잖아, 멍청하고 끔찍하다고. 그런데 당신은 언제 출발할 생각이야?"

안나는 마치 불쾌한 생각을 떨쳐 버리려는 듯 머리를 흔들었다.

"언제 출발하냐고요? 빠르면 빠를수록 좋아요. 내일은 힘들 것 같고. 모레 떠나죠."

"그래……. 안 돼, 잠깐. 모레는 일요일이잖아. 난 maman에게 다녀와야 해." 브론스키는 당황하며 말했다. 왜냐하면 어머니의 이름을 입에 담는 순간, 자신을 뚫어지게 바라보는 의심에 찬 시선을 느꼈기 때문이었다. 그의 당황한 모습은 그녀에게 의심을 확인시켜 주었다. 그녀는 얼굴을 확 붉히고는 그에게서 떨어졌다. 지금 안나의 눈앞에 떠오른 사람은 더 이상 스웨덴 왕비의 수영 교사가 아니라 모스크바 근교의 시골에서 브론스카야 백작부인과 함께 살고 있는 소로키나 공작 영애였다.

"내일 다녀와도 되잖아요?" 그녀가 말했다.

"안 된다니까! 내가 처리하러 가야 할 문제가 있어서 내일

---

139) '수영복.'(프랑스어)

은 위임장과 돈을 받을 수 없어!" 그가 대답했다.

"그럼, 아예 떠나지 말기로 해요."

"또 왜 그래?"

"더 늦게는 안 돼요. 월요일이 아니면 절대 떠나지 않겠어요."

"도대체 왜?" 브론스키는 놀란 듯 이렇게 말했다. "그런 건 의미가 없잖아!"

"당신에게는 무의미하겠죠. 당신은 내게 볼일이 없을 테니까요! 당신은 내 생활을 이해하고 싶어 하지 않아요. 내가 이곳에서 마음을 쏟을 수 있는 대상은 오직 한나뿐이에요. 당신은 그게 위선이라고 말하죠. 당신은 어제 내가 딸도 사랑하지 않으면서 그 영국인 여자아이를 사랑하는 척한다고, 그게 부자연스럽다고 말했잖아요. 난 알고 싶어요. 도대체 어떤 생활이 이곳의 내게 자연스러울 수 있을까요!"

순간 그녀는 정신이 번쩍 들었다. 그녀는 자신이 처음의 목적을 배신한 것에 몸서리를 쳤다. 하지만 그녀는 스스로를 파멸시키고 있다는 것을 알면서도 자신을 억제할 수 없었고 그에게 그가 얼마나 부당한지 보여 주지 않을 수 없었다. 그녀는 그에게 굴복할 수 없었다.

"난 결코 그런 말을 한 적이 없어. 난 그런 뜻밖의 애정에 공감할 수 없다고 말했을 뿐이야."

"어째서 당신은 자신의 정직함에 대해 큰소리치면서 진실을 말하지 않는 거죠?"

"난 한 번도 그런 것을 자랑한 적도, 거짓을 말한 적도 없어." 그는 속에서 끓어오르는 분노를 억누르며 나직이 말했다.

"정말 유감이군. 만일 당신이 날 존중하지 않는다면……."

"존중은 말이죠, 사람들이 사랑이 있어야 할 텅 빈 자리를 감추기 위해 궁리해 낸 거예요. 만약 당신이 날 사랑하지 않는다면 그렇다고 말하는 게 훨씬 더 좋아요. 그게 더 정직해요."

"아니, 도저히 참을 수가 없어!" 브론스키가 의자에서 일어나며 버럭 소리를 질렀다. 그러고는 안나 앞에 서서 천천히 내뱉었다. "뭣 때문에 당신은 내 인내를 시험하는 거야?" 그는 마치 더 많은 것을 말할 수도 있었을 법한 표정으로 이렇게 말하고는 꾹 참았다. "인내에도 한계가 있어."

"당신은 무슨 말을 하고 싶은 거죠?" 그녀는 그의 얼굴 전체에, 특히 잔혹하고 무서운 눈동자에 떠오른 뚜렷한 증오의 표정을 응시하고는 겁에 질려 소리쳤다.

"내가 말하고 싶은 건……." 그는 말을 꺼내다 멈췄다. "난 당신이 내게 뭘 바라는지 물어야겠소."

"내가 뭘 바랄 수 있겠어요? 난 그저 당신이 지금 생각하고 있는 것처럼 날 버리지 않기만을 바랄 뿐이에요." 그녀는 그가 못다 한 말을 알아차리고 이렇게 말했다. "하지만 내가 바라는 건 그게 아니에요. 그건 부차적이에요. 난 사랑을 원해요. 그런데 그게 없어요. 그러니 모든 게 끝이에요!"

그녀는 문을 향해 걸어갔다.

"잠깐! 잠, 잠깐!" 브론스키는 눈썹에 패인 음울한 주름을 여전히 펴지 않은 채 그녀의 손을 잡으며 말했다. "문제가 뭐야? 난 출발을 사흘만 연기하자고 한 건데, 당신은 내가 거짓말을 한다 하고 정직하지 못한 사람이라고 하니 말이야."

"네, 다시 한 번 말하죠. 날 위해 모든 것을 희생했다고 날

책망하는 사람은…….” 그녀는 이전에 싸울 때 나온 말을 또 한 번 떠올리며 이렇게 말했다. “그 사람은 정직하지 못한 사람보다 더 나빠요. 그 사람은 심장이 없는 사람이에요.”

“아니, 참는 것에도 한계가 있어!” 그는 버럭 소리를 지르며 그녀의 손을 확 놓아 버렸다.

‘이 사람은 날 증오해, 그건 분명한 사실이야.’ 그녀는 이렇게 생각했다. 그러고는 뒤를 돌아보지도 않고 말없이 위태위태한 걸음으로 방에서 나갔다.

‘그는 다른 여자를 좋아해. 그건 더욱더 분명한 사실이야.’ 그녀는 자기 방으로 들어가며 혼잣말을 했다. ‘난 사랑을 원해. 그런데 사랑이 없어. 그러니 모든 게 끝난 거야.’ 그녀는 자신이 뱉은 말을 다시 한 번 반복했다. ‘이제 끝내야 해.’

‘하지만 어떻게?’ 그녀는 스스로에게 묻고는 거울 앞의 안락의자에 앉았다.

이제 어디로 가야 하나, 날 길러 준 친척 아주머니에게 가야 하나, 아니면 돌리에게 가야 하나, 그것도 아니면 그저 혼자 외국으로 가야 하나, 그는 지금 혼자 서재에서 무엇을 하고 있을까, 이것이 마지막 싸움일까, 아니면 아직도 화해가 가능한 걸까, 이제 페테르부르크에 있는 나의 옛 지인들은 나에 대해 뭐라고 말할까, 알렉세이 알렉산드로비치는 이것을 어떻게 바라볼까, 이제 결별을 하고 나면 무슨 일이 벌어질까 하는 숱한 생각들이 그녀의 머릿속에 떠올랐다. 하지만 그녀는 그 생각에 온 마음으로 몰두하지는 않았다. 그녀의 영혼 속에는 유일하게 그녀의 마음을 끄는 어떤 어렴풋한 생각이 있었지만 그녀는 그것을 자각할 수 없었다. 알렉세이 알렉산드로비치에 대해 한 번 더 떠올린 순간, 그녀는 출산 후 병을 앓던 무렵과 그 때 그녀를 떠나지 않던 감정을 기억해 냈다. '왜 난 죽지 않았을까?' 그때의 말과 그때의 감정이 그녀에게 떠올랐다. 그 순간 문득 그녀는 그녀의 영혼 속에 무엇이 있는지 알아차렸다. 그래, 그것은 오직 한 가지만이 모든 것을 해결할 수 있다는 생각이었어. '그래, 죽는 거야……!'

'알렉세이 알렉산드로비치의 수치와 치욕도, 세료자의 수치와 모욕도, 나의 끔찍한 수치도, 모든 게 죽음으로 구원받을 거야. 죽자. 그러면 그도 뉘우치겠지. 날 불쌍히 여기고 날 사랑하게 되겠지. 나 때문에 괴로워도 하겠지.' 그녀는 안락의자에 앉아 스스로를 동정하는 굳은 미소를 띤 채 왼손에서 반지를 꼈다 뺐다 하며 자신이 죽은 후 그가 느낄 감정을 온갖 측면에서 생생히 상상해 보았다.

다가오는 발소리가, 그의 발소리가 그녀의 주의를 흐트러뜨렸다. 그녀는 마치 반지를 정돈하는 일에 몰두하기라도 한 듯 그를 돌아보지도 않았다.

그는 그녀에게 다가와 그녀의 손을 잡고 조용히 말했다.

"안나, 모레 떠나기로 해. 당신이 원한다면. 난 뭐든지 찬성하겠어."

그녀는 침묵했다.

"왜?" 그가 물었다.

"당신 자신이 알잖아요." 그녀는 말했다. 그 순간 그녀는 자신을 억제할 힘을 잃고 흐느끼기 시작했다.

"날 버려요, 버려!" 안나는 흐느끼며 말했다. "난 내일 떠나겠어요……. 그보다 더한 것도 할 거예요. 내가 누구예요? 탕

녀잖아요. 난 당신의 목에 달린 돌이에요. 난 당신을 괴롭히고 싶지 않아요. 그러고 싶지 않단 말이에요! 당신을 자유롭게 해 줄게요. 당신은 날 사랑하지 않아요. 당신은 다른 여자를 사랑하고 있어요!"

브론스키는 그녀에게 진정하라고 애원하며 그녀의 질투에는 전혀 근거가 없다고, 그는 결코 그녀에 대한 사랑을 멈춘 적이 없고 앞으로도 그녀에 대한 사랑을 접지 않을 것이라고, 그는 이전보다 더 그녀를 사랑하고 있다고 단언했다.

"안나, 무엇 때문에 당신 자신과 나를 이토록 괴롭히는 거야?" 그는 그녀의 두 손에 입을 맞추며 말했다. 그의 얼굴에는 이제 부드러움이 떠올라 있었다. 그녀는 그의 목소리에서 눈물의 소리를 듣고 자신의 손에서 눈물의 촉촉함을 느꼈다고 생각했다. 그러자 안나의 절망적인 질투는 순식간에 절망적이고 열정적인 애정으로 변했다. 그녀는 그를 안고 그의 머리와 목과 두 손에 키스를 퍼부었다.

25

안나는 완전한 화해가 이루어졌다고 느끼며 아침부터 활기차게 떠날 준비를 했다. 어제는 두 사람이 서로에게 양보하느라 월요일에 떠날지 화요일에 떠날지 결정하지 못했지만, 안나는 이제 일찍 떠나든 늦게 떠나든 전혀 개의치 않는 자신을 느끼며 활발히 출발 준비를 했다. 그녀가 자신의 방에 놓인 열린 트렁크 앞에서 물건을 추려 내고 있을 때, 벌써 옷을 갈아입은 그가 평소보다 일찍 그녀의 방으로 들어왔다.

"지금 maman에게 가려고 해. 어머니가 예고르를 통해 내게 돈을 보낼 수도 있어. 그러면 내일이라도 난 떠날 수 있어." 그가 말했다.

비록 그녀의 기분이 좋긴 했지만, 어머니의 별장으로 간다는 그의 말은 그녀의 가슴을 아프게 찔렀다.

"아뇨, 난 준비를 다 못 끝낼 것 같아요." 그녀는 이렇게 말하며 동시에 이런 생각을 했다. '그럼 그도 내가 원하는 대로 일을 조정할 수 있었잖아.' "아뇨, 당신이 원하는 대로 해요. 식당으로 가요. 나도 이 불필요한 물건들을 추려 내고 곧 갈게요." 그녀는 이미 산더미 같은 넝마를 들고 있는 안누슈카의 팔에 또 무언가를 올려놓으며 말했다.

그녀가 식당으로 들어왔을 때, 브론스키는 비프스테이크를 먹고 있었다.

"당신은 내가 이 방을 얼마나 지겨워하는지 믿을 수 없을 거예요." 그녀는 그의 옆에 자기의 커피가 놓인 자리에 앉으며 말했다. "이 chambres garnies[140]보다 더 끔찍한 것도 없어요. 이런 방에는 표정도 없고 영혼도 없죠. 이 시계, 이 커튼, 무엇보다 이 벽지는 악몽 그 자체에요. 내게는 보즈드비젠스코예가 약속의 땅처럼 여겨져요. 말은 아직 안 보낼 건가요?"

"아니, 말들은 우리 뒤에 출발할 거야. 그런데 당신은 어디 가나 보지?"

"윌슨 부인에게 다녀올까 해요. 그녀에게 옷을 몇 벌 가져다주려고요. 그런데 내일로 확실히 정해진 건가요?" 그녀는 명랑한 목소리로 물었다. 그러나 갑자기 그녀의 표정이 변했다.

브론스키의 시종이 페테르부르크에서 온 전보의 영수증을 받으러 들어왔다. 브론스키가 전보를 받았다는 사실에 특별할 것은 전혀 없었다. 그러나 그는 마치 그녀에게 무언가를 숨기려는 듯 서재에 영수증이 있다고 말하고는 황급히 그녀를 돌아보았다.

"내일 꼭 모든 문제를 매듭지을게."

---

140) '가구 딸린 방들.'(프랑스어)

"누구에게서 온 전보예요?" 그녀는 그의 말을 듣지 않고 이렇게 물었다.

"스티바." 그는 마지못해 대답했다.

"왜 내게 보여 주지 않았어요? 스티바와 나 사이에 어떻게 비밀이 있을 수 있어요?"

브론스키는 시종을 다시 불러 전보를 가져오라고 지시했다.

"스티바가 전보 보내는 것을 워낙 좋아하니까 당신에게 보여 주려 하지 않은 거야. 아무것도 결정되지 않았는데 전보를 보내서 어쩌겠다는 거야?"

"이혼에 관한 건가요?"

"응, 하지만 스티바는 '아직 아무것도 얻지 못함. 며칠 뒤에 확답을 주기로 약속함.'이라고 썼어. 자, 읽어 봐."

안나는 떨리는 손으로 전보를 쥐고 브론스키가 말한 그 문구를 읽었다. 끝에 이런 구절이 덧붙여져 있었다. '희망은 별로 없음. 하지만 가능하든 불가능하든 뭐든지 해 보겠음.'

"내가 어제 말했잖아요. 언제 이혼이 될지, 심지어 이혼이 될지 안 될지, 난 전혀 관심 없다고요." 그녀는 얼굴을 붉히며 말했다. "내게 전혀 숨길 필요 없어요." '그렇다면 그는 여자들과 주고받은 편지도 내게 숨길 수 있어. 아니, 숨기고 있어.' 그녀는 생각했다.

"야쉬빈이 오늘 아침 보이토프와 우리 집에 오고 싶어 해." 브론스키가 말했다. "야쉬빈이 페프초프의 돈을 전부 땄나 봐. 페프초프가 낼 수 있는 것보다 더 많은 돈을 말이야. 6만 루블 정도."

"아뇨." 그녀는 그가 이렇게 화제를 바꿈으로써 그녀가 화를 내고 있다는 것을 너무나도 분명히 그녀에게 보여 준 것에 화를 내며 말했다. "도대체 왜 당신은 그 소식을 내게 감춰야 할 정도로 내가 그것에 관심이 많다고 생각하죠? 말했잖아요. 난 그것에 대해 생각하고 싶지 않다고요. 그러니 당신도 나처럼 그것에 그렇게 관심을 두지 않았으면 좋겠어요."

"난 관심 있어. 난 분명한 걸 좋아하니까." 그가 말했다.

"분명한 건 형식이 아니라 사랑에 있어야죠." 그녀는 그의 말이 아니라 그가 말할 때 보여 준 냉정한 침착함에 더욱더 화를 내며 이렇게 말했다. "당신은 무엇 때문에 그런 것을 바라는 거예요?"

'아 하느님, 또 사랑 타령이군.' 그는 얼굴을 찌푸리며 생각했다.

"당신도 무엇 때문인지 알잖아. 당신을 위해, 앞으로 생길 아이들을 위해서지." 그가 말했다.

"아이는 더 이상 생기지 않을 거예요."

"그것 참 유감이군." 그가 말했다.

"당신이 그것을 필요로 하는 건 자식들을 위해서예요. 당신은 나에 대해서는 생각하지 않죠?" 그녀는 그가 '당신을 위해, 아이들을 위해'라고 한 말을 깡그리 잊은 채, 아니 아예 듣지도 않은 채 이렇게 말했다.

아이를 가질 것인가 말 것인가 하는 문제는 그들이 오랫동안 논쟁해 왔고 그녀를 짜증나게 한 문제였다. 그녀는 아이를 갖고 싶어 하는 그의 바람을 그가 그녀의 아름다움을 소중히 여기지 않는다는 뜻으로 해석했다.

"아, 내가 말했잖아, 당신을 위해서라고. 무엇보다 당신을 위해서야.” 그는 마치 통증이라도 느끼는 듯 얼굴을 찡그리며 말을 되풀이했다. “난 당신의 초조함이 상당 부분 불확실한 처지에서 비롯된 것이라고 확신하거든.”

‘그래, 이제 위선을 벗는군. 나를 향한 그의 차가운 증오가 다 보여.’ 그녀는 그의 말을 듣지 않고 그의 눈동자 안에서 그녀를 자극하며 바라보고 있는 차갑고 냉혹한 심판자를 두려운 마음으로 응시했다.

“원인은 그게 아니에요.” 그녀는 말했다. “그리고 난 도무지 이해가 안 돼요. 내가 완전히 당신의 세력 아래에 있다는 것이 어떻게 당신이 말하는 나의 초조함의 원인일 수 있겠어요? 여기에 무슨 불확실한 처지가 있다는 거예요? 그 반대예요.”

“당신이 이해하려 들지 않으니 매우 유감스럽군.” 그는 자신의 생각을 고집스럽게 표현하려 하며 그녀의 말을 가로막았다. “불확실함은 당신에게 내가 자유로운 몸으로 보인다는 데 있어.”

“그 점에 관해서라면 당신은 전혀 개의치 않아도 돼요.” 그녀는 이렇게 말하고는 그에게서 등을 돌리고 커피를 마시기 시작했다.

그녀는 작은 손가락 하나를 뻗은 채 찻잔을 들어 올리고 그것을 입으로 가져갔다. 그녀는 몇 모금 마시고 그를 흘깃 쳐다보았다. 그리고 그의 표정에서 그가 그녀의 손과 그녀의 몸짓과 그녀가 입술로 낸 소리에 혐오감을 느끼고 있다는 것을 분명히 깨달았다.

“난 당신의 어머니가 무슨 생각을 하든, 어떤 식으로 당신을 결혼시키려고 하든 전혀 관심 없어요.” 그녀는 떨리는 손으로 찻잔을 내려놓으며 말했다.

"하지만 우리가 그런 이야기를 하고 있는 게 아니잖아."

"아뇨, 바로 그 얘기를 하고 있는 거예요. 내 말을 믿어요. 난 심장이 없는 여자에겐 전혀 관심 없어요. 그 여자가 노파든 아니든, 그 여자가 당신의 어머니든 남이든 말이에요. 난 그런 여자에 대해 알고 싶지 않아요."

"안나, 내 어머니에 대해 불손하게 말하지 말아 줘."

"아들의 행복과 명예가 어디에 있는지 마음으로 헤아리지 못하는 여자는 심장이 없는 여자예요."

"다시 한 번 부탁하지. 내가 존경하는 어머니에게 불손하게 말하지 마." 그는 목소리를 높이고 그녀를 무섭게 노려보며 말했다.

그녀는 대답하지 않았다. 그녀는 그를, 그의 얼굴을, 그의 손을 뚫어지게 바라보며 어제의 화해 장면과 그의 열정적인 애무를 하나하나 떠올렸다. '그 애무를, 그가 퍼부은 그 똑같은 애무를, 그는 다른 여자들에게도 할 테고 또 하기를 원하고 있어.' 그녀는 생각했다.

"당신은 어머니를 사랑하지 않잖아요. 항상 말뿐이에요, 말, 말!" 그녀는 증오에 찬 눈길로 그를 쳐다보며 말했다.

"그러면 나도……."

"결심할 수밖에 없겠죠. 그래서 나도 결심했어요." 그녀는 이렇게 말하고 그 자리를 떠나려 했다. 그러나 마침 그때 야쉬빈이 안으로 들어왔다. 안나는 그와 인사하고 멈춰 섰다.

왜, 마음속에 폭풍이 몰아치고 끔찍한 결과를 불러올지 모를 인생의 전환기에 자신이 서 있다고 느끼는 이때, 왜 이런 순간에 자신이 남 앞에서, 조만간 모든 것을 알게 될 다른 사람 앞에서 아무 일도 없는 척하는지, 그녀도 몰랐다. 그러나 그녀는 즉시 마음속에서 내면의 폭풍을 잠재운 후, 자리에 앉아 손님과 이야기를 나누기 시작했다.

"당신의 일은 어때요? 빚은 받았어요?" 그녀는 야쉬빈에게 물었다.

"네, 그럭저럭. 빚을 전부 받을 수 있을 것 같지는 않습니다. 수요일에는 떠나야 하니까요. 그런데 두 분은 언제 떠나십니까?" 야쉬빈은 실눈으로 브론스키를 쳐다보며 말했다. 분명 그는 방금 전의 싸움을 눈치챈 듯했다.

"모레 떠날 것 같아." 브론스키가 말했다.

"하지만 두 분은 이미 오래전부터 계획했잖습니까?"

"하지만 지금은 정말이에요." 안나는 브론스키의 눈을 똑바로 쳐다보며 말했다. 그에게 화해의 가능성에 대해선 생각도 말라고 말하는 시선으로…….

"정말로 당신은 그 불행한 페프초프가 불쌍하다고 생각하지 않나요?" 안나는 야쉬빈과 계속 이야기를 나누었다.

"한 번도 나 자신에게 그가 불쌍한지 안 불쌍한지 물어본 적 없습니다, 안나 아르카지예브나. 전쟁터에서 스스로에게 불쌍한가 안 불쌍한가 묻지 않는 것과 마찬가지입니다. 내 재산이 모두 여기 있습니다." 그는 옆 호주머니를 가리켰다. "지금 난 부자입니다. 하지만 지금 클럽으로 가면 거지가 되어 나올지도 모릅니다. 나와 함께 앉은 자도 내게서 루바슈카까지 벗기고 싶어 할 테니까요. 나도 그렇고요. 음, 우리는 싸우고 있는 겁니다. 그리고 그런 것에 희열이 있지요."

"그럼, 만약 당신이 결혼을 했다면요?" 안나가 말했다. "당신의 아내는 어떤 기분을 느낄까요?"

야쉬빈은 웃음을 터뜨렸다.

"내가 결혼을 하지 않고 또 할 생각도 하지 않는 것은 아마 그 때문인가 봅니다."

"그럼 헬싱포르스는?" 브론스키는 대화에 끼어들면서 미소를 머금고 있는 안나를 쳐다보았다.

그의 시선과 마주치자, 안나의 얼굴은 갑자기 차갑고 딱딱한 표정을 띠었다. 마치 그녀는 그에게 '잊지 않았어요. 모든 게 그대로예요.'라고 말하는 듯했다.

"당신은 정말 사랑에 빠진 적이 없나요?" 그녀는 야쉬빈에게 물었다.

"오, 하느님! 여러 번 있지요! 하지만 아시겠습니까, 어떤 사람은 카드를 하려 앉았다가도 rendez-vous[141] 시간이 되면 언제든 자리에서 일어날 수 있습니다. 하지만 나는 사랑에 몰두하다가도 저녁 때 하는 도박에 늦지 않게 갈 수 있는 사람입니다. 난 그렇게 합니다."

"아뇨, 내가 묻는 건 그게 아니라 현재에 대해서예요." 그녀는 '헬싱포르스'라고 말하고 싶었지만 브론스키가 한 말을 입에 담고 싶지 않았다.

종마를 산 보이토프가 도착했다. 안나는 일어나 방에서 나갔다.

집을 나서기 전, 브론스키는 그녀의 방으로 들어왔다. 그녀

141) '밀회.'(프랑스어)

는 테이블에서 무언가를 찾는 척하고 싶었지만, 거짓 행세를 하는 것이 수치스럽게 느껴져 차가운 시선으로 그의 얼굴을 똑바로 응시했다.

"뭐가 필요한가요?" 그녀는 프랑스어로 그에게 물었다.

"감베타의 혈통 증명서를 가지러 왔어. 그 말을 팔았거든." 그는 말보다 더 선명하게 '난 당신과 의논할 시간이 없어. 그래 봤자 그것은 아무런 결과도 가져오지 않아.'라고 표현하는 그런 말투로 말했다.

'난 그녀 앞에서 아무런 잘못도 없어.' 그는 생각했다. '만약 그녀가 자신을 벌하려고 한다면 tant pis pour elle.[142]' 하지만 방에서 나오는 순간, 그는 그녀가 뭐라고 말한 것처럼 느껴졌다. 그러자 불현듯 그의 가슴이 그녀에 대한 연민으로 떨렸다.

"뭐라고, 안나?" 그가 물었다.

"아무 말 안 했어요." 그녀는 여전히 냉정하고 침착하게 말했다.

'아무 말도 안했다면, tant pis.[143]' 그는 생각했다. 그러고는 다시 냉담해진 채 돌아서서 나갔다. 방에서 나가는 순간, 그는 거울에서 입술을 바르르 떠는 그녀의 창백한 얼굴을 보았다. 그는 멈춰 서서 그녀에게 위로의 말을 하고 싶었지만, 그가 무슨 말을 할지 생각해 내기도 전에 두 다리가 그를 방에서 끌고 나갔다. 그날 하루 종일 그는 밖에서 시간을 보냈다. 밤늦게 집에 돌아오자, 하녀는 안나 아르카지예브나가 머리가 아프니 그녀의 방에 들어오지 말라고 부탁했다는 말을 전했다.

---

142) '그녀 자신에게 더욱 나빠.'(프랑스어)
143) '더욱 나쁘고.'(프랑스어)

26

지금껏 싸움이 하루 종일 지속된 적은 한 번도 없었다. 이것은 오늘 처음 있는 일이었다. 게다가 그것은 싸움이 아니었다. 그것은 사랑이 완전히 식었다는 명백한 시인이었다. 어떻게 그는 증명서를 가지러 방에 들어올 때처럼 그렇게 나를 쳐다볼 수 있을까? 어떻게 그는 나를 바라보고 내 가슴이 절망으로 찢어지는 것을 보고도, 그렇게 무심하고 태연한 표정으로 말없이 지나칠 수 있을까? 그는 나에게 차가워진 것이 아니라 나를 증오하는 거야. 다른 여자를 사랑하기 때문에. 그게 분명해.

안나는 그가 한 잔인한 말들을 떠올리며 그가 그녀에게 하고 싶었고 할 수도 있었을 말까지 생각해 보고는 더욱더 분노했다.

'난 당신을 붙잡지 않겠소.' 그는 그렇게 말했을지도 모른다. '당신은 어디든 원하는 대로 가도 좋소. 당신은 당신의 남편과 이혼을 원하지 않았소. 그건 분명 그에게 돌아가기 위해서요. 돌아가시오. 당신에게 돈이 필요하다면 주겠소. 몇 루블이나 필요하오?'

잔혹한 사람이 내뱉을 수 있는 가장 잔인한 말들, 그는 그녀의 상상 속에서 그녀에게 그 말들을 내뱉었다. 그리고 그녀는 마치 그가 실제로 그 말들을 하기라도 한 양 그의 말을 용서할 수 없었다. '그가, 진실하고 정직한 그가 사랑을 맹세한 것이 불과 어제잖아? 난 이미 여러 번 쓸데없이 비탄에 잠기곤 했잖아?' 그녀는 뒤이어 스스로에게 이렇게 말했다.

그날 하루 종일 안나는 윌슨 부인을 찾아가 두 시간 정도 있다 온 것을 제외하고는 모든 것이 끝난 게 아닐까, 아직 화해할 가망이 있을까, 지금 당장 떠나야 하는 걸까, 아니면 한 번 더 그를 보아야 하는 걸까 하는 의혹 속에서 하루를 보냈다. 그녀는 하루 종일 그를 기다렸다. 그리고 밤이 되자, 그녀는 자기 방으로 가면서 그에게 자기의 머리가 아프다는 말을 전하도록 지시하고는 이렇게 생각했다. '만약 그가 하녀의 말에도 불구하고 날 찾아온다면, 그건 그가 아직 날 사랑하고 있다는 뜻이야. 만약 그가 오지 않는다면, 그건 모든 게 끝났다는 뜻이지. 그때는 나도 내가 무엇을 해야 할지 결정하겠어!'

밤에 그녀는 그의 마차가 멈추는 소리, 그의 벨소리, 그의 발소리, 그가 하녀와 이야기하는 소리를 들었다. 그는 자신이 들은 말을 곧이 믿고 더 이상 아무것도 알고 싶어 하지 않으며 자기 방으로 향했다. 따라서 모든 것이 끝난 것이다.

그러자 죽음이 그녀의 마음속에 또렷하고 생생하게 떠올랐다. 그의 마음에 그녀에 대한 사랑을 되살리고 그를 벌하고 그녀의 마음에 거하는 사악한 영이 그와의 전투에서 승리를 거둘 유일한 방법…….

이제 어떻게 되든 상관없었다. 보즈드비젠스코예에 가든 말든, 남편에게서 이혼 동의를 얻든 말든, 아무것도 필요하지 않았다. 필요한 건 오직 하나, 그를 벌하는 것이었다.

아편을 평소 분량만큼 손수 따르며 목숨을 끊기 위해서는 한 병을 다 마시기만 하면 된다고 생각하자, 그것은 그녀에게 너무도 쉽고 간단하게 느껴졌다. 그녀는 이미 때가 늦어 버렸을 때 그가 얼마나 괴로워하고 후회하고 그녀에 대한 기억을 사랑하게 될까 하는 달콤한 생각에 빠지기 시작했다. 그녀는 뜬 눈으로 침대에 누운 채, 거의 다 타 버린 초 한 자루의 불빛 속에서 칸막이 일부를 덮은 그림자와 천장의 코니스를 쳐다보며, 그녀가 더 이상 이 세상에 없고 오직 추억으로만 그에게 존재하게 될 때 그가 무엇을 느낄지 생생하게 그려 보았다. '어떻게 내가 그녀에게 그런 잔혹한 말을 할 수 있었을까?' 그는 이렇게 말할 것이다. '어떻게 내가 그녀에게 한마디도 하지 않고 방에서 나갈 수 있었을까? 하지만 이제 그녀는 없다. 그녀는 영원히 우리를 떠났다. 그녀는 저세상에…….' 갑자기 칸막이의 그림자가 너울거리더니 코니스 전체를, 천장 전체를 뒤덮었다. 그리고 그것을 영접하러 반대편에서 다른 그림자가 돌진했다. 그림자들이 순간 흩어지나 싶더니 다시 새로운 속력으로 다가와 잠시 흔들리며 하나로 합쳐졌다. 그러고는 모든 것이 암흑 속에 잠겼다. '죽음이야.' 그녀는 생각했다. 그러자 너무나 극심한 공포가 그녀를 덮쳐 그녀는 오랫동안 자신이 어디 있는지 알아차릴 수 없었고, 손이 떨려 성냥을 찾을 수도,

다 타 버려 꺼진 초 대신 새로운 초에 불을 붙일 수도 없었다. '아냐, 역시 살아 있기만이라도 해야 해! 난 정말 그를 사랑해. 그도 정말 날 사랑하지! 이런 것은 과거의 일일 뿐 곧 사라질 거야.' 그녀는 삶으로 귀환한 것에 대한 기쁨의 눈물이 뺨을 타고 흐르는 것을 느끼며 중얼거렸다. 그리고 그녀는 공포에서 벗어나기 위해 황급히 그의 서재로 갔다.

그는 서재에서 깊은 잠에 빠져 있었다. 그녀는 그에게 다가가 위에서 그의 얼굴을 비추며 오래도록 그를 바라보았다. 그가 잠든 지금, 그녀는 그에 대한 사랑이 너무 깊어 그를 바라보는 동안 애정의 눈물을 참을 수 없었다. 하지만 그녀는 알았다. 만일 그가 잠에서 깨면 그는 자신의 정당성을 의식하는 차가운 시선으로 그녀를 바라보리라는 것을, 그리고 틀림없이 그녀는 자신의 사랑을 그에게 말하기도 전에 그가 자기에게 얼마나 잘못했는지를 입증하려 들리라는 것을. 그녀는 그를 깨우지 않고 자기 방으로 돌아와 또 한 번 아편을 복용하고는 아침까지 무겁고 불완전한 잠에 빠져들었다. 그러나 그녀는 자는 내내 계속 자신을 느끼고 있었다.

아침에 무서운 악몽이, 그녀가 브론스키와 관계를 맺기 전부터 그녀의 꿈에 몇 번이고 되풀이해 나온 그 악몽이 또다시 나타나 그녀를 깨웠다. 수염이 헝클어진 늙고 왜소한 농부는 쇠 위에 몸을 구부린 채 무언가를 하며 뜻모를 프랑스 말을 중얼거렸다. 그리고 그 악몽을 꿀 때마다 늘 그랬듯이(그 꿈의 공포는 바로 여기에 있었다.) 그녀는 그 왜소한 농부가 그녀에게는 전혀 관심을 기울이지 않고 그녀 위에서 쇠로 무언가 끔찍한 것을 만들고 있다고 느꼈다. 그녀는 식은땀을 흘리며 깼다.

침대에서 일어나자, 어제 하루가 마치 안개에 싸인 듯 어렴풋하게 떠올랐다.

'싸움이 있었어. 이미 수차례 있었던 일이 또 일어난 거지. 난 머리가 아프다고 말했고, 그래서 그는 내 방에 들어오지 않았어. 내일 우리는 떠날 거야. 난 그를 만나 출발 준비를 해야 해.' 그녀는 혼잣말을 했다. 그녀는 그가 서재에 있는 것을 알았으므로 서재로 향했다. 그녀는 응접실을 지나치면서 현관 입구에 사륜마차가 멈추는 소리를 들었다. 창밖을 내다보니 마차 한 대가 보였다. 그리고 라일락 색 모자를 쓴 젊은 여자가 몸을 내밀며 벨을 누르고 있는 하인에게 뭔가를 지시하는 게 보였다. 현관의 대기실에서 교섭이 끝나자 누군가 2층으로 올라갔고, 응접실 옆에서 브론스키의 발소리가 들렸다. 그는 빠른 걸음으로 계단을 내려갔다. 안나는 다시 창문으로 다가갔다. 그는 모자도 쓰지 않은 채 현관 입구로 나가 마차로 다가갔다. 라일락 색 모자를 쓴 젊은 여자는 그에게 꾸러미를 건넸다. 브론스키는 미소를 지으며 그녀에게 뭐라고 말했다. 마차는 떠났다. 그는 다시 빠른 걸음으로 계단을 뛰어 올라왔다.

그녀의 마음속의 모든 것을 뒤덮고 있던 안개가 갑자기 사방으로 흩어졌다. 어제의 감정이 새로운 통증으로 그녀의 아픈 심장을 조여 왔다. 그녀는 어떻게 자신이 그의 집에서 그와 꼬박 하루를 보낼 만큼 스스로를 낮출 수 있었는지 도무지 이해할 수 없었다. 그녀는 그에게 자신의 결심을 알리기 위해 그의 서재로 들어갔다.

"소로키나 부인이 딸과 함께 들러 내게 maman이 보내는 돈과 서류를 전해 줬어. 어제 내가 못 받았거든. 머리는 어때, 좋아졌어?" 그는 그녀의 얼굴에 떠오른 침울하고 엄숙한 표정을 보려고도, 이해하려고도 하지 않으며 침착하게 말했다. 그녀는 방 한가운데 서서 말없이 그를 뚫어지게 바라보았다. 그는 그녀를 흘깃 쳐다보고는 순간 얼굴을 찌푸렸다. 그러고는 계속 편지를 읽어 내려갔다. 그녀는 돌아서서 천천히 방에서 나갔다. 그는 아직 그녀를 불러 되돌아오게 할 수 있었지만, 그녀가 문가에 이르도록 계속 침묵하고 있었다. 오직 서류를 넘기는 소리만 들렸다.

"아, 그래서 말인데……." 그는 그녀가 이미 문지방을 넘어선 순간 이렇게 말했다. "내일 우리 확실히 떠나는 거지, 그렇지?"

"당신은 가요. 하지만 난 아니에요." 그녀는 그를 돌아보며 말했다.

"안나, 이런 식으로는 살 수 없어……."

"당신은 가요. 하지만 난 안 가요." 그녀가 말을 되풀이했다.

"도저히 못 참겠군!"

"당신……, 당신은 그 말을 후회하게 될 거예요." 그녀는 이렇게 말하고 나가 버렸다. 이 말을 할 때의 그 절망적인 표정에 놀란 그는 자리에서 벌떡 일어나 그녀를 쫓아 뛰어가려고 했다. 하지만 그는 냉정을 되찾고 다시 자리에 앉아 굳게 입을 다문 채 얼굴을 찌푸렸다. 뭔가에 대한 그 무례한 — 그에게는 그렇게 여겨졌다 — 협박이 그를 화나게 했다. '난 모든 걸 시도했어.' 그는 생각했다. '남은 건 오직 하나, 신경을 쓰지 않는 거야.' 그리고 그는 시내로 나가 다시 어머니를 방문할 채비를 했다. 위임장에 어머니의 서명을 받아야 했다.

그녀는 서재와 식당을 돌아다니는 그의 발소리를 들었다. 그는 응접실에서 걸음을 멈췄다. 하지만 그는 그녀의 방으로 향하지 않고, 자기가 없더라도 보이토프에게 수말을 내어 주라는 지시만 내렸다. 그다음 그녀는 마차가 준비되고 문이 열리고 그가 다시 나가는 소리를 들었다. 하지만 그는 다시 현관으로 들어왔고, 누군가가 2층으로 뛰어 올라왔다. 그것은 시종이 브론스키가 잊고 간 장갑을 가지러 뛰어 올라오는 소리였다. 그녀는 창문으로 다가갔다. 그리고 그가 눈길도 주지 않고 장갑을 받아 들고는 한 손으로 마부의 등을 치며 그에게 뭐라고 말하는 것을 보았다. 그런 다음 그는 창문을 쳐다보지도 않은 채 마차 안에서 평소의 자세대로 다리를 꼬고 앉아 장갑을 끼며 모퉁이 너머로 자취를 감추었다.

27

'떠났어! 이젠 끝이야!' 안나는 창가에 서서 혼잣말을 했다. 그러자 그 질문에 대한 답으로 촛불이 꺼졌을 때의 암흑과 끔찍한 꿈의 인상이 하나로 어우러져 그녀의 심장을 차가운 공포로 채웠다.

'아냐, 그럴 리 없어!' 그녀는 이렇게 부르짖고는 방을 지나쳐 세게 벨을 울렸다. 지금 그녀는 혼자 있는 것이 너무나 두려워 하인이 오기를 기다리지 않고 그를 맞으러 나갔다.

"백작님이 언제 돌아오는지 알아봐 줘요." 그녀가 말했다.

하인은 백작이 마구간에 갔다고 대답했다.

"백작님은 만약 마님이 외출하는 데 마차가 필요하다면 마차를 당장 돌려보내겠다고 알려 드리라 분부하셨습니다."

"좋아요. 잠깐만 기다려요. 당장 쪽지를 써야겠어요. 미하일에게 편지를 줘서 마구간으로 보내요. 어서요."

그녀는 자리에 앉아 편지를 썼다.

'내가 잘못했어요. 집으로 돌아와요. 함께 의논해야 해요. 제발, 돌아와 줘요. 무서워요.'

그녀는 봉인을 하고 하인에게 건넸다.

그녀는 혼자 있기가 무서워 하인을 따라 방에서 나와 어린이 방으로 향했다.

'어머, 이 애가 아니야, 이 아이는 내 아들이 아니야! 그 아이의 푸른 눈동자, 사랑스럽고 수줍은 미소는 어디로 간 걸까?' 세료자 대신 검은 머리와 발그레한 뺨을 지닌 포동포동한 여자아이를 본 순간, 그녀의 머리에 처음 떠오른 생각은 이것이었다. 그녀는 생각이 뒤죽박죽 뒤엉켜 있던 탓에 어린이 방에서 세료자를 볼 거라 기대했던 것이다. 여자아이는 테이블 앞에 앉아 코르크로 테이블을 고집스레 쿵쿵 치면서 두 알의 구즈베리 열매 같은 까만 눈동자로 어머니를 멍하니 쳐다보았다. 안나는 영국인 가정교사의 물음에 자신은 아주 건강하며 내일 시골로 떠날 거라고 답한 후, 아이 옆에 앉아 그 앞에서 코르크 마개를 빙글빙글 돌렸다. 그러나 커다랗게 울리는 아이의 웃음소리와 한쪽 눈썹으로 짓는 눈짓이 너무나 생생하게 브론스키를 떠올리게 해서, 그녀는 흐느낌을 억누르며 황급히 일어나 방에서 나왔다. '정말 모든 게 끝난 걸까? 아냐, 그럴 리 없어.' 그녀는 생각했다. '그는 돌아올 거야. 하지만 그는 그녀와 이야기하고 난 뒤의 그 생기 넘친 모습과 미소를 어떻게 설명할까? 하지만 그가 변명하지 않더라도 난 그를 믿을 거야. 만약 믿지 않으면, 난 혼자 남게 돼. 그러고 싶지 않아.'

그녀는 시계를 쳐다보았다. 12분이 지났다. '지금쯤 그는 쪽지를 받고 돌아오는 중일 거야. 오래 걸리지 않을 거야. 10분만 더 지나면……. 하지만 그가 돌아오지 않으면 어쩌지? 아냐, 그럴 리 없어. 그에게 눈물로 눈이 퉁퉁 부은 모습을 보여서는 안 돼. 씻으러 가야겠어. 참, 맞아, 머리는 빗었던가?' 그녀는 스스로에게 물었다. 그러나 기억나지 않았다. 그녀는 손으로 머리를 만져 보았다. '그래, 빗었군. 하지만 언제 빗었는지 정확히 기억나지 않아.' 그녀는 자신의 손마저 믿을 수 없어 자신이 정말로 머리를 빗었는지 보기 위해 거울 쪽으로 다가갔다. 머리는 곱게 빗겨져 있었다. 그러나 그녀는 자기가 언제 그랬는지 기억할 수 없었다. '이게 누구지?' 그녀는 거울 속에서 두려움에 질린 채 기묘하게 반짝이는 눈으로 자기를 바라보는 타오르는 듯한 얼굴을 쳐다보며 생각했다. '저건 나잖아.' 그녀는 문득 깨달았다. 그녀는 자신의 온몸을 유심히 훑어보는 동안 자신의 몸에 그의 키스가 닿는 것을 느꼈다. 그녀는 몸을 떨며 어깨를 움찔했다. 그러고는 한 손을 입술에 대고 키스했다.

'뭐야, 내가 미쳐 가고 있나 봐.' 그녀는 침실로 향했다. 그곳에서는 안누슈카가 방을 정돈하고 있었다.

"안누슈카." 안나는 하녀 앞에 서서 자신이 그녀에게 무슨 말을 하는지도 모르는 채 그녀를 쳐다보았다.

"다리야 알렉산드로브나에게 가고 싶어 하셨어요." 하녀는 마치 이해한다는 듯한 태도로 이렇게 말했다.

"다리야 알렉산드로브나에게? 그래, 그곳에 가야겠어."

'그곳까지 가는 데 15분, 돌아오는 데 15분. 그는 이미 오고 있어. 곧 도착할 거야.' 그녀는 시계를 꺼내 그것을 보았다. '하지만 어떻게 이런 상황에 날 내버려 두고 떠날 수 있지? 어떻게 나와 화해하지 않고도 살 수 있을까?' 그녀는 창가로 다가가 거리를 바라보았다. 그가 돌아오기에 충분한 시간이 흘렀다. 하지만 그녀의 계산이 틀렸는지도 모른다. 그래서 그녀는 그가 언제 떠났는지 다시 떠올리며 분(分)을 계산하기 시작했다.

그녀가 자기 시계를 점검하기 위해 큰 시계 쪽으로 가고 있을 때, 누군가가 마차를 타고 집 쪽으로 왔다. 그녀는 창문으로 흘깃 내다보고는 그것이 그의 마차임을 알아보았다. 하지만 아무도 계단을 올라오지 않고 아래층에서 목소리만 들려왔다. 그것은 마차를 타고 돌아온 심부름꾼의 목소리였다. 그녀는 그를 향해 내려갔다.

"백작님을 찾지 못했습니다. 백작님은 이미 니제고로드선(線) 기차를 타고 떠나셨습니다."

"뭐라고? 뭐?" 그녀는 쪽지를 돌려준 불그레한 얼굴의 쾌활한 미하일에게 말했다.

'그래, 그는 쪽지를 못 받았구나.' 그녀는 생각해 냈다.

"이 쪽지를 들고 시골의 브론스카야 백작부인 댁으로 가, 알았지? 그리고 곧바로 답장을 받아 와." 그녀는 심부름꾼에게 말했다.

'그런데 난 도대체 뭘 하지?' 그녀는 생각했다. '그래, 돌리에게 가자. 그게 좋겠어. 그렇게 하지 않으면 미칠 것 같아. 그래, 전보를 칠 수도 있지.' 그리고 그녀는 전보의 문구를 썼다.

'당신과 꼭 이야기를 해야 해요. 당장 돌아와 줘요.' 그녀는 전보를 보내고 나서 옷을 갈아입으러 갔다. 옷을 갈아입고 모자를 쓴 후, 그녀는 다시 포동포동 살진 차분한 안누슈카의 눈을 쳐다보았다. 그 조그맣고 선한 회색 눈동자에 뚜렷한 연민의 빛이 보였다.

"안누슈카, 난 어떻게 하지?" 안나는 흐느끼며 안락의자에 힘없이 주저앉았다.

"뭘 그렇게 걱정하세요, 안나 아르카지예브나? 그런 일은 종종 일어나잖아요. 나가서 기분 전환이라도 하세요." 하녀가 말했다.

"그래, 나가야겠어." 안나는 냉정을 되찾고 자리에서 일어나며 말했다. "내가 없을 때 전보가 오면 다리야 알렉산드로브나의 집으로 사람을 보내……. 아냐, 내가 올게."

'그래, 생각하지 말자. 뭐라도 해야 해. 나가는 거야. 우선 이 집을 벗어나야 해.' 그녀는 두려운 마음으로 가슴 속에서 들끓는 무시무시한 소리에 귀를 기울이며 말했다. 그러고는 황급히 밖으로 나가 마차에 올라탔다.

"어디로 모실까요?" 표트르가 마부석에 앉기 전에 물었다.

"즈나멘카의 오블론스키 댁으로."

28

날씨는 화창했다. 오전 내내 가랑비가 내리더니 지금은 날이 활짝 개었다. 함석지붕, 인도의 포석, 포장도로의 자갈, 마차 바퀴와 마구의 가죽, 사륜마차의 놋쇠판, 그 모든 것이 5월의 햇살을 받아 눈부시게 빛났다. 3시였다. 거리가 가장 활기를 띠는 시간이었다.

회색 말들의 빠른 속도에도 불구하고 탄력 있는 스프링 덕분에 거의 흔들리지 않는 편안한 마차의 한구석에 앉아 끊임없는 바퀴 소리와 맑은 대기의 빠르게 변하는 인상들 속에서 최근의 일들을 다시 곰곰이 되씹는 동안, 안나는 자신의 처지가 집에서 생각하던 것과는 전혀 다르다는 것을 깨달았다. 이제 그녀에게는 죽음에 대한 생각도 더 이상 그렇게 무섭거나 또렷하게 다가오지 않았고, 죽음 자체도 더 이상 피할 수 없는 것으로 보이지 않았다. 지금 그녀는 그렇게까지 자신을 낮춘 것에 대해 스스로를 질책하고 있었다. '난 그에게 날 용서해 달라고 애원하고 있어. 난 그에게 굴복한 거야. 내가 잘못했다고 스스로 인정한 거지. 무엇 때문에? 정말 난 그 사람 없이는 살 수 없는 걸까?' 그리고 안나는 그 없이 어떻게 살 수 있을까라는 물음에 답하지 않고 간판들을 읽기 시작했다. '사무소와 창고. 치과. 그래, 난 돌리에게 모든 걸 말할 거야. 그녀는 브론스키를 좋아하지 않아. 부끄럽고 마음 아프지만, 그녀에게 모든 걸 말하겠어. 그녀는 날 사랑해. 그러니까 그녀의 조언을 따르겠어. 난 그에게 굴복하지 않아. 그가 날 가르치도록 내버려두지 않겠어. 필립포프, 제과점. 그 사람은 페테르부르크에도 밀가루 반죽을 판다고 하던데. 모스크바의 물은 정말 좋아. 미치쉬치 우물과 블린.' 그리고 그녀는 오래전, 아주 오래전, 그녀가 아직 열일곱 살이었을 때 친척 아주머니와 삼위일체 성 세르기우스 대수도원[144]에 갔던 일을 떠올렸다. '그때도 마차를 타고 갔지. 손이 빨간 그 소녀가 정말 나였을까? 그 시절 그처럼 아름답고 접근할 수 없을 것처럼 보였던 것들 가운데 얼마나 많은 것들이 보잘것없이 되어 버렸나! 하지만 그 시절의 것들은 이제 영원히 손에 잡을 수 없어. 그때 난 내가 이렇게까지 비굴해질 수 있다고 믿었을까? 그는 내 쪽지를 받고 얼마나 오만해하고 흡족해할까! 하지만 난 그에게 증명하고 말겠어……. 저 페인트에서는 정말 역한 냄새가 나! 왜 사람들은 늘 페인트칠을 하고 건물을 짓는 걸까? 유행과 정장.' 그녀는 간판을 읽었다. 한 남자가 그녀에게 허리 굽혀 인사했다. 그

144) 모스크바에서 북쪽으로 약 50킬로미터 떨어진 삼위일체 성 세르기우스 대수도원은 영성의 중심지이자 성지순례의 장소로서 14세기에 라도네쥬의 성 세르기우스에 의해 설립되었다.

사람은 안누슈카의 남편이었다. '우리의 기생충.' 그녀는 브론스키의 말을 기억해 냈다. '우리? 어째서 우리지? 과거를 뿌리째 뽑을 수 없다는 것은 끔찍한 일이야. 그에 대한 기억을 뽑아 낼 수는 없어도 감출 수는 있어. 난 감출 거야.' 그리고 그때 그녀는 알렉세이 알렉산드로비치와의 과거를, 자신이 그를 기억에서 어떻게 지웠는지를 떠올렸다. '돌리는 내가 두 번째 남편을 버린다고, 그러니 어쩌면 내가 옳지 않다고 생각하겠지. 난 정말 바르게 살고 싶어! 하지만 난 그럴 수 없어!' 그녀는 이렇게 중얼거렸다. 그녀는 울고 싶었다. 하지만 곧 저 두 아가씨가 뭣 때문에 저렇게 미소 지을 수 있는지 생각하기 시작했다. '틀림없이 사랑에 관한 이야기겠지? 저 아가씨들은 몰라. 사랑이 얼마나 쓸쓸하고 비천한 것인지……. 가로수 길, 아이들. 세 소년이 말놀이를 하면서 달려가네. 세료쟈! 난 모든 걸 잃고 그를 돌아오게 할 수도 없을 거야. 그래, 그가 돌아오지 않으면 난 모든 걸 잃게 돼. 어쩌면 그는 기차를 놓치고 지금쯤 벌써 돌아와 있을 거야. 넌 다시 비굴해지고 싶은 거니!' 그녀는 스스로에게 말했다. '아냐, 난 돌리의 집으로 가서 그녀에게 솔직히 털어놓겠어. 난 불행해요. 그렇게 돼도 마땅하죠. 내 잘못이에요. 그렇지만 난 불행해요. 날 도와줘요. 이렇게 말하는 거야. 저 말들, 이 마차, 이 마차 안에 있는 나 자신이 내게 얼마나 혐오스러운지, 모든 게 그의 것이야. 하지만 더 이상 이런 것들을 보지 않게 될 거야.'

돌리에게 할 말을 생각하고 일부러 자신의 마음을 괴롭히면서, 안나는 계단을 올라갔다.

"누가 오셨어?" 그녀는 현관 대기실에서 물었다.

"카체리나 알렉산드로브나 레비나께서 오셨습니다." 하인이 대답했다.

'키티! 브론스키를 사랑한 그 키티가!' 안나는 생각했다. '그가 애정 어린 마음으로 추억하던 그 여자야. 그는 그녀와 결혼하지 않은 것을 후회하고 있어. 그리고 그는 증오심에 찬 마음으로 나를 떠올리지. 그는 나와 만난 것을 후회해.'

안나가 도착했을 때, 두 자매 사이에는 육아에 대한 상담이 오가고 있었다. 돌리는 그들의 대화를 방해한 손님을 맞으러 혼자 나왔다.

"아직 안 떠났군요? 내가 직접 당신 집에 가려고 했는데." 그녀가 말했다. "오늘 스티바에게서 편지가 왔어요."

"우리도 전보를 받았어요." 안나는 키티를 찾아 주위를 두리번거리며 말했다.

"그이는 알렉세이 알렉산드로비치가 도대체 뭘 원하는지 모르겠지만 대답을 받기 전에는 떠나지 않겠다고 썼더군요."

"여기 누가 와 있는 것 같네요. 편지를 읽어 볼 수 있을까요?"

"네, 키티가 왔어요." 돌리는 당황하며 말했다. "그 애는 어린이 방에 있어요. 몸이 아주 안 좋아요."

"들었어요. 편지를 읽어 봐도 돼요?"

"곧 가져올게요. 하지만 그분은 거절한 게 아니에요. 오히려 스티바는 희망을 갖고 있던데요." 돌리는 문가에 서서 말했다.

"난 기대하지 않아요. 딱히 바라지도 않고요." 안나는 말했다.

'뭐야, 키티는 나와 만나는 것을 모욕적이라고 생각하나?'

혼자 남은 안나는 생각에 잠겼다. '어쩌면 그녀가 옳을지도 모르지. 하지만 그것이 사실이라 해도, 그녀가, 한때 브론스키를 사랑한 적이 있는 그녀가 내게 그런 심정을 드러내서는 안 되지. 나도 알아. 점잖은 여자들 가운데 이런 처지에 있는 나를 받아 줄 여자는 한 명도 없어. 난 내가 처음부터 그를 위해 모든 것을 희생해 왔다는 것을 알아! 그런데 이게 그 보상인가! 아, 내가 그를 얼마나 증오하는지! 난 왜 이곳에 왔담? 더 안 좋잖아. 훨씬 더 괴로워.' 그녀는 다른 방에서 이야기를 나누는 자매들의 목소리를 들었다. '이제 난 돌리에게 무슨 말을 해야 하나? 나의 불행으로 키티를 위로하고 그녀의 은혜를 달게 받아야 하나? 아냐, 돌리도 전혀 이해하지 못할 거야. 게다가 나도 그녀에게 이야기할 것이 하나도 없고. 다만 키티를 만나 그녀에게 내가 모든 사람과 모든 것을 경멸하고 있고 이제 난 아무래도 상관없다는 것을 보여 줄 수만 있다면 재미있을 텐데.'

돌리는 편지를 들고 들어왔다. 안나는 다 읽고 나서 말없이 그것을 건넸다.

"이런 건 다 알고 있었어요." 그녀는 말했다. "그리고 난 이런 것에 전혀 흥미 없어요."

"어머, 어째서요? 난 오히려 희망을 갖고 있는데." 돌리는 호기심 어린 눈으로 안나를 쳐다보며 말했다. 그녀는 그처럼 이상할 정도로 화내고 있는 안나를 한 번도 본 적이 없었다. "당신은 언제 갈 거예요?" 그녀가 물었다.

안나는 눈을 가늘게 뜨고 정면을 응시한 채 아무 대답도 하지 않았다.

"키티는 왜 날 피해 숨어 있는 거죠?" 그녀는 문을 쳐다보며 얼굴을 붉혔다.

"아, 무슨 말도 안 되는 소리를! 그 애는 아기에게 젖을 물리고 있어요. 그런데 그게 잘되지 않아서 내가 조언을 해 주고 있었어요……. 그 애는 무척 기뻐하고 있어요. 곧 올 거예요." 돌리는 거짓말을 하는 것에 능숙하지 않아 어색하게 말했다. "저기 오네요."

안나가 왔다는 것을 알았을 때, 키티는 밖으로 나가고 싶지 않았다. 하지만 돌리가 그녀를 설득했다. 키티는 온 힘을 짜내어 밖으로 나왔다. 그러고는 얼굴을 붉히며 안나에게 다가가 손을 내밀었다.

"정말 반가워요." 그녀는 떨리는 목소리로 말했다.

키티는 자신의 마음속에서 일어나고 있는 투쟁 때문에, 이 추악한 여자에 대한 적의와 그녀를 관대하게 대하고 싶은 희망 사이에서 벌어지고 있는 투쟁 때문에 당혹스러웠다. 하지만 안나의 아름답고 호소력 짙은 얼굴을 보자마자, 적의가 순식간에 사라져버렸다.

"당신이 날 만나고 싶어 하지 않았다 해도 난 놀라지 않았을 거예요. 모든 것에 익숙해 있으니까요. 아팠다면서요? 그래요, 당신도 변했군요." 안나가 말했다.

키티는 안나가 적의 어린 눈으로 그녀를 바라본다고 느꼈다. 키티는 그러한 적의를 한때 자신의 보호자 노릇을 하던 안나가 지금 자기 앞에서 느끼는 거북한 상황 때문이라고 해석했다. 그러자 그녀는 안나가 불쌍해졌다.

그들은 병과 아이와 스티바에 대해 이야기를 나누었다. 그러나 분명 안나는 그 어떤 것에도 관심이 없는 것 같았다.

“작별 인사를 하려고 들렀어요.” 그녀는 자리에서 일어나며 말했다.

“언제 가는데요?”

하지만 안나는 그 물음에 대답하지 않고 다시 키티를 돌아보았다.

“당신을 보게 돼서 무척 기뻤어요.” 그녀는 미소를 띤 채 말했다. “난 당신에 관한 소식을 사방에서 아주 많이 듣고 있어요. 심지어 당신의 남편에게서도 들었죠. 그분이 우리 집에 오셨거든요. 난 그분을 아주 좋아하게 됐어요.” 그녀는 악한 의도로 이렇게 덧붙인 것이 분명했다. “그분은 어디 계시나요?”

“남편은 시골로 갔어요.” 키티는 얼굴을 붉히며 말했다.

“그분에게 안부를 전해 주세요. 꼭이요.”

“꼭 전하죠!” 키티는 동정 어린 마음으로 그녀의 눈을 바라보며 순진하게 그녀의 말을 되풀이했다.

“그럼 잘 있어요, 돌리!” 그리고 안나는 돌리에게 입을 맞추고 키티와 악수를 나눈 뒤 황급히 나갔다.

“옛날 그대로네. 변함없이 매력적이야. 정말 아름다워!” 키티는 언니와 단둘이 남게 되자 이렇게 말했다. “하지만 그녀에게는 뭔가 애처로운 구석이 있어. 너무 불쌍해!”

“아냐, 오늘 그녀에게 뭔가 특별한 일이 있어.” 돌리가 말했다. “내가 그녀를 현관 대기실로 안내할 때, 그녀는 울고 싶은 것처럼 보였어.”

29

안나는 집을 나설 때보다 훨씬 더 안 좋은 상태로 마차에 올랐다. 예전의 고통에 이제는 모욕과 배척을 받았다는 느낌까지 더해졌다. 그녀는 키티를 만나면서 그것을 분명히 느꼈다.

"어디로 모실까요? 집으로 갈까요?" 표트르가 물었다.

"응, 집으로 가." 그녀는 말했다. 그녀는 이제 어디로 갈지 생각하지 않았다.

'그들은 나를 마치 무섭고 신기하고 이해할 수 없는 것인 양 바라보았어. 무슨 이야기이기에 저 남자는 저렇게 열띤 모습으로 다른 사람에게 이야기할 수 있는 걸까?' 그녀는 걸어가는 두 사람을 보며 생각했다. '자기가 느낀 것을 다른 사람에게 말한다는 게 과연 가능할까? 난 돌리에게 말하고 싶었어. 하지만 말하지 않기를 잘했어. 그녀가 나의 불행에 얼마나 기뻐했을까! 그녀는 기쁨을 감추었겠지. 하지만 그녀의 주된 감정은 그녀가 질투한 그 쾌락 때문에 내가 벌을 받았다는 기쁨일 거야. 키티, 그 여자는 훨씬 더 기뻐했겠지. 난 그녀의 모든 것을 꿰뚫어 보고 있어! 그녀는 내가 자기 남편에게 평소보다 더 친절하게 대한 것을 알고 있어. 그래서 날 질투하고 증오하는 거야. 그리고 경멸하기도 하지. 그녀의 눈에 난 부도덕한 여자로 보일 거야. 만약 내가 부도덕한 여자라면, 난 그녀의 남편이 날 사랑하게 만들 수도 있었어……. 만약 내가 원했다면 말이야. 그래, 난 그러길 원했어. 저 남자는 혼자서 좋아하고 있군.' 그녀는 맞은편에서 마차를 타고 오는 뚱뚱하고 얼굴이 불그레한 남자를 보며 이렇게 생각했다. 그는 그녀를 아는 사람으로 착각하고 반드르르 빛나는 모자를 반들반들한 대머리 위로 살짝 들었다가 자신이 착각한 사실을 확인했다. '저 남자는 날 안다고 생각한 모양이야. 이 세상의 어느 누구도 날 알지 못하듯, 저 남자도 날 몰라. 나 자신도 날 모르겠는걸. 프랑스인들이 말하듯, 내가 아는 건 나 자신의 욕구야. 저 아이들은 저런 더러운 아이스크림을 먹고 싶어 하네. 분명 저 애들이 아는 것도 자신의 욕구겠지.' 그녀는 아이스크림 장수를 불러 세운 두 소년을 쳐다보며 생각했다. 아이스크림 장수는 머리에서 나무통을 내려놓고 수건의 끝자락으로 땀에 젖은 얼굴을 훔치고 있었다. '우리 모두 달콤하고 맛있는 것을 원하지. 당과가 없으면 더러운 아이스크림이라도. 키티도 똑같아. 브론스키를 갖지 못하면 레빈이라도 갖겠다는 거야. 그래서 날 질투하고 있어. 그리고 날 증오해. 우리 모두 서로를 증오해. 난 키티를, 키티는 나를. 그것이야말로 진실이야. 추트킨, coiffeur[145]……. Je

145) '미용실.'(프랑스어)

me fais coiffer par Tyut'kin…….[146] 브론스키가 오면 이 이야기를 해 줘야지.' 그녀는 이렇게 생각하며 생긋 웃었다. 그러나 그 순간 그녀는 이제 재미있는 이야기를 해 줄 상대가 없다는 사실을 떠올렸다. '그래, 우스운 것도, 즐거운 것도 없어. 모든 게 다 추악해. 저녁기도의 종이 울리네. 저 상인은 정말 정확하게 성호를 긋는구나! 마치 뭔가를 떨어뜨릴까 봐 두려워하는 것 같아. 저 교회들, 저 종소리, 저런 거짓은 왜 있는 거지? 그건 오직 저렇게 악에 북받쳐 서로에게 욕설을 퍼붓는 저 마부들처럼 우리 모두가 서로 증오한다는 것을 감추기 위해서야. 야쉬빈이 말했지. 그도 내게서 루바슈카까지 벗기고 싶어 하고 나 역시 그렇습니다. 그게 진실이야!'

그녀로 하여금 자신의 처지를 생각하는 것조차 잊게 할 만큼 그녀의 마음을 유혹한 생각들, 이런 생각들을 하는 사이 그녀를 태운 마차가 그녀의 집 앞 현관 입구에 멈췄다. 그녀를 맞으러 나온 수위를 보고서야 그녀는 자신이 쪽지와 전보를 보냈다는 것을 기억해 냈다.

"답장이 왔나요?" 그녀가 물었다.

"지금 찾아보겠습니다." 수위는 이렇게 대답하고 사무용 책상을 흘깃 보더니 얇은 직사각형의 전보 봉투를 집어 건네주었다. '10시 전에는 못 가. 브론스키.' 그녀는 전보를 읽었다.

"심부름꾼은 아직 안 돌아왔어요?"

"네." 수위가 대답했다.

'그렇다면 난 내가 무엇을 해야 할지 알고 있어.' 그녀는 자

146) '추트킨에서 머리를 손질해야겠다…….'(프랑스어)

신 안에서 막연한 분노와 복수를 향한 욕구가 솟구치는 것을 느끼며 2층으로 뛰어 올라갔다. '내가 그에게 직접 가겠어. 영원히 떠나기 전에 그에게 모든 걸 말하자. 지금껏 난 이 인간만큼 누군가를 증오해 본 적이 없어!' 그녀는 생각했다. 옷걸이에 걸린 그의 모자를 보자, 그녀는 혐오감으로 몸서리를 쳤다. 그녀는 그의 전보가 그녀의 전보에 대한 답장이며 그가 아직 그녀의 쪽지를 받지 못했다는 것을 깨닫지 못했다. 그녀는 그가 지금 어머니와 소로키나와 함께 편안히 이야기를 나누면서 그녀의 고통에 즐거워하는 모습을 눈앞에 그렸다. '그래, 어서 가 봐야 해.' 그녀는 어디로 가야 할지도 모르면서 이렇게 혼잣말을 했다. 그녀는 자신이 이 소름 끼치는 집에서 느끼는 감정으로부터 한시바삐 벗어나고 싶었다. 이 집에 있는 하인들, 벽, 물건들, 모든 것이 그녀에게 혐오와 악의를 불러일으키며 어떤 중압감으로 그녀를 짓눌렀다.

'그래, 기차역으로 가야 해. 만일 그가 그곳에 없다면 내가 그곳으로 가서 현장을 덮쳐야 해.' 안나는 신문에서 기차 시간표를 살폈다. 저녁 8시 2분에 떠나는 기차가 있었다. '그래, 서두르자.' 그녀는 마차에 다른 말들을 매라고 지시하고는 며칠 동안 필요한 물건들을 여행 가방에 챙기기 시작했다. 그녀는 자신이 다시는 이곳으로 돌아오지 않으리라는 것을 알았다. 그녀는 머릿속에 떠오른 여러 계획들 가운데, 기차역이나 백작부인의 영지에서 무슨 일이 일어나든 그 후에는 니제고로드선 기차를 타고 첫 번째 도시로 가 그곳에 머물기로 막연하게나마 결정했다.

테이블에 식사가 차려져 있었다. 그녀는 테이블로 다가가 빵과 치즈의 냄새를 맡았다. 그녀는 음식의 냄새가 역겹게 느껴지는 것을 확인하고는 마차를 준비하라 지시하고 밖으로 나왔다. 집은 이미 거리 전체에 그림자를 던지고 있었다. 햇살을 받아 아직은 따사로운 맑게 갠 저녁이었다. 짐을 들고 배웅하러 나온 안누슈카도, 짐을 마차에 싣는 표트르도, 불만스러워 보이는 마부도 모두 혐오스러웠고, 그들의 말과 행동이 그녀를 화나게 했다.

"같이 갈 필요 없어, 표트르."

"그럼, 기차표는 어떻게 하시려고요?"

"그럼 좋을 대로 해. 아무래도 상관없어." 그녀는 짜증을 내며 말했다.

표트르는 마부석에 훌쩍 뛰어오르더니 양손을 허리에 댄 채 마부에게 기차역으로 가라고 지시했다.

30

'또 마차군! 또다시 모든 걸 이해하겠어!' 안나는 마차가 움직여 자갈길을 따라 덜컹덜컹 요란한 소리를 내며 흔들리기 시작하자 이렇게 혼자 중얼거렸다. 또다시 인상들이 차례차례 바뀌기 시작했다.

'참, 내가 맨 끝에 그처럼 열심히 생각하던 게 뭐였지?' 그녀는 기억해 내려고 애썼다. '추트킨, 미용실? 아냐, 그게 아니야. 그래, 야쉬빈이 한 말에 대해서였어. 생존을 위한 투쟁과 증오. 사람들을 묶는 유일한 것이라 했지. 아냐, 당신들은 헛되이 가고 있어.' 그녀는 교외로 놀러 나가는 것이 분명한 사두마차 속의 패거리들을 향해 마음속으로 말했다. '당신들이 데려가는 개도 당신들을 도와주지 않을 거야. 당신들은 스스로에게서 벗어날 수 없어.' 표트르가 고개를 돌린 쪽으로 시선을 던진 그녀는 고개도 가누지 못할 만큼 반쯤 죽은 듯이 취한 공장 노동자가 순경에게 잡혀 어디론가 끌려가는 것을 보았다.

'저런 게 더 빠르지.' 그녀는 생각했다. '브론스키 백작과 나도 그것에서 많은 걸 기대했지만 만족을 찾을 수 없었어.' 그리하여 안나는 자신이 모든 것을 볼 때 비추던 그 밝은 빛을 이제야 비로소 그와 자신의 관계로 돌리게 되었다. 지금까지 그녀는 그 문제에 대해 생각하기를 계속 회피해 왔다. '그는 내게서 무엇을 찾았을까? 사랑이라기보다는 허영심의 충족이었어.' 그녀는 밀회를 나누던 초기에 순종적인 사냥개를 연상시키던 그의 말과 그의 표정을 떠올렸다. 그러자 모든 것이 이제 그것을 뒷받침하는 것이었다. '그래, 그에게는 허영을 충족시켰다는 성취감이 있었어. 물론 사랑도 있었지. 하지만 성공에 대한 자부심이 많은 부분을 차지했어. 그는 나를 자랑했어. 그것도 이젠 지난 일이야. 자랑할 것은 아무것도 없어. 자랑은커녕 수치스러워하지. 그는 내게서 그가 취할 수 있는 모든 것을 취했어. 그리고 이젠 내가 필요 없어진 거야. 그는 날 부담스러워하면서도 날 불명예스럽게 대하지 않으려고 노력해. 어제 그는 무심코 말했지. 자기는 자신의 보트를 태워 버리기 위해[147] 이혼과 결혼을 원한다고 말이야. 그는 날 사랑해. 하지만 어떻게? The zest is gone.[148] 저 남자는 사람들을 놀라게 하길 원하고 스스로에게 매우 흡족해하고 있군.' 그녀는 조마장의 말을 타고 다니는 혈색 좋은 점원을 보며 생각했다. '그래, 내 안에도 더 이상 그를 향한 열정은 없어. 만약 내가 그를 떠난다면, 그는 마음속 깊이 기뻐할 거야.'

147) '배수진을 친다.'라는 뜻의 속담.
148) '열정은 사라졌어.'(영어)

그것은 가정이 아니었다. 그녀는 지금 자신 앞에 삶과 인간 관계의 의미를 드러낸 저 예리한 빛 속에서 그것을 분명히 보았다.

'내 사랑은 더욱더 열정적으로, 더욱더 이기적으로 변해 가는데, 그의 사랑은 점점 꺼져 가고 있어. 우리가 어긋나는 것도 바로 그 때문이야.' 그녀는 계속 생각했다. '어쩔 도리가 없어. 나로서는 모든 것이 오직 그 사람 하나에 있기 때문에, 그가 내게 자신의 전부를 더욱더 많이 쏟아 주기를 바라는 거야. 그런데 그는 내게서 더욱더 멀어지려 하지. 우리는 관계를 맺기 전까지 서로를 향해 나아갔는데, 그 후로는 자신도 어쩔 수 없는 힘에 의해 각자 다른 방향으로 멀어지고 있어. 그리고 이것을 바꾸는 것은 불가능해. 그는 내가 분별없이 질투를 한다고 말하지. 나도 스스로에게 내가 분별없이 질투한다고 말하곤 했어. 하지만 그건 옳지 않아. 난 질투한 게 아니라 불만을 품었던 거야. 하지만…….' 그녀는 불현듯 떠오른 생각이 그녀 안에 불러일으킨 흥분 때문에 입을 벌린 채 마차 안에서 자리를 바꿔 앉았다. '내가 그의 애무만을 뜨겁게 갈망하는 정부 말고 다른 무언가가 될 수 있다면……. 하지만 난 다른 무언가가 될 수 없고 되고 싶지도 않아. 게다가 난 그런 희망 때문에 그에게 혐오를 불러일으키고, 그는 내게서 적의를 불러일으키는 거야. 달리 어쩔 도리가 없어. 그가 날 속이지 않으리라는 것, 그가 소로키나에게 관심이 없다는 것, 그가 키티를 사랑하지 않는다는 것, 그가 날 배신하지 않으리라는 것을 과연 난 모르는 걸까? 나도 그 모든 걸 알아. 하지만 그렇다고 해서 마음이 편해지지는 않아. 만약 그가 날 사랑하지 않고 의무감에서 내게 친절하고 다정하게 대한다면, 내가 나 자신이 원하는 것을 갖지 못하게 된다면, 그건 증오보다 천 배는 더 나빠! 그건 지옥이야! 그리고 그런 게 지금 우리의 모습이야. 그는 이미 오래 전부터 날 사랑하지 않아. 그리고 사랑이 끝나는 곳에서 증오가 시작되지. 이 거리들은 내가 전혀 모르는 곳인데. 무슨 언덕이 있고 죄다 집이네, 집……. 그리고 집 안에는 온통 사람들이야, 사람들……. 너무 많아서 끝이 없어. 저 사람들도 모두 서로를 증오하지. 음, 내가 행복을 위해 뭘 원하는지 생각해 볼까? 음, 내가 이혼 동의를 받고, 알렉세이 알렉산드로비치가 내게 세료자를 내주고, 내가 브론스키와 결혼을 하는 거지.' 알렉세이 알렉산드로비치를 떠올리자, 곧 그의 모습이 마치 살아 있는 사람인 양 놀랍도록 생생히 그녀 앞에 나타났다. 유순하고 생기 없고 흐리멍덩한 눈, 하얀 손에 불거진 푸른 핏줄, 억양, 손가락으로 딱딱 내는 소리……. 안나는 한때 그들 사이에 있었던, 역시 사랑이라 불렀던 그 감정을 떠올리고는 혐오감으로 몸을 떨었다. '그래, 난 이혼 동의를 받을 테고 브론스키의 아내가 되겠지. 그런다고 해서, 키티가 나를 오늘처럼 그렇게 보는 일이 사라질까? 아니. 그런다고 세료자가 과연 나의 두 남편에 대해 묻지 않고 생각하지 않을까? 과연 브론스키와 나 사이에 어떤 새로운 감정을 기대할 수 있을까? 행복은 고사하고 그저 괴롭지만 않으면 되는데, 그런 게 가능할까? 아니, 아냐!' 그녀는 이제 조금의 주저함도 없이 자신에게 대답했다. '불가능해! 우리의 삶은 서로 어긋나게 나아가고 있어. 난 그를 불행하게 만들고 그는 날 불행하게 만들고 있지. 그 사람과 날 바꾸는 것은 불가능해. 모든 시도를 해 봤고, 이제 나사는 못쓰게 되어 버렸어. 어머, 아이를 데리고 있는 거지 아낙이 있네. 저 여자는 자기가 동정받아야 할 사람이라고 생각하겠지. 하지만 우리 모두는 단지 서로를 증오하고 자신과 남들을 괴롭히기 위해 세상에 던져진 게 아닐까? 김나지움 학생들이 웃으며 지나가네. 세료자는?' 그녀는 기억해 냈다. '나 역시 그 애를 사랑한다고 생각하면서 나 자신의 애정에 감동했던 거야. 하지만 난 그 애 없이도 살았고, 그 애를 다른 사랑과 바꾸고도 그 사랑에 만족해하는 동안에는 그렇게 바꾼 것을 불평하지 않았어.' 그녀는 자신이 사랑이라고 부른 것을 떠올리며 혐오를 느꼈다. 그러자 이제 자신과 다른 사람들의 삶을 바라볼 수 있게 해 준 그 선명함이 그녀를 기쁘게 했다. '나나, 표트르나, 마부 표도르나, 저 상인이나, 저 광고들이 오라고 손짓하는 저 볼가 강 유역의 사람들이나 다 마찬가지야. 어디나, 언제나 다 똑같아.' 그녀가 이런 생각을 하는 동안, 그녀를 태운 마차는 이미 니제고로드 기차역의 나지막한 건물로 향하고 있었고 맞은편에서는 화물 운반인들이 마차를 향해 달려오고 있었다.

"오비랄로프카행(行) 표를 끊을까요?" 표트르가 말했다.

그녀는 자신이 어디로, 왜 가는지 까맣게 잊고 있었기 때문에 그 질문을 이해하는 데만 해도 많은 노력이 필요했다.

"응." 그녀는 그에게 돈지갑을 건네며 이렇게 말하고는 빨간 작은 손가방을 팔에 낀 채 마차에서 나왔다.

군중을 헤치고 일등석 대기실로 향하면서, 그녀는 자기의 처지에 관한 온갖 세세한 점들과 자신이 어느 쪽을 택할지 망설이고 있는 여러 결심들을 조금씩 떠올렸다. 그러자 또다시 때로는 희망이, 때로는 옛 상처에 대한 비탄이 무섭도록 맥박치는 그녀의 고통스러운 심장의 상처를 자극했다. 별 모양의 소파에 앉아 기차를 기다리는 동안, 그녀는 드나드는 사람들(그들 모두가 그녀에게는 역겹게 느껴졌다.)을 혐오스럽게 바라보며 목적지의 역에 도착하면 그에게 쪽지를 쓸 것인가, 뭐라고 쓸 것인가, 그는 지금 자기 어머니(그녀의 고통을 이해하려 하지 않는)에게 자신의 처지를 어떻게 불평하고 있을까, 어떻게 방에 들어갈 것인가, 그에게 뭐라고 말할 것인가에 대해 생각했다. 때로 그녀는 삶이 얼마나 더 행복해질 수 있을지, 자기가 얼마나 고통스러운 심정으로 그를 사랑하고 증오하는지, 자기의 심장이 얼마나 무섭게 뛰고 있는지에 대해 생각했다.

31

벨이 울리자, 추하고 뻔뻔스럽고 몹시 서두르는, 그러면서 자기들이 불러일으킨 인상에 신경을 쓰는 젊은 남자들이 지나갔다. 하인 제복을 입고 각반을 두른 표트르도 둔한 동물 같은 표정으로 대기실을 가로질러 그녀를 객차까지 배웅하기 위해 다가왔다. 그녀가 플랫폼에서 떠들썩한 남자들 옆을 지나쳐 가자, 그들은 갑자기 입을 다물었다. 그들 가운데 한 명이 다른 사람에게 그녀에 대해 뭐라고 쑥덕거렸다. 물론 추악한 말이었다. 그녀는 높은 계단을 올라 한때는 흰색이었으나 지금은 온통 때가 묻은 객실의 스프링 의자에 혼자 앉았다. 손가방은 스프링 위로 튀어 올랐다 다시 내려앉았다. 표트르는 창문 밖에서 바보같이 싱글벙글 웃으며 작별의 표시로 금몰이 달린 모자를 살짝 들어 올렸다. 불손한 차장은 문을 쾅 닫고 걸쇠를 걸었다. 허리받이[149] 스커트를 입은 못생긴 부인(안나는 머릿속으로 그 부인의 옷을 벗겨 보고는 그녀의 볼품없는 몸매에 진저리를 쳤다.)과 부자연스럽게 생글거리는 여자아이가 창 아래쪽에서 달렸다.

"카체리나 안드레예브나가, 그분이 모두 갖고 있어요, ma tante[150]!" 여자아이가 소리쳤다.

'저 여자애, 저 애는 불구면서도 예쁜 척을 하네.' 안나는 생각했다. 그녀는 아무도 보지 않으려 얼른 자리에서 일어나 빈 객실의 맞은편 창가에 앉았다. 모자 밑으로 헝클어진 머리가 삐죽삐죽 튀어나온 추한 몰골의 꾀죄죄한 농부가 기차 바퀴 쪽으로 허리를 구부린 채 창가를 지나쳤다. '저 흉측한 농부에게는 낯익은 뭔가가 있어.' 안나는 생각했다. 그러다 자신의 꿈을 기억해 낸 그녀는 공포로 바들바들 떨면서 맞은편 문으로 물러났다. 차장이 문을 열고 부부를 들여보냈다.

"밖으로 나가시렵니까?"

안나는 대답하지 않았다. 차장과 객실에 들어온 부부는 베일 아래 그녀의 얼굴에 떠오른 공포를 눈치채지 못했다. 그녀는 구석에 있는 자기 자리로 돌아가 앉았다. 부부는 맞은편에 앉아 유심히, 그러나 들키지 않도록 몰래 그녀의 옷을 훑어보았다. 안나는 남편과 아내 모두에게서 꺼림칙한 느낌을 받았다. 남편은 그녀에게 담배를 피워도 되겠냐고 물었다. 그것은 분명 담배를 피우기 위해서가 아니라 그녀에게 말을 걸기 위해서인 것 같았다. 그는 승낙을 받은 후, 담배를 피우는 것보다 훨씬 더 불필요한 것들에 대해 아내와 프랑스어로 이야기를 나누기 시작했다. 그들은 단지 안나가 듣게끔 하기 위해 짐짓

149) 19세기 말에 여성들의 스커트 뒷자락을 풍성하게 보이도록 하기 위해 만들어진 도구.

150) '백모, 숙모, 고모, 이모 등 친척 아주머니.'(프랑스어)

점잔을 빼며 어리석은 이야기들을 늘어놓았다. 안나는 그들이 서로를 얼마나 지겨워하는지, 서로를 얼마나 증오하는지 똑똑히 보았다. 그리고 그렇게 가련하고 추악한 인간들을 증오하지 않을 수 없었다.

두 번째 벨소리가 울리고 뒤이어 화물을 운반하는 소리, 웅성대는 소리, 외치는 소리, 웃음소리가 들렸다. 그 누구에게도 기뻐할 일이 전혀 없다는 것이 안나에게는 너무나 분명해 보였기 때문에, 그 웃음소리는 그녀를 아프게 쑤셔 댔다. 그래서 그녀는 그 소리를 듣지 않기 위해 귀를 막고 싶었다. 마침내 세 번째 벨소리가 울리고, 호루라기 소리가 들리고, 날카로운 엔진 소리가 났다. 연결 고리가 덜컹하며 팽팽하게 당겨지자, 남편은 성호를 그었다. '저 남자가 저런 행동으로 무엇을 말하려는 건지 그에게 직접 물어보면 재미있을 텐데.' 안나는 적의 어린 눈으로 그를 흘깃 쳐다보고는 이렇게 생각했다. 그녀는 부인 옆의 창 너머로 마치 뒤로 움직이는 듯한 사람들, 플랫폼에 서서 기차를 배웅하는 사람들을 바라보았다. 안나가 탄 기차는 선로 접합부를 지나칠 때마다 규칙적으로 덜컹거리며 플랫폼과 돌담과 신호판 옆을, 다른 기차들 옆을 지나쳤다. 열차는 점점 더 부드럽고 매끄럽게 레일을 따라 작은 소리를 내며 달렸고, 창문은 눈부신 저녁 햇살로 밝아졌으며, 산들바람은 커튼을 가지고 장난을 쳤다. 안나는 객실에 함께 탄 사람들을 잊고 기차의 경쾌한 흔들림에 몸을 맡긴 채 신선한 공기를 들이마시며 다시 생각에 잠겼다.

'음, 내가 어디까지 생각했더라? 인생이 고통이 되지 않을 상황을 내가 생각해 낼 수 없다는 것, 우리 모두 고통 받기 위해 창조되었다는 것, 우리 모두 이미 그것을 알고 있으면서 자신을 속일 방법을 계속 궁리하고 있다는 것까지였지. 하지만 진실을 알게 되면 넌 도대체 뭘 할 건데?'

"인간에게 이성이 주어진 것은 인간으로 하여금 자신을 불안하게 하는 것에서 벗어나도록 하기 위해서죠." 부인이 프랑스어로 말했다. 그녀는 자신의 말에 흡족한 듯 이 사이로 혀를 내밀며 얼굴을 찡그렸다.

그 말은 마치 안나의 생각에 답하는 것 같았다.

'자신을 불안하게 하는 것에서 벗어나도록 하기 위해서라고.' 안나는 그녀의 말을 되풀이했다. 그리고 그녀는 뺨이 붉은 남편과 야윈 아내를 흘깃 쳐다보고는, 병약한 아내가 스스로를 불가해한 여자로 생각하고 있으며 남편은 그녀를 속이고 스스로에 대한 그녀의 이런 견해에 맞장구치고 있다는 것을 알아차렸다. 안나는 마치 그들에게로 빛을 돌려 그들의 사연과 그들 영혼의 구석구석을 비추어 보는 것 같았다. 하지만 그곳에는 흥미를 끌 만한 것이 하나도 없었다. 그래서 그녀는 계속 자신의 생각에 골몰했다.

'그래, 난 몹시 불안해. 그리고 이성이 인간에게 부여된 것은 인간을 불안에서 벗어나도록 하기 위해서야. 그러니 난 벗어나야 해. 더 이상 아무것도 안 보이는데, 저 모든 것을 보는 게 끔찍하기만 한데, 촛불을 꺼도 되지 않을까? 그런데 어떻게 끄는 거지? 저 차장은 왜 승강용 발판을 뛰어다니는 걸까? 저 객실에 있는 젊은 사람들은 왜 소리를 지르지? 저 사람들은 무엇 때문에 말하고 무엇 때문에 웃는 걸까? 모든 게 진실이 아냐. 모든 게 거짓이고, 모든 게 기만이고, 모든 게 악이야!'

기차가 역으로 들어서자, 안나는 다른 승객들 무리에 섞여 기차에서 내렸다. 그녀는 마치 문둥병자를 피하기라도 하듯 사람들에게서 멀찍이 물러나 플랫폼에 가만히 서서 자기가 왜 여기 왔는지, 자기가 무엇을 할 생각이었는지 기억해 내려 애썼다. 전에는 가능해 보였던 일들이 이제는 그녀가 판단하기에 너무나 어렵게 느껴졌다. 특히 그녀를 가만히 내버려 두지 않는 그 추악한 사람들의 시끌벅적한 무리 속에서는 더욱 그랬다. 화물 운반인들이 도움을 주러 그녀에게 달려오고, 청년들은 구두 뒤축으로 플랫폼의 판자를 쿵쿵 울리며 왁자지껄 떠들면서 그녀를 훑어보고, 그녀와 마주치는 사람들은 엉뚱한 방향으로 길을 피하곤 했다. 그녀는 브론스키의 답장이 없을 경우 더 멀리 떠나려 했던 것을 기억해 내고, 화물 운반인 한 명을 불러 세워 이곳에 브론스키 백작에게 배달할 쪽지를 가진 마부가 없는지 물었다.

"브론스키 백작님이요? 방금 그분 댁에서 누가 왔습니다. 소로키나 공작부인과 따님을 맞으러 말입니다. 마님의 마부는 어떻게 생겼습니까?"

그녀가 화물 운반인과 이야기하는 동안, 얼굴이 불그레하고 명랑한 마부 미하일이 말쑥한 푸른 재킷에 시계줄을 단 차림으로 임무를 아주 잘 수행한 것에 의기양양해하며 그녀에게 다가와 쪽지를 건넸다. 그녀는 봉인을 뜯었다. 쪽지를 읽기도 전에, 그녀는 심장이 죄어 오는 것을 느꼈다.

'쪽지를 늦게 받아 아쉽군. 10시에 갈게.' 브론스키는 아무렇게나 갈긴 글씨로 썼다.

'그렇구나! 그럴 줄 알았어!' 그녀는 악의에 찬 미소를 지으며 중얼거렸다.

"좋아, 그럼 집으로 가." 그녀는 미하일을 향해 조용히 말했다. 그녀는 호흡을 방해하는 심장의 빠른 고동 때문에 나직하 말했다. '아니, 난 네가 날 괴롭히도록 내버려 두지 않겠어.' 그녀는 그도, 그녀 자신도 아닌 그녀를 괴롭게 하는 누군가를 위협하며 속으로 생각했다. 그러고는 역 건물을 지나 플랫폼을 따라 걸었다.

플랫폼을 걸어가던 두 하녀가 고개를 돌려 그녀를 바라보면서 그녀의 의상에 대해 뭐라고 소리 내어 말했다. "진짜야." 그들은 안나가 걸친 레이스에 대해 말했다. 청년들은 그녀를 가만히 내버려두지 않았다. 그들은 다시 안나의 얼굴을 힐끔힐끔 쳐다보면서 부자연스러운 목소리로 웃고 소리치며 그녀의 옆을 지나쳤다. 지나가던 역장은 그녀에게 기차를 탈 건지 물었다. 크바스를 파는 소년은 그녀에게서 눈을 떼지 못했다. '아, 하느님, 어디로 가야 하나요?' 그녀는 플랫폼을 따라 계속 걸으며 생각했다. 플랫폼 끝에서 그녀는 걸음을 멈췄다. 안경 쓴 신사를 마중 나와 큰 소리로 웃고 떠들던 부인들과 아이들은 그녀가 옆으로 지나가자 갑자기 입을 다물고 그녀를 훑어보았다. 안나는 걸음을 재촉하여 그들에게서 떨어져 플랫폼 끝으로 갔다. 화물 열차가 들어오고 있었다. 플랫폼이 진동하기 시작했다. 그러자 그녀에게는 자신이 다시 기차를 타고 있는 것처럼 느껴졌다.

그러자 문득 브론스키와 처음 만난 날 기차에 치인 남자가 떠올랐다. 그녀는 자신이 무엇을 해야 할지 깨달았다. 그녀는 급수탑에서 선로로 난 계단을 따라 빠르고 경쾌한 걸음으로 내려간 후 그녀의 옆을 스쳐 지나가는 기차에 바짝 붙어 섰다. 그녀는 객차의 아래쪽을, 나사와 연결 고리를, 천천히 움직이는 첫 번째 객차의 높다란 쇠 바퀴를 바라보며, 앞바퀴와 뒷바퀴 사이의 중간을 눈짐작으로 계산하고는 그 중간 지점이 그녀의 맞은편에 오는 순간을 헤아렸다.

'저기야!' 안나는 객차의 그림자를, 석탄 가루와 뒤섞인 채 침목을 뒤덮은 모래를 쳐다보며 혼잣말을 했다. '저기가 바로 중간이야. 난 그에게 벌을 주고 모든 사람에게서, 나에게서 벗어날 거야.'

그녀는 첫 번째 객차의 중간 지점과 자신이 나란해진 순간 그 아래로 몸을 던지려 했다. 그러나 그녀가 팔에서 끌어내리던 빨간 손가방이 그녀를 붙드는 바람에 때를 놓치고 말았다. 기차의 중간 지점은 그녀를 지나쳐 버렸다. 수영을 하러 물속에 들어갈 준비를 할 때와 비슷한 느낌이 그녀를 사로잡았다. 그녀는 성호를 그었다. 십자가를 긋는 친숙한 동작이 그녀의 마음속에 처녀 시절과 어린 시절의 모든 기억을 불러일으켰다. 그러자 갑자기 눈앞의 모든 것을 뒤덮고 있던 암흑이 찢어지고, 일순간 과거의 모든 눈부신 기쁨과 함께 삶이 그녀 앞에 나타났다. 하지만 그녀는 다가오는 두 번째 객차의 바퀴에서 눈을 떼지 않았다. 그리고 바퀴와 바퀴 사이의 중간 지점이 그녀와 나란히 온 바로 그 순간, 그녀는 빨간 손가방을 내던지고는 어깨 사이에 머리를 푹 숙인 채 객차 밑으로 몸을 던져 두 손으로 바닥을 짚었다. 그러고는 마치 곧 일어날 자세를 취하려는 듯 경쾌한 동작으로 무릎을 땅에 대고 앉았다. 그 순간 그녀는 자기가 한 짓에 몸서리를 쳤다. '내가 어디에 있는 거지? 내가 뭘 하고 있는 거야? 무엇 때문에?' 그녀는 몸을 일으켜 고개를 뒤로 젖히려 했다. 하지만 거대하고 가차 없는 무언가가 그녀의 머리를 떠밀고 그녀를 질질 잡아끌고 갔다. '하느님, 나의 모든 것을 용서하소서!' 그녀는 어떤 저항도 불가능하다는 것을 느끼며 중얼거렸다. 왜소한 농부가 뭐라고 중얼거리면서 철로 위에서 일을 하고 있었다. 그리고 그녀가 불안과 허위와 슬픔과 악으로 가득 찬 책을 읽을 때 그 옆에서 빛을 비추던 촛불 하나가 어느 때보다 밝은 빛으로 확 타오르더니, 이전에 암흑 속에 잠겨 있던 모든 것을 그녀 앞에 비춰 보이고는 탁탁 소리를 내며 점점 흐릿해지다가 영원히 꺼지고 말았다.

8부

1

거의 두 달이 지났다. 이미 무더운 여름의 한가운데에 접어들었는데, 세르게이 이바노비치는 이제야 겨우 모스크바를 떠날 준비를 했다.

그동안 세르게이 이바노비치의 생활에는 그 나름의 여러 사건이 있었다. 이미 1년 전에 6년 동안 수고한 산물인 그의 저서가 '유럽과 러시아의 국가 체제의 원리와 형태에 대한 개괄 시도'라는 제목으로 완성되었다. 이 저서의 몇몇 장과 서문은 정기 간행물에 실린 바 있고 다른 부분은 세르게이 이바노비치가 모임 사람들에게 직접 읽어 준 적이 있어서, 이 저작의 사상들은 이미 대중들에게 완전히 새로운 것이라고는 할 수 없었다. 그러나 세르게이 이바노비치는 그의 저서가 틀림없이 출현 자체만으로도 사회에 진지한 인상을 남기고 학문에서의 혁명까지는 아니어도 어쨌든 학계에 강렬한 흥분을 불러일으키리라고 기대했다.

그 책은 꼼꼼한 마무리를 거쳐 지난해에 출간되어 서적상들에게 배포되었다.

세르게이 이바노비치는 그 책에 대해 아무에게도 묻지 않고 그의 책이 잘 나가냐고 묻는 친구들의 물음에 짐짓 무심한 척 대답하고 서적상들에게조차 책의 판매 상황이 어떤지 묻지 않았지만, 신경을 곤두세워 자신의 책이 사회와 학계에 불러일으킨 첫인상을 예리하게 좇고 있었다.

하지만 한 주, 두 주, 세 주가 지나도록 사회에서는 어떤 감상도 눈에 띄지 않았다. 그의 친구들, 전문가들, 학자들이 이따금 그 책에 대해 언급하긴 했지만 예의상 그런 것이 분명해 보였다. 그 밖의 다른 지인들은 학문적 내용의 책에 관심이 없었기 때문에 그 책에 대해서는 아예 입도 벙긋하지 않았다. 특히 요즘처럼 다른 일로 번잡한 사회에서는 완벽한 무관심만 존재했다. 학계에서도 한 달 내내 이 책에 대하여 한마디 언급도 없었다.

세르게이 이바노비치는 서평을 쓰는 데 필요한 시간을 세밀하게 계산해 두었다. 그러나 한 달이 지나고 또 한 달이 지나도록 똑같은 침묵만이 떠돌 뿐이었다.

《세베르니 쥬크》[151]라는 잡지만이 목소리가 망가진 성악가 드라반치에 관한 유머러스한 문예란에 코즈니셰프의 저서에 대하여 몇 마디 모멸적인 말을 곁들여 실었다. 그 칼럼은 그 책

---

151) 러시아어로 '북방의 딱정벌레'라는 뜻이다. 이 잡지 제목은 《세베르나야 프첼라》('북방의 벌'이라는 뜻)라는 잡지의 이름을 패러디한 것이다. 《세베르나야 프첼라》는 불가린이 창간한 보수 성향의 잡지다. 불가린은 푸슈킨을 포함해 여러 작가들을 고발한 비밀 요원이기도 했다.

이 이미 오래전부터 모든 이들에게 비판을 받으며 대중들의 조롱감으로 전락해 버렸다고 기술했다.

마침내 석 달째에 이르러서야 진지한 잡지에 비평 기사가 실렸다. 세르게이 이바노비치도 그 기사의 필자를 알고 있었다. 그는 골루프초프의 집에서 그 필자를 한 번 만난 적이 있었다.

기사를 쓴 사람은 매우 젊고 병약한 문예란 필자로서, 작가 못지않은 글 솜씨를 가졌지만 교양이 너무 부족하며 사적인 관계에 소심함을 드러내는 사람이었다.

세르게이 이바노비치는 그 필자를 완전히 무시하면서도 완벽한 경의를 갖추고 그 기사를 읽기 시작했다. 기사는 끔찍했다.

분명 그 문예란 필자는 일부러 그 책을 도저히 이해할 수 없게 만드는 방식으로 그 책 전체를 해석한 것이 틀림없었다. 하지만 그가 너무 교묘하게 인용을 하는 바람에, 그 책을 읽지 않은 사람들(거의 아무도 그 책을 읽지 않은 게 분명했다.)은 틀림없이 책 전체를 과장된 말들, 그것도 부적절하게 사용된(인용 부호들이 그렇게 나타내고 있었다.) 말들의 집합으로, 그 책의 저자를 완전히 무식한 사람으로 생각할 것 같았다. 게다가 그 기사 전체가 어찌나 재기발랄했던지 그 정도의 기지(奇智)라면 세르게이 이바노비치 자신도 거부할 수 없을 것 같았다. 하지만 그것은 끔찍한 것이었다.

세르게이 이바노비치는 비평가의 논증이 정당한가에 관하여 대단히 양심적으로 검토했지만, 조롱의 대상이 된 결점과 오류에 대해서는 단 한 순간도 주저하지 않았다. 모든 것들을 고의적으로 발췌했다는 것이 지나칠 정도로 분명해 보였다. 하지만 곧 그는 자기도 모르게 자신이 기사의 필자와 만나 나눈 대화를 아주 사소한 점까지 떠올리기 시작했다.

'내가 그에게 뭔가 모욕을 준 게 아닐까?' 세르게이 이바노비치는 스스로에게 물었다.

세르게이 이바노비치는 그 청년을 만났을 때 청년이 무지를 드러낸 용어를 쓰자 자기가 정정해 준 일을 기억해 냈다. 그러자 그는 그 기사가 뜻하는 바를 알아차릴 수 있었다.

그 기사가 나간 후, 인쇄물의 형태로든 구두의 형태로든 그의 책에 대해 죽음과도 같은 침묵이 찾아왔다. 그렇게 세르게이 이바노비치는 그가 그토록 애정과 심혈을 기울여 6년 동안 저술한 작품이 흔적도 없이 사라지는 것을 목격하게 되었다.

세르게이 이바노비치의 상황이 더욱더 괴롭게 된 것은, 그 책을 완성한 이후로 이전에 그의 시간에서 상당 부분을 차지하던 연구 작업이 없어졌기 때문이었다.

세르게이 이바노비치는 총명하고 교양 있고 건강하고 활동적인 사람이었다. 그런데 이제 그는 자신의 정력을 어디에 쏟아야 할지 알 수 없었다. 응접실, 집회, 모임, 위원회 등 말을 할 수 있는 곳에서의 대화가 그의 시간의 일부를 차지했다. 그러나 오랫동안 도시에서 살아온 그는 그의 미숙한 동생이 모스크바에 들를 때 그러는 것처럼 대화에 모든 것을 쏟아 부을 수 없었다. 그에게는 아직 많은 시간적 여유와 지적 능력이 남아 있었다.

저서의 실패 때문에 그가 가장 힘겨웠던 시기에, 다행히 예전에는 사회에서 고작 희미한 빛을 내는 데 불과하던 슬라브 문제가 이민족, 미국의 벗들[152], 사마라의 기근[153], 전람회, 강신술 같은 문제를 대신하기 시작했다. 그래서 세르게이 이바노비치도 예전에 그 문제를 제기한 사람들 가운데 한 명으로서 그 문제에 전념했다.

세르게이 이바노비치가 속한 환경에서는 그 무렵 슬라브 문제와 세르비아 전쟁 외에 다른 어떤 것에 대해서도 이야기하거나 글을 쓰지 않았다. 한가한 군중들이 평소에 시간을 죽이기 위해 하던 것들이 이제는 슬라브 민족을 위해 행해졌다. 무도회, 음악회, 만찬, 연설, 귀부인들의 의상, 맥주, 선술집, 이런 것들이 슬라브 민족에 대한 공감을 표했다.

사람들이 이 주제에 대해 말하고 쓰는 것들 가운데에는 세르게이 이바노비치가 세부적인 면에서 동의할 수 없는 것들이 많았다. 그는 슬라브 문제가 언제나 다른 하나를 대신하여 사회에 관심 대상을 제공하는 유행성 열광 가운데 하나가 되어 가는 것을 보았다. 또한 그는 허영에 젖은 이해타산적인 목적으로 이 일에 종사하는 많은 사람을 보았다. 그는 신문들이 오직 한 가지 목적을 위해, 즉 자기 신문으로 관심을 모으고 다른 신문들보다 더 큰 소리를 내기 위해 불필요하고 과장된 기사들을 싣는다는 것도 알아차렸다. 그는 사회의 이런 전반적인

152) 1866년 알렉산드르 2세의 암살 모의가 실패로 돌아간 후, 미국의 외교 사절단이 페테르부르크를 방문하여 미국의 전 국민을 대표해 차르에게 위로와 존경을 표하였다. 그 '미국의 벗들'은 수도에서 환영회와 연회로 영접을 받았다.

153) 1871~1872년에 가뭄이 사마라 지역을 엄습하여 1873년의 기근을 낳았다. 그리하여 그곳의 농민들을 구제하기 위한 위원회가 조직되었는데, 톨스토이는 그곳에 거액을 기부했다.

격동기에 앞으로 뛰어나가고 다른 이들보다 큰 소리로 외치는 사람들은 낙오자와 모욕받은 인간이라는 것을 깨달았다. 군대 없는 총사령관들, 부서 없는 장관들, 잡지 없는 언론인들, 당원 없는 당수들. 그는 그곳에서 경박하고 우스꽝스러운 인간들을 보았다. 그러나 그는 의심할 여지 없이 점점 커져 가는 열정을, 사회의 모든 계급을 하나로 결합하는 열정을, 그래서 사람들이 공감하지 않을 수 없는 열정을 보고 인식했다. 같은 종교를 믿는 슬라브 형제들에 대한 학살은 고통 받는 자들에 대한 동정과 박해자에 대한 분노를 불러일으켰다. 그리고 위대한 대의를 위해 싸우고 있는 세르비아인들과 몬테니그로인들의 영웅적 행위는 국민들의 가슴속에 더 이상 말이 아니라 행동으로 형제들을 돕고 싶다는 열망을 낳았다.

하지만 그밖에도 세르게이 이바노비치를 기쁘게 한 또 다른 현상이 있었다. 그것은 여론의 표명이었다. 사회는 자신의 바람을 명확하게 표현했다. 세르게이 이바노비치의 표현을 빌리자면 민중의 정신이 표현을 얻게 된 것이다. 그리고 그가 그 일에 점점 더 많이 관여할수록, 그에게는 이것이 거대한 규모로 확산될, 나아가 시대에 획을 그을 대의라는 사실이 더욱더 분명하게 느껴졌다.

그는 이 위대한 대의를 받드는 것에 자신의 전부를 바치면서 자신의 저서에 대해 잊었다.

이제 그의 시간은 대의를 위한 일로 꽉 차서, 그는 자신에게 오는 편지와 청원에 일일이 답장할 겨를조차 없었다.

봄과 초여름을 꼬박 일한 후, 7월에야 겨우 그는 동생이 있는 시골로 떠날 준비를 했다.

그는 두 주 동안, 그것도 민중의 가장 거룩한 지성소인 시골 벽지에서 휴식을 취하고 그를 비롯해 수도와 도시의 사람들이 전적으로 확신하고 있는 민중 정신의 고양을 눈으로 보고 한껏 즐기기 위해 떠났다. 오래전부터 레빈의 집을 방문하겠다던 약속을 지키고 싶어 한 카타바소프도 그와 함께 떠났다.

2

오늘따라 유난히 군중들로 활기를 띤 쿠르스크 기차역에 세르게이 이바노비치와 카타바소프가 막 도착했다. 그들이 마차에서 내리며 짐을 마차에 싣고 뒤따라온 하인을 찾아 주위를 둘러본 순간, 의용군[154]을 태운 삯마차 네 대가 도착했다. 꽃다발을 든 부인들이 의용군을 맞이했다. 그리고 그들은 뒤에서 물밀듯이 쏟아져 나온 군중들과 함께 역 안으로 들어갔다.

의용군을 마중 나온 부인들 가운데 한 명이 대기실에서 나오다 세르게이 이바노비치에게 말을 걸었다.

"당신도 배웅하러 오셨나요?" 그녀는 프랑스어로 물었다.

"아뇨, 제가 떠납니다, 공작부인. 동생의 집에서 휴가를 보내려고요. 그런데 당신은 늘 이렇게 배웅을 하십니까?" 세르게이

---

154) 1876년에 세르비아 전쟁이 발발하자마자 러시아에는 '슬라브 위원회'가 조직되었다. 이 위원회는 세르비아를 원조하기 위해 파견할 의용군을 모집하였다.

이바노비치는 보일 듯 말 듯한 미소를 지으며 이렇게 말했다.

"네, 그러지 않을 수 없잖아요!" 공작부인이 대답했다. "우리나라가 벌써 군인 800명을 파견했다는 게 사실이죠? 말빈스키가 내 말을 믿지 않아요."

"800명이 넘습니다. 모스크바에서 직접 출정하지 않은 사람들까지 합치면 1000명이 넘지요." 세르게이 이바니치가 말했다.

"역시 그렇군요. 내가 말한 대로예요!" 부인은 기쁜 듯이 그의 말을 되받았다. "그럼 기부금이 이제 100만 루블가량 된다는 것도 사실인가요?"

"그 이상입니다, 공작부인."

"오늘의 전보 내용은 어떤가요? 또 투르크군을 격파했다면서요."

"네, 저도 읽었습니다." 세르게이 이바니치가 대답했다. 그들은 각지에서 사흘 동안 연이어 투르크군이 격파당했고 내일 결정적인 전투가 예상된다고 전한 최신 전보에 대해 이야기를 나누었다.

"아, 참, 있잖아요, 어느 훌륭한 청년이 지원을 했어요. 난 왜 사람들이 일을 어렵게 만드는지 모르겠어요. 난 당신에게 부탁을 드리고 싶었어요. 난 그 청년을 잘 알아요. 그를 위해 편지를 써 주세요. 그는 리디야 이바노브나 백작부인이 보낸 사람이에요."

세르게이 이바노비치는 지원하려는 청년에 대해 공작부인이 아는 한에서 세세히 물어본 후, 일등석 대기실로 가서 그 문제를 좌우하는 사람에게 보낼 편지를 쓰고는 공작부인에게 건네

주었다.

"브론스키 백작 아시죠, 그 유명한……. 그 사람도 저 기차를 타고 떠나요." 세르게이 이바노비치가 다시 공작부인을 찾아 편지를 건넸을 때, 그녀는 많은 의미를 담은 의기양양한 미소를 지으며 말했다.

"그가 출정한다는 소식은 들었지만 언제인지는 몰랐습니다. 저 기차로 간단 말입니까?"

"그를 봤어요. 그는 이곳에 있어요. 어머니만 배웅을 나왔던데요. 어쨌든 그것이 그가 할 수 있는 최선이죠."

"아, 네, 물론입니다."

그들이 이야기하는 동안, 군중들이 그들 옆을 지나 식사가 차려진 테이블로 쏟아져 들어왔다. 그들도 그곳으로 움직이다, 한 손에 술잔을 들고 의용군들에게 연설하는 어느 신사의 우렁찬 목소리를 듣게 되었다. "믿음을 위해, 인류를 위해, 우리의 형제를 위해 몸을 바친다는……." 신사는 점점 더 목청을 높이며 말했다. "그 위대한 대의에 대해 어머니 모스크바가 당신들을 축복합니다. 쥐비오[155]!" 그가 눈물 섞인 우렁찬 목소리로 연설을 맺었다.

모두 '쥐비오'라고 외쳤다. 그러자 또 새로운 군중들이 대기실로 밀려들었다. 공작부인은 그들에게 발을 치여 하마터면 넘어질 뻔했다.

"아! 공작부인, 이 모든 게 어떻습니까!" 스테판 아르카지치

155) 톨스토이는 '만세'라는 뜻의 세르비아어 'zhivio'를 러시아어 음가로 표기하였다.

가 군중의 한가운데에서 불쑥 모습을 드러내며 기쁨의 미소를 빛냈다. "멋지고 훈훈한 연설이었죠, 그렇지 않습니까? 브라보! 세르게이 이바노비치도 있었군요! 당신도 저렇게 몇 마디, 그러니까, 격려의 말을 해 주는 게 어떻습니까? 당신은 그런 것을 아주 잘하니까요." 그는 존경을 담은 부드럽고 조심스러운 미소를 띤 채 세르게이 이바노비치의 팔을 살짝 밀며 이렇게 덧붙였다.

"아뇨, 난 지금 떠나야 합니다."

"어디로요?"

"시골의 동생 집으로요." 세르게이 이바노비치가 대답했다.

"그럼 당신은 내 아내를 보겠군요. 나도 아내에게 편지를 쓰긴 했지만, 당신이 먼저 내 아내를 보겠는데요. 날 만났다고, all right[156]라고 전해 주십시오. 그럼 알아들을 겁니다. 어쨌든 부디 아내에게 내가 연합 기관 위원회 임원으로 임명되었다고 전해 주십시오. 그럼, 아내도 알아들을 겁니다! 아시다시피, les petites misères de la vie humaine[157]인 셈이죠." 그는 마치 변명이라도 하려는 듯 공작부인을 돌아보았다. "아, '먀흐카야' 라는 분이, 리자 말고 비비슈 말입니다, 그분이 소총 1000자루와 간호사 열두 명을 보낸다고 하더군요. 내가 당신에게 말했던가요?"

"네, 들었습니다." 코즈니셰프는 마지못해 대꾸했다.

"아, 당신이 떠난다니 유감입니다." 스테판 아르카지치가 말

156) '잘됐다.'(영어)

157) '인생의 자질구레한 괴로움.'(프랑스어)

했다. “내일 우리는 이곳을 떠나는 두 친구를 위해 만찬을 베풀려고 합니다. 페테르부르크에서 온 지메르 바르트냔스키와 우리의 베셀로프스키, 그러니까 그리샤를 위해서 말입니다. 두 사람 모두 떠납니다. 베셀로프스키는 결혼한 지 얼마 안 됐는데. 정말 훌륭한 청년이죠! 그렇지 않습니까, 공작부인?” 그는 부인을 돌아보았다.

공작부인은 아무 대꾸도 하지 않고 코즈니셰프를 쳐다보았다. 하지만 스테판 아르카지치는 세르게이 이바노비치와 공작부인이 그를 피하려는 것처럼 보인다는 사실에 전혀 당황하지 않았다. 그는 웃음 띤 얼굴로 공작부인의 모자에 달린 깃털을 바라보기도 하고 마치 무언가를 생각해 낸 듯 주위를 둘러보기도 했다. 그는 모금함을 들고 다니는 부인을 보자 그녀를 자기 쪽으로 불러 5루블짜리 지폐를 넣었다.

“난 내게 돈이 있는 한 이 모금함을 태연히 보아 넘길 수가 없어요.” 그는 말했다. “오늘의 특보는 어떻습니까? 몬테니그로인들은 훌륭한 사나이들이죠!”

“무슨 말입니까!” 공작부인이 스테판 아르카지치에게 브론스키가 저 기차를 타고 출정한다고 말해 주자, 그가 이렇게 소리쳤다. 순간적으로 스테판 아르카지치의 얼굴에 슬픔이 떠올랐다. 그러나 곧 걸음걸음마다 약간씩 몸을 흔들고 구레나룻을 매만지며 브론스키가 있는 홀로 들어갔을 때, 스테판 아르카지치는 누이의 시체 위에서 비탄에 잠겨 흐느낀 일을 벌써 까맣게 잊고 브론스키에게서 영웅이자 옛 친구의 모습만을 보았다.

“저 사람이 가진 모든 결점에도 불구하고, 저 사람에게 정당성을 부여하지 않을 수 없군요." 공작부인은 오블론스키가 그들 곁에서 떠나자마자 세르게이 이바노비치에게 이렇게 말했다. "저것이야말로 완전히 러시아적이고 슬라브적인 기질이죠! 다만 브론스키가 저 사람을 보고 불쾌해하지나 않을까 걱정이네요. 당신이 뭐라고 하든, 그 남자의 운명은 날 감동시켜요. 도중에 그와 잠시 이야기해 봐요." 공작부인이 말했다.

"네, 어쩌면요, 기회가 된다면 말입니다."

"난 한 번도 그를 좋아한 적 없어요. 하지만 이 일이 많은 것을 속죄해 주겠지요. 그는 자신이 직접 출정할 뿐 아니라 자비로 기병 중대를 이끌고 있다더군요."

"네, 들었습니다."

벨소리가 들렸다. 다들 출입구로 우르르 몰려들었다.

"저기 그 사람이 가요!" 공작부인은 긴 외투를 걸치고 테가 넓은 검은색 모자를 쓴 채 어머니와 팔짱을 끼고 걸어가는 브론스키를 가리키며 말했다. 오블론스키는 그의 옆에서 걸어가며 뭔가 활기차게 이야기하고 있었다.

브론스키는 마치 스테판 아르카지치가 하는 말을 듣고 있지 않다는 듯 인상을 찌푸린 채 정면을 응시하고 있었다.

아마도 오블론스키가 방향을 가리켰는지 브론스키는 공작부인과 세르게이 이바노비치가 서 있는 곳을 돌아보고는 말없이 모자를 약간 들어 올렸다. 늙어 보이고 고통에 찬 그의 얼굴은 돌로 변한 것처럼 보였다.

플랫폼으로 나온 브론스키는 말없이 어머니를 객차 안으로 들여보내고 자신도 그 속으로 자취를 감추었다.

플랫폼에서는 「하느님, 차르를 보호하소서」[158]가, 그다음에는 '우라!'와 '쥐비오!'라는 외침이 울려 퍼졌다. 의용군들 가운데 키가 크고 매우 젊고 가슴이 우묵하게 꺼진 한 남자가 펠트 모자와 꽃다발을 머리 위로 흔들며 유난히 눈에 띄게 인사했다. 그 뒤에서 장교 두 명과 턱수염이 더부룩하고 기름때로 얼룩진 군모를 쓴 한 중년 남자도 얼굴을 내밀었다.

158) 제정 러시아의 국가.

3

세르게이 이바노비치는 공작부인과 작별 인사를 한 후 지금 막 그에게로 다가온 카타바소프와 함께 사람들로 빽빽한 객차에 올라탔다. 그러자 기차가 움직이기 시작했다.

차리친 역에서 기차는 「찬양받으소서」를 부르는 젊은이들의 아름다운 합창으로 영접받았다. 의용군들은 또 인사를 하며 창밖으로 고개를 내밀었다. 하지만 세르게이 이바노비치는 그들에게 관심을 쏟지 않았다. 그는 의용군을 아주 많이 대해 왔기 때문에 그들의 전반적인 유형을 이미 잘 알고 있었다. 그래서 그는 그들에게 흥미를 느끼지 않았다. 하지만 학문적인 연구 때문에 의용군을 관찰할 기회가 없었던 카타바소프는 그들에게 몹시 흥미를 느끼며 세르게이 이바노비치에게 그들에 관하여 이것저것 물었다.

세르게이 이바노비치는 그에게 이등석 객차에 가서 그들과 직접 이야기를 나누어 보라고 권했다. 다음 역에서 카타바소프는 그 충고를 따랐다.

첫 번째 정차 때 그는 이등석으로 건너가 의용군들과 친분을 나누었다. 그들은 객차 구석에 따로 앉아 시끄럽게 이야기를 나누고 있었다. 분명 그들은 승객들과 이등석으로 들어온 카타바소프의 관심이 그들에게 쏠린 것을 알고 있는 듯했다. 그들 가운데 가장 큰 소리로 떠드는 사람은 가슴이 움푹 들어간 키 큰 청년이었다. 그는 눈에 띄게 취한 모습으로 자기의 학교에서 일어난 어떤 일화에 대해 떠들고 있었다. 그의 맞은편에는 오스트리아 근위대의 군복 상의를 입은, 더 이상 젊다고는 할 수 없는 장교 한 명이 앉아 있었다. 그는 미소 띤 얼굴로 청년의 이야기에 귀를 기울이며 이따금 그의 말을 막았다. 그들 옆에는 포병 군복을 입은 남자가 트렁크 위에 앉아 있었다. 또 한 사람은 자고 있었다.

청년과 대화를 나눈 카타바소프는 그가 스물두 살이 채 되기도 전에 막대한 재산을 탕진해 버린 모스크바의 부유한 상인이라는 사실을 알아냈다. 응석받이인 데다 유약하고 허약한 그가 카타바소프는 마음에 들지 않았다. 특히 술까지 마신 지금, 그는 자기가 영웅적인 행동을 하고 있다고 확신하는지 불쾌하기 짝이 없는 모습으로 거들먹거렸다.

다른 퇴역 장교도 카타바소프에게 불쾌한 인상을 불러일으켰다. 그는 아마도 모든 것에 도전해 본 사람 같았다. 그는 철도 회사에서도 일했고 관리인으로도 일했고 직접 공장을 세운 적도 있었다. 그는 불필요하게, 그리고 상황에 어울리지 않게 학문적 용어를 들먹이며 그런 것에 대해 지껄였다.

반면 포병은 아주 마음에 들었다. 그는 겸손하고 조용한 사람이었다. 분명 그는 퇴역 근위대원의 지식과 상인의 영웅적인 희생에 감탄하는 듯 보였으나 자기에 관해서는 전혀 이야기하지 않았다. 카타바소프가 무엇이 그를 세르비아에 가도록 자극했는지 묻자, 그는 겸손히 이렇게 대답했다.

"뭐, 다들 가잖습니까. 세르비아인들을 도와야 해요. 그들이 불쌍합니다."

"네, 특히 그곳에는 당신 같은 포병들이 아주 부족하지요." 카타바소프가 말했다.

"전 포병으로 근무한 지 정말 얼마 되지 않았습니다. 그래서 아마 보병이나 기병으로 배치될 겁니다."

"설마 포병이 가장 필요한 때에 보병으로 보내겠습니까?" 카타바소프는 포병의 나이로 보아 그가 이미 상당한 지위에 오른 사람일 거라고 판단하며 이렇게 말했다.

"저는 포병에서 그다지 오래 근무하지 않았습니다. 전 사관생도로 전역했거든요." 그는 이렇게 말하며 자신이 시험에 통과하지 못한 이유를 설명하기 시작했다.

그 모든 것들이 카타바소프에게 불쾌한 느낌을 주었다. 그래서 의용군들이 술을 마시러 역으로 나가자, 그는 다른 누군가와 이야기를 나누며 자신의 불쾌한 감정을 털어놓고 싶었다. 군인 외투를 입은 어느 늙은 승객은 카타바소프와 의용군들의 대화에 줄곧 귀를 기울이고 있었다. 그와 단둘이 남자, 카타바소프는 그에게 말을 걸었다.

"그곳으로 떠나는 저 사람들의 처지가 정말 각양각색이군요." 카타바소프는 자신의 의견을 표현하는 동시에 노인의 견해를 간파하려고 애매하게 말했다.

노인은 전쟁터에 두 번이나 다녀온 군인이었다. 그는 군인이 어떤 건지 잘 알고 있었다. 그는 그 패거리들의 모양새와 대화를 보며, 기차를 타고 가면서 휴대용 술통에 입을 대는 기세를 보며, 그들이 질 나쁜 군인이라고 판단했다. 게다가 군청 소재지의 주민이었던 그는 그 도시에서 어느 종신병이, 그것도 더 이상 아무도 일꾼으로조차 써 주지 않는 술주정뱅이에 도둑인 그 종신병이 어떻게 출정하게 되었는지 들려주고 싶었다. 하지만 경험상 요즘의 사회 분위기에서는 일반적인 견해에 대립된 견해를 표현하는 것이, 특히 의용군을 비판하는 것이 위험하다는 것을 알았기에, 그도 카타바소프의 눈치를 살폈다.

"뭐, 그곳에는 사람이 필요하니까요. 세르비아 장교들은 아무 짝에도 쓸모없다더군요."

"아, 그럼요, 하지만 이 사람들은 용감무쌍할 겁니다." 카타바소프는 눈웃음을 지으며 말했다. 그리고 그들은 최근의 전쟁 소식에 대해 이야기하기 시작했다. 최근 소식에 따르면 각지에서 투르크군이 격파당하고 있다는데 내일은 누구와 교전할 것인가, 두 사람은 상대방 앞에서 이 문제에 대한 자신의 의혹을 감추었다. 그리하여 두 사람은 결국 자신의 견해를 밝히지 못한 채 헤어졌다.

자신의 객차로 들어온 카타바소프는 자기도 모르게 양심을 속이면서 의용군에 대한 자신의 관찰을 세르게이 이바노비치에게 들려주었다. 자신이 관찰한 바로는 그들이 훌륭한 젊은이라는 것이었다.

어느 도시의 큰 역에 도착하자, 또다시 노랫소리와 함성이 의용군들을 맞이했고 또다시 모금함을 든 남녀 모금원들이 나타났고 또다시 현의 귀부인들이 의용군들에게 꽃다발을 증정한 후 의용군들을 뒤따라 간이식당으로 향했다. 하지만 그 모든 것들은 이미 모스크바에 비해 훨씬 더 미약하고 보잘것없었다.

4

현청 소재지에 정차한 동안, 세르게이 이바노비치는 간이식당에 가지 않고 플랫폼을 이리저리 거닐었다.

브론스키가 탄 객차 옆을 처음 지나칠 때, 그는 창문에 커튼이 내려진 것을 알아차렸다. 하지만 두 번째 지나칠 때는 창문으로 노 백작부인을 보았다. 그녀는 코즈니셰프를 자기 쪽으로 불렀다.

"보다시피 난 쿠르스크까지 아들과 동행하는 중이랍니다." 그녀가 말했다.

"네, 들었습니다." 세르게이 이바노비치는 창문 옆에 서서 안을 들여다보며 말했다. "아드님이 참으로 훌륭한 성품을 가졌습니다!" 그는 브론스키가 객차 안에 없다는 것을 알아채고 이렇게 말했다.

"하지만 그런 불행을 겪은 후에 그 애가 도대체 무엇을 할 수 있겠어요?"

"정말 끔찍한 사건입니다!" 세르게이 이바노비치가 말했다.

"아, 얼마나 끔찍한 일을 겪었던지! 자, 잠깐 들어와요……. 아, 얼마나 끔찍한 일을 겪었던지!" 세르게이 이바노비치가 객차 안에 들어와 긴 의자에 그녀와 나란히 앉자 그녀는 되풀이하여 말했다. "당신은 상상할 수도 없을 거예요! 6주 동안 그 애는 아무와도 이야기하지 않고 음식도 내가 애원을 해야 겨우 먹었답니다. 게다가 단 한시도 그 애를 혼자 내버려 둘 수 없었어요. 우리는 그 애가 자살에 사용할 만한 것들을 모조리 치워 버렸죠. 우리는 아래층에서 지냈지만, 무슨 일이 일어날지 전혀 예측할 수 없었어요. 당신도 알죠, 그 애가 예전에 한 번 그 여자 때문에 권총 자살을 꾀한 적이 있다는 걸요." 그녀는 말했다. 그 순간 노부인의 한쪽 눈썹이 그 기억 때문에 찌푸려졌다. "그래요, 그 여자는 그런 여자가 마땅히 목숨을 끊어야 하는 방식으로 그렇게 목숨을 끊었어요. 그 여자는 죽음조차도 비열하고 저급한 죽음을 택하더군요."

"심판하는 것은 우리의 몫이 아닙니다, 백작부인." 세르게이 이바노비치는 탄식하며 말했다. "하지만 백작부인에게 이 일이 얼마나 고통스러웠을지 이해합니다."

"아, 말도 말아요! 난 내 영지에서 지내고 있었어요. 그런데 아들이 내 집에 들렀죠. 심부름꾼이 쪽지를 들고 왔더군요. 그 애는 답장을 써서 심부름꾼에게 들려 보냈어요. 밤에 내가 막 내 방으로 가려고 하는데 메리가 내게 기차역에서 어느 귀부인이 기차에 몸을 던졌다고 말하더군요. 마치 무언가가 날 쿵 하고 치는 것 같았죠. 난 그 귀부인이 그 여자라는 걸 알아차렸어요. 내가 가장 먼저 한 말은 아들에게 말하지 말라는 것이었어요. 하지만 그 애는 벌써 그 소식을 들었더군요. 그 애의 마부가 그곳에 있다가 모든 것을 본 것이죠. 내가 그 애의 방으로 달려갔을 때, 그 애는 이미 제정신이 아니었어요. 정말 보기에도 끔찍할 정도였죠. 그 애는 아무 말 없이 말을 타고 그곳으로 질주했어요. 그곳에서 무슨 일이 있었는지는 모르겠어요. 하지만 그 애는 죽은 사람처럼 되어 실려 왔지요. 난 그 애를 못 알아볼 뻔했어요. Prostration complète[159], 의사는 그렇게 말하더군요. 그 후로 거의 광란의 상태가 시작되었죠."

"아, 무슨 말을 해야 할지!" 백작부인은 손을 내저으며 말했다. "끔찍한 시간이었어요! 아뇨, 당신이 뭐라고 하든, 그 여자는 나쁜 여자예요. 그 얼마나 분별없는 열정인가요! 그 모든 것은 특별한 무언가를 증명하기 위한 것이었어요. 그리고 그 여자는 그것을 증명했죠. 그 여자는 자신뿐만 아니라 훌륭한 두 남자를 파멸시켰어요. 그 여자의 남편과 나의 불행한 아들 말이에요."

"그녀의 남편은 어떻습니까?" 세르게이 이바노비치가 물었다.

"그는 그녀의 딸을 데려갔어요. 처음에는 알료샤도 모든 것에 동의했죠. 하지만 지금은 자기 딸을 남에게 넘겨준 것 때문에 말할 수 없이 괴로워하고 있어요. 하지만 그 애는 뒤늦게 자기 말을 돌이킬 수 없었어요. 카레닌은 장례식에 왔죠. 하지만 우리는 카레닌이 알료샤와 마주치지 않도록 애썼어요. 그로서는, 남편으로서는 말이에요, 어쨌든 마음이 더 홀가분해졌을

159) '완전한 허탈.'(프랑스어)

거예요. 그 여자가 그를 해방시켜 준 거죠. 하지만 가엾은 내 아들은 그녀에게 모든 걸 바쳤어요. 그 애는 모든 걸 버렸죠. 사회적 성공, 나……. 그런데도 그 여자는 그 애를 가엾게 생각하지 않고 일부러 그 애를 완전히 파멸시킨 거예요. 아뇨, 당신이 뭐라고 하든, 그 여자의 죽음이야말로 종교가 없는 추악한 여자의 최후예요. 주여, 용서하소서, 하지만 아들의 파멸을 지켜보노라면 그 여자에 대한 기억을 증오하지 않을 수 없어요."

"그런데 지금 아드님은 어떻습니까?"

"이번 일은 우리를 향한 하느님의 도움이에요. 세르비아 전쟁 말이에요. 난 늙은이라 이 일에 대해 아무것도 몰라요. 하지만 하느님은 아들에게 이 일을 보내셨어요. 물론, 나도 어미로서 두렵죠. 게다가 무엇보다 사람들이 ce n'est pas très bien vu à Pétersbourg[160]라고 말하고 있어요. 하지만 달리 뭘 할 수 있겠어요! 이것만이 그 애를 일으킬 수 있어요. 야쉬빈, 그 애의 친구예요, 그는 도박으로 돈을 몽땅 날리고 세르비아에 가기로 마음먹었죠. 그가 아들을 찾아와 설득했어요. 이제 아들은 이 일에 몰두하고 있어요. 부탁이에요, 아들과 잠깐 이야기를 나누어 줘요. 난 그 애가 기분 전환이라도 했으면 좋겠어요. 그 애는 지독한 슬픔에 잠겨 있어요. 게다가 운 나쁘게 치통까지 앓고 있죠. 그 애는 당신을 보면 굉장히 기뻐할 거예요. 제발 그 애와 이야기 좀 해 봐요. 그 애는 저쪽에서 걷고 있어요."

---

160) '페테르부르크 사람들은 이 일에 대해 그다지 좋지 않게 생각한다.'(프랑스어)

세르게이 이바노비치는 자기로서도 무척 기쁜 일이라 말하고 기차의 반대편으로 걸음을 옮겼다.

5

플랫폼에 쌓아 둔 가마니들의 어슷한 저녁 그림자 속에서, 긴 외투를 입고 모자를 깊숙이 눌러쓴 브론스키가 호주머니에 두 손을 찔러 넣은 채 우리에 갇힌 짐승처럼 스무 걸음쯤 걷다 홱 돌아서서 다시 스무 걸음쯤 걷기를 반복하고 있었다. 세르게이 이바노비치가 다가갔을 때, 브론스키는 그를 보고도 못 본 척하는 것처럼 보였다. 세르게이 이바노비치는 그런 행동에 개의치 않았다. 그는 브론스키에게 어떤 개인적인 감정도 갖고 있지 않았다.

그 순간 세르게이 이바노비치의 눈에는 브론스키가 위대한 대의를 위한 중요한 활동가로 보였다. 그래서 코즈니셰프는 그를 격려하고 자신의 우호적인 감정을 보여 주는 것이 자신의 도리라고 생각했다. 그는 브론스키에게 다가갔다.

브론스키는 걸음을 멈추고 세르게이 이바노비치를 자세히 바라본 후에야 그를 알아보더니 그를 향해 몇 걸음 다가와 그의 손을 굳게 굳게 잡았다.

"혹시 당신이 날 만나고 싶어 하지 않을지도 모르지만." 세르게이 이바노비치가 말했다. "내가 당신에게 도움이 되지는 않을까 해서요."

"나로서는 당신만큼 덜 불쾌하게 느껴지는 사람도 없습니다." 브론스키가 말했다. "용서하십시오. 내게는 인생에 기쁠 것이 하나도 없거든요."

"이해합니다. 그래서 당신에게 도움을 드리고 싶었습니다." 세르게이 이바노비치는 고통의 빛이 뚜렷한 브론스키의 얼굴을 유심히 바라보며 말했다. "리스티치나 밀란[161]에게 편지라도 써 드릴까요?"

"오, 아닙니다!" 브론스키는 마치 그 말을 가까스로 이해한 듯 이렇게 말했다. "괜찮다면 같이 걷는 것이 어떨까요. 객차 안은 너무 후덥지근해서요. 편지요? 아뇨, 하지만 감사합니다. 죽으러 가는 것에 소개장은 필요 없습니다. 투르크군에게 가져갈 소개장이 아니라면……." 그는 입술로만 미소를 지었다. 그의 눈은 여전히 고통스럽고 성난 표정을 띠었다.

"네, 하지만 어쩌면 당신으로서는 준비된 사람과 인간관계를 맺는 것이 더 쉬울 수 있습니다. 어쨌든 관계는 불가피한 것이니까요. 하지만 뜻대로 하세요. 난 당신의 결심을 듣고 무척 기뻤습니다. 의용군에 대한 비난이 워낙 많은지라 당신 같은 분의 출정은 여론에서 의용군들의 위상을 높여 주지요."

---

161) 세르비아의 대공으로서 러시아의 원조를 약속받고 1876년에 투르크에 전쟁을 선포했다. 세르비아는 1878년에 완전한 독립을 쟁취하였으며 1882년에는 밀란을 왕으로 추대하여 왕국을 설립하였다.

"내가 인간으로서 가진 장점은 나에게 인생이 아무런 가치도 없다는 점입니다. 내 안에는 적의 방진(方陣)으로 쳐들어가 그들을 쳐부수거나 내가 전사하기에 충분한 육체적 힘이 있어요. 난 그것을 압니다. 난 나의 생명을 내놓을 수 있는 목표가 있다는 것에 기뻐하고 있습니다. 내게는 생명이라는 것이 불필요하다기보다 역겹습니다. 누군가에게는 쓸모가 있겠죠." 그러더니 그는 계속해서 욱신욱신 쑤시는 치통 때문에 턱을 신경질적으로 실룩거렸다. 치통은 그가 자신이 원하는 표정으로 이야기하는 것조차 방해했다.

"당신은 새롭게 태어날 겁니다. 내가 당신에게 예언합니다." 세르게이 이바노비치는 감동을 느끼며 이렇게 말했다. "형제를 압제에서 구하는 것은 생사를 걸 만한 가치 있는 목표입니다. 하느님께서 당신에게 외적인 성공과 더불어 내적인 평화도 주시길." 그는 이렇게 덧붙이고는 한 손을 내밀었다.

브론스키는 세르게이 이바노비치가 내민 손을 꽉 잡았다.

"네, 무기로서의 난 무언가에 쓸모가 있겠죠. 하지만 인간으로서의 난, 폐인입니다." 그는 사이를 두고 말했다.

단단한 이를 욱신욱신 쑤시게 하는 통증이 입 안에 침을 가득 고이게 해서 그는 제대로 말을 할 수 없었다. 그는 선로를 따라 천천히 매끄럽게 들어오는 탄수차를 물끄러미 바라보며 침묵했다.

그런데 갑자기 통증이 아니라 온몸을 휘감는 고통스럽고 내적인 답답함이 한순간 그로 하여금 치통을 잊게 했다. 탄수차와 선로를 보는 동안, 그 불행 이후 지금껏 만난 적 없는 지인과의 대화에 영향을 받아 문득 그녀가, 즉 그가 기차역의 창고로 미친 사람처럼 뛰어 들어갔을 때 그녀에게 아직 남아 있던 것이 그의 뇌리에 떠 올랐다. 낯선 사람들 가운데에서 수치스러운 줄도 모르고 창고의 탁자 위에 뻗어 있던, 조금 전까지만 해도 생명으로 충만해 있던 피투성이의 육체. 손상을 입지 않은 머리는 땋아 내린 무거운 머리채와 관자놀이 위로 곱슬곱슬하게 감긴 머리카락과 함께 뒤로 젖혀져 있다. 그리고 입이 반쯤 벌어진 매혹적인 얼굴의 입가에는 얼어붙은 듯한 낯설고 애처로운 표정이 어려 있고, 닫히지 않은 고정된 눈동자에는 마치 그들이 싸울 때 그녀가 그에게 말했던 그 끔찍한 말, 즉 그가 후회하게 될 거라고 한 말을 내뱉는 듯한 끔찍한 표정이 어려 있었다.

그래서 그는 그녀를 자신의 뇌리에 떠오르던 마지막 순간의 그녀같이 잔혹하고 복수심에 찬 모습이 아니라, 기차역에서 처음 만났을 때처럼 신비롭고 매혹적이고 사랑 가득하고 행복을 갈구하면서도 남에게 행복을 주던 그 모습으로 기억하려 애썼다. 그는 그녀와 보낸 가장 아름다운 순간을 떠올리려 애썼지만, 그러한 순간은 독에 오염되어 영원히 돌이킬 수 없게 되었다. 그는 그 누구에게도 필요하지 않은, 그러나 씻을 수 없는 회한을 남긴 채 실현되어 버린 그녀의 의기양양한 협박만을 기억했다. 그는 더 이상 치통을 느끼지 않았다. 흐느낌이 그의 얼굴을 일그러뜨렸다.

그는 가마니 옆을 말없이 두어 차례 걸으며 자제심을 되찾고는 침착한 모습으로 세르게이 이바노비치에게 말을 걸었다.

"어제 이후로 전보를 접하지 못하셨지요? 네, 그들은 세 차례 격파당했습니다. 하지만 내일 결전이 있을 것으로 예상됩니다."

그러고는 밀란의 왕위 선포와 그것이 불러올 엄청난 결과에 대해 잠시 이야기를 나눈 후, 그들은 두 번째 벨소리를 듣고 각자 자신의 객차로 돌아갔다.

6

세르게이 이바노비치는 언제 모스크바를 떠날 수 있을지 몰라 동생에게 마차를 보내 달라는 전보를 치지 않았다. 카타바소프와 세르게이 이바노비치가 기차역에서 잡은 작은 타란타스를 타고 흑인처럼 시커멓게 먼지투성이가 되어 정오 무렵 포크로프스코예 저택의 현관 입구에 도착했을 때, 레빈은 집에 없었다. 아버지와 언니와 함께 발코니에 앉아 있던 키티는 시아주버니를 알아보고 그를 맞으러 아래층으로 뛰어 내려왔다.

"온다는 기별도 안 해 주시다니, 부끄럽지도 않으세요." 그녀는 세르게이 이바노비치에게 손을 내밀고 그에게 이마를 가까이 대며 말했다.

"폐를 끼치지 않고도 이렇게 잘 왔잖아요." 세르게이 이바노비치가 대답했다. "난 온통 먼지투성이라 당신의 몸에 닿을까 걱정되는군요. 그동안 너무 바빠서 언제 나설 수 있을지 몰랐어요. 그런데 당신은 여전하네요." 그는 미소를 지으며 말했다.

"세파를 벗어나 자신의 고요한 웅덩이에서 고요한 행복을 누리고 있군요. 여기 우리의 친구 표도르 바실리치도 마침내 이곳에 올 결심을 했답니다."

"하지만 난 흑인이 아닙니다. 나도 씻고 나면 인간처럼 보일 거예요." 카타바소프는 평소처럼 우스갯소리를 하며 손을 내밀고는 검은 얼굴 때문에 유난히 빛나는 이를 드러내며 빙그레 웃었다.

"코스챠가 무척 기뻐할 거예요. 그이는 농장에 갔어요. 이제 돌아올 때가 됐는데."

"여전히 농사로 바쁘군요. 여기는 그야말로 웅덩이입니다." 카타바소프가 말했다. "도시에 사는 우리에게는 세르비아 전쟁 외에 아무것도 안 보이는데. 음, 나의 친구는 어떤 태도를 보여 줄까요? 분명 다른 사람들과는 다른 무언가를 말해 주겠죠?"

"아뇨, 그렇지 않아요. 다른 사람들과 똑같은걸요." 키티는 약간 당황스러운 눈길로 세르게이 이바노비치를 바라보며 대답했다. "그럼, 그이를 부르러 사람을 보낼게요. 그런데 우리 집에 아빠가 와 계세요. 아빠는 얼마 전에 외국에서 돌아오셨죠."

그리고 키티는 레빈을 부르러 사람을 보내라, 먼지투성이의 손님들이 몸을 씻을 수 있도록 한 명은 서재로, 다른 한 명은 전에 돌리가 묵었던 방으로 안내하라, 손님들을 위해 식사를 준비하라 지시하면서, 임신 중에 빼앗겼던 빠르게 움직일 권리를 행사하며 발코니로 달려갔다.

"세르게이 이바노비치와 카타바소프 교수님이 오셨어요." 그녀가 말했다.

"아, 날도 더운데 괴롭게 됐군!" 공작이 말했다.

"아니에요, 아빠, 그분은 아주 훌륭한 분이에요. 코스챠도 그분을 아주 좋아해요." 키티는 아버지의 얼굴에 떠오른 시큰둥한 표정을 눈치채고는 그에게 뭔가 동의를 구하듯 생긋 웃으며 말했다.

"아니다, 난 괜찮다."

"언니, 저분들에게 가 봐." 키티는 언니에게 말했다. "저분들의 말상대가 되어 줘. 저분들이 기차역에서 스티바를 봤다던데. 형부는 잘 있대. 난 미챠[162]에게 달려가야겠어. 딱하게도 차 마실 때부터 아이에게 젖을 먹이지 못했지 뭐야. 그 애는 지금쯤 잠에서 깨어 틀림없이 울고 있을 거야." 그리고 그녀는 젖이 붓는 것을 느끼며 총총걸음으로 어린이 방에 갔다.

사실 그녀가 단순히 짐작한 것은 아니었다(그녀와 아기의 결속은 아직 끊어지지 않았다.). 그녀는 자기의 젖이 붓는 것을 보고 아기가 배고프리라는 것을 분명히 알았다.

그녀는 어린이 방에 채 이르기도 전에 아기가 울고 있다는 것을 알았다. 사실 아기는 울고 있었다. 그녀는 아기의 목소리를 알아듣고 걸음을 재촉했다. 하지만 그녀가 걸음을 재촉할수록, 아기는 더욱더 크게 울어 댔다. 활기차고 건강하게 들리지만 배가 고파 안달하는 목소리였다.

"운 지 오래됐어요, 보모? 운 지 오래됐냐고요?" 키티는 의자에 앉아 젖 먹일 준비를 하며 황급히 물었다. "자, 어서 그 애

---

162) 드미트리의 애칭.

를 줘요. 아, 보모, 정말 답답하네요. 모자는 나중에 씌워요!"

아기는 자지러질 듯 울어 대다 지쳐 버리고 말았다.

"그러면 안 되죠, 마님!" 거의 늘 어린이 방에 있다시피 하는 아가피야 미하일로브나가 대답했다. "제대로 입혀야 해요, 까꿍, 까꿍!" 그녀는 어머니에게는 신경도 쓰지 않고 아기를 내려다보며 노래를 불렀다.

보모는 아기를 어머니에게 데려갔다. 아가피야 미하일로브나는 애정으로 녹아내릴 것 같은 얼굴을 하고 그 뒤를 따랐다.

"알아봐요, 날 알아봐요. 하느님께 맹세해요, 카체리나 알렉산드로브나 마님, 날 알아봤다니까요!" 아가피야 미하일로브나는 아기의 목소리가 묻히도록 더 큰 소리로 외쳤다.

하지만 키티는 그녀의 말을 듣고 있지 않았다. 그녀의 초조함은 아기의 초조함과 더불어 점점 커져 갔다.

초조함 때문에 오랫동안 일이 잘 풀리지 않았다. 아기는 엉뚱한 곳을 물고는 짜증을 부렸다.

아기가 숨이 막히도록 자지러지게 울며 젖이 아닌 엉뚱한 곳을 빨던 끝에 마침내 문제가 해결되자, 어머니도, 아기도 동시에 마음이 편안해짐을 느꼈다. 그러고는 둘 다 잠잠해졌다.

"가엾어라, 온통 땀에 젖었네." 키티는 아기를 만져 보며 이렇게 소곤거렸다. "그런데 왜 이 아이가 당신을 알아본다고 생각해요?" 그녀는 푹 씌워진 모자 아래에서 교활하게 올려다보는 듯한 아기의 눈동자와 규칙적으로 볼록해지는 자그마한 볼과 동그란 원을 그리며 꼬물거리는, 손바닥이 발그레한 손을 곁눈질하며 이렇게 덧붙였다.

"그럴 리 없어요! 만약 이 애가 누군가를 알아본다면, 그건 나일 거야." 키티는 아가피야 미하일로브나의 주장에 이렇게 대꾸하고는 생긋 웃었다.

그녀가 웃은 것은, 비록 자신이 아기가 아가피야 미하일로브나를 알아볼 리 없다고 말하긴 했지만, 마음속으로는 아기가 그녀를 알아볼 뿐 아니라 이미 모든 것을 인식하고 이해하며 아무도 모르는 많은 것들, 심지어 어머니인 자신조차 그 아이 덕분에 비로소 깨닫고 이해하기 시작한 것까지 이미 인식하고 이해한다는 것을 알았기 때문이다. 아가피야 미하일로브나에게, 보모에게, 할아버지에게, 심지어 아버지에게조차, 미챠는 단지 물질적인 보살핌만을 요구하는 생물에 불과했다. 그러나 어머니에게 있어 그는 이미 오래전부터 그녀와 정신적 관계의 완전한 역사를 공유하고 있는 정신적 존재였다.

"곧 잠에서 깨면 마님도 직접 두 눈으로 확인하실 거예요. 제가 이렇게 하면 도련님도 환하게 웃어요, 마님. 눈부신 대낮같이 환하게 빛난다니까요." 아가피야 미하일로브나가 말했다.

"네, 알았어요, 알았어. 그때 보자고요." 키티가 속삭였다. "이제 가요. 아기가 잠들었어요."

7

아가피야 미하일로브나가 뒤꿈치를 들고 방에서 나갔다. 보모는 커튼을 치고 침대의 모슬린 휘장 안의 파리와 창문 유리에 부딪치며 파닥거리던 말벌을 쫓아낸 후 의자에 앉아 자작나무의 마른 가지로 어머니와 아기에게 부채질을 해 주었다.

"이렇게 더울 수가! 아, 더워! 하느님이 가랑비라도 뿌려 주셨으면." 그녀가 중얼거렸다.

"그래, 그래, 쉬, 쉬, 쉬……." 키티는 가볍게 몸을 흔들며, 손목을 실로 묶은 것처럼 포동포동한 작은 팔을 부드럽게 쥐었다. 미챠는 계속 그 손을 힘없이 저으며 눈을 떴다 감았다 했다. 그 손이 키티의 마음을 어지럽혔다. 그녀는 그 손에 입을 맞추고 싶었지만 그렇게 하다가 아기를 깨우지나 않을까 걱정스러웠다. 마침내 그 손은 움직임을 멈추었고 눈동자도 감겼다. 아주 가끔 아기는 자기 일을 계속하면서, 위로 말린 긴 속눈썹을 살짝 들어 올린 채 어슴푸레한 빛 속에서 까맣게 보이는 촉촉한 눈동자로 어머니를 쳐다보았다. 보모는 부채질을 멈추고 꾸벅꾸벅 졸기 시작했다. 위층에서 우레 같은 노공작의 목소리와 카타바소프의 커다란 웃음소리가 들렸다.

'나 없이 대화가 시작됐나 보네.' 키티는 생각했다. '하지만 코스챠가 없어 유감이야. 틀림없이 또 양봉장에 들렀을 거야. 그가 그곳을 자주 드나드는 게 슬프긴 하지만, 그래도 기뻐. 그것이 그의 주의를 딴 곳으로 돌려놓으니까. 이제 그는 봄보다 더 명랑해지고 좋아지기 시작했어.'

'그때 그가 어찌나 우울해하고 괴로워하던지, 난 그 때문에 두려움마저 느낄 정도였어. 참 재미있는 사람이야!' 그녀는 이렇게 속삭이며 미소를 지었다.

그녀는 남편을 괴롭히는 게 무엇인지 알고 있었다. 그것은 그의 무신론이었다. 만약 사람들이 그녀에게 그가 하느님을 믿지 않을 경우 미래에 파멸할 것이라고 생각하는지 묻는다면, 그녀는 그가 파멸할 거라는 점에 동의해야만 했을 것이다. 그러나 그의 무신론은 그녀를 불행하게 만들지 않았다. 그녀는 하느님을 믿지 않는 자에게 구원이란 있을 수 없다는 것을 인정하면서도 이 세상 그 누구보다도 남편의 영혼을 사랑했다. 그래서 그녀는 생글거리는 얼굴로 그의 무신론을 생각하며 그가 우스운 사람이라고 혼잣말을 했던 것이다.

'그는 무엇을 위해 1년 내내 철학책 같은 것들을 읽는 걸까?' 그녀는 생각했다. '만약 그 책들 속에 그 모든 게 적혀 있다면, 그는 그것들을 이해할 수 있겠지. 하지만 그 책들이 옳지 않다면, 어째서 그것들을 읽어야 하지? 그 자신도 하느님을 믿고 싶다고 말하잖아. 그런데 왜 그는 믿지 않는 걸까? 아마 너무 많은 걸 생각해서겠지? 그가 너무 많이 생각하는 것은 혼자 있기 때문이야. 그는 늘 혼자, 혼자 있어. 그는 우리에게 모든 것을 말하지 못해. 그는 저 손님들, 특히 카타바소프를 보면 기뻐할 거야. 카타바소프와 토론하는 것을 좋아하잖아.' 그녀는 생각했다. 그 순간 그녀의 생각은 카타바소프의 잠자리를 어디에 마련하면 좋을까, 따로 마련할까, 아니면 세르게이 이바노비치와 한방에 마련해 줄까 하는 것으로 옮겨 갔다. 그러자 문득 그녀의 머리에 그녀를 흥분으로 부르르 떨게 하는, 심지어 미챠의 잠까지 방해하게 만드는 생각이 떠올랐다. 미챠는 그 때문에 그녀를 쏘아보았다. '빨래하는 여자가 아직 세탁물을 가져오지 않았을 텐데. 손님용 침대 시트는 다 내놨잖아. 만약 내가 지시를 내리지 않으면, 아가피야 미하일로브나는 세르게이 이바노비치에게 빨지 않은 시트를 내놓을 거야.' 그것을 생각하는 것만으로도 키티의 얼굴이 확 붉어졌다.

'그래, 지시를 내려야겠어.' 그녀는 결심했다. 그러고는 조금 전의 생각으로 되돌아가 자신이 정신적으로 중요한 무언가에 대해 미처 다 생각하지 않았다는 점을 기억하고는 그게 뭐였는지 떠올리기 시작했다. '그래, 믿음이 없는 코스챠에 관한 문제였지.' 그녀는 생긋 웃으며 그것을 다시 기억해 냈다.

'그래, 그는 무신론자야! 그를 마담 슈탈같이 되게 하거나 내가 외국에 있을 때 되고 싶어 한 모습으로 있게 하느니 언제까지나 지금 그 모습으로 있게 내버려 두는 게 나아. 아냐, 그는 거짓 행세를 하는 사람이 아냐.'

그러자 얼마 전에 본 그의 선량한 성품이 그녀의 눈앞에 생생하게 떠올랐다. 2주 전, 돌리에게 잘못을 뉘우치는 스테판 아르카지치의 편지가 배달되었다. 그는 자신의 명예를 지켜 달라고, 빚을 갚을 수 있게 영지를 팔아 달라고 애원했다. 돌리는 절망에 빠져 남편을 증오하고 경멸했으며, 한편으로는 불쌍히 여기다가 다시 그와 이혼하겠노라고, 그의 요구를 거절하겠노라고 결심했다. 그러나 결국 자신의 영지를 일부 파는 데 동의하고 말았다. 그 뒤로 키티는 남편이 당황스러워하던 모습, 그가 신경 쓰이는 문제에 대해 여러 번 서툴게 접근하던 모습, 마침내 그가 돌리에게 모욕을 주지 않으면서 그녀를 도울 유일한 방법을 궁리해 낸 후 키티의 영지를 돌리에게 일부 주자고 제안하던 모습을 떠올리며 자기도 모르게 감동의 미소를 짓곤 했다. 예전에 그녀는 그런 것에 대해 생각도 못했다.

'그런데 그가 무슨 무신론자라는 거야? 저렇게 동정심이 많고 다른 사람들, 심지어 아이의 마음까지도 행여 아프게 할까 저렇게 걱정하는 사람인데 말이야! 무엇이든 남을 위해서 하고 자신을 위해서는 아무것도 하지 않아. 세르게이 이바노비치는 자기의 집사 노릇을 하는 것이 코스챠의 의무라고 생각하지. 누나도 마찬가지고. 이젠 돌리까지 아이들을 데리고 와서 그의 보살핌을 받고 있어. 마치 농부를 섬기는 것이 그의 의무인 양 날마다 그를 찾아오는 농부들을 봐.'

'그래, 부디 그렇게만, 너의 아버지처럼, 그렇게만 자라다오.' 그녀는 미챠를 보모에게 건네고 그 자그마한 뺨에 살짝 입을 맞추며 이렇게 중얼거렸다.

8

사랑하는 형이 죽어 가는 모습에 난생처음으로, 그의 표현을 빌리자면, 새로운 신념을 통해, 즉 스무 살에서 서른네 살에 걸쳐 그 자신도 모르게 그의 어린 시절과 청년 시절의 믿음을 대신해 버린 새로운 신념을 통해 생사의 문제를 바라보게 된 그 순간부터, 레빈은 죽음보다 오히려 어디에서 왔는지, 어디로 가는지, 무엇을 위해 존재하는지, 그것이 무엇인지에 대한 지식이 전혀 없는 생명을 더 두려워하게 되었다. 유기체, 유기체의 쇠퇴, 물질의 불멸성, 에너지 보존의 법칙, 진화. 그가 예전에 품은 믿음을 대신한 단어는 이런 것들이었다. 그러한 단어와 그것에 결부된 개념들은 지적인 목적을 위해서는 대단히 훌륭한 것들이었다. 그러나 그것들은 생명에 대해 아무것도 말해 주지 않았다. 그러자 레빈은 문득 자신이 따뜻한 털외투를 모슬린 옷으로 바꾸어 버린 후 난생처음 만난 얼어붙을 듯한 추위 속에서 자신이 벌거숭이나 다름없고 어쩔 수 없이 괴로운 최후를 맞이할 수밖에 없다는 것을 이성으로써가 아니라 자신의 온 존재로써 확인하는 사람의 처지에 놓였다는 것을 깨달았다.

그 순간부터 레빈은 비록 그 점을 분명히 깨닫지 못한 채 여전히 예전처럼 살긴 했지만 끊임없이 자신의 무지에 대해 이러한 공포를 느꼈다.

게다가 그는 자기가 신념이라고 부르는 그것이 무지에 지나지 않을 뿐 아니라 자신에게 필요한 것을 인식하지 못하게 하는 사고방식이기도 하다는 것을 어렴풋이나마 깨닫고 있었다.

결혼 초, 그가 알게 된 새로운 기쁨과 의무는 이러한 생각들을 완전히 삼켜 버렸다. 하지만 최근 아내의 출산 후 모스크바에서 하는 일 없이 빈둥거리는 동안, 레빈에게는 해결을 요구하는 그 문제가 점점 더 빈번하게, 더 집요하게 떠오르기 시작했다.

그가 생각하는 문제는 다음과 같은 것이었다. '만약 내가 내 생명에 대해 그리스도교에서 제시하는 답을 인정하지 않는다면, 난 어떤 대답을 인정할 것인가?' 그러나 그는 자신의 신념의 병기고를 다 뒤져도 어떤 해답은커녕 해답 비슷한 것도 전혀 발견할 수 없었다.

그는 장난감 가게와 총기류 가게에서 식량을 찾는 사람의 처지에 놓여 있었다.

그는 이제 자기도 모르게 무의식적으로 모든 책에서, 모든 대화에서, 모든 사람에게서 그 질문들에 대한 연관성과 해결을 찾고 있었다.

이때 무엇보다 그를 놀라게 하고 실망시킨 점은, 그가 속한 사회의 많은 동년배들이 자기처럼 예전의 믿음을 자신이 가진 것과 똑같은 새로운 신념으로 바꾼 후에도 그 속에서 전혀 어려움을 느끼지 않은 채 완전한 만족과 평온 속에서 살고 있다는 점이었다. 그래서 중요한 문제 외에 다른 문제들까지 레빈을 괴롭히게 되었다. 저 사람들이 과연 진실한 걸까? 그들이 거짓 행세를 하는 건 아닐까? 아니면 그를 사로잡는 질문에 대해 과학이 제시하는 해답을 저들이 나보다 더 잘 이해하고 있거나 달리 이해하고 있는 게 아닐까? 그래서 그는 그 사람들의 견해와 그 해답을 표명한 책들을 열심히 파고들었다.

그런 질문들이 그를 사로잡기 시작한 이후 그가 알아낸 한 가지, 그것은 바로 그가 젊은 대학 시절의 기억에서 종교는 이미 자신의 시간을 다 살았고 더 이상 존재하지 않는다는 가정을 끌어냄으로써 오류를 범했다는 점이었다. 그와 가까이 지내고 반듯한 생활을 하는 사람들은 모두 하느님을 믿었다. 노공작, 그가 몹시 좋아하게 된 리보프, 세르게이 이바니치, 그리고 모든 여자들이 하느님을 믿었다. 그의 아내는 그가 어린 시절에 하느님을 믿었던 그 모습으로 하느님을 믿었다. 자신들의 삶으로 그에게 최고의 존경을 불러일으킨 러시아 농민들, 그들의 백에 아흔 아홉, 아니 그들 모두가 하느님을 믿었다.

그가 많은 책들을 읽으면서 확신하게 된 또 한 가지는, 그와 똑같은 시각을 공유한 사람들이 그 시각으로는 다른 어떤 것도 말하려 하지 않는다는 것, 그들은 아무것도 해명하지 않은 채 그로서는 그 해답 없이 도저히 살아갈 수 없을 것 같은 질문들을 단순히 부정하기만 하고 그가 흥미를 느낄 수 없는 전혀 다른 문제들, 예를 들면 유기체의 진화나 영혼에 대한 기계론적 설명 등등을 해결하려 애쓰고 있다는 점이다.

게다가 아내가 출산하는 동안 그에게 특별한 사건이 일어났다. 무신론자인 그가 기도를 하게 되었고 기도의 순간에 하느님을 믿었던 것이다. 하지만 그러한 순간이 지나자, 그는 자신의 삶 가운데 그 어떤 것도 당시의 기분에 맡길 수 없었다.

그때는 진리를 알았는데 지금은 잘못 알고 있다니, 그는 그것을 받아들일 수 없었다. 그가 그 문제를 차분하게 생각하기 시작하자마자 모든 것이 산산조각으로 무너져 버렸기 때문이었다. 그렇다고 해서 자신이 그때 착각을 한 것이라고 인정할 수도 없었다. 왜냐하면 그는 그때의 정신 상태를 소중히 간직하고 있었던 데다, 그것을 약점 탓이라고 인정해 버리면 그 순간을 더럽히는 셈이 되기 때문이었다. 그는 자신과 고통스러운 갈등을 겪으며 그것에서 벗어나기 위해 모든 정신을 팽팽히 긴장시켰다.

9

이런 상념들은 때로는 약하게, 때로는 강하게 그를 괴롭히고 지치게 했다. 그러나 그것들은 결코 그를 내버려 두는 법이 없었다. 그는 읽고 또 생각했다. 그런데 읽고 생각하는 것이 많아질수록, 자신이 추구하는 목적에서 점점 멀어지는 것을 느꼈다.

최근 그는 모스크바에서나 시골에서나 유물론으로부터는 해답을 발견할 수 없음을 확신하고 플라톤, 스피노자, 칸트, 셸링, 헤겔, 쇼펜하우어 등 삶을 유물론적으로 해석하지 않은 철학자들의 책을 다시 읽어 보거나 처음으로 통독을 하곤 했다.

그들의 사상은 그가 책을 읽거나 다른 학설, 특히 유물론에 대한 반박을 찾으려 할 때는 유용한 것 같았다. 하지만 그가 책을 읽거나 직접 문제의 해결을 찾으려 할 때면, 언제나 곧 똑같은 것이 되풀이되곤 했다. 정신, 의지, 자유, 본질 같은 모호한 말들의 정의를 따라가는 동안, 철학자들이나 그 자신이 그에게 쳐 놓은 말들의 덫에 일부러 빠지는 동안, 그는 마치 무언가를 이해하기 시작한 듯했다. 하지만 그는 인위적인 사유 과정을 잊은 채, 삶에서 벗어나 그저 주어진 실을 따라 생각하면서, 자신에게 만족을 준 것으로 되돌아가기만 하면 되었다. 그러다 갑자기 카드로 만든 집 같은 그 인위적인 구조물 전체가 와르르 무너져 버리고, 그 구조물은 삶에서 이성보다 더 중요한 무언가와 상관없이 그저 치환된 것에 불과한 똑같은 말들로 만들어졌다는 사실을 분명하게 드러내곤 했다.

언젠가 그는 쇼펜하우어를 읽으며 의지라는 말이 들어갈 자리에 사랑을 넣어 보았다. 그러자 그 새로운 철학은 그가 그 철학을 벗어나기까지 이틀 동안 그를 위로해 주었다. 그러나 그가 나중에 삶 속에서 그것을 바라보자, 그것 역시 와르르 무너지며, 몸을 따뜻하게 해 주지 못하는 모슬린 옷이었음을 드러냈다.

형 세르게이 이바노비치는 그에게 호먀코프의 신학 저서를 읽어 보라고 권했다. 레빈은 호먀코프 전집의 제2권을 읽었다. 처음에는 논쟁적이고 우아하고 재기발랄한 어조가 그를 밀쳐 냈지만, 그는 교회에 관한 이론에 깊은 감명을 받았다. 가장 먼저 그에게 감동을 준 것은 거룩한 진리의 이해는 사람에게가 아니라 사랑으로 결합된 사람들의 집합, 즉 교회에 주어졌다는 사상이었다. 지금도 살아 존재하고 모든 사람의 믿음을 조성하는 교회, 하느님을 머리로 삼기에 성스럽고 완전무결한 교회, 그 교회를 믿는 것과 교회로부터 하느님과 창조와 타락과 속죄에 대한 믿음을 받아들이는 것이 하느님, 아득히 먼 신비한 하느님, 창조 등에서 출발하는 것보다 더 쉽다는 사상은 그에게 기쁨을 주었다. 그러나 나중에 가톨릭 필자가 쓴 교회사와 슬라브 정교 필자가 쓴 교회사를 읽고 본질상 완전무결한 두 교회가 서로를 부인하는 것을 본 후, 그는 교회에 관한 호먀코프의 이론에도 환멸을 느끼고 말았다. 그리하여 그 구조물도 철학적 구조물과 똑같이 재가 되어 흩어지고 말았다.

올봄 내내 그는 본래의 자신을 잃고 끔찍한 순간을 겪었다.

'내가 과연 무엇인지, 내가 왜 여기에 있는지를 알지 못한 채 살아갈 수는 없어. 그런데 그것을 알 수 없단 말이야. 그러니 난 살 수 없어.' 레빈은 혼잣말을 했다.

'무한한 시간 속에서, 물질의 무한성 속에서, 무한한 공간 속에서 거품 같은 유기체가 분리되어 나온다. 그리고 그 거품은 잠시 버티다 터져 버린다. 그리고 그 거품은, 바로 나.'

그것은 고통스러운 거짓이었다. 하지만 그것은 인간의 사유가 그 방향으로 수 세기 동안 수고하여 이룬 유일한 최후의 결론이었다.

그것은 거의 전 부문에 걸친 인간 사유의 모든 탐색이 그 토대로 삼은 최후의 믿음이었다. 그것은 지배적인 신념이었다. 그리고 레빈이 다른 설명들 가운데 그 스스로도 언제, 어떤 식으로 그렇게 됐는지 모를 만큼 부지불식간에 가장 분명한 것으로 받아들인 것도 바로 이 신념이었다.

하지만 그것은 거짓일 뿐 아니라, 어떤 사악한 힘, 사악하고 혐오스럽고 절대 굴복해서는 안 되는 힘의 잔인한 조롱이었다.

그 힘에서 벗어나야 했다. 그리고 그것은 각자의 손에 달려 있었다. 악에 대한 그런 종속을 끊어야 했다. 그리고 한 가지 방법이 있었다. 그것은 바로 죽음이었다.

그래서 행복한 가정을 가진 건강한 인간 레빈은 자신의 목을 매지 않도록 끈을 숨기고 자신에게 총을 쏠까 봐 총을 들고 다니는 것조차 두려워할 만큼 수차례 거의 자살 직전까지 갔다.

하지만 레빈은 총으로 자살하지도 않고, 스스로 목을 매지도 않고 여전히 살아가고 있었다.

10

나는 무엇인가, 무엇을 위해 살고 있는가를 생각할 때면, 레빈은 해답을 찾지 못해 절망에 빠지곤 했다. 하지만 그 문제에 대해 자문하기를 멈추는 순간에는 자신이 무엇인지, 무엇을 위해 사는지 알 것만 같았다. 왜냐하면 그는 확고하고 분명하게 행동하고 살아갔기 때문이다. 심지어 요즘 같은 때에도 그는 예전보다 훨씬 더 확고하고 분명하게 생활했다.

6월 초에 시골로 돌아온 후, 그는 일상적인 업무로 복귀했다. 농경, 농부들과 이웃들과의 교류, 가정의 운영, 그의 손에 맡겨진 누나와 형의 일, 아내와 친척들과의 관계, 아기에 대한 걱정, 그가 올봄부터 열중해 왔고 그의 시간을 모두 차지해 버린 양봉이라는 새로운 관심사.

그가 그런 일들에 마음을 빼앗긴 것은, 예전에 그랬던 것처럼 그가 그것들을 어떤 일반적인 시각으로 스스로에게 정당화시켜서가 아니었다. 오히려 지금은 공공의 복지를 위한 예전

계획들의 실패에 환멸을 느끼기도 했고, 자신의 상념과 사방에서 쏟아지는 엄청난 양의 일거리 때문에 너무 바쁘기도 해서, 그는 공공의 복지에 대한 모든 생각을 완전히 접어 버렸다. 그러므로 그가 그런 일에 몰두했던 것은, 단지 자신이 해 왔던 것들을 계속해야 할 것 같고 그로서는 달리 어쩔 도리가 없을 것 같아서였다.

예전에(그것은 거의 어린 시절부터 시작되어 완전한 성숙기에 접어들 때까지 계속 성장했다.) 그가 모든 사람을 위해, 인류를 위해, 러시아를 위해, 현을 위해, 농촌 전체를 위해 도움이 되는 뭔가를 하려고 노력했을 때, 그는 그것을 생각하는 것이 기쁜 일이라는 것을 알아차렸다. 그러나 실행 자체는 언제나 어색했고, 그 일이 반드시 필요한 것인지 충분한 확신도 없었다. 그래서 처음엔 너무나 크게 보이던 활동 자체도 점점 작아지고 작아져 아무것도 아닌 것이 되어 버리곤 했다. 그런데 결혼 후 자신을 위한 생활에 점점 갇히게 된 지금, 그는 비록 자신의 활동을 생각할 때 더 이상 어떤 기쁨도 맛보지 못하게 되었지만 자신의 일이 꼭 필요한 것이라는 확신을 느꼈고 그것이 전보다 훨씬 더 유익해지고 점점 더 확장되어 가는 것을 목격했다.

이제 그는 자신의 의지에 반하여 마치 쟁기처럼 점점 더 깊이 땅속으로 파고들었다. 그래서 그는 밭고랑을 뒤엎지 않고는 그 속에서 벗어날 수 없게 되었다.

아버지들과 할아버지들이 살아온 것처럼 가족을 위해 산다는 것, 곧 똑같은 문화적 조건 속에서 똑같이 자녀들을 키우며 산다는 것은 의심할 여지 없이 꼭 필요한 것이었다. 그것은 배가 고플 때 식사를 하는 것만큼이나 필요한 것이었다. 그리고 그렇게 하기 위해서는, 마치 식사에 준비가 필요한 것처럼, 소득을 올릴 수 있도록 포크로프스코예에 농기계를 들여와야 했다. 레빈이 할아버지가 건축하거나 심은 것들에 대해 감사했듯이 그의 아들도 땅을 물려받았을 때 아버지에게 감사할 수 있도록 조상의 땅을 잘 보존해야 한다는 것은, 빚이란 응당 갚아야 한다는 것만큼이나 의심할 여지 없는 사실이었다. 그리고 그렇게 하기 위해서는 땅을 세주지 말고 직접 농사를 짓고 가축을 기르고 밭에 거름을 대고 나무를 심어야 했다.

세르게이 이바노비치의 일, 누나의 일, 그에게 조언을 구하러 오고 또 그렇게 하는 것에 익숙해진 농부들의 일을 돌보지 않는다는 것은, 마치 품에 안고 있는 아기를 내동댕이칠 수 없는 것과 마찬가지로 있을 수 없는 일이었다. 그의 초대를 받고 온 처형과 그녀의 아이들, 그리고 그의 아내와 아기에게도 마음을 써야만 했다. 그래서 하루에 다만 얼마 동안이라도 그들과 함께 있어 주지 않으면 안 되었다.

그래서 그런 것들은 새 사냥과 양봉이라는 새로운 취미와 더불어 레빈의 모든 생활을 채웠다. 그러나 그러한 생활도 그가 생각에 잠긴 동안에는 아무런 의미도 없었다.

하지만 레빈은 자신이 무엇을 해야 할지 확실하게 알았을 뿐 아니라 그 모든 것을 어떻게 해야 할지, 어떤 일이 더 중요한지도 잘 알고 있었다.

그는 노동자들을 가능한 한 싼 임금으로 고용해야 한다는 것을 알고 있었다. 그러나 그들의 가치보다 더 싼 임금을 선불로 주며 그들을 노예처럼 부리면 안 된다는 것도 알았다. 설사 그렇게 하는 것이 많은 이익을 준다 해도 말이다. 비록 농부들이 불쌍하긴 하지만, 사료가 부족할 때는 농부들에게 짚을 팔아도 괜찮다. 하지만 여인숙과 술집은 설사 그곳이 수익을 낸다 해도 없애야 했다. 불법 벌목에 대해서는 할 수 있는 한 엄하게 처벌해야 했다. 그러나 우리에서 벗어난 가축에 대해 벌금을 거둬서는 안 된다. 설사 그런 조치가 파수꾼들의 화를 돋우고 두려움을 없앤다 해도, 우리에서 벗어난 가축을 돌려주지 않는 것은 있을 수 없는 일이었다.

고리대금업자에게 한 달에 10퍼센트의 이자를 지불하는 표트르에게는 그가 돈을 갚도록 돈을 빌려 주어야 한다. 그러나 소작료를 내지 않는 농부들을 눈감아 주거나 지불 기한을 연기해 줄 순 없다. 작은 목초지를 베지 않고 남겨 두어 풀을 못 쓰게 만든 경우에는 집사를 용서해서는 안 된다. 하지만 어린 묘목을 심은 80제샤치나의 땅에서는 풀을 베면 안 된다. 아버지가 죽었다고 해서 작업 기간에 집으로 가 버린 노동자는 아무리 딱하다 해도 용서해서는 안 된다. 따라서 그에게는 그가 채우지 못한 귀중한 개월 수만큼 임금을 깎아 지불해야 한다. 하지만 아무 짝에도 쓸모없는 늙은 하인일지언정 그에게 월급을 주지 않을 수는 없다.

또한 레빈은 집으로 돌아갔을 때 가장 먼저 몸이 좋지 않은 아내에게 가야 한다는 것, 세 시간 동안 그를 기다린 농부들은 좀 더 기다리게 해도 된다는 것을 알고 있었다. 그리고 꿀벌 떼를 벌통에 모을 때 느끼는 기쁨에도 불구하고, 그는 때로 그 기쁨을 접고서 꿀벌을 벌통에 모으는 일을 노인에게 맡긴 채 양봉장으로 자기를 찾아온 농부들과 의논하러 가야 한다는 것을 알고 있었다.

그는 자기가 잘 처신하는 건지 아닌지 알 수 없었다. 그리고 그는 지금 그것을 굳이 입증하려 들지도 않았을 뿐 아니라 그것에 대해 말하거나 생각하는 것도 피하려 했다.

추론은 그를 의심으로 이끌었고 그로 하여금 무엇을 해야 할지 무엇을 하지 말아야 할지 깨닫지 못하게 방해했다. 그러나 생각하지 않고 살아갈 때, 그는 자신의 정신 속에서 두 가지 가능한 행위 가운데 어느 것이 좋은지 어느 것이 나쁜지 판단하는 완전무결한 재판관의 존재를 계속 느낄 수 있었다. 그래서 그는 마땅히 해야 할 바를 하지 않으면 그 즉시 그것을 느낄 수 있었다.

그래서 그는 자기가 무엇인지, 자기가 이 세상에서 무엇을 위해 사는지 인식할 가능성을 전혀 깨닫지도 보지도 못하면서, 그러한 무지 때문에 자살을 두려워할 정도로 괴로워하면서, 그와 동시에 인생에서 자신만의 고유하고 일정한 길을 굳건하게 개척해 가면서 그렇게 살아가고 있었다.

11

세르게이 이바노비치가 포크로프스코예에 도착한 날, 레빈은 가장 괴로운 날들 가운데 하루를 보내고 있었다.

농민들의 노동에서 자기희생이라는 특별한 노력이 발휘되는 가장 시급한 농사철이었다. 그러한 자기희생의 노력은 다른 어떤 일상적 조건에서도 발휘되지 않는 것으로서, 만약 그러한 자질을 보여 주는 사람들이 스스로에게 자부심을 갖는다면, 그러한 노력이 해마다 반복되지 않는다면, 그 노력의 결과가 그렇게 단순하지 않다면, 그 노력은 높이 평가받아야 마땅한 것이다.

호밀과 귀리를 베어 단을 묶어 나르는 것, 목초를 베는 것, 휴전(休田)을 다시 갈아 두는 것, 곡식 알갱이를 탈곡하고 가을 파종을 하는 것, 모든 것은 간단하고 평범해 보였다. 하지만 그런 것들을 끝내려면, 노인부터 젊은이까지 온 마을 사람들이 크바스와 양파와 흑빵을 먹으면서, 밤마다 탈곡을 하고 낟가리를 나르면서, 하루에 겨우 두세 시간만 자면서 서너 주 동안 쉬지 않고 평소보다 세 곱절이나 더 많은 일을 해야 했다. 그리고 그것은 해마다 러시아 전역에서 행해졌다.

삶의 대부분을 시골에서 농민들과 밀접한 관계를 맺으며 살아온 레빈은 농번기만 되면 언제나 농민들에게 공통된 그 흥분이 자신에게도 전해지는 것을 느끼곤 했다.

아침부터 그는 첫 파종을 하는 호밀밭으로, 낟가리를 쌓는 귀리밭으로 말을 타고 돌아다니다 아내와 처형이 일어날 무렵 집으로 돌아와 그들과 함께 커피를 마시고는 농장까지 걸어서 갔다. 그곳에서 그들은 종자를 준비하기 위해 새로 설치한 탈곡기를 시운전해야 했다.

그날 온종일 집사와 농부들과 이야기를 하면서, 그리고 집에서는 아내와 돌리와 조카들과 장인과 이야기를 나누면서, 레빈은 농사일 외에 이 무렵 그를 사로잡고 있던 오직 한 가지만을 생각하며 모든 것 속에서 '나는 도대체 무엇인가, 나는 어디에 있는가, 무엇을 위해 여기에 있는가?'라는 자신의 물음과의 연관성을 찾았다.

아직 향긋한 잎사귀가 달린 개암나무 가지 위에 갓 껍질을 벗긴 사시나무로 서까래를 얹고 짚으로 새로 지붕을 인 곡물 창고의 서늘한 공기 속에 서서, 레빈은 탈곡기의 건조하고 알싸한 먼지가 반짝반짝 날리는 열린 문간 너머로 뜨거운 햇살에 반짝이는 탈곡장의 풀잎과 방금 헛간에서 가져온 새 짚을 바라보기도 하고, 휘파람 같은 울음소리와 함께 지붕 아래로 날아와 날개를 퍼덕이며 문간의 빛줄기 속에 머물고 있는 머리가 알록달록한 흰가슴제비를 바라보기도 하고, 어두컴컴한 먼지투성이의 곡물 창고에서 꾸물거리며 일하는 농민들을 바라보기도 하면서 기묘한 생각을 하고 있었다.

'이 모든 일은 어째서 일어나는 것일까?' 그는 생각했다. '왜 나는 이곳에 서서 저들에게 일을 시키고 있는 걸까? 저들은 무엇 때문에 다들 바쁘게 일하고 내 앞에서 자기들의 열심을 보여 주려 애쓰는 걸까? 저 마트료나 할멈은 무엇 때문에 저렇게 열심히 일하는 걸까?(불이 나서 들보가 저 할멈에게 떨어졌을 때, 내가 저 할멈을 치료해 주었지.)' 그는 단단하고 울퉁불퉁한 탈곡장에서 쇠스랑으로 알곡을 긁어모으며 햇볕에 검게 그을린 맨발로 부자연스럽게 걸음을 내딛는 야윈 아낙을 쳐다보면서 생각에 잠겼다. '그때는 저 할멈도 회복을 했지. 하지만 오늘내일이 아니더라도 10년쯤 지나면 저 할멈은 땅에 묻힐 거야. 저 할멈도, 능숙하고 부드러운 동작으로 왕겨에서 알곡을 떨어내는 빨간 줄무늬 치마의 저 멋진 여자도, 아무것도 남기지 않고 사라지겠지. 저 여자도 땅에 묻히고, 반점이 있는 저 거세마도 얼마 안 있어 곧 땅에 묻힐 거야.' 그는 벌렁대는 콧구멍으로 세차게 숨을 몰아쉬며 밑으로 기울어지는 한쪽 바퀴 때문에 발을 헛디디는 배불뚝이 말을 쳐다보며 생각했다. '말도 묻히고, 곱슬곱슬한 턱수염에 왕겨를 잔뜩 붙이고 찢어진 루바슈카 사이로 흰 어깨를 드러낸 일꾼 표도르도 묻힐 거야. 그런데도 그는 낟가리를 풀어헤치고 뭐라고 지시하고 아낙들에게 소리를 지르고 민첩한 동작으로 플라이휠의 벨트를 수리하지. 그리고 중요한 것은 저들뿐만 아니라 나도 땅에 묻혀 흔적도 없이 사라진다는 거야. 무엇을 위해?'

그는 그런 생각을 하면서 한 시간 동안 얼마나 탈곡했는지 계산하기 위해 시계를 쳐다보았다. 그는 하루 할당량을 정하기 위해 그것을 알아야 했다.

'벌써 한 시간이 다 되어 가는데, 겨우 세 번째 낟가리를 시작하네.' 레빈은 일꾼에게 다가가 기계의 굉음보다 더 큰 소리로 그에게 좀 더 천천히 넣으라고 말했다.

"너무 많이 넣고 있잖아, 표도르, 봐. 꽉 막혔잖아. 그래서 기계가 느려지는 거야. 골고루 펴!"

땀이 맺힌 얼굴에 들러붙은 먼지로 새까매진 표도르는 뭐라고 큰 소리로 대꾸했다. 하지만 여전히 레빈이 원하는 대로 하지는 않았다.

레빈은 원통형 기둥 쪽으로 가서 표도르를 밀어내고 직접 곡물을 집어넣기 시작했다.

그는 얼마 남지 않은 농부들의 점심시간까지 계속 일을 한 후, 일꾼과 함께 곡물 창고에서 나와 종자용으로 탈곡장에 쌓아 둔 깨끗하고 노란 호밀 낟가리 옆에서 이야기를 나누었다.

그 일꾼은 레빈이 전에 조합의 원칙에 따라 토지를 빌려 준 적이 있는 먼 마을에서 왔다. 지금 그 땅은 여인숙 주인에게 빌려 준 상태였다.

레빈은 일꾼 표도르와 그 땅에 대해 이야기를 나누고는 내년에 그 마을의 부유하고 선량한 농부 플라톤이 그 땅을 빌리지 않을까 물어보았다.

"지대가 비싸서 플라톤은 본전도 못 건질 겁니다, 콘스탄친 드미트리치." 농부는 땀에 젖은 품에서 이삭을 떼어 내며 대답했다.

"그럼 키릴로프는 어떻게 지대를 낸 거지?"

"미추하(농부는 여인숙 주인의 이름을 경멸조로 그렇게 불렀다.) 말인가요, 콘스탄친 드미트리치, 그 인간이 지대를 못 낼 리 없잖습니까! 그 인간은 어떻게든 쥐어짜서 자기 몫을 챙기거든요. 그놈은 그리스도교 신자에게도 동정을 베풀지 않습니다. 하지만 포카니치 아저씨(그는 플라톤 노인을 그렇게 불렀다.)가 남의 살가죽을 벗기겠습니까? 그분은 돈을 빌려 주기도 하고 용서해 주기도 하지요. 그래서 그분이 다 거둬들이지 못하는 겁니다. 그분도 똑같은 사람이니까요."

"그러면서 그 노인은 왜 사람들을 용서하는 걸까?"

"그래서 사람은 제각각이라고 하나 봅니다. 자기의 필요만을 위해 사는 사람도 있고, 미추하처럼 자기 배만 채우는 사람도 있고, 포카니치처럼 공정한 노인도 있으니까요. 그분은 영혼을 위해 살지요. 그분은 하느님을 기억합니다."

"어떻게 하느님을 기억하나? 영혼을 위해 사는 것이 어떤 건데?" 레빈은 거의 외치다시피 말했다.

"누구나 알듯 진리에 따라, 하느님의 뜻대로 사는 거지요. 정말 사람들은 제각각이라니까요. 가령 주인님만 보아도 그렇습니다. 주인님도 남에게 모욕을 주지 않으시고……"

"그래, 맞아. 그럼 잘 있게!" 레빈은 흥분으로 숨을 가쁘게 몰아쉬며 이렇게 중얼거리고는, 뒤돌아 지팡이를 들고 집 쪽으로 재빨리 걸었다.

새로운 기쁨의 감정이 레빈을 사로잡았다. 농부에게서 포카니치가 영혼을 위해, 진리에 따라, 하느님의 뜻에 따라 산다는 말을 들은 순간, 어렴풋하지만 중요한 많은 생각들이 어떤 밀폐된 곳으로부터 쏟아져 나오는 듯했다. 그리고 그런 생각들은 한 가지 목적을 향해 돌진하면서 그의 머릿속에서 뱅글뱅글 돌았고 그 빛으로 그의 눈을 멀게 만들었다.

12

레빈은 큰길을 따라 성큼성큼 걸으며 자신의 생각이라기보다(그는 아직 그것들을 구별해 낼 수 없었다.) 그가 예전에 한 번도 경험하지 못한 정신 상태에 귀를 기울였다.

농부가 한 말은 그의 영혼 속에서 전기의 섬광 같은 작용을 하면서, 한시도 그를 놓아주지 않던 그 산발적이고 무력하고 개별적인 생각의 무리를 갑자기 변형시켜 하나로 결합했다. 그 생각들은 그가 토지 임대에 대한 이야기를 하는 순간에도 무의식 중에 그의 마음을 차지하고 있던 것이다.

그는 영혼 속에서 무언가 새로운 것을 느꼈고, 그것이 무언인지도 아직 모르면서 그 새로움을 즐거운 마음으로 더듬었다.

'자신의 필요가 아니라 하느님을 위해 산다니. 어떤 하느님을 위해? 하느님을 위해. 그의 말보다 더 무의미한 말이 또 있을까? 그는 자신의 필요를 위해 살아서는 안 된다고, 즉 우리가 이해하는 것을 위해, 우리가 끌리는 것을 위해, 우리가 원하는 것을 위해 살아서는 안 되며, 어떤 불가해한 것을 위해, 아무도 이해하지 못하고 정의 내릴 수 없는 하느님을 위해 살아야 한다고 말했지. 그렇다면 도대체 왜? 난 표도르의 그 무의미한 말을 이해하지 못했단 말인가? 아니면 이해를 했는데도 그 정당성을 의심하는 것인가? 그 말을 어리석고 모호하고 부정확한 것이라 생각하는 건가?

아냐, 난 그 말을 이해했어. 그것도 그가 이해한 것과 똑같은 방식으로. 난 인생의 그 어느 것보다도 더 완전하게, 더 선명하게 그것을 이해했어. 난 지금껏 살면서 그것을 의심해 본 적도 없고, 의심할 수도 없었어. 그리고 나 혼자만이 아니라, 모든 사람이, 전 세계가 이것 하나만은 완전히 이해하고 있어. 다들 그 한 가지에 대해서는 의심하지 않고 언제나 동의하고 있지.

표도르는 여인숙 주인 키릴로프가 자기의 뱃속을 채우기 위해 산다고 말해. 그것은 납득할 만하고 이성적인 행동이야. 우리는 모두 이성적인 존재로서 자기의 뱃속을 채우는 것 외에 달리 살아갈 수 없어. 그런데도 갑자기 그와 전혀 다를 바 없는 표도르가 자기 뱃속을 채우기 위해 사는 것은 악한 것이라고, 진리를 위해, 하느님을 위해 살아야 한다고 말하고 있어. 그리고 난 암시만으로 그의 말을 이해해 버렸어! 나, 그리고 수 세기 전에 살았거나 현재 살고 있는 수백만의 사람들, 농부들, 마음이 가난한 자들, 그것에 대해 생각하고 글을 남기고 모호한 언어로 똑같은 것을 말해 온 현자들, 우리 모두가 이 한 가지, 즉 무엇을 위해 살아야 하는가, 무엇이 선한 것인가에 동의하고 있어. 나와 모든 사람은 확고하고 의심할 여지 없고 분명한 한 가지 지식만을 갖고 있어. 그리고 그 지식은 이성으로 설명될 수 없어. 그 지식은 이성을 초월해 있고 어떤 이유도 갖고 있지 않고 어떤 결과도 가질 수 없어.

만일 선이 이유를 갖고 있다면, 그것은 이미 선이 아니야. 만일 그것이 결과를, 즉 보상을 갖는다면, 그것 역시 선이 아니야. 따라서 선은 원인과 결과의 사슬을 초월해 있어.

그리고 난 그것을 알고 있어. 우리 모두 그것을 알아.

그런데도 난 기적을 찾았고, 날 납득시킬 만한 기적을 보지 못한 것을 안타까워했어. 그런데 여기에 기적이, 유일하게 존재할 수 있고 언제나 존재했던, 사방에서 날 에워싼 기적이 있어. 그것을 난 알아차리지 못했던 거야!

이보다 더 큰 기적이 있을 수 있을까?

과연 난 모든 것에 대한 해결을 찾아낸 걸까, 정말로 이젠 나의 고통이 끝난 것일까?' 레빈은 무더위도, 피로도 깨닫지 못한 채, 오랜 고통이 사라진 것을 느끼며 먼지로 뒤덮인 길을 걸어갔다. 그 느낌이 어찌나 즐거운지 레빈은 그것이 진짜로 여겨지지 않았다. 흥분으로 숨이 가쁘고 더 이상 걸을 힘이 없었던 그는 길에서 벗어나 숲 속으로 들어가서 사시나무 그늘이 드리워진 길게 자란 풀 위에 앉았다. 그는 땀에 젖은 머리에서 모자를 벗은 후 팔베개를 하고 잎사귀가 넓은 싱싱한 수풀에 누웠다.

'그래, 냉정을 되찾고 다시 곰곰이 생각해야 해.' 그는 눈앞의 밟히지 않은 풀들을 뚫어지게 바라보며, 개밀의 잎자루를 따라 올라가다가 안젤리카 잎사귀에 막혀 더 이상 올라가지 못하는 초록색 곤충의 움직임을 눈으로 좇았다. '모든 것을 처음부터 생각해 보자.' 그는 곤충을 방해하는 안젤리카의 잎사귀를 치워 주고 다른 풀잎을 구부려 곤충이 건너갈 수 있도록 해 주며 속으로 중얼거렸다. 무엇이 나를 기쁘게 하는 것일까? 난 무엇을 발견한 것일까?

'예전에 나는 내 몸속에서, 이 풀잎과 이 곤충의 몸속에서 (곤충은 그 풀잎으로 건너가기 싫어 날개를 펴고 날아가 버렸다.) 물리적, 화학적, 생리적 법칙에 따라 물질의 교환이 일어나고 있다고 말했지. 사시나무와 구름과 성운과 더불어 우리 모두 안에서 발전이 이루어지고 있어. 무엇으로부터의 발전이지? 무엇을 향한 발전이지? 끝없는 발전과 투쟁……? 그래, 어떤 방향이나 무한과의 투쟁이 존재할 수도 있어! 그리고 난 그 길을 따라 나의 생각을 최대한 쥐어짰는데도 삶의 의미가, 나의 충동과 갈망의 의미가 여전히 모습을 드러내지 않는 것에 놀랐지. 하지만 내 충동의 의미가 내 안에 너무나 뚜렷했기에, 난 언제나 그 의미에 따라 살고 있었어. 그래서 난 농부가 그것을, 하느님과 영혼을 위해 살아야 한다는 사실을 말했을 때 깜짝 놀라고 기뻐했던 거야.

난 아무것도 발견하지 못했어. 다만 내가 늘 알던 것을 인식했을 뿐이야. 난 삶이 내게 과거뿐 아니라 지금도 주고 있는 그 힘을 깨달았어. 허위에서 해방된 거야. 주인을 인식한 거야.'

그리고 그는 지난 2년 동안 자신이 밟아 온 사유의 과정을 간단하게 다시 반복해 보았다. 그 과정의 출발점은 불치병에 걸린 사랑하는 형을 보았을 때 떠오른 죽음에 대한 또렷하고 선명한 생각이었다.

그때야 비로소 그는 모든 사람과 자신의 앞에 고통과 죽음과 영원한 망각 외에 아무것도 없다는 것을 분명히 깨닫고는, 그렇게 살 수 없다고, 삶이 어떤 악마의 사악한 조롱처럼 느껴지지 않도록 자신의 삶을 해명하든가, 총으로 목숨을 끊든가 해야겠다고 결심했다.

하지만 그는 그 어느 것도 하지 않고 계속 생을 유지하면서 생각하고 느꼈다. 심지어 바로 그런 순간에도 그는 결혼을 하여 많은 기쁨을 맛보았고, 심지어 삶의 의미에 대해 생각하지 않을 때조차 행복을 느꼈다.

그것은 과연 무엇을 의미하는가? 그것은 그가 모범적으로 살긴 했지만 올바르게 사색하지 않았음을 뜻했다.

그는 어머니의 젖과 함께 빨아들인 그 영적 진리들에 따라 살면서도(그것을 인식하지 못한 채) 생각을 할 때는 그러한 진리를 인정하지 않을 뿐 아니라 애써 피하기까지 했다.

이제 그는 자신이 믿음 속에서 양육되었다는 것, 자신이 지금껏 살아올 수 있었던 것도 오직 그 믿음 덕분이라는 것을 분명히 깨달았다.

'만일 내가 그런 믿음을 갖지 않았더라면, 자신의 필요가 아니라 하느님을 위해 살아야 한다는 것을 몰랐더라면, 난 과연 어떤 인간이 되었을까? 도대체 어떤 삶을 살았을까? 강도질을 하고 거짓말을 하고 살인을 했을지도 모르지. 지금 내 삶의 중요한 기쁨을 이루는 것들 가운데 그 어떤 것도 날 위해 존재하지 않았을 거야.' 그는 상상력을 최대한 발휘하여 만일 자신이 무엇을 위해 살지 몰랐을 경우 그 자신이 되었을 법한 야수 같은 존재를 상상해 보려고 했으나 도무지 떠올릴 수가 없었다.

'난 내 질문에 대한 해답을 찾아 왔어. 하지만 사색은 해답을 주지 못했지. 그 사색은 질문과 아무런 공통점을 갖지 않았어. 내게 해답을 준 것은 삶 그 자체였고, 해답은 무엇이 선하고 무엇이 악한지에 대한 나의 깨달음 속에 있었어. 그런데 그 깨달음은 내가 그 무엇으로도 획득할 수 없는 것이었지. 하지만 그것은 나와 모든 사람들에게 주어져 있었어. 그것이 내게 주어진 것은 내가 그 어디에서도 그것을 얻을 수 없었기 때문이야.

난 그것을 어디에서 얻었을까? 내가 이웃을 사랑하고 그들을 억압해서는 안 된다는 결론에 이른 것이 과연 이성 때문인가? 난 어린 시절에 그렇게 들었어. 그리고 난 그것을 기쁜 마음으로 믿었지. 왜냐하면 사람들이 내게 나의 정신 속에 무엇이 있는지 말해 주었기 때문이야. 그런데 누가 그것을 발견한 거지? 이성은 아니야. 이성은 생존 경쟁과 나의 욕망의 충족을 방해하는 인간들을 교살하라고 요구하는 법칙을 발견했지. 그것이 이성의 결론이야. 이성은 다른 사람들을 사랑하라는 결론에 이를 수 없어. 그것은 비이성적이니까.'

'그래, 오만이야.' 그는 배를 깔고 뒹굴뒹굴거리면서 풀잎이 찢어지지 않도록 조심하며 풀잎의 잎자루를 엮어 매듭을 만들기 시작했다.

'이성의 오만일 뿐 아니라 이성의 우둔함이지. 무엇보다 속임수, 그래 바로 이성의 속임수야. 다름 아닌 이성의 사기이지.' 그는 계속 같은 말을 되풀이했다.

13

그러자 얼마 전 돌리와 그녀의 아이들 사이에 벌어진 소동이 레빈의 머리에 떠올랐다. 자기들끼리 남게 된 아이들은 산딸기를 촛불에 태우고 우유를 입 안에 분수처럼 쏟아 부었다. 아이들의 짓을 목격한 어머니는 레빈이 보는 앞에서 그들이 망가뜨린 것에 어른들의 수고가 얼마나 많이 들었는지 아느냐고 훈계를 하기 시작했다. 그리고 그러한 수고가 그들을 위해 행해지고 있다는 것, 만일 찻잔을 깨뜨리면 그들은 차를 마실 그릇을 잃게 된다는 것, 만일 우유를 흘리면 그들은 먹을 것이 없어 굶주림으로 죽게 된다는 것을 가르쳤다.

그런데 아이들이 어머니의 말을 들을 때 보여 준 그 조용하고 침울한 불신이 레빈을 놀라게 했다. 그들은 재미있는 놀이가 중단된 것을 속상해할 뿐 어머니의 말을 한마디도 믿지 않았다. 그들은 자기들이 누리는 것들의 범위를 전부 다 상상할 수 없었기에, 그들이 파괴하는 것이 바로 그들이 살아가는 데 필요한 것이라는 것을 상상할 수 없었기에, 어머니의 말도 믿을 수 없었던 것이다.

'모두 당연한 얘기죠.' 그들은 생각했다. '거기에는 흥미로울 것도, 중요할 것도 전혀 없어요. 그런 것은 언제나 존재했고 앞으로도 존재할 테니까요. 게다가 그것은 늘 똑같아요. 우리는 그것에 대해 전혀 생각하지 않아요. 그런 것은 늘 있으니까요. 우리는 우리만의 새로운 무언가를 생각해 내고 싶어요. 그래서 우리는 산딸기를 찻잔에 넣고 촛불로 굽는 것과 우유를 분수처럼 서로의 입 안에 직접 쏟아 붓는 것을 생각해 낸 거예요. 이건 재미있고 새로울 뿐 아니라, 찻잔으로 마시는 것에 비해 전혀 나쁠 것도 없어요.'

'우리도 그와 똑같은 짓을 하고 있는 게 아닐까? 나 역시 이성으로 자연력의 중요성과 인생의 의미를 찾는답시고 똑같은 짓을 했던 건 아닐까?' 그는 계속 생각했다.

'철학의 이론들은 인간에게 부자연스럽고 기이한 사유 방법을 통해 인간이 오래전부터 알고 있는 것, 그것 없이는 살아갈 수 없을 만큼 너무나 분명하게 알고 있는 것에 대한 깨달음으로 인간을 이끈다 하면서, 사실은 아이들과 똑같은 짓을 했던 게 아닐까? 각 철학자들의 이론 발전을 보면 그들이 농부 표도르만큼이나 분명히, 아니 표도르보다 더 분명할 것도 없이 이미 삶의 중요한 의미를 알고 있으면서, 그저 미심쩍은 사유 방식을 거쳐 모든 사람이 알고 있는 것으로 되돌아가려는 것이 분명하게 보이지 않느냐 말이야?

자, 아이들이 직접 필요한 것을 구하고 식기를 만들고 우유를 짜게 그들끼리만 둬 봐. 그때도 장난을 치기 시작할까? 아이들은 굶주려 죽겠지. 자, 우리를 유일한 하느님과 창조주에 대한 개념 없이 우리의 정욕이나 상념과 함께 내버려 둬 봐. 아니면 선이란 무엇인가에 대한 개념 없이, 도덕적인 악에 대한 설명 없이 내버려 둬 보라고.

자, 그런 개념들 없이 무언가를 세워 봐!

우리는 그저 파괴만 할 뿐이야. 왜냐하면 우리는 정신적인 포만감에 젖어 있으니까. 아이들과 똑같아.

내가 그 농부와 공통으로 가진 그 즐거운 깨달음은, 내게 유일하게 영혼의 평안을 준 그 깨달음은 어디에서 온 걸까? 난 그것을 어디에서 얻었던 걸까?

난 그리스도교 신자로서 하느님이라는 개념 속에서 길러지고 그리스도교가 내게 준 영적인 행복으로 나의 삶을 채웠으면서도, 그런 행복으로 충만하여 그것에 의지하며 살았으면서도, 어린아이처럼 그 행복을 깨닫지 못한 채 파괴하고 있어. 말하자면 내가 살아가는 데 필요한 수단을 스스로 파괴하고 싶어 하는 거지. 그런데 인생의 중요한 순간이 닥치자마자, 추위와 굶주림에 내몰린 아이들처럼 난 하느님에게로 나아갔어. 그리고 유치한 장난 때문에 어머니에게 혼나는 아이들 못지않게, 난 버릇없이 굴려고 한 나의 유치한 시도를 감안하지 않는 것 같아.

그래, 내가 알고 있는 것, 난 그것을 이성으로 안 게 아냐. 그것은 내게 주어졌고 내 앞에 스스로 모습을 드러냈어. 그래서 난 그것을 가슴으로 깨닫고, 교회가 고백하는 중요한 것을 믿게 된 거야.'

'교회? 교회구나!' 레빈은 같은 말을 되풀이한 후 반대편으로 돌아누워 팔베개를 하고는 저 멀리에서 시냇물 쪽으로 다가오는 가축 떼를 바라보기 시작했다.

'하지만 교회가 고백하는 것을 모두 믿을 수 있을까?' 그는 스스로를 시험하며 지금의 평안을 깨뜨릴 수 있는 것들에 대해 곰곰이 생각했다. 그는 일부러 언제나 가장 기이하게 느껴지고 그를 유혹에 빠뜨리던 교회의 가르침들을 떠올리기 시작했다. '창조? 난 도대체 무엇으로 존재를 설명할 것인가? 존재로써? 무로써? 악마와 죄는? 난 무엇으로 악을 설명할 것인가? 속죄자는?

하지만 난 아무것도, 아무것도 모르겠어. 모든 사람과 함께 들은 것 외에는 아무것도 알 수가 없어.'

이제 그에게는 교회의 교리 가운데 그 어떤 것도 중요한 것, 즉 하느님에 대한 믿음, 인간의 유일한 사명인 선에 대한 믿음을 파괴할 것 같지 않았다.

교회의 각 교리는 필요 대신 진리를 섬기는 것에 대한 믿음으로 대치될 수 있었다. 그리고 각 교리는 그것을 파괴하지 않을 뿐 아니라 지상에서 끊임없이 나타나는 중요한 기적의 실현을 위해서도 반드시 필요했다. 그 기적은 현자, 유로지비[163], 아이, 노인 등 수백만 명의 온갖 다양한 사람들이, 그리고 농민, 리보프, 키티, 거지와 차르 등 모든 사람이 똑같은 것을 한 치의 의심도 없이 이해할 수 있게 한다. 그것은 삶을 살 만한 것으로 만드는 유일한 것, 우리가 가치 있게 여기는 유일한 것,

---

163) '성 바보' 혹은 '바보 성자'로 번역되는 유로지비는 바보짓과 어릿광대짓, 미치광이 짓을 하면서 정상인이 들을 수 없는 하느님의 음성을 듣고 이를 사람들에게 전하는 독특한 남녀 성인을 가리킨다.

즉 영혼이 삶을 영위할 수 있게 하는 것이었다.

레빈은 이제 똑바로 누워 구름 한 점 없는 높은 하늘을 바라보았다. '정말로 내가 하늘이 무한한 공간이라는 것, 저 하늘이 둥그런 천구가 아니라는 것을 모른단 말인가? 하지만 아무리 눈을 가늘게 뜨고 눈에 힘을 주어도, 내게는 하늘이 둥글고 유한하게만 보여. 내가 무한한 공간에 대해 알고 있다 해도, 내가 견고하고 푸른 천구를 보고 있다면, 난 분명 옳은 거야. 그 너머를 보려고 안간힘을 쓸 때보다 더 옳은 거지.'

레빈은 더 이상 아무 생각도 하지 않았다. 그는 단지 자기들끼리 즐거운 듯, 걱정스러운 듯 뭔가에 대해 이야기를 나누는 신비한 목소리들에 귀를 기울이는 것 같았다.

'이런 게 믿음이 아닐까?' 그는 생각했다. 그는 자신의 행복을 믿기가 두려웠다. '나의 하느님, 감사합니다!' 그는 북받쳐 오르는 흐느낌을 삼키며 두 손으로 눈에서 넘쳐흐르는 눈물을 닦았다.

14

레빈은 눈앞을 응시하다 가축 떼를 보았다. 그리고 검은 말이 끄는 자신의 짐마차와 가축 떼 옆으로 마차를 몰며 가축지기와 뭔가 이야기하고 있는 마부를 알아보았다. 그런데 어느새 살진 말이 콧김을 내뿜는 소리와 바퀴 소리가 그의 가까이에서 들렸다. 하지만 그는 자신의 생각에 너무 몰두해 있어 마부가 왜 그에게 왔는지 생각조차 하지 않았다.

그는 마부가 어느새 그에게 다가와 소리 내어 이름을 불렀을 때에야 비로소 거기에 생각이 미쳤다.

"마님이 보내셨습니다. 형님과 어떤 신사분이 오셨습니다."

레빈은 짐마차에 올라타 말고삐를 쥐었다.

레빈은 마치 꿈에서 깨어난 것처럼 오랫동안 정신을 차릴 수 없었다. 그는 넓적다리 사이와 말고삐가 스치는 목덜미에 땀이 흠뻑 밴 살진 말을 쳐다보고 그의 옆에 앉은 마부 이반을 쳐다보고는, 자신이 형을 기다렸다는 것과 분명 아내가 자신이 오랫동안 돌아오지 않아 걱정하고 있을 거라는 것을 기억해 냈다. 그리고 형과 함께 온 손님이 누구인지 짐작해 내려고 애썼다. 형도, 아내도, 미지의 손님도, 그에게는 이제 예전과 다르게 생각되었다. 그에게는 이제 자신과 사람들과의 관계가 달라질 것 같았다.

'이제 형과 있어도 우리 사이에 늘 있었던 서먹함이 없을 것 같아. 논쟁도 없을 거야. 키티와 다투는 일도 없을 테고. 손님이 누구든, 그에게 다정하고 친절하게 대해 줘야지. 하인들을 대할 때도, 이반을 대할 때도, 모든 게 달라질 거야.'

초조하게 콧김을 내뿜으며 거침없이 질주하게 해 달라고 간청하는 튼실한 말을 고삐로 팽팽하게 잡아당기면서, 레빈은 옆에 앉은 이반을 계속 돌아보았다. 그는 자신의 빈손을 어찌해야 할지 몰라 계속 자신의 루바슈카를 잡아당기고 있었다. 레빈은 그와 이야기를 나눌 구실을 찾았다. 그는 이반에게 말의 뱃대끈을 쓸데없이 너무 졸라맸다고 말하려 했다. 그러나 그런 말은 질책처럼 들릴 것 같았다. 그는 다정한 대화를 하고 싶었다. 하지만 딱히 다른 화젯거리가 떠오르지 않았다.

"말을 오른쪽으로 모십시오. 그루터기가 있습니다." 마부는 레빈이 쥔 고삐를 바로잡아 주며 말했다.

"부탁이니 날 건드리지 말게. 날 가르치려 하지 마." 레빈은 마부의 참견에 화를 내며 말했다. 여느 때와 똑같이 그런 참견은 그의 화를 돋우었다. 그러나 곧 그는 현실과 접촉했을 때 정신 상태가 자신을 즉시 바꿀 수 있다고 생각한 것이 얼마나 착각이었는지 깨닫고서 슬픔을 느꼈다.

집까지 약 4분의 1베르스타 남은 지점에서 레빈은 그를 맞으러 달려오는 그리샤와 타냐를 알아보았다.

"코스챠 이모부, 엄마가 오고 계세요. 할아버지와 세르게이 이바니치와 다른 한 분도 함께요." 그들은 짐마차에 기어오르며 말했다.

"누가?"

"굉장히 무서운 분이에요! 팔을 이렇게 하고 걸어요." 타냐가 짐마차 안에서 일어나 카타바소프의 흉내를 내며 말했다.

"그럼 나이 든 분이니, 젊은 분이니?" 레빈은 타냐의 흉내에 누군가를 떠올리며 빙그레 웃었다.

'아, 불쾌한 인간만 아니면 좋겠는데.' 레빈은 생각했다.

길모퉁이를 돈 후 맞은편에서 걸어오는 사람들을 본 순간, 레빈은 밀짚모자를 쓴 채 타냐가 흉내 낸 모습 그대로 팔을 흔들며 걸어오는 카타바소프를 알아보았다.

카타바소프는 철학에 대해 이야기하는 것을 무척 좋아했는데, 그는 철학을 공부한 적 없는 자연과학자들에게서 철학에 대한 개념을 취하곤 했다. 최근에 모스크바에 있는 동안에도 레빈은 그와 많은 논쟁을 했었다.

카타바소프를 알아본 순간에 레빈이 가장 먼저 떠올린 것은 카타바소프가 자신이 우위에 있다고 생각했음에 틀림없는 어느 대화였다.

'아냐, 무슨 일이 있어도 더 이상 논쟁을 하거나 경솔하게 내 생각을 털어놓지 않겠어.' 그는 생각했다.

레빈은 짐마차에서 내려 형과 카타바소프에게 인사를 한 뒤 아내에 대해 물었다.

"키티는 미챠를 데리고 콜로크(그곳은 집 주변에 있는 숲이었다.)로 갔어요. 그 애는 아이와 그곳에 있고 싶어 해요. 집 안이 더워서요." 돌리가 말했다.

레빈은 아이를 데리고 숲에 가는 것이 위험하다는 것을 알았기에 늘 아내에게 그렇게 하지 말라고 만류했다. 그래서 그는 그 소식에 불쾌해했다.

"그 애는 아이를 데리고 여기저기 뛰어다니고 있지." 공작이 빙긋 웃으며 말했다. "난 그 애에게 아이를 데리고 냉동고에 가 보라고 권했다네."

"키티는 양봉장으로 오고 싶어 했어요. 그 애는 당신이 그곳에 있을 거라 생각했죠. 우리도 그곳으로 가는 중이었어요." 돌리가 말했다.

"그런데 넌 무슨 일을 하고 있니?" 세르게이 이바노비치는 다른 사람들과 떨어져 동생과 어깨를 나란히 하며 말했다.

"특별한 일은 없어. 늘 그렇듯 농사일로 바쁘지." 레빈이 대답했다. "그런데 형, 오래 머물 거지? 우리는 오래전부터 형을 기다렸어."

"2주 정도. 모스크바에 할 일이 아주 많아."

이런 말들을 나누는 동안 두 형제의 눈이 서로 마주쳤다. 그러자 레빈은 언제나, 특히 이 순간에 형과 다정한, 무엇보다 솔직한 관계를 맺고 싶은 강렬한 열망을 느꼈음에도 형을 바라보기가 거북했다. 그는 눈을 내리깐 채 무슨 말을 해야 할지 몰랐다.

레빈은 세르게이 이바노비치가 기뻐할 만한 화제, 즉 형이 모스크바에서의 할 일에 대해 언급하며 암시한 세르비아 전쟁과 슬라브 문제로부터 형의 주의를 돌릴 화제를 골라 세르게이 이바노비치의 저서에 대해 말문을 열었다.

"그런데, 형의 책에 대한 서평은 나왔어?" 그는 물었다.

세르게이 이바노비치는 의도적인 질문에 미소를 지었다.

"아무도 그 책에 관심이 없다. 난 다른 사람들보다 더 관심 없고." 그는 말했다. "보세요, 다리야 알렉산드로브나. 비가 올 것 같지요." 그는 사시나무의 우듬지 위로 보이는 하얀 비구름을 우산으로 가리키며 이렇게 덧붙였다.

서로에 대해 적대적이지는 않지만 차가운 관계, 레빈이 그토록 피하고 싶어 했던 그런 관계가 형제들 사이에 또다시 자리 잡는 데는 이 정도의 말로도 충분했다.

레빈은 카타바소프에게로 다가갔다.

"이곳에 오기로 하신 건 정말 잘하신 일입니다." 레빈이 그에게 말했다.

"오래전부터 결심한 일입니다. 자, 이제 담소를 나눠 봅시다. 스펜서는 읽었습니까?"

"아뇨, 아직 다 못 읽었습니다." 레빈이 말했다. "하지만 이제 내게는 스펜서가 필요 없습니다."

"어떻게 그럴 수가? 흥미롭군요. 이유가 뭡니까?"

"실은 스펜서나 그와 비슷한 사람들에게서는 나를 사로잡은 문제들의 해결을 찾을 수 없다는 것을 완전히 확신하게 되었습니다. 이제……."

하지만 그는 불현듯 카타바소프의 침착하고 쾌활한 표정에 충격을 받았다. 그는 이 대화로 자신의 기분을 망친 것이 너무나 유감스러워 자신의 결심을 떠올리고는 입을 다물어 버렸다.

"하지만 나중에 이야기합시다." 그는 이렇게 덧붙였다. "양봉장으로 가려면 이쪽으로, 이 오솔길로 가야 합니다." 그는 모두를 돌아보며 말했다.

좁은 오솔길을 따라 한쪽에는 반짝이는 삼색오랑캐꽃이 끝없이 펼쳐지고 그 가운데에는 암녹색의 높다란 미나리아재비 덤불이 여기저기 무성하게 자라는, 아직 풀을 베지 않은 초지에 이르자, 레빈은 어린 사시나무들의 짙고 시원한 그늘 아래 벌을 무서워하는 양봉장 방문객들을 위하여 일부러 마련한 벤치와 그루터기로 손님들을 안내하고 자신은 아이들과 어른들에게 빵과 오이와 신선한 벌꿀을 가져다주기 위하여 울 안으로 향했다.

레빈은 가능한 한 조급하게 행동하지 않으려 노력하고 점점 더 빈번하게 그의 옆을 스치고 날아가는 벌들에게 귀를 기울이면서 오솔길을 따라 오두막에 도착했다. 문가에서 꿀벌 한 마리가 윙윙 소리를 내며 그의 수염에 얽혔다. 하지만 그는 벌을 조심스럽게 떼어 날려 보냈다. 그늘진 문가에 들어서자, 그는 벽의 못에 걸린 망을 내려 몸에 걸치고 호주머니에 손을 쑤셔 넣은 채 울타리를 친 양봉장으로 나갔다. 풀을 벤 자리의 한가운데에는 보리수 속껍질로 말뚝에 묶은, 각각 그 나름의 역사를 가진 낯익은 묵은 벌집들이 있었고, 바자울의 벽을 따라서는 올해 분봉한 새 벌집들이 일정한 간격을 두고 늘어서 있었다. 벌집의 입구 앞에서 노는 꿀벌과 수벌은 한곳을 빙글빙글 돌며 눈을 아른거리게 했고, 그 사이에서 일벌은 계속 한 방향으로 숲 속의 꽃이 만발한 보리수나무와 벌집 사이를 오가면서 꿀을 나르고 있었다.

때로는 분주하게 일하며 재빠르게 날아다니는 일벌의 소리가, 때로는 떠들썩한 소리를 내며 빈둥거리는 수벌의 소리가, 때로는 불안해하며 적으로부터 재산을 지키기 위해 언제라도 침을 쏠 태세를 갖춘 병정벌의 소리가 끊임없이 귓가에 울렸다. 울타리 반대편에는 한 노인이 테를 깎고 있었으나 레빈을 보지는 못했다. 레빈은 노인을 부르지 않고 양봉장 한가운데 가만히 서 있었다.

그는 현실로부터 냉정을 되찾을 수 있도록 혼자 있을 기회를 얻어 기뻤다. 현실은 이미 그의 기분을 몹시도 너절하게 만들어 버렸다.

그는 자신이 이미 이반에게 화를 냈고 형에게 냉정함을 보였으며 카타바소프와 경솔하게 이야기한 것을 떠올렸다.

'과연 그것은 순간적인 기분에 지나지 않았던 걸까? 과연 그것은 흔적도 없이 사라지는 걸까?' 그는 생각했다.

하지만 바로 그 순간 아까의 기분을 되찾은 레빈은 자기 안에서 무언가 새롭고 중요한 것이 일어난 것을 기쁜 마음으로 느꼈다. 현실은 그가 찾은 정신적 평온을 잠시 가렸을 뿐, 그 정신적 평온은 그의 안에 오롯이 살아 있었다.

지금 그의 주위를 맴도는 꿀벌이 그를 위협하고 산만하게 하면서 그의 충만한 육체적 평온을 앗아 가고 그로 하여금 그들을 피하기 위해 몸을 움츠리게 만들 듯, 그가 짐마차에 올라탄 바로 그 순간부터 그를 에워싼 근심은 그의 정신적 자유를 앗아 가고 말았다. 하지만 그것도 그가 근심들 가운데 있는 동안에만 지속되었을 뿐이다. 꿀벌이 주위에 있어도 그의 육체적 힘이 그의 안에 온전히 살아 있었던 것처럼, 그가 인식한 그의 정신적 힘도 온전하게 살아 있었던 것이다.

15

“아, 코스챠, 세르게이 이바노비치가 이곳에 오는 동안 누구와 동행했는지 알아요?” 돌리는 아이들에게 오이와 벌꿀을 나눠 주고 나서 이렇게 말했다. “브론스키예요! 그가 세르비아로 간대요.”

“그것도 혼자가 아니라 자비로 기병 중대를 이끌고 가더군요.” 카타바소프가 말했다.

“그 사람다운 행동이군요.” 레빈이 말했다. “그런데 정말 아직도 의용군들이 출정하고 있습니까?” 그는 세르게이 이바노비치를 흘깃 쳐다보며 이렇게 덧붙였다.

세르게이 이바노비치는 아무 대꾸도 하지 않고, 하얀 벌집 한 칸이 들어 있는 찻잔에서 꿀에 빠진 살아 있는 꿀벌 한 마리를 뭉툭한 나이프로 꺼냈다.

“그럼요, 아주 많이 갑니다. 당신도 어제 역에서 벌어진 광경을 보았더라면 좋았을 텐데!” 카타바소프는 오이를 아삭아

삭 소리 내어 씹으며 말했다.

"그런데 말이오, 그런 걸 어떻게 이해해야 하오, 세르게이 이바노비치? 그 의용군들이 어디로 가고 누구와 싸우는지 제발 설명해 주시오." 노공작은 레빈이 없는 동안 시작된 대화를 계속 이어 나가려는 듯 이렇게 물었다.

"투르크인들과 싸우지요." 세르게이 이바노비치는 꿀 때문에 검게 변한 채 무기력하게 다리를 버둥대는 꿀벌 한 마리를 구해 나이프에서 사시나무의 두꺼운 잎사귀 위로 내려놓으며 침착하게 미소를 지었다.

"하지만 도대체 누가 투르크인들에게 전쟁을 선포한 거요? 이반 이바니치 라고조프와 리디야 이바노브나 백작부인과 마담 슈탈이오?"

"아무도 전쟁을 선포하지 않았습니다. 사람들이 이웃의 고통에 공감하여 그들을 돕고 싶어 한 겁니다." 세르게이 이바노비치가 말했다.

"하지만 공작님은 원조에 대해 말씀하시는 게 아니야." 레빈은 장인을 편들며 말했다. "전쟁에 대해 말씀하시는 거지. 공작님은 정부의 허가 없이는 개인이라도 전쟁에 참여할 수 없다고 말씀하시는 거야."

"코스챠, 저것 봐요, 꿀벌이에요! 정말로 우리를 쏘려고 해요!" 돌리는 말벌을 쫓으며 말했다.

"그건 꿀벌이 아닙니다. 말벌이에요." 레빈이 말했다.

"자, 자, 당신의 의견은 어떻습니까?" 카타바소프는 분명 그를 논쟁에 끌어들이려는 듯한 말투로 미소를 지으며 말했다. "왜 개인에게 그런 권리가 없다는 겁니까?"

"내 의견은 이렇습니다. 한편으로 전쟁은 너무나 동물적이고 야만적이고 끔찍한 것이어서, 그리스도교 신자는 물론이고 그 누구도 전쟁의 발발에 대해 개인적으로 책임을 질 수 없습니다. 전쟁의 부름을 받은, 불가피하게 전쟁에 연루된 정부만이 책임을 질 수 있습니다. 다른 한편으로 시민은 학문적으로나 상식적으로나 국가의 문제, 특히 전쟁 문제에서 개인적 의지를 포기합니다."

세르게이 이바노비치와 카타바소프는 준비된 반박과 함께 동시에 입을 열었다.

"문제는 그것입니다. 정부가 시민의 의지를 실행하지 않는 경우가 있을 수 있습니다. 그때는 사회가 자신의 의지를 천명해야 합니다." 카타바소프가 말했다.

하지만 세르게이 이바노비치는 분명 그러한 반박에 찬성하지 않는 듯했다. 그는 카타바소프의 말에 눈살을 찌푸리고 다른 것을 이야기했다.

"그 문제를 그런 식으로 제기해서는 안 돼. 여기에 전쟁의 선포는 없었어. 다만 인간적인, 그리스도교적인 감정의 표현만이 있을 뿐이지. 같은 피를 가진, 같은 종교를 가진 형제들이 살육당하고 있어. 음, 같은 종교를 가진 형제들이 아니라 그저 아이들과 여자들과 노인들이 살육당한다고 가정해 보자. 감정이 격앙되겠지. 러시아인들은 그 끔찍한 일을 근절시키는 데 힘을 보태고자 달려갈 거야. 네가 길을 걷다가 술주정뱅이가 여자나 아이를 두들겨 패고 있는 걸 보았다고 상상해 봐. 난 네가 그 인간에게 전쟁이 선포되었나 안 되었나를 묻지 않고 그에게 달려들어 피해자들을 보호했을 거라고 생각하는데."

"하지만 죽이지는 않았을 거야." 레빈이 말했다.

"아니, 넌 죽였을 거야."

"모르겠어. 만약 내가 그런 장면을 보았다면 난 나의 본능적인 감정에 몸을 맡겼을 거야. 하지만 미리 뭐라고 말하지는 못하겠어. 그리고 슬라브 민족의 박해에 대한 그런 본능적인 감정도 없을 뿐더러 그런 것은 있을 수도 없어."

"어쩌면 너에게는 없을지도 모르지. 하지만 다른 사람들에게는 그런 감정이 있어." 세르게이 이바노비치는 불만스러운 듯 얼굴을 찌푸리며 말했다. "민중들 사이에서는 '이교도 하갈의 자식들'[164]의 압제 아래 고통 받는 정교도에 관한 전설이 생생하게 살아 있어. 민중들은 자신의 형제들이 겪은 고통에 대해 듣고 양심의 눈을 뜬 거야."

"그럴지도 모르지." 레빈은 순순히 말했다. "하지만 난 그렇게 생각하지 않아. 나 자신도 민중이지만 난 그것을 느끼지 못하겠어."

"나도 그렇소." 공작이 말했다. "난 외국에서 지내며 신문을 읽었소. 당신들에게 고백하지만, 불가리아의 끔찍한 사태가 있기 전까지만 해도 난 도무지 이해할 수 없었소. 왜 러시아인들이 그렇게 갑자기 슬라브 형제들을 사랑하게 되었는지, 왜 나는 그들에게 전혀 사랑을 느낄 수 없는지 말이오. 난 무척 괴로웠다오. 난 내가 괴물이거나 카를스바트 광천수의 영향으로 그렇게 되었나 보다 생각했소. 하지만 이곳에 와서 안심했다

164) 이슬람교도를 뜻한다.

오. 난 나 말고도 슬라브 형제들이 아닌 러시아에만 관심 있는 사람이 있다는 것을 알게 되었소. 여기 콘스탄친만 해도 그렇소."

"여기에서 개인적인 견해는 아무런 의미가 없습니다." 세르게이 이바니치가 말했다. "러시아 전체가, 즉 민중이 자신의 의지를 천명할 때, 개인적 의견은 문제가 되지 않습니다."

"미안하지만 난 그렇게 생각하지 않소. 민중은 아무것도 모른다오." 공작이 말했다.

"아니에요, 아빠……. 어떻게 그들이 모를 수가 있어요? 일요일에 교회에서 있었던 일은 어떻고요?" 대화에 귀를 기울이던 돌리가 이렇게 말했다. "수건을 주세요." 그녀는 빙그레 웃는 얼굴로 아이들을 바라보던 노인에게 말했다. "그럴 리 없어요. 다들……."

"일요일에 교회에서 무슨 일이 있었다는 거냐? 사제는 그것을 읽어 달라는 부탁을 받고 읽어 주었지. 그들은 아무것도 이해하지 못하고, 설교를 들을 때면 늘 그러듯이 한숨만 쉬었어." 공작은 계속해서 말했다. "그러고는 교회에서 영혼 구원의 문제로 모금을 한다고 하니 1코페이카씩 꺼내서 낸 거야. 하지만 무엇을 위해서인지는, 그들 자신도 몰라."

"민중이 모를 리 없습니다. 민중들 안에는 언제나 자신의 운명에 대한 의식이 존재합니다. 현재와 같은 순간에도 그들은 그러한 의식을 분명히 자각하고 있습니다." 세르게이 이바노비치는 양봉장의 노인을 흘깃 쳐다보며 말했다.

검은 수염 사이로 희끗희끗한 털이 비치고 숱 많은 은발 머리를 지닌 잘생긴 노인은 꿀이 든 찻잔을 쥔 채 자신의 키 높이에서 다정하고 조용하게 주인들을 내려다보며 미동도 없이 서 있었다. 그는 분명 아무것도 이해하지 못하며 또 이해하고 싶은 마음도 없는 듯했다.

"그야 그렇죠." 그는 세르게이 이바노비치의 말에 의미심장하게 머리를 흔들며 말했다.

"그럼 노인에게 물어봐. 그는 아무것도 모르고 아무런 생각도 하지 않아." 레빈이 말했다. "미하일리치, 자네도 전쟁에 대해 들었지?" 그는 노인을 돌아보았다. "사람들이 교회에서 읽은 게 뭔가? 자네는 어떻게 생각해? 과연 우리가 그리스도교 신자를 위해 전쟁을 해야 할까?"

"우리가 무슨 생각을 하겠습니까? 알렉산드르 니콜라이치 황제 폐하께서 우리를 생각해 주시는걸요. 지금도 그분은 모든 문제에서 우리를 생각하고 계시지요. 그분이 더 잘 아시니……. 빵을 더 가져올까요? 저 젊은이에게 빵을 더 주어도 되겠습니까?" 그는 다리야 알렉산드로브나를 돌아보며 빵 껍질까지 먹어 치우고 있는 그리샤를 가리켰다.

"난 물어볼 필요도 없겠군." 세르게이 이바노비치가 말했다. "우리는 수만 명의 사람들이 올바른 대의를 받들고자 모든 것을 버리고 러시아의 방방곡곡에서 몰려와 자신의 생각과 목적을 직접적으로 분명하게 표현하는 것을 보았어. 그리고 지금도 보고 있지. 그들은 자신의 푼돈을 보내거나 직접 들고 와서 그 이유를 직접 설명해. 이것이 도대체 무엇을 의미하겠니?"

"내 생각에 그것은……." 레빈은 점차 흥분하며 말했다. "8000만의 민중들 가운데는 사회적 지위를 잃은 사람들, 푸가

쵸프[165]의 난이든, 히바든, 세르비아든 언제라도 달려갈 준비가 된 무분별한 사람들이 수백이 아니라 지금처럼 수만 명이 있기 마련이야."

"너에게 분명히 말하지만, 그들은 무분별한 수백 명의 사람들이 아니라 민중의 가장 뛰어난 대표자들이야!" 세르게이 이바니치는 마치 자신의 마지막 재산을 지키려는 사람처럼 격분하여 말했다. "그럼 기부금은? 모든 민중이 기부를 통해 자신의 의지를 직접 표현하고 있잖아."

"그 '민중'이란 말이 너무 애매해서 말이야." 레빈이 말했다. "읍 서기들, 교사들, 어쩌면 1000명의 농민 가운데 한 명은 그것이 무엇에 관한 것인지 알지도 몰라. 하지만 미하일리치 같은 나머지 8000만 명은 자신의 의지를 표명하지 않을 뿐 아니라 무엇에 대해 자신의 의지를 표명해야 하는지 최소한의 개념도 갖고 있지 않아. 그렇다면 우리가 무슨 권리로 그것을 민중의 의지라고 말할 수 있지?"

165) '표트르 3세'라는 별칭으로 불리던 카자크인으로 농민 반란을 주도했다. 반란에 실패하여 사형당했다.

16

논리적인 토론에 능숙한 세르게이 이바노비치는 그 말에 반박하지 않고 즉시 화제를 다른 영역으로 돌렸다.

"그래, 만약 네가 산술적인 방법으로 민중의 정신을 알고자 한다면 말이야, 물론 그러한 목적을 달성하기란 매우 어렵겠지. 우리 나라에는 투표가 도입되지 않았고 도입될 수도 없어. 그것으로는 민중의 의지를 표현할 수 없으니까. 하지만 그것을 위한 다른 방법들이 있어. 그것은 분위기 속에서 느껴지지. 그것은 마음으로 느끼는 거야. 민중의 침체된 바다에서 움직이는 물밑의 흐름, 편견 없는 사람이라면 누구나 분명하게 감지할 물밑의 흐름에 대해선 더 말할 것도 없지. 좁은 의미의 사회를 바라보렴. 인텔리겐치아 사회의 무수하게 다양한 당파들이, 예전에는 그토록 서로에게 적대적이던 그 당파들이 하나로 뭉쳤어. 모든 반목이 종식됐고, 모든 사회 기관들이 한결같은 말을 하고, 모든 사람들이 자신들을 붙잡아 한 방향으로 이끄는 자연 발생적인 힘을 감지해 왔어."

"그렇소, 모든 신문이 다 똑같은 얘기만 합니다." 공작이 말했다. "정말이오. 소나기가 퍼붓기 전의 개구리들처럼 그렇게 똑같은 소리만 늘어놓습디다. 그것들 때문에 아무것도 들을 수가 없어요."

"개구리인지 아닌지, 내가 신문을 발행하는 것도 아니고 나로서는 그들을 변호하고 싶지 않아. 난 인텔리겐치아 사회가 같은 의견을 내고 있다는 것을 말하려는 거야." 세르게이 이바노비치는 동생을 돌아보며 말했다.

레빈이 대답하려 하자 노공작이 그를 가로막았다.

"음, 그처럼 같은 의견을 내는 것에 대해 다른 말을 할 수도 있소." 공작이 말했다. "내 사위 스테판 아르카지치 말이오, 당신도 그를 알지요. 사위는 이제 뭐라더라, 잘 기억이 나지 않는군요, 무슨 위원회의 위원직을 받게 된다오. 그곳에는 할 일이 없어요. 뭐라고, 돌리, 이건 비밀도 아니지 않느냐! 그런데 8000루블의 연봉을 받는답니다. 그 사람에게 물어보시구려. 그가 하는 일이 유익한지 아닌지 말이오. 그는 당신들에게 그것이 대단히 필요한 일이라는 것을 증명할 거요. 그가 정직한 사람이긴 하지만, 8000루블만큼의 유능함을 갖고 있다고는 도저히 믿을 수 없구려."

"참, 그가 그 직함을 받게 되었다는 말을 다리야 알렉산드로브나에게 전해 달라고 부탁했습니다." 세르게이 이바노비치는 공작이 뜬금없는 소리를 한다고 생각하며 불만스럽게 말했다.

"신문들이 다 똑같은 소리를 하는 것도 바로 그런 식이라오. 난 그것에 대한 설명을 들은 적이 있소. 전쟁이 일어나자마자

신문의 수입이 두 배로 뛴다고 합디다. 그러니 그들이 어찌 민중과 슬라브 민족의 운명과…… 또 그 모든 것에 대해 고려하지 않을 수 있겠소?"

"저도 신문들을 싫어하지만, 그런 말씀은 부당합니다." 세르게이 이바노비치가 말했다.

"난 다만 한 가지 조건을 제시하고 싶을 뿐이오." 공작은 계속해서 말했다. "알퐁스 카[166]는 프로이센과의 전쟁을 앞두고 이런 멋진 글을 썼소. '당신들은 전쟁이 불가피하다고 생각하는가? 좋다. 전쟁을 설교하는 자, 그자를 특수 전초부대로 보내라. 돌격을 하든, 공격을 하든, 그들을 맨 앞으로 내보내라!'"

"편집자들이라면 잘할 겁니다." 카타바소프는 그가 아는 편집자들이 그 선발 부대에 소속되어 있는 장면을 상상하며 큰 소리로 웃음을 터뜨렸다.

"뭐라고요, 그들은 도망갈걸요." 돌리가 말했다. "그들은 방해가 될 뿐이에요."

"그들이 달아나면, 뒤에서 산탄을 쏘든가 카자크인들에게 채찍을 들려 세워 두면 돼." 공작이 말했다.

"농담이시죠. 좋은 농담은 아니군요. 용서하십시오, 공작님." 세르게이 이바노비치가 말했다.

"난 그것이 농담이라고 생각하지 않아. 그것은……." 레빈이 입을 열었다. 그러나 세르게이 이바노비치가 그의 말을 가로막았다.

---

166) 프랑스의 언론인이자 팸플릿 저자로서 1870년 프랑스-프로이센 전쟁 전에 반전 팸플릿을 출간했다.

"사회의 각 구성원들은 자신의 일을, 자신에게 맞는 일을 하도록 요구받습니다." 그는 말했다. "생각하는 사람들은 여론을 표명함으로써 자신의 일을 수행하고 있고요. 여론을 일치하여 그것을 충분히 표명하는 것, 그것은 언론의 공로인 동시에 기뻐할 만한 현상입니다. 20년 전이라면 아마 우리는 침묵했을 것입니다. 하지만 지금은 한 명의 인간으로서 일어나 박해받는 형제들을 위해 자신을 희생할 준비가 된 러시아 민중의 목소리가 들립니다. 이것은 위대한 일보(一步)이자 힘의 표시입니다."

"하지만 그것은 자신을 희생하는 것뿐 아니라 투르크인들을 죽이는 것이기도 하지." 레빈은 머뭇거리며 말했다. "민중은 자신의 영혼을 위해 희생하고 또 늘 희생할 준비가 되어 있어. 그들의 희생은 살인을 위해서가 아냐." 그는 자기도 모르게 자신의 마음을 그토록 사로잡고 있던 상념들을 대화에 결부시키며 이렇게 덧붙였다.

"영혼을 위해서라니요? 당신도 이해하겠지만, 그런 말은 자연과학자로서는 곤란한 표현입니다. 그 영혼이라는 게 도대체 뭡니까?" 카타바소프가 빙그레 웃으며 말했다.

"아, 당신도 알지 않습니까!"

"맹세코 난 전혀 모릅니다!" 카타바소프는 큰 소리로 웃어 대며 말했다.

"'나는 평화를 주러 온 것이 아니라 칼을 주러 왔다.'[167]라고 그리스도는 말하지." 세르게이 이바니치는 지극히 당연하다는 듯 복음서에서 언제나 레빈을 가장 당혹스럽게 만들던 그 부

---

167) 마태복음서 10 : 34.

분을 인용하며 반박했다.

"그야 그렇죠." 그들의 주위에 서 있던 노인은 우연히 자기에게 향한 시선에 답하며 또다시 똑같은 말을 되풀이했다.

"아니, 친구, 당신이 패했어요, 패했어, 완전히 대패했는데요." 카타바소프가 유쾌하게 외쳤다.

레빈은 화가 나서 얼굴을 붉혔다. 그것은 자신이 패했기 때문이 아니라 자신을 억누르지 못하고 논쟁을 시작했기 때문이었다.

'아니, 난 이 사람들과 논쟁할 수 없어.' 그는 생각했다. '이들은 뚫을 수 없는 갑옷과 투구로 무장했는데, 난 알몸이잖아.'

그는 형과 카타바소프를 설득할 수 없다는 것을 깨달았고 자신이 그들에게 동의할 가능성은 더더욱 적다는 것을 깨달았다. 그들이 설교한 것은 그를 파멸시킬 뻔했던 바로 그 이성의 오만함이었다. 그는 형을 포함한 수십 명의 사람들이 수도에 온 말 잘하는 수백 명가량의 의용군들에게 들은 것을 토대로 그들 자신과 신문들이 민중의 의지와 생각을, 그것도 복수와 살인으로 가시화된 그런 생각을 표현하고 있다고 말할 권리를 가졌다는 점에 동의할 수 없었다. 그가 그것에 동의할 수 없었던 것은, 주위의 민중들에게서 그런 생각들의 표현을 볼 수 없었을 뿐 아니라 자신(그는 자기가 러시아 민중을 구성하는 사람들 가운데 한 명이 아닌 다른 무언가라고는 도저히 생각할 수 없었다.)에게서도 그러한 생각을 발견할 수 없었기 때문이었다. 그리고 무엇보다 자신과 민중은 무엇이 공공의 복지인지 모르고 또 알 수도 없지만, 공공복지의 획득이 각 사람들에게 현시된 선의 율법을 엄격하게 지킬 때만 가능하다는 것을 확실히 알고 있었기에 전쟁을 바랄 수도, 공공의 목적—그것이 어떤 것이든—을 선전할 수도 없었기 때문이다. 바랴크인[168]들의 소명에 관한 전설로 자신들의 생각을 표현하는 민중과 미하일리치, 그는 그들과 한목소리로 이렇게 말한 것이다. "우리의 대공이 되어 우리를 지배하소서. 우리는 기쁜 마음으로 온전한 복종을 약속합니다. 모든 노동, 모든 굴욕, 모든 희생은 우리가 짊어지겠습니다. 그러나 판단과 결정은 하지 않겠습니다." 그런데 세르게이 이바니치의 말에 따르면, 민중들이 그토록 비싼 값을 치르고 얻은 그 권리를 이제 와서 포기했다는 것이다.

그는 만일 여론이 어떤 오류도 범하지 않는 심판자라면 어째서 혁명과 코뮌은 슬라브 민족을 지키기 위한 운동처럼 합법적인 것이 될 수 없느냐고도 말하고 싶었다. 하지만 그 모든 것들은 아무것도 해결할 수 없는 생각에 지나지 않았다. 한 가지만은 분명히 알 수 있었다. 그것은 지금의 논쟁이 세르게이 이바노비치를 자극하니 논쟁을 벌이는 것은 좋지 않다는 점이었다. 그래서 레빈은 그에 대해서는 한마디도 언급하지 않고, 먹구름이 모여들고 있으니 비가 오기 전에 집으로 돌아가는 편이 좋겠다며 손님들의 관심을 돌렸다.

168) 9세기에 러시아로 이주하여 거주민들의 요청으로 왕조를 세웠다고 알려진 스칸디나비아 유랑 민족을 일컫는다. 바랑인, 바랑고이족이라고도 지칭한다. 1부의 각주 11) 참조.

17

공작과 세르게이 이바노비치는 짐마차를 타고 떠났다. 나머지 사람들은 걸음을 재촉하며 집으로 돌아갔다.

그러나 때로는 하얀, 때로는 검은 비구름이 너무나 빠르게 몰려와 비가 오기 전까지 집에 도착하려면 더욱더 빨리 걸어야 했다. 그을음이 뒤섞인 연기처럼 검고 낮은 선두의 구름이 굉장히 빠른 속도로 하늘을 가르며 달렸다. 집까지는 아직 200걸음 정도 더 가야 하는데, 벌써 바람이 일고 금방이라도 폭우가 쏟아질 듯했다.

아이들은 두려움과 즐거움이 뒤섞인 비명을 지르며 맨 앞에서 달렸다. 다리야 알렉산드로브나는 다리에 달라붙은 치마와 힘겹게 씨름하면서도 아이들에게서 눈을 떼지 못하며 이제는 걷는다기보다 아예 뛰고 있었다. 남자들은 모자를 꽉 잡고 성큼성큼 걸었다. 그들이 현관 입구에 도착하자마자, 굵은 빗방울이 쇠로 된 홈통의 가장자리를 때리며 부서져 내렸다. 아이들과 그 뒤에서 오던 어른들은 유쾌하게 떠들며 지붕의 차양 아래로 뛰어들었다.

“카체리나 알렉산드로브나는?” 레빈이 대기실에서 망토와 숄을 들고 그들을 맞이하던 아가피야 미하일로브나에게 물었다.

“우리는 주인님과 같이 계신 줄 알았는데요.” 그녀가 말했다.

“그럼 미챠는?”

“틀림없이 콜로크에 계실 거예요. 보모도 함께요.”

레빈은 숄을 움켜쥐고 콜로크로 달렸다.

그 짧은 시간 동안 먹구름의 중심이 태양을 뒤덮어 일식 때처럼 어두워지기 시작했다. 바람은 그 자신을 강요하기라도 하듯 끈질기게 레빈을 막았다. 바람은 잎사귀와 보리수꽃을 잡아 뜯고, 자작나무의 하얀 가지를 추악하고 괴상망측하게 드러내고, 아카시아나무며 꽃이며 우엉이며 풀이며 우듬지며 모든 것을 한 방향으로 구부렸다. 안마당에서 일하던 농가의 처녀들은 소리를 지르며 하인 방의 처마 밑으로 달려갔다. 폭우의 하얀 장막은 이미 멀리 보이는 숲 전체와 가까운 들판의 절반을 뒤덮고 콜로크 쪽으로 빠르게 전진했다. 대기에서 잘게 부서지는 빗방울의 습기가 느껴졌다.

머리를 앞으로 숙이고 그에게서 숄을 잡아채려는 바람과 싸우며 달리는 동안, 레빈은 어느새 콜로크 부근에 도착하여 참나무 너머로 하얀 무언가를 보게 되었다. 그 순간 갑자기 모든 것이 강렬한 빛으로 빛나더니 대지 전체가 활활 타오르기 시작하고 마치 머리 위의 하늘이 쩍 갈라지는 것 같았다. 레빈은 부신 눈을 뜨다가 자신과 콜로크 사이를 가로막은 두꺼운 비의 장막을 통해 숲 한가운데 있는 낯익은 참나무의 초록색 우듬지가 묘하게 이동한 것을 가장 먼저 발견하고는 두려움을 느꼈다. '정말로 꺾인 걸까?' 그가 가까스로 이런 생각을 한 순간, 참나무의 우듬지는 점점 더 움직임을 재촉하며 다른 나무들 뒤로 자취를 감추었다. 뒤이어 커다란 나무가 다른 나무들 위로 우지끈 쓰러지는 소리가 들려왔다.

번개의 빛, 천둥의 소리, 순간적으로 한기가 몸을 덮치는 느낌이 공포라는 한 가지 인상으로 녹아들었다.

"나의 하느님! 제발 그들에게 떨어지지 않게 하소서!" 그는 이렇게 웅얼거렸다.

그는 곧 이미 쓰러진 참나무에 그들이 깔려 죽지 않았기를 바라는 그의 간구가 얼마나 무의미한가를 깨달았지만, 그는 그 무의미한 기도보다 더 나은 어떤 것도 할 수 없다는 것을 알았기에 그 말을 계속 되풀이했다.

그는 그들이 평소에 잘 가는 장소로 달려갔으나 그들을 발견할 수 없었다.

그들은 숲의 반대편 끝에 있는 보리수 고목 아래서 그를 불렀다. 어두운 색 옷을 입은 두 사람의 형체가 어떤 것 위에 몸을 구부리고 서 있었다. 그것은 키티와 보모였다. 레빈이 그들에게 달려갔을 때는 이미 비가 그치고 햇살이 비치기 시작한 때였다. 보모의 옷자락은 젖지 않았으나, 키티의 옷은 흠뻑 젖어 그녀의 몸에 찰싹 달라붙어 있었다. 그들은 더 이상 비가 내리지 않는데도 뇌우가 퍼붓기 시작할 때 취한 자세 그대로 여전히 서 있었다. 두 사람은 모두 녹색 차양이 달린 유모차 위로 허리를 구부리고 서 있었다.

"살아 있어? 무사해? 하느님, 감사합니다!" 그는 뒤축이 닳은 물로 가득 찬 구두로 웅덩이를 절벅거리며 그들에게 달려갔다.

키티의 발그레한 젖은 얼굴이 그를 돌아보며 모양이 망가진 모자 아래서 주저하는 듯한 미소를 지었다.

"그래, 당신은 부끄럽지도 않아? 어떻게 이런 경솔한 행동을 할 수 있어! 정말이지 이해가 안 돼!" 그는 벌컥 화를 내며 아내를 공격했다.

"하느님께 맹세하지만, 내 잘못이 아니에요. 막 집으로 돌아가려고 하는데 아기가 마구 보채지 않겠어요. 아기의 기저귀를 갈아 주어야 했어요. 우리가 막……." 키티는 변명을 늘어놓기 시작했다.

미챠는 무사했고 비에 젖지 않은 채 계속 잠들어 있었다.

"아, 하느님, 감사합니다. 나도 내가 무슨 말을 하는지 모르겠어!"

그들은 젖은 기저귀를 거두었다. 보모는 아기를 유모차에서 들어 올려 안고 갔다. 화를 낸 것에 가책을 느낀 레빈은 아내와 나란히 걸으며 보모가 모르게 슬며시 아내의 손을 잡았다.

18

하루 종일 온갖 다양한 대화를 하는 동안, 마치 정신의 외적 측면으로만 그 대화에 참여하는 듯하던 레빈은 자기 안에서 일어나리라 믿었던 변화에 환멸을 느끼면서도 마음의 충만함에 끊임없이 귀를 기울이며 즐거워했다.

비가 온 뒤에는 너무 질척거려 산책을 할 수 없었다. 게다가 먹구름이 여전히 지평선을 떠나지 않은 채 하늘의 가장자리를 따라 천둥소리를 내며 여기저기 시커멓게 떠돌고 있었다. 일행은 모두 집에서 남은 하루를 보냈다.

더 이상의 논쟁은 일어나지 않았다. 오히려 식사 후 다들 더할 나위 없이 좋은 기분에 젖었다.

처음에는 카타바소프가 그 특유의 독창적인 농담으로 부인들을 웃겼다. 그와 처음 만난 사람들은 언제나 그의 농담을 몹시 좋아했다. 그러고 나서 그는 세르게이 이바노비치의 부추김으로 암컷 집파리와 수컷 집파리의 성격과 생김새의 차이에 대해, 그리고 집파리의 생태에 대해 매우 흥미로운 관찰을 들려주었다. 세르게이 이바노비치도 기분이 좋아 차를 마시는 동안 동생의 부추김에 못 이겨 동방 문제의 전망에 대한 자신의 견해를 설명했다. 그 이야기가 어찌나 명쾌하고 훌륭했던지 다들 그의 이야기에 정신없이 빠져들었다.

키티만은 그의 이야기를 끝까지 들을 수 없었다. 그녀는 미챠를 씻기는 일에 불려 갔다.

키티가 나간 후 몇 분 정도 지나 레빈도 어린이 방에 있는 키티에게 불려 갔다.

레빈은 마시던 차를 남겨 두고 가면서 흥미로운 대화의 중단에 아쉬워하는 한편 왜 자기를 불렀는지 불안해하며 어린이 방으로 향했다. 왜냐하면 그를 부르는 일은 중요한 경우에만 있는 일이기 때문이었다.

끝까지 다 듣지 못한 세르게이 이바노비치의 계획, 즉 해방된 400만 슬라브 민족의 세계가 러시아와 더불어 어떻게 역사상 새로운 시대를 열어야 할 것인가에 대한 계획이 완전히 새로운 무언가로서 레빈의 흥미를 강하게 끌었지만, 그리고 왜 자신을 불렀는지에 대한 불안과 호기심이 그를 초조하게 했지만, 그는 응접실에서 나와 혼자 있게 되자 곧 아침의 상념들을 떠올렸다. 그러자 슬라브적 요소의 세계사적 의미에 대한 생각들이 그의 영혼 속에서 일어난 것에 비하면 너무나 하찮게 느껴져, 그는 그것을 순식간에 잊고 자신이 오늘 아침에 빠져 있던 바로 그 기분으로 옮겨 갔다.

그는 지금 사유의 전 과정을 자신이 이전에 전개했던 대로 떠올리지는 않았다.(그로서는 그럴 필요가 없었다.) 그는 즉시 자신을 이끄는, 그러한 사유들과 결합된 감정 속으로 옮겨 갔다. 그리고 그는 자신의 영혼 속에서 그 감정을 이전보다 훨씬 더 강렬하고 분명하게 발견했다. 지금 그에게는 예전에 그가 억지로 평온을 꾸며 내야 했을 때, 그가 그 감정을 발견하기 위해 사유의 과정을 복구시켜야 했을 때 있었던 일들이 일어나지 않았다. 지금은 오히려 기쁨과 평온의 감정이 예전보다 더 생생하여 사유가 감정을 따라잡지 못할 정도였다.

그는 테라스를 지나면서 이미 어두워지기 시작한 하늘에 나타난 두 개의 별을 바라보았다. '그래, 내가 하늘을 보며 내가 바라보는 창공은 거짓이 아니라고 생각했을 때, 거기에는 내가 미처 생각하지 못한 무언가가, 내가 스스로에게 감춘 무언가가 있었어.' 그는 생각했다. '하지만 그것이 무엇이든, 이의는 있을 수 없어. 생각해 볼 가치가 있어. 그럼 모든 것이 명백해질 거야!'

어린이 방에 들어서는 순간, 그는 자신이 스스로에게 감추고 있던 것이 무엇인지 기억해 냈다. 그것은 신의 존재에 대한 중요한 증거가 선이란 무엇인가에 대한 신의 계시라면 왜 그러한 계시가 그리스도교 교회에만 국한되는가라는 것이었다. 마찬가지로 선을 설교하고 행하는 불교와 마호메트교는 그러한 계시와 어떤 관계를 갖고 있는가?

그에게는 자신이 이 문제에 대한 해답을 갖고 있는 것처럼 느껴졌다. 하지만 그는 스스로에게 그것을 미처 표현하기 전에 어린이 방으로 들어가고 있었다.

키티는 양 소매를 걷어붙이고 목욕통 안에서 첨벙거리는 아기를 내려다보며 서 있다가, 남편의 발소리를 듣자 그에게 얼굴을 돌리며 미소로 그를 자기 쪽으로 불렀다. 반듯하게 누운 자세로 물에 뜬 채 자그마한 두 다리를 바동거리는 통통한 아기의 고개를 한 손으로 받치는 한편, 다른 한 손으로는 근육을 가볍게 긴장시키며 아기 위로 스펀지를 꽉 짜고 있었다.

"자, 봐요, 여기 봐요!" 그녀는 남편이 다가오자 이렇게 말했다. "아가피야 미하일로브나의 말이 옳았어요. 아기가 사람을 알아봐요."

문제는 미챠가 오늘부터 분명 의심할 여지없이 주위의 모든 사람들을 알아보기 시작했다는 것이었다.

레빈이 목욕통으로 가까이 다가가자, 곧바로 그의 앞에 실험이 펼쳐졌다. 그리고 실험은 완전히 성공이었다. 그 실험을 위해 일부러 데려온 하녀는 키티를 대신하여 아기를 향해 몸을 구부렸다. 아기는 인상을 쓰며 싫다고 고개를 흔들었다. 키티가 아기를 향해 몸을 구부렸다. 그러자 아기는 환하게 웃으며 자그마한 두 손으로 스펀지를 잡고서, 키티와 보모뿐 아니라 레빈까지도 미처 생각지 못한 황홀감에 빠져들 만큼 즐겁고 이상야릇한 소리를 내며 입술로 뽀글뽀글 물방울을 만들었다.

보모는 목욕통에서 아기를 한 손으로 들어 올려 물을 끼얹고는 수건으로 감싸고 물기를 닦았다. 그리고 아기의 찢어질 듯한 울음소리가 멈추자, 그녀는 아기를 어머니에게 넘겼다.

"있잖아요, 난 당신이 이 아기를 사랑하기 시작한 것 같아서 기뻐요." 키티는 아기를 가슴에 안고 늘 앉는 자리에 편안하게 앉은 후 남편에게 말했다. "난 정말 기뻐요. 그렇지 않다면 그 때문에 무척 괴로웠을 거예요. 당신은 이 아이에게 아무런 감정도 느끼지 않는다고 했잖아요."
"아냐, 아무렴 내가 아무것도 느끼지 못한다고 말했을까? 난 그저 실망했다고 말했을 뿐이야."
"뭐라고요? 이 아기에게 실망을 했단 말이에요?"
"아이에게 실망한 것은 아냐. 나 자신의 감정에 실망한 거지. 난 더 많은 걸 기대했거든. 난 내 안에서 새롭고 즐거운 감정이 뜻밖의 선물처럼 피어나기를 기대했지. 그런데 갑자기 그런 감정 대신 혐오감과 연민이……."
그녀는 미챠를 씻기기 위해 빼 둔 반지를 가느다란 손가락에 끼우면서 아기 너머로 그의 이야기에 유심히 귀를 기울였다.
"그리고 중요한 것은 기쁨보다 두려움과 연민이 더 컸다는 거야. 오늘 소나기가 내릴 때 그 공포를 경험한 후, 난 내가 이 아이를 얼마나 사랑하는지 깨달았어."
키티의 얼굴이 미소로 환해졌다.
"많이 놀랐군요?" 그녀가 말했다. "나도 그랬어요. 하지만 난 그 일이 지나가 버린 지금이 더 무서워요. 난 나중에 그 참나무를 보러 갈 거예요. 그런데 카타바소프는 정말 좋은 사람이죠! 그리고 대체로 오늘 하루는 무척 즐거웠어요. 당신도 마음만 먹으면 세르게이 이바노비치와 아주 잘 지내잖아요……. 자, 사람들에게 가 봐요. 목욕을 시키고 나면 이곳은 늘 덥고 김이 자욱해서……."

19

레빈은 어린이 방에서 나와 홀로 있게 되자 곧 뭔가 분명치 않은 점이 있었던 조금 전의 생각을 다시 떠올렸다.

그는 사람들의 목소리가 들리는 응접실로 가지 않고 테라스에 멈춰 서서 난간에 팔꿈치를 기댄 채 하늘을 바라보기 시작했다.

날은 이미 완전히 어둑해졌다. 그리고 그가 바라보는 남쪽 하늘에는 먹구름이 없었다. 먹구름은 맞은편에 떠 있었다. 그곳에서는 이따금 번개가 번득이고 천둥소리가 아련히 들려왔다. 레빈은 정원의 보리수에서 규칙적으로 떨어지는 물방울 소리에 귀를 기울이며 눈에 익은 삼각형 별자리와 그 한가운데를 가로지르며 지류를 내뻗는 은하수를 바라보았다. 번개가 칠 때마다 은하수와 밝은 별들이 사라졌다. 그러나 번개가 사라지자마자, 은하수와 밝은 별들은 마치 겨냥이 정확한 어떤 손에 의해 던져진 듯 다시 그 자리에 나타나곤 했다.

'음, 그런데 무엇이 내 마음을 어지럽혔더라?' 레빈은 아직 자신의 의혹에 대한 해답을 알 수 없었으나 그것이 자신의 영혼 속에 이미 마련되어 있다는 것을 예감하며 혼잣말을 중얼거렸다.

'그래, 신의 존재를 드러내는 분명하고 의심할 여지없는 한 가지 현상은 계시에 의해 전 세계에 드러난 선의 율법이야. 난 그 율법을 내 안에서 느껴. 그리고 그 율법을 인정함으로써 나는 교회라 불리는 어느 신자들의 공동체 안으로 나 스스로를 결합시킨다기보다 이미 그 속의 다른 사람들과 결합되어 있어. 내가 원하든 원하지 않든 말이지. 음, 그럼 유대교도, 마호메트교도, 유교도, 불교도는 도대체 뭐지?' 그는 스스로에게 위험하게 느껴지는 그 질문을 자신에게 던졌다.

'과연 그 수억의 사람들은 지고한 선을 갖고 있지 않은 걸까? 그것이 없는 삶은 의미가 없잖아.' 그는 생각에 잠겼다. 하지만 곧 생각을 고쳤다. '그런데 도대체 내가 무슨 질문을 하고 있는 거지?' 그는 혼잣말을 했다. '난 전 인류의 다양한 종교와 신적 존재의 관계에 대해 묻고 있어. 난 저 모든 성운을 포함한 세계 전체에 대한 신의 일반적인 현시를 묻고 있어. 도대체 내가 뭘 하고 있는 거야? 이성으로 도달할 수 없는 지식이 나 개인에게, 내 마음에 의심할 여지없이 모습을 드러냈는데, 난 고집스럽게도 이성과 언어로 그 지식을 표현하고 싶어 하는구나.

과연 내가 별들이 움직이지 않는다는 것을 모른단 말인가?' 그는 어느새 자작나무의 가장 높은 가지로 위치를 바꾼 밝은 행성을 쳐다보며 혼잣말을 했다. '하지만 별들의 움직임을 바라볼 때는 지구의 자전을 상상하지 못하겠어. 그러니 내가 별들이 움직인다고 말할 때, 그 말은 틀린 게 아니야.

그런데 과연 천문학자들은 지구의 온갖 복잡하고 다양한 운동을 고려하면 정말 무언가를 이해하고 산출할 수 있을까? 천체의 거리, 질량, 운행, 섭동(攝動)에 대한 그들의 놀랄 만한 결론들은 오로지 고정된 지구를 둘러싼 천체의 가시적인 운행에 기초한 것이지. 지금 내 앞에 보이는 바로 이 운행 말이야. 이 운행은 수 세기 동안 수백만 명의 사람들에게 그런 식으로 존재했고, 지금까지나 앞으로나 항상 똑같을 테고 언제나 검증될 수 있을 테지. 동일한 자오선과 동일한 지평선과의 관계에서 가시적인 하늘을 관찰한 것에 기초하지 않은 천문학자들의 결론이 무익하고 불확실한 것처럼, 모든 이들에게 언제나 존재했고 앞으로도 동일하게 존재할, 그리스도교에 의해 내 앞에 드러났으며 언제나 내 영혼 속에서 입증될 수 있는 그러한 선(善)의 이해에 기초하지 않은 나의 결론은 쓸모없고 불확실한 것이 될 거야. 나에게는 다른 종교들에 대한 물음, 그 종교들과 신적 존재의 관계에 대한 물음을 해결할 권리가 없고 그럴 가능성도 없어.'

"어머, 당신 안 갔어요?" 갑자기 키티의 목소리가 말을 걸어왔다. 그녀는 같은 길로 응접실에 가는 길이었다. "왜요? 언짢은 일이 있어요?" 키티는 별빛 속에서 그의 얼굴을 유심히 들여다보며 말했다.

하지만 그녀는 번개가 별빛을 숨기고 다시 한 번 그의 얼굴을 비추지 않았다면 그의 얼굴을 볼 수 없었을 것이다. 그녀는 번갯불 아래에서 그의 얼굴을 똑똑히 보았고 그가 평온과 기쁨에 젖어 있다는 것을 알고는 그에게 미소를 지었다.

'키티는 이해하고 있어.' 그는 생각했다. '키티는 내가 무슨 생각을 하는지 알아. 키티에게 말할까 말까? 그래, 키티에게 말해야겠어.' 하지만 그가 막 입을 열려는 순간, 그녀가 말을 꺼냈다.

"있잖아요, 코스챠, 부탁이 있어요." 그녀가 말했다. "구석방에 가서 하인들이 세르게이 이바노비치를 위해 모든 것을 준비해 두었는지 어떤지 봐 줘요. 난 좀 거북해서요. 하인들이 새 세면대를 갖다 놓았나요?"

"좋아, 꼭 가 볼게." 레빈은 일어나 아내에게 입을 맞추며 말했다.

'아냐, 말할 필요는 없어.' 그는 아내가 그의 앞을 지나쳐 가자 생각에 잠겼다. '이건 비밀이야. 이것은 나에게만 필요한, 말로 표현할 수 없는 중요한 비밀이야.

이 새로운 감정은 나를 바꾸지도, 나를 행복하게 하지도 않아. 그리고 내가 상상하던 것처럼 갑자기 나를 계몽시키지도 않아. 아들에 대한 감정과 마찬가지지. 역시 뜻밖의 선물은 없었어. 믿음인지 아닌지, 난 이게 무엇인지 모르겠어. 하지만 이 감정 역시 나도 모르는 사이에 고통을 통해 들어와 내 영혼 속에 견고하게 뿌리를 내렸어.

난 여전히 마부 이반에게 화를 내겠지. 여전히 논쟁을 벌이고, 여전히 내 생각을 부적절하게 표현할 거야. 나의 지성소와 다른 사람들 사이에는, 심지어 아내와의 사이에도 여전히 벽이 존재할 거야. 난 여전히 나의 두려움 때문에 아내를 비난하고 그것을 후회하겠지. 나의 이성으로는 내가 왜 기도를 하는지 깨닫지 못할 테고, 그러면서도 난 여전히 기도를 할 거야. 하지만 나에게 일어날 수 있는 그 모든 일에 상관없이, 이제 나의 삶은, 나의 모든 삶은, 삶의 매 순간은 이전처럼 무의미하지 않을 뿐 아니라 선의 명백한 의미를 지니고 있어. 나에게는 그것을 삶의 매 순간 속에 불어넣을 힘이 있어!'

작품 해설

『톱 텐』(The Top 10, 2007)이라는 책은 W. W. 노튼 출판사가 영국, 미국, 호주의 유명 작가 125명에게 모든 시대를 통틀어 가장 훌륭하다고 생각하는 문학작품 10권을 꼽아달라고 청탁하여 그 순위를 정리한 책이다. 레프 톨스토이(1828~1910)는 1위에 『안나 카레니나』를, 3위에 『전쟁과 평화』를 올림으로써, 현재 활동하고 있는 영어권 작가들로부터 존경과 질투를 한 몸에 받는 작가로 자리매김했다.

톨스토이의 사후 100주년인 지금의 시점에서, 톨스토이를 최고의 작가로, 『안나 카레니나』를 최고의 작품으로 꼽은 영어권 작가 125명의 고백은 우리로 하여금 톨스토이에 대한 지난 100년 동안의 찬사와 비판을 뒤로 하고 새롭게 그의 창조력을 조명하도록 유혹한다. 과연 우리 시대의 작가들을 매료한 톨스토이의 창작의 비밀은 무엇일까?

1 톨스토이에게 소설은 무엇이었는가

영국의 사상가 벌린은 인간 톨스토이에 대해 세계를 움직이는 제1원인을 찾고자 했던 사람이라고 평한다. 톨스토이는 자신의 삶과 세상을 작동시키는 원리를 이해하고 싶어 했다. 나아가 자신과 인류에게 주어진 '어떻게 살 것인가.'라는 문제에 답하고 싶어 했다.

그러나 자신 안에 조금의 의문도 남기고 싶어 하지 않았던 톨스토이는 과거로부터 당대까지 역사학과 철학이 제시한 해답에 도저히 만족할 수 없었다. 그는 영웅을 역사의 동력으로 본다든지, 다윈주의를 응용한 추상적 논리나 이성 및 초자연적인 힘으로 역사를 해명한다든지 하는 시도를 단호히 거부했다. 그가 살고 있는, 그가 목격하고 있는 세계는 구체적이고 경험적인 세계였다. 그가 생각하기에, 삶을 이루는 진정한 요소는 "개인의 경험, 개인들의 사사로운 관계, 색깔, 냄새와 맛, 소리와 움직임, 질투와 사랑과 증오, 열정, 순간적으로 떠오른 혜안, 끊임없이 변하는 순간들, 일상의 나날들"이었다.

그는 작품 속에서 이 세계의 모습을 천재적인 재능으로 구현해 냈다. 동시에 그는 여전히 자신이 재현한 다차원적이고 구체적인 시공간 안에서 그 세계를 관통하는 단순하고 실질적인 원칙을 찾았다.

이처럼 구체성과 목적을 동시에 추구한 톨스토이가 역사의 힘을 논저의 형식이 아닌 소설의 형식 속에서 찾았다는 것은 어쩌면 당연한 결과인지도 모른다. 그는 소설을 통해, 즉 구체적이고 경험적인 시공간을 창조하고 등장인물들로 하여금 삶의 어둠을 밀어내고 한 발 한 발 생을 살게 함으로써 그 해답을 찾으려 했다.

그런데 톨스토이가 창조한 세상과 인물에는 작가 자신을 떠올리게 하는 등장인물들이 유독 많다. 『유년 시절』의 네클류도프, 『어둠 속의 서광이 비치다』의 사리친, 『전쟁과 평화』의 피에르, 『안나 카레니나』의 레빈, 『부활』의 네프류도프 등. 톨스토이의 아내 소피야는 『안나 카레니나』의 1부를 읽고 "료바, 레빈은 재능을 뺀 당신이군요."라고 말했다고도 한다. 이러한 점은 대부분의 독자들로 하여금 앞에서 언급한 주인공들이 곧 톨스토이라고 믿고 싶게끔 만든다. 그러나 작자 톨스토이가 자신을 닮은 주인공 한 명을 자신의 대변자로 삼았다는 견해, 작품을 톨스토이의 삶의 직접적인 반영으로 보는 견해는 톨스토이가 소설 속의 인물을 통해 하고자 했던 작업의 의도를 왜곡할 수 있다.

『안나 카레니나』를 예로 들어 보자. 물론 레빈에게 톨스토이의 모습이 집중적으로 반영된 것은 사실이다. 레빈의 영지 포크로프스코예는 톨스토이의 영지 야스나야 폴랴나를 연상시킨다. 레빈이 풀베기를 하는 장면, 레빈이 키티에게 백묵으로 단어의 첫 글자만 나열하여 청혼하는 장면, 레빈의 형 니콜라이가 폐렴으로 죽는 장면, 레빈이 스스로 목을 매지 않도록 끈을 숨기고 자신에게 총을 쏠까 봐 총을 들고 다니는 것조차 꺼리는 장면은 톨스토이의 경험에서 차용한 것이다. 게다가 레빈의 사회적 지위, 반항적 기질, 사냥에 대한 열정, 러시아의 농민들에 대한 사랑은 톨스토이를 그대로 묘사한 듯하다. 레빈만 놓고 보면, 마치 톨스토이는 『안나 카레니나』를 통해 자신의 자서전을 쓴 것 같기도 하다. 그러나 톨스토이는 자서전적 충동에 완전히 휘둘리지 않는다.

톨스토이는 자신의 모습을 레빈 외에도 여러 인물들에게 분배한다. 전통이 오래된 류릭 가문의 후예임을 자랑스러워하고 많은 자식을 거느린 스티바, 도박에 중독되다시피 한 야쉬빈, 예술은 기법의 모방이 아닌 '자연에서 덮개를 떼어 내는 행위'라고 말하는 화가 미하일로프, 말(馬)을 열광적으로 좋아하는 브론스키에서도 톨스토이의 그림자를 볼 수 있다.

즉 톨스토이는 자신과 가족의 삶, 혹은 주변 사람들의 모습을 낱낱의 요소로 분해하여 그가 창조하는 여러 인물들의 재료로 뒤섞어 버린 것이다. 따라서 레빈에게 그의 자전적 요소가 많이 뒤섞였다고 해서 그를 톨스토이와 일치시킬 수는 없다. 톨스토이는 그에게 고유한 시공간에서, 레빈은 그에게 고유한 시공간에서 각자 삶이 부여하는 과제와 요구에 충실히 응답하려 한 개별적인 인격이다.

그렇게 작자 톨스토이는 레빈과 안나를 비롯한 무수한 등장인물들의 관계망 속에서 자신의 목적, 즉 세계를 움직이는 제1원인을 탐구한 것이다.

2 톨스토이는 『안나 카레니나』의 세계를 어떻게 창작했는가

톨스토이는 1864~1869년에 걸쳐 『전쟁과 평화』를 끝내고 1872년에는 표트르 대제 시대에 관한 역사소설을 쓰고자 자료를 수집하고 있었다. 그러던 가운데 1872년 1월 《툴라 신문》에 다음과 같은 기사가 실렸다.

1월 4일 저녁 7시, 훌륭한 옷차림을 한 신원 불명의 여인이 모스크바-쿠르스크 선의 야센키 역에 도착하여 선로에 뛰어들었다. 화물차 7호가 지나갈 때, 그녀는 성호를 긋고 기차 아래로 몸을 던졌고, 그녀의 몸은 두 동강이 났다.

안나 피고로바라는 이 여인은 톨스토이의 이웃 영주 비비코프의 내연녀로서, 톨스토이도 그녀를 알고 있었다. 톨스토이는 역의 바라크에서 실시된 검시를 참관하기도 했다. 이 사건은 톨스토이의 뇌리 한구석에 자리 잡고 있다가, 1873년 3월 19일에 톨스토이의 머릿속에서 새로운 소설의 출발점으로 점화되었다. 톨스토이는 아들 세료자가 읽다가 거실 창가에 둔 푸슈킨의 『벨킨 이야기』를 읽고는 새로운 소설에 착수했다. 이때의 상황은 톨스토이가 며칠 후 절친한 친구이자 비평가였던 스트라호프에게 보낸 편지에 잘 드러나 있다.

올 겨울, 난 작업을 하다 잠시 푸슈킨의 책을 집어 들었습니다. 난 언제나처럼 그 책을 모두 읽었습니다. 난 그 책에서 눈을 뗄 수가 없었습니다. 난 마치 그 책을 처음 읽은 것처럼 읽었습니다. 푸슈킨은 말하자면 나의 모든 의구심을 해결해 주었습니다. (중략) 무의식중에, 생각지도 않게, 그리고 그것이 왜, 어떻게 되어 가는지도 모른 채, 나는 인물들과 사건을 고안했습니다. 갑자기 그것은 너무나 아름답고 강력하게 구체화되어 하나의 소설을 이루었고, 난 지금 대강의 초안을 완성했습니니다. 그것은 정말 생생하고 열정적이고 완벽한 소설입니다. 나는 이 소설이 아주 마음에 듭니다. 하느님이 내게 건강을 허락하신다면 2주 안에 완성될 것 같습니다.

그러나 이 소설은 2주가 아닌 무려 약 5년에 걸쳐 집필되었다. 『안나 카레니나』는 1873~1877년에 집필되었고, 1875~1877년에 월간 잡지인 《루스키 베스니크》에 연재되었다. 그리고 8부는 편집자와의 의견 충돌로 잡지에 연재되지 못하고 톨스토이가 자비로 따로 출간하였다.

이 소설은 첫 연재부터 엄청난 반향과 비판을 불러일으켰다. 시인 페트는 톨스토이에게 "『안나 카레니나』에 대해 어떻게 고마움을 표시하지 않을 수 있겠습니까? 소설 전체의 예술적 숙련도와 담백한 솜씨에 대해 내가 무슨 말을 할 수 있겠습니까?"라며 격찬하는 편지를 보냈고, 도스토예프스키는 『작가 일기』에서 한 지인의 찬사를 인용하며 당시의 열광적인 분위기를 소개하기도 했다. "이것은 전대미문의 걸작입니다. 우리 작가들 가운데 어느 누가 그에 필적할 수 있겠습니까? 뿐만 아니라 유럽의 그 어느 작가가 톨스토이의 작품에 비길만한 작품을 내놓을 수 있겠습니까?" 또한 소설이 연재되는 동안, 브나로드 운동에 동참하여 시골에 내려가는 대학생들의 수가 급증했다고 하니, 이 소설이 러시아에 미친 파급력을 가히 짐작할 수 있다. 하지만 『안나 카레니나』가 당대를 배경으로 하고 그 당시의 많은 논의들을 소설 속 담론으로 끌어들인 현대 소설임에도 불구하고, 당대에 널리 논의된 예술의 목적, 리얼리즘의 형식, 여성 문제, 노동자 문제, 민중 교육 문제, 젬스트보, 유물론적 철학에 반하는 인상을 줌으로써 시대착오적인 소설이라는 비판을 받기도 했다.

그러나 무엇보다 『안나 카레니나』에 대한 치명적인 비판은 예술적 구조를 결여하고 있다는 것이었다. 뛰어난 식물학자이자 평론가인 라친스키는 톨스토이에게 서로 연결되지 않는 웅장한 테마 두 개가 나란히 전개될 뿐 『안나 카레니나』에는 전체 소설의 구조가 근본적으로 결핍되어 있다고 비평한다.

이에 대해 톨스토이는 "오히려 나는 건축술에 긍지를 갖고 있습니다. 둥근 천장은 아무도 연결 지점이 어디에 있는지 알아차릴 수 없는 그런 방식으로 지어졌습니다. 그것이야말로 내가 그 무엇보다 공들인 부분입니다. 구조의 통일성은 행위와 인물들 간의 관계가 아니라 내적인 연속성에 의해 창조되었습니다."라고 답한다.

그러나 톨스토이는 『안나 카레니나』에서 자신이 탐구하고자 한 개념들에 대해, 그리고 그것들을 드러낸 소설의 내적 연결이나 구조적 통일성에 대해 끝까지 침묵한다. 그것을 찾아내는 것은 철저히 독자의 몫이 되었다. 필자는 내적 연결을 형성하는 근본적인 구성적 동력을 일부 제시하고자 한다. 그것이 풍성한 내적 연결 고리를 찾는 독자들의 즐거움에 보탬이 되기를 바라며…….

3 『안나 카레니나』의 시공간

『안나 카레니나』는 당대의 통념상 소설의 관례로 여겨지던 구성적 완결을 거부한다. 당시의 러시아 독자들 가운데 상당수는 소설이 안나 카레니나의 비극적 죽음으로 마무리되지 않고 8부를 통하여 주인공들의 소소한 일상이 새롭게 이어지는 것에 대해 당혹감을 감추지 못했다. 앞서 언급했듯이, 톨스토이는 정치적 이유로 8부의 출간을 거부하는 《루스키 베스니크》의 편집장과 싸우다 결국 자비로 8부를 출간하였다. 그에게는 8부가 소설 전체를 위해 반드시 지켜 내야 할 중요한 부분이었던 것이다. 8부의 주요 소재인 러시아-투르크 전쟁은 톨스토이가 7부를 막 완성한 1877년 4월에 발발했다. 따라서 이 부분은 처음 『안나 카레니나』를 구상할 당시에만 해도 톨스토이가 전혀 염두에 두지 않은 내용이었다. 그리고 8부는 소설의 제목인 안나가 아니라 또다른 주인공 레빈의 깨달음으로 마무리된다.

레빈은 그와 만나는 모든 인물들과의 대화를 엿듣고 거기에 끼어들고 논쟁하면서 세상을 움직이는 힘과 삶의 의미를 이성적으로 포착하고자 안간힘을 쓰는 인물이었다. 그러나 그는 일상에서 '자신의 의지에 반하는, 지극히 사소한 것들이지만 확고한 중요성을 가진 것들'과 끊임없이 맞부딪친다. 그 힘은 카레닌에게는 "광포한 힘"으로, 키티에게는 "저항할 수 없는 힘"으로 나타난다. 레빈은 마침내 어떤 이성적이고 체계적인 학문의 도움 없이도 '선(善)'을 인지하는 농민의 말에 자극을 받아 신의 존재에 대한 깨달음으로 나아간다. 그러나 이 부분은 소설 전체에서 정교하게 펼쳐지던 다른 논쟁과 달리 아주 초보적인 자각에 그친다. 그리고 이어지는 레빈의 독백은 그의 깨달음이 그의 모든 물음에 대한 궁극적 해결이 아니라

고작해야 앞으로 이어질 삶에 대한 출발점임을 분명히 보여 주고 있다.

> 이 새로운 감정은 나를 바꾸지도, 나를 행복하게 하지도 않아. 그리고 내가 상상하던 것처럼 갑자기 나를 계몽시키지도 않아. (중략) 나의 이성으로는 내가 왜 기도를 하는지 깨닫지 못할 테고, 그러면서도 난 여전히 기도를 할 거야. 하지만 나에게 일어날 수 있는 그 모든 일에 상관없이, 이제 나의 삶은, 나의 모든 삶은, 삶의 매 순간은 이전처럼 무의미하지 않을 뿐 아니라 선의 명백한 의미를 지니고 있어. 나에게는 그것을 삶의 매 순간 속에 불어넣을 힘이 있어!

이 소설은 8부를 통해 소설의 구성적, 테마적 완결을 회피하고, 그 대신 등장인물들에게 지속적인 삶을 부여한다. 이 소설의 시간은 삶의 시간을 닮아 있다. 시간은 종결되지 않으며 지속된다. 안나의 죽음은 안나의 삶의 종결일 뿐, 시간의 가차 없는 진행을 종결하지 못한다. 톨스토이가 그리고자 했던 것은, 어쩌면 기존의 소설이 서술해 온 시작-발전-종결의 사건이 아니라 시간 그 자체였는지도 모른다.

한편 『안나 카레니나』의 시간은 마치 삶의 시간과 동일한 속도로 전개되는 듯한 인상을 준다. 인간이 일단 세상에 태어나면 자신의 의지와 무관하게 시간의 급류에 휘말리고 점점 더 앞으로 나아갈 수밖에 없듯이 『안나 카레니나』의 인물들은 끊임없이 새로운 상황 속으로 떠밀려 가고 끊임없이 판단과 행동을 요구받는다. 안나, 브론스키, 카레닌, 레빈, 키티, 스티바,

돌리, 나아가 그림자처럼 존재감이 희미한 하인들까지 '도대체 무엇을 해야 한단 말인가?', '무엇을 할까요?'라며 스스로에게, 혹은 타인에게 끊임없이 선택에 대해 묻는다. 각 개인은 매 순간 윤리적 상황에 몰리고, 그들이 내린 판단은 다음 장면을 낳는 씨앗이 된다. 그런데 등장인물들이 아무리 안간힘을 다해 선택해도, 그들이 뿌린 선택의 씨앗은 그들의 짐작대로, 계획대로 진행되지 않는다. 그들은 늘 불쑥불쑥 자신의 삶에 개입하는 거대한 힘과 우연과 비이성을 체험하고, 그것은 그들이 생각지 못한 길로 그들을 이끌기도 한다.

1부의 안나를 예로 들어 보자. 키티의 보호자를 자처했던 안나는 무도회에서 자기도 모르게 브론스키의 애정에 도취되어 그에게 기쁨의 미소와 매혹적인 생기로 화답하는 자신을 느끼고 도망치듯 모스크바를 떠난다. 그녀는 기차 안에서 "이제, 모든 게 끝났어. 다행이야!"라고 안도하며, "다행히 내일이면 세료쟈와 알렉세이 알렉산드로비치를 보겠구나. 그리고 난 예전처럼 모범적이고 습관적인 생활을 하게 되겠지."라고 기대한다. 그런 그녀가 페테르부르크 기차역에서 처음 본 것은 남편의 귀이다. 그 귀는 안나에게 참을 수 없는 혐오를 불러일으키며, 남편에 대한 성실을 다짐했던 그녀의 마음에 의혹의 그림자를 드리운다.

레빈도 마찬가지다. 레빈은 어느 여름날 건초 위에서 밤을 새우며 자신의 삶에 대해 무수한 계획을 세우고 각오를 다진다. 그러나 그처럼 오랜 사유를 통해 마침내 삶을 이해한 듯 보이던 레빈의 고백은 새벽에 자신의 눈앞에서 마차를 타고 스쳐가는 키티를 본 순간 와르르 무너지고 만다. 그는 중얼거린다. "이런 소박한 노동의 생활이 아무리 멋지다 해도, 난 그 생활로 되돌아갈 수 없어. 난 그녀를 사랑해."

이처럼 『안나 카레니나』의 등장인물의 삶에는 늘 타자의 요소들이 유입된다. 그 요소들은 예기치 않게 저항할 수 없는 힘으로 밀려들기 때문에, 개인은 자신의 의지로 그것들을 충분히 지배할 수 없다.

심지어 개인의 육체마저도 개인의 의지에 온전히 순종하지 않는 타자적 성격을 띤다. 가령 아내에게 불륜을 들킨 스티바는 아내에게 추궁을 받는 순간 자기도 모르게 "그야말로 완전히 무의식적으로 갑자기 평상시의 선량한 미소를, 그 선량함 때문에 철없어 보이는 미소"를 짓고 만다. 그 철딱서니 없는 미소는 그 스스로도 용서할 수 없는 것이었다. 이렇게 육체가 개인의 의지를 거역하는 모습은 안나에게서도 나타난다.

> 마치 그녀의 존재에서 어떤 것이 넘쳐흘러 그녀의 의지와 상관없이 반짝이는 눈빛과 미소로 나타나는 것 같았다. 그녀가 일부러 눈 속의 빛을 꺼 버리긴 했지만, 그 빛은 그녀의 의지에 반해 희미한 미소로 반짝였다.

인물들은 자신의 육체뿐 아니라 자신의 정신마저도 자신의 의지대로 제어할 수 없다. 즉, 고립된 공간에서 내적 독백을 하는 순간에조차 '의식의 흐름'에 끝없이 끼어드는 새로운 상념의 침입을 받는 것이다.

이렇듯 인물들은 자신의 삶에 유입되는 타자적 요소들로 인해 복잡하기 짝이 없는 성격을 부여받게 되고, 나아가 이러한 인물들이 사회적 관계망을 이룰 때 그것은 개인의 의지를 압도하는 거대한 힘으로 응축된다. 그래서 인물들은 자신이 속하는 시공간, 자신이 만나는 사람들에 따라 늘 다채로운 성격을 드러내게 된다. 아니, 시공간과 관계망이 인물들의 '빈' 내면에서 다양한 성격을 형성한다. 그리고 톨스토이는 삶을 닮은 시공간과 인물들의 관계망이 위력적인 힘을 발휘하는 시공간을 창조하기 위해 놀랄 만큼 정교한 솜씨로 일상을 재현한다. 그리하여 『안나 카레니나』의 시공간은 언제나 생성과 변화와 운동으로 충만한, 새로운 사건의 잠재성으로 충만한 시공간이 되는 것이다.

4 『안나 카레니나』의 서술적 특징

톨스토이는 『안나 카레니나』의 지속적이고 운동성으로 충만한 시공간을 창조하기 위해 그에 걸맞은 독특한 서술 방식을 창조한다.

우선 그는 서술을 이중적 방식으로 진행한다. 이 소설은 소위 3인칭 전지적 시점이다. 그는 모든 인물들의 외면과 내면을 높은 위치에서 내려다보고 있다. 그는 혼돈과 불안을 안고 불확실한 이성의 빛과 직관의 빛을 좇는 인물들의 모습을 생생하고 선명하게 그려 낸다. 그럼에도 불구하고 톨스토이는 모든 인물들을 조망할 수 있는 서술적 특권을 남용하지 않고 그가 인물들을 비추는 빛을 등장인물들에게 나누어 준다. 그래서 마치 세상이 모든 것을 아는 서술자의 눈으로 비춰지는 듯

하다가, 어느 순간 어둠 속에서 자신과 타자를 비추는 등장인물들의 생생한 내면 심리를 통해 비춰지는 듯한 인상을 준다. 그리고 서술이 인물들의 내면으로 이동할 때면, 등장인물들이 서술자로부터 빛을 빼앗아 서술의 권리를 완전히 행사하는 듯한 느낌을 불러일으킨다. 이러한 서술의 이중성은 작품의 시공간 안에서 펼쳐지는 이성과 비이성의 갈등을 증폭하고 아울러 인물들에게 생생한 생기를 불어넣는다.

또한 그는 시공간의 역동성을 살리기 위해 서술에서 서술자의 가치적 판단을 최소화한다. 물론 그는 괄호와 굵은 글씨 같은 문자적 기호를 통해 자신을 서술의 일부로 슬며시 집어넣고, 비아냥거림과 냉소와 조롱이 섞인 서술을 통해 자신이 등장인물의 삶에 대해 가치판단을 하고 있음을 종종 드러낸다. 그럼에도 불구하고 그는 각 인물들을 다양한 상황으로 이끌고 다양한 인격을 드러내게 함으로써 인물들에 대한 일방적 판단을 보류한다. 말하자면 신의 지나친 개입으로 인해 인물들의 행위가 얼어붙지 않도록, 인물들이 자신의 행위에 대해 최대한 자유의지를 발휘하여 삶에 존재하는 다양한 플롯의 가능성을 탐색하도록 관조한다.

작품 밖에서 자신의 의견을 좀처럼 말하지 않는 톨스토이가 이에 대해 의미심장한 말을 남긴 적이 있다. 그는 생전에 오볼렌스키에게 레빈의 고해 장면에서 자신이 누구의 편인 것 같은지 물었다. 그러자 지인의 아들 오볼렌스키는 "그 부분이 너무나 진실하고 훌륭하게 쓰였기 때문에 작자 자신이 누구의 편인지 말하는 것은 불가능합니다. 하지만 어떤 경우든, 선생님은 사제의 편에 설 것 같지는 않습니다."라고 말했다. 톨스토이는 이렇게 답한다.

> 글쎄, 자네는 내가 레빈의 편이라고 생각하는군. (중략) 난 물론 사제의 편이야. 절대 레빈의 편이 아니라네. 하지만 난 그 이야기를 네 번이나 고쳐 썼네. (중략) 난 어떤 이야기든 작자가 누구에게 공감하는지 사람들이 알아챌 수 없을 때만 감동을 줄 수 있다는 것을 깨달았네. 난 이것을 들키지 않는 방식으로 글을 써야만 했어.

톨스토이는 자신의 목소리를 최대한 줄이고 등장인물들의 요구에 귀를 바짝 세운 채 그들의 삶을 그려내기 위해 애쓴다. 그처럼 『안나 카레니나』의 등장인물들은 자신들을 선명하게 내려다보지만 개입하지 않는 서술자의 시야 아래 앞을 내다볼 수 없는 삶 속에서, 타자들의 관계망 속에서 자신의 욕구에 따라 판단하고 행동하고 좌절하고 놀라고 허둥대며 살아간다.

5 구성과 테마의 내적 고리로서 등장인물

『안나 카레니나』의 등장인물들은 끊임없이 만나고 헤어지고 또 만난다. 이 소설의 거의 모든 장면이 우연한 부딪침, 방문, 무도회, 회의 등 만남을 각 장의 구성의 모티프로 삼고 있다고 해도 과언이 아니다. 그리고 만남은 늘 등장인물을 새로운 사건 속으로, 새로운 의혹과 감정과 혼돈 속으로 몰아넣는다. 따라서 등장인물 자체가 장과 장, 부와 부를 연결하는 살아 있는 내적 고리라고도 할 수 있다.

결혼은 이런 등장인물들 간의 만남의 가능성을 확장한다는 점에서 강력한 구성적 역할을 한다. 스티바-돌리 부부를 보자. 스티바의 영역에는 동생 안나와 매제 알렉세이 알렉산드로비치가, 친구인 레빈과 브론스키가 있다. 그리고 돌리의 영역에는 그녀의 부모와 키티와 레빈(레빈은 두 영역 모두에 공통된 인물이다.)이 있다. 그런데 이 두 영역에 나뉘어 존재하던 인물들은 스티바-돌리의 결혼 관계를 통해 하나의 영역에 모이게 된다. 즉 오블론스키-쉐르바츠키 요소의 결집체가 되는 것이다. 이로 인해 작품의 공간은 스티바-돌리 부부가 사는 모스크바로부터 안나-알렉세이 카레닌 부부가 사는 페테르부르크로, 레빈이 사는 포크로프스코예로 순식간에 확장된다.

그리고 인물들의 만남은 위에서도 언급했듯이 사건을 불러일으킨다. 예를 들어, 안나는 스티바와 돌리를 화해시킬 목적으로 모스크바에 왔다가 브론스키를 만나 불륜이라는 생각지도 못한 사건에 휘말리고, 레빈은 키티에게 청혼하러 모스크바에 왔다가 브론스키 때문에 실연을 당한다. 한편 소설의 후반부에서는 레빈과 키티의 결혼으로 인해 레빈-쉐르바츠키 요소의 결집체가 생기는데, 이 결집체는 돌리와 키티의 혈연관계를 통해, 혹은 스티바와 레빈의 친구 및 인척 관계를 통해 오블론스키-쉐르바츠키의 결집체와 결합함으로써 인물들 간의 만남과 사건의 가능성을 폭발적으로 확장시킨다. 이로 인해 생긴 대표적 사건이 세르게이 코즈니셰프가 바렌카에게 매혹되어 청혼할 뻔한 사건이다.

『안나 카레니나』가 그 유명한 구절 "행복한 가정은 모두 모습이 비슷하고, 불행한 가정은 모두 제각각의 불행을 안고 있다."라는 문장으로 포문을 열며 소위 가정소설을 표방하고 있는 것은, 행복과 가정의 상관관계에 대한 물음을 탐구하기 위해서뿐만 아니라 결혼과 가정이라는 제도적 장치를 통해 관계성과 사건성의 무한한 확장을 얻기 위함일 것이다.

그런데 톨스토이는 스티바와 돌리 부부에게 독특한 성격을 부여하여 그들의 구성적 역할을 보다 심화한다.

스티바는 가족의 행복에 관심 없이 삶의 쾌락에 몰두하는 인물이다. 그런데 방탕하고 부도덕하고 무책임한 스티바에게도 특별한 매력이 있다. 그는 어떤 유형의 인물들과도 융화한다. 카레닌이나 레빈처럼 그를 내심 경멸하는 사람들조차 그의 흡인력에 감염되고 그의 활기에 동화되곤 한다. 그의 행동 가운데 두드러진 특징은 '접촉'이다. 그는 딸의 매끄럽고 보드라운 뺨을 어루만지고, 이맛살을 찌푸린 레빈의 손을 어루만지고, 안나로 인해 괴로워하는 카레닌의 팔을 어루만진다. 그리고 그는 등장인물들을 서로서로 연결하고 만나게 하기를 좋아한다. 그는 안나와 브론스키를 서로에게 소개시키고, 레빈에게 키티가 스케이트장에 있다는 사실을 알려 주고, 레빈이 키티에게 청혼할 결정적인 계기를 마련해 주고, 카레닌에게 안나와의 이혼을 설득하고, 레빈과 키티 부부에게 바센카를 소개하고, 레빈과 안나를 만나게 한다. 그리고 그는 월급이 많은 한직을 얻기 위해 온갖 사람들을 만나러 다닌다. 그는 그야말로 모스크바와 페테르부르크와 포크로프스코예를 종횡무진하며 등장인물들을 연결한다.

돌리 역시 스티바 못지않은 중요한 내적 고리를 하는 인물이다. 돌리는 남편의 불륜에 분노하며 그와의 결별을 수없이 결심하면서도 결국 자립할 용기를 내지 못해 남편을 계속 의심하면서 그와 살아간다. 그녀는 늘 경제적인 궁핍, 아이들의 출산과 죽음과 육아로 괴로워하고 고단해하다 급기야 레빈-키티 부부의 도움에 의지하고 안나의 화려한 하녀 앞에서 기운 블라우스를 들키는 수치를 경험하기까지 한다. 일상의 무거움과 고단함과 보잘것없음을 그녀만큼 속속들이 아는 인물도 없다. 그러나 그 가운데서도 그녀는 늘 자신이 해야 할 일을 생각하고 해내는 책임과 용기를 지닌 인물이기도 하다. 또한 그녀는 아버지를 닮아 사람들에게 우스갯소리를 들려주기를 좋아하고 일상 속에 잠시 찾아드는 짧은 순간의 기쁨과 감동에 충분히 젖을 줄 안다.

그런 그녀의 가장 놀라운 미덕은 상처 입은 사람에게 사랑을 안고 먼저 다가간다는 것이다. 그녀의 사랑은 슈탈 부인의 인위적이고 부자연스런 자선과 다르다. 1부에서 그녀는 남편의 불륜으로 인해 자기 안의 분노와 열등감에 갇혀 며칠 동안 방 밖으로 나오지조차 않는다. 그래서 그녀는 자기의 내면에 눈을 고정하고 그 속에 침잠하는 것에 구원이 없음을 알았다. 그녀는 자신을 스스로의 감옥으로부터 꺼내 준 것은 다름 아닌 동정 대신 애정으로 자신을 바라봐 준 안나의 시선과 말 걸기라는 것을 알았다. 그 때문에 그녀는 자신의 상처에 갇히지 않으며, 다른 사람의 상처를 누구보다 빨리 포착하고 그 상처에 말을 건다. 그녀는 상대가 내면 깊숙이 숨기고 들키고 싶어 하지 않는 상처를 조심스럽게 먼저 드러내어 상대를 격노하게 하고 울게 하고 나아가 위로를 느끼게 한다. 키티, 레빈, 카레닌,

안나, 브론스키, 이 모든 이들이 돌리 앞에서 고해하고 도움을 요청하고 지혜를 구한다. 그녀는 등장인물들의 고립된 원에 틈을 만들어 그 인물들이 그 틈으로 밖을 보게 만든다. 말하자면 스티바가 등장인물들을 외적으로 연결한다면 돌리는 그들을 내적으로 연결하는 것이다.

스티바-돌리 부부가 이처럼 등장인물과 구성을 외적으로, 내적으로 긴밀히 결합시킨다면, 안나와 레빈은 구성의 두 축을 형성하며 주요 테마를 이룬다. 얼핏 보면 이 소설은 안나의 이야기와 레빈의 이야기가 병렬적으로 전개되는 것처럼 보인다. 이 때문에 소설이 병렬 구조를 취하고 있으며, 이 병렬 구조가 불륜의 파국과 결혼의 행복을 대조하기 위해 고안되었다고 주장하는 비평가들이 많았다.

그러나 필자는 이 소설의 한가운데 해당하는 5부 20장의 부제인 '죽음'의 테마로 안나와 레빈의 구성적-테마적 역할을 살펴보려 한다. 5부 20장은 『안나 카레니나』 전체에서 유일하게 부제를 가진 장이기에(안나가 비참하고 처절하게 삶을 마감하는 7장조차도 그런 부제를 갖는 영광을 누리지 못했다.) 장의 서두에 붙은 죽음이란 단어는 그 어떤 말보다도 강렬한 이미지를 풍긴다. 즉 전체 구성의 한가운데 놓인 '죽음'이라는 부제가 마치 삶의 한복판에 죽음이 도사리고 있는 듯한 인상을 던지는 것이다. 죽음은 1부부터 8부까지 줄기차게 나오는 단어이고, 이 단어에 몰두하고 있는 인물들이 바로 안나와 레빈이다.

안나와 레빈의 삶에서 죽음이라는 사건과 소문과 상념은 소설의 진행과 더불어 점차 누적되어 간다. 그러다 안나는 4부에서 출산을 통해, 레빈은 5부에서 형의 죽음을 통해 죽음의 심연을 들여다보게 된다. 그리고 안나는 7부에서 자살을 통해, 레빈은 8부에서 신의 존재와 생의 의미에 대한 깨달음을 통해 각기 나름대로 죽음의 문제를 매듭짓는다. 그리고 죽음은 안나와 레빈을 중심축으로 하여 그 사이에 있는 여러 인물들의 상념에도 찾아든다.

서술자는 죽음의 충동에 시달리는 안나와 레빈을 중심으로 인간의 내면세계와 외부 세계를 엮어 낸다. 즉 일상의 사소한 관심부터 죽음 직전의 요동하는 의식까지 인간 의식의 거대한 자장을 그려 내고, 당대의 정치, 교육, 문화, 농촌 문제, 노동자 문제, 여성 문제, 신구 세대의 갈등 등 러시아 전체를 담아내다시피 한 것이다.

6 맺으며

톨스토이는 말했다. "내가 나의 소설로써 표현하고자 염두에 두었던 모든 것을 말로 하고자 한다면, 난 내가 무수하게 고쳐 썼던 바로 그 소설을 똑같이 써야만 할 것입니다."

『안나 카레니나』는 수없이 많은 내적 고리를 품고 있고, 그 고리를 연결할 때마다 형체를 갖추게 될 테마 역시 무한하게 존재한다. 그 무수한 발견의 '즐거움'은 안나와 레빈이 살았던 시공간과 동일한 질료로 이루어진 우리의 시공간, 즉 지속성과 관계성을 띤 시공간 안에서 우리의 축적된 삶과 『안나 카레니나』의 등장인물의 삶을 끊임없이 연계하여 독서할 때 찾아올 것이다.

다만 필자는 번역 내내 품었던 의문에 대한 나름의 답변으로 글을 맺고자 한다. 그 응답은 『안나 카레니나』의 구성의 내적 고리를 탐구하는 가운데 점차 구체적인 형상으로 내게 찾아왔다.

『안나 카레니나』는 "원수 갚는 것은 내가 할 일이니, 내가 갚겠다."라는 성경 구절로 시작한다. 문예비평가 그로메카는 이에 대해 안나를 자살로 몰고 간 것이 결혼의 성약을 깨고 죄악을 저지른 안나에 대한 신의 심판이라고 해석한다. 그러나 서술자는 작품 내내 등장인물들의 인격을 다양한 측면에서 조명함으로써 독자들에게서 손쉽게 판단할 근거를 앗아 간다. 즉 안나는 소설의 진행과 더불어 정욕에 사로잡힌 추악한 여자가 아니라 솔직하고 용기 있고 지성적인 여자로 점점 성장해 나가며, 특히 죽음의 순간에 그녀의 내적 독백은 너무나 설득력 있게 들린다. 더욱이 안나와 똑같이 불륜을 저지른 스티바나 벳시 트베르스카야는 안나처럼 사회의 멸시를 받거나 죽음으로 내몰리지 않았다. 게다가 마음으로 음욕을 품는 것조차 간음이라고 말한 그리스도의 관점에서 보면, 카레닌을 사랑하게 된 리디야 백작부인과 안나를 부러워하며 다른 남자와의 불륜을 잠시 꿈꾼 돌리까지도 안나와 동일한 죄목으로 심판받아야 할 것이다. 도대체 자신의 목소리를 최대한 낮춘 서술자는 과연 어떤 의도로 저런 단호한 울림을 띤 에피그램을 제시했단 말인가? 그리고 그 에피그램은 누구를 향한 것인가?

D. H. 로렌스는 이 에피그램이 불륜과 속임수와 거짓으로 얼룩진 사교계가 자신의 마음에 솔직했다는 이유로 안나를 몰아내어 죽음에 이르게 한 것을 비난하기 위한 것이었다고

해석했다. 심판의 자격을 갖추지 못한 사회가 신의 영역을 침해했다는 것이다. 그러나 사회의 심판이 궁극적으로 안나를 파멸로 몰고 갔다고 보기에는 무리가 있다. 안나는 사회의 냉대에 분노했지만 그것을 두려워하는 여인이 아니었던 것이다.

그렇다면 "원수 갚는 것"은 누구에 의해서, 누구에게, 무슨 죄목으로 행해지는 것이란 말인가?

안나는 사회의 여론과 무관하게 자신의 죄를 자각한다. 그 자각은 그녀로 하여금 자신과 신의 유대를 끊게, 아니 포기하게 만든다. 안나는 브론스키와 관계를 맺은 후 "하느님! 날 용서해 주세요."라고 흐느껴 울며 브론스키의 손을 자기 가슴에 갖다 댔다. 그녀는 자신이 큰 죄를 저질렀다고, 이제 자신이 할 수 있는 일은 오직 스스로를 낮추고 용서를 비는 것뿐이라고 생각했다. 그런데 "이제는 그녀의 삶에 브론스키 말고는 아무도 없으므로, 그를 향해 용서를 구하는 기도를 한 것이다."

그리고 그녀는 자신이 구원받기 위해서는 브론스키를 버려야 한다는 것, 즉 "자신에게 삶의 모든 의미가 되어 버린 것을 포기"해야 한다는 것을 알고 있었다. 그러나 자신의 죄목과 구원의 방법을 모두 알았지만 그것에 따를 수 없는 고뇌, 그것이 안나 카레니나에게 고통의 원인이었던 것이다. 그녀는 이전에 하느님이 거한 곳에 브론스키를 들여놓는다. 그녀가 생각한 자신의 궁극적인 죄는 브론스키와의 간통도, 카레닌보다 브론스키를 더 사랑한 것도 아니다. 그 죄는 그녀가 하느님보다 브론스키를 더 사랑했다는 것이다.

그녀는 브론스키와 동거하면서 "용서받을 수 없을 만큼" 행복한 자신을 느낀다. "용서받을 수 없을 만큼"이란 말은 이탈리아에서뿐 아니라 보즈드비젠스코예에서도 줄곧 안나의 심장을 파고든다. 그녀는 이미 그때부터 스스로에게 심판을 내린 것이다. 그것에 더하여 사교계의 냉대, 브론스키의 열정에 대한 불안은 그녀에게서 "용서받을 수 없"음에도 불구하고 살아보려고 했던 의지를 완전히 박탈한다. 브론스키는 그녀에게 있어 단순한 연인이 아니라 이교도의 신, 열정과 사랑의 신이었다. 따라서 새로운 신의 영원한 비호를 확신할 수 없게 된 안나는 신을 버린 스스로를 심판하고 신의 모습을 가장한(아니 그녀가 신의 형상을 입힌) 브론스키를 심판하려 한다. 브론스키가 영원히 안나 자신에 대한 기억으로 괴로워하게 만드는 것, 그것이 그녀가 브론스키에게 내릴 수 있는 최고의 형벌이었다. 그녀는 그렇게 믿었다.

그러나 기차에 뛰어들려는 그녀를 가로막는 신비한 힘이 그녀와 맞선다. 그것은 그녀가 선로에 뛰어드는 것을 방해하는 빨간 손가방으로 육화한다. 그리고 그 힘은 그녀가 성호를 긋는 순간에 삶을 과거의 눈부신 모든 기쁨과 함께 그녀의 눈앞에 펼쳐 보인다. 그러나 그런 생으로의 강력한 유혹에도 불구하고, 그녀는 기차에 몸을 던진다. 하지만 죽음을 향한 그녀의 결연한 의지는 "내가 뭘 하고 있는 거야?"라는 비참한 깨달음에 의해 의연함을 잃고 만다. 그녀는 자신의 의지에 속고 만 것이다. 마지막 순간, 그녀는 "하느님, 나의 모든 것을 용서하소서!"라고 회개한다. "나의 모든 것"이란 그녀가 하느님을 버리고 브론스키를 택한 죄, 그리고 하나님의 주권인 '심판'의 권리를 스스로 떠맡음으로써 자신이 '하느님'이 되고자 했던 죄, 그 모든 것을 말하는 것이리라.

“원수 갚는 것은 내가 할 일이니, 내가 갚겠다.” 서술자가 이 구절을 에피그램으로 쓴 것은 안나에 대한 신의 심판을 언도하기 위해서가 아니라 안나의 대한 신의 탄식과 위로를 전하기 위해서인지도 모른다. ‘복수는 나의 것, 삶은 너의 것이라 하지 않았느냐……. 나는 너에게 삶을 주었고 또 주려 했는데, 너는 왜 끊임없이 용서 대신 심판을 구하고 죽음을 꿈 꾼 것이냐…….’ 그리고 그 말은 죽음의 문턱에서 발길을 돌려 살아남은 또 하나의 안나, 즉 레빈을 향한 격려의 속삭임인지도 모른다. ‘심판은 나의 것, 너는 오직 살지어다.’

2009년 8월

연진희

작가 연보

1828년 톨스토이 백작 집안의 넷째 아들로 툴라의 야스나야 폴랴나에서 태어남. 아버지 니콜라이 일리치는 퇴역 중령, 어머니 마리야 니콜라예브나는 볼콘스키 공작 집안 출신.

1830년 여동생 출산으로 인해 어머니 사망.

1833년 맏형에게 모든 사람에게 행복을 주는 비밀이 새겨져 있다는 '푸른 지팡이' 이야기를 들음.

1836년 푸슈킨의 시 「바다에」, 「나폴레옹」을 암송하여 아버지를 감동시킴.

1837년 1월, 모스크바로 이사. 6월 21일, 아버지가 툴라의 거리에서 졸도하여 급사. 고모인 오스첸 사켄 부인이 남은 아이들의 후견인이 됨.

1841년 가을, 오스텐 사켄 부인의 사망으로 새로이 후견인이 된 고모 펠라게야 일리치나 유슈코바를 찾아 카잔으로 감.

1844년 9월 20일, 카잔 대학교 동양어 대학 아랍·터키어과에 입학. 사교계에 출입하며 난잡한 생활을 함.

1845년 진급 시험에 떨어져 법과대학으로 전입.

1847년 3월, 임질 치료를 위해 입원. '철학과 실천을 종합한다.'라는 인생 방침을 세움. 일기를 쓰기 시작. 루소, 고골, 괴테의 작품을 읽음. 몽테스키외의 「법의 정신」과 예카체리나 여제의 「훈령」을 비교 연구. 4월 11일, 후견인의 관리 하에 있던 양친의 유산을 형제들과 누이의 협의 하에 분할, 야스나야 폴랴나 외에 마을 네 곳을 상속받음. 4월 12일, 카잔 대학교 중퇴, 고향인 야스나야 폴랴나로 돌아감. 진보적인 지주로서 새로운 농업 경영, 농노들의 계몽과 생활 개선을 위해 노력했으나 농노제 사회에서 그의 이상은 실현되지 못함. 이후 삼 년간 일기도 쓰지 않음. 뒤에 중편 「지주의 아침」 가운데서 그 시절의 일을 그림.

1848년 10월부터 이듬해 1월까지 모스크바에서 방탕한 생활을 함.

1849년 4월, 페테르부르크 대학교에서 법학사 자격 검정 시험을 치러 두 과목을 합격했으나 중도에 포기하고 귀향.

1850년 6월 11일, '난잡하게 지낸 삼 년'을 반성하기 위해 다시 일기를 쓰기 시작.

1851년 3월, 「어제 이야기」 집필. 4월, 만형 니콜라이가 있는 카프카스로 가 군대에서 병사로 근무.

1852년 1월, 사관 후보생 시험을 쳐 4급 포병 하사관으로 현역 편입. 5월, 「유년 시절」 탈고. 네크라소프의 추천을 받아 그가 주재하는 잡지 《동시대인》에 익명으로 9월부터 연재, 작가로서의 첫발을 내딛음. 12월, 「침입」 탈고.

1853년 체첸인 토벌에 참가. 일기에서 전쟁에 대해 비판. 9월, 「득점 기록원의 수기」 탈고.

1854년 1월, 소위보로 임명됨. 3월, 「소년 시절」 발표. 「러시아 군인은 어떻게 죽는가」 탈고. 11월, 세바스토폴리 도착.

1855년 단편 「12월의 세바스토폴」, 「5월의 세바스토폴」 탈고. 11월, 페테르부르크로 돌아가 투르게네프, 네크라소프, 곤차로프, 오스트로프스키, 페트 등 《동시대인》 동인들의 환영을 받음.

1856년 3월, 퇴역. 「1855년 8월의 세바스토폴리」, 「눈보라」, 「두 경기병(輕騎兵)」, 「강등병」 탈고. 7월, 발레리야 아르세니예바를 만나 3년 간 사귀었으나 결혼하지 못함.

1857년 1월, 「청년 시절」 발표. 유럽으로 처음 여행을 떠나 7월에 귀국, 야스나야 폴랴나에 살며 농사를 지음. 「루체른」 탈고.

1858년 농부(農婦)인 아크시냐와 관계를 맺음. 「세 죽음」 탈고.

1859년 러시아 문학 애호가 협회 회원이 됨. 농민의 아이들을 위해 야스나야 폴랴나에 학교를 세움. 「결혼의 행복」 집필.

1860년 3월, 최초의 교육 논문 「아동 교육에 관한 메모와 자료」 집필. 7월, 외국의 교육제도를 시찰할 목적으로 서유럽 여행을 떠남.

1861년 9개월 남짓 유럽 여러 나라의 교육 시설을 시찰하고 4월에 귀국. 2월 19일 발표된 농노 해방령에 대하여 부정적으로 평가. 교육 잡지 《야스나야 폴랴나》 간행. 5월, 투르게네프와 불화가 심화됨. 이듬해까지 농사 조정원으로 활동하나 농민 측에 선다는 이유로 지주들의 반감을 사 사임.

1862년 5월, 바슈키르 초원에서 마유주(馬乳酒) 요양. 「훈육과 교육」 완성. 7월, 부재중 가택 수색을 당함. 시의(侍醫) 베르스의 둘째 딸 소피야 안드레예브나(당시 18세)와 결혼. 10월, 그의 교육 잡지의 편향에 대하여 내무 장관이 관계 기관에 경고.

1863년 1월, 《야스나야 폴랴나》 휴간. 3월, 「폴리쿠슈카」 발표. 9월, 『전쟁과 평화』 기고(起稿).

1864년 8~9월, 『톨스토이 저작집(著作集)』 1, 2권 간행. 사냥 도중 말에서 떨어져 오른손을 다침. 모스크바에서 수술을 받음.

1865년 『전쟁과 평화』 첫 부분이 '1805년'이란 표제로 《러시아 통보》에 실림.

1866년 11월 10일, '1805년' 2부 속편을 발표하면서 본제를 '전쟁과 평화'로 결정.

1867년 가을, 『전쟁과 평화』 집필을 위해 보로지노의 옛 싸움터 시찰. 『전쟁과 평화』를 두 권으로 나누어 출판.

1868년 5월, 「전쟁과 평화에 대한 몇 마디 말」 발표.

1869년 『전쟁과 평화』 에필로그 완결.

1871년 『초등 교과서』 1편 간행.

1873년 3월, 『안나 카레니나』 집필 착수. 7월, 아내와 함께 사마라 지방으로 가 빈민 구제 사업에 힘을 씀. 「읽기와 쓰기 교육 방법에 관하여」를 《모스크바 신문》에 게재. 11월, 『톨스토이 저작집』 전8권 출간. 12권으로 된 『초등 교과서』 간행. 12월, 과학 아카데미의 준회원이 됨.

1874년 『새 초등 교과서』 편집.

1875년 「카프카스의 포로」, 「신(神)은 진실을 보나 이내 말하지 않는다」, 「표트르 1세」 집필. 1월, 《러시아 통보》에 『안나 카레니나』 연재 시작. 6월, 「새 초등 교과서」 간행. 『러시아어 독본』 전4편 출판.

1876년 전년에 이어 아동 교육에 전념. 12월, 차이코프스키와 알음알이가 됨.

1878년 1월, 『안나 카레니나』 단행본 출판. '제카브리스트' 연구를 위해 모스크바와 페테르부르크로 감. 4월, 투르게네프에게 화해 편지를 보냄. 5월, 「최초의 기억」을 쓰기 시작. 8월, 투르게네프가 야스나야 폴랴나를 방문.

1879년 7월, 야스나야 폴랴나에 민화 이야기꾼 쉐골로뇨크 방문, 그의 이야기를 토대로 「사람은 무엇으로 사는가」, 「두 노인」, 「기도」 등 민화를 씀. 11~12월, 가르신과 레핀을 알게 됨.

1880년 2월, 『교의신학 비판』 집필. 3월, 「4복음서의 합일과 번역」 기고. 가르신이 찾아옴. 6월, 모스크바 푸슈킨 상 제막식 불참.

1881년 2월, 도스토예프스키의 부고를 접하고 슬퍼함. 4월, 『요약 복음서』 완성. 7월, 「사람은 무엇으로 사는가」 탈고. 9월, 가족과 함께 모스크바로 이주.

1882년 모스크바의 민세 조사(民勢調査)에 참가. 5월, 『고백』을 완성하여 《러시아 사상》에 발표하나 발행 금지됨. 7월, 돌고 하모브니키에 집을 삼.(뒤에 톨스토이 박물관이 됨.) 10월, 헤브라이어를 배워 구약성서를 읽음. 12월, 톨스토이의 종교적 저작을 위험시하는 포베도노스세프의 검열 강화.

1883년 4월, 야스나야 폴랴나 저택에 화재 발생. 5월, 아내에게 재산 관리를 맡김. 7월, 파리의 잡지에 『요약 복음서』가 실림. 10월, 체르트코프와 알음알이가 됨.

1884년 『나의 신앙은 무엇에 있는가』 탈고, 당국에 압수당했으나 사고로 나돎. 2월, 공자와 노자를 읽음. 3월, 「미치광이의 일기」 기고. 6월, 아내와의 불화로 가출 시도. 11월, 비류코프가 찾아와 체르트코프와 함께 민중을 위한 출판사 '중개인'을 설립하려고 함.

1885년 1월, 《러시아 사상》에 「그러면 우리는 무엇을 할 것인가」 게재, 판매 금지됨. 2월, 키슈뇨프에서 톨스토이의 사상에 영향을 받은 최초의 병역 거부자가 나옴. 헨리 조지의 『진보와 빈곤』을 읽고 깊은 감명을 받아 사유재산을 부정. 이로 인해 아내와의 불화가 심화되고 그 결과 모든 저작권을 아내에게 양도. 3월 이후 '중개인'을 위해 많은 민화 집필. 10월, 『고백』, 『요약 복음서』, 『나의 신앙은 무엇에 있는가』를 체르트코프가 영역, 런던에서 출간. 11월, 「홀스토메르」 발표.

1886년 2월, 코롤렌코 찾아옴. 3월, 중편 「이반 일리치의 죽음」 탈고. 5월, 「최초의 양조자」 발표. 11월, 「문명의 열매」 집필.

1887년 1월, 동서고금의 성현의 가르침을 모은 『일력』 발행. 수백만 부 판매. 훗날의 『독서의 고리(인생 독본)』의 기초가 됨. 희곡 『암흑의 힘』 간행. 3월부터 육식을 금함. 4월, 로맹 롤랑의 첫 편지를 받음. 레스코프 찾아옴. 9월, 은혼식 올림. 10월, 민화가 판매 금지 처분을 받음. 12월, 『인생에 대하여』 탈고. 금주동맹(禁酒同盟) 창립. 이해에 「빛이 있는 동안에 빛 속을 걸어라」, 「국민 독본과 과학책에 관하여」, 민화 「빵 조각을 보상한 작은 악마 이야기」, 「뉘우친 죄인」, 「사람에게는 많은 땅이 필요한가」, 「달걀만 한 씨앗」 등 집필.

1888년 본다레프의 『농민의 축제』에 서문을 씀. 코롤렌코 찾아옴. 파리 극장에서 「암흑의 힘」 상연. 4월, 종무원, 『인생에 대하여』 판매 금지. 「최초의 양조자」

상연 금지. 5월, 『일력』 판매 금지.

1889년 3월, 소피야 부인의 불역으로 『인생에 대하여』 출간. 8월 『크로이체르 소나타』 탈고. 11월, 「악마」 기고. 12월, 뒤에 『부활』이 될 '코니의 이야기' 기고. 야스나야 폴랴나 저택에서 「문명의 열매」 상연.

1890년 1월, 연극 애호가의 노력으로 러시아 및 베를린에서 「암흑의 힘」 초연. 2월, 「세르게이 신부」 기고. 7월, 「신은 너희 안에 있다」 집필. 「무저항주의론」 집필. 10월, 「양성 관계의 고찰」 발표. 『빛이 있는 동안에 빛 속을 걸어라』 영역으로 출판.

1891년 1월, 『음주끽연론』 영국에서 초역. 저작권 포기 문제로 부인과 대립. 4월, 부인이 발행 금지되었던 『크로이체르 소나타』 발표 허가를 얻어 냄. 제네바에서 『니콜라이 팔킨』 출판. 6월, 재산 문제로 처자와 대립, 가출을 생각함. 7월, 81년 이후의 저작권 포기를 톨스토이가 신문에 발표하려고 하자 부인이 자살 기도. 9월, 중앙과 동남의 21개 현에서 기근이 일어나자 농민 구제를 위해 활약. 81년, 이후 작품의 저작권 포기와 관련된 편지가 《러시아 통보》와 《새시대》에 게재됨.

1892년 1월, 《모스크바 통보》에 톨스토이의 「굶주림에 대하여」가 영역된 것에서 번역되어 실려 큰 반향을 일으키고, 정부가 기근 대책에 나섬. 5월, 「첫 단계」 발표. 7월, 부인과 자식들 사이에 재산 분배 문제로 다툼이 일어남.

1893년 1월, 「문명의 열매」로 러시아 극작가상 수상, 상금은 구제 기금으로 내놓음. 8월, 「종교와 도덕」, 10월, 「그리스도교와 애국심」, 「태형 반대론」, 「노동자 대중에게」, 「헤이그 만국 평화회의에 대하여」 집필.

1894년 1월, 모스크바 심리학회의 명예회원으로 뽑힘. 헨리 조지의 『당혹한 철학자』를 읽고 토지 사유 제도의 악을 확인. 슬로바키아의 의사 마코비스키와 만남. 11월, 「이성과 종교」, 12월, 「종교와 도덕」 완성. 「신의 고찰」 발표. 처음으로 두호보르 교도와 만남.

1895년 2월, 「주인과 머슴」 탈고. 5월, '코니의 이야기' 절반 이상 집필. 6월, 두호보르 교도와 친교를 맺고 있었다는 이유로 4000명 교도의 병역 거부 운동이 일어나자 그 지도자로 지목되어 당국의 탄압이 심해짐. 8월, 체호프가 찾아오자 『부활』 초고를 건네줌. 농민 체벌에 반대한 논문 「부끄러워라」 발표.

1896년 1월, 「애국심인가 평화인가」 탈고. 6월, 병역의무 거부 운동을 찬양하는 「종말이 가깝다」를 국외에서 발표. 「그리스도의 가르침의 본질은 무엇에 있는가」 집필. 10월, 두호보르 교도에게 원조 자금을 보냄.

1897년 3월, 병상에 있는 모스크바의 체호프 방문. 「헨리 조지의 사상」, 「국가와의 관계」 집필. 6월, 시베리아에 유형당하는 두호보르 교도를 모스크바 이송감옥으로 찾아감. 8월, 스위스 신문에 편지를 보내 병역을 거부하는 두호보르 교도에게 노벨 평화상을 줄 것을 제안. 10월, 『예술이란 무엇인가』를 탈고하나 검열이 통과될 가망은 없었음. 11월, 영어판을 위한 서문을 씀.

1898년 툴라, 오룔의 빈민 구제를 위해 활동. 1월, '중개인'에서 『예술이란 무엇인가』 출판. 7월, 두호보르 교도의 해외 이주 자금을 충당하기 위해 『부활』 탈고에 전념. 8월 28일, 톨스토이 탄생 70주년 기념 축하 연회가 개최됨. 10월, 『부활』을 연재하기로 《니바》와 협의, 결정. 「신부 세르기」 완성. 「종교와 도덕」, 「톨스토이즘에 관하여」, 「기근인가, 기근이 아닌가」, 「두 전쟁」, 「카르타고를 파괴하지 말라」, 「러시아 통보의 편집자에게 부친다」 등 집필, 탈고.

1899년 3월, 《니바》에 『부활』 연재 시작. 4월, 체호프, 뒤에 릴케 찾아옴. 11월, 『부활』 탈고.

1900년 1월, 과학 아카데미 문학 부문 명예 회원으로 선출됨. 고리키 찾아옴. 11월, 공자 연구. 『부활』이 세계적 반향을 불러일으킴. 「애국심과 정부」, 「죽이지 말라」, 「자기 완성의 의의」 집필.

1901년 2월, 정교회에서 파문을 당함. 대중적 분노 높아짐. 6월, 파문 명령에 대한 「종무원에의 회답」 판매 금지. 9월, 크림으로 요양을 떠남.

1902년 1월, 고리키, 체호프 찾아옴. 전제 정치 폐기, 이주와 교육과 신앙의 자유, 토지 사유제 폐지를 요구한 「니콜라이 1세에게 부치는 편지」를 보냄. 1월 하순~2월 초순, 폐렴으로 위독한 상태에 있으면서 「신앙의 자유」, 「종교란 무엇이며 그 본질은 무엇에 있는가」를 구술 기록. 6월, 야스나야 폴랴나로 귀향. 7월, 논문 「노동 대중에게 줌」 탈고. 8월, 문학 활동 50주년 기념 축하 연회 개최됨. 9월, 『하지 무라트』 일단 완료. 「성직자를 향한 호소」 기고. 11월, 「지옥의 붕괴와 그 부흥」 기고.

1903년 1월, 비류코프의 요청으로 「회상」 집필. 연초부터 심부전과 심근경색으로 쇠약해짐. 8월, 단편 「무도회 뒤」 탈고. 7월, 「노동과 병과 죽음」, 「아시리아 왕 아사르하돈」, 「세 가지 의문」 기고. 8월 28일, 탄생 75주년 축하 연회가 개최됨. 9월, 「셰익스피어와 드라마에 대하여」, 12월, 「위조지폐」, 「신의 짓과 사람의 짓」 집필.

1904년 러일 전쟁 반대론 「반성하라」 기고. 7월, 『부활』 속편 계획. 8월, 『독서의 고리(인생 독본)』 편집에 전념. 11월, 「나는 누구인가」 집필. 12월, 마고비스키가 주치의로 입주.

1905년 2월, 「알료샤 고르쇼크」, 「코르네이 바실리예프」 집필. 3월, 「기도」 집필. 6월, 「딸기」 집필. 5월, 「세계의 종말」 집필. 「푸른 지팡이」 집필.

1906년 2월, 「꿈을 꾸었던 일」 집필. 「셰익스피어와 드라마에 대하여」를 《러시아의 말》 277~282호에 나누어 실음. 그에 전후하여 4월, 단편 「무엇 때문에」, 「두 길」 집필. 「유년 시절의 추억」, 「표트르 헬리치스키」, 「파스칼」 등 발표. 9월, 비류코프 편 『대톨스토이전』 1권 간행. 노벨상 수상자로 추천되었다는 소식을 듣고 거부의 뜻을 전함. 「신부 바실리」, 「자기를 믿어라」 집필. 「신의 짓과 사람의 짓」 완성.

1908년 1월, 에디슨이 축음기를 보냄. 6월, 「폭력의 법칙과 사랑의 법칙」 집필. 7월, 사형 폐지를 주장하는 글 「침묵할 수 없다」를 국내외에서 발표. 8월, 유언장 작성. 9월, 『어린이를 위하여 쓰인 그리스도의 가르침』 출판. 『대톨스토이전』 2권 간행. 12월, 단편 「살해자들」, 「그리스도교와 사형」 기고. 에디슨의 부탁으로 축음기에 영·불·노어로 성서의 말 녹음. 「세상에 죄인은 없다」 기고. 이해는 톨스토이 탄생 80주년으로 연초부터 축전을 조직하는 발기인회가 생겼으나 정부, 종무원, 시 당국이 방해. 9개월에 걸쳐 세계 각국의 단체, 개인에게서, 심지어는 블라디보스토크 감옥의 죄수들에게서 축하 편지, 전보를 받음.

1909년 탄생 80주년 기념 톨스토이 전시회가 페테르부르크에서 열림. 1월, 툴라의 사제, 교회와 경찰의 뜻에 따라 소피야 부인에게 민중이 톨스토이가 죽기 전에 참회했다고 믿게 하기 위해 죽음이 임박하면 급히 알리라고 강요. 2월, 대화집 「어린이의 지혜」 기고. 3월, 「의식 혁명의 필요」 기고. 「고골에 대하여」 발표. 4월, 베르쟈예프, 불가코프 등의 논집 『도표』를 신랄히 비판. 5월, 「혁명은 피할 수 없다」 집필. 「사랑에 대하여」 기고. 7월, 「유일한 계율」 집필. 스톡홀름 평화 국제회의 초대장을 받음. 부인과 저작권 및 재산 관리권 문제의 갈등으로 출석하지 못함. 8월, 스톨리핀 수상에게 편지를 보내어 폭력과 사형, 사유의 정치를 통렬히 비판. 혁명 선동과 판매 금지본 유포 혐의로 비서 구세프가 체포, 추방당함. 9월, 이 문제로 도지사와 내무 장관에게 항의. 「무정부주의자가 되지 않을 수 없다」 집필. 간디에게서 인도의 식민지적 노예 상태에 관한 편지를 받음. 81년 이후의 저작권은 체르트코프에게 귀속된다는 뜻의 유언장을 씀. 10월, 「성직자의 수기」 기고. 11월, 유언장에 서명.

1910년 1월, 문집 『인생의 길』 편집, 완성. 2월, 단편 「호드인카」, 「마을의 사흘 동안」 완성. 5월, 세계 평화 회의에 초청받음. 아내의 히스테리로 가출. 6월, 「무심결에」 집필. 7월, 숲속에서 다시 유언장을 씀. 8월, 가족 몰래 유언장을 작성한 것을 후회. 『독서의 고리』에 수록된 모파상의 「고독」을 읽음. 부인이 톨스토이의 장화 속에서 「자기 혼자만을 위한 일기」 발견. 부인과 나란히 최후의 사진을 찍음. 10월 4일, 열과 두통, 식욕부진, 불면으로, 5일, 간장의 통증으로 고통받음. 7일, 체르트코프 방문. 부인, 히스테리 일으킴. 27일, 아내에게 이별의 편지 초고를 쓰고 승마를 함. 28일 오전 4시, 마코비스키와 딸 알렉산드라를 깨워 채비를 하고 마코비스키를 데리고 가출. 오프치나 수도원, 샤모르지노의 여동생 집에 머묾. 31일, 샤모르지노에서 기차로 남쪽으로 향하던

중 오한으로 아스타포보 역에서 하차, 역장의 관사에서 자리에 누움. 11월, 폐렴 진단을 받음. 7일(신력 19일) 오전 6시 5분 영면. 유체는 9일 이른 아침 야스나야 폴랴나로 운구되어 고별식 뒤 '푸른 지팡이'가 묻혔다는 숲에 묻힘.

세계문학전집 221

안나 카레니나 3

1판 1쇄 펴냄 2009년 9월 4일
1판 42쇄 펴냄 2020년 7월 8일

지은이 레프 톨스토이
옮긴이 연진희
발행인 박근섭, 박상준
펴낸곳 (주)민음사

출판등록 1966. 5. 19. (제 16-490호)
서울특별시 강남구 도산대로1길 62(신사동) 강남출판문화센터 5층 (우편번호 06027)
대표전화 02-515-2000 팩시밀리 02-515-2007
www.minumsa.com

ISBN 978-89-374-6221-4 04800
ISBN 978-89-374-6000-5 (세트)

세계문학전집 목록

1·2 변신 이야기 오비디우스·이윤기 옮김 서울대 권장도서 100선

3 햄릿 셰익스피어·최종철 옮김 서울대 권장도서 100선 | 미국대학위원회 선정 SAT 추천도서 | 국립중앙도서관 선정 청소년 권장도서 | 《뉴스위크》 선정 100대 명저

4 변신·시골의사 카프카·전영애 옮김 서울대 권장도서 100선 | 미국대학위원회 선정 SAT 추천도서 | 논술 및 수능에 출제된 책(1998~2005)

5 동물농장 오웰·도정일 옮김 미국대학위원회 선정 SAT 추천도서 | 《타임》 선정 현대 100대 영문소설 | 논술 및 수능에 출제된 책(1998~2005) | 《뉴스위크》 선정 100대 명저 | BBC 선정 꼭 읽어야 할 책

6 허클베리 핀의 모험 트웨인·김욱동 옮김 《뉴스위크》 선정 100대 명저 | 미국대학위원회 선정 SAT 추천도서

7 암흑의 핵심 콘래드·이상옥 옮김 미국대학위원회 선정 SAT 추천도서 | 《뉴스위크》 선정 10대 명저

8 토니오 크뢰거·트리스탄·베니스에서의 죽음 토마스 만·안삼환 외 옮김 노벨 문학상 수상 작가

9 문학이란 무엇인가 사르트르·정명환 옮김

10 한국단편문학선 1 김동인 외·이남호 엮음 국립중앙도서관 선정 청소년 권장도서

11·12 인간의 굴레에서 서머싯 몸·송무 옮김

13 이반 데니소비치, 수용소의 하루 솔제니친·이영의 옮김 노벨 문학상 수상 작가 | 미국대학위원회 선정 SAT 추천도서

14 너새니얼 호손 단편선 호손·천승걸 옮김

15 나의 미카엘 오즈·최창모 옮김

16·17 중국신화전설 위앤커·전인초, 김선자 옮김

18 고리오 영감 발자크·박영근 옮김

19 파리대왕 골딩·유종호 옮김 노벨 문학상 수상 작가 | 《타임》 선정 현대 100대 영문소설 | 미국대학위원회 선정 SAT 추천도서 | 《뉴스위크》 선정 100대 명저 | BBC 선정 꼭 읽어야 할 책

20 한국단편문학선 2 김동리 외·이남호 엮음

21·22 파우스트 괴테·정서웅 옮김 서울대 권장도서 100선 | 미국대학위원회 선정 SAT 추천도서 | 국립중앙도서관 선정 청소년 권장도서 | 논술 및 수능에 출제된 책(1998~2005)

23·24 빌헬름 마이스터의 수업시대 괴테·안삼환 옮김

25 젊은 베르테르의 슬픔 괴테·박찬기 옮김 논술 및 수능에 출제된 책(1998~2005)

26 이피게니에·스텔라 괴테·박찬기 외 옮김

27 다섯째 아이 레싱·정덕애 옮김 노벨 문학상 수상 작가

28 삶의 한가운데 린저·박찬일 옮김

29 농담 쿤데라·방미경 옮김

30 야성의 부름 런던·권택영 옮김

31 아메리칸 제임스·최경도 옮김

32·33 양철북 그라스·장희창 옮김 노벨 문학상 수상 작가 | 서울대 권장도서 100선

34·35 백년의 고독 마르케스·조구호 옮김 노벨 문학상 수상 작가 | 서울대 권장도서 100선 | 미국대학위원회 선정 SAT 추천도서 | 《뉴스위크》 선정 100대 명저 | BBC 선정 꼭 읽어야 할 책

36 **마담 보바리** 플로베르·김화영 옮김 서울대 권장도서 100선 | 미국대학위원회 선정 SAT 추천도서 | 《뉴스위크》 선정 100대 명저

37 **거미여인의 키스** 푸익·송병선 옮김

38 **달과 6펜스** 서머싯 몸·송무 옮김

39 **폴란드의 풍차** 지오노·박인철 옮김

40·41 **독일어 시간** 렌츠·정서웅 옮김

42 **말테의 수기** 릴케·문현미 옮김

43 **고도를 기다리며** 베케트·오증자 옮김 노벨 문학상 수상 작가 | 서울대 권장도서 100선 | 미국대학위원회 선정 SAT 추천도서

44 **데미안** 헤세·전영애 옮김 노벨 문학상 수상 작가

45 **젊은 예술가의 초상** 조이스·이상옥 옮김 서울대 권장도서 100선 | 미국대학위원회 선정 SAT 추천도서 | 국립중앙도서관 선정 청소년 권장도서

46 **카탈로니아 찬가** 오웰·정영목 옮김

47 **호밀밭의 파수꾼** 샐린저·공경희 옮김 《타임》 선정 현대 100대 영문소설 | 미국대학위원회 선정 SAT 추천도서 | 《뉴스위크》 선정 100대 명저 | BBC 선정 꼭 읽어야 할 책

48·49 **파르마의 수도원** 스탕달·원윤수, 임미경 옮김

50 **수레바퀴 아래서** 헤세·김이섭 옮김 노벨 문학상 수상 작가 | 국립중앙도서관 선정 청소년 권장도서

51·52 **내 이름은 빨강** 파묵·이난아 옮김 노벨 문학상 수상 작가

53 **오셀로** 셰익스피어·최종철 옮김 서울대 권장도서 100선 | 국립중앙도서관 선정 청소년 권장도서 | 《뉴스위크》 선정 100대 명저

54 **조서** 르 클레지오·김윤진 옮김 노벨 문학상 수상 작가

55 **모래의 여자** 아베 코보·김난주 옮김

56·57 **부덴브로크 가의 사람들** 토마스 만·홍성광 옮김 노벨 문학상 수상 작가

58 **싯다르타** 헤세·박병덕 옮김 노벨 문학상 수상 작가

59·60 **아들과 연인** 로렌스·정상준 옮김 《뉴스위크》 선정 100대 명저

61 **설국** 가와바타 야스나리·유숙자 옮김 노벨 문학상 수상 작가 | 서울대 권장도서 100선

62 **벨킨 이야기·스페이드 여왕** 푸슈킨·최선 옮김

63·64 **넙치** 그라스·김재혁 옮김 노벨 문학상 수상 작가

65 **소망 없는 불행** 한트케·윤용호 옮김 노벨 문학상 수상 작가

66 **나르치스와 골드문트** 헤세·임홍배 옮김 노벨 문학상 수상 작가

67 **황야의 이리** 헤세·김누리 옮김 노벨 문학상 수상 작가

68 **뻬쩨르부르그 이야기** 고골·조주관 옮김

69 **밤으로의 긴 여로** 오닐·민승남 옮김 노벨 문학상 수상 작가 | 미국대학위원회 선정 SAT 추천도서

70 **체호프 단편선** 체호프·박현섭 옮김

71 **버스 정류장** 가오싱젠·오수경 옮김 노벨 문학상 수상 작가

72 **구운몽** 김만중·송성욱 옮김 서울대 권장도서 100선 | 국립중앙도서관 선정 청소년 권장도서

73 **대머리 여가수** 이오네스코·오세곤 옮김

74 **이솝 우화집** 이솝·유종호 옮김 논술 및 수능에 출제된 책(1998~2005)

75 **위대한 개츠비** 피츠제럴드·김욱동 옮김 《타임》 선정 현대 100대 영문소설 | 미국대학위원회 선정 SAT 추천도서 | 《뉴스위크》 선정 100대 명저 | BBC 선정 꼭 읽어야 할 책

76 **푸른 꽃** 노발리스·김재혁 옮김

77 **1984** 오웰·정회성 옮김 《타임》 선정 현대 100대 영문소설 | 《뉴스위크》 선정 100대 명저 | BBC 선

정 꼭 읽어야 할 책

78·79 영혼의 집 아옌데 · 권미선 옮김

80 첫사랑 투르게네프 · 이항재 옮김

81 내가 죽어 누워 있을 때 포크너 · 김명주 옮김 노벨 문학상 수상 작가 | 미국대학위원회 선정 SAT 추천도서 | 《뉴스위크》 선정 100대 명저 | 퓰리처상 수상 작가

82 런던 스케치 레싱 · 서숙 옮김 노벨 문학상 수상 작가

83 팡세 파스칼 · 이환 옮김

84 질투 로브그리예 · 박이문, 박희원 옮김

85·86 채털리 부인의 연인 로렌스 · 이인규 옮김

87 그 후 나쓰메 소세키 · 윤상인 옮김

88 오만과 편견 오스틴 · 윤지관, 전승희 옮김 미국대학위원회 선정 SAT 추천도서 | 국립중앙도서관 선정 청소년 권장도서 | 《뉴스위크》 선정 100대 명저 | BBC 선정 꼭 읽어야 할 책

89·90 부활 톨스토이 · 연진희 옮김 논술 및 수능에 출제된 책(1998~2005)

91 방드르디, 태평양의 끝 투르니에 · 김화영 옮김

92 미겔 스트리트 나이폴 · 이상옥 옮김 노벨 문학상 수상 작가

93 뻬드로 빠라모 룰포 · 정창 옮김

94 차라투스트라는 이렇게 말했다 니체 · 장희창 옮김 국립중앙도서관 선정 청소년 권장도서

95·96 적과 흑 스탕달 · 이동렬 옮김 국립중앙도서관 선정 청소년 권장도서

97·98 콜레라 시대의 사랑 마르케스 · 송병선 옮김 노벨 문학상 수상 작가 | BBC 선정 꼭 읽어야 할 책

99 맥베스 셰익스피어 · 최종철 옮김 서울대 권장도서 100선 | 미국대학위원회 선정 SAT 추천도서 | 국립중앙도서관 선정 청소년 권장도서

100 춘향전 작자 미상 · 송성욱 풀어 옮김 서울대 권장도서 100선 | 국립중앙도서관 선정 청소년 권장도서 | 논술 및 수능에 출제된 책(1998~2005)

101 페르디두르케 곰브로비치 · 윤진 옮김

102 포르노그라피아 곰브로비치 · 임미경 옮김

103 인간 실격 다자이 오사무 · 김춘미 옮김

104 네루다의 우편배달부 스카르메타 · 우석균 옮김

105·106 이탈리아 기행 괴테 · 박찬기 외 옮김

107 나무 위의 남작 칼비노 · 이현경 옮김

108 달콤 쌉싸름한 초콜릿 에스키벨 · 권미선 옮김

109·110 제인 에어 C. 브론테 · 유종호 옮김 미국대학위원회 선정 SAT 추천도서 | BBC 선정 꼭 읽어야 할 책

111 크눌프 헤세 · 이노은 옮김 노벨 문학상 수상 작가

112 시계태엽 오렌지 버지스 · 박시영 옮김 《타임》 선정 현대 100대 영문소설 | 《뉴스위크》 선정 100대 명저

113·114 파리의 노트르담 위고 · 정기수 옮김 미국대학위원회 선정 SAT 추천도서

115 새로운 인생 단테 · 박우수 옮김

116·117 로드 짐 콘래드 · 이상옥 옮김 《뉴스위크》 선정 100대 명저

118 폭풍의 언덕 E. 브론테 · 김종길 옮김 미국대학위원회 선정 SAT 추천도서 | 국립중앙도서관 선정 청소년 권장도서 | BBC 선정 꼭 읽어야 할 책

119 텔크테에서의 만남 그라스 · 안삼환 옮김 노벨 문학상 수상 작가

120 검찰관 고골 · 조주관 옮김

121 안개 우나무노 · 조민현 옮김

122 **나사의 회전** 제임스 · 최경도 옮김 미국대학위원회 선정 SAT 추천도서

123 **피츠제럴드 단편선 1** 피츠제럴드 · 김욱동 옮김

124 **목화밭의 고독 속에서** 콜테스 · 임수현 옮김

125 **돼지꿈** 황석영

126 **라셀라스** 존슨 · 이인규 옮김

127 **리어 왕** 셰익스피어 · 최종철 옮김 서울대 권장도서 100선 | 논술 및 수능에 출제된 책(1998~2005) | 《뉴스위크》 선정 100대 명저

128·129 **쿠오 바디스** 시엔키에비츠 · 최성은 옮김 노벨 문학상 수상 작가

130 **자기만의 방** 울프 · 이미애 옮김

131 **시르트의 바닷가** 그라크 · 송진석 옮김

132 **이성과 감성** 오스틴 · 윤지관 옮김

133 **바덴바덴에서의 여름** 치프킨 · 이장욱 옮김

134 **새로운 인생** 파묵 · 이난아 옮김 노벨 문학상 수상 작가

135·136 **무지개** 로렌스 · 김정매 옮김

137 **인생의 베일** 서머싯 몸 · 황소연 옮김

138 **보이지 않는 도시들** 칼비노 · 이현경 옮김

139·140·141 **연초 도매상** 바스 · 이운경 옮김 《타임》 선정 현대 100대 영문소설

142·143 **플로스 강의 물방앗간** 엘리엇 · 한애경, 이봉지 옮김 미국대학위원회 선정 SAT 추천도서

144 **연인** 뒤라스 · 김인환 옮김

145·146 **이름 없는 주드** 하디 · 정종화 옮김

147 **제49호 품목의 경매** 핀천 · 김성곤 옮김 《타임》 선정 현대 100대 영문소설 | 미국대학위원회 선정 SAT 추천도서

148 **성역** 포크너 · 이진준 옮김 노벨 문학상 수상 작가 | 퓰리처상 수상 작가

149 **무진기행** 김승옥

150·151·152 **신곡(지옥편 · 연옥편 · 천국편)** 단테 · 박상진 옮김 서울대 권장도서 100선 | 미국대학위원회 선정 SAT 추천도서 | 국립중앙도서관 선정 청소년 권장도서 | 《뉴스위크》 선정 100대 명저

153 **구덩이** 플라토노프 · 정보라 옮김

154·155·156 **카라마조프 가의 형제들** 도스토예프스키 · 김연경 옮김 서울대 권장도서 100선 | 국립중앙도서관 선정 청소년 권장도서

157 **지상의 양식** 지드 · 김화영 옮김 노벨 문학상 수상 작가

158 **밤의 군대들** 메일러 · 권택영 옮김 퓰리처상 수상 작가

159 **주홍 글자** 호손 · 김욱동 옮김 서울대 권장도서 100선 | 미국대학위원회 선정 SAT 추천도서

160 **깊은 강** 엔도 슈사쿠 · 유숙자 옮김

161 **욕망이라는 이름의 전차** 윌리엄스 · 김소임 옮김

162 **마사 퀘스트** 레싱 · 나영균 옮김 노벨 문학상 수상 작가

163·164 **운명의 딸** 아옌데 · 권미선 옮김

165 **모렐의 발명** 비오이 카사레스 · 송병선 옮김

166 **삼국유사** 일연 · 김원중 옮김 서울대 권장도서 100선

167 **풀잎은 노래한다** 레싱 · 이태동 옮김 노벨 문학상 수상 작가

168 **파리의 우울** 보들레르 · 윤영애 옮김

169 **포스트맨은 벨을 두 번 울린다** 케인 · 이만식 옮김

170 **썩은 잎** 마르케스 · 송병선 옮김 노벨 문학상 수상 작가

171 모든 것이 산산이 부서지다 아체베 · 조규형 옮김 《타임》 선정 현대 100대 영문소설 | 《뉴스위크》 선정 100대 명저

172 한여름 밤의 꿈 셰익스피어 · 최종철 옮김 미국대학위원회 선정 SAT 추천도서

173 로미오와 줄리엣 셰익스피어 · 최종철 옮김 미국대학위원회 선정 SAT 추천도서

174·175 분노의 포도 스타인벡 · 김승욱 옮김 노벨 문학상 수상 작가 | 《타임》 선정 현대 100대 영문소설 | 미국대학위원회 선정 SAT 추천도서 | 《뉴스위크》 선정 100대 명저 | BBC 선정 꼭 읽어야 할 책 | 퓰리처상 수상작

176·177 괴테와의 대화 에커만 · 장희창 옮김

178 그물을 헤치고 머독 · 유종호 옮김 《타임》 선정 현대 100대 영문소설

179 브람스를 좋아하세요... 사강 · 김남주 옮김

180 카타리나 블룸의 잃어버린 명예 하인리히 뵐 · 김연수 옮김 노벨 문학상 수상 작가

181·182 에덴의 동쪽 스타인벡 · 정회성 옮김 노벨 문학상 수상 작가

183 순수의 시대 워튼 · 송은주 옮김 《뉴스위크》 선정 100대 명저 | 퓰리처상 수상작

184 도둑 일기 주네 · 박형섭 옮김

185 나자 브르통 · 오생근 옮김

186·187 캐치-22 헬러 · 안정효 옮김 《타임》 선정 현대 100대 영문소설 | 《뉴스위크》 선정 100대 명저 | BBC 선정 꼭 읽어야 할 책

188 숄로호프 단편선 숄로호프 · 이항재 옮김 노벨 문학상 수상 작가

189 말 사르트르 · 정명환 옮김

190·191 보이지 않는 인간 엘리슨 · 조영환 옮김 《타임》 선정 현대 100대 영문소설 | 미국대학위원회 선정 SAT 추천도서 | 《뉴스위크》 선정 100대 명저

192 왑샷 가문 연대기 치버 · 김승욱 옮김 퓰리처상 수상 작가

193 왑샷 가문 몰락기 치버 · 김승욱 옮김 퓰리처상 수상 작가

194 필립과 다른 사람들 노터봄 · 지명숙 옮김

195·196 하드리아누스 황제의 회상록 유르스나르 · 곽광수 옮김

197·198 소피의 선택 스타이런 · 한정아 옮김 퓰리처상 수상 작가

199 피츠제럴드 단편선 2 피츠제럴드 · 한은경 옮김

200 홍길동전 허균 · 김탁환 옮김

201 요술 부지깽이 쿠버 · 양윤희 옮김

202 북호텔 다비 · 원윤수 옮김

203 톰 소여의 모험 트웨인 · 김욱동 옮김

204 금오신화 김시습 · 이지하 옮김

205·206 테스 하디 · 정종화 옮김 미국대학위원회 선정 SAT 추천도서 | BBC 선정 꼭 읽어야 할 책

207 브루스터플레이스의 여자들 네일러 · 이소영 옮김

208 더 이상 평안은 없다 아체베 · 이소영 옮김

209 그레인지 코플랜드의 세 번째 인생 워커 · 김시현 옮김 퓰리처상 수상 작가

210 어느 시골 신부의 일기 베르나노스 · 정영란 옮김

211 타라스 불바 고골 · 조주관 옮김

212·213 위대한 유산 디킨스 · 이인규 옮김 서울대 권장도서 100선 | BBC 선정 꼭 읽어야 할 책

214 면도날 서머싯 몸 · 안진환 옮김

215·216 성채 크로닌 · 이은정 옮김

217 오이디푸스 왕 소포클레스 · 강대진 옮김 서울대 권장도서 100선 | 미국대학위원회 선정 SAT 추천도서

266 **이방인** 카뮈 · 김화영 옮김 노벨 문학상 수상 작가 | 미국대학위원회 선정 SAT 추천도서

267 **페스트** 카뮈 · 김화영 옮김 노벨 문학상 수상 작가 | 국립중앙도서관 선정 청소년 권장도서

268 **검은 튤립** 뒤마 · 송진석 옮김

269·270 **베를린 알렉산더 광장** 되블린 · 김재혁 옮김

271 **하얀 성** 파묵 · 이난아 옮김 노벨 문학상 수상 작가

272 **푸슈킨 선집** 푸슈킨 · 최선 옮김

273·274 **유리알 유희** 헤세 · 이영임 옮김 노벨 문학상 수상 작가

275 **픽션들** 보르헤스 · 송병선 옮김 서울대 권장도서 100선

276 **신의 화살** 아체베 · 이소영 옮김

277 **빌헬름 텔 · 간계와 사랑** 실러 · 홍성광 옮김

278 **노인과 바다** 헤밍웨이 · 김욱동 옮김 노벨 문학상 수상 작가 | 퓰리처상 수상작

279 **무기여 잘 있어라** 헤밍웨이 · 김욱동 옮김 노벨 문학상 수상 작가 | 미국대학위원회 선정 SAT 추천도서

280 **태양은 다시 떠오른다** 헤밍웨이 · 김욱동 옮김 노벨 문학상 수상 작가 | 《타임》 선정 현대 100대 영문 소설 | 《뉴스위크》 선정 100대 명저

281 **알레프** 보르헤스 · 송병선 옮김

282 **일곱 박공의 집** 호손 · 정소영 옮김

283 **에마** 오스틴 · 윤지관, 김영희 옮김

284·285 **죄와 벌** 도스토예프스키 · 김연경 옮김 미국대학위원회 선정 SAT 추천도서 | BBC 선정 꼭 읽어야 할 책

286 **시련** 밀러 · 최영 옮김

287 **모두가 나의 아들** 밀러 · 최영 옮김

288·289 **누구를 위하여 종은 울리나** 헤밍웨이 · 김욱동 옮김 노벨 문학상 수상 작가 | 《뉴스위크》 선정 100대 명저

290 **구르브 연락 없다** 멘도사 · 정창 옮김

291·292·293 **데카메론** 보카치오 · 박상진 옮김

294 **나누어진 하늘** 볼프 · 전영애 옮김

295·296 **제브데트 씨와 아들들** 파묵 · 이난아 옮김 노벨 문학상 수상 작가

297·298 **여인의 초상** 제임스 · 최경도 옮김 미국대학위원회 선정 SAT 추천도서

299 **압살롬, 압살롬!** 포크너 · 이태동 옮김 노벨 문학상 수상 작가

300 **이상 소설 전집** 이상 · 권영민 책임 편집

301·302·303·304·305 **레 미제라블** 위고 · 정기수 옮김

306 **관객모독** 한트케 · 윤용호 옮김 노벨 문학상 수상 작가

307 **더블린 사람들** 조이스 · 이종일 옮김

308 **에드거 앨런 포 단편선** 앨런 포 · 전승희 옮김 미국대학위원회 선정 SAT 추천도서

309 **보이체크 · 당통의 죽음** 뷔히너 · 홍성광 옮김

310 **노르웨이의 숲** 무라카미 하루키 · 양억관 옮김

311 **운명론자 자크와 그의 주인** 디드로 · 김희영 옮김

312·313 **헤밍웨이 단편선** 헤밍웨이 · 김욱동 옮김 노벨 문학상 수상 작가

314 **피라미드** 골딩 · 안지현 옮김 노벨 문학상 수상 작가

315 **닫힌 방 · 악마와 선한 신** 사르트르 · 지영래 옮김

316 **등대로** 울프 · 이미애 옮김 《타임》 선정 현대 100대 영문소설 | 《뉴스위크》 선정 100대 명저 | BBC